Weltberühmte
Kriminalromane

Weltberühmte Kriminalromane

Band 1

Verlag DAS BESTE
Stuttgart · Zürich · Wien

Die Kurzfassungen in diesem Buch
erscheinen mit Genehmigung der Autoren
und Verleger

ISBN 3-87070-068-8

Inhalt

ANDREW GARVE

Sturm auf den Turm

Originaltitel:
THE SEA MONKS

Kurzfassung nach der Übersetzung von
Rolf und Iris Foerster

1965 Gebrüder Weiss Verlag, Berlin

Wenn seine Szenerie von Wasser beherrscht wird, ist Andrew Garve am großartigsten. Hier ist es ein Leuchtturm, der von tobenden Wellen und spritzender Gischt umgeben ist. Aber Menschen können gefährlicher sein als die schwerste See: drei junge Leute, typische Produkte unserer Zeit, richten, teils aus Leichtsinn, aber auch aus Wut und Hemmungslosigkeit, Schreckliches an. Ein stürmisches Buch, bis zum bösen Ende.

Andrew Garve, der eigentlich Paul Winterton heißt, hat sich als welterfahrener Journalist in England einen guten Namen geschaffen, als Andrew Garve, als Autor von Kriminalromanen ist er weltberühmt.

Erstes Kapitel

Zwei junge Männer schlenderten durch das ruhige Villenviertel von Salmouth. Am Straßenrand parkte ein rundes Dutzend Wagen von Leuten, die hier ihre Sonntagabendbesuche abstatteten. Die beiden Männer hatten sich schon einen vorgemerkt. Es war ein Vauxhall, der beliebte Familienwagen, grau wie der Februarnebel, der ihn einhüllte, und noch neu genug, daß man sich auf ihn würde verlassen können. Der vertrauensselige Besitzer hatte ihn unverschlossen stehenlassen, selbst der Zündschlüssel steckte. Geradezu eine Aufforderung ...

Unter einer Straßenlampe vergewisserten sich die beiden, wie spät es war.

Der eine war untersetzt und kräftig gebaut. Sein blondes Haar war kurz gekräuselt, seine Züge waren grob, aber regelmäßig. Er hätte nicht übel ausgesehen, wenn in seinem Gesicht etwas mehr Leben gewesen wäre. Aber sein Mund und seine Augen waren ausdruckslos. Das war die Maske, die er der Welt zeigte. Er hieß Macey – ‚King' Macey, wie er sich gern nennen ließ. Er war fünfundzwanzig Jahre alt.

Der andere wirkte neben ihm schmächtig. Sein Name war Chris Hines, und er war gerade zwanzig. Er hatte einen schmalen Kopf, flankiert von enormen Ohren. Er trug enge Röhrenhosen, spitze Schuhe, eine schwarze Lederjacke mit Lammfellfutter und gelbe gestrickte Handschuhe. Sein dunkles Haar war gewellt.

Der Ältere hatte einen kurzen Kamelhaarmantel an, trug Wildlederschuhe mit dicken Kreppsohlen und braune Lederhandschuhe – eine Aufmachung, die seine Überlegenheit und seine Führungsrolle zeigen sollte.

In dem trüben Lichtschein sah Macey auf die Armbanduhr. Es war gleich fünf Minuten nach neun. Er wartete und genoß die letzten dramatischen Sekunden vor Zero.

„Los!" sagte er.

Lautlos und raubtierhaft gingen sie über die menschenleere Straße auf den Vauxhall zu. Macey öffnete die Wagentür und glitt hinter das Steuerrad. Hines ging um den Wagen herum und stieg auf der anderen Seite ein. Macey betätigte den Starter, legte gleich den zweiten Gang ein und ließ langsam die Kuppelung kommen. Er fühlte sich wie zu Hause. Er hatte das gleiche Modell schon einmal gestohlen. Beide ließen ihre Türen angelehnt, bis sie um die nächste Ecke gebogen waren.

MACEY BENÖTIGTE seine ganze Aufmerksamkeit, um aus dem Stadtviertel herauszukommen. Er kannte zwar die Route, aber im Nebel boten die Straßen ein anderes Bild als sonst.

„Der Nebel wird immer dichter", sagte Hines. „Glaubst du, wir schaffen es?"

Sie verließen das Villenviertel und bogen in die Hauptstraße ein. Hier fiel das Fahren etwas leichter. Der Nebel hatte sich ein wenig gelichtet.

„Dort drüben ist die Kneipe", sagte Macey. Vor ihnen öffnete sich auf der linken Seite ein weiter Hof. Macey hielt an und drückte zweimal auf die Hupe.

Ein Mädchen trat rasch mit klappernden Absätzen aus dem Dunkel – eine Blondine, aufgetakelt, aber hübsch. Sie mochte ungefähr siebzehn sein. Sogar im Mantel hatte sie eine blendende Figur. Hines öffnete ihr die Tür, und sie stieg hinten ein.

„Ich dachte schon, ihr kommt überhaupt nicht mehr, Liebling." Sie beugte sich vor und gab Macey einen flüchtigen Kuß.

Er bog gereizt den Kopf zur Seite. „Wieso? Ich bin immer pünktlich!" Der Wagen, jetzt mit einem aufdringlichen Parfüm geschwängert, fuhr wieder an.

„Vielleicht war ich zu früh. Ich bin so aufgeregt, King, ich kann dir gar nicht sagen, wie." Sie war ein wenig atemlos.

Macey drehte sich halb um. „Sei still, Rosie. Wir müssen arbeiten."

Sie schwieg sofort. Von Natur war sie alles andere als unterwürfig. Sie hatte zu Hause immer getan, was sie wollte, sie hatte in der Erziehungsanstalt fortgesetzt aufgemuckt. Männern gegenüber war sie normalerweise besonders reizbar und schwierig, aber sie tat alles, was Macey sagte. Sie war vom ersten Augenblick an, als sie ihn vor zwei Monaten kennengelernt hatte, in ihn vernarrt gewesen, und es war ihr egal, wer davon wußte. Was nicht heißen soll, daß sie sich die Männer nicht hätte aussuchen können. Alle Jungen waren hinter ihr her gewesen, sogar schon bevor sie Schönheitskönigin geworden war. Doch keiner konnte King das Wasser reichen. Sie betete King an. Sie würde alles für ihn tun. Das meiste hatte sie schon getan.

Macey zog die Augenbrauen zusammen. Er war nicht sicher, ob es richtig war, Rosie mitzunehmen. Sie quasselte zuviel. Andererseits wollte er ihr gern einmal zeigen, wie großartig er so ein Ding drehte. Sie war eine dumme Gans, viel zu anhänglich, wahrscheinlich würde er sie sowieso bald überhaben. Aber im Augenblick befriedigte es ihn, von einem Küken bewundert zu werden, das einigermaßen anständig gebaut war. Er ließ sich gern bewundern, gleichgültig, von wem.

Macey fuhr langsam noch ein paar hundert Meter weiter. Ein verschwommener Lichtfleck trat aus dem Nebel und wurde zu einer Neonreklame – Majestic-Cinema. Macey hielt den Wagen an. Er hatte die Zeit gut gewählt, kurz nach dem Beginn der letzten Vorstellung, wo niemand kam und niemand ging. Ein paar Fußgänger eilten auf der Straße vorbei, aber in langen Zwischenräumen. Alles war in bester Ordnung.

„Die Waschküche ist genau richtig. Da kommen wir besser weg." Macey war stets selbstsicher.

Hines klopfte nervös mit den Füßen auf den Boden. „Ich hab was gegen Nebel", erklärte er.

Macey warf ihm einen verächtlichen Blick zu. „Man könnte meinen, wir hätten einen Postwagen geraubt. Das hier ist ein Kinderspiel."

Hines schwieg einen Moment. Dann nickte er. „Vielleicht hast du recht, King." Hines stritt selten mit Macey. Nicht weil er unbedingtes Vertrauen in seinen Chef gehabt hätte. Hines hielt ihn sogar für ziemlich beschränkt, verglichen mit ihm selbst. Aber er hatte enormen Respekt vor Maceys Muskelkraft. Außerdem mußte er der Gerechtigkeit halber sagen, daß es ihm, seit er sich mit Macey zusammengetan hatte, nicht schlecht gegangen war. Alles auf dem Weg von London hierher nach Westengland hatte geklappt. Sie waren der Polizei immer um eine Nasenlänge voraus gewesen, und sie hatten gut gelebt.

Das war es, was Hines schätzte – den mühelosen Lohn, das flüssige Geld, leicht zugefallen und sorglos wieder ausgegeben; das gute Leben, die Mädchen, die zahllosen Vergnügungen. Hines war ein Hedonist. „Da ist Tommy", sagte Hines.

Macey nickte. Ein junger Mann stand vor dem Kino und tat, als betrachte er die Filmbilder. Tommy Baker, siebzehn Jahre alt, mit Röhrenhosen und spitzen Schuhen und einer braunen, mit Lammfell gefütterten Lederjacke.

„Du setzt dich nachher hier vorn hin, Rosie!" sagte Macey.

„Ja, King." Rosies Atem ging rasch.

Einen Augenblick blieben sie reglos im Wagen sitzen. Baker sah in das Foyer des Kinos. Plötzlich drehte er sich um und hob den Daumen.

Macey fuhr noch ein paar Meter und blieb direkt vor dem Eingang stehen. „Auf!" sagte er. Die beiden Männer banden sich Taschentücher über die untere Gesichtshälfte. „Viel Glück, Liebling", murmelte Rosie. Ein kurzer Blick den Gehweg hinauf und hinab, und sie stiegen aus und rannten in das Kino.

Bis auf die grauhaarige Frau hinter dem Kassenschalter war das Foyer menschenleer. Hines zog ein Messer aus der Jacke, ließ die Klinge herausschnellen und trat durch die Tür in den kleinen Kassenraum. Die Kassiererin zählte gerade die Einnahmen. Noch ehe sie ein Wort herausbrachte, war Hines' Messer an ihrer Kehle. „Ein Ton, und Sie sind erledigt", murmelte er. Er nahm die Banknoten aus der Kasse und stopfte sie in die Tasche.

Im Foyer stand Macey an den Saaltüren Wache. Er hielt eine Pistole in der Hand. Das war der Augenblick, den er genoß – der Augenblick der Macht. Fast wünschte er, es würde jemand kommen, damit er zeigen konnte, wer hier der Herr war. Aber Chris könnte allmählich fertig werden, dachte er. Fünf Sekunden verstrichen, zehn Sekunden. Draußen auf der Straße ging ein Fußgänger vorbei, ohne hereinzusehen. „Beeilung, Chris!" rief Macey.

In diesem Augenblick ging eine der Saaltüren auf. Macey fuhr herum. Das Taschentuch rutschte ihm vom Kinn. Ein Mann im Smoking war ins Foyer getreten – der Geschäftsführer. Den Bruchteil einer Sekunde starrte er Macey an, dann die Pistole. Sein Blick glitt zur Kasse. Dann drehte er sich um.

Macey hob die Pistole und schoß aus einem Meter Entfernung auf ihn. Die Kugel traf den Kopf über dem linken Ohr. Als er zusammenbrach, schrie die Kassiererin auf. Macey hastete hinaus, dicht gefolgt von Hines. Plötzlich waren draußen drei Leute aufgetaucht. Macey stieß eine gaffende Frau beiseite und sprang in den Fond des Wagens. Hines sprang auf der anderen Seite hinein. Tommy Baker saß am Steuer, Rosie neben ihm. Der Motor lief. Als Baker den Gang einschaltete, sah ein Mann in den Wagen und musterte Baker und Rosie scharf. Dann heulte der Vauxhall auf und schoß im Nebel davon.

Sekundenlang sprach keiner ein Wort. Der Schock war im Wagen fast fühlbar. Rosie fand als erste die Sprache wieder: „King, was ist passiert?"

„Er hat den verdammten Geschäftsführer erschossen", platzte Hines heraus. „Du hast gesagt, es wird nicht geschossen!" Er schlug Macey gegenüber einen Ton an, den er vorher nie riskiert hätte.

„Halt die Klappe!" fauchte Macey. „Der Idiot hat mich am Arm gepackt, da ist die Pistole losgegangen. Was kann ich dafür?" Er hätte gern den wahren Grund gesagt, nämlich daß der Geschäftsführer sein Gesicht gesehen hatte. Er hätte gern mit seinem ersten Mord geprahlt, aber das schien ihm unklug. Diese Grünschnäbel waren noch nicht soweit. „Sehen wir, daß wir wegkommen. Wir können uns später darüber unterhalten."

Baker drehte sich um. „Wohin, King?"

„Aus der Stadt raus." Ursprünglich war geplant gewesen, daß Rosie nach Hause ging und die anderen sich in ihre Buden verkrochen, bis der Staub sich gelegt hatte. Aber das war jetzt hinfällig. Man hatte sie alle gesehen, und nachdem ein Mann erschossen worden war, würde es ein großes Zetermordio geben. Sie mußten sich davonmachen. „Immer geradeaus, Tommy. Ein bißchen rasch!"

„Hast du ... ist er ... tot?" fragte Rosie.

„Natürlich. Die Kugel hat ihn direkt überm Ohr getroffen. Das muß ordentlich gedröhnt haben, ehe er abgeschrammt ist."

„Aber du hast es doch nicht absichtlich getan?" Rosie zitterte. „Es war ein Unfall, King, nicht wahr?"

„Selbstverständlich war es ein Unfall."

Der Wagen schlitterte, als Baker mit knapper Not einem Lastwagen auswich. Baker fuhr gut, konzentrierte sich auf die paar Meter Straße, die er sehen konnte. Er fürchtete sich nicht vor Macey wie Hines, und er stand ihm auch nicht so kritisch gegenüber. Baker war ein Romantiker, und Macey war sein Held, gleichgültig, was er getan hatte.

Ein Streichholz flammte im Dunkeln auf. Hines zündete sich eine Zigarette an. Sein Gesicht war sehr blaß. Er blickte durchs Rückfenster, um sich zu vergewissern, daß sie nicht verfolgt wurden. Als schließlich Scheinwerfer im Nebel auftauchten, riß es ihn fast vom Sitz. „Kreuzdonnerwetter! Das ist ein Streifenwagen!"

Macey drehte sich um. „Du hast nur die Hosen voll." Aber er war seiner Sache nicht ganz sicher. Der Wagen kam rasch näher. „Bieg lieber ein, Tommy", sagte er.

Baker trat auf die Bremse und bog in eine Seitenstraße ein. Rosie schrie auf und hielt sich am Türgriff fest. Der Nebel war hier dichter. Baker sah mit knapper Not den Randstein.

Hines blickte immer noch durch das Rückfenster. Die Scheinwerfer waren weg. „Ich glaube, wir haben sie abgehängt."

„Aber dafür haben wir uns jetzt verirrt", sagte Baker. Die Straße hatte sich gegabelt und war dann in sich selbst zurückgekehrt.

Sie hatten sich rettungslos verirrt. Eine Viertelstunde lang fuhren sie durch die ausgestorbenen Straßen. Es war niemand da, den sie hätten nach dem Weg fragen können. Dann sahen sie auf einmal vor sich die Lichter der Hauptstraße.

„Ich hab's ja gleich gesagt", triumphierte Macey. „Bald sind wir draußen."

Auf der breiten Hauptstraße war der Nebel gerade so dicht, daß er sie hinreichend verbarg, ohne sie zu behindern. Im Nu hatten sie drei Kilometer zurückgelegt.

„Was ist denn das da vorn, King?" rief Baker plötzlich. Ein paar hundert Meter voraus war die ganze Straße in Licht getaucht. Mehrere große Wagen standen quer auf der Fahrbahn, und Menschen liefen hin und her.

„Verdammt, das ist 'ne Straßensperre!" schrie Macey. „Sie haben die Straße blockiert!"

Ohne auf Anweisungen zu warten, machte Baker eine U-Kehre und schoß in der Richtung davon, aus der sie gekommen

waren. Der Nebel hüllte sie wieder ein. Die Lichter hinter ihnen wurden blasser und verschwanden.

„Gut gemacht", lobte Macey leise.

„Da haben wir's!" Hines zündete sich mit zitternden Fingern noch eine Zigarette an. „Was nun, King? Eine andere Straße ausprobieren?"

„Wenn eine blockiert ist, sind wahrscheinlich alle blockiert."

„Wir können doch nicht endlos durch die Gegend fahren", klagte Rosie.

Macey schwieg und überlegte verzweifelt, was zu tun war. Wenn sie die Stadt nicht verlassen konnten, waren sie zu Fuß wahrscheinlich besser dran. Der Wagen nützte ihnen nichts mehr, und die Polizei mußte sowieso schon seine Nummer haben. Am besten, ihn sich vom Hals zu schaffen.

Die Straße gabelte sich wieder. Ein Wegweiser an einem Laternenmast deutete nach links: „Zum Hafen".

„Links, Tommy", sagte Macey. „Dort wird es ruhiger sein."

Baker bog ein.

„Vielleicht sollten wir uns trennen, King", schlug Hines vor. „Dann hätte jeder eine größere Chance."

Macey fuhr auf. „Du meinst, dann hätten die Polypen eine größere Chance. Willst du, daß wir uns trennen, Rosie?"

„Nein, King, ich bleibe bei dir."

„Willst du, daß wir uns trennen, Tommy?"

„Ich bleibe bei dir, King."

„Braver Junge", sagte Macey. Die Furcht, daß er allein gelassen werden könnte, legte sich. „Wir bleiben also zusammen." Er blickte über Bakers Schulter nach vorn. „Halte nach einer dunklen Seitenstraße Ausschau, Tommy. Wir schaffen uns erst mal den Wagen vom Hals."

Sie fuhren noch ungefähr fünfzig Meter. Dann bremste Baker. „Wär's hier richtig, King?" Links zweigte eine kleine Sackgasse ab.

„Ja, prächtig."

Baker bog ein und schaltete die Scheinwerfer aus. „Aussteigen!" befahl Macey.

Dicht aneinandergedrängt gingen sie an einer niedrigen Mauer entlang. Die Straße war wie ausgestorben. Feuchte Nebelschwaden hüllten sie ein.

Scheinwerfer tauchten im Nebel auf. Ein Wagen kam auf sie zu.

„Streife!" schrie Hines.

„Schnell! Über die Mauer!" rief Macey.

Auf der anderen Seite war eine steinerne Hafenmole mit vielen kleinen Booten. In Dreier- und Viererreihen lagen sie an der Mole, größtenteils alte Motorjachten, die hier den Winter über unter Segeltuch vertäut lagen. Eine nahe Straßenlaterne warf einen trüben Lichtschein darüber.

Macey kletterte auf die nächstbeste Jacht, überquerte sie und kämpfte sich an Tauen und Hindernissen vorbei zu dem Boot in der äußersten Reihe. Das alte Segeltuch war an einer Ecke eingerissen. Macey hielt einen Zipfel hoch. Einen Augenblick später saßen sie alle geduckt darunter.

„Horcht!" flüsterte Macey.

Sie konnten den Streifenwagen hören. Er war genau auf ihrer Höhe jenseits der Mauer. Er hielt an. Sie wagten kaum zu atmen. Nein, alles in Ordnung – er fuhr nur langsamer. Er fuhr vorbei.

Das Motorengeräusch wurde leiser. Stille senkte sich wieder auf sie nieder – Stille, nur unterbrochen vom Heulen einer Schiffssirene weit draußen auf dem Meer.

„VERDAMMT, das war knapp.“ Hines zündete sich eine Zigarette an.

„Ein Glück, daß du so schnell geschaltet hast, King“, sagte Baker.

„Man muß nur einen kühlen Kopf behalten, Tommy.“

„Jedenfalls haben wir einen Platz gefunden, wo wir pennen können“, meinte Baker.

Rosie protestierte: „Wir holen uns ja den Tod!“ Im Boot stank es nach Moder und Bilgewasser.

„Besser als nichts, Rosie. Jedenfalls ein gutes Versteck.“

Hines stöhnte. „Soll das heißen, daß wir hier bleiben?“

„Warum nicht?“ fragte Baker.

„Du hast wohl nicht alle beieinander, Mann! Wie sollen wir uns hier ernähren? Wir müssen doch essen, oder nicht? Sobald wir hier den Kopf hinausstecken, werden wir eingelocht.“

„Solange es dunkel ist, nicht. Wir schaffen das schon irgendwie.“

„Jedenfalls ist das kein Versteck, das kann ich dir sagen. Hier finden sie uns leicht.“

„Ich glaube nicht, daß jemand in dieser Jahreszeit hier vorbeikommt, Chris.“

„Aber die Polypen! Sie werden jeden Winkel durchstöbern. Sie werden so lange die Stadt durchkämmen, bis sie uns haben. Oder etwa nicht, King?“

Macey hatte dem Streitgespräch schweigend zugehört. Das war seine Taktik in schwierigen Lagen – zuhören, abwägen und schließlich die Entscheidung verkünden. So gewann er Ansehen, ohne sein träges Denkvermögen allzusehr zu strapazieren. Doch diesmal hatte ihm die Diskussion nicht weitergeholfen. Chris hatte recht. Die Polizei mußte wissen, daß sie noch in der Stadt waren, und sie würde weitersuchen, bis sie sie gefunden hatte. Es gab nur einen Ausweg: den Ring irgendwie durchbrechen. Aber wie?

Vorsichtig hob er einen Zipfel des Segeltuchs und sah hinaus. Nebel und Stille lag über dem Jachthafen. „Ich frage mich, ob wir mit dem Eimer hier abhauen könnten“, sagte er.

Baker war sofort Feuer und Flamme. „Das ist es, King! Wir fahren ein paar Meilen die Küste entlang und gehen außerhalb der Stadt an Land.“

„Wir landen eher im Ärmelkanal", murrte Hines. „Wie wollt ihr in dieser Milchsuppe wissen, ob wir tatsächlich an der Küste entlangfahren?"

„Der Nebel kann nicht ewig dauern, Chris."

„Verstehst du was von Booten, King?" fragte Hines.

„Selbstverständlich", antwortete Macey, obwohl er keine Ahnung hatte. Keiner von ihnen verstand etwas davon.

„Wir könnten ein Stück rudern", schlug Baker vor. „Das wäre wenigstens ein Anfang."

Macey grunzte. „Wollen sehen."

Baker machte die Leinwand los und rollte sie auf dem Kabinendach zusammen. Die Jacht war ungefähr zehn Meter lang, davon nahm das Cockpit etwa drei Meter ein. Das Boot schien sehr alt. Die Kabinentür war abgeschlossen, aber das Schloß brach ab, als Macey sich gegen die Tür stemmte. Er trat in einen großen, arg vernachlässigten Salon, steckte ein Streichholz an und sah sich um. Die Farbe blätterte von den Wänden, die Kissen in der Schlafkoje waren grün von Schimmel. Ein paar Gerätschaften lagen herum – altes Tau, Dosen und Schachteln, ein Anker und ein Eimer. Sonst war das Boot leer.

„Hier ist wenigstens für Damen", verkündete Rosie und machte die Toilettentür auf. Alle erforschten jetzt das Boot und vergaßen vorübergehend die Gefahr. Hines, der im Cockpit stand, spielte an dem großen Schalthebel herum, am Ruder, an der Drosselklappe, an allem Beweglichen, das er fand. Plötzlich dröhnte ein heiserer Laut durch die Stille.

Macey drehte sich erschrocken um. „Was war das?"

„Tut mir leid, King, die Hupe. Ich hab den Arm darauf gestützt."

„Gib doch acht, Mensch! Du weckst uns noch die ganze Stadt auf."

Baker hob eine Holzverkleidung im Cockpit an und leuchtete mit einem Streichholz hinunter. „Da ist der Motor. Diesel!"

Baker hatte einmal zwischen zwei kriminellen Perioden ein paar Wochen in einer Garage gearbeitet. Er fuhr mit der Hand an der Treibstoffleitung entlang und verfolgte sie bis zum Tank im Heckkasten. „Vielleicht ist noch Öl drin!"

„Sieh nach!" befahl Macey.

Baker schraubte den Deckel ab und zündete ein Streichholz

an. „Ungefähr halb voll, King.“ Er schraubte den Deckel wieder zu. Dann packte er den Startergriff und versuchte, den Motor anzuwerfen. Der Motor war groß und sehr klamm. Baker brachte nur ein paar langsame Umdrehungen zustande.

„Laßt mich mal ran“, sagte Macey. Er stellte sich breitbeinig vor den Motor, packte den Griff und wandte seine ganze Muskelkraft an. Der Anlasser drehte sich anstandslos. Zehn Umdrehungen, ein Dutzend.

„King ist stark“, sagte Rosie.

Hines grinste sie boshaft an. „Das gefällt dir, nicht wahr?“ Macey drehte weiter. Und dann, wie es Dieselmotoren so an sich haben, erwachte der Motor langsam zum Leben.

„Ich werd verrückt“, sagte Hines.

Sie hatten es nicht erwartet, sie waren nicht darauf gefaßt. Sie erschraken über das unvermittelte, laute Rattern des Motors. „Schnell weg!“ rief Macey. „Macht die Taue los!“ Hines und Baker machten sich mit den Knoten zu schaffen. „Beeilung!“ rief Macey. Er stand am Ruder, probierte den Schalthebel aus, legte den Vorwärtsgang ein. Plötzlich machte das Boot einen Satz. Das morsche Bugseil riß, kurz darauf auch das Heckseil. Sie waren frei! Die Jacht schabte am Nachbarboot entlang, glitt hinaus ins Hafenbecken.

Macey blickte angestrengt nach vorn. „Ich kann absolut nichts sehen!“ Er griff nach der Drosselklappe, doch ehe er die Geschwindigkeit verringern konnte, stießen sie irgendwo hart an. Das Boot stand. Baker kletterte aufs Kabinendach und sah hinab. Sie hatten einige dicke Holzpfosten gerammt. „Fahr ein Stück zurück, King!“ rief er.

Macey legte den Rückwärtsgang ein, kam von den Pfosten frei – unmittelbar danach stießen sie an etwas anderes. Es war ein Landungssteg, aber diesmal prallten sie ab. Die anderen Boote waren jetzt nicht mehr zu sehen. Offenbar verließen sie den Hafen. Macey blickte zurück. Trotz des Motorenlärms und ihres Geschreis hatten sie offenbar niemanden geweckt. Niemand rief ihnen nach.

„Ich glaube, wir haben es geschafft“, sagte Macey stolz. „Halt die Augen auf, Tommy! Mach die Leinwand vollends weg, Chris.“ Er zog Rosie an sich und umarmte sie kurz. „Baby, ich bin froh, daß wir aus der Stadt herauskommen.“

SIE SAHEN weder etwas vom Hafen noch andere Schiffe. Die einzigen Geräusche kamen von ihrem eigenen Motor und ab und zu von dem Nebelsignal draußen auf dem Meer. Macey kam sich am Ruder in der Haltung des Kapitäns großartig vor. Er hatte die Dinge in der Hand. Das Wetter war genau so, wie sie es brauchten. Kein Windhauch. Das Wasser war ruhig, das Boot glitt wie auf Schienen dahin.

Nur einmal wurde Maceys Zuversicht vorübergehend etwas erschüttert. Sie hatten den Hafen schon hinter sich, als Baker plötzlich vom Kabinendach herunter etwas Unverständliches schrie. Unmittelbar darauf krachte es fürchterlich, und dann schabte etwas am Rumpf der Jacht entlang. Ein blendendweißes Licht huschte vorbei. Baker hatte die Leuchtboje erst im letzten Moment gesehen. Macey blickte zurück, aber das eiserne Ungetüm war schon wieder verschwunden. Es schien, daß sie jetzt ziemlich flott fuhren.

Hines kicherte. „Paß lieber auf, Kapitän." Nachdem sie die Verfolgung auf dem Festland überstanden hatten, fühlte er sich ein wenig benommen.

Macey nahm eine Zigarette aus der Tasche. Ringsum war alles finster – das Cockpit, die Kabine, die undurchdringliche Nacht. Nicht einmal Baker, auf dem Kabinendach, war zu sehen.

„Wo fährst du hin, King?" fragte Rosie nervös.

„Immer an der Küste lang, wie ich sagte."

„Fahren wir nicht von der Küste weg?"

„Ich muß Abstand halten."

„Wann willst du wieder auf die Küste zusteuern?" fragte Hines.

„Später. Wir müssen zuerst von der verdammten Stadt wegkommen."

„Und wie kommen wir nachher an Land?"

„Ich denke, wir finden irgendwo ein Stück Strand."

„Und dann klauen wir wieder einen Wagen, ja?"

„Natürlich. Hast du die Moneten, Chris?"

„Verlaß dich drauf."

„Wieviel?"

„Weiß nicht, vielleicht hundert."

„Das genügt. Die Polypen werden Augen machen, wenn sie merken, daß wir ihnen durch die Lappen sind."

„Das hast du fein gemacht, King“, sagte Baker vom Kabinendach herunter.

„Köpfchen, mein Lieber.“ Macey starrte in die Dunkelheit. „Tommy, sei so gut und sieh mal nach dem Öl.“

Baker stieg vom Kabinendach herunter und leuchtete mit einem Streichholz in den Tank. „Immer noch fast halb voll!“ rief er.

Macey schwieg eine Weile und überlegte, wann er wieder auf die Küste zuhalten sollte. Das dumme war, daß er keine Ahnung hatte, in welche Richtung sie bis jetzt gefahren waren. Er hatte versucht, das Boot auf geradem Kurs zu halten, als sie den Hafen verließen, und er hatte seither das Ruder nicht bewegt. Aber die Sache konnte schwierig werden. Wenn er zu früh oder zu stark beidrehte, konnte es sein, daß sie wieder nach Salmouth kamen. Tat er es zu spät, war es möglich, daß ihnen das Öl ausging. Aber es hatte noch keine Eile. Sie fuhren erst eine halbe Stunde.

„Ich friere entsetzlich, King“, sagte Rosie.

„Dann geh doch in die Kabine, und leg dich hin!“

„Gut.“ Sie ging hinein.

Macey fuhr noch eine Viertelstunde, ohne die Richtung zu ändern. Draußen im Kanal warnten und antworteten die Schiffssirenen einander. Außerdem hörten sie jetzt ein neues Geräusch, ein durchdringendes, tiefes Geräusch, das regelmäßig alle paar Minuten anschwoll und mit einem dumpfen Grollen endete.

„Was ist das, zum Teufel?“ fragte Macey.

„Wenn ich das wüßte“, sagte Hines. „Wahrscheinlich ein Schiff.“

„Das ist kein Schiff. Das rührt sich nicht von der Stelle.“

„Draußen ist irgendwo ein Leuchtturm“, erklärte Baker. „Ich habe ihn mal von der Mole aus gesehen. Ich glaube, er heißt Swirlstone.“

Hines blickte angestrengt in den Nebel. „Aber ich sehe kein Leuchtfeuer.“

„Weil es neblig ist“, sagte Baker. „Deshalb haben sie auch das Nebelsignal eingeschaltet.“

„Auf jeden Fall ist das ein elender Spektakel.“ Hines

stampfte mit den Füßen, um sie warm zu halten. „Wie spät ist es eigentlich, Tommy?“

Baker opferte noch ein Streichholz. „Viertel nach eins.“

„Ich wollte, wir hätten was zu essen. Willst du jetzt nicht beidrehen, King? Nicht mehr lange, und wir sind in Frankreich.“

In diesem Augenblick kam ein Schrei aus der Kabine. Rosie stolperte in ihrer Aufregung über die Schwelle. „Es kommt Wasser herein, King! Der ganze Boden ist schon mit Wasser bedeckt!“

Baker steckte ein Streichholz an und leuchtete in die Kabine. „Tatsächlich! Das Boot muß leck sein, King.“

Hines sah Baker über die Schulter. „Ich wette, das ist passiert, als wir die Pfosten gerammt haben.“

„Hier, übernimm das Steuer, Chris“, sagte Macey. Er gab Hines das Ruder und trat neben Baker an die Kabinentür.

„Wenn wir nur eine Lampe hätten.“ Baker steckte noch ein Streichholz an.

Macey sah bestürzt das Wasser. „Ekelhaft.“

„Vielleicht ist irgendwo eine Pumpe.“ Baker durchsuchte das Cockpit. Am Schott war tatsächlich eine Kreiselpumpe befestigt. Doch als er den Handgriff betätigen wollte, rührte er sich nicht.

„Vollkommen verrostet, King."

„Dann müssen wir uns eben mit dem Eimer behelfen."

Baker holte ihn aus der Kabine. Macey riß ein paar Fußbodendielen heraus, nahm den Eimer und begann zu schöpfen. Das Wasser stand bereits merklich höher.

Das Schöpfen war kein Vergnügen. Sie mußten es im Dunkeln tun. Jeder Eimer Wasser wurde durch die schmale Kabinentür gereicht und über Bord gekippt. Macey und Baker schöpften fünf Minuten lang wie besessen. Dann zündete Baker wieder ein Streichholz an. Das Wasser war nicht weniger geworden, aber sie hielten es auf seinem Stand.

Macey wischte sich den Schweiß von der Stirn. „Komm her, Chris, mach weiter!" Hines ließ das Ruder los und nahm den Eimer. Macey stellte den Ganghebel auf Leerlauf und drosselte den Motor. Beim Ausschöpfen würde man alle Hände brauchen.

Nun war es sehr still, bis auf das Heulen des Nebelsignals. Es klang jetzt ziemlich nahe.

Sie schöpften unablässig, doch allmählich wurden sie müde. Als sie kurz aussetzten, stieg das Wasser sofort.

Rosie bekam es mit der Angst. Sie packte Macey am Arm. „King, wir gehen doch nicht etwa unter, oder?"

„Natürlich nicht", sagte Macey.

Hines zündete noch ein Streichholz an. Das Wasser erreichte jetzt fast den Cockpitboden. „Verflucht! Wie wär's, wenn wir mit Vollgas auf die Küste zufahren?"

„Du hast es erfaßt", sagte Macey leise. „Aber wo ist die verdammte Küste?"

Entsetzt sahen sie in die Finsternis hinaus. Das Boot war sich selbst überlassen gewesen, während sie Wasser geschöpft hatten. Es hatte sich gedreht und war dann ein Stück getrieben. Keiner hatte auch nur die leiseste Ahnung, in welche Richtung.

Rosie schrie auf.

Das Nebelsignal heulte wieder los. Diesmal kam es von rechts und war so nahe, daß sie zusammenzuckten.

Plötzlich rief Baker: „Warum fahren wir eigentlich nicht auf den Leuchtturm zu, King? Ich glaube, das ist unsere einzige Rettung."

„Genau das dachte ich auch eben", sagte Macey, obwohl es ihm nicht in den Sinn gekommen war. Er ging ans Steuer und gab Vollgas. Niemand wandte etwas dagegen ein, nicht einmal Hines. Jede Möglichkeit schien jetzt besser, als unterzugehen und zu ertrinken.

„Weiterschöpfen!" schrie Macey. „Ihr wollt doch nicht, daß der Motor stehenbleibt! Schöpft um euer Leben!"

Baker und Hines widmeten sich mit neuer Energie dem Eimer. Macey steuerte dorthin, wo er den Leuchtturm vermutete.

Das Nebelsignal heulte wieder. Es kam immer noch von rechts und war sehr nahe. Macey drehte etwas am Ruder.

Plötzlich schrie Rosie: „Ich sehe ein Licht, King! Genau geradeaus! Jetzt ist es weg."

Macey blickte in die Dunkelheit. Kurz darauf erschien direkt über dem Bug ein schwacher Lichtschimmer, ein Bündel Scheinwerferstrahlen, das sich drehte und verschwand und wiederauftauchte.

„Wir haben's gleich geschafft!" rief Macey. „Nicht nachlassen!"

Das Licht wurde immer heller. Macey drosselte den Motor. Sie mußten jetzt ganz nahe sein. Er war gespannt, ob sie einfach an den Leuchtturm heranfahren und aussteigen konnten. Die See war ruhig genug dazu. Dann knirschte und krachte es. Das Boot stand. „Mein Gott, was war das?" rief Hines.

„Ich glaube, wir sind auf ein Riff gefahren", sagte Baker.

Macey schaltete den Motor ab. Sie traten an die Reling. Es war kein Riff zu sehen, ringsum nichts als Wasser mit weißen Schaumkronen. Sie waren noch etwa dreißig Meter vom Leuchtturm entfernt. Sie konnten gerade seinen verschwommenen Umriß sehen, der unheimlich im Nebel emporragte.

Das Boot unter ihnen gab erschreckende Geräusche von sich. Das Wasser sah tief und kalt aus. Sie hatten den Leuchtturm fast erreicht, aber sie sahen keine Möglichkeit, vollends hinzukommen. Das Nebelsignal dröhnte über ihren Köpfen. Es betäubte sie fast.

Rosie fürchtete sich entsetzlich. „Was sollen wir nur tun, King?"

„Wir rufen."

Sie schrien. Hines betätigte außerdem die Hupe. Doch nichts regte sich.

„Die hören uns nie“, jammerte Rosie.

„Quatsch“, sagte Macey. „Einmal müssen sie uns hören. Dann kommen sie herunter und helfen uns.“

„Und was geschieht, wenn wir oben sind?“ fragte Hines.

„Mach dir darüber keine Gedanken“, antwortete Macey. „Überlaß das mir.“

Zweites Kapitel

HOCH OBEN im Leuchtturm Swirlstone saß Chefwärter George Robeson. Er hatte um Mitternacht die Wache angetreten und würde bis vier Uhr im Dienst bleiben.

Robeson war ein altgedienter Leuchtturmwärter. Jetzt stand sein fünfundsechzigster Geburtstag vor der Tür, und er würde bald pensioniert werden. Er war stämmig, hatte ein verwittertes Gesicht und kurz geschnittenes graues Haar. Seine blauen, tiefliegenden Augen unter den grauen Brauen waren heiter und klug. Er strahlte eine ruhige Autorität aus, die er bescheiden und dabei selbstsicher ausübte.

Er hielt im Dienstraum Wache, dem Nervenzentrum des Leuchtturms direkt unter dem Lampenraum. Hier wurden alle Aufzeichnungen gemacht und aufbewahrt, die Wetterberichte aufgesetzt, hier waren auch die meisten meteorologischen Instrumente – Barometer, Thermometer, Windmesser. Hier stand ein kleiner Tisch, an dem man arbeiten konnte, und auf einem anderen stand das Funktelefon, die einzige Verbindung zur Küste. Der Raum war rund wie alle Räume im Turm, makellos sauber mit geweißten Wänden und sehr klein, wenig mehr als drei Meter im Durchmesser.

Robeson lehnte sich im Stuhl zurück. Er hatte die bequeme blaue Wolljacke an, die er seinem Uniformjackett vorzog, sog an seiner Pfeife und las eine Zeitung. Er hatte es sich bequem gemacht, denn um diese Zeit gab es wenig für ihn zu tun, außer Augen und Ohren offenzuhalten. Durchs Fenster konnte er sehen, wie sich die kreisenden Lichtstrahlen an der Nebelwand spiegelten. Von tief unten im Turm kam das leise, stetige Summen des Generators herauf.

Der Leuchtturm Swirlstone war kürzlich von Öl auf Elektrizität umgestellt worden, und das fast vollautomatische Druckknopfsystem hatte der Nachtwache viel mühsame Arbeit abgenommen. Jetzt lief alles fast automatisch. Robeson begrüßte alle diese Neuerungen. Als es notwendig gewesen war, hatte er mit Hingabe Drehwerksgewichte hochgezogen und Dochte getrimmt. Die Arbeit im Leuchtturm war damals eine Schinderei gewesen. Aber er hatte sie immer gern verrichtet. Dem Leuchtfeuer zu dienen war seine Berufung und sein Stolz. Er hatte dieses Leben ganz einfach deshalb gewählt, weil er in der Welt nützlich sein wollte. Und Schiffe vom Riff fernzuhalten war ein nützliches Werk. Aber auch er war nach fast einem halben Jahrhundert harter, mühseliger Arbeit in Leuchttürmen aller Art dafür, daß man sich die Arbeit erleichterte. Es gab auch so noch genug zu tun.

Das Nebelsignal dröhnte. Robeson legte die Zeitung weg und saß eine Weile zufrieden da, rauchte und dachte nach. Er dachte an die gestrige Ablösung und war froh, daß sie gut abgelaufen war. Es war immer ein befriedigendes Gefühl, wenn eine Ablösung ohne Zwischenfälle vorübergegangen war; der zurückkehrende Mann heil im Turm angelangt, der aufbrechende auf das Schiff übergesetzt, die Vorräte ergänzt. Diese monatlichen Ablösungen waren sogar bei einigermaßen gutem Wetter eine heikle Sache. Robeson entsann sich vieler Male, wo das Wetter plötzlich umgeschlagen hatte und der Mann, der an Land gehen sollte, seine Sachen wieder auspacken mußte und alle mürrisch, ungeduldig und reizbar waren. Man konnte nie wissen, wie lange das schlechte Wetter anhielt. Doch wenn eine Ablösung geklappt hatte, fühlten sich alle wohl. Dann lief wieder einen Monat lang der übliche Tageslauf ab, und es gab Briefe, Zeitungen, Bücher und Neuigkeiten von der Außenwelt, gar nicht zu reden davon, daß sie für ein paar Tage frisches Fleisch und frisches Gemüse hatten. Es ging nichts über eine gut verlaufene Ablösung.

Ein Schatten huschte über Robesons Gesicht. Er würde jetzt nur noch wenige Ablösungen mitmachen. Das stimmte ihn traurig; traurig, weil seine Frau vor einem Jahr gestorben war, weil seine Kinder erwachsen waren und das Elternhaus verlassen hatten und weil er bei seinem letzten Landurlaub allein gewesen war. Er wußte, er würde die kameradschaftliche Atmosphäre im Turm vermissen. An den Ruhestand würde er sich erst gewöhnen müssen. Aber alles in allem hatte er ein schönes Leben hinter sich, besser als die meisten Menschen. Und er war körperlich und geistig auf dem Damm geblieben. Auch das Alter würde seine guten Seiten haben. Er würde schon eine Beschäftigung finden.

Die letzten paar Monate sollten reibungslos verlaufen, dachte er. Er konnte seine Assistenten gut leiden – Granger, der gerade auf Urlaub war, Mitchell, obwohl er gern die gekränkte Leberwurst spielte, und natürlich den neuen Jungen, Jim Lowe. Ein vielversprechender Junge, willig, zurückhaltend, wißbegierig, ein guter Zuhörer und Beobachter.

Wieder heulte das Nebelsignal. Ein widerliches Geräusch, dachte Robeson. Er haßte Nebel, wie alle Leuchtturmwärter. Das bedeutete mehr Arbeit, und das ständige Plärren der Sirene machte einen nervös. Man gewöhnte sich nicht daran.

Im Stock darüber ging Unterwärter Mitchell auf und ab. Er hatte Nebelwache. In einer klaren Nacht hätte er jetzt in seiner Schlafkoje gelegen. Statt dessen tat er acht Stunden ununterbrochen Dienst. Nun, das gehörte eben dazu.

Mitchell war vierzig Jahre alt, schlank und tatkräftig. Er hatte eine lange, schmale Nase, ein spitzes Kinn, leicht eingefallene Wangen und glattes Haar mit Geheimratsecken. Sein Mund war schmal und ein wenig spöttisch. Er war nicht gerade ein Adonis, sah aber doch recht gut aus. Er wirkte sehr wachsam und zuverlässig.

Wie Robeson hatte Mitchell sein ganzes Leben im Leuchtturmdienst verbracht, und wie Robeson hatte er es nie bereut. Aber seine Einstellung dem Dienst gegenüber unterschied sich wesentlich von der seines Chefs. Sie hatte einen stark negativen Grundzug, einen Anflug von Bitterkeit. Mitchell hatte nicht den Wunsch, der Menschheit zu dienen. Im Gegenteil, er war etwas wie ein Menschenverächter. Er haßte das Leben an Land, besonders das moderne Stadtleben. Er verabscheute das Hasten und Drängen, die Autos, den Lärm und Gestank und das Gefühl, daß überall Konflikte lauerten. Für ihn war der Turm ein Zufluchtsort vor dem feindseligen Festland. Von sich aus hätte er kaum je Landurlaub genommen. An Land war er fehl am

Platz, ein Außenseiter, immer bereit zu scharfen Kommentaren über alles, was ihm mißfiel. Naturgemäß hatte er nur wenige Freunde.

Er wußte, es wäre vielleicht anders gewesen, wenn er geheiratet, wenn er wie Robeson die richtige Frau gefunden hätte. Aber das Mädchen, das er heiraten wollte, hatte ihn sitzenlassen und sich mit einem Schnösel aus London davongemacht. Sie hatte sich nicht einmal verabschiedet. Er hatte ihr nie verziehen, und an Land mußte er immer wieder an den schmerzlichen Vorfall denken. Auf dem Riff aber war er ein anderer Mensch, fröhlich, kameradschaftlich, humorvoll, niemals scharf. Und in jeder Hinsicht ein fähiger und gewissenhafter Leuchtturmwärter. Jetzt ging er bedächtig im Lampenraum auf und ab. Von Zeit zu Zeit trat er auf die offene Galerie und sah nach, ob der Nebel sich nicht endlich lichtete. Draußen war es feucht und kalt, und das Nebelsignal war ohrenbetäubend.

Der Lampenraum war, an den sonstigen Verhältnissen im Turm gemessen, groß. Die runde Wand bestand aus großen, rautenförmigen Glasscheiben. In der Mitte des Raumes stand ein zwei Meter hohes Eisengerüst, darauf eine runde Plattform mit einem Geländer, über eine kurze Metalleiter zu erreichen. Auf der Plattform befand sich das Drehgestell mit der funkelnden, einen Meter hohen Optik und ihren tausend Prismen, die fast lautlos auf Rollen aus geschliffenem Stahl rotierte und wie durch Zauberei das Licht einer einzigen elektrischen Birne von tausend Watt in sechs Paar Lichtbündel mit einer Helligkeit von mehr als einer halben Million Kerzen und mit einer erstaunlichen Reichweite verwandelte.

Doch im Augenblick war das Leuchtfeuer weniger wichtig. Das Wichtigste war jetzt das Nebelsignal. Mitchell hatte bereits die Maschine geprüft, die alle fünf Minuten einen Preßluftstoß auslöste und dadurch das Signal aufheulen ließ. Von Zeit zu Zeit sah er nach dem Kompressor, ob alles anstandslos arbeitete. Aber er rechnete nicht mit Schwierigkeiten.

Eine fröhliche Melodie pfeifend, ging Mitchell auf und ab. Er war froh, daß er wieder im Turm war, nach einem Monat erzwungener Abwesenheit. Für Mitchell war der Turm sein Zuhause.

Jim Lowe lag in seiner Koje im Schlafraum ein Stockwerk unter dem Dienstraum. Während der letzten paar Stunden hatte er zu schlafen versucht, aber das Nebelsignal hatte ihn immer wieder aufgeschreckt, so daß er nur ein wenig gedöst hatte.

Lowe war einundzwanzig Jahre alt, groß und breitschultrig und hatte ein offenes, pausbackiges Gesicht, auf das das Leben noch keine Linien eingegraben hatte. Sein Haar war dicht und strohblond und ähnelte einem Mop. Seine großen Augen waren dunkelbraun und nachdenklich. Sein Mund wirkte sensibel. Er war erfinderisch und fleißig und las viel.

Er war erst seit anderthalb Jahren im Leuchtturmdienst, aber in dieser kurzen Zeit hatte er bereits viel gelernt. Er erfaßte technische Dinge rasch und zeigte sich interessiert weit über das hinaus, was die Pflicht verlangte. Er konnte bereits mit dem Leuchtfeuer umgehen, kleine Reparaturen an den Maschinen vornehmen, Flaggensignale geben, die meisten Funkgeräte und die Nebelsignale bedienen, er konnte eine gute Mahlzeit für drei Personen kochen und Erste Hilfe leisten.

Lowe war durch seine leidenschaftliche Liebe zum Meer in den Leuchtturmdienst gekommen. Der Ozean hatte für ihn etwas Poetisches, Geheimnisvolles, das ihn bezauberte. Er liebte den weiten Raum, den hohen Himmel, die Abgeschiedenheit, die so anders war als Einsamkeit. In *seiner* Einstellung gab es nichts Negatives, nichts, wovor er floh. Er war einfach ein verschlossener junger Mann mit einer großen Liebe zur Natur und zu seinen Pflichten als Wärter.

Das Nebelsignal heulte wieder. Lowe gab den Versuch zu schlafen auf und nahm ein Buch aus dem Regal über dem Kopfende seiner Koje. Er vertiefte sich in einen Bericht über eine Ein-Mann-Überquerung des Nordatlantiks mit einer Sieben-Meter-Schaluppe.

Um halb drei verließ Robeson den Dienstraum, um nach dem Wetter zu sehen. Mit gemessenem Schritt stieg er zum Lampenraum hinauf. Mitchell saß auf der untersten Sprosse der Leiter, die zur Optik führte, und hatte die Nase in einem Buch. Er blickte auf, als Robeson erschien. „Immer noch ziemlich dick, Rob."

Robeson nickte. „Ich bin heilfroh, daß ich nicht draußen im Kanal sein muß.“ Er ging auf die Galerie und lehnte sich über das hüfthohe Geländer. Der Nebel schien jetzt ein wenig dünner, aber für die Lichtstrahlen bildete er nach wie vor eine undurchdringliche Wand. Robeson blieb einen Augenblick stehen, sog die feuchte Luft ein und horchte. Mehrere Sirenen heulten, aber weit entfernt. Das Meer fünfzig Meter unter ihnen war unsichtbar und still.

Plötzlich wurde er aufmerksam. Von unten kamen Laute herauf, rauhe Laute, die er nicht identifizieren konnte. Er horchte. Dann hörte er es wieder: eindeutig Menschenstimmen. Jemand schrie um Hilfe!

Er trat rasch in den Lampenraum. „Mitch! Da ist jemand drunten auf dem Riff. Es muß ein Boot gestrandet sein.“

Mitchell ging hinaus und horchte. „Großer Gott! Sehen wir nach.“

Robeson ging voraus. Unterwegs blieb er vor dem Schlafraum stehen und rief Lowe. Alle drei zogen hohe Stiefel und Schwimmwesten an. Mitchell und Lowe nahmen Taschenlampen, und Robeson hängte sich ein Megaphon um den Hals. Sie gingen rasch die Treppe hinab.

Im Einlaßraum entfernte Lowe die Stützstangen und schob die Riegel der Doppeltür zurück. Sie war aus Geschützmetall, und jedes Türblatt wog eine halbe Tonne. Lowe öffnete die Tür. Mitchell nahm eine Seilrolle von einem Haken und hängte sie sich über die Schulter. Draußen war eine senkrechte Stahlleiter in die Granitmauer des Turms eingelassen. Sie stiegen rasch zur ‚Einfassung‘ hinab, einem anderthalb Meter breiten Steinsims mit Geländer, der um den Sockel des Leuchtturms lief. Von hier aus führte eine kürzere, senkrechte Leiter auf das Riff hinab.

Lowe und Mitchell leuchteten mit ihren Taschenlampen in die Richtung der Hilferufe. Anfangs war außer undeutlichen Schatten nichts zu erkennen, doch als die Nebelschwaden sich vorübergehend lichteten, sahen sie die gestrandete Jacht. Sie hing schräg auf dem Felsen. Drei Männer und ein Mädchen standen schreiend und winkend im Cockpit. Einer machte Anstalten, aus dem Boot zu klettern. Robeson rief ihm durch das Megaphon zu: „Wir kommen! Bleibt, wo ihr seid!“

Das Riff, das sich ohne Unterbrechung zwischen dem Leuchtturm und dem Boot hinzog, war stellenweise noch unter Wasser, aber nach Robesons Schätzung konnte es höchstens einen Fuß tief sein. Er nahm Mitchell das Seil ab, befestigte das eine Ende an einem eisernen Ring in der Turmwand und watete im Licht der Taschenlampen auf die Jacht zu, wobei er die Leine hinter sich herzog. Der unebene, mit Seetang bedeckte Fels war tückisch, aber Robeson erreichte ohne Zwischenfall das Boot. Dort machte er das andere Seilende fest, so daß es als Rettungsleine diente, und rief Mitchell und Lowe herüber.

Die Leuchtturmwärter vergeudeten keine Zeit mit den zitternden, durchnäßten Gestalten im Cockpit. Fast die einzigen Worte waren Robesons ruhige Anweisungen. Lowe stieg an Bord und hob das Mädchen mühelos heraus, als wäre es ein Kind. Mitchell befahl ihr, sich an der Rettungsleine festzuhalten, und führte sie durchs Wasser zum Fuß des Turms. Die drei jungen Männer folgten ihnen, von den Leuchtturmwärtern unterstützt. Als alle festen Boden unter den Füßen hatten, zog Lowe das Seil ein.

Es blieb noch das Problem, die Geretteten zur Einlaßtür hinaufzubringen. Sie waren steif gefroren und sichtlich unfähig, im Dunkeln die senkrechten Leitern hinaufzuklettern. Robeson sprach mit Lowe.

„Wir nehmen am besten die Winde, Jim."

Lowe nickte und stieg rasch in den Turm hinauf zur Windenkammer. Er ließ am Eingang vorbei ein kräftiges Seil zum Riff hinab. Mitchell schlang eine Buline um das Mädchen und sprach ihm Mut zu, als die Winde das Seil langsam straffte. Auf diese Weise schaffte sie beide Leitern ohne Schwierigkeiten. Als sie in Sicherheit war, wurden die anderen der Reihe nach angeseilt und hochgehievt. Mitchell nahm Taschenlampen und Megaphon, rollte das Seil ein und hängte es wieder an seinen Haken. Robeson sicherte die Türen. „Hinauf mit euch", sagte er. „Das ist ja noch mal gutgegangen."

Der Aufstieg fiel der müden Gruppe schwer, besonders dem Mädchen. Die eiserne Wendeltreppe war steil, und auf jedem Absatz ruhten die Ankömmlinge aus, ehe sie weiterstiegen. Schließlich betraten sie den Wohnraum drei Stockwerke unterhalb der Turmspitze.

Es WAR ziemlich eng, als sie alle drinnen waren. Der Raum hatte nur viereinhalb Meter Durchmesser, und davon nahm die Einrichtung noch eine Menge Platz weg: Herd, Backofen, Spülstein, Anrichte, Geschirrschränke, Kommoden und ein runder Tisch mit drei Stühlen. Mit sieben Leuten im Raum konnte man sich kaum mehr rühren.

Robeson schenkte den frierenden Schiffbrüchigen vorerst kaum mehr als einen flüchtigen Blick. „Du machst am besten Tee, Jim", sagte er. „Sie werden auch etwas essen wollen. Sie sehen ausgehungert aus." Lowe nickte. Er nahm Geschirr aus dem Schrank und stellte Speisen auf den Tisch. Der Teekessel sang bereits auf dem Herd.

„Sie setzen sich hierher ans Feuer, Mädchen", sagte Robeson und zog für Rosie einen Stuhl heran. „Ihr zwei setzt euch auf die anderen Stühle." Hines und Baker gehorchten. Jetzt gab es schon ein wenig mehr Platz. Macey lehnte mit ausdruckslosem Gesicht an der Wand.

Das Essen war schnell gerichtet. Lowe reichte Tassen mit Tee herum. „Bedient euch", sagte Robeson. Es gab frisches Brot, Butter, Schinken, Tomaten und Käse. Die vier ließen sich nicht zweimal bitten.

Während sie aßen, musterte sie Robeson. Eine komische Gesellschaft, dachte er, und in einem schlimmen Zustand. Aber jetzt kam wenigstens wieder ein wenig Leben in ihre Gesichter.

Das Nebelsignal fauchte. Robeson wartete, bis es abstarb. Dann sagte er: „Ihr müßt den Verstand verloren haben. Was, in aller Welt, habt ihr in solch einer Nacht auf dem Wasser gemacht?"

„Eine Hafenrundfahrt, weiter nichts", erklärte Macey. „Wir wollten Salmouth kennenlernen und uns ein bißchen amüsieren. Dann haben wir uns verirrt, und das verdammte Boot wurde leck. Deshalb kamen wir zum Turm. Wir haben eine halbe Stunde lang gerufen."

Maceys Tonfall gefiel Robeson nicht, sowenig wie sein Äußeres. Übrigens gefiel ihm keiner von dieser Gesellschaft.

„Wem gehört das Boot?" fragte er.

„Mir", sagte Macey. „Schon seit Jahren."

„Wie heißt es?"

Macey zögerte. Dann sagte er: „Rose."

Robeson schüttelte den Kopf. „Am Bug steht aber *Heron.* Ihr habt es wohl gestohlen?"

Macey zuckte mit den Schultern. „Wir haben es uns ausgeborgt. Wir wollten es wieder zurückbringen, sobald wir die Tour beendet hätten. Wozu also die Aufregung?"

„Ihr könnt von Glück sagen, daß ihr nicht ertrunken seid."

„Das wäre kein großer Verlust gewesen, wenn du mich fragst", warf Mitchell ein. Robeson seufzte und ging zur Tür.

„Wo wollen Sie hin?" fragte Macey.

„Wohin wohl? Ich rufe natürlich die Küstenstation an und melde den Vorfall."

„Wozu die Eile?"

„Ich möchte euch los sein, ehe das Wetter umschlägt. Es wird schwierig genug sein, euch eine Nacht hier zu haben. Sagt mir eure Namen."

„Mit Vergnügen!" Macey warf Hines und Baker einen warnenden Blick zu. „Das ist Chris Hines, das Tommy Baker, das hier ist Rosie, und ich bin Macey. ‚King' Macey."

Plötzlich hatte er die Pistole in der Hand. „Gehen Sie gefälligst von der Tür weg, Mann, wenn Ihnen Ihr Leben lieb ist. Das Ding ist geladen. Es ist mein Ernst."

Einen Augenblick herrschte ungläubiges Schweigen. Die Leuchtturmwärter starrten auf die Pistole. Sie war genau auf Robesons Brust gerichtet. Die Hand, die sie hielt, war vollkommen ruhig, und Maceys Augen waren stumpf wie graue Kieselsteine. Robeson stand wie angewurzelt.

„Ihr miserablen Tagediebe!" schrie Mitchell. Er wollte durch das Zimmer gehen.

Hines zog sein Messer und versperrte ihm den Weg. „Wollen Sie vielleicht 'ne Keilerei anfangen, Schlaukopf?"

„Noch einen Schritt, und ich schieße Sie über den Haufen", warnte Macey.

„Das wagen Sie nicht", sagte Mitchell zornig.

„Wetten? Ich hab heute abend schon einen umgelegt. Auf einen mehr kommt es nicht an."

„Aber er hat es nicht absichtlich getan", warf Rosie ein.

„Halt den Mund, Rosie. Hier rede ich! Ich habe also nichts zu verlieren. Verstanden? Ich mache jeden einzelnen von euch kalt, wenn es sein muß!"

Robeson blickte auf Macey. „Bitte beherrsche dich, Mitch. Ich glaube, es ist sein Ernst."

Mitchell ließ hilflos die Arme sinken.

„So ist es schon besser", sagte Macey. „Schön, organisieren wir uns. Tommy, du suchst jetzt ein Seil, um diese Nachtwächter zu fesseln." Baker ging dienstbeflissen hinaus.

„Ihr glaubt doch nicht, daß ihr ungestraft davonkommt, oder?" fragte Robeson.

„Vorerst komme ich davon, oder etwa nicht?" Mit der Pistole in der Hand fühlte Macey sich selbstsicher. „Wie geht's, Rosie? Werden deine Kleider trocken?"

„Schon in Ordnung." Ihre Stimme war kaum zu hören.

Schritte auf der Treppe: Baker kam mit einer Rolle dünnen Seils wieder. „Ist das richtig, King?"

„Genau das, was wir brauchen. Schneide sechs Stücke davon ab, etwa so lang." Er zeigte es, ohne den Blick von den Wärtern abzuwenden.

Baker zerschnitt das Seil mit dem Brotmesser.

„Gut", sagte Macey. „Jetzt fesselst du den Kleinen." Mit dem Kleinen war augenscheinlich Lowe gemeint. „Du hältst ihn fest, Chris. Handgelenke und Knöchel. Er soll sich zuerst auf den Boden setzen."

Hines hielt Lowe das Messer vor die Brust. „Auf den Boden mit dir!" Lowe sah Robeson an. Robeson nickte wütend. Lowe setzte sich mit dem Rücken zur Wand. Baker band ihm die Füße zusammen und fesselte ihm die Hände hinter dem Rücken. „Jetzt Sie!" Macey deutete mit der Pistole auf Mitchell.

Mitchell fauchte ihn an: „Das werden Sie bereuen!"

„Auf den Boden, Großmaul!"

Mitchell setzte sich und ließ sich fesseln. Dann kam Robeson dran. Sie saßen nun in einer Reihe an der Wand. Hines steckte das Messer wieder ein.

Macey blickte sich selbstzufrieden um. „Na, da hätten wir die miserable Burg ja eingenommen."

„Und ohne einen Schuß." Hines kicherte. „Das hast du gut gemacht, King!"

Macey zog sich einen Stuhl heran und setzte sich rittlings darauf. „Also schön, jetzt können wir uns ein wenig unterhalten. Sie da, wie heißen Sie?"

„Mitchell.“

„Schön, Mitchell. Wie weit ist es von hier bis zur Küste?“

Mitchell gab keine Antwort.

„Es wäre besser, Sie reden, Mann, wenn Sie wissen, was gut für Sie ist.“ Macey hob die Pistole.

„Ich will es Ihnen sagen . . .“, begann Robeson.

„Sie halten die Klappe. Der Kerl da muß parieren. Lehr ihn Mores, Chris!“

Hines zog sein Messer heraus. Dann hielt er inne. Mit einem satanischen Grinsen nahm er den Plastikbeutel vom Tisch, in dem das Brot gewesen war, und stülpte ihn Mitchell über den Kopf. „Wer nicht spricht, braucht auch nicht zu atmen.“

„Ganz recht“, stimmte Macey zu.

Hinter der durchsichtigen Hülle wurde Mitchells Gesicht langsam immer dunkler. Sein Mund öffnete sich, seine Augen traten heraus. Er keuchte. Baker sah mit wachsendem Entsetzen zu. Robeson schrie: „Nehmt den Beutel weg! Ihr bringt ihn ja um!“ Rosie flehte: „King – o King, nimm ihn weg!“

Macey machte eine majestätische Geste zu Hines hin. Hines zog den Plastikbeutel weg. Mitchells Atem rasselte, als er tief Luft holte. Es dauerte eine ganze Minute, bis sich sein Gesicht wieder entfärbte.

„Schön“, sagte Macey. „Also, wie weit ist es bis zur Küste?“

„Zwölf Meilen bis Salmouth . . .“ Mitchell keuchte immer noch. „Acht bis zum nächsten Punkt der Küste.“

„Was für ein Punkt ist das?“

„Sheep Head.“

Macey nickte. „Und wann kommt unser Boot wieder frei?“

„Ich denke, es ist leck“, sagte Robeson.

„Ein Leck kann schließlich repariert werden. Wann kommt es frei, wenn es repariert ist?“

Robeson dachte kurz nach. „Etwa um zwei Uhr am Nachmittag, wenn das Wetter so bleibt.“

„Können Sie ein leckes Boot reparieren, Mitchell?“

„Vielleicht“, sagte Mitchell, „es kommt darauf an.“

„Ich würde es Ihnen raten! Sobald es hell ist, fangen Sie an.“

„Wie sind unsere Pläne, King?“ fragte Hines.

„Wir fahren natürlich zur Küste zurück. Dann verduften wir.“

„Und was ist mit dem Nebel? Wie sollen wir die Küste finden?"

„Ich glaube nicht, daß der Nebel morgen noch so dick ist. Rosie, du legst dich jetzt aufs Ohr. Du auch, Tommy, aber du hast nur ein bis zwei Stunden."

Rosie stand auf. „Und wo ist für Damen?"

„Drunten im Einlaßraum", sagte Robeson.

Macey nickte. „Zeig ihr's, Tommy."

Rosie nahm ihre Handtasche, und sie gingen die Wendeltreppe hinab.

Hines gähnte. Er war todmüde. „Was machen wir jetzt, King?"

„Wir bewachen diese Knaben hier. Abwechselnd, begriffen? Du schläfst jetzt eine Weile, ich wecke dich in einer Stunde."

Hines nickte. Er stellte zwei Stühle aneinander und streckte sich vor dem Feuer aus. Nach ein paar Augenblicken schnarchte er.

Macey beobachtete die Leuchtturmbesatzung und polierte dabei seine Pistole mit dem Hemdsärmel. Auch er war übermüdet, aber der Führer mußte wachen. Und er hatte viel nachzudenken, über die Aufregungen des Tages und wie er alles gemeistert hatte. Jawohl, er war sehr geschickt vorgegangen.

Den Wärtern fiel es nicht schwer, wach zu bleiben, derartig unbequem saßen sie mit ihren auf dem Rücken zusammengebundenen Händen.

Von Zeit zu Zeit ließ einer eine leise Bemerkung fallen, aber meist schwiegen sie. Auch sie hatten viel nachzudenken.

Robeson litt am meisten unter der Demütigung, denn er war für den Turm verantwortlich. Es war beschämend, daß drei junge Männer den Turm derartig mühelos in Besitz nehmen konnten. Sein einziger Trost war, daß der Leuchtturm noch arbeitete. Das Nebelsignal erscholl regelmäßig, und durchs Fenster sah man auf dem Nebel den Widerschein des rotierenden Leuchtfeuers. Das Wichtigste war jetzt, alles Menschenmögliche zu tun, um die Abreise dieser Tagediebe zu beschleunigen. Sobald sie an Land wären, würde sich die Polizei ihrer annehmen. Bis dahin mußte man jede überstürzte Handlung vermeiden.

Mitchells Gedanken waren weniger konstruktiv. Zorn und Haß verzehrten ihn. Es war unerträglich, daß diese Landratten den Turm in Besitz genommen hatten. Wenn er Macey nur ansah, schoß ihm schon das Blut in den Kopf. ‚King' Macey, wahrhaftig! Der aufgeblasene Idiot. Und diese Kreatur namens Hines! Aber der Tag der Abrechnung würde schon kommen!

Lowe hatten die Ereignisse dieser Nacht erschreckt und geängstigt. Leute wie Macey und Hines lagen völlig außerhalb seiner Erfahrung. Maceys Gefühllosigkeit stieß ihn ab, und die sadistische Brutalität von Hines bereitete ihm Übelkeit. Er war froh, daß er nicht die Verantwortung trug und nun versuchen mußte, die Lage zu meistern. Er hätte nicht gewußt, was tun. Robeson war klug und vorsichtig, man konnte unbedingtes Vertrauen zu ihm haben. Lowe verabscheute den Gedanken an jeden Gewaltakt, und er fürchtete sich vor Maceys Pistole. Natürlich bemühte er sich, es nicht zu zeigen, und strengte sich an, gelassen zu wirken. Doch es würde nicht leicht sein, das durchzuhalten.

MACEY UND Hines wechselten einander in der Wache ab. Dann zeigte sich im Fenster das Morgengrauen. Macey erhob sich von seinem Stuhl und wusch sich am Spülstein das Gesicht. „Ich sehe mal draußen nach dem Wetter", sagte er zu Hines. „Laß sie nicht aus den Augen, Chris!"

Macey stieg zum Lampenraum hinauf. Zu seiner Befriedigung sah er, daß der Nebel ein wenig lichter geworden war. Die Sicht könnte für die Fahrt an die Küste gerade richtig sein, dachte er.

Er beugte sich über das rotgestrichene Geländer und sah auf die Felsen hinab. Die Ebbe hatte große Teile des Riffs freigelegt. Der Kamm, an dem die Jacht gestrandet war, lag in seiner ganzen Länge frei. Die Jacht lag diagonal darüber. Das Wasser sah ziemlich ruhig aus.

Zufrieden ging Macey in den Wohnraum zurück und weckte unterwegs Rosie und Baker.

Er sah Robeson an. „Was ist mit dem Licht da oben? Soll es den ganzen Tag brennen?"

„Wenn Sie mir die Fesseln abnehmen, gehe ich hinauf und schalte es aus", antwortete Robeson.

„Nicht so eilig, Mann. Kann das auch der Kleine da machen?" Macey deutete verächtlich mit dem Kopf auf Lowe.

„Natürlich."

„Binde den Kerl los, Chris, und geh mit ihm hinauf!" Er brach ab, als die Nebelsirene aufheulte. „Können wir das Ding nicht auch abschalten?"

„Vergewissere dich, Jim", sagte Robeson.

Lowe ging mit steifen Beinen zum Fenster. „Noch nicht, Rob."

„Komm, komm", sagte Macey. „Der Nebel ist fast weg."

„Aber noch nicht ganz."

Robeson sah besorgt aus. „Wenn das Nebelsignal zu früh abgeschaltet wird, Macey, könnte jemand die Küstenwache benachrichtigen."

Macey sah das ein. „In Ordnung. Geh mit dem Kleinen hinauf, Chris." Hines zog das Messer und verließ mit Lowe den Raum.

Macey wandte sich an Mitchell. „Sie sind doch scharf darauf, das Boot zu reparieren, nicht wahr?"

„Ja", antwortete Mitchell.

Macey nickte. „Wir sehen es uns nach dem Frühstück mal an."

Draußen kamen Stimmen näher, und Baker und Rosie traten ein. Rosie hatte sich frisch hergerichtet mit Rouge und Wimperntusche und grünen Augenschatten. „Wann fahren wir ab?" fragte sie verdrießlich.

„Ich hab dir's doch gesagt. Sobald das Boot flott ist."

„Für mich kann es nicht bald genug sein, das kannst du mir glauben. Dieser Lärm hier!" Sie sah Robeson und Mitchell an. „Was gibt's zum Frühstück?"

„Eine tüchtige Tasse Tee", erklärte Macey, „und ein paar Eier, denke ich. Eier sind im Schrank."

„Wer soll sie machen?"

„Du, Süße. Tommy wird dir helfen."

Rosie fuhr herum, aber dann ging sie hüftschwenkend zum Herd.

Nach ein paar Minuten kam Hines mit Lowe zurück. „Das Licht ist aus", verkündete er. „Soll ich den Kerl wieder fesseln?"

„Nur die Füße", sagte Macey. „Sie können zum Essen die Hände frei haben."

„Die Eier sind soweit!“ rief Baker. „Kommt essen!“

Rosie reichte Tassen herum, Hines schnitt Brot ab, und Baker verteilte die gekochten Eier. „Gemütlich hier, nicht wahr?“ bemerkte Hines.

Macey sah auf die Uhr. Es war kurz vor acht. „Schalte die Nachrichten ein, Chris.“

Hines griff nach dem Kofferradio und schaltete es ein. Der Sprecher las gerade die Übersicht. Die erste Meldung betraf eine schwere Explosion in Johannesburg, die zweite den Raubüberfall auf das Kino in Salmouth.

Der Sprecher sagte: „Der Geschäftsführer des *Majestic-Cinema* in Salmouth, Devonshire, wurde gestern abend bei einem Raubüberfall erschossen, den drei junge Männer und ein Mädchen mit einem gestohlenen Wagen bei dichtem Nebel auf das Kino verübten. Während einer der Männer die Kassiererin mit einem Messer bedrohte und die Geldkasse leerte, stand ein anderer mit einer Pistole an der Saaltür. Als der Geschäftsführer, Mr. George Dixon, aus dem Zuschauerraum trat, schoß ihn der Mann in den Kopf. Die beiden Gangster flohen mit dem Wagen, in dem der dritte Mann und das Mädchen gewartet hatten. Es wurden Banknoten im Wert von etwa hundertzwanzig Pfund gestohlen. Wie die Kassiererin, Mrs. Blount, aussagt, wurde Mr. Dixon aus unmittelbarer Nähe vorsätzlich erschossen, als er wieder in den Zuschauerraum gehen wollte.“

Rosie warf Macey einen erschrockenen Blick zu.

„Erstunken und erlogen!“ fauchte Macey. „Ich habe euch gesagt, der Kerl hat mich angegriffen.“

Nun folgten die Beschreibungen vom Wagen, von Maceys Kamelhaarmantel, von Hines' Kleidung, von Bakers jugendlichem Gesicht und Rosies hellblondem Haar. Die Gangster wurden noch in Salmouth vermutet, hieß es in der Meldung, und die Stadt werde nach ihnen durchkämmt.

Damit war die Meldung zu Ende. Macey gab Hines einen Wink, er solle abschalten.

„Da habt ihr's“, sagte Macey. „Sie suchen uns noch in der Stadt. Keine Ahnung von dem Boot. Das erleichtert die Flucht.“ Er war froh, daß die drei Wärter die Nachrichten gehört hatten. Jetzt waren sie sich im klaren darüber, mit wem sie es zu tun hatten.

Er trank seine Tasse aus und schob den Stuhl zurück. „Mahlzeit“, sagte er. „Jetzt wird das Boot repariert.“ Er gab Hines ein Zeichen. „Binde den Schlaukopf los. Tommy, du kommst mit mir und Mitchell. Chris, du bewachst die beiden anderen.“

SIE GINGEN die Wendeltreppe hinab, Macey als Nachhut mit der Pistole. Im Maschinenraum machten sie kurz halt, damit Mitchell eine Werkzeugtasche und Reparaturmaterial holen konnte. Dann kletterten sie die Leitern hinunter und gingen vorsichtig über das schmale Riff zum Boot. Die Flut war wieder im Steigen begriffen, aber es würde noch Stunden dauern, bis das Wasser die Jacht erreichte.

Mitchell sah auf das leicht unruhige Meer hinaus, dann wandte er sich wortlos dem alten Boot zu, dessen Unterseite an mehreren Stellen geflickt war. Er kratzte etwas von dem Tang weg, der den Schiffsrumpf bedeckte, und stellte fest, daß keine Farbe mehr auf dem offensichtlich morschen Holz war. Er hatte selten ein weniger seetüchtiges Schiff gesehen, der Rumpf taugte praktisch nur noch als Brennholz. Mitchell ging langsam um das Boot herum, Baker und Macey folgten ihm. Am vorderen Kielende blieb er stehen. Er brauchte nach dem Leck nicht weiter zu suchen. Zwei Planken waren gesprungen, wo sie am Bug zusammenstießen, und die Lücke war so groß, daß er einen Finger hineinstecken konnte.

„Können Sie das reparieren?“ fragte Macey.

Mitchell zuckte mit den Schultern. „Ich will's versuchen.“

„Machen Sie es ordentlich, Schlaukopf. Wer weiß, vielleicht lasse ich Sie mitfahren.“

Mürrisch ging Mitchell an die Arbeit. Er wußte, daß er es beim besten Willen nicht anständig flicken konnte, das Holz war viel zu morsch, aber er konnte etwas zusammenpfuschen. Vielleicht genug, um sie loszuwerden. Macey stand mit der Pistole neben ihm.

Baker blickte zum Turm hinauf. Zum erstenmal sah er einen Leuchtturm bei Tageslicht aus der Nähe. Er war blaßgrau. Die schlanke, nach oben sich verjüngende Form gefiel ihm. Der Turm wirkte unglaublich hoch und sehr wehrhaft. Baker war es ein Rätsel, wie es jemand fertiggebracht hatte, ihn hier zu bauen.

„Wir können inzwischen das Vehikel ausschöpfen, Tommy“, sagte Macey. „Los, fang an!“

„In Ordnung, King.“ Baker schöpfte, bis er keinen Tropfen mehr in den Eimer bekam. Dann sah er in den Treibstofftank. Es schien zu reichen. Jedenfalls für acht Meilen. Er ging in den Salon und sah sich um. Er inspizierte die Gerätschaften und sah in die Schrankfächer. In einem fand er etwas, was wie ein zusammengelegtes und verschnürtes gelbes Stück Gummi aussah. Als er die Schnur löste und das Paket öffnete, stellte er zu seiner Überraschung fest, daß es ein kleines Schlauchboot war. In seitlich angebrachten Taschen befanden sich Paddel und eine Handpumpe zum Aufblasen.

Er trug es auf das Kabinendach und blies es auf. Es war ungefähr anderthalb Meter lang und leicht birnenförmig. Er rief Macey und hielt es in die Höhe. „Sieh mal, was ich gefunden habe, King. Könnte vielleicht nützlich sein für das letzte Stück bis zum Land.“

Macey grunzte. „Hoffentlich brauchen wir's nicht. Du kannst herunterkommen, der Schlaukopf ist gleich fertig.

Baker ließ das Schlauchboot auf dem Kabinendach liegen und kletterte zu den anderen auf das Riff. Mitchell hatte ein Stück Bleck über das Loch im Bug genagelt und die Ränder mit einer Plastikmasse zugeschmiert.

Baker fuhr mit dem Finger über die Reparatur. „Sieht ordentlich aus, King.“

Mitchell trat zurück. „Besser geht es nicht.“

„In Ordnung“, sagte Macey. „Nehmen Sie Ihr Werkzeug, wir gehen wieder in den Turm.“ Bis die Flut das Boot erreichte, gab es draußen nichts mehr zu tun.

Das Nebelsignal lärmte. „Können wir das Ding jetzt nicht endlich abschalten?“ fragte Macey.

Mitchell blickte sich um und nickte.

„Ich komme mit hinauf. Das geht einem langsam wirklich auf die Nerven.“

Kaum waren sie wieder im Wohnraum, als über ihnen eine Klingel läutete. Macey sprang auf. „Was ist das, zum Teufel?“

„Das Telefon“, sagte Robeson.

Macey zögerte. Aber nur einen Augenblick. „Sie gehen an

den Apparat. Chris, feßle Mitchell und mach Robeson frei, rasch!"

Alle, einschließlich Baker, machten sich mit den Seilen zu schaffen. Nach ein paar Sekunden war Mitchell gefesselt und Robeson frei. Macey bedeutete ihm, er möge aufstehen. „Wo ist der Apparat?"

„Im Dienstraum."

„Gut. Los, Beeilung. Wenn einer von diesen Nachtwächtern eine Bewegung macht, Chris, spieß ihn auf!" Macey trieb Robeson mit der Pistole an und folgte ihm die Treppe hinauf.

„Jetzt will ich Ihnen noch was sagen", begann Macey, als sie in den Dienstraum traten. „Sie wissen von nichts. Ein einziges falsches Wort, und ich schieße Ihnen eine Kugel in den Leib."

Robeson nahm den Hörer ab. „Leuchtturm Swirlstone. Chefwärter hier." Seine Stimme war ruhig, aber auf seiner Stirn stand Schweiß.

„Morgen, Chef!" Macey konnte jedes Wort verstehen. „Sergeant Dukes hier, Stadtpolizei Salmouth."

„Morgen", sagte Robeson.

„Haben Sie schon von dem Überfall auf das *Majestic-Cinema* gestern abend gehört?"

„Ja, vorhin in den Nachrichten."

„Gut. Wahrscheinlich ist die Bande in einer Jacht getürmt. Im Jachthafen fehlt ein zehn Meter langes Boot namens *Heron.* Eine alte Kiste, schmutziggrau. Sie haben es wohl nicht zufällig gesichtet?"

Maceys Finger strafften sich um die Pistole.

„Nein, nichts", sagte Robeson. „Der Nebel war auch zu dicht."

„Das dachte ich mir. Na schön, halten Sie die Augen offen und geben Sie uns Bescheid, wenn Sie es sehen."

„Gern."

„Vielen Dank, Wiedersehen." In der Leitung klickte es. Robeson hängte ein.

Macey nickte zufrieden. „Eben haben Sie einem das Leben gerettet, Mann." Er nahm das Logbuch vom Tisch und blätterte es durch. „Bekommen Sie hier viele Anrufe?"

„Nicht viele."

Macey hielt bei einer Eintragung inne vom vergangenen Tag.

„Was ist das: ‚Meldung an die Küste, 10 Uhr 40‘?“

„Einer von uns ruft jeden Vormittag die Küstenwache an. Nur um zu melden, daß alles in Ordnung ist, und um das Wetter durchzugeben.“

Macey blätterte eine Seite weiter. „Nachmittags rufen Sie auch an?“

„Ganz recht, zweimal am Tag.“

„Immer zur gleichen Zeit?“

„Morgens zwischen halb elf und elf und am Nachmittag zwischen halb fünf und fünf.“

Macey sah auf die Uhr. Er kniff die Augen zusammen. „Jetzt ist es 10 Uhr 40. Wollten Sie heute nicht anrufen?“

„Das ist gleich“, sagte Robeson. „Wenn ich die Küstenwache bis elf Uhr nicht angeläutet habe, rufen sie mich an.“

„Klar, und sie würden denken, es ist etwas nicht in Ordnung. Gehen Sie lieber rasch wieder ans Telefon.“

„Ich muß zuerst die Wetterinstrumente ablesen“, sagte Robeson.

„Tun Sie das. Aber ein bißchen dalli.“

Robeson ging zum Fenster und sah hinaus, notierte Barometerstand, Temperatur und Windstärke, ging dann vor Macey zur Galerie und blickte zur Wetterfahne auf der Kuppel des Lampenhauses hinauf. Als er zum Telefon zurückkehrte, war es fünf Minuten vor elf. Er nahm den Hörer ab und ließ sich mit der Küstenwache verbinden. „Hallo, Fred . . .“

Die Meldung dauerte nur ein paar Augenblicke. Macey hörte aufmerksam zu, aber er fand gegen die kurze, nüchterne Unterhaltung nichts einzuwenden.

„Jetzt hinunter mit Ihnen“, sagte er, als Robeson einhängte. „Ich denke, nun sind alle zufrieden.“

Eine Stunde später machte Macey auf der Galerie einen weiteren Erkundigungsgang. Was er sah, gefiel ihm nicht. Der Nebel hatte sich aufgelöst, und eine blasse Sonne stand am Himmel. Zum erstenmal waren Schiffe in Sicht. Im Norden war Land zu sehen, ein langes, hohes Kliff, das sich schwach vom Himmel abhob. Das war also Sheep Head. Acht Meilen.

Macey schätzte, daß sie nicht länger als eine Stunde bis zur Küste brauchen würden. Aber nachdem das Boot nun als vermißt gemeldet war und der Nebel sich aufgelöst hatte, würde das eine heikle Sache sein. Alles würde nach ihnen Ausschau halten – Schiffe, Küstenwachen, alle. Vielleicht war es klüger, den Aufbruch bis zur Dämmerung hinauszuschieben. Auf Sheep Head standen Häuser, in denen nach Einbruch der Dunkelheit Lichter brennen würden. Daran konnten sie sich orientieren.

Schließlich ging Macey hinunter. Baker stand am Fenster und sah nachdenklich hinaus. Rosie zog sich vor dem Spiegel über dem Spülbecken die Augenbrauen nach. Hines hatte im Radio Tanzmusik gefunden und wippte im Takt. Macey befahl ihm abzuschalten und gab seinen revidierten Lagebericht kund. „Ich glaube, wir warten und brechen erst um halb fünf herum auf. Dann ist es ein Kinderspiel."

Der Aufschub klang plausibel. Niemand erhob Einwände. Aber Baker schnitt ein anderes Thema an, das ihn beschäftigt hatte. „Hast du dir schon überlegt, was wir mit der Besatzung machen, wenn wir abhauen, King?"

„Natürlich", antwortete Macey, aber er hatte nicht daran gedacht.

„Wenn wir sie nämlich frei machen, ehe wir abfahren", fuhr Baker fort, „gehen sie sofort ans Telefon und melden der Polizei, daß wir unterwegs sind."

„Warum sollen wir sie losbinden?" fragte Hines. „Wir können sie doch einfach so sitzen lassen."

„Dann können sie weder essen noch trinken noch sonst etwas. Das geht nicht, Chris."

„Er hat recht", sagte Rosie. „Das können wir nicht machen, King. Es sind keine üblen Leute."

Plötzlich kam ein Schimmer in Hines' Augen. „Ich hab's. Wir zerschlagen das blödsinnige Telefon."

„Hört doch mit dem Quatsch auf", sagte Macey. „Das ist gar nicht nötig."

„Was hast du dann für eine Idee?"

„Wir lassen sie gefesselt", sagte Macey. „Es geschieht ihnen nichts. Robeson soll nämlich um fünf die Küstenwache anrufen. Wenn er es nicht tut, ruft die Küstenwache ihn an, und wenn sie keine Antwort bekommen, werden sie sofort ein Boot schikken und nachsehen, was los ist. Bis dahin sind wir über alle Berge." Baker blickte erleichtert auf. „Du bist klug, King."

Als Macey kurz nach ein Uhr zur Galerie hinaufging, um sich ein letztesmal umzusehen, versetzte es ihm einen Stich. Der Himmel war jetzt bedeckt, und eine steife Brise wehte. Das Meer war weiß gesprenkelt. Am Fuß des Turms warfen die Wellen Schaum auf die Felsen.

Er betrachtete eine Weile finster die Szenerie. Dann ging er zu den anderen hinunter. „Das Meer ist nicht mehr so wie heute morgen“, verkündete er. „Sieht mir nicht geheuer aus.“

Baker und Rosie traten ans Fenster. Sie sahen die weißen Schaumkronen und hörten den Wind heulen.

„Es hat rasch umgeschlagen“, sagte Rosie.

Baker nickte. „Gehen wir hinunter, Rosie. Unten sieht man es besser.“

Sie gingen rasch zum Einlaßraum hinab. Als Baker die Tür öffnete, kam auch Hines dazu. Der Felsenkamm, über den sie gehen mußten, stand noch nicht unter Wasser, aber das Meer ringsum brodelte begierig.

„Das geht gerade noch“, sagte Baker nach einer Weile. „Ich glaube, wir könnten es schaffen, wenn wir einmal klar sind.“

Eine Welle brach weiß schäumend über die Klippe. „Eines kann ich dir jedenfalls sagen“, meinte Hines. „Wenn wir ins Boot wollen, müssen wir uns verdammt beeilen.“

„Stimmt“, bestätigte Baker. „Wir haben höchstens noch fünf Minuten, schätze ich.“

„Ich sage King Bescheid.“ Hines raste die Treppe hinauf.

Macey stand am Fenster. „Wie sieht's unten aus, Chris?“

„Ziemlich ekelhaft. Aber wir können es schaffen, wenn wir gleich losfahren.“

Macey nahm seinen Mantel, vergewisserte sich, daß die Wärter gut gefesselt waren, und folgte Hines. Unten an der Tür blieb er stehen und sah auf die steigende Flut.

„Sieht mir nicht hasenrein aus. Vielleicht warten wir lieber bis morgen.“

Eine Welle klatschte an die Wetterseite des Riffs, und der Gischt spritzte fast bis zur Einfassung herauf. Der Wind wurde immer stärker. Gleich darauf bedeckte eine zweite Welle das ganze Riff von einem Ende zum anderen mit Schaum.

„Ich glaube auch nicht, daß es sicher ist“, sagte Rosie. „Jetzt nicht mehr.“

Sie standen da und beobachteten. Es war keine Frage mehr, ob man zum Boot gehen sollte oder nicht, und sie alle waren froh, daß sie nicht versucht hatten, das Riff zu überqueren, aber das Schauspiel war faszinierend. Während die Flut stieg, wurde das ganze Gebiet des Riffs ein einziger großer Kessel voll brodelnden Schaums. Die Wellen schlugen an die Leeseite der Jacht und schleuderten Gischtfontänen darüber. Es sah wirklich beängstigend aus.

Doch es sollte noch schlimmer kommen. Jetzt bewegte sich der Schiffsbauch. Auf einer Welle hob er sich ein wenig und fiel zurück. Sie hörten es krachen, als das Boot auf den Fels schlug. Eine weitere Welle hob es an und noch eine. Sie trug das Schlauchboot davon, das Baker auf dem Dach hatte liegen lassen. Wieder und wieder hob sich das Boot und fiel mit fürchterlicher Gewalt auf die schartigen Kanten des Riffs. Das Geräusch von berstendem Holz erreichte sie trotz des Lärms der Wellen. Planken fielen an den Seiten heraus.

Dann brach vor ihren entsetzten Augen die Jacht auseinander. Der ganze Kabinenaufbau löste sich und schwamm davon. Die nächste große Welle nahm das Wrack von der Breitseite her, trug es über den Fels ins tiefe Wasser, wo es sank. Es war nichts mehr übrig als ein paar schwimmende Planken.

Drittes Kapitel

Wortlos stiegen sie zum Wohnraum hinauf. Die fürchterliche Gewalt des Meeres war für sie ein niederdrückendes Erlebnis gewesen. Noch niederdrückender war der Gedanke, daß sie nun keine Aussicht mehr hatten, den Leuchtturm zu verlassen.

Niedergeschlagen betraten sie den Wohnraum. Die Wärter waren noch gefesselt. „Na, was ist passiert?“ fragte Robeson.

„Das Boot ist weg“, erklärte Baker. „Hat sich in seine Bestandteile aufgelöst.“

Robeson nickte ernst. Dies war das unwillkommene Ergebnis, das die Wärter seit dem Mittag vorhergesehen hatten. Jetzt standen sie genau wie die Gangster einer neuen Situation gegenüber.

„Schön“, sagte Robeson, „damit hat sich's. Jetzt könnt ihr uns freilassen und aufgeben. Ich gehe ans Telefon, und sobald sich das bißchen Sturm gelegt hat, kommt ein Schiff herüber und holt euch ab.“

„Sie sind verrückt!“ sagte Macey.

„Das ist nur vernünftig, mein Junge. Ihr könnt nicht weg. Und bei der nächsten Ablösung werdet ihr sowieso mitgenommen.“

„Letzten Endes verschlimmert ihr eure Lage nur noch, wenn ihr widerspenstig bleibt“, ergänzte Mitchell.

„Er hat recht“, sagte Robeson. „Wenn ihr aufgebt, ist es nur zu euer aller Bestem. Nehmt uns die Fesseln ab, gebt uns eure Pistole und das Messer, und ich verspreche euch eine anständige Behandlung, bis ihr abgeholt werdet.“

„Sie sind nicht in der Lage, uns Versprechungen zu machen“, sagte Macey.

„Beim Himmel, Junge, wenn ihr uns so gefangenhaltet, bis die Ablösung kommt, wird es euch nicht gerade nützen.“

„Und wann kommt die Ablösung, Opa?“ fragte Hines.

Robeson blickte zum Wandkalender. „Nicht vor dem zwölften März. Bei schlechtem Wetter kann es noch länger dauern.“

Macey brummte befriedigt. „Dann haben wir keine Eile. Das ist noch fast ein Monat. Eine lange Zeit, um sich etwas auszudenken. Wir geben jedenfalls nicht auf.“

Er ging zur Tür. „Beaufsichtige sie eine Weile, Chris.“

„Wo gehst du hin, King?“

„Mal sehen, wie wir uns hier einrichten können“, erklärte Macey. „Werde mir das Bauwerk mal genauer ansehen.“

ER BEGANN seine Inspektion ganz unten im Turm. Zuerst kam der Einlaßraum an die Reihe, wo er im Fußboden ein paar runde Luken bemerkt hatte. Er öffnete eine und sah hinab. Darunter lag ein großer Tank. Er schraubte den Deckel ab und sah, daß er mit Frischwasser gefüllt war. Er enthielt viele Hunderte oder sogar Tausende Gallonen. Sie würden also nicht verdursten.

Er schraubte den Deckel wieder zu und ging weiter zum Maschinenraum. Hier standen drei kleine, saubere Generatoren, glänzend von grüner Farbe und poliertem Blech. In Schränken an den Wänden waren Werkzeuge, Ölkannen und Ersatzteile untergebracht. Macey fand in einer Werkzeugkiste eine kurze Eisenstange und nahm sie mit.

Nun sah er kurz in den Batterie- und Ölraum im Stockwerk darüber und ging dann weiter zum Vorratsraum. Hier lagerten Vorräte aller Art – Seilrollen in vielerlei Größen, Farbdosen, Dosen mit Terpentin und Paraffin, Bürsten, Besen, Sturmlampen, Töpfe und Kochutensilien sowie mehrere große Kisten mit Konserven. In den Schränken fand er weitere Lebensmittel. Sie würden also offensichtlich auch nicht Hungers sterben.

Macey stieg weiter hinauf, kam zur Windenkammer und drehte beiläufig am Handgriff. Die Apparatur war tadellos in Schuß, und der Handgriff ließ sich fast geräuschlos drehen. In diesem Raum lagerte auch das Brennmaterial für den Herd.

Im Schlafraum sah er sich gründlich um. Fünf Schlafkojen befanden sich an der runden Wand, drei unten und zwei oben, die letzteren offenbar selten benutzt.

Im Dienstraum untersuchte er die drei kleinen Kühlschränke, die in die Wand eingelassen waren. Sie enthielten verderbliche Lebensmittel. Ja, hier gab es eine Menge zu essen. Sein Blick fiel auf das Funktelefon, und er erinnerte sich plötzlich an die regelmäßigen Anrufe, die Robeson tätigen mußte. Gut, daß er daran gedacht hatte. Gut auch, daß er Chris den Apparat nicht hatte zerstören lassen, sonst käme jetzt im Nu ein Schiff.

Er ging in den Lampenraum und kletterte die kurze Leiter zur Optik hinauf. Zum erstenmal sah er sich das Drehgestell genauer an. Er beendete seinen Erkundungsgang draußen auf der Galerie, sah die Fahnenstange, den Blitzableiter und die Windfahne oben auf der Kuppel.

So ein Leuchtturm ist schon ein Ding, dachte er, als er wieder zu den anderen hinunterging. Ein tolles Ding!

DIE ATMOSPHÄRE im Wohnraum war immer noch gedrückt.

Hines blickte auf, als Macey hereinkam. „Nun, hast du alles besichtigt?"

Macey nickte. „Ganz nettes Anwesen, muß ich sagen."

Hines' Blick fiel auf die Eisenstange. „Was hast du da, King?"

„Das ist für Tommy." Macey gab Baker die Stange. „Könnte nützlich sein. Waren die Nachtwächter manierlich?"

„Nein“, sagte Hines. „Sie haben dauernd aufgemuckt.“

„Weshalb?“

Robeson regte sich. „Es müssen allerlei Arbeiten erledigt werden, Macey. Wer soll das machen?“

„Was für Arbeiten?“

„Sie glauben doch nicht, daß sich der Turm allein bedient. Wir haben unsere Routinearbeit, die getan werden muß.“

„Ich hab euch bis jetzt nur ein paar Schalter bedienen sehen“, sagte Macey. „Ich denke, das können wir auch.“

„Es ist noch eine Menge anderes zu erledigen“, sagte Robeson. „Erstens muß man jeden Tag die Optik säubern, dann müssen sämtliche Scheiben im Lampenraum geputzt werden, sechsundfünfzig Stück. Wenn das nicht gemacht wird, ist das Leuchtfeuer nicht so stark und klar, wie es sein muß.“

„Noch was?“

„Der Generator muß gewartet werden. Man muß nach den Batterien sehen. Der Turm muß täglich geputzt werden. Man muß Wasser in den Tank pumpen, Kohlen holen. Alles Blech muß gepflegt werden.“

Macey nickte gnädig. „Ich will euch sagen, was wir machen“, erklärte er dann. „Einer von euch Nachtwächtern kann immer frei sein. Wir wechseln ab. Der Kerl, der frei ist, tut die Arbeit.“

Robesons Miene hellte sich ein wenig auf.

„Aber er wird bewacht. Und wenn er Blödsinn macht, knöpfe ich ihn mir selber vor.“

„Sie haben die Pistole“, sagte Mitchell. „Das ist klar genug.“

„Vergessen Sie das nicht, Schlaukopf.“ Macey sah auf die Uhr. „Zeit für den Anruf“, sagte er zu Robeson. „Binde ihn los, Chris!“

Als Robeson den Hörer abhob, gebot ihm Macey Einhalt. „Ich muß noch ein Wort mit Ihnen sprechen.“

„Nun?“

„Folgendes. Sie werden im Laufe der Zeit eine Menge am Telefon quasseln. Vielleicht glauben Sie, Sie könnten etwas durchflitzen lassen, was ich nicht verstehe.“

Robeson wartete.

„Für den Fall, daß Sie so was im Kopf haben, will ich es

Ihnen gleich sagen: Wenn das Ablösungsboot vor dem 12. März kommt, weiß ich, daß Sie am Telefon was rausgelassen haben. Dann mache ich euch alle drei fertig, begriffen? Ich habe nichts mehr zu verlieren. Gut. Jetzt können Sie Ihren Freund anrufen."

Als sie wieder in den Wohnraum kamen, gab Macey Robeson in Hines' Obhut. „Laß ihn arbeiten, Chris. Ich glaube nicht, daß er Schwierigkeiten macht."

Hines ging murrend mit Robeson hinaus.

„Was sollen wir denn essen?" fragte Rosie.

„Das ist deine Sache, Süße. In den Kühlschränken oben ist Fleisch."

„Ich koche kein Fleisch", erklärte Rosie. „Ich weiß gar nicht, wie man das macht. Sind keine Dosen da?"

„Im Schrank", sagte Mitchell. „Dort drüben!"

Rosie ging zum Schrank und wühlte darin. Schließlich zog sie ein paar Konservendosen heraus. „Schmorfleisch, wie wär's damit?"

„Klingt für den Anfang nicht übel", sagte Macey.

„Da sind auch Erbsen und Karotten."

Baker fand ein paar Stieltöpfe und machte die Dose auf. Rosie schüttete den Inhalt heraus und stellte die Töpfe auf den Herd. Macey saß da wie ein Sultan.

„Brot ist aber nicht mehr viel da", sagte Rosie. „Habt ihr kein frisches?" Sie sah Lowe an.

Lowe schüttelte den Kopf. „Wir konnten heute nicht backen."

„Was? Ihr backt euer Brot selber?"

„Natürlich, jeden Tag. Das ist im Leuchtturmdienst so üblich. Wir bestellen auch jeder unsere eigenen Vorräte. Es kommt selten vor, daß wir alle das gleiche essen."

„Jetzt wird euch aber nichts anderes übrigbleiben", meinte Rosie lächelnd. „Schmorfleisch mit Erbsen und Karotten. Es ist gleich fertig."

Macey ging zur Tür und rief: „Chris!"

Hines trat nach Robeson ein. Sein Messer war offen. Robeson ging zum Spülstein und wusch sich die Hände.

„Was hast du gemacht, Rob?" fragte Mitchell.

„Die Optik gereinigt und den Generator geölt."

„Und was macht das Wetter jetzt?"

„Es beruhigt sich. Ich denke, es wird bald wieder still."

Hines sah in die Töpfe. „Und das sollen wir essen?"

„Wenn es dir nicht paßt, kannst du mich mal", sagte Rosie. Sie teilte das Essen aus.

„Feßle Robeson wieder!" befahl Macey. „Nur die Füße, Chris."

Hines fesselte Robesons Füße. Dann reichte Baker das Essen herum, und sie machten sich alle hungrig darüber her.

Sofort nach dem Essen gab Macey wieder Anweisungen und verteilte Arbeiten. „Du machst uns Tee, Tommy. Der Junge kann das Geschirr abwaschen. Binde ihn los, Chris!"

Wieder wurde mit den Seilen hantiert. Lowe spülte schweigend und geschäftig das Geschirr.

Robeson sah zum Fenster hinaus. Schließlich sagte er: „Es wird Zeit, daß wir das Leuchtfeuer anschalten."

Macey musterte seine Truppen. „Rosie, du wäschst das übrige Geschirr auf. Tommy, du gehst mit dem Jungen. Nimm die Stange mit."

„Ich habe keine Angst vor ihm, King", sagte Baker.

„Natürlich nicht. Er sieht zwar kräftig aus, aber das ist nur Speck."

Baker und Lowe gingen hinaus. Nach ein paar Minuten ging das Leuchtfeuer an. Robeson konnte es von seinem Platz aus sehen. Er steckte seine Pfeife an. Nun war er wenigstens eine weitere Sorge los.

Lowe kam zurück, hinter ihm Baker. „Du kannst den Jungen wieder fesseln, Chris", sagte Macey.

Hines stöhnte. „King, wie lange wollen wir diesen Unfug noch treiben?"

„Bis ich es sage. Wir müssen hier Disziplin halten. Begriffen?"

Hines besorgte wieder das Fesseln. Dann sah er auf die Uhr. „Sechs Uhr, King. Willst du Nachrichten hören?"

„Natürlich. Wir müssen auf dem laufenden bleiben."

Hines schaltete das Radio an.

Der Überfall in Salmouth hielt noch den zweiten Platz. „Die drei jungen Männer und das Mädchen, die den Überfall auf das Kino in Salmouth verübten, wobei der Geschäftsführer, Mr. Dixon, erschossen wurde, haben vermutlich den Hafen von Salmouth in einem gestohlenen Boot verlassen, einer zehn Meter langen, grauen Motorjacht namens *Heron*. Polizeiboote und Küstenwache haben den ganzen Tag die Küste abgesucht, doch bis jetzt keine Spur von der Jacht gefunden. Die französische Polizei ist alarmiert worden, für den Fall, daß die Gangster versuchen, den Kanal zu überqueren. Alle Schiffe sind aufgefordert, Ausschau zu halten ..."

Hines stellte den Apparat leiser. „Ausschau halten bringt sie nicht viel weiter", sagte er grinsend. „Wie gefällt euch das? Die Franzosen sind alarmiert!"

„Genau das, was wir brauchen", sagte Macey. „Das bedeutet, daß niemand hier in der Nähe herumschnüffelt. Mann, da haben wir was angezettelt."

Hines lachte. „Was macht dein Französisch, Tommy?"

Baker schwieg. Ebenso Rosie. Bei all den Aufregungen des Tages hatten sie den Mord an dem Geschäftsführer vergessen. Jetzt wurden sie unangenehm daran erinnert.

Hines drehte am Radioapparat herum, bis er Tanzmusik fand, blieb neben dem Apparat stehen, zog Grimassen, klopfte mit dem Schuh den Takt an den Stuhl und schnalzte dazu mit den knochigen Fingern.

Der Lärm übertönte jedes Gespräch und schien von dem winzigen Raum völlig Besitz zu ergreifen. Schließlich wurde sogar Macey der Lärm zuviel. „Ausschalten, Chris! Das fällt mir auf die Nerven!"

Hines gehorchte mürrisch, und eine Weile saßen alle schweigend da. Dann stand Rosie auf. „Ich bin müde, ich gehe zu Bett."

„Es ist noch nicht Schlafenszeit", sagte Hines.

„Na und? Lohnt es sich hier etwa aufzubleiben?" Rosie musterte ihr Gesicht im Spiegel und ging dann in den Schlafraum hinauf.

„Wir regeln am besten gleich jetzt die Nachtwache", sagte Macey.

Hines stöhnte. „Mensch, King, kommen wir niemals zu einem ordentlichen Schlaf?"

„Wir müssen Wache halten, im Fall sie die Knoten aufbekommen. Wir schieben jeder zwei Stunden Wache, Tommy fängt an. Dann kommst du, Chris. Wer fertig ist, weckt jeweils den nächsten. Klar, Tommy?"

„Klar, King."

Hines murrte. „Dauernd die verfluchten Treppen rauf und runter. Fesseln und losmachen. Den Leuten hinterherlaufen. Wie soll das weitergehen, King? Hast du dir schon was ausgedacht?"

„Laß mir Zeit, Mensch, wir sind ja erst ein paar Stunden hier."

„Ganz recht", sagte Baker. „Er ist ja noch gar nicht zum Nachdenken gekommen."

DIE NACHT verlief ohne Zwischenfälle, aber der dauernde Wachenwechsel war aufreibend. Mitchell wurde unruhig und klagte, er bekäme den Krampf. Robeson mußte während Maceys erster Wache austreten, und das bedeutete, daß Hines geweckt werden mußte, damit er mit Robeson hinunterging. Macey war froh, als sich gegen Ende seiner zweiten Wache das Morgengrauen im Fenster zeigte.

Er wusch sich am Spülstein, rasierte sich sorgfältig mit Mitchells Messer und zog ein sauberes Hemd von Lowe an, das ihm genau paßte. Robeson ging unter Bakers Bewachung das Leuchtfeuer und den Generator ausschalten, und als sie wiederkamen, stieg Macey zur Galerie hinauf. Der Wind hatte sich gelegt, und die bleifarbene See war fast so ruhig wie bei ihrer Ankunft.

Macey blickte sich beinah zufrieden um. Gar nicht so übel, einen Leuchtturm zu beherrschen, dachte er. Er hatte das Gefühl, tatsächlich Herr des Hauses zu sein, wenn er hier auf der Galerie stand und an dem schlanken Turm hinabsah, der jetzt ihm gehörte. Und unter ihm lauter Leute, die ihm aufs Wort gehorchten. Er brauchte nur den Mund aufzumachen, und sie parierten. Mit der Pistole konnte er sie zu allem zwingen. Sechs Leute gehorchten ihm ohne Widerrede, keiner ließ sich mit ihm ein. Es hätte wahrhaftig schlimmer sein können.

ALS ER wieder ins Wohnzimmer kam, merkte er, daß die anderen nicht so zufrieden waren wie er. Rosie bereitete mißmutig das Frühstück für sieben Personen. Hines säuberte sich mürrisch mit seinem Messer die Fingernägel, Baker starrte zum Fenster hinaus. Robeson war der Kopf auf die Brust gesunken. Mitchell trug wie üblich seinen schwelenden Zorn zur Schau. Lowes Gesicht war ausdruckslos. Eine feine Gesellschaft, dachte Macey. Eine nette, fidele Gesellschaft an einem so schönen Morgen. Er versuchte, sie auf Trab zu bringen.

„Gut geschlafen, Rosie?“ fragte er aufgeräumt.

„Während ihr drei die ganze Nacht herumgegeistert seid? Daß ich nicht lache!“

„Ich glaube, wir drehen alle noch durch, wenn wir lange hier bleiben“, brummte Hines. „Was sollen wir nur machen, King?“

Macey zuckte die Achseln. „Werde mir etwas einfallen lassen.“

„Du hast gut reden!“ herrschte Rosie ihn an. „Du kannst anderer Leute Sachen anziehen. Aber was soll ich tun, kannst du mir das sagen? Ich habe nur das, was in meiner Handtasche ist. Kein sauberes Kleid, gar nichts.“

„Macht nichts, Rosie, du siehst phantastisch aus.“

„Aber mir ist nicht phantastisch zumute. Hast du denn gar keine Idee, King?“

„Selbstverständlich habe ich eine“, erklärte Macey. „Wir warten einfach, bis ein kleines Boot in die Nähe kommt, eine Jacht oder ein Fischerboot. Dann winken wir die Leute heran, als ob wir in Not wären, sie legen an, um zu sehen, was los ist, dann übernehmen wir mit der Pistole das Boot. Gar kein Problem!“

Baker grinste. „Eine Pfundsidee, King.“

Mitchell schnaubte höhnisch. „Jetzt im Frühjahr könnt ihr lange warten, bis ihr eine Jacht seht. Und die Fischerboote machen im Winter einen großen Bogen um das Riff. Und käme tatsächlich eines, dann könnte es nicht anlegen.“

„Warum nicht?“ Macey glaubte, er müsse seinen Plan verteidigen.

„Weil das Wetter es nicht zuläßt“, sagte Mitchell.

„Ich finde es nicht so übel. Das Meer ist glatt wie ein Teich.“

„Sie glauben doch nicht etwa, daß das so bleibt, oder?“ fragte Robeson. „Morgen oder übermorgen können wir Stürme haben – wochenlang. Schwere Stürme. Wenn es hier richtig bläst, ist es wie der Zorn Gottes.“

„So?“ sagte Macey. „Wenn es wirklich so schlimm ist, wie kommen dann die Kerle mit dem Ablösungsboot heran?“

„Überhaupt nicht. Vielleicht ein einziges Mal von zwanzig Versuchen. Es kommt überhaupt kaum jemand an das Riff heran.“

„Und wie kommt ihr Nachtwächter dann weg?“

„Genauso, wie ihr wegkommen werdet“, sagte Robeson grimmig. „Zuerst kommt ein großer Leichter und ankert eine Viertelmeile vom Turm entfernt. Er läßt ein kleines Motorboot mit der Ablösung und den Vorräten zu Wasser. Das Motorboot fährt dann so nahe heran, wie es ohne Gefahr möglich ist. Es läßt den Heckanker zu Wasser, und wir werfen ein paar Taue hinüber und machen sie an der Einfassung fest. Unterdessen tanzt es auf und ab wie ein Korken.“

„Und dann?“

„Dann wird ein anderes Seil zum Boot hinübergeworfen und festgemacht, und die Ablösung wird in einer Hosenboje zur Einfassung heraufgezogen; ein Ding, in das man die Beine steckt und sich hineinsetzt. Der Mann, der abgelöst wird, verläßt den Turm auf dem gleichen Weg, über die Wellen und das Riff hinweg, und wenn er Glück hat, landet er im Boot. Das ist hart und gefährlich, und wir sind immer froh, wenn es ohne Unfall abgeht.“

Es trat eine kurze Stille ein.

„Bißchen anders, als ihr dachtet, wie?“ sagte Robeson.

Macey zuckte mit den Schultern. „Mich können Sie nicht einschüchtern. Ich habe schon gefährlichere Sachen gemacht. Auf jeden Fall ist das Wetter jetzt nicht schlecht, und deshalb halten wir gleich Ausschau nach einem kleinen Boot, das wir kapern können. Irgendeins kommt schon vorbei, keine Sorge.“

Wieder trat Stille ein.

„Und was machen wir, wenn die Ablösung auftaucht, und wir sind immer noch da?“ fragte Baker grinsend. „Dann übernehmen wir einfach das Ablösungsboot!“

„Mensch, die schnappen uns doch, sobald wir unten sind“, sagte Hines.

„Wenn wir es geschickt anfangen, nicht. King müßte die Uniform von einem der Nachtwächter anziehen. Er müßte so tun, als sei er der Mann, der abgelöst werden soll. Dann würde er am Seil hinuntergelassen und könnte mit der Pistole das Boot übernehmen, ehe sie merken, wie ihnen geschieht, und wir kommen alle hinterher. Gar nicht übel."

„Ihr seid vollkommen übergeschnappt!" unterbrach Mitchell.

Macey schwenkte die Pistole wie ein Zepter gegen ihn. „Sie halten den Mund!"

„Und wie sollen wir das mit den Seilen machen?" fragte Hines. „Wir kennen uns doch damit nicht aus."

„Kein Problem", sagte Baker. „Das lassen wir die Wärter machen. Die parieren ja."

Hines sah Baker mit neuerwachtem Respekt an. „Keine schlechte Idee, Tommy, besonders das mit der Uniform." Er nahm eine der blauen Uniformjacken der Wärter vom Haken. „Hier, probier mal an." Er warf sie Macey zu.

Macey hielt die Jacke hoch. „Die ist zu klein, Chris."

„Dann probiere die von dem Jungen an." Hines gab ihm Lowes Jacke. Macey zog sie an und trat vor den Spiegel, machte die Metallknöpfe zu und prüfte die Wirkung. Sie paßte genau. Baker gab ihm Lowes flache Schildmütze mit dem Wappen des Seeamts. Macey setzte sie auf.

„Sieht prima aus", fand Baker. „Besonders die Jacke. Behalt sie doch gleich an, King."

„Vielleicht. Steht mir, nicht?"

Rosie lenkte ihre Aufmerksamkeit wieder auf das ursprüngliche Thema. „Und wenn ihr das Motorboot übernommen habt, was macht ihr dann mit den Leuten, die damit hergekommen sind?"

„Die nehmen wir mit", sagte Baker, „und setzen sie irgendwo ab. An einem abgelegenen Strand mit einer Klippe, wo sie nicht so leicht wegkommen. Dann suchen wir uns einen günstigen Landeplatz, lassen das Boot da und verduften."

Rosie überdachte den Plan einen Augenblick. „Würden die Leute auf dem großen Schiff nicht sehen, was vorgeht, und uns folgen? Oder einen Bericht nach Salmouth durchgeben?"

Baker machte ein langes Gesicht. „Daran habe ich nicht gedacht."

„Natürlich. Sie hat recht", sagte Hines verdrießlich. „Überall würden Polypen stehen, die uns an Land helfen. Ich denke, den Plan können wir vergessen, Tommy."

„Auf jeden Fall müssen wir uns nicht jetzt in dieser Minute entscheiden", sagte Macey. „Und ich sage immer noch, früher oder später kommt ein kleines Boot. Sobald wir gefrühstückt haben, beginnen wir mit dem Ausguck."

Da ihnen kein anderer Plan einfiel, wurde der Ausguck mit allen äußeren Zeichen des Eifers organisiert. Baker und Rosie lösten sich stündlich im Lampenhaus ab, mit der Anweisung, sofort Macey zu rufen, wenn ein kleines Fahrzeug in die Nähe käme. Baker übernahm die erste Wache. Er hatte sich Robesons Feldstecher umgehängt und ging stolz rund um die Galerie wie ein Schiffsoffizier auf der Kommandobrücke. Sogar Rosie hielt gewissenhaft Wache, als sie an die Reihe kam. Aber den ganzen Morgen sahen sie nichts außer Rauchfahnen in der Ferne.

Drunten im Wohnraum beschäftigten sich Macey und Hines mit dem ermüdenden Fesseln und Entfesseln der Besatzung, damit die Arbeit getan wurde. Mitchell war als erster für eine Stunde frei, und Hines begleitete ihn durch den Turm. Dann kam Robeson an die Reihe, und Macey beaufsichtigte den Anruf bei der Küstenwache um elf Uhr.

Als Hines Lowe freiband, sagte er plötzlich: „King, müssen wir denn wirklich dauernd diese Entfesselungskunststücke aufführen?"

„Selbstverständlich", antwortete Macey. „Wenn sie frei herumlaufen, greifen sie uns bei der nächstbesten Gelegenheit an."

„Nicht, wenn immer einer gefesselt ist, King. Als eine Art Geisel, verstehst du? Keiner wird Unfug machen, wenn er weiß, daß der andere dafür erschossen wird."

„Ich weiß nicht, Chris", sagte Macey zweifelnd. „Es könnte gutgehen, aber wir müssen das miserable Telefon fortgesetzt bewachen, sonst könnte einer heimlich anrufen."

„Ich glaube nicht, daß sie das wagen, King. Nicht, nachdem du ihnen eingeschärft hast, daß sie alle erschossen werden, wenn das Boot zu früh kommt."

„Wir müssen trotzdem aufpassen."

„Aber es wäre leichter, das Telefon im Auge zu behalten, als die ganze Zeit mit diesen blödsinnigen Seilen zu hantieren."

Macey ging nicht gern auf Vorschläge ein, vor allem nicht auf Vorschläge von Hines. Aber er sah ein, daß dies ein guter

Vorschlag war. Er blickte Robeson an. „Was sagt ihr drei Nachtwächter dazu?"

„Ich sage immer noch, daß es klüger wäre, wenn ihr aufgeben würdet", antwortete Robeson.

„Kommt nicht in Frage, mein Lieber!"

„Nun, wenn wir uns frei bewegen können, ist das besser als nichts. Wir könnten Ordnung schaffen, der Turm ist in einem verheerenden Zustand."

„Gut." Macey sah sie der Reihe nach an und deutete auf jeden mit der Pistole. „Aber nehmt euch in acht. Denkt daran, daß immer einer von euch in der Schußlinie ist. Und bei der geringsten Schwierigkeit knallt's. Binde sie los, Chris!"

ROBESON STIEG langsam zum Lampenraum hinauf. Alle seine Glieder schmerzten von dem Sitzen in der verkrampften Haltung. Seine Handgelenke und Fußknöchel waren wund von den Seilen, und er fühlte sich elend. Trotzdem war er erleichtert. Jetzt brauchte er sich nicht mehr wegen des Leuchtfeuers Sorgen zu machen. Außerdem war es angenehm, sich wieder ohne Eskorte zu bewegen.

Im Dienstraum blieb er stehen und sah auf das Barometer. Es stand hoch. Hines war da, bewachte das Telefon und hörte Tanzmusik aus dem Kofferradio. Robeson ging weiter, ohne mit ihm zu sprechen.

Mitchell war im Lampenraum und putzte die Innenseite der rautenförmigen Fenster. Draußen auf der Galerie suchte Baker mit dem Feldstecher den Horizont ab.

Robeson war zum erstenmal seit der Besetzung des Turms mit seinem Chefassistenten allein. „Endlich können wir sprechen", sagte er.

Mitchell nickte. „Weißt du, wo Macey steckt?"

„Er ist mit Jim im Maschinenraum."

„Gut." Mitchell sah durchs Fenster zu Baker hinaus und senkte die Stimme. „Rob, wir müssen an die Pistole herankommen."

Robeson zog seine Pfeife aus der Tasche und stopfte sie. „Leichter gesagt als getan. Macey schießt bei der ersten Gelegenheit."

„Er kann nicht ununterbrochen auf der Hut sein."

„Er macht einen wachsamen Eindruck."

„Aber er könnte doch einmal nicht aufpassen."

„Ich bin natürlich dafür, daß man eine Chance nützt. Aber ich möchte nicht, daß du nutzlos etwas riskierst, Mitch."

„Aber wir können doch nicht einfach so weitermachen."

„Solange das Leuchtfeuer funktioniert", sagte Robeson, „tun wir unsere Arbeit. Wir müssen kühlen Kopf behalten und eine Zeitlang mitspielen. Es dauert ja nicht ewig."

„Es dauert einen Monat. Oder noch länger, wenn der Leichter aufgehalten wird."

„Vielleicht auch nicht. Die Jungens stehen unter starker Nervenspannung, vergiß das nicht. Sie haben schließlich einen Mord auf dem Gewissen. Und es wird noch schlimmer, wenn sie merken, daß sie nicht wegkönnen. Sie schnappen vielleicht über."

„Das bezweifle ich", sagte Mitchell. „Sie sind zu dumm. Ihr Verstand reicht nicht weiter als von hier bis da. Wenn man es überhaupt Verstand nennen kann. Was für ein Humbug!"

Robeson sog schweigend an seiner Pfeife.

„Von so einer Verbrecherbande herumgejagt zu werden!" Mitchells Gesicht wurde dunkelrot. „Ein Mörder, ein Ganove, eine Nutte und ein Einfaltspinsel! Wenn ich diesen Hines nur ansehe, könnte ich schon kotzen."

Robeson nickte. „Der widerlichste Kerl, der mir je begegnet ist."

„Sie sind alle verdorben, durch und durch versaut. Ich weiß nicht, was mit der heutigen Jugend los ist, Rob. Ein Pack ist das."

„Ich glaube nicht, daß sie heute schlechter sind als wir, Mitch, ganz allgemein gesehen."

„Was? Bei all der Messerstecherei und den Überfällen auf harmlose Leute und der sinnlosen Zerstörungswut?"

„Du mußt gerecht sein", sagte Robeson. „Sie sind nicht alle so." Er lächelte müde. „Denk an das, was ich sage. Das ist nicht mehr unsere Sache." Er stieg die kurze Leiter hinauf und begann die Optik zu putzen.

Nach einer Weile kam Rosie herauf, um den Ausguck zu übernehmen. Sie ging auf die Galerie hinaus, ließ sich von Baker den Feldstecher geben und kam wieder herein. Sie fand, daß sie ebensogut durch die Fenster Ausschau halten konnte, denn drinnen war es wesentlich wärmer.

„Ist euer Geisterschiff schon aufgetaucht?“ fragte Mitchell.

Baker hielt seinem ironischen Blick stand. „Es wird schon etwas kommen, wir haben massenhaft Zeit.“ Er blieb stehen und sah zu, wie sich Robeson an den Prismen zu schaffen machte. „Bist du schon mal da oben gewesen, Rosie?“

„Nein.“

„Dann komm mal mit.“ Er stieg die Leiter zu der runden Plattform hinauf. Rosie folgte ihm.

„Wozu ist das da?“ fragte Baker und fuhr mit dem Finger an einem der dreikantigen Glasstäbe entlang.

Robeson hielt mit dem Polieren inne. „Nun, die Glasprismen sammeln das Licht der elektrischen Birne und bündeln es so, daß es in Strahlen hinausgeht, statt sich zu zerstreuen. Präzisionsarbeit.“

„Hübsch, nicht?“ sagte Rosie.

„Ja, der Swirlstone hat ein feines Leuchtfeuer. Bei klarem Wetter kann ein Schiff den Lichtschein schon hinter dem Horizont über fünfzehn Meilen entfernt sehen.“

„Donnerwetter!“ sagte Baker.

„Dazu ist der Turm da – eben, damit das Licht leuchtet.“

„Was würde passieren, wenn es nicht leuchtet?“ fragte Baker.

„Das gleiche wie früher, als noch kein Turm hier stand. Damals liefen immer wieder Schiffe auf den Felsen auf. Es gab Hunderte von Schiffbrüchen, und Hunderte von tüchtigen Männern sind ertrunken. Aber das ist jetzt vorbei, denn das Riff ist beleuchtet, und sie wissen genau, wo sie sind.“

Baker war beeindruckt. Nach einer Weile sagte er: „Ich glaube, Sie sind gern Leuchtturmwärter.“

„Sonst wäre ich es nicht fünfundvierzig Jahre lang geblieben, mein Sohn. Und es gibt einem das Gefühl, etwas Gutes zu tun, nützlich zu sein. Das ist besser als stehlen oder Menschen erschießen, wie es Macey getan hat.“

„King wollte keinen erschießen“, sagte Rosie. „Es war ein unglücklicher Zufall.“

Mitchell sah von unten herauf. „Die Geschworenen werden anderer Ansicht sein. Sie werden ihn einen Mörder nennen, und sie werden recht haben.“

„Er ist kein Mörder! Die Pistole ist einfach losgegangen.“ Rosie hielt immer noch zu Macey, aber sie sprach nicht mehr ganz so überzeugt.

Mitchell schüttelte den Kopf. „Davon war im Radio nichts zu hören. Es hieß, es sei vorsätzlich geschehen. Er ist ein gefühlloser Rohling. Ich glaube nicht, daß er normale menschliche Gefühle kennt."

„Mir gegenüber hat er welche", sagte Rosie.

Robeson sah sie mitleidig an. „Der Haken mit euch beiden hier ist der, daß ihr in schlechte Gesellschaft geraten seid."

Rosie rümpfte die Nase. „Sie reden wie alle anderen. Immer diese Predigten."

„Ich will euch nur helfen. Ich dachte, zwei vernünftige junge Leute wie ihr hätten so viel Verstand, daß sie sich nicht mit Verbrechern wie Macey und Hines einlassen. Ihr könntet euch einen Gefallen tun, wenn ihr wolltet."

„Inwiefern?" fragte Baker.

„Wenn ihr uns jetzt helft, würde es zu euren Gunsten angerechnet. Ihr seid noch sehr jung. Man würde euch wahrscheinlich eine Chance geben, wenn ihr auf unsere Seite herüberkämt."

Baker sah Rosie erstaunt an. „Gegen King?"

„Ganz recht. Wenn ihr uns helft, an die Pistole heranzukommen."

„Sie sind plemplem!" sagte Baker.

NÄHER KOMMENDER Radiolärm kündigte das Erscheinen von Hines an. „Jetzt bist du an der Reihe mit der Telefonwache, Tommy", sagte er.

„In Ordnung, Chris."

Hines blickte zum Horizont, fand nichts, was ihn interessierte, und ging dann zu Lowe und Macey in den Maschinenraum hinunter. Lowe säuberte und polierte die Blechteile des Generators. Macey saß auf einer umgedrehten Kiste und rieb seine Pistole blank.

„Ist oben schon was in Sicht gekommen?" fragte er.

„Nein, nicht mal ein Stück Seetang."

„Zu schade." Macey hielt die Pistole ans Licht. „Das macht Spaß, wie?"

Hines nickte. „Ich wollte, ich hätte auch eine."

Lowe blickte auf. „Was für eine Pistole ist das?"

„Eine Luger", erklärte Macey stolz. „0,38 Automatik. Im Magazin sind fünf Patronen." Macey verzog das Gesicht, so daß es fast aussah, als grinse er, wenn er das gekonnt hätte. „Eine für jeden von euch Nachtwächtern und zwei in Reserve."

Lowe nickte. „Ich hoffe nur, das Ding geht nicht einmal versehentlich los."

„Das kann es nicht", sagte Macey. „Hier ist nämlich ein Sicherungshebel. Außerdem muß das Schloß gespannt werden – so." Er spannte mit dem Daumen die Automatik. „Das dauert keine halbe Sekunde. Jetzt könnte ich dich erschießen. Nur ein ganz leichter Druck am Abzugsbügel."

Lowe sah gespannt auf den Lauf.

„Keine Angst, ich tue es nicht. Noch nicht."

„Wie lange arbeitest du schon im Leuchtturm?" fragte Hines.

„Ungefähr anderthalb Jahre", antwortete Lowe.

„Hat dir niemand sonst einen Job angeboten?"

„Ich habe es anderswo nicht versucht."

„Willst du damit sagen, daß es dir gefällt?"

„Natürlich", sagte Lowe. „Ich liebe das Meer."

„Das kannst du dir an den Hut stecken, Junge. Hier ist doch nichts los."

„Ich glaube schon", sagte Lowe ruhig. „Immer wieder andere Farben und anderes Licht. Und immer ist etwas zu sehen – Schiffe in der Ferne, eine Herde Tümmler, Robben auf den Felsen, fischende Kormorane."

„Meine Güte, da gerät das Blut in Wallung, was, King?" Hines sah Lowe mitleidig an. „Wird dir das nicht langweilig, Junge?"

Lowe schüttelte den Kopf. „Wir haben im Turm immer eine Menge zu tun. Außerdem mag ich ein ruhiges Leben."

Hines lachte. „Na, damit ist es jetzt nicht weit her, oder?"

„Nein."

„Möchtest du denn nie ein Mädchen . . .?"

„Er ist noch zu jung dazu", sagte Macey.

„Eine Bande kümmerlicher Mönche, diese Nachtwächter", sagte Hines verächtlich. „Sind im Meer ausgesetzt und denken sich Hausarbeiten aus! Immer rutschen sie auf den Knien herum. Ich wette, ihr habt sogar Gebetbücher hier."

„Manchmal brauchen wir welche."

„Und weshalb müßt ihr zu dritt sein? Man sollte denken, ein Kerl allein könnte den Turm auch bedienen."

„Man muß zu dritt sein, weil dauernd Wache gehalten werden muß. Außerdem kann immer ein Unglück passieren, dann braucht man jede Hand. Ein Feuer, zum Beispiel.“ Lowe wischte ein letztes Mal über das Blechrohr, das er gewienert hatte. „Soll ich jetzt gehen und das Mittagessen kochen, Macey?“

„Abmarsch!“ befahl Macey. Er folgte Lowe die Treppe hinauf, die Pistole in der Hand.

Zum erstenmal seit der Besetzung des Turms gab es keine unerledigte Arbeit, die Robeson hätte beunruhigen können. Die Scheiben des Lampenraumes waren geputzt, die Optik poliert, der Turm gesäubert, die Räume, die an der Reihe waren, gereinigt. An diesem Nachmittag waren die Wärter beschäftigt, fast wie wenn sie allein gewesen wären. Robeson setzte sich auf einen Stuhl im Wohnraum und knüpfte an einem Wollteppich. Lowe vertiefte sich in ein Buch. Mitchell sagte, er wolle angeln.

Für die Gangster, die so gut wie keine Interessen hatten, stand die Zeit still. Nur Macey verriet äußerlich keine Langeweile. Baker hielt immer noch im Lampenraum Ausschau, aber ohne große Begeisterung. Es schienen überhaupt keine kleinen Boote unterwegs zu sein, und er stand mißmutig an der Tür und starrte ins Nichts hinaus. Rosie absolvierte ihre Schicht am Telefon. Sie fühlte sich einsam und langweilte sich furchtbar. Hines hing auf einem Stuhl neben Macey im Wohnzimmer, klopfte zu einem inneren Rhythmus mit den Füßen auf den Boden und rauchte eine Zigarette nach der anderen.

„Was liest du da?“ fragte er Lowe. Es war immer amüsant, andere zu stören.

„Das Buch heißt ‚Taifun‘“, erwiderte Lowe höflich. „Wenn du auch etwas lesen möchtest“, sagte er, „im Schrank dort drüben stehen eine ganze Menge Bücher.“

„Hab sie gesehen. Gerade recht für Mönche.“ Hines gähnte und stand auf. Dann sah er Robeson an, der ruhig an seinem Teppich arbeitete.

„Wie ein altes Weib, nicht wahr, King?“ Hines sah zu, wie Robeson mit einem Spezialwerkzeug kleine bunte Wollstückchen in ein viereckiges Stück Leinwand zog. „Hätte ich doch mein Strickzeug mitgebracht!“

Macey, der mit der Pistole auf dem Schoß dasaß, sagte nichts.

„Was machen Sie mit dem Teppich, wenn er fertig ist, Opa?“ fragte Hines.

„Ich nehme ihn mit an Land“, erwiderte Robeson.

Hines’ Blick fiel auf das Werkzeug, das Robeson benützte. „Donnerwetter, das ist aber scharf! Sag mal, King, findest du, daß wir Opa so ein Werkzeug lassen sollten? Er könnte auf dumme Gedanken kommen.“

„Laß ihn in Ruhe“, sagte Macey. „Ich hab ihn im Visier.“

Hines stieß mit dem Fuß nach der Wollkiste, daß sie umfiel. „Verzeihung.“ Er ging zum Radio und drehte daran, fand aber nichts, was ihm gefiel. „Zum Teufel, King, wie lange sollen wir noch bleiben?“

„Das weißt du ja“, sagte Macey. „Bis wir ein Boot sichten.“

MITCHELL LEHNTE sich über das Galeriegeländer und sah zu der Windfahne auf der Kuppel hinauf. Neben ihm lag ein großer Leinwanddrachen mit einem Metallrahmen. Ein launischer Wind kräuselte drunten die See.

Hinter ihm kamen Schritte durch den Lampenraum, und Rosie trat hinaus. „Na, wie geht’s?“ sagte sie freundlich.

Mitchell drehte sich um. Er mochte Rosie nicht, aber sie war so hübsch, daß er es nicht fertigbrachte, unhöflich zu ihr zu sein.

Sie deutete auf den Drachen. „Wollen Sie den steigen lassen?"

„Nein, der Wind reicht nicht aus."

„Lassen Sie gern Drachen steigen?"

„Ich angle damit."

„Sie angeln?"

„Ja, so angeln wir gewöhnlich. Drunten auf dem Riff ist es meist nicht ruhig genug."

„Und wie machen Sie das?"

„Sehen Sie her, der Drachen hat einen langen Schwanz." Er zeigte es ihr. „So lang, daß er bis ins Wasser reicht. Wenn man angeln will, befestigt man zehn oder auch ein Dutzend Haken an den letzten paar Metern, beködert sie und läßt den Drachen an der Schnur hinausfliegen. Die Haken tauchen ins Wasser, und wenn man Glück hat, beißt nach einer Weile etwas an."

„Klingt nicht allzu einfach", sagte Rosie.

„Es ist auch nicht einfach, aber es ist guter Sport."

„Fangen Sie viel?" fragte Rosie.

„Vor Weihnachten habe ich einen zwölfpfündigen Barsch gefangen. Hervorragender Fisch. Der größte Barsch, den ich je gesehen habe." Mitchell sah sie nachdenklich an. „Sie können zusehen, wenn ich das nächstemal angle."

„Das wäre nett", sagte Rosie. „Das wäre wenigstens etwas."

„Haben Sie noch einmal über das nachgedacht, was der Chef gesagt hat?" fragte Mitchell.

„Nichts zu machen."

„Schade." Mitchell sah sie neugierig an. „Was hält eigentlich Ihr Vater davon, daß Sie sich mit dieser Bande eingelassen haben?"

Rosie lachte spöttisch. „Wenn ich wüßte, wer mein Vater ist, würde ich ihn fragen." Sie ging hinein.

Sie setzte sich auf die unterste Sprosse der Leiter, die zur Optik führte, und frischte ihr Make-up auf. Das war ungefähr das Tröstlichste, was sie hier zu tun fand, und sie tat es ein dutzendmal am Tag.

Baker kam die Treppe herauf. Einen Augenblick stand er schweigend neben ihr. „Kein Boot, Rosie?"

„Nein. Es wird auch keins kommen, wenn du mich fragst. Ich glaube, Mitchell hatte recht."

Baker blickte hinaus. „Es wird bald dunkel."

„Ja. Widerlich. Noch schlimmer als am Tag."

Baker nickte.

„Ich wollte, wir wären wieder in Salmouth." Rosie sah zum Land hinüber. Auf dem Sheep Head gingen gerade die Lichter an.

„Ich weiß nicht, wie wir überhaupt je wieder dort hinkommen sollen", sagte Baker. „Nach dem, was geschehen ist."

„Na, dann eben anderswohin. Irgendwohin, wo es eine hübsche helle Kaffeebar gibt und Musikautomaten und Jungens zum Tanzen ... Hier ist es, als ob man tot wäre."

Baker seufzte. „Ich denke, King bringt uns bald hier weg."

„Ich wüßte nicht, wie", sagte Rosie.

An diesem Abend setzte Macey nach dem Essen Lowes Mütze auf, zog die Uniformjacke an und machte einen Rundgang auf der Galerie. Er fühlte sich jetzt gelockert, nachdem die Anspannung des Tages vorüber war. Die Leuchtturmwärter waren wieder gefesselt, und Hines und Baker teilten sich in die Wache.

Die Nacht war mild und sehr dunkel. Wenn er hinabblickte, sah er vom Wasser nur eine dünne Schaumlinie, wo die Felsen ins Meer abfielen. Es war beinahe windstill. Das einzige Geräusch war das schwache Summen der Optik, die sich auf ihren Rollen drehte. Über seinem Kopf kreisten sechs Paar Strahlenbündel und griffen zum fernen Horizont. In regelmäßigen Abständen warfen die Prismen ein Regenbogenspektrum auf seine Jacke.

Macey fühlte sich sehr wohl. Er hatte jetzt alles tadellos organisiert. Die neue Ordnung hatte sich gut eingespielt, und das Essen war wesentlich besser, seit Lowe das Kochen besorgte. Er war sogar zufrieden, daß das Leuchtfeuer ordnungsgemäß arbeitete. Er sah das Licht gern, und es war ein angenehmes Gefühl, daß es dank ihm leuchtete. Es war jetzt wirklich *sein* Licht.

Natürlich gab es noch ein paar Schwierigkeiten. Mitchell mit seinem dauernden Dazwischenquasseln, Rosie mit ihrer Ziererei und die Unkereien seiner Gefolgsleute, daß man hier nicht wegkäme ... Er teilte ihre Unzufriedenheit jedenfalls nicht. *Er* hatte sich an diesem Tag nicht gelangweilt. Als er jetzt zu den fernen Lichtern auf dem Sheep Head hinübersah, spürte er nichts von Rosies Heimweh nach der Küste. Er zog es vor, einen Leuchtturm zu besitzen.

Nach einiger Zeit hörte er jemanden im Dienstraum auf und ab gehen und stieg hinunter. Es war Hines. Er zeichnete mit blauem Buntstift eine weibliche Figur an die Wand, eine etwas obszöne Figur, über die er kichern mußte.

„Na, wie gefällt dir das?" fragte er, trat einen Schritt zurück und bewunderte sein Werk.

Maceys Gesicht verfinsterte sich. „Wer hat dir das erlaubt? Wisch das weg!"

„Wieso denn? Es ist ja noch nicht mal fertig."

„Hast du nicht gehört? Ich sage, wisch das weg. Du paßt eben nicht in ein anständiges Haus. Die Wände zu verschmieren!"

„Du hast gut reden", murrte Hines. „Du hast deinen Zahn. Ich hab nicht mal ein Pin-up-girl. Wenn ich Rosie hätte ..."

Macey machte einen drohenden Schritt auf ihn zu. „Du willst wohl eine gescheuert haben, was?"

Hines wich zurück. „Natürlich nicht, King."

„Dann hör auf zu nörgeln und mach die Wand sauber."

„Schon gut", sagte Hines. „Schon gut."

Viertes Kapitel

AM NÄCHSTEN Tag deutete zunächst nichts darauf hin, daß Maceys Autorität lädiert war.

Die Nacht war ohne Zwischenfall vorübergegangen. Am Morgen war immer noch alles still. Die Wärter schienen sich in ihre Lage geschickt zu haben und taten ohne Widerrede, was Macey verlangte. Mitchell schaltete eine halbe Stunde nach Sonnenaufgang das Leuchtfeuer und den Generator aus, als es ihm befohlen wurde. Lowe bereitete ein ausgezeichnetes Frühstück, bestehend aus Schinken und Würstchen, und wusch danach bereitwillig das Geschirr auf. Baker hielt nach dem Frühstück gehorsam nach Booten Ausschau. Rosie machte ein verdrießliches

Gesicht, als Macey ihr befahl, das Telefon zu bewachen, aber sie stieg widerspruchslos hinauf.

Die Wärter widmeten sich den ganzen Vormittag mit dem üblichen Arbeitseifer ihren gewohnten Pflichten. Macey ermutigte sie noch dazu, und im Turm herrschte geschäftiges Treiben. Er stolzierte unter ihnen einher wie ein Aufseher, trug Lowes Jackett als Zeichen seiner Würde, setzte stets die Mütze auf, wenn er mit einem der Gefangenen auf die Galerie hinaustrat, und hatte stets die Pistole bereit. Seine Überlegenheit zeigte sich jetzt mehr denn je, denn er war als einziger rasiert. Hines hatte sich nicht die Mühe gemacht, den Wärtern war es verboten worden, und Baker hatte erst ein bißchen blonden Flaum. Eine schäbige Gesellschaft, dachte Macey. Im Augenblick behagte es ihm. Er konnte sich jederzeit herausputzen, wenn ihm danach zumute war.

Er merkte nicht, daß die Atmosphäre im Turm umgeschlagen hatte, als der Morgen sich seinem Ende näherte. Es lag etwas in der Luft, wenn auch größtenteils außerhalb seines Gesichtsfelds.

Ein paar Minuten nach elf Uhr wurde Rosie am Telefon von Hines abgelöst und ging zum Lampenraum hinauf, wo sie von Baker den Ausguck übernehmen sollte.

„Willst du den Feldstecher?“ fragte er.

Sie schüttelte den Kopf. „Ich plage mich nicht mehr damit ab, Tommy. Ich habe es satt.“

„King wird dir die Leviten lesen, wenn du nicht parierst.“

„Das macht mir nichts aus.“

„Und wenn doch noch ein Boot kommt, und du siehst es nicht?“

„Es wird keins kommen. Bis der Leichter kommt, wird sich hier niemand blicken lassen. Ich wollte, er käme heute.“

„Dann stecken sie uns doch nur ins Kittchen, Rosie.“

„Und wenn. Ich halte es hier nicht mehr aus. Nichts zu tun, nirgends kann man hingehen. Wenn ich noch vier Wochen hier bleiben muß, werde ich verrückt. Ich fange an zu schreien . . .“

„Das würde niemandem nützen.“ Er scharrte unruhig mit dem Fuß. „Du willst wirklich nicht mehr Ausschau halten, Rosie?“

„Nein, ich hab’s satt.“

„Soll ich es für dich tun?“

„Wenn du willst.“

Baker hielt Ausschau. Auf der winterlichen See war nichts zu sehen als die paar Rauchfahnen in der Ferne. Nach einiger Zeit ging er die Treppe hinab.

Die Tür zum Dienstraum war nur angelehnt. Hines stand neben dem Funktelefon. Baker warf einen kurzen Blick in den Raum. Er hatte keine Lust, mit Hines zu sprechen. Lieber wollte er sich etwas Bewegung verschaffen, sofern das möglich war. Er ging weiter zum Einlaßraum. Vielleicht konnte er sich auf dem Riff ein wenig die Beine vertreten. Doch als er die Tür öffnete, sah er, daß die steigende Flut bereits wieder über die Felsen spülte. Und die Einfassung taugte für einen Spaziergang genausowenig wie die Galerie. Rosie hatte recht, hier konnte man nirgends hin. Baker begriff nicht, wie die Leuchtturmwärter das aushielten. Er sehnte sich nach einer Straße, wo er tüchtig ausschreiten konnte.

Verdrossen stieg er wieder zum Wohnraum hinauf und traf dort Lowe allein an. Er hatte das Fenster geöffnet und war mit irgend etwas beschäftigt. Er brachte es fertig, immer vergnügt auszusehen. Baker trat neben ihn. Eine Möwe schwebte vor dem Fenster und fing Brotstückchen auf, die Lowe ihr zuwarf. Als Lowe nichts mehr hinauswarf, kam der Vogel näher, setzte sich auf den Sims und schrie.

Baker lächelte. „Zahm, nicht wahr?“

„Ja“, sagte Lowe. „Charles ist ziemlich zahm. Er kommt schon seit Wochen jeden Tag.“

Baker griff nach einem Gestell aus Draht und Holz, das in der Fensternische lag. „Was ist das? Eine Sitzstange?“

„Ganz recht.“

„Was machst du damit?“

„Ich mache sie draußen fest.“

„Nur für die Möwen?“

„Nein, für alle Vögel, die zufällig vorbeikommen. Die Zugvögel werden manchmal müde und können sich dann hier ausruhen.“

Er warf ein letztes Brotstückchen hinaus. „Das wär's für heute, Charlie.“ Die Möwe fing es auf, verharrte noch einen Augenblick, während das Fenster geschlossen wurde, und flog dann davon.

Baker blickte ihr traurig nach. „Ich wünschte, ich hätte auch Flügel“, sagte er.

MITCHELL SAH auf dem Weg zur Galerie in den Dienstraum hinein. Hines rief ihm zu: „Wohin, Schlaukopf?“

Mitchell ging weiter, als hätte er nichts gehört.

Hines zog sein Messer und sprang zur Tür. „Ich habe Sie etwas gefragt, Mitchell! Haben Sie keine Ohren?“

Mitchell blieb stehen. „Ich gehe ein wenig Luft schnappen. Etwas dagegen einzuwenden?“

„Vielleicht, vielleicht auch nicht. Auf jeden Fall gebe ich Ihnen den guten Rat, höflich zu sein.“ Hines trat näher an Mitchell heran. „Sie können mich nicht leiden, nicht wahr?“

„Nein.“

„Ich Sie auch nicht.“

Mitchell schwieg und hoffte, daß das Geschwätz damit zu Ende wäre. Doch Hines langweilte sich, und es verschaffte ihm Erleichterung, Mitchell zu quälen. „Sie würden gern an das Messer herankommen, was?“ fragte er.

„Nicht unbedingt.“

„Wetten, daß? Aber machen Sie sich keine Hoffnung, Sie bekommen es nicht.“ Hines wühlte in seinem Gehirn nach einem neuen Thema. „Eins kann ich Ihnen sagen, euer Leben möchte ich nicht führen. Ihr tut ja nichts als die Zeit totschlagen.“

„Wir arbeiten“, sagte Mitchell. „Warum versuchen Sie es nicht auch?“

Hines kicherte. „Da können Sie lange warten. Mich werden Sie nie hundert Treppenstufen schrubben sehen. Das wäre nichts für mich.“

Mitchell antwortete nicht. Plötzlich verlor Hines das Interesse an ihm und ließ ihn gehen.

Mitchell stieg wütend hinauf. Robeson hatte ihn beschworen, sich nicht provozieren zu lassen, aber das wurde immer schwieriger.

Hines setzte sich wieder neben das Funktelefon und kaute an den Fingernägeln. Er wurde fast wahnsinnig vor Langeweile. An Land gab es immer Abwechslung, da konnte man immer etwas aushecken, sich im Fond eines Wagens mit einem Mädchen vergnügen oder, wenn sich gar nichts anderes bot, etwas entzweischlagen und sich auf diese Weise Luft machen. Hier konnte man nicht einmal das tun, ohne daß Macey einen anfauchte. Hines kochte vor Wut. Diese elenden Nachtwächter! Benahmen sich fast so, als wären sie die Herren der Lage. Hielten zusammen wie ein Mann. Brauchten nur zu warten. Und Macey – saß den ganzen Tag herum mit der Pistole in der Hand, gab seine Befehle und war mit sich zufrieden.

Hines stach kräftig mit dem Messer in die Tischplatte. Noch fünfundzwanzig miserable Tage – und dann ab ins Kittchen!

Das Mittagessen brachte nur kurze Abwechslung in den tristen Tagesablauf. Nach einer Stunde legte sich die trostlose Langeweile drückender denn je über die Bande. Der Umstand, daß es den Wärtern anscheinend nicht schwerfiel, sich zu beschäftigen, machte alles nur noch schlimmer. Lowe bastelte an dem Wandarm für seine Vogelstange. Robeson und Mitchell spielten Karten. Rosie und Baker sahen eine Weile zu, aber mit geringem Interesse. Das Mädchen machte ein trotziges Gesicht. Hines rauchte eine Zigarette nach der anderen und sprach mit keinem. Sein Schweigen war so ungewöhnlich, daß es fast unheimlich wirkte. Macey saß etwas abseits, die Pistole in der Hand, und merkte nichts von der explosiven Atmosphäre, die ihn umgab.

Ungefähr um drei Uhr sagte Hines plötzlich: „King, ich habe nachgedacht, wie wir von diesem trübsinnigen Kasten hier wegkommen. Ich habe eine Idee."

Baker und Rosie wurden sofort munter.

„Das kann nichts Rechtes sein. Wir haben schon alles durchdacht", sagte Macey.

„Vielleicht hat er wirklich eine neue Idee", meinte Rosie.

Macey zuckte mit den Schultern. „Schieß los!"

„Wir haben doch gutes Wetter, nicht wahr?" begann Hines. „Es könnte gar nicht ruhiger sein. Jetzt im Augenblick könnte man leicht vom Riff aus ein Boot besteigen, das wäre ein Kinderspiel. Wenn das Ablösungsboot jetzt käme, gäbe es gar keine Schwierigkeiten."

Macey machte ein verblüfftes Gesicht. „Die Ablösung kommt doch nicht, was willst du also?"

„Wir könnten sie leicht kommen lassen, wenn wir wollten. Wir brauchen uns nur ans Telefon zu hängen. Und wenn wir es so arrangieren, daß der Leichter im Dunkeln kommt, könnten wir das Boot kapern und uns verkrümeln, ehe jemand begriffen hat, was vorgeht."

„Wie sollen wir denn den Leichter dazu bringen", fragte Macey, „daß er im Dunkeln kommt?"

„Ganz leicht", meinte Hines. „Sobald es dunkel ist, ruft Opa die Küstenwache an und sagt, es sei etwas Schlimmes passiert. Ein Feuer oder so etwas. Er sagt, er braucht dringend Hilfe. Dann sind sie da wie aus der Pistole geschossen."

„Vielleicht", brummte Macey. „Vielleicht würden sie im Dunkeln auslaufen. Aber wie, wenn sie nicht am Riff anlegen? Wie, wenn inzwischen Wind aufkommt und sie finden, das mit der Hosenboje sei ungefährlicher? Dann sitzen wir erst richtig in der Tinte. Ich kann mir nicht vorstellen, wie Rosie im Dunkeln hinübergehievt wird. Kann es mir übrigens bei keinem von uns vorstellen."

„Begreifst du denn nicht, King?" Hines wurde ungeduldig. „Dieses Mal müßten sie am Riff anlegen, ob sie wollen oder nicht. Bei einem Unglück gibt es Verletzte. Brandwunden. Es ist eben keiner da, der ihnen ein Seil hinüberwirft. Das muß auch Opa zugeben. Mann, das ist ein Kinderspiel."

Macey schüttelte den Kopf. „Das klappt nicht."

„Warum soll das nicht klappen? Ich sehe es schon vor mir. Wir fesseln die Nachtwächter, und sobald der Leichter näher kommt, gehen wir alle zum Riff hinunter und lassen die Eingangstür hinter uns offen. Dort warten wir im Dunkeln. Nach einer Weile kommt das Motorboot und legt an. Die Burschen ahnen ja nichts. Dann machen wir beide ihnen mit der Pistole und dem Messer Mores, Rosie und Tommy klettern ins Boot, und weg sind wir und lassen die Kerle einfach auf dem Riff stehen. Das kann gar nicht schiefgehen, King."

„Das denkst du dir so. Jedenfalls wissen die auf dem Leichter sofort, daß etwas faul ist, wenn sie das Motorboot abfahren hören. Und sie haben schließlich Funkgeräte an Bord. An der Küste würde ein anständiges Empfangskomitee auf uns warten."

„Zum Teufel, King, die würden gar nicht merken, was vorgeht. Sie wüßten ja gar nicht, daß wir das sind. Und wieso Empfangskomitee, wenn wir selber noch keine Ahnung haben, wo wir an Land gehen? Mensch, du bist doch nicht blöde, oder?"

„Überleg es dir gründlich, bevor du mich blöde nennst, Chris! Ich habe die Verantwortung, damit basta."

„Gut, aber ich sage, wir müssen es riskieren. Jetzt wäre der richtige Augenblick. Das Wetter und alles andere ist in Ordnung. Jetzt oder nie. Was sagst du, Tommy?"

„Ich bin ganz deiner Meinung, Chris", stimmte Baker zu. „Wir müssen etwas unternehmen."

„Richtig. Alles ist besser, als hier auf unseren Hintern sitzen und warten, bis sie kommen in drei oder vier Wochen und uns ins Kittchen bringen. Was hat das für einen Sinn, King?"

„Das hat sehr viel Sinn, wenn inzwischen ein kleines Boot in die Nähe kommt", erklärte Macey. „Vielleicht eines mit nur ein paar Mann Besatzung. Das können wir leicht übernehmen und abhauen."

„Aber es kommt keines!" fuhr Hines auf. „Seit drei Tagen halten wir Ausschau – nichts."

Macey schien zu überlegen. Dann verkündete er seinen Entschluß. „Wir riskieren nichts."

„Du meinst, wir sollen einfach warten?"

„Genau, Chris. Bis ein Boot auftaucht. Wir haben Zeit. Was hast du gegen das Warten? Wir haben's doch hier bequem, oder nicht?"

„Du denkst immer nur an dich", sagte Rosie.

„Wir haben es warm, wir haben ein Dach über dem Kopf. Ich weiß nicht, was ihr daran auszusetzen habt. Wir könnten es hier monatelang aushalten."

Hines sah ihn erschrocken an. „Ist das dein Ernst?"

„Ich habe nämlich auch nachgedacht", erklärte Macey. „Wir haben hier eine Festung. Wir brauchen nur die Tür zu verbarrikadieren, und niemand kann herein. Sie können Ablösungsboote schicken, soviel sie wollen, wenn wir ihnen nicht aufmachen, müssen sie einfach wieder abfahren."

„Was, und uns hier im Turm lassen?" fragte Baker.

„Ganz recht, Tommy."

„Sie würden uns rasch kleinkriegen!" sagte Hines aufgebracht. „Sie würden einen Hubschrauber schicken und jemanden auf der Galerie absetzen."

„Nicht, wenn ich mit der Pistole oben stehe. Da bekämen sie Saures. Wir können sehr wohl aushalten. Und vergiß nicht, daß wir Geiseln haben. Drei Stück. Ich sage euch, wir haben alles, was wir für einen ordentlichen Kampf brauchen. ‚Der Kampf um Swirlstone.' Seht ihr nicht schon die Schlagzeilen vor euch? ‚*King* Macey trotzt der Kriegsmarine!' ... ‚*King* Macey ergibt sich nicht!' ... Wir machen Geschichte, mein Lieber. Wir werden berühmt."

Hines starrte ihn an. „Du bist verrückt geworden!" sagte er. „Tut mir leid, aber du bist vollkommen übergeschnappt. Und zu denken, daß wir die ganze Zeit alles dir überlassen haben!"

„Ich begreife nicht, worüber du dich beklagst", sagte Macey. „Du lebst und es geht dir gut, oder nicht? Keiner von euch sitzt hinter Gittern. Ich denke, ich habe die Sache ganz gut geschaukelt."

„Nein, das hast du nicht!" Hines' Abneigung, die er die ganzen Tage unterdrückt hatte, brach nun in einer Flut von Anklagen hervor. „Schließlich hast du uns das alles eingebrockt, von allem Anfang an. Ich sagte gleich, wir hätten den Job nicht im Nebel machen sollen. Ich sagte, es sei riskant. Aber nein, du mußtest deinen Kopf durchsetzen. Dann hast du mit deinem Schießeisen losgeballert, obwohl es nicht nötig war. Du hast mit dem miserablen Boot die Pfosten gerammt und uns beinahe ertränkt. Wenn du nicht gewesen wärst, säßen wir alle nicht hier. Und jetzt, um allem die Krone aufzusetzen, willst du auch noch hier bleiben! Übrigens weiß ich auch, warum."

Macey machte eine drohende Geste. „Nun, warum?"

„Mann, jetzt begreife ich alles. Du hast selber nie geglaubt, daß ein Boot kommt. Das hast du nur gesagt, um uns zu beruhigen. Du hast von Anfang an vorgehabt, hierzubleiben und jeden zu erschießen, der kommt, weil du sehr genau weißt, daß sie dich einen Kopf kürzer machen, wenn sie dich erwischen! Schön, aber mich machen sie nicht einen Kopf kürzer, denn ich habe nicht geschossen, und Tommy und Rosie auch nicht. Wenn sie uns erwischen, sitze ich eine Weile im Zuchthaus, und die anderen bekommen vielleicht ein bißchen Jugendarrest, und damit hat sich's. Deshalb bin ich bereit, etwas zu riskieren, und ich glaube, die beiden auch."

„Bist du fertig?" fragte Macey.

Hines sah Baker an, als suche er Unterstützung. „Ja. Was hast du dazu zu sagen?“

„Folgendes.“ Macey hob die Pistole und zielte auf Hines. „Wenn du nicht lebensmüde bist, dann tust du, was ich will. Hier bin ich der Chef, vergiß das nicht. Du bleibst in diesem Turm, und es wird dir gefallen, basta. Ich habe schon genug Scherereien mit den Nachtwächtern. Wenn du auch noch anfängst zu stänkern, mache ich dich kalt. Das ist mein Ernst. Und jetzt hältst du dein Maul!“

Hines sank auf seinem Stuhl in sich zusammen. Bakers Gesicht war starr. Rosie sah wie versteinert aus.

Nach einer Weile sagte Hines: „Du hast mich falsch verstanden, King. Ich wollte nicht stänkern. Es war nur ein Vorschlag.“

Robeson steckte sich die Pfeife an. Im Licht des Streichholzes sah sein Gesicht sehr müde aus.

Der Streit hatte alle mitgenommen. Die Atmosphäre blieb den ganzen Nachmittag gespannt. Macey hatte seine Autorität wiederhergestellt, aber das verschaffte ihm keine rechte Befriedigung. Er war keineswegs sicher, daß er sich in einer entscheidenden Situation noch auf die Loyalität seiner Truppe verlassen konnte. Er fühlte sich verlassen und haßte alle.

Hines' Stimmung war noch miserabler. Er schlich mit der finsteren Miene eines geschlagenen Rebellen im Turm umher, zu jeder Untat aufgelegt, die ihn nicht in Gefahr brachte. Rosie und Baker, im stillen überzeugt, daß Hines recht gehabt hatte, was Macey anbetraf, trösteten sich, so gut es ging, indem sie einander Gesellschaft leisteten. Für die Wärter war die Zukunft nun noch ungewisser geworden.

Als die Dämmerung anbrach, ging Mitchell hinaus, um den Generator und das Leuchtfeuer einzuschalten. Als er wieder in den Lampenraum trat, stand Hines am Fuß der Leiter, die zur Optik führte, und spielte mit seinem Messer.

„Was haben Sie vor?“ fragte Mitchell.

„Ich denke nur nach. Ich dachte eben, daß das Ablösungsboot jetzt schon unterwegs sein könnte, wenn wir telefoniert hätten, wie ich es wollte.“

„Sie haben ja gehört, was Macey sagte.“

„Der Saukerl!“ Hines spuckte auf den Boden.

„Er hat die Pistole."

„Aber nicht den Verstand."

„Zum Schießen braucht man keinen Verstand."

Hines deutete mit dem Kopf auf die Optik. „Habt ihr Ersatzlampen für das Ding da oben?"

„Selbstverständlich."

„Dachte ich mir. Es würde also nichts nützen, wenn man die Birne zerschlägt, wie?" Hines sah sich um. Die Eisenstange, die Baker eine Weile mit sich herumgetragen hatte, lehnte an der Wand. „Damit könnte man die ganze Optik zerschlagen. Dann käme die Ablösung. Ziemlich rasch sogar, wenn das Licht aus wäre, schätze ich. Dann müßte King tun, was ich gesagt habe."

„Er würde Sie umbringen."

Hines warf Mitchell einen verschlagenen Blick zu. „Nicht, wenn er glaubt, Sie hätten es getan."

„Er weiß, daß ich niemals die Optik zerschlagen würde."

„Wirklich? Das habe ich mir auch überlegt. Ich sage einfach, Sie hätten mich angegriffen. Ich sage, ich hätte da droben auf der Plattform gestanden und Sie seien mit der Eisenstange heraufgekommen, hätten mich erschlagen wollen und dabei das Glas getroffen."

„Hören Sie mit dem Quatsch auf!" Mitchell ging einen Schritt auf ihn zu.

Das Messer blitzte in Hines' linker Hand. „Vorsicht, Mitchell! Noch ein Schritt, und ich schlitze Sie auf!"

Mitchell blieb stehen. „Das würde Ihnen keiner abnehmen. Macey würde das niemals glauben."

„Natürlich würde er es glauben. Er weiß, daß Sie vom ersten Augenblick an eine Keilerei anfangen wollten. Sie wollten doch schon am ersten Abend an seine Pistole ran." Hines grinste. Er genoß Mitchells Erregung. „Auf jeden Fall würde er mich brauchen, wenn das Boot kommt. Er würde es nicht wagen, mich zu erschießen." Hines wog die Eisenstange in der Hand.

Mitchell sah zur Treppe hinüber und fragte sich, ob Macey die Auseinandersetzung hörte. Hines las seine Gedanken.

„Wenn Sie einen Ton von sich geben, haben Sie das Messer im Leib!"

Mitchell ballte die Fäuste. Er sah sich hilfesuchend um. Sein Blick fiel auf das metallene Megaphon.

„Jetzt zerschlage ich das Ding!“ sagte Hines und griff nach dem Geländer.

Mitchell packte das Megaphon und warf sich auf Hines, ohne an die Folgen zu denken. Er spürte kaum, wie das Messer zustach. Er sah dicht vor sich einen Kopf und schlug mit aller Kraft mit der Kante des Megaphons zu. Hines stieß einen einzigen Schrei aus. Dann brach er zusammen.

Drunten im Wohnraum brachte der Schrei und der Aufprall Macey auf die Beine. Er raste die Wendeltreppe hinauf, Baker und Robeson folgten ihm auf den Fersen, Lowe und Rosie hinterher.

Im Lampenraum blieb er eine Sekunde stehen und betrachtete die Szene. Hines lag bewußtlos auf dem Boden. Mitchell, dessen linker Arm blutete, hatte noch das Megaphon in der Hand.

Mitchell setzte zu einer Erklärung an: „Er wollte die Optik zerschlagen ...“

„Was Sie nicht sagen!“ höhnte Macey. Nun konnte sich die

aufgestaute Spannung des Tages auch in ihm entladen. Er hob die Pistole und schoß Mitchell mitten in die Stirn.

Fünftes Kapitel

ALS DAS Echo des Schusses verhallt war, trat Macey weiter in den Raum. Robeson, der nach Baker aufgetaucht war, stand starr, unfähig zu glauben, was geschehen war. Er stöhnte kurz, ging quer durch den Raum und beugte sich über Mitchell. Ein einziger Blick sagte ihm, daß er tot war. Er richtete sich auf und wandte sich an Macey. Seine Lippen bewegten sich, aber es kam kein Laut. Nur Rosie schluchzte plötzlich laut. Macey wies mit der Pistole auf Robeson und bedeutete, er solle wieder hinuntergehen. „Du auch, Rosie." Bitterlich weinend stieg Rosie hinab. Robeson folgte ihr langsam, wie ein sehr alter Mann.

Macey hob die Eisenstange auf und gab sie Baker. „Geh und bewach das Telefon, Tommy." Baker nahm wie betäubt die Eisenstange und ging wortlos hinab.

Macey sah sich nach Lowe um, doch der war verschwunden. „He, Kleiner!" rief er.

Er wartete ungeduldig. Nach ein paar Augenblicken kam Lowe wieder. Sein Gesicht war kalkweiß. Er hatte sich fast übergeben müssen, als er das Blutbad im Lampenraum sah.

„Du mußt mir helfen", sagte Macey.

Lowe nickte mechanisch. Nach dem Schock durch Mitchells Tod hatte er praktisch keinen eigenen Willen mehr.

„Wir tragen Chris am besten in den Schlafraum", fuhr Macey fort.

Lowe betrachtete den Bewußtlosen und die größer werdende Blutlache um seinen Kopf.

„Faß mit an!" befahl Macey. „Zur Treppe."

Lowe kämpfte gegen die Übelkeit an und nahm Hines auf die Schultern wie ein Feuerwehrmann. „Ich kann ihn allein tragen", sagte er.

Macey nickte.

Lowe ging mit seiner Last vorsichtig die beiden Treppen bis zum Schlafraum hinab. Macey folgte ihm. Dort legte Lowe Hines in eine der Kojen. Überall war Blut, auf dem Kissen, an Lowes Pullover, auf Fußboden und Treppen.

Macey war ungerührt. „Und jetzt schaffst du mit Robeson zusammen den Steifen da oben weg. Werft ihn ins Meer."

SCHWEIGEND TRUGEN Lowe und Robeson Mitchells Leiche hinunter. Macey folgte mit der Pistole.

Robesons Gedanken waren von Trauer erfüllt, Trauer um einen erprobten, treuen Kameraden. Lowe war noch unfähig, zusammenhängend zu denken. Er litt unter dem Verlust und hatte einen schweren Schock bekommen. Er konnte kaum an die Realität eines so kaltblütigen Mordens glauben.

Im Vorratsraum bereiteten sie die letzten Riten vor. Robeson holte ein quadratisches Segeltuch hinter der Wand mit den Farbdosen hervor, und sie legten Mitchell darauf. Dann legte Robeson dem Toten einige Eisenstücke als Ballast auf die Brust, gemeinsam packten sie ihn in die Leinwand ein und verschnürten das makabre Paket mit einem Seil.

Lowe schob die Riegel zurück und öffnete die Tür. Robeson schlang ein dickes Seil um die Leiche, und sie ließen sie zur Einfassung hinab. Dann stiegen sie selbst hinunter. Die Ebbe hatte eingesetzt. Das Meer war ruhig und die Nacht sehr dunkel.

Lowe hatte eine Lampe mitgebracht. Robeson machte das Seil wieder los, und sie trugen Mitchell auf die Seite der Einfassung, wo das Wasser ein paar Meter weit draußen selbst bei Ebbe tief war.

Sie verharrten einen Augenblick. Dann sagte Robeson: „Also, Jim . . . Daß wir's hinter uns haben . . ."

Sie packten die Leiche an Kopf und Füßen, schwangen sie ein paarmal hin und her und warfen sie über das Geländer. Drunten spritzte es auf. Lowe leuchtete mit der Taschenlampe hinab. Es war nichts zu sehen als ein wenig Schaum.

„Gott hab ihn selig", sagte Robeson. „Er war ein guter Wärter, Jim. Er hat es für den Turm getan."

ROSIE UND Baker warteten im Wohnraum. Baker hatte alles getan, was er für Hines tun konnte, und das war nicht viel gewesen. Jetzt saß er blaß und schweigend neben dem Herd. Rosie hatte rote Augen, aber sie weinte nicht mehr. Als Macey mit den anderen hereinkam, fuhr sie ihn an: „Warum mußtest du ihn umbringen?“

„Weil er Chris angegriffen hat“, sagte Macey.

„Deshalb hättest du ihn nicht erschießen müssen. Er hatte keine Waffe. Dauernd bringst du Leute um.“

„Halt die Klappe! Mitchell hat es selbst herausgefordert, oder etwa nicht? Einfach eine Keilerei anfangen!“

„Er hat nicht angefangen.“

Macey zuckte mit den Schultern. „Jedenfalls hätte er Chris nicht niederschlagen sollen. Ich mußte ein Exempel statuieren. Sonst wären diese beiden Nachtwächter bei nächster Gelegenheit auf uns losgegangen.“

„Chris sieht ziemlich übel aus, King“, sagte Baker. „Glaubst du, er macht sich wieder?“

„Natürlich. Wir verbinden ihn.“

„Ist schon geschehen“, sagte Baker.

Plötzlich begann ein Teil von Lowes Geist wieder zu arbeiten. Jetzt könnte vielleicht eine Chance kommen. „Wenn ihr mich fragt“, sagte er, „dann hat Hines einen Schädelbruch. Er müßte ins Krankenhaus.“

„Davon verstehst du nichts, Kleiner.“

„Ich verstehe ein wenig davon, ich habe es an seinem Atem gemerkt.“

„Er kann froh sein, daß er überhaupt noch atmet.“

„Das tut er kaum noch lange, wenn man sich nicht um ihn kümmert. Dann hast du noch einen auf dem Gewissen.“

„Ich habe kein Gewissen!“ erklärte Macey.

Rosie begann wieder zu weinen.

„Wir brauchen nur zu telefonieren“, beharrte Lowe. „Das Wetter ist gut. In ein oder zwei Stunden wäre er weg. Das könnte ihn retten.“

„Und ich wäre auch weg“, sagte Macey. „Das kannst du dir aus dem Kopf schlagen, Kleiner. Ich habe schon einmal gesagt, ich bleibe hier. Also bleibt Chris auch hier.“

Baker war hartnäckig. „Ich glaube, er wird sterben, King. Er sieht entsetzlich aus. Man kann ihn doch nicht einfach sterben lassen. Wir sind seine Freunde, King.“

„Darauf kann ich keine Rücksicht nehmen. Er hat seine Risiken zu tragen. Genau wie im Krieg."

„Aber wir *sind* nicht im Krieg!" begehrte Rosie auf.

„Das ist *mein* Krieg, Rosie. Willst du, daß sie mich köpfen?"

Rosie schwieg. Sie schwiegen alle. Macey spielte ostentativ mit der Pistole.

„Also keine langen Fisimatenten", sagte er nach einer Weile. „Sorgen wir wieder für Disziplin. Übrigens, was ist eigentlich aus dem Messer von Chris geworden, Tommy?"

„Ich glaube, es liegt noch oben."

„Dann hole es und behalt es."

„Ich brauche es nicht, King. Ich will es nicht haben."

„Ich sagte, du sollst es holen!" Baker stand langsam auf.

„Und wenn du schon oben bist", fuhr Macey fort, „dann wisch den Fußboden auf. Nimm einen Eimer mit. Die Treppen auch. Wenn das erledigt ist, fesseln wir die Nachtwächter hier. Ich will nicht noch mehr Unannehmlichkeiten haben."

Die Nacht war unheimlich, nicht nur wegen des Mordes. Robeson und Lowe konnten innerlich trauern, aber Mitchell war für niemanden mehr ein Problem. Hines war noch eines. Die absichtliche Vernachlässigung eines Kranken war schwer zu schlucken. Ungefähr um elf Uhr abends begann er tief und unnatürlich zu schnarchen. Das Geräusch drang bis in den Wohnraum und erinnerte ständig daran, daß Hines auf gemeine Weise im Stich gelassen worden war. Selbst als das Schnarchen in den frühen Morgenstunden aufhörte, blieb die Spannung im Wohnraum bestehen. Baker und Macey hielten abwechselnd Wache, doch um drei Uhr ertappte Macey Baker dösend, als er hätte wach sein sollen, und danach wagte er nicht mehr, sich gehenzulassen. Macey bemerkte, daß die Augen der Wärter selten für längere Zeit geschlossen waren, und jetzt hatten sie Grund zur Rache.

Alle waren erleichtert, als der Morgen anbrach. Macey gab kurze Befehle fürs Frühstück. Dann ging er auf die Galerie, um seinen Morgenspaziergang zu machen. Er nahm Robeson mit. Er stützte sich auf das Geländer und freute sich am Anblick des Turmes unter ihm. Es war immer noch *sein* Turm, seine Wasserburg. Drinnen hatte es vorübergehend Schwierigkeiten gegeben, weiter nichts. Dennoch fehlte der Morgenpromenade ihr sonstiger Reiz. Macey hatte bis jetzt nicht daran gedacht, aber es war schon so, Mitchells Tod und die Verletzung von Hines hatten sein Königreich verkleinert.

Seine Unzufriedenheit wuchs im Laufe des Tages. Er hatte angekündigt, daß er die Disziplin im Leuchtturm wiederherstellen würde. Statt dessen brach sie vollkommen zusammen. Nicht, als ob sich Baker oder Rosie seinen Befehlen widersetzt hätten. Nur waren sie eben meistens nicht da, wenn er sie brauchte. Ihre Hauptsorge schien jetzt Chris zu sein. Nach einem kurzen Delirium, in dem er beängstigend geplappert hatte, war er immer stiller geworden und war jetzt völlig bewußtlos. Er lag mit wächsernem Gesicht da und schien kaum noch zu atmen.

Macey wünschte, er würde gleich sterben, wenn es schon sein mußte, damit man es hinter sich hatte. Aber Tommy und Rosie sahen die Sache anders an. Jeder Blick, den sie Macey zuwarfen, schien ein Vorwurf, daß er keine Hilfe herbeigerufen hatte. Sie hatten fast ungläubig zugehört, als Robeson an diesem Morgen nur seinen Routineanruf tätigen durfte. Sie waren eben rührselig, sentimental. Nichts für einen Bandenchef wie Macey. Aber schließlich besser die als keinen. Es war witzlos, eine Führernatur zu sein mit nur zwei Gefangenen zum Herumkommandieren.

Macey dachte an die Wärter. Das war eine andere Schwierigkeit. Robeson und Lowe taten ihre Arbeit nicht mehr ordentlich. Sie hatten die Optik gesäubert, die Fenster im Lampenraum geputzt und alles getan, was für das Leuchtfeuer erforderlich war, aber mehr auch nicht. Keiner hatte auch nur die geringste Neigung an den Tag gelegt, etwas zu tun, aber sie beobachteten Macey. Nun, sie sollten sich in acht nehmen.

Um zwei Uhr ging Baker allein zum Fuß des Turmes hinab. Er hatte von einem Fenster aus gesehen, daß die Ebbe die Felsen so weit freigegeben hatte, daß er einen Spaziergang machen und sich Bewegung schaffen konnte. Außerdem wollte er von Macey weg, wenn auch nur für eine Weile. Seine Ernüchterung über Macey bedrückte ihn. Er zweifelte jetzt nicht mehr, daß Macey den Geschäftsführer des Kinos vorsätzlich erschossen hatte, und er wußte genau, daß er Mitchell ohne jeden vernünftigen Grund getötet hatte. Und dazu nun die Sache mit Chris. Macey ließ ihn sterben, ohne einen Finger zu rühren. Das war so entsetzlich, daß er fast wünschte, er könnte selbst sterben.

Er öffnete die Einlaßtür und sah hinaus. Dann stieg er die Leiter zur Einfassung hinab und ging langsam um das Fundament des Turms. Auf der Seite, wo der Fels steil abfiel, blieb er stehen. Das war die Stelle, wo Mitchell beigesetzt worden war. Mitchell war doch ein ganz netter Mann gewesen ... Baker ging beklommen zur Leiter hinüber.

Er hatte erst ein paar Sprossen hinter sich, als er direkt unter sich etwas im blassen Sonnenlicht schimmern sah. Etwas Gelbes. Er stutzte. Es war das Schlauchboot, das er auf dem Kabinendach der Jacht hatte liegenlassen. Einer der Taugriffe hatte sich dicht unter der Hochwassermarke an einer Leitersprosse verfangen. Das Boot mußte angespült worden sein, nachdem es vom Dach der Jacht weggetragen worden war. Wegen der Einfassung war es vom Turm aus nicht zu sehen gewesen.

Baker machte es vorsichtig los und trug es auf den Felsen hinab. Die Luft war teilweise herausgegangen, aber sonst war das Boot nicht beschädigt. Die Pumpe war noch in der Tasche, auch die beiden kleinen Paddel waren noch da. Unter der Einfassung verborgen, pumpte Baker das Boot auf. Die Luft hielt. Es war beängstigend klein – aber immerhin ein Boot. Baker sah sehnsüchtig zu der fernen Küste hinüber.

AUCH ROSIE ging Macey so weit wie möglich aus dem Weg. Baker fand sie oben im Lampenraum.

„Du, Rosie ... Ich habe eine Neuigkeit für dich." Er hielt inne, als unten Stimmen laut wurden. „Komm mal mit hinaus."

Sie folgte ihm auf die Galerie. „Nun?"

Er erzählte ihr von seinem Fund. „Und es ist intakt. Es ist aufgepumpt, und die beiden Paddel sind auch noch da."

„Wo ist es?"

„Dort, wo ich es gefunden habe. Es kann nicht weggeschwemmt werden. Rosie, wir beide könnten versuchen, damit abzuhauen."

Rosie blickte über die ruhige See zum schwachen Umriß des

Sheep Head. „Es sind acht Meilen, Tommy. Bist du schon mal acht Meilen gerudert?"

„Noch nie. Aber ich glaube, ich könnte es."

„Es ist aber kein richtiges Boot."

„Es ist nicht schlecht. Für uns beide genügt es. Und es kann nicht sinken, weil Luft darin ist."

„Ich fürchte mich, Tommy."

„Und ich fürchte mich, wenn ich hierbleiben muß. King ist verrückt. Ich glaube, er wird weiter morden, bis niemand mehr übrig ist. Willst du hier bei King bleiben?"

„Ich kann ihn nicht mehr sehen!" Rosie schauderte. „Er kümmert sich weder um mich noch um sonst jemand."

„So ist es", sagte Baker. „Er hat keine Gefühle. Machst du also mit?"

„Ich weiß nicht. Vielleicht. Wann würdest du aufbrechen, Tommy?"

„Am besten wäre es bei Morgengrauen. Wie steht's also?"

Rosie zögerte, dann blickte sie wieder aufs Meer hinaus. Es war tatsächlich ziemlich ruhig.

„Also schön", sagte sie. „Ich komme mit. Ich will nicht mit ihm allein bleiben."

DIE VERSCHWÖRER hatten keine großen Vorbereitungen zu treffen, aber das wenige, was sie tun konnten, taten sie. Baker meinte, sie brauchten nur Lebensmittel, Wasser und warme Kleider. Um fünf Uhr nachmittags konnten sie ein paar Sachen verstecken. Baker stopfte sich rasch die Jackentaschen mit Lebensmitteln aus dem Speiseschrank voll. Rosie entdeckte eine alte Essigflasche und füllte sie mit Wasser. Dann trug Baker Jacke, Flasche und Rosies Mantel in den Vorratsraum und versteckte sie hinter den Farbdosen. Von dort konnten sie die Sachen am Morgen mitnehmen, wenn sie aufbrachen.

Es fiel ihnen schwer, während des langen Abends und der Nacht keine Erregung zu zeigen. Rosie löste das Problem, indem sie erklärte, sie sei müde. Sie tat, als döse sie auf dem Stuhl ein. Baker zog sich in ein stumpfes Schweigen zurück. Seine Hauptsorge war das Wetter. Mit einer kurzen Unterbrechung war die See nun seit fünf Tagen ruhig gewesen. Es konnte kaum noch lange so bleiben.

Da auf Maceys Befehl die ganze Nacht das Licht im Wohnraum brannte, war an Schlaf kaum zu denken. Um sieben Uhr morgens war Rosie hellwach. Als sich das Tageslicht am Fenster zeigte, nickte Baker ihr unmerklich zu. Rosie stand auf, streckte sich und ging zur Tür. „Wo gehst du hin?" fragte Macey.

„Wo glaubst du wohl? Hier gibt es wahrhaftig kein Privatleben, das muß ich schon sagen." Sie warf den Kopf zurück und ging hinaus.

Baker wartete. Er wollte sich nicht den Anschein der Eile geben. Schließlich stand er auf, ging lässig zum Fenster hinüber, sah hinaus, kam wieder zurück und gähnte ausgiebig. „Ich denke, ich sehe mal wieder nach Chris", sagte er. Macey brummte nur.

Baker stieg rasch die Treppe hinab. Er fand Rosie im Vorratsraum. Sie zog sich gerade einen der Pullover an. Sie zitterte vor Aufregung. „Ich fürchte mich, Tommy. Ehrlich. Ich fürchte mich entsetzlich."

„Es wird alles gutgehen", sagte Baker, obwohl auch er vor Furcht fröstelte. Er zog den zweiten Pullover über, steckte die Wasserflasche in die Tasche und machte den Reißverschluß seiner Jacke zu. „Also, gehen wir." Sie stiegen zur Einlaßtür hinab und öffneten sie.

Die Luft war schneidend, doch im Osten war schon die Sonne

zu ahnen. Baker stieg die Leiter zur Einfassung hinab und beschwor Rosie, sie möge sich Zeit lassen und nicht hinuntersehen. Er hatte die senkrechte Leiter vergessen gehabt. Er beobachtete Rosie und ermutigte sie. Doch Rosie machte keine Schwierigkeiten. Sie warf ihre Stöckelschuhe hinab und stieg in Strümpfen nach unten, und nach ein paar Augenblicken stand sie neben Baker. Von der Einfassung aus sah sie zu, wie er das Schlauchboot über das Riff trug. Dann folgte sie ihm.

Die Flut war schon ziemlich hoch und stieg noch weiter. Ein Stück weit draußen sah die See ruhig aus, aber rund um den Felsen brach sich unablässig die Dünung und warf Gischt auf. Baker versuchte, das Boot zu Wasser zu lassen und es dicht an der Leeseite des Riffs zu halten, während Rosie hineinkletterte, aber er konnte es nicht ruhig genug halten. Beim ersten Versuch trug eine Welle das Boot gerade in dem Moment, in dem sie einstieg, auf den Felsen, so daß es nicht mehr schwamm, als sie darin saß. Beim zweiten Versuch wäre sie fast kopfüber ins Wasser gefallen. Ängstlich blickte sie auf das tanzende Boot. „Ich weiß nicht, wie wir jemals hineinkommen wollen“, klagte sie.

Baker runzelte die Stirn. „Ich glaube, wir setzen uns einfach hinein und warten, bis die Flut uns wegträgt.“

Er fand ein flaches, mit Tang bedecktes Stück Felsen nahe beim Wasser, legte das Boot vorsichtig darauf und half Rosie hinein. Dann setzte er sich ihr gegenüber und stützte die Arme auf die prallen Bootsseiten.

Er sah zum Turm hinauf. Das Leuchtfeuer war im anbrechenden Tag bereits sehr blaß. Plötzlich ging es aus. Jemand war im Turm unterwegs. Wahrscheinlich hatte Macey Lowe die Fesseln abgenommen und war mit ihm in den Lampenraum gegangen. Jeden Augenblick konnten sie auf die Galerie treten, von wo aus das Boot zu sehen war.

Es schien eine Ewigkeit zu dauern, bis das Wasser hoch genug gestiegen war, daß das Boot schwamm. Sie waren schon beide vom Gischt durchnäßt. Als sich das Boot endlich hob, waren sie bereit. Als die nächste Welle kam, lehnten sie sich zum Riff hinaus und hielten sich am Fels fest. Dann, als die Welle zurückbrandete, stießen sie sich ab und wurden davongetragen. Baker paddelte wie besessen. Nun waren sie frei.

Baker lächelte Rosie zu. „Wenigstens ein Anfang“, sagte er.

Es DAUERTE einige Zeit, bis er mit den Paddeln richtig umgehen konnte. Die leichteste Ungleichmäßigkeit beim Rudern versetzte das Boot ins Kreisen. Aber mit der Zeit bekam Baker Übung, und das Boot gehorchte ihm einigermaßen.

„Nun werden wir wenigstens nicht mehr erschossen, das ist schon mal etwas“, sagte Rosie und deutete auf den Leuchtturm.

Baker blickte zurück. „Ja, jetzt sind wir in Sicherheit.“ Sie waren nicht mehr in der Reichweite der Pistole.

„Wir kommen rasch voran, nicht wahr?“

Baker nickte.

„Ich glaube, die Flut trägt uns mit, Rosie.“

„Und wo, glaubst du, landen wir schließlich?“

„Keine Ahnung. Irgendwo an der Küste. Ich bin nicht wählerisch.“

Im Boot war es alles andere als bequem. Das dünne Gummi sackte so stark unter ihnen durch, daß sie fürchteten, sie könnten jeden Augenblick durchbrechen. Rund um sie herum klatschte das Wasser. Das bedeutete zwar keine Gefahr, war aber recht unangenehm.

„Ich habe furchtbar kalte Füße“, klagte Rosie.

Baker hörte auf zu paddeln und zog seine Lederjacke aus. „Mir ist ganz warm. Möchtest du sie dir über die Beine legen?“

Rosie nahm dankbar die Jacke. „Bist ein netter Junge, Tommy.“

Baker grinste und paddelte weiter. Trotz der unbequemen Lage war er guter Dinge. Die Welt schien ihnen allein zu gehören. Keine Schiffe in der Nähe und der Leuchtturm schon gut eine Meile entfernt. Baker sah, daß das Boot von Salmouth wegtrieb. Sheep Head war jetzt merklich blasser als am Anfang. Trotzdem, etwas kamen sie voran.

„Willst du essen?“ fragte Baker schließlich.

Rosie schüttelte den Kopf. „Ich habe keinen Hunger. Ich glaube, mir wird übel.“ Sie war blaß.

„Es wird dir gleich wieder besser werden“, sagte Baker hoffnungsvoll.

Sie schwiegen. Baker brauchte seinen ganzen Atem, um den Ruderrhythmus beizubehalten. Rosie lehnte sich mit geschlossenen Augen an den prallen Bug des Bootes.

Es war ungefähr zehn Uhr, als Baker merkte, daß der Umriß

des Leuchtturms wieder schärfer wurde. Ja, er kam eindeutig näher. Die Tide mußte gewechselt haben.

Rosie öffnete die Augen, sah sich um und schauderte.

„Ist dir immer noch kalt?“ fragte Baker.

„Entsetzlich!“

„Dann rudere du eine Weile.“

„Schön, ich will's versuchen. Glaubst du, wir können die Plätze wechseln?“

Sie nahm die Paddel und begann zu rudern. Sie machte es nicht so gut wie Baker, aber sie ließ nicht locker.

„Ich glaube, wir müssen uns abwechseln, damit wir warm bleiben.“ Baker nahm das Eßpaket aus der Jackentasche und aß etwas Brot, Käse und Schokolade. „Willst du wirklich nichts?“

„Solange ich rudere, nicht.“ Rosie sah besorgt über das Wasser. „Tommy, ich glaube, wir kommen dem Turm wieder näher.“

„Ich weiß. Die Ebbe trägt uns zurück.“

„Dann sind wir noch nicht weit gekommen“, rief Rosie entsetzt.

„Ungefähr eine Meile, schätze ich.“ Baker zwang sich zu lächeln. „Bleiben nur noch sieben.“

„Das schaffen wir nie.“

„Natürlich schaffen wir es. Wir müssen uns einfach ranhalten.“

Rosie ruderte weiter.

Ungefähr um die gleiche Zeit standen Macey und Lowe am Geländer der Galerie und suchten das Meer ab. Lowe sah durch den Feldstecher auf das Wasser unmittelbar beim Turm hinab.

Bald nach sieben Uhr hatte Macey Baker gerufen, damit er Lowe losband, weil dieser das Leuchtfeuer ausschalten und das Frühstück machen mußte. Als Baker nicht kam, rief er ärgerlich das Treppenhaus hinauf und hinab und rief auch nach Rosie. Schließlich band er Lowe ohne Hilfe los, wobei er die Pistole vorsichtig außerhalb von Lowes Reichweite hielt. Dann trieb er ihn vor sich her und suchte das vermißte Paar. Er fing damit oben im Turm an und arbeitete sich nach unten. Als er zur Einlaßtür kam, fand er sie offen, und die Einfassung und das Riff waren leer!

Darauf hatte Macey noch einmal den ganzen Turm durchgekämmt. Er hatte in jeden Schrank gesehen, an jeder nur möglichen Stelle gesucht. Lowe hatte ihm ziemlich erregt dabei geholfen. Am Ende war nur ein Schluß möglich. Baker und Rosie waren aufs Riff hinausgegangen und entweder absichtlich oder aus Versehen ertrunken.

Jetzt suchte Lowe mit dem Feldstecher das Wasser nach den Leichen ab. Er hob das Glas zum Horizont. Plötzlich pfiff er durch die Zähne. Ein gelber Fleck mit zwei dunkleren Flecken!

„Du meine Güte!“ sagte er leise.

„Was ist?“

„Sie leben noch! Sie sind dort draußen in einem Boot.“

„Rede keinen Unsinn! Woher sollten sie ein Boot haben?“

„Sieh selbst.“ Lowe gab ihm den Feldstecher.

Macey nahm ihn. Er brauchte einige Zeit, bis er den Fleck im Wasser fand. Dann hatte er ihn im Blickfeld. „Tatsächlich, du hast recht! Es ist das Schlauchboot von der Jacht. Wie sind sie dazu gekommen?“

„Keine Ahnung.“ Lowe blickte zum Himmel, dann wieder aufs Meer. Plötzlich verlor Macey alle Selbstbeherrschung. „Diese elenden, verdammten Verräter!“ Er schüttelte die Faust. „Lassen mich schmählich im Stich! Hauen ab und werden singen!“

„Ich glaube nicht, daß du dir Sorgen machen mußt“, meinte Lowe. „Wenn nicht ein Schiff sie an Bord nimmt, schaffen sie es nicht.“

„Bist du sicher?“

„Das Barometer fällt. Und das bedeutet, daß Sturm kommt. Mit dem kleinen Ding haben sie praktisch keine Chance.“

„Glaubst du, sie ertrinken?“ Maceys Miene hellte sich auf. „Nun, sie haben es so gewollt. Sich einfach davonzumachen!“ Er sah noch einmal durch den Feldstecher. Selbst durch das Glas waren sie kaum mehr zu sehen. „Und sie kommen nie an Land!“ sagte er befriedigt.

„Du könntest sie auffischen lassen“, sagte Lowe. „Ein Telefonanruf würde genügen.“

Macey schüttelte den Kopf. „Das haben wir schon durchexerziert.“

Lowe sah ihn ungläubig an. „Willst du damit sagen, du

möchtest, daß sie ertrinken? Ich dachte, Rosie ist deine Freundin?"

„Diese mistige kleine Hure!" fauchte Macey. „Ertrinken ist noch viel zu gut für sie."

Beim Frühstück war die Atmosphäre gespannter denn je. Weder Robeson noch Lowe aßen etwas, sie stocherten nur in den Speisen. Macey schlug sich ohne Appetit voll. Er saß ein wenig abseits und beobachtete sie ununterbrochen. Nach Lowe hatte ihn auch Robeson beschworen, als man ihm von der Flucht erzählte, nun hatte er sich wieder in ein düsteres und gefährliches Schweigen zurückgezogen. Lowe überdachte angestrengt die neue Lage im Turm. Maceys Unmenschlichkeit hatte offenbar keine Grenzen. Hines, Mitchell, Rosie, Baker – Freund oder Feind, ihm war alles gleich. Alles drehte sich nur um Macey.

Nach dem Frühstück löste sich die Spannung etwas, als Robeson und Lowe ihre Putzarbeit erledigten. Während der eine auf der Plattform stand und die Optik polierte und der andere hoch auf der Leiter die Scheiben putzte, lehnte Macey sich an das Geländer und starrte dorthin, wo der gelbe Fleck gewesen war. Jetzt war er nicht mehr zu sehen.

Mit griesgrämiger Miene wandte er sich ab. Seine hämische Befriedigung über das wahrscheinliche Schicksal der Verräter war nicht von langer Dauer gewesen. Er wurde sich nun immer mehr seiner Einsamkeit bewußt. Er hatte immer eine Bande gehabt, die zu ihm aufblickte, ihn bewunderte, ihm Kraft gab. Nun war er allein. Sein Status als Führer war dahin, weil er niemanden mehr hatte, den er führen konnte. Sein kleines Königreich war auseinandergefallen. Noch vor ein paar Tagen, dachte er bitter, hatte er sechs Leute gehabt, die taten, was er sagte. Jetzt blieben nur noch zwei. Zwei Feinde, die nur darauf warteten, ihn zu überwältigen. Chris zählte nicht mehr. Chris würde sterben.

Eine Zeitlang verzehrte ihn das Selbstmitleid. Dann hob sich seine Stimmung wieder. Mochte sein Imperium zusammengeschrumpft sein – bald würde er ein viel größeres Publikum haben. Man hatte ihn im Stich gelassen, aber er war noch nicht am Ende. *Er* würde nicht sterben, wenigstens jetzt noch nicht. Und ganz gewiß nicht, ohne eine Menge Leute mit in den Tod zu nehmen. Noch hatte er die Pistole. Er konnte Lowe zwingen, zu kochen, dies zu tun und jenes zu holen, und er konnte Robeson zwingen, harmlose Meldungen über das Funktelephon durchzugeben, um die Entscheidung hinauszuzögern. Er konnte sich schützen, indem er stets einen Wärter im Schußfeld behielt. Er hatte die Zügel noch immer in der Hand.

Erst als er am späten Nachmittag über die Vorbereitungen für die Nacht nachdachte, wurde ihm bewußt, wie gefährlich das Gleichgewicht im Turm sich zu seinen Ungunsten verschoben hatte.

Der Haken war, daß er Robeson und Lowe nicht gleichzeitig gefesselt halten konnte. Er konnte den einen zwingen, den anderen zu fesseln. Aber einer war immer frei. Macey selbst konnte das Fesseln nicht besorgen, denn zum Verknoten des Seils hätte er beide Hände gebraucht und deshalb die Pistole weglegen müssen. Er hätte sich unbewaffnet einem starken Gegner ausgesetzt.

Deshalb würde in der kommenden Nacht entweder Robeson oder Lowe frei sein. Das würde nichts ausmachen, solange er nicht einschlief. Aber einmal mußte er schlafen, wenn nicht in der ersten Nacht, dann in der zweiten. Und dann käme derjenige, der gerade frei war, an die Pistole heran.

Zwar konnte er sich in einem der Räume verbarrikadieren und die Wärter während der Nacht sich selbst überlassen. Doch auch das war höchst gefährlich. Sie würden ohne sein Beisein miteinander reden und ein Komplott aushecken. Der ungefesselte Mann könnte außerdem den anderen befreien. Sie würden sich ungehindert im Turm bewegen, und am Morgen würde er nicht wissen, wo sie wären. Natürlich hatte er seine Pistole, aber würde das genügen? Gegen einen ja. Aber gegen zwei? Jetzt mußten sie den Mut der Verzweiflung haben. Besonders Robeson machte den Eindruck, als würde er alles riskieren. Robeson hatte sich seit Mitchells Tod verändert. Vorher hatte er ziemlich unbesorgt geschienen. Jetzt wirkte er hart und entschlossen. Sicherheit gab es jetzt nicht mehr im Turm, seit es zwei gegen einen stand.

Zwei gegen einen . . .

Nun, da gab es einen einfachen Ausweg.

MACEY SASS mit der Pistole im Schoß da und überlegte sich die einfachste Methode. Er erwartete keine Schwierigkeiten von dem zweiten Mann, aber es würde sicherer sein, ihn nicht in der Nähe zu haben, wenn es geschah.

Schließlich stand er auf. „Wie wär's mit einer Tasse Tee, Kleiner?"

Lowe füllte den Kessel und stellte ihn auf den Herd. Das Feuer war niedergebrannt, und er schürte es.

„Ich glaube, du mußt Kohlen heraufholen", sagte Macey. Lowe nahm schweigend den Kohleneimer und ging hinaus.

Macey trat ans Fenster. Es war Ebbe. „Ich möchte gern einen Spaziergang auf dem Riff machen", sagte er. „Sie kommen mit, Opa. Das wird Ihnen guttun." Er löste Robesons Fesseln, wozu er nur eine Hand brauchte. „So – runter!"

Robeson ging voraus. Sie stiegen zum Einlaßraum hinab. Robeson öffnete den Riegel und sah hinaus. Die Sonne ging an einem bedrohlichen Himmel unter.

„Sie zuerst", sagte Macey und deutete auf die Leiter.

Robeson begann hinabzusteigen. Einen kurzen Moment lang hielt er sich mit beiden Händen an der obersten Sprosse fest. Macey trat ihm auf die Hände, erst auf die eine, dann auf die andere. Robeson schrie vor Schmerz auf. Seine Finger ließen los. Er taumelte rückwärts, suchte die Leiter wieder zu packen, verfehlte sie und stürzte acht Meter tief auf die steinerne Einfassung.

Als Macey hinabblickte, seiner Sorgen ledig, erschien Lowe. „Was war das für ein Lärm? Was ist passiert?"

Macey drehte sich mit der Pistole um. „Sieht aus, als wären nur noch wir beide da, Kleiner."

Lowe blickte mit weißem Gesicht hinab. Robeson lag reglos auf dem Stein.

„Von der Leiter gefallen", erklärte Macey. „Hat sich das Genick gebrochen, der Arme."

Lowe fuhr ihn zornig an: „Du hast ihn hinuntergestoßen! Du hast ihn ermordet!" Er ging auf die Leiter zu.

Macey stieß ihm die Pistole in die Rippen. „Du kannst ihn später beweinen, Kleiner. Jetzt brauch ich 'ne Tasse Tee. Los, hinauf! Und sei gefälligst höflich." Er fühlte sich wieder wohl. Jetzt stand einer gegen einen.

Sechstes Kapitel

Lowe wusste kaum, wie er in den Wohnraum kam. Ihm war übel, und seine Knie waren weich. Nur Maceys Pistole trieb ihn weiter. Im Augenblick war er unfähig zu denken. Ein einziges, heftiges Gefühl verdrängte alles andere: Entsetzen. Lähmendes Entsetzen über das Ungeheuer hinter ihm.

„Steh nicht herum!" herrschte Macey ihn an. „Der Tee kocht sich nicht von allein!"

Mechanisch bereitete Lowe den Tee zu und schenkte ein. „Gibt's keinen Kuchen?" fragte Macey. Lowe stellte auch den auf den Tisch. Dann setzte er sich, stützte den Kopf auf und wandte den Blick ab. Er konnte nicht zusehen, wie Macey Tee schlürfte und den Kirschkuchen kaute, als wäre er gerade von einem Ausflug zurück.

Schließlich sagte er: „Ich muß Luft schnappen, Macey. Kann ich zur Galerie hinaufgehen?"

Macey schob sich das letzte Stück Kuchen in den Mund und leerte die Tasse. „Klar. Ich komme mit."

Lowe sah ihn haßerfüllt an.

„Es ist besser, wenn du dich mit mir verträgst", sagte Macey. „Wir werden lange miteinander allein sein."

Lowe ging hinaus, er schwankte ein wenig, dann stieg er blind die Treppen hinauf. Macey folgte. Draußen auf der Galerie fing er unbekümmert zu pfeifen an.

Lowe sog tief die salzige Luft ein und hielt das Gesicht gegen den Wind. Langsam ließ das Schwindelgefühl nach, doch das Entsetzen blieb. Er sah zu Robesons Leiche hinab, die auf der Einfassung lag. Lowe hatte den Alten verehrt und geliebt; da lag er nun, tot . . .! Er würde keinen Rat mehr von ihm hören, kein freundliches Wort; er war jetzt auf sich allein gestellt.

Lowe blickte über das dunkler werdende Wasser. Hohe Wellen mit weißen Schaumkronen rollten von Südwesten heran. Er dachte an Maceys andere Opfer, Baker und Rosie, die dort draußen trieben, den Gezeiten preisgegeben. Er wußte, was ihnen bevorstand, wenn es nicht schon geschehen war. Irgendwann würde ein Wellenberg über ihr winziges Boot brechen und sie ins Meer schleudern. Ein Augenblick der Angst – und dann das Ende. Fast beneidete er sie. Sie waren wenigstens dem Teufel im Turm entronnen. Ihnen blieb der schreckliche letzte Akt erspart, in den er verstrickt sein würde.

Eine Zeitlang war Lowe der Verzweiflung nahe. Er sah kein Mittel, den Lauf der Dinge zu ändern. Dann, als er noch einmal zu Robeson hinabsah, schlug seine Stimmung um. Eine Welle des Zorns über das gemeine, sinnlose Verbrechen stieg in ihm auf. Wer war denn Macey, daß man vor ihm kriechen mußte? Ein plumper, einfältiger Gangster mit einer Pistole. Lowe schreckte nicht Maceys Stärke; ohne Pistole wäre er ein Nichts. Was, fragte er sich, hatte er denn zu verlieren? Das Leben, das liebe Leben ... Aber man konnte sich auch zu sehr ans Leben klammern. Wenn er sowieso irgendwann erschossen würde, dachte Lowe, egal was er tat, dann konnte er auch um sein Leben kämpfen.

Aber wie? Er erreichte nichts, wenn er sein Leben einfach wegwarf. Er mußte eine Gelegenheit abwarten. Er fragte sich, wie lange ein Mann in Maceys Lage auf der Hut sein konnte. Er dachte ebenso wie Macey an die kommende Nacht. So viel war klar, daß Macey ihn nicht fesseln konnte, ohne einen Kampf Mann gegen Mann zu riskieren, und daß er irgendwann einmal würde schlafen müssen. Auf diesen Augenblick mußte er warten. Da würde schließlich doch eine Chance kommen.

Lowe war ein wenig leichter ums Herz, nachdem er sich seiner Verantwortung bewußt geworden war und sie akzeptiert hatte. Er konnte Mitchell nicht wieder zum Leben erwecken, ebensowenig Robeson oder Baker oder Rosie. Aber er konnte immer noch sich selber retten. Er sah wieder aufs Meer hinaus. Die Dämmerung brach herein. Er zwang sich, die Pistole nicht anzusehen, und ging, ohne um Erlaubnis zu fragen, langsam hinaus. Er hörte, daß Macey ihm folgte.

Im Schlafraum sah Lowe nach Hines. Macey wartete an der Tür. Hines' Bewußtlosigkeit war noch tiefer geworden, sein Atem war kaum noch wahrnehmbar. Sein Gesicht war unter dem dunklen Stoppelbart wie Pergament. Er sah aus, als könnte er jeden Augenblick sterben. Man konnte nichts mehr für ihn tun.

Lowe ging zum Maschinenraum und setzte den Generator in

Betrieb. Dann stieg er in den Lampenraum hinauf und schaltete das Leuchtfeuer an. Was auch geschehen mochte – diese Pflicht blieb, bis zum Ende.

Der Abend war kaum zu ertragen. Lowe sehnte sich danach, allein zu sein, nachzudenken. Macey hatte Bedürfnis nach Gesellschaft. Er war seit dem Abendessen gesprächig, auf abstoßende Weise. Alles, worüber er sprach, diente seiner Verherrlichung: die Überfälle, die er organisiert, die Haufen Geld, die er für ein paar Minuten Arbeit eingeheimst hatte, und daß er immer noch zwanzig Magazine Munition besaß und entschlossen war, sie zu verschießen. Lowe hörte nur zu und beobachtete. Macey brauchte nichts als einen Zuhörer und einen Sklaven. Immer wieder fand er kleine Arbeiten für Lowe. Das Feuer mußte geschürt, der Kessel aufgefüllt, Wasser gepumpt werden.

Lowe führte alle Befehle ohne offene Feindseligkeiten aus. Er wußte, es war das beste, wenn er den Eindruck der feigen Unterordnung erweckte, damit Maceys Wachsamkeit nachließ. Die Hoffnung auf die kommende Nacht hielt Lowe aufrecht.

Sie währte nicht lange. Kurz vor zehn Uhr stand Macey auf und streckte sich. „Ich glaube, wir legen uns am besten schlafen. Willst du wissen, wie wir es arrangieren, Kleiner?“ Er sah Lowe spöttisch an.

Lowe zuckte die Schultern. „Mir ist es egal.“

„Aber mir nicht. Ich will es dir sagen. Du holst im Schlafraum eine Matratze und legst sie oben im Dienstraum auf den Fußboden. Ich schlafe oben.“

Mit gleichgültiger Miene holte Lowe das Bettzeug und trug es hinauf.

Macey folgte kurz danach. „In Ordnung, Kleiner. Das wär’s für heute. Morgen früh um acht bringst du mir eine Tasse Tee. Angenehme Ruhe!“ Er schloß die Tür. Lowe hörte, wie er die Matratze über den Fußboden zog, und erriet, was drinnen vorging. Macey legte sich mit den Füßen gegen die Tür, so daß jeder Druck von außen ihn sofort wecken würde, und die Pistole wäre zur Hand.

Niedergeschlagen kehrte Lowe in den Wohnraum zurück. Er fürchtete, daß er keine Chance haben würde, weder jetzt noch später. Auf diese Weise konnte Macey schlafen, so lange er wollte. Auf diese Weise war er immer ausgeruht und wachsam. Am Morgen würde er mit der Pistole warten, und alles fing wieder von vorn an.

Lowe versuchte, sich einen anderen Plan auszudenken. Er bediente jetzt allein den Leuchtturm, aber er sah nicht, wie ihm das helfen konnte. Er hatte kein Licht, das kräftig genug wäre, um ein Signal zu geben, außer dem Leuchtfeuer selbst, und das zu benutzen war undenkbar. Was sonst? Wo Macey auch sein würde, die Pistole wäre dabei.

Er schaltete das Radio an und hörte die Wettervorhersage. Ein atlantisches Tief war im Anzug. Er dachte an Robesons Leiche drunten auf der Einfassung. Wenn das Wetter umschlug, würden die Wellen sie übel zurichten. Er konnte sie nicht einfach unten liegen lassen. Der Alte hätte gewollt, daß er anständig beigesetzt würde. Lowe nahm eine Lampe aus dem Schrank und ging zum Vorratsraum hinab. Das einzige Stück Segeltuch hatte man für Mitchell gebraucht, aber es war noch ein Roheisenbarren als Ballast da. Lowe nahm ihn unter den Arm, warf eine Seilrolle über die Schulter und ging zur Einlaßtür hinab. Draußen blies ein scharfer Wind. Gischt spritzte vom westlichen Ende des Riffs bis zur Einfassung herauf. Lowe leuchtete mit seiner Lampe auf Robeson hinab und hielt den Atem an. Robeson hatte sich aufgesetzt.

Sekunden später war Lowe unten. „Robeson!“

Robeson lehnte schlaff an der Turmwand. Sein Gesicht war blutverschmiert, seine Kleider durchnäßt. Er sah erschöpft aus, war aber bei vollem Bewußtsein. „Jim“, sagte er mit schwacher Stimme. „Bin froh, daß du kommst, mein Junge.“

„Ich dachte, du seist tot.“ Lowe setzte sich neben ihn. „Du hast dich nicht mehr bewegt. Macey sagte, du seist tot.“

„Macey trat mir auf die Hände, damit ich hinunterfiel.“

Lowe beleuchtete die blutigen Finger. Sie sahen entsetzlich aus. Doch das konnte noch nicht das Schlimmste sein nach einem solchen Sturz. „Bist du sehr verletzt?“

„Es geht. Der linke Knöchel ist gebrochen. Kopfschmerzen, und überall blaue Flecke. Aber ich hatte Glück.“

„Sprich nicht. Ich will sehen, ob ich dich hinaufschaffen kann.“

Lowe sah die Leiter an. Mit aufgerissenen Händen und einem gebrochenen Knöchel konnte der Alte kaum etwas tun. Und Lowe wußte, daß er Robeson nicht auf dem Rücken die senkrechte Leiter hinauftragen konnte.

„Ich werde dich hinaufwinden müssen. Augenblick!" Er stieg rasch zum Windenraum hinauf. Geschickt befestigte er ein starkes Tau am Drahtseil der Winde und ließ es zur Einfassung hinab. Dann stieg er wieder hinunter und schlang das Tau um Robesons Brust.

„Versuche mal, ob du stehen kannst, Rob." Vorsichtig half er Robeson auf seinen unverletzten Fuß. „Geht es?"

„Ja."

Lowe trug ihn die paar Schritte bis zum Fuß der Leiter. „Glaubst du, du kannst dich festhalten, während ich hinaufsteige?"

Robeson ließ schlaff die Arme über eine der Sprossen hängen und stützte sich. „Ja."

„Ich ziehe dich vorsichtig hinauf. Es wird dir nichts passieren."

Robeson nickte. Sein Gesicht war im Lampenlicht aschgrau. „Geh, Junge, es ist die einzige Möglichkeit."

Lowe stieg rasch die Leiter hinauf. Es mußte für Robeson die Hölle sein. Je eher sie das hinter sich brachten, desto besser. Er drehte langsam an dem Handgriff der Winde, bis sich das Drahtseil straffte. Er konnte fast in seiner eigenen Brust den Druck des Seils um Robesons zerschundenen Körper spüren. Von Zeit zu Zeit blockierte er die Winde und sah nach, was für Fortschritte sie machten. Sie hatten es fast geschafft. Noch ein kurzes Stück. Er sah wieder hinab. Robeson war in Sicherheit, er lag über der Türschwelle.

Lowe ging rasch in den Einlaßraum. „Wie geht's, Rob?"

„Schon in Ordnung." Schweiß glänzte auf Robesons Stirn.

Lowe machte das Tau los. „Ich trage dich in den Vorratsraum", sagte er. „Dort bist du sicher."

Langsam richtete er Robeson auf und nahm ihn auf die Schulter. Schritt um Schritt stieg er die vier Treppen zum Vorratsraum hinauf. Oben angekommen, legte er Robeson auf ein paar Säcke hinter der Wand aus Farbdosen.

Robeson lehnte sich stöhnend zurück. „Danke, Jim."

„Jetzt haben wir dich gleich soweit", sagte Lowe. „Ich bin sofort wieder da." Er eilte hinaus.

Während er zum Wohnquartier hinaufstieg, notierte er im Kopf die Dinge, die er brauchte. Trockene Kleidung, Decken, ein Kissen, Desinfektionsmittel und Verbandszeug, eine Schiene für den Knöchel.

Er war jetzt froh, daß sich Macey in den Dienstraum zurückgezogen hatte. Geschäftig sammelte er alles zusammen. Es war eine Wohltat nach all der Gewalttätigkeit.

Er mußte mehrmals gehen, bis er getan hatte, was er tun konnte. Robeson hatte wieder trockene Kleider an. Seine Blutergüsse waren gesalbt, sein Kopf verbunden, ebenso seine Hände, der Fuß provisorisch geschient. Er hatte eine Tasse heißen, süßen Tee leer getrunken und vier Aspirintabletten genommen. Lowe hatte ihn in Decken eingehüllt. Kaum hatte er die Tür des Vorratsraums hinter sich geschlossen, sank Robeson in einen erschöpften Schlaf.

Lowe tilgte die Spuren seiner nächtlichen Arbeit. Dann kehrte er in den Wohnraum zurück.

Seit Tagen war er nicht mehr so froh gewesen. Robesons Rettung schien ihm ein gutes Omen. Bis jetzt hatte Macey jedes Gefecht gewonnen. Nun hatte er eines verloren. In dieser Nacht gelang es Lowe sogar, ein wenig zu schlafen.

LANGE EHE der Tag anbrach, war er wieder auf. Er wußte, er konnte sich nur während Macey schlief um Robeson kümmern. Er machte Tee, kochte Robesons Lieblingsbrei und trug beides auf einem Tablett in den Vorratsraum. Robeson war wach.

„Morgen, Rob. Konntest du schlafen?"

„Etwas."

„Gut. Wie fühlst du dich jetzt?"

„Ganz ordentlich. Ziemlich steif. Alles tut mir weh."

„Kein Wunder. Laß mal sehen." Er examinierte Robesons Verletzungen. Robeson hatte blaurote Ringe unter den Augen, sein Kopf schmerzte, sein ganzer Körper war blau angelaufen, sein Knöchel glich einem Ballon. Doch soweit Lowe es beurteilen konnte, hatte er keinen bleibenden Schaden davongetragen. Er brauchte nichts als Ruhe. „Hier ist Tee", sagte Lowe. Er stützte Robeson. „Glaubst du, du kannst die Tasse halten?"

„Ich denke." Robeson nahm die Tasse und trank.

Lowe ging wieder hinauf und trug oben Verschiedenes zusammen, was Robeson den Tag über brauchen würde – eine Flasche Wasser, einige Lebensmittel, Schmerztabletten, Robesons Pfeife, Tabak und Streichhölzer. Er kehrte rasch in den Vorratsraum zurück.

„Ich dachte, ich fülle am besten deine Vorräte auf", sagte er. „Wenn Macey mir den ganzen Tag auf den Fersen bleibt wie gestern, kann ich erst heute abend wieder nach dir sehen. Hältst du es so lange aus?"

„Sicher. Wo ist er jetzt?"

„Er hat sich im Dienstraum verbarrikadiert und schläft."

„Hat er immer noch dauernd die Pistole in der Hand?"

„Jede Minute."

„Nimm dich in acht, Jim." Er lehnte sich in das Kissen zurück und schloß die Augen.

Die Morgendämmerung brach gerade an, als Lowe den Kranken verließ. Als er am Schlafraum vorbeikam, sah er zu Hines hinein. Sein Zustand hatte sich nicht geändert. Im Wohnraum stellte Lowe das Radio an und machte sich Frühstück. Plötzlich hörte er auf.

„Soeben trifft die Meldung ein", sagte der Sprecher, „daß heute morgen ein junger Mann und ein Mädchen in der Polizeiwache von Lincombe in South Devonshire erschienen und aussagten, sie seien bei dem Überfall auf das *Majestic-Cinema* in Salmouth beteiligt gewesen. Ihre Namen sind Thomas Baker und Rose Cleeve. Sie sollen sehr erschöpft sein, nachdem sie siebzehn Stunden in einem offenen Schlauchboot auf See verbracht haben. Nähere Einzelheiten wurden nicht mitgeteilt ..."

Lowe schlug sich mit der Faust in die linke Hand. Sie hatten es geschafft! Gegen alle Wahrscheinlichkeit! Mit einem vergnügten Lächeln schaltete er das Radio ab. Er gönnte es ihnen!

Doch als ihm die Bedeutung der Nachricht aufging, wurde er wieder ernst. Baker und Rosie hatten sich gestellt. Aber das hieß, daß sie alles erzählen würden. Jetzt war die Situation im Turm den Behörden bekannt. Die Tage der Isolierung waren vorbei. Plötzlich, unerwartet stand der letzte Akt des Dramas bevor.

Macey kam kurz vor neun herunter. „Bist du da, Kleiner?" rief er schon von draußen. Lowe antwortete. Macey öffnete vorsichtig die Tür. Er streckte zuerst die Pistole herein, um sicher zu sein, daß Lowe ihm vom Leib blieb, wenn er eintrat.

„Und was ist mit der Tasse Tee, die du mir um acht Uhr bringen solltest?"

Lowe hatte das völlig vergessen. „Ich dachte, du schläfst und möchtest nicht geweckt werden."

„Na schön. Du kannst mir statt dessen Kaffee machen. Dazu zwei Eier und zwei Schinkenbrote." Nach der ungestörten Nacht schien er guter Laune. Dann erzählte Lowe ihm die Neuigkeit.

Macey wollte es zuerst nicht glauben. Der Wind schlug hart an den Turm, und draußen herrschte hoher Seegang. Es schien unmöglich, daß die beiden unter diesen Umständen die Küste erreicht hatten. Aber um neun wurden die Nachrichten wiederholt, und Macey konnte es nun selbst hören.

„Elende Bagage! Sie werden natürlich singen."

Lowe nickte. „Jetzt kann es nicht mehr lange dauern, bis ein Schiff kommt."

„Das macht mir nichts aus. In drei Wochen oder heute oder morgen, was spielt das schon für eine Rolle? Es hat die Dinge nur beschleunigt, weiter nichts."

„Was wirst du tun?"

„Du weißt, was ich tun werde, Kleiner. Aushalten. Wir schließen uns hier ein, verriegeln drunten die Tür und machen aus dem Turm eine Festung."

„Das ist Wahnsinn! Wenn das Schiff da ist, kommen sie auch irgendwie in den Turm. Du kannst nicht ewig hier aushalten."

„Schätzungsweise sechs Monate."

„Was nützt dir das?"

„Das hält mich sechs Monate länger am Leben, Kleiner. Und außerdem macht es mir einen Heidenspaß." Macey nahm eine Handvoll Patronen aus der Tasche und ließ sie liebevoll durch die Finger gleiten. „Ich fürchte mich vor keinem. Ich fürchte mich vor nichts."

Lowe starrte das brutale, ausdruckslose Gesicht an, in dem sich so wenig Regungen abzeichneten.

„Ich würde mich nicht wundern, wenn wir Weihnachten noch

hier wären", sagte Macey. „Wenn wir dann immer noch aushielten. Wir wollen es uns gemütlich machen, Kleiner. Was ist jetzt mit den Schinkenbroten?"

Die See bot ein eindrucksvolles Schauspiel, als Macey eine halbe Stunde später mit Lowe auf die Galerie hinaustrat. Die rollenden Wellen waren eher weiß als grün, und um das Riff brachen sie sich in riesigen Fontänen aus Schaum und Gischt.

Macey sah hinab und runzelte die Stirn. „Robesons Leiche ist weg. Hast du sie fortgeschafft, Kleiner?"

Lowe schüttelte den Kopf. „Muß weggespült worden sein", sagte er mit hinreichend düsterer Stimme.

„Aha!" Macey war befriedigt. Als ein Windstoß kam, hielt er sich am Geländer fest. „Rauh, nicht wahr?"

„Es windet ein bißchen", sagte Lowe. Er beobachtete das Meer und horchte auf den Wind. Schließlich ging er in den Lampenraum und machte sich an die Arbeit.

Er begann gerade, die Optik zu reinigen, als das Telefon läutete. Der Routineanruf war erst in einer halben Stunde fällig. Das war vermutlich der Anfang des letzten Aktes.

Macey dachte offenbar das gleiche. „Komm mit und hör zu, Kleiner", sagte er. „Das wird gut." Er winkte Lowe mit der Pistole zur Treppe.

Im Dienstraum setzte er sich lässig auf eine Ecke des Telefontisches und nahm den Hörer ab.

„Ja?" Er hielt den Hörer ein Stück vom Ohr entfernt, so daß Lowe mithören konnte.

„Wer ist da?" fragte eine barsche Stimme.

„Sie haben das Vergnügen, mit ‚King' Macey zu sprechen."

Eine kurze Pause trat ein. Dann sprach eine andere Stimme. „Hier Inspektor Wilson von der Stadtpolizei Salmouth."

„Habe die Ehre!" Macey blinzelte Lowe zu.

„Hören Sie zu, Macey. Wir wissen, was im Leuchtturm vorgeht. Falls Sie es noch nicht gehört haben sollten, der junge Baker ist mit einem Schlauchboot an Land gekommen und hat uns ausführlich Bericht erstattet."

„Ich weiß."

„Um so besser. Sobald das Wetter sich beruhigt, holt ein Leichter Sie ab."

„Das denken *Sie*!“

„Macey, seien Sie vernünftig. Sie können nicht mehr weg, es ist nichts mehr zu machen. Was haben Sie davon, wenn Sie die Affäre in die Länge ziehen?“

„Mir gefällt es hier“, erklärte Macey. „Entspricht genau meinem Temperament.“

„Sie können nichts gewinnen.“ Die Stimme sprach weiter, ruhig, vernünftig. „Wenn Sie jetzt aufgeben, ersparen Sie uns allen eine Menge Unannehmlichkeiten. Wir wollen nicht, daß noch mehr Blut fließt. Ist es nicht genug, daß Sie schon zwei Männer umgebracht haben?“

„Sie sind mir in die Quere gekommen“, erklärte Macey. „Und das gleiche mache ich mit jedem, der mir künftig noch in die Quere kommt.“

Ein Seufzer, dann eine Pause. Schließlich sagte die Stimme: „Also gut. Denken Sie darüber nach, was ich gesagt habe.“

„Das habe ich schon getan, Mann!“

Im Apparat klickte es.

„Mensch, der hat eingehängt ...“ Macey legte den Hörer auf. Dann sah er Lowe selbstzufrieden an. „Zum Lachen, was? Auf den Knien kommen sie gekrochen. ‚Bitte, Mr. Macey, machen Sie uns doch keine Schwierigkeiten.‘ Und das ist erst der Anfang. Wahrscheinlich ist der Innenminister der nächste.“

Lowe konnte nichts dazu sagen. Nach einer Weile ging er in den Lampenraum und machte sich wieder an die Arbeit. Er hatte das Gespräch höchst deprimierend gefunden.

Der Vormittag brachte nichts Neues. Lowe blieb bei seiner Arbeit. Macey stand die ganze Zeit dabei. Lowe zog die Putzarbeit in die Länge, damit Macey möglichst von den unteren Räumen fernblieb. Er fürchtete, daß Macey Robeson entdecken könnte.

Die Einuhrnachrichten entsprachen genau Maceys Erwartungen. Die Invasion des Leuchtturms Swirlstone stand an erster Stelle und wurde in allen Einzelheiten geschildert. Es begann mit dem Überfall auf das Kino, wobei die Namen der vier Beteiligten genannt wurden. Macey, der Anführer, so hieß es, bedrohe immer noch die beiden übriggebliebenen Leuchtturmwärter mit vorgehaltener Pistole. Die Polizei habe über

Funktelefon mit ihm Verbindung aufgenommen und seine Kapitulation verlangt, doch Macey habe abgelehnt. Im Augenblick würden weitere Aktionen durch schlechtes Wetter behindert. Das Leuchtfeuer arbeite bis jetzt normal, doch die Schiffahrt sei gewarnt.

Macey hörte begierig zu. Nachdem es geheißen hatte: „Wir bringen nun die übrigen Nachrichten ...", schaltete Macey ab und kostete jedes Wort noch einmal aus.

„Schade, daß wir nicht morgen die Zeitungen sehen können", sagte er. „Ich wette, die bringen noch viel mehr darüber."

Am Nachmittag schaltete er mehrmals das Radio ein. Aber sie hörten nichts Neues.

Ungefähr um vier Uhr trieb sie das Geräusch eines Flugzeugmotors auf die Galerie. Es war eine kleine Maschine. Mehrere Männer saßen darin, die meisten mit Kameras. Während das Flugzeug den Turm umkreiste, zog Macey seine Leuchtturmwärterjacke aus und winkte wie besessen. Die Maschine kreiste noch einige Minuten und drehte dann ab.

„Ich wette, heute abend sind wir im Fernsehen", sagte Macey. „Das waren Photographen. Hast du die Kameras gesehen, Kleiner? Nächstens veranstalten sie Gesellschaftsreisen hierher."

Der Abend ging ruhig vorüber, zu ruhig für Macey. Er saß eine Weile vor dem Telefon und hoffte auf ein neues Kompromißangebot, das er mit Wonne abgelehnt hätte. Um zehn Uhr verkündete er unvermittelt, er wolle sich jetzt aufs Ohr legen, und ging in den Dienstraum.

Lowe gab ihm eine halbe Stunde zum Einschlafen. Dann wärmte er einige Speisen und machte eine Kanne Tee für Robeson. Es mußte für den Alten ein langer Tag gewesen sein.

Robeson lehnte mit einem Kissen im Rücken an der Wand. Seine Augen waren immer noch rot gerändert, aber er sah einigermaßen zufrieden aus. Sein Knöchel schmerzte etwas, sagte er, aber sonst mache er gute Fortschritte.

„Was war oben los, Jim?" fragte er. „Ist nicht heute nachmittag ein Flugzeug um den Turm gekreist?"

„Allerdings." Lowe erzählte ihm alle Neuigkeiten über Baker und Rosie, das Telefongespräch mit der Polizei und Maceys Entschlossenheit, so lange auszuhalten, wie er konnte.

„Na, da hast du ja einen Tag hinter dir“, sagte Robeson schließlich. Er runzelte die Stirn. Dann sagte er: „Das Wetter wird offenbar besser. Der Wind hat nachgelassen, nicht wahr?“

„Ja, und der Barometerstand ist gleichbleibend.“

„Dann wird der Leichter wahrscheinlich morgen früh da sein.“

„Das denke ich auch.“ Lowe erneuerte den Verband an Robesons Händen. „Was glaubst du, was sie tun, Rob?“

Robeson schwieg lange. Dann schüttelte er langsam den Kopf. „Ich weiß es nicht. Beim besten Willen nicht.“

DIE NACHT war ruhig. Lowe legte im Wohnraum eine Matratze auf den Fußboden, und es gelang ihm sogar zu schlafen. Als er aufwachte, versprach der Morgen schön zu werden. Lowe versorgte Robeson und brachte dann Macey seine Tasse Tee. In den Nachrichten zum Frühstück wurden im großen und ganzen die alten Meldungen noch einmal aufgewärmt. Danach stieg Lowe mit Macey in den Lampenraum und widmete sich seinen Pflichten.

Kurz nach elf kam der Leichter in Sicht. Er tanzte in der unruhigen See auf und ab und warf eine schöne Bugwelle auf. Lowe beobachtete ihn durch den Feldstecher. Macey stand mit der Pistole in der Hand ein Stück abseits. Er wirkte recht unbekümmert.

Der Leichter richtete den Bug gegen die Flut und warf an der gewohnten Stelle, ungefähr vierhundert Meter entfernt, Anker. Männer gingen zu den Davits an Steuerbord und ließen eines der Motorboote zu Wasser. Nach ein paar Augenblicken war es unten. Lowe sah fast ein Dutzend Männer einsteigen.

Das Boot näherte sich vorsichtig dem Riff. An ein Anlegen war nicht zu denken, die Felsen waren weiß von Schaum. Alle Insassen blickten zur Galerie herauf, mehrere mit Feldstechern. Ein Mann am Bug hatte ein Megaphon in der Hand. Macey winkte ihm mit der Pistole zu. Das Boot manövrierte sich näher heran, und der Mann hob das Megaphon an den Mund. „Wir sind von der Polizei, Macey!“ rief er hinauf. „Wir sollen Sie abholen. Werfen Sie Ihre Pistole ins Wasser, und lassen Sie die Wärter uns ein Tau zuwerfen.“

„Bring unser Megaphon!“ befahl Macey. Lowe holte es aus

dem Lampenraum und gab es ihm. Mit einem Auge Lowe beobachtend, beugte sich Macey über das Geländer und schrie ein paar Unverschämtheiten durch das Megaphon.

Das Motorboot fuhr weiter im Kreis um den Turm. Der Polizist hatte sein Megaphon weggelegt. Man schien zu beraten. Dann drehte das Boot ab und fuhr zu dem Leichter zurück. Lowe sah durch den Feldstecher, wie die Männer auf dem Boot gestikulierten.

Dann wurde das Motorboot an Bord geholt.

„Siehst du, Kleiner?“ sagte Macey triumphierend. „Sie wagen es nicht.“

LOWE SAH es nur zu gut. Das Problem war ihm klar, und seit gestern war nun auch die Polizei mit ihm konfrontiert. Die einfache Wahrheit war, daß sie die Situation in keiner Weise beherrschten. Der Zugang – darum drehte sich alles. Bei Winterwetter konnte man von einem Boot aus nur mit Hilfe derjenigen in den Turm gelangen, die dort waren, und diese Hilfe würde verweigert werden. Wenn es noch einmal sehr ruhig wurde, konnte das Motorboot vielleicht am Riff anlegen; aber was dann? Wenn man nicht die Einlaßtür in die Luft sprengte, gab es keine Möglichkeit, in den Turm zu gelangen, und wer über die senkrechte Leiter zur Einlaßtür hinaufzusteigen versuchte, wäre ein leichtes Ziel für Maceys Pistole.

Eine Invasion von einem Hubschrauber aus wäre ebenso gefährlich. Selbst bei allerbestem Wetter und selbst ohne Gegner war es schwierig genug, einen Mann vom Hubschrauber aus auf der Galerie eines Leuchtturms abzusetzen. Angesichts einer Pistole wäre es Selbstmord. Macey würde den Mann einfach erschießen, während er abgelassen wurde.

Der Turm *war* eben einfach unangreifbar, dachte Lowe, es sei denn, man bombardierte ihn. Und wem käme so etwas in den Kopf – das Leuchtfeuer löschen und das Gebäude zerstören, ganz abgesehen davon, daß man dabei das Leben von zwei Leuchtturmwärtern opferte? Offenbar warteten die Behörden ab, in der Hoffnung, Macey zu zermürben, und in dem Bewußtsein, daß man als letzten Ausweg, wie lange das auch dauern mochte, ihn aushungern konnte.

Es war eine finstere Aussicht.

„ZEIT FÜRS Mittagessen, Kleiner“, sagte Macey.

Lowe nickte und ging hinab. Vor dem Schlafraum blieb er stehen. Er hatte an diesem Tag noch nicht nach Hines gesehen. Er trat ein. Macey wartete an der Tür.

Hines gab kein Lebenszeichen mehr. Lowe berührte seine Hand. Sie war kalt. Ebenso das Gesicht. Als Lowe seinen Arm heben wollte, war er steif. „Er ist tot, Macey.“

„Er hat sich Zeit gelassen. Du trägst ihn am besten gleich hinunter, damit wir ihn los sind.“

Lowe sah Macey an und blickte rasch wieder weg. Ein makabrer Gedanke war ihm plötzlich durch den Kopf geschossen.

„Ich kann ihn nicht allein tragen“, erklärte er.

„Doch, das kannst du. Du hast ihn ja auch allein bis hierher gebracht, oder nicht?“

„Er ist steif wie ein Brett, Macey. Du mußt mir helfen.“

Macey kam in den Raum. „Also gut, pack ihn ein!“

Mit einiger Mühe wickelte Lowe die Leiche in eine Decke. „Soll ich ihn an den Füßen nehmen und vorausgehen?“

Macey nickte.

Lowe stellte sich neben Hines' Beine und versuchte, dabei unbemerkt die Pistole zu beobachten. Macey trat an die andere

Seite. Lowe spürte, daß er zögerte. Es war eindeutig eine Arbeit, für die man zwei Hände brauchte. Eine Sekunde schien es, als wolle er die Pistole in die Tasche stecken ... Dann trat er mit einem verschlagenen Blick zurück. „Hast du etwas vor, Kleiner?“

„Was meinst du damit?“

„Tu nicht so unschuldig. Du dachtest, du könntest eine Keilerei anfangen. Aber die Chance gebe ich dir nicht. Wir lassen ihn einfach liegen, bis er wieder weich ist. Dann kannst du ihn allein hinunterschaffen.“

An diesem Nachmittag herrschte um den Turm Leben. Ein Privatflugzeug erschien, ein Marinehubschrauber kreiste eine halbe Stunde lang. Mehrere Fischerboote kamen von Salmouth heraus, um ihre Neugier zu befriedigen, und ein Boot der Küstenwache stattete einen kurzen Besuch ab.

Von dem Leichter aus wurde kein weiterer Versuch unternommen, Fühlung mit dem Turm aufzunehmen, auch das Telefon blieb still. Lowe wunderte das nicht; es gab ja doch nichts zu sagen.

Müde bereitete er das Abendessen zu. Er hätte gern gewußt, was an Land vor sich ging. Leistungsfähige Gehirne mußten an dem Problem arbeiten. Jede nur denkbare Möglichkeit würde erwogen werden, eine neue Angriffsmethode, ein unerwartetes Manöver. Das schien die einzige Rettung.

Nachdem Macey sich schlafen gelegt hatte, sprach Lowe lange mit Robeson darüber, aber auch Robeson wußte keine Möglichkeit, den Zugang zum Turm zu erzwingen. Nach dem Besuch war Lowe nur noch besorgter, denn Robesons Knöchel machte keine guten Fortschritte. Der Bruch mußte behandelt werden, sonst konnte Robeson für den Rest seiner Tage lahm sein.

Ehe Lowe sich schlafen legte, ging er zur Galerie hinauf. Der Leichter lag noch an der gleichen Stelle vor Anker. Er war hell erleuchtet. Lowe fand seine Anwesenheit tröstlich. Auch wenn er nichts unternehmen konnte, war schon seine Nähe ermutigend. Vielleicht war auch nur das beabsichtigt, dachte er.

Um so größer war der Schock am Morgen, als Lowe zum Wohnraumfenster hinaussah. Der Leichter war weg. Es war überhaupt kein Schiff zu sehen. Der Mut verließ ihn wieder.

Erst nach dem Mittagessen wurde ihm klar, weshalb der Leichter abgedreht hatte. Um 13 Uhr 40 saß er mit Macey im Wohnraum und stellte das Radio ein, um den Seewetterbericht zu hören.

„Zunächst die allgemeine Lage“, sagte der Sprecher. „Ein ungewöhnlich kräftiges Tief nähert sich unter Verstärkung von Südwesten. In vielen Seegebieten sind heftige bis stürmische Winde zu erwarten.“ Lowe war plötzlich hellwach. „... Sole, Fastnet, Lundy und Plymouth: stürmischer Westwind, nach Südwest drehend, Stärke 10 bis 11, gebietsweise Orkan bis Stärke 12. Sicht schlecht.“

Lowe musterte Macey. Er hatte schlechte Laune, weil er in den Nachrichten nicht mehr erwähnt worden war.

„Ich gehe mal rasch in den Dienstraum hinauf“, sagte Lowe. „Nach dem Barometer sehen.“

„In Ordnung.“

Lowe sprang die beiden Treppen hinauf. Das Instrument war seit dem Frühstück über zweieinhalb Zentimeter gefallen, rascher und tiefer, als er es je erlebt hatte. Nachdenklich kehrte er in den Wohnraum zurück.

„Das Barometer ist wie ein Stein gefallen, Macey“, verkündete er. „Ich muß die Läden schließen.“

Macey sah ihn mißtrauisch an. „Wozu?“

„Wir bekommen Sturm. Wenn die Läden nicht dicht sind, könnten die Wellen die Fenster eindrücken und hereinbrechen.“

Macey sah ihn ungläubig an. „Was, hier oben?“

„So ist es. Es gibt Wellen, die sind höher als der Turm. Und das Wasser hat eine ungeheure Kraft.“

„So?“

„Du kannst es dir nicht vorstellen. Einmal hat eine Welle dicht an der Spitze des Leuchtturms Hishop eine große Glocke aus ihrer Verankerung gerissen, dreißig Meter über dem Meer.“

„Na, so schlimm wird’s nicht werden“, sagte Macey.

„Doch!“

„Du bist plötzlich ziemlich selbstsicher geworden, Kleiner.“

„Nur, was meinen Job anbetrifft“, antwortete Lowe. Er schaltete das elektrische Licht an. Dann schloß er zwei schwere Läden aus Geschützmetall vor dem Fenster.

„Das ist doch Quatsch“, sagte Macey grollend.

„Du wirst schon sehn.“ Lowe blieb einen Augenblick stehen und überlegte, was er mit den anderen Fenstern tun sollte, besonders mit Robesons Fenster. Rasch stieg er zum Vorratsraum hinab. Robeson las ein Buch, das Lowe ihm gebracht hatte.

„Hallo, Jim“, sagte er überrascht. Lowe hatte ihn tagsüber noch nie besucht. „Gibt's was Besonderes?“

„Nur das Wetter.“ Lowe ging zum Fenster und schloß die Läden.

„Es ist was Ekliges im Anzug, nicht wahr?“

„Allerdings. Windstärke 12, heißt es.“

Robeson pfiff leise durch die Zähne. „Ist der Leichter noch da?“

„Nein, er ist weg. Ich muß wieder hinauf, Rob. Kann ich noch etwas für dich tun?“

„Du könntest mir das Licht anknipsen, Jim.“

Lowe drehte am Schalter. „Also, bis später.“ Er schloß die Tür hinter sich. Kein Licht fiel durch die Ritzen.

Er sah nach, ob die Eingangstür ordentlich gesichert war, und ging dann wieder nach oben, wobei er unterwegs in jedem Raum die Läden schloß. Nun war alles dicht. Alles bereit.

Der Wind kam rasch auf. Um drei Uhr schlug der Sturm bereits hart gegen die Läden und pfiff durch die Ventilatoren wie eine Lokomotive. Im Lauf des Nachmittags kam ein neues Geräusch dazu, das Stampfen großer Wellen, die über die Einfassung brachen. Dieses Geräusch war für Macey neu, und es schien ihn ein wenig zu beunruhigen. Schließlich fand er ein Radioprogramm, das ihm gefiel, und stellte es auf volle Lautstärke ein, um den Lärm zu übertönen.

Als das Programm endete, wurde Macey unruhig. „Ich halte es hier bei geschlossenen Läden nicht aus.“

Lowe stand auf. „Das muß jetzt draußen großartig aussehen; ich glaube, ich gehe mal hinauf.“

„Ich komme mit!“ Macey folgte ihm mit der Pistole.

Als sie in den Lampenraum kamen, war es so, als verließen sie eine behagliche Behausung. Selbst innerhalb der Glaswände klang der Lärm beängstigend.

„Teufel!“ sagte Macey. Er sah ungläubig durch die Glasscheiben, an denen Meerwasser herablief. Selbst von dieser

Höhe aus wirkten die Wellen ungeheuerlich. Sie rollten in großen Bergen und tiefen Schluchten von Südwesten heran und brachen sich in gigantischen Gischtsäulen am Riff. Salzwasser schlug wie Kies an das Glas des Lampenraumes. Rund um den Turm war das Meer ein tosender Tumult.

Lowe sah Macey an. „Wie würde es dir jetzt in der Sauerei da drunten gefallen? Wie Mitchell und wie Robeson?"

„Ach, halt den Mund!"

Lowe wandte sich ab. „Es wird gleich dunkel. Ich schalte das Leuchtfeuer an."

Ein geisterhaftes Heulen übertönte seine Worte. Macey hielt sich die Ohren zu. „Was hast du gesagt?"

„Das Leuchtfeuer!" schrie Lowe. Er ging zum Schalter. Über ihren Köpfen begann die blitzende Optik zu rotieren.

Als sie wieder in den Wohnraum kamen, war es nur wenig stiller als im Lampenraum. Die dicken Granitwände hielten einen Teil des Geheuls ab, aber das Hämmern der Wellen war lauter geworden, und ihr Anprall ließ das ganze Bauwerk vibrieren. Etwas schlug gegen den Laden vor dem Wohnraumfenster. Macey sprang auf.

„Gischt. Nur schwerer Gischt." Lowe setzte sich neben den Herd. „Das wird eine lange Nacht."

Irgendwo unter ihnen traf das Wasser den Turm mit einem dumpfen Schlag, wie eine Bombenexplosion. Zum erstenmal machte Macey einen unsicheren Eindruck. „Wie wenn man in den Magen getreten wird."

„Das ist noch gar nichts."

Dann kam ein zweiter, noch heftigerer Schlag. „Klingt, als bräche der Turm zusammen", sagte Macey. „Hoffentlich ist er gut gebaut."

Lowe zuckte mit den Schultern. „Er steht schon einige Zeit, aber bei Leuchttürmen kann man nie sicher sein. Hier an dieser Küste gab es einmal einen Turm, der jahrelang stand, man hielt ihn allgemein für sicher. Der Baumeister sagte immer, sein einziger Wunsch sei es, einmal bei einem schweren Sturm in diesem Turm zu sein. Eines Nachts war er drin."

Einen Augenblick machte der brüllende Sturm das Sprechen unmöglich. Dann fragte Macey: „Und was ist passiert?"

„Man hat ihn nie wieder gesehen. Den Turm auch nicht."

„Mein Gott!“

„Er ist einfach verschwunden, weggespült wie ein Strohhalm.“ Lowe brach ab. Weiterzusprechen war hoffnungslos. Der Sturm tobte immer stärker. Lowe horchte und suchte seine Stärke zu schätzen: vielleicht Stärke neun, manchmal mehr. Und er wurde noch heftiger. Schließlich stand Lowe auf und ging zum Schlafraum. Aus der Schublade unter dem Bett, auf dem der tote Hines lag, nahm er ein Paket Watte. Er riß etwas davon ab und stopfte es sich in die Ohren. Er steckte noch etwas Watte in die Tasche und ging wieder in den Wohnraum. Er bot Macey nichts davon an.

Zum letztenmal hob er die Stimme und versuchte den Sturm zu überschreien: „Willst – du – zu – Abend – essen?“

Macey, auf seinem Stuhl hängend, schüttelte nur den Kopf.

Die Stärke des Sturms wuchs weiter. Um Mitternacht war es kein Heulen mehr, es war zu einem ununterbrochenen Geröhr angeschwollen, zu einem pausenlosen Donner. Der Sturm schlug gegen den Turm wie feste Materie. Der ganze Leuchtturm zitterte von der Spitze bis zum Fundament wie bei einem Erdbeben.

Aber Lowe machte sich keine Gedanken über die Sicherheit des Turms. Er hatte absolutes Vertrauen in den Turm, in den schlanken oberen Teil, in das massive Fundament, das wie die Wurzeln einer alten Eiche in den Felsen griff. Ebensowenig fürchtete er sich vor den Elementen. Achtung, Ehrfurcht, fast Verehrung – ja. Aber keine Furcht.

Trotzdem war es auch für Lowe aufreibend. Der Lärm ging manchmal trotz der Ohrenwatte hart an die Grenze des Schmerzes. Er hatte das Gefühl, daß er langsam taub wurde, und sein Kopf schmerzte, als wolle er bersten. Sein Körper, in der ständigen Abwehr gegen die Erschütterung, fühlte sich wund und steif an. Sein Geist war wie betäubt. Sein einziger Trost war es, daß Macey in einer noch viel schlimmeren Verfassung war.

Macey hatte dem phantastischen Crescendo zuerst ungläubig zugehört. Es konnte doch unmöglich so weitergehen. Aber es war weit schlimmer geworden, über jede Vorstellung, über alles erträgliche Maß hinaus. Als die Stunden verstrichen, ohne daß die hämmernde Artillerie von Sturm und Wellen ausgesetzt hätte, wurde ihm übel. Er ängstigte sich wahnsinnig. Dieses Erlebnis lag völlig außerhalb seiner Erfahrung. Er hielt sich am Tisch fest, als Schlag auf Schlag folgte, und sein Magen verkrampfte sich vor Furcht. Er konnte nicht glauben, daß ein Turm eine solche Nacht überstehen würde. Manchmal, wenn der Turm rüttelte und schaukelte, zuckte sein ganzer Körper wie von einem elektrischen Schlag. Er beugte sich zitternd über den Tisch.

Lowe beobachtete ihn und wartete. Kam jetzt seine Chance? Er mußte seiner Sache ganz sicher sein. Maceys Hand umfaßte immer noch die Pistole. Dann, als kurz nacheinander drei Schläge den Turm trafen, stand Lowe langsam auf und nahm die Watte aus der Tasche. Macey blickte auf. Lowe deutete auf seine eigenen verstopften Ohren und hielt Macey die Watte hin. Macey riß ihm die Watte aus der Hand. Lowe wandte sich ab. Er sah im Wandspiegel, wie Macey sich die Ohren verstopfte. Beide Hände beschäftigt. Ein Mann auf der Folter, der keinen anderen Gedanken hatte, als rasch befreit zu werden. Die Pistole lag auf dem Tisch.

Lowe fuhr herum und packte sie.

Er lehnte sich an die bebende Wand und zielte auf Macey, wobei er mit dem Daumen das Schloß spannte, wie Macey es ihm gezeigt hatte. Macey schien alles gleichgültig. Sein Kinn war heruntergeklappt, sein Mund zitterte, seine Augen schienen nichts zu sehen. Er war ein schlotterndes Wrack geworden.

Es WURDE drei Uhr morgens, ehe der Sturm nachzulassen begann, und fast sechs, ehe man im Turm wieder sprechen konnte. Während all dieser Stunden saß Lowe reglos an der Wand und zielte auf Macey. Er beobachtete, wie die Wachsamkeit und Verschlagenheit wieder in Maceys Augen zurückkehrten.

Schließlich sprach Macey. „Willst du mich erschießen, Kleiner?"

„Nur, wenn ich muß", sagte Lowe.

„Ich glaube nicht, daß du den Mut dazu hast."

„Darauf würde ich mich nicht verlassen."

„Du magst Pistolen nicht?"

„Nein", sagte Lowe. „Aber dich mag ich auch nicht."

„Was willst du jetzt machen? Mich der Polizei übergeben?"

„Ja, sobald ich kann."

Es trat Stille ein. „Auf jeden Fall gibt das 'ne saubere Gerichtsverhandlung", verkündete Macey. „Sämtliche Zeitungen werden sich auf den Knüller stürzen und große Schlagzeilen und Bilder bringen. Alle großen Kanonen werden dabeisein. Ich werde meinen eigenen Anwalt haben. Und er wird tun, was ich sage. Und dann stehe ich selber auf und erzähle alles. Eiskalt werde ich sein. Und dann erzähle ich, wie ich diesen mistigen Leuchtturm hier erobert und tagelang in Betrieb gehalten habe. Ich ganz allein. So etwas ist noch nie dagewesen. Das kannst du mir glauben, Kleiner, niemand wird ‚King' Macey vergessen. Ich werde in einem Glorienschein dastehen."

Lowe schüttelte den Kopf. „Wenn es nach mir geht, nicht, Macey. Wenn ich ihnen von der vergangenen Nacht erzählt habe, dann bist du nur noch ein Mörder, der zusammenbrach, als der Wind blies."

Lowe überlegte, was als nächstes zu tun sei. Er hatte jetzt die Pistole, aber Macey, dessen Leben sowieso verwirkt war, würde sie vielleicht nicht respektieren, wie er selbst es getan hatte. Macey war immer noch gefährlich, und er würde so lange gefährlich bleiben, als er nicht gefesselt war. Lowe stand auf. Er hatte Angst, aber er hielt die Hand mit der Pistole ruhig. „Wir gehen jetzt hinunter. Zieh deinen Mantel an, Macey. Deinen eigenen Mantel!"

Macey nahm den Kamelhaarmantel vom Haken und hängte ihn sich über die Schultern.

Lowe deutete zur Tür.

„Nach dir!"

„Wo gehen wir hin?"

„Das wirst du gleich sehen."

Langsam stieg Macey hinab. Lowe folgte im Abstand von zwei Stufen. Sein Zeigefinger ruhte leicht am Abzugshahn der Pistole, und der Lauf deutete genau auf Maceys Rücken. Sie gingen zur Einlaßtür hinab. „Mach auf!" befahl Lowe.

„Du wirst mich doch nicht aussperren?"

„Mach auf!" Macey rührte sich nicht.

„Du hast die Wahl. Wenn du nicht aufmachst, das schwöre ich bei Gott, schieße ich dich nieder."

Macey zögerte. Dann zuckte er schwach mit den Schultern. Es war sinnlos, zu sterben, ehe es sein mußte. Er öffnete die Tür. Der Sturm war noch stark, aber das Schlimmste war vorüber. Gischt spritzte bis zur Einfassung herauf, doch die Wellen erreichten sie nicht mehr.

„Die Leiter hinunter!“ sagte Lowe.

Macey stieg hinab. Lowe sah ihm kurz nach. Dann trat er mit einem tiefen Seufzer der Erleichterung in den Turm und verriegelte die Tür. Alles war vorüber.

ROBESON LEHNTE an seinem Kissen. „Hallo, Jim. Habe ich dich nicht eben schon vorbeigehen hören? Das war eine Nacht!“ Plötzlich sah er Lowe verblüfft an. „Du hast ja die Pistole!“

Lowe sah auf die Waffe. „Ja“, sagte er. Er war sich nicht bewußt gewesen, daß er sie noch in der Hand hatte. Er sicherte sie und legte sie vorsichtig auf den Fußboden, als wäre es eine Bombe. „Ich habe Macey auf die Einfassung gesetzt. Er wird uns keine Scherereien mehr machen.“

Robeson packte ihn am Arm. „Jim, Junge! Wie hast du das fertiggebracht?“

Lowe berichtete Robeson, was in der Nacht vorgefallen war. Er war keineswegs in Hochstimmung, und er war furchtbar müde. Schließlich ging er zur Tür. „Ich bringe dir etwas zu essen, Robbie. Ich rufe nach dem Frühstück die Küstenwache an.“

Er stellte im Maschinenraum den Generator ab, schüttete im Wohnraum Kohlen aufs Feuer und füllte den Kessel. Dann stieg er zum Lampenraum hinauf, schaltete das Leuchtfeuer aus und trat auf die Galerie.

Es war ein herrlicher Morgen. Die Sonne stieg eben an einem blassen, klaren Himmel auf. Die See beruhigte sich, aber die Wellen trugen noch Schaumkronen. Es würde Stunden dauern, bis das Ablösungsboot kommen konnte.

Lowe sah über das Geländer zur Einfassung hinab. Er konnte Macey nicht sehen. Einen Augenblick dachte er, Macey müsse sich ins Meer gestürzt haben, und absurderweise versetzte es ihm einen Stich. Dann ging er auf die andere Seite der Galerie. ‚King‘ Macey saß in sich zusammengesunken auf der Leeseite der Einfassung und grub den Kopf in die Hände. Er wirkte nicht mehr königlich.

JOHN DICKSON CARR

Die drei Särge

Originaltitel:
THE THREE COFFINS

Kurzfassung, übersetzt von
Georg Albrecht von Ihering

Die stillen Nebenstraßen im Herzen Londons hüllte frisch gefallener Schnee ein – und der Täter, der gleich zweimal zielte und traf, hinterließ doch keine Spuren. Ein Mensch aus Fleisch und Blut, aber von teuflischer Klugheit? Oder ein rächender Geist, aus dem Grabe aufgestanden?

Viele Tatbestände ließen sich nicht erklären, es sei denn mit übernatürlichen Einflüssen, und Dr. Gideon Fell, der Kriminologe, der schon immer eine Vorliebe für Okkultismus hatte, mußte sich durch Unmengen verwirrender Indizien hindurchwühlen, bis er zu einem höchst merkwürdigen Resultat kam.

John Dickson Carr ist zwar ein Amerikaner aus Tennessee, lebt aber schon lange in England. Viele seiner Bücher sind auch auf deutsch erschienen. In England und Amerika veröffentlicht er seine konventionelleren Krimis unter dem Namen Carter Dickson, doch seine genialen Würfe behält er seinem wahren Namen vor.

I Die Drohung

Für die Ermordung Professor Grimauds und dann das ebenso unglaubliche Verbrechen in der Cagliostro Street könnte man viele phantastische Ausdrücke verwenden – und das mit Recht. Diejenigen Freunde von Dr. Fell, die eine Schwäche für unmögliche Situationen haben, werden in den Aufzeichnungen seiner Kriminalfälle schwerlich einen rätselhafteren und erschreckenderen finden. Denn hier wurden zwei Morde auf eine solche Weise begangen, daß der Mörder nicht nur unsichtbar, sondern auch leichter als Luft gewesen sein mußte. Dem Beweismaterial zufolge brachte der Täter sein erstes Opfer um und löste sich buchstäblich in blauen Dunst auf. Sein zweites Opfer, wieder dem Beweismaterial zufolge, tötete er mitten auf einer leeren Straße, an deren beiden Enden Augenzeugen zugegen waren; doch hat ihn keine Menschenseele gesehen, noch waren Fußspuren im Schnee zu finden.

Natürlich glaubte Superintendent Hadley keinen Moment an Gespenster oder Zauberei. Und damit hatte er ganz recht. Aber einige Leute begannen sich zu fragen, ob die Gestalt, die in diesem Kriminalfall umherschlich, nicht am Ende eine leere Hülle war. Sie begannen sich zu fragen, ob sich, wenn man die Mütze, den schwarzen Mantel und die Kindermaske entfernte, dahinter vielleicht gar nichts fände.

Eben sind die Worte „dem Beweismaterial zufolge“ gefallen. Wir müssen sehr vorsichtig mit dem Beweismaterial umgehen, wenn es nicht aus erster Hand stammt. Und um unnötige Konfusion zu vermeiden, muß dem Leser bei diesem Fall von vornherein gesagt werden, auf wessen Aussagen er sich absolut verlassen kann. Das heißt, man muß annehmen, daß *jemand* die Wahrheit sagt, sonst sind wir nicht berechtigt, den Fall geheimnisvoll zu nennen.

Deshalb muß betont werden, daß Mr. Stuart Mills in Professor Grimauds Haus nicht gelogen hat, sondern den ganzen

Vorfall so schilderte, wie er ihn gesehen hatte. Ebenfalls muß erklärt werden, daß die drei unbeteiligten Zeugen in der Cagliostro Street (die Herren Short und Blackwin und der Polizeibeamte Withers) die Wahrheit sagten.

Unter diesen Umständen muß eins der Ereignisse, das zu dem Verbrechen führte, ausführlich berichtet werden. Es ist eine Nacherzählung aus den Aufzeichnungen Dr. Fells, in den wesentlichen Einzelheiten genauso, wie Stuart Mills es seinerzeit Dr. Fell und Superintendent Hadley berichtet hat. Es trug sich zu in der Mittwochnacht des 6. Februars, drei Tage vor dem Mord, in dem Hinterzimmer der Warwick Tavern in der Museum Street.

Dr. Charles Vernet Grimaud wohnte schon seit beinah dreißig Jahren in England und sprach akzentfreies Englisch. Abgesehen von seiner Angewohnheit, eine altmodische, vierkantige Melone und eine schmale schwarze Krawatte zu tragen, war er britischer als seine britischen Freunde. Niemand wußte so recht etwas über sein früheres Leben. Er war finanziell unabhängig, hatte es jedoch vorgezogen, „beruflich tätig“ zu sein, und hatte als Lehrer, populärer Vortragsredner und Schriftsteller gewirkt. In letzter Zeit hatte er irgendeinen undefinierbaren, unbezahlten Posten am Britischen Museum bekleidet. Sein besonderes Interesse galt der Niederen Magie, jeder Form von pittoresker, übernatürlicher Teufelskunst, vom Vampirismus bis zur schwarzen Messe, über die er mit kindlicher Freude lachen konnte.

Ein Mann mit gesundem Menschenverstand und spöttischem Zwinkern mit den Augenwinkeln war dieser Grimaud. Er war von mittlerer Größe, hatte einen kräftigen Brustkasten und besaß enorme körperliche Ausdauer. Jedermann in der Nachbarschaft des Britischen Museums kannte seinen kurzgeschorenen, schwarzen Bart, seinen Kneifer, seinen aufrechten Gang. Er wohnte gleich in der Nähe des Museums in einem solide gebauten alten Haus an der Westseite des Russell Square. Die übrigen Bewohner seines Hauses waren seine Tochter Rosette, seine Haushälterin Madame Dumont, das Hausmädchen Annie, sein Sekretär Stuart Mills und ein heruntergekommener ehemaliger Lehrer namens Drayman, der seine Bücher betreute.

Aber seine wenigen richtigen Freunde waren in einer Art Stammtischrunde zu finden, die sich in der Warwick Tavern etabliert hatte. Sie trafen sich dort an mehreren Abenden der Woche im Hinterzimmer, das für sie reserviert war. Die regelmäßigsten Besucher dieser Runde waren der pedantische, glatzköpfige kleine Pettis, eine Autorität auf dem Gebiet der Gespenstergeschichten, der Journalist Mangan und der Maler Burnaby. Aber Professor Grimaud war ihr unbestrittenes Oberhaupt.

Fast jeden Abend im Jahr (außer am Sonnabend und Sonntag, die er sich zum Arbeiten vorbehielt) pflegte er, begleitet von Stuart Mills, sich ins Warwick zu begeben. Dort saß er dann in seinem bevorzugten Sessel vor dem lodernden Kaminfeuer mit einem dampfenden Glas Grog in der Hand und ließ sich autokratisch über ein Thema aus. Die Diskussionen, so berichtet Mills, waren häufig brillant, obwohl außer Pettis oder Burnaby niemand wagte, Grimaud ernsthaft zu Leibe zu rükken. Bei aller Liebenswürdigkeit besaß der Professor ein jähzorniges Naturell. Er erzählte gerne Geschichten über mittelalterliche Zauberei, um am Ende unvermittelt alles Rätselhafte nach Methode einer Detektivgeschichte zu erklären. Es waren unterhaltsame Abende – bis zum 6. Februar, als die Vorahnung eines furchtbaren Ereignisses so plötzlich eindrang wie der Wind, der eine Tür aufstößt.

An diesem Abend wehte draußen ein schneidender Wind, und es lag Schnee in der Luft, erzählt Mills. Außer ihm selbst und Grimaud saßen nur noch Pettis, Mangan und Burnaby vor dem Kamin. Professor Grimaud hatte über Vampirismus gesprochen.

„Was ich, offen gestanden, nicht begreife“, sagte Pettis, „ist Ihre Einstellung zu der ganzen Sache. Ich beschäftige mich ja nur mit Literatur, mit Gespenstergeschichten, die sich nie ereignet haben. Und doch glaube ich in gewisser Weise an Geister. Sie sind eine Autorität für bezeugte Vorfälle – Dinge, die wir gezwungenermaßen Tatsachen nennen müssen, solange wir sie nicht widerlegen können. Sie haben diesen Dingen den bedeutendsten Platz in Ihrem Leben eingeräumt, aber Sie glauben nicht ein Wort davon.“

„Ja, warum sollte ich das?“ sagte Grimaud und zog an seiner Zigarre. „Uns ist nicht überliefert, daß der Tempelpriester jemals ein sehr frommer Gläubiger war. Das gehört jedoch nicht zur Sache. Ich interessiere mich für die Ursachen, die hinter diesen Aberglauben liegen. Wie kam der Aberglaube zustande? Was hat ihm Triebkraft gegeben, so daß die Einfältigen daran glauben konnten? Ein Beispiel! Wir sprechen gerade von der Vampirlegende. Das ist ein Glauben, der seit frühester Zeit besteht. Aber in Europa hat er erst zwischen 1730 und 1735 festen Fuß gefaßt, als er plötzlich wie ein Sturm aus Ungarn einbrach. Wie hatte nun Ungarn seinen Beweis erhalten, daß Tote ihre Särge verlassen und in Form von Stroh oder Staubflocken herumschweben konnten, bis sie für einen Angriff Menschengestalt annahmen?"

„Gab es denn einen Beweis dafür?" fragte Burnaby.

Grimaud zuckte die Achseln. „Sie gruben auf den Friedhöfen Leichen aus. Dabei fanden sie manche in verrenkten Stellungen mit Blutspuren im Gesicht, an den Händen und auf den Leichentüchern. Das war ihr ganzer Beweis ... Aber in den Jahren wütete die Pest. Denken Sie nur an all die armen Teufel, die lebendig begraben wurden, obwohl man sie für tot hielt. Stellen Sie sich vor, wie die gekämpft haben, um sich zu befreien. Verstehen Sie, meine Herren? Das meine ich mit den Ursachen, die hinter dem Aberglauben liegen. Das ist es, was mich interessiert."

„Das interessiert mich auch", sagte eine neue Stimme.

Mills erzählt, sie hätten den Mann nicht hereinkommen hören. Erschrocken drehten sich alle um. Der Mann stand nicht im Schein des Kaminfeuers, sagt Mills. Er hatte den Kragen seines schäbigen schwarzen Mantels hochgeschlagen und die Krempe seines alten Schlapphuts heruntergezogen. Die untere Gesichtspartie wurde von der behandschuhten Rechten verdeckt, mit der er sich sein Kinn rieb. Außer der Beobachtung, daß er von großer und hagerer Gestalt war, konnte Mills nichts berichten. Aber in der Stimme und Haltung des Fremden lag etwas irgendwie Bekanntes.

Er sprach wieder. Seine Stimme klang rauh und heiser und hatte eine leichte ausländische Färbung. Sie drückte verstohlenen Triumph aus. „Sie müssen verzeihen", sagte er, „daß ich hier eingedrungen bin. Aber ich möchte Professor Grimaud etwas fragen."

Keiner dachte daran, ihm eine Abfuhr zu erteilen, sagt Mills. Selbst Grimaud, der finster und unbewegt dasaß und seine Zigarre auf halbem Weg zum Mund hielt, brummte nur ein kurzes „Nun?"

„Sie glauben also nicht", fuhr der andere fort, „daß ein Mensch aus seinem Sarg entkommen kann, daß er sich unsichtbar überallhin bewegen kann und daß er so gefährlich ist wie nur ein Geschöpf der Hölle?"

„Nein", antwortete Grimaud grob. „Sie etwa?"

„Ja. Ich habe es getan. Aber mehr als das! Ich habe einen Bruder, der viel mehr kann als ich und der für Sie sehr gefährlich ist. *Ich* trachte nicht nach Ihrem Leben, aber er. Und wenn *er* Sie aufsucht ..."

Der junge Mangan, ein ehemaliger Fußballspieler, sprang auf. Der kleine Pettis blickte nervös umher. „Hören Sie mal, Grimaud", sagte er, „der Kerl ist total verrückt. Soll ich –" Er streckte die Hand nach der Klingel aus, aber der Fremde unterbrach ihn.

„Sehen Sie sich Professor Grimaud an", sagte er, „ehe Sie sich entschließen."

Grimaud betrachtete ihn mit tiefer Verachtung. „Nein, nein, nein! Lassen Sie ihn in Ruhe. Lassen Sie ihn von seinem Bruder reden und von seinen Särgen –"

„Drei Särge", sagte der Fremde.

„Drei Särge", gab Grimaud zu, „wenn Sie durchaus wollen. Soviel Sie wollen, in Gottes Namen! Und jetzt sagen Sie uns vielleicht, wer Sie sind?"

Die linke Hand des Fremden kam aus seiner Tasche und legte eine schmutzige Karte auf den Tisch. Irgendwie schien der Anblick dieser prosaischen Visitenkarte die vernünftigen Maßstäbe wiederherzustellen. Mills sah, was auf der Karte stand: PIERRE FLEY, ILLUSIONIST. In einer Ecke stand gedruckt 2B CAGLIOSTRO STREET, W. C. 1, und darüber war gekritzelt *Oder p. Adr. Academy Theatre.*

Grimaud lachte. „Ach so", bemerkte er. „Sie sind ein Zauberkünstler. Wir dürfen wohl nicht eins Ihrer Kunststücke sehen?"

„Mit Vergnügen", sagte Fley unerwarteterweise. Seine Bewegung war so flink, daß keiner sie vorausgesehen hatte. Es sah wie ein Angriff aus, war aber nichts dergleichen – physisch betrachtet. Grinsend beugte er sich über den Tisch zu Grimaud hin, wobei seine behandschuhte Rechte den Mantelkragen blitzschnell hinunter- und gleich wieder hochriß, ehe jemand anders einen Blick von ihm erhaschen konnte. Grimaud blieb bewegungslos.

„Und jetzt, ehe ich gehe", sagte Fley barsch, „habe ich noch eine letzte Frage an den berühmten Professor. Bald wird Sie jemand abends aufsuchen. Ich bin auch in Gefahr, wenn ich mit meinem Bruder verkehre, aber ich bin bereit, dieses Risiko einzugehen. Jemand wird Sie besuchen. Möchten Sie lieber, daß ich das bin – oder soll ich meinen Bruder schicken?"

„Schicken Sie Ihren Bruder", knurrte Grimaud, „und scheren Sie sich zum Teufel!"

Die Tür hatte sich hinter Fley geschlossen, ehe jemand eine Bewegung machte oder sprach. Und die Tür schließt sich ebenfalls vor dem einzig klaren Eindruck, den wir von den Ereignissen haben, die zur Nacht des Sonnabends, des 9. Februars, führten. Der erste tödliche Gang des hohlen Mannes fand in jener Nacht statt, als die Seitenstraßen Londons still und verschneit dalagen und die drei Särge der Prophezeiung endlich gefüllt wurden.

In dieser Nacht herrschte am Kaminfeuer in Dr. Fells Bibliothek des Hauses Nummer 1 Adelphi Terrace eine sehr vergnügte Stimmung. Der Doktor thronte auf seinem größten, gemütlichsten und hinfälligsten Sessel, strahlte hinter seinen Brillengläsern über sein breites Gesicht und trommelte, vergnügt in sich hineinlachend, mit seinem Stock auf dem Kaminvorleger. Er feierte, und heute nacht war ein doppelter Grund dazu.

Erstens waren seine lebenslustigen jungen Freunde Ted und Dorothy Rampole aus Amerika angekommen. Zweitens hatte sein Freund Hadley – Superintendent Hadley vom Criminal Investigation Department – gerade ein glänzendes Stück Arbeit mit der Lösung der Bayswater-Fälschungsaffäre beendet und ruhte sich davon aus. Ted Rampole saß an einem Ende des Kamins und Hadley am andern, während der Doktor zwischen ihnen an einer dampfenden Punschbowle das Präsidium führte. Die dazugehörigen Damen befanden sich einen Stock höher und besprachen irgend etwas, während hier unten die Herren Fell und Hadley in einen heftigen Disput über wissenschaftliche Kriminologie vertieft waren.

Dr. Fell hatte kürzlich wieder einmal gedankenverloren in seinen Büchern herumgestöbert und dabei angefangen, Gross, Jesserich und Mitchell zu lesen. Die Lektüre hatte ihn nicht mehr losgelassen. Und jetzt behauptete er gar, die Methode von Dr. Gross, Schrift auf verbranntem Papier zu entziffern, verbessert zu haben.

Während Ted Rampole mit halbem Ohr zuhörte, wie Hadley sich spöttisch dazu äußerte, ließ er schläfrig seine Gedanken wandern. Er sah den Feuerschein auf den Bücherwänden spielen und hörte den feinen Schnee gegen die Fensterscheiben hinter den zugezogenen Vorhängen rieseln. Aus purem Wohlbehagen lächelte er glücklich vor sich hin. Es gab nichts auf dieser schönen Welt, was ihn verdrießen konnte – oder doch? Er setzte sich auf und starrte ins Feuer. Kleinigkeiten sprangen im Bewußtsein des Menschen wie die Schachtelmännchen hoch, um einen zu zwicken, wenn man sich gerade am behaglichsten fühlte.

Kriminalfälle, überlegte Rampole. Ach, natürlich war da nichts dahinter. Das war nur Mangans Eifer gewesen, eine gute Geschichte noch spannender zu machen. Trotzdem ... „Übrigens", mischte er sich in das Gespräch der anderen, „sagen Ihnen die Worte ‚drei Särge' etwas?"

Ein unvermitteltes Schweigen trat ein, und Hadley sah ihn mißtrauisch an. Dr. Fell blinzelte verwundert. Dann erschien ein Funkeln in seinen Augen. „Na", sagte er und rieb sich die Hände, „Sie wollen wohl Frieden zwischen Hadley und mir stiften, was? Oder meinen Sie das etwa im Ernst? Was für Särge?"

„Na ja, es ist eine seltsame Angelegenheit", sagte Rampole, „vorausgesetzt, daß Mangan nicht übertrieben hat. Ich kenne Boyd Mangan recht gut. Er hat zwei Jahre in Amerika gelebt. Er ist ein verdammt feiner Kerl, der weit in der Welt herumgekommen ist und zuviel keltische Phantasie besitzt." Er hielt ein und dachte an den dunklen, etwas schlampigen, aber gutaussehenden Mangan. „Jedenfalls ist er jetzt hier in London und arbeitet für das *Evening Banner*. Ich bin ihm heute vormittag zufällig begegnet. Er hat mich in eine Bar verschleppt und mir die ganze Geschichte erzählt. Als er dann erfuhr, daß ich den berühmten Dr. Fell kenne –"

„Blech“, unterbrach Hadley brüsk. „Kommen Sie zur Sache.“

„Halten Sie den Mund, Hadley“, sagte Dr. Fell hoch erfreut. „Das klingt interessant, lieber Freund. Und weiter?“

„Also anscheinend ist er ein großer Verehrer eines Vortragsredners oder Schriftstellers namens Grimaud. Außerdem ist er in dessen Tochter schwer verknallt. Der alte Herr und einige Freunde treffen sich regelmäßig in einem Lokal in der Nähe vom Britischen Museum, und vor einigen Abenden ist dort etwas passiert, was Mangan anscheinend ganz durcheinandergebracht hat. Als der alte Herr gerade von Leichen sprach, die aus ihren Gräbern steigen, oder einem ähnlich heiteren Thema, kam ein großer, merkwürdig aussehender Kerl hereinspaziert, der irgendwelchen Unsinn schwatzte, daß er und sein Bruder wirklich imstande seien, ihre Gräber zu verlassen und in der Luft zu schweben wie Spreu.“ Hier stieß Hadley einen verächtlichen Laut aus und ließ in seiner Aufmerksamkeit nach, aber Dr. Fell blickte Rampole weiter neugierig an. „Schließlich drohte dieser Fremde, daß sein Bruder Professor Grimaud in Kürze besuchen werde. Das Seltsame dabei war, daß Mangan schwört, Grimaud sei, obwohl äußerlich ganz ruhig, grün vor Angst gewesen.“

Hadley grunzte. „Na wenn schon! Ein Hasenfuß, ängstlich wie ein altes Weib –“

„Das ist es ja gerade“, knurrte Dr. Fell. „Ängstlich ist er nicht. Ich kenne Grimaud sehr gut. Weiter, Rampole. Wie endete es?“

„Grimaud sagte kein Wort. Nachdem der Fremde gegangen war, tat er ja den ganzen Zwischenfall als einen Scherz ab. Aber Mangan war immer noch neugierig. Dieser Besucher, dieser Pierre Fley, hatte Grimaud eine Visitenkarte gegeben, auf der der Name eines Theaters stand. Und so ging Mangan am nächsten Tag unter dem Vorwand einer Reportage der Sache nach. Das Theater entpuppte sich als ein drittrangiges Varieté im East End. Mangan wollte Fley nicht begegnen. Er knüpfte eine Unterhaltung mit dem Bühnenportier an, und der machte ihn mit einem Akrobaten bekannt, der vor Fley im Programm auftritt. Dieser Artist nennt sich ‚der Große Pagliacci‘, aber in Wirklichkeit ist er Ire und heißt O’Rourke. Er erzählte Mangan, was er wußte.

Fley ist bei den Artisten als ‚Spinner‘ bekannt. Sie wissen

nichts von ihm; er spricht mit keinem und verdrückt sich nach jeder Vorstellung. Aber er ist *gut*. Seine Nummer ist ganz große Zauberkunst mit Trickverschwinden als Spezialität. Er arbeitet ohne eine Assistentin, und seine ganzen Requisiten haben in einer Kiste von der Größe eines Sarges Platz. Wenn Sie etwas von Zauberkünstlern wissen, dann wissen Sie auch, was für eine äußerst ungewöhnliche Sache das ist. Übrigens scheint der Mann einen besonderen Tick mit Särgen zu haben. Der Große Pagliacci fragte ihn einmal, warum, und Fley drehte sich grinsend um und antwortete: ‚Drei von uns sind einmal lebendig begraben worden. Nur einer ist entkommen.' Pagliacci fragte: ‚Und wie bist du da rausgekommen?' Worauf Fley antwortete: ‚Überhaupt nicht, verstehst du? Ich war einer von den beiden, die nicht entkamen.'"

Hadley zupfte an seinem Ohrläppchen. „Nun hören Sie mal zu", sagte er beunruhigt. „Der Kerl ist verrückt, das ist mal sicher. Wenn er irgendeinen eingebildeten Groll hegt – wenn er versucht, dem Professor was anzutun –"

„*Hat* er das schon versucht?" fragte Dr. Fell.

Rampole rückte auf seinem Platz. „Seit Mittwoch ist mit jeder Post irgend so ein Brief für Grimaud gekommen. Er hat sie alle ohne ein Wort zerrissen, aber jemand hat seiner Tochter von dem Zwischenfall im Warwick erzählt, und sie macht sich jetzt Sorgen. Dann fing Grimaud gestern selbst an, sich seltsam zu benehmen."

„Inwiefern?" fragte Dr. Fell und blickte Rampole scharf mit halb zugekniffenen Augen an.

„Er rief Mangan gestern an und sagte: ‚Ich möchte gern, daß Sie Samstag abend in meinem Haus sind. Jemand hat mir gedroht, mich zu besuchen.' Mangan gab ihm natürlich den Rat, die Polizei zu verständigen. Aber Grimaud wollte nichts davon hören. Daraufhin meinte Mangan: ‚Hol's der Teufel, Sir, dieser Kerl ist komplett wahnsinnig und könnte gefährlich werden. Wollen Sie gar keine Maßnahmen zu Ihrer Verteidigung ergreifen?' Worauf der Professor antwortete: ‚O doch. Ich werde ein Gemälde kaufen.'"

„Ein was?" fragte Hadley und richtete sich auf.

„Ein Gemälde, ein Bild, an die Wand zu hängen. Nein, ich mach keine Witze. Anscheinend hat er's auch gekauft, und zwar eine Landschaft, einen unheimlichen Schinken mit Bäumen und Grabsteinen. Ich hab das Ding nicht gesehen, aber gehört, daß es so groß war, daß es zwei Arbeiter hinaufschleppen mußten. Gemalt hat es ein Künstler namens Burnaby, der auch zu der Stammtischrunde gehört ... Jedenfalls ist das Grimauds Idee von Selbstverteidigung."

„Haben Sie die Adresse von dem Haus, lieber Freund?" fragte Dr. Fell. „Gut. Dann lassen Sie mal Ihren Wagen warmlaufen, Hadley. Wenn ein angeblicher Irrer einen normalen Menschen bedroht", fuhr Dr. Fell fort, „mag man beunruhigt sein oder auch nicht. Aber wenn ein normaler Mensch anfängt, sich wie ein Irrer zu benehmen, dann bin *ich* mal wenigstens ganz schön beunruhigt." Keuchend und schnaufend stemmte er sich aus seinem Sessel empor. „Kommen Sie, Hadley. Wir werden uns das Haus mal ansehen, auch wenn wir nur vorbeifahren."

Ein scharfer Wind wehte durch die engen Gassen rund um Dr. Fells Haus. Es hatte zu schneien aufgehört. Der Schnee lag weiß und unwirklich auf der Terrasse. Im Strand, wo die Theater aus waren, war er zu schmutzigen Furchen aufgewühlt. Eine Uhr zeigte fünf nach zehn, als sie in Aldwych einbogen, und Dr. Fell brüllte, schneller zu fahren. Endlich schoß der Wagen auf den Russell Square hinaus. Rampole sah das Haus – eine einfache, breite, dreistöckige Steinfassade. Sechs Stufen führten hinauf zu einem großen Vordereingang mit messinggefaßtem Briefkastenschlitz und Messingknauf. Im Erdgeschoß schimmerte Licht durch die heruntergelassenen Rouleaus zweier Fenster, die über dem Kellereingang lagen, sonst war das Haus dunkel. Es schien das prosaischste Haus in einer prosaischen Nachbarschaft zu sein. Aber das blieb es nicht.

Ein Rouleau wurde beiseite gerissen. Eins der erleuchteten Fenster schoß mit einem Knall hoch, als sie gerade langsam vorbeifuhren. Ein Mann kletterte auf das Fensterbrett, zögerte und sprang hinaus. Der Sprung trug ihn über die Spitzen des Eisenzauns. Er landete mit einem Bein auf dem Bürgersteig, rutschte im Schnee aus und stürzte nach vorn über die Bordschwelle beinahe unter die Räder des Autos.

Hadley bremste scharf. Während der Wagen noch gegen die Bordschwelle schlitterte, war Hadley schon herausgesprungen und hatte den Mann beim Arm gepackt, ehe er aufstehen konnte. Aber Rampole hatte im Scheinwerferlicht einen Blick auf das Gesicht des Mannes erhascht.

„Mangan!" rief er. „Was zum Teufel –!"

Mangan war ohne Hut und Mantel. „Wer ist das?" fragte er heiser. „Nein, nein, mir fehlt nichts! Lassen Sie mich los, verdammt noch mal!" Er riß sich von Hadley los. *„Ted!* Hör zu. Hol jemand. Schnell! Oben hat jemand geschossen. Wir haben es eben gehört. Er hat uns eingeschlossen, verstehst du . . ."

Als er sich umdrehte, sah Rampole den Schatten einer Frau im Fenster. Hadley unterbrach den zusammenhanglosen Wortschwall.

„Jetzt mal ganz ruhig. Wer hat Sie eingeschlossen?"

„Er, Fley. Er ist noch im Haus. Los, kommen Sie!"

Er rannte schon zur Vortreppe, Hadley und Rampole hinter ihm her. Die Haustür war nicht abgeschlossen und ging auf, als Mangan den Knauf drehte. Bis auf eine Lampe, die ganz hinten brannte, war die hohe Halle im Innern dunkel. Etwas, was dort hinten stand, schien sie mit einem grotesken Gesicht anzustarren, und dann sah Rampole, daß es nur eine japanische Rüstung mit einer Teufelsmaske war. Mangan eilte zu einer Tür auf der rechten Seite und drehte den Schlüssel um, der im Schloß steckte. Das Mädchen, dessen Umrisse sie am Fenster gesehen hatten, machte die Tür von innen auf. Von oben konnte man laut dröhnende Schläge hören.

„Boyd!" rief Rampole, dem das Herz bis in den Hals klopfte. „Das ist Superintendent Hadley von der Kriminalpolizei. Wo ist er? Was ist los?"

Mangan deutete auf die Treppe. „Geht hinauf. Ich werde mich um Rosette kümmern. Er ist noch oben. Er kann nicht entkommen. Um Gottes willen, seien Sie vorsichtig!"

Rampole eilte hinter Hadley die Treppe hinauf, die mit einem dicken Läufer belegt war. Das obere Stockwerk war dunkel, aber aus einer Nische im Treppenhaus zum nächsten Stock schien ein Licht. Die dröhnenden Schläge waren in dumpfes Klopfen übergegangen.

„Dr. Grimaud!" rief eine Stimme. „Antworten Sie mir doch!"

Sie liefen die zweite Treppe hinauf und traten oben durch

einen offenen Rundbogen in eine weite Halle, die die ganze Breite des Hauses einnahm. Sie war bis zur Decke mit Eichenholz getäfelt und hatte auf der Längsseite gegenüber der Treppe drei Fenster mit Vorhängen. Ein dicker schwarzer Teppich dämpfte jeden Schritt. Zwei Türen lagen einander an den Schmalseiten der Halle gegenüber. Die entferntere Tür zur Linken stand offen, die zur Rechten, etwa drei bis vier Meter vom Treppenabsatz, blieb geschlossen, obwohl ein Mann wild gegen sie hämmerte.

Als sie näher kamen, drehte sich der Mann schnell um. Die Halle selbst war nicht beleuchtet, aber ein gelbes Licht strömte von der Treppennische her durch den Rundbogen – es kam aus dem Bauch eines großen Messingbuddhas in der Nische –, und sie konnten alles deutlich sehen. Der atemlose kleine Mann stand im vollen Schein dieses Lichtes da. Er hatte einen dichten Haarschopf wie ein Kobold auf seinem großen Kopf und spähte ängstlich durch seine riesigen Brillengläser.

„Boyd?" rief er. „Drayman? Sind Sie das? Wer ist da?"

„Polizei", sagte Hadley und ging an ihm vorbei.

„Sie können da nicht rein", sagte der kleine Mann. „Die Tür ist von innen verschlossen. Aber wir müssen rein. Da ist jemand drin mit Grimaud. Ein Schuß ist gefallen – und er antwortet nicht. Wo ist Madame Dumont? Der Kerl ist noch da drin, sag ich Ihnen!"

Hadley drehte sich um und sagte barsch: „Tanzen Sie nicht so herum, suchen Sie lieber eine Kneifzange. Der Schlüssel steckt, wir können ihn von außen umdrehen."

„Ich – ich weiß wirklich nicht, wo –"

Hadley wandte sich an Rampole. „Holen Sie schnell den Werkzeugkasten aus meinem Wagen. Er liegt unter dem Rücksitz."

Rampole drehte sich um und sah, wie Dr. Fell heftig schnaufend in dem Rundbogen erschien. Dann sprang er, drei Stufen auf einmal nehmend, die Treppe hinunter und suchte, wie ihm schien, stundenlang herum, bis er die Zange fand. Als er zurückkam, steckte Hadley mit unerschütterlicher Ruhe die Zange ins Schlüsselloch. Seine kräftigen Hände umklammerten den Griff des Werkzeugs und begannen, es behutsam zu drehen.

„Da drinnen bewegt sich was –", sagte der kleine Mann.

„Ich hab's", verkündete Hadley. „Zurücktreten!" Er duckte sich und stieß die Tür mit aller Kraft nach innen auf, so daß sie krachend gegen die Wand schlug. Nichts kam heraus, obgleich etwas den Versuch dazu machte. Abgesehen davon war das hell erleuchtete Zimmer leer. Eine Gestalt, an der Rampole eine Menge Blut sah, versuchte mühsam, sich auf Händen und Knien über den schwarzen Teppich zu schleppen. Sie gab einen erstickten Laut von sich, rollte auf eine Seite und blieb liegen.

II Die Maske

Bleiben Sie in der Tür – zwei von Ihnen", befahl Hadley kurz. „Und wenn jemand schwache Nerven hat, nicht hinsehen."

Dr. Fell stampfte nach ihm hinein, und Rampole blieb mit ausgebreiteten Armen im Türrahmen stehen. Professor Grimaud war schwer, aber Hadley wagte nicht, ihn mit einem heftigen Ruck umzudrehen. Die Anstrengung, zur Tür zu kriechen, hatte eine Blutung hervorgerufen, die nicht nur innerlich war, obwohl Grimaud gegen das aufsteigende Blut seine Zähne zusammengebissen hatte. Hadley richtete ihn langsam auf und stützte ihn mit einem Knie. Unter den schwärzlich-grauen Bartstoppeln hatte Grimauds Gesicht eine bläuliche Färbung angenommen. Seine Augen waren geschlossen und eingesunken, und er bemühte sich immer noch, ein durchnäßtes Taschentuch gegen die Schußwunde in seiner Brust zu pressen. Sie hörten, wie sein Atem immer schwächer wurde. Obwohl es vom Fenster her zog, hing noch ein scharfer Dunst von Pulverdampf in der Luft.

„Tot?" murmelte Dr. Fell.

„Im Sterben", antwortete Hadley. „Lungenschuß." Er drehte sich zu dem kleinen Mann vor der Tür um. „Telephonieren Sie nach einem Krankenwagen. Schnell! Er hat keine Chance mehr, aber vielleicht kann er vorher noch etwas sagen."

„Ja", sagte Dr. Fell düster. „Daran sind wir am meisten interessiert, nicht wahr?"

„Wenn es das einzige ist, was wir tun können", antwortete Hadley kühl, „dann ja. Holen Sie mir ein paar Sofakissen von da drüben." Als Grimauds Kopf schlaff auf dem Kissen ruhte, beugte sich Hadley dicht zu ihm hinab. „Dr. Grimaud, können Sie mich hören?"

Die wächsernen Augenlider flatterten. Grimauds halb geöffnete Augen blickten verwundert drein. Er schien nicht begreifen zu können, was geschehen war. Sein mächtiger Brustkasten hob und senkte sich immer noch ein wenig.

„Ich bin von der Polizei, Dr. Grimaud. Wer hat das getan? Versuchen Sie nicht erst zu sprechen, wenn Sie nicht können. Bewegen Sie Ihren Kopf. War es Pierre Fley?"

Grimaud schüttelte deutlich den Kopf.

„Wer war es dann?"

Grimaud bemühte sich – bemühte sich zu sehr, denn es ging über seine Kräfte. Er sprach zum ersten und letzten Mal. Seine Lippen brachten stammelnd die Worte hervor, deren Deutung später so viele Rätsel aufgab. Dann schwand sein Bewußtsein.

Das Fenster an der linken Wand war eine Handbreit auf, und eisige Zugluft blies herein. Rampole fröstelte. Was einst ein hochbegabter Mann gewesen war, lag jetzt bewußtlos auf zwei Kissen, zerrissen wie ein Sack, ein Rasseln im Innern das einzige Lebenszeichen. Es war zuviel Blut in dem hellen, stillen Zimmer. „Mein Gott!" sagte Rampole. „Gibt es denn gar nichts, was wir tun können?"

Hadley war bitter. „Nichts, außer an die Arbeit gehen. Der Kerl soll noch im Haus sein? Wir sind ja schöne Schafsköpfe! – o ja, ich mit inbegriffen." Er deutete auf das offene Fenster. „Natürlich war er längst da raus, ehe wir auch nur das Haus betraten."

Rampole blickte sich um und sah den Raum zum erstenmal bewußt an. Das Zimmer war etwas über fünf Meter im Quadrat mit eichengetäfelten Wänden und mit einem dicken schwarzen Teppich ausgelegt. An der linken Wand, von der Tür aus gesehen, war das Fenster, dessen braune Samtvorhänge in der Zugluft flatterten. Zu beiden Seiten des Fensters erstreckten sich hohe Bücherregale, auf denen Marmorbüsten standen. Ein großer, geschnitzter Schreibtisch stand mit der Schmalseite unmittelbar unter dem Fenster. Der Sessel davor war zurückgeschoben. Ganz links stand eine Lampe mit einem Schirm aus Glasmosaik. Die Schreibtischunterlage war leer außer einer Schale mit Schreibzeug und einem Stoß Notizzetteln, die mit einer

eigenartigen kleinen Figur beschwert waren – einem aus gelber Jade geschnitzten Büffel.

Rampole musterte die andere Seite des Zimmers, die dem Fenster gegenüber lag. In der Wand war ein großer steinerner Kamin, der ebenfalls von Bücherborden und Büsten flankiert war. Über dem Kamin hingen zwei gekreuzte Rapiere und darüber ein Wappenschild. Nur auf dieser Seite des Zimmers befand sich die Einrichtung in Unordnung. Unmittelbar vor dem Kamin war ein braunes Ledersofa schief gerückt und ein Ledersessel auf einem verrutschten Kaminvorleger zurückgerollt. Das Sofa trug Blutspuren.

Und schließlich sah Rampole, an die Rückwand des Zimmers gelehnt, die der Tür gegenüber lag, das Gemälde. Zwischen den Regalen an dieser Wand war ein großer freier Raum, wo einst weitere Regale gestanden hatten. Sie mußten erst kürzlich entfernt worden sein, denn die Spuren ihrer Sockel waren immer noch im Teppich zu sehen. Das Bild war mit Rahmen gute zwei Meter breit und ein Meter zwanzig hoch. Es war zweimal kreuzweise mit einem Messer zerschnitten worden. Hadley nahm es und baute es hinter dem Sofa auf.

„Und das hier ist also das Bild, das er gekauft hat, um sich damit zu verteidigen, nicht wahr?“ sagte er. „Hören Sie mal, Fell, glauben Sie nicht auch, daß Grimaud genauso verrückt war wie dieser Fley?“

Dr. Fell schob seinen Hut zurück. „Wie Pierre Fley“, brummte er, „der das Verbrechen *nicht* begangen hat. Hadley, sehen Sie irgendeine Waffe?“

„Nein. Erstens ist keine Schußwaffe da – wir brauchen einen großkalibrigen Revolver –, und jetzt fehlt auch das Messer, mit dem dies Ding zerfetzt worden ist. Für mich sieht's wie eine ganz gewöhnliche Landschaft aus.“

Nicht gerade gewöhnlich, dachte Rampole. Es lag eine gewisse explosive Macht darin, als ob der Künstler in Raserei gemalt und in Öl den Wind festgehalten hätte, der diese krummen Bäume peitschte. Es strahlte Öde und Angst aus. Niedrige weiße Berge erhoben sich im Hintergrund, und im Vordergrund konnte man durch die Zweige eines verkrüppelten Baumes drei Grabsteine im wuchernden Gras sehen. Die Grabsteine drohten umzufallen. Von einem gewissen Standpunkt aus hatte man den Eindruck, daß die Grabhügel im Begriff waren, sich zu heben und aufzutun. Sogar die Messerschnitte schienen das Bild nicht zu entstellen.

Rampole schrak zusammen, als er das Trampeln von Füßen auf der Treppe und in der Halle hörte. Mangan kam hereingestürzt. Sein schwarzes Haar, das wie Drahtspiralen an seinem Kopf klebte, war zerzaust. Er warf einen schnellen Blick auf den Mann am Boden.

„Mills hat's mir erzählt", sagte er. „Ist er –"

Hadley beachtete seine Worte nicht. „Haben Sie den Krankenwagen bestellt?"

„Männer mit 'ner Bahre – sind schon hier. Mir fiel ein, daß gleich um die Ecke ein Krankenhaus ist." Er trat beiseite, um zwei uniformierte Krankenträger und hinter ihnen einen kleinen Mann mit einer Glatze hereinzulassen. „Das ist Dr. Petersen – äh – die Polizei. Und da ist Ihr – Patient."

Dr. Petersen eilte zu ihm. „Bahre, Jungs", sagte er nach einem kurzen Blick. „Vorsichtig transportieren." Die Bahre wurde hinausgetragen.

„Wird er durchkommen?" fragte Hadley.

„Er kann vielleicht noch zwei Stunden durchhalten, wahrscheinlich aber weniger. Wenn er nicht eine Bärennatur hätte, wäre er schon tot. Es sieht aus, als ob er sich angestrengt und die Lunge noch mehr verletzt hat." Dr. Petersen griff in seine Tasche. „Sie wollen sicher Ihren Polizeiarzt zu uns schicken, nicht wahr? Hier ist meine Karte. Ich werde das Geschoß aufheben, wenn ich es gefunden habe. Was ist passiert?"

„Mord", sagte Hadley. „Setzen Sie ihm eine Krankenschwester ans Bett, und wenn er etwas sagt, soll sie es aufschreiben." Als der Arzt hinauseilte, kritzelte Hadley einige Worte auf ein Blatt seines Notizbuchs und gab es Mangan. „Rufen Sie das Polizeirevier Hunter Street an und geben Sie diese Anweisungen durch; sie werden sich mit dem Yard in Verbindung setzen. Dr. Watson soll in dieses Krankenhaus gehen, und die übrigen sollen hierher kommen . . . Wer ist da an der Tür?"

Es war der kleine, magere, kopflastige junge Mann, der vorhin an die verschlossene Tür getrommelt hatte. Im vollen Licht sah Rampole matte, braune Augen, die durch die starken Brillengläser vergrößert wurden, und ein knochiges Gesicht, das schräg nach vorne zu einem großen, schlaffen Mund abfiel. Die vorherige Todesangst des jungen Mannes hatte sich in eine unergründliche Ruhe verwandelt. Er verbeugte sich und sagte mit ausdrucksloser Stimme: „Ich bin Stuart Mills, Dr. Grimauds Sekretär." Seine Augen wanderten umher. „Darf ich fragen, was mit dem – Schuldigen geschehen ist?" Er machte den Eindruck, als ob er eine öffentliche Ansprache hielte. Er hatte einen singenden Tonfall und hob und senkte seinen Kopf, als ob er vom Blatt abläse.

„Vermutlich", sagte Hadley, „ist er durch das Fenster entkommen –"

„Wenn er das getan hat, muß er ein ganz außergewöhnlicher Mensch gewesen sein", unterbrach ihn die singende Stimme. „Haben Sie das Fenster schon untersucht?"

„Er hat recht, Hadley", sagte Dr. Fell keuchend. „Schauen Sie sich's an! Ich sage Ihnen im vollen Ernst, wenn unser Mann nicht hier durch die Tür hinausgekommen ist –"

„Ist er nicht", verkündete Mills. „Ich habe alles gesehen vom Anfang bis zum Ende."

„Dann muß er leichter als Luft gewesen sein. Machen Sie das Fenster ganz auf und sehen Sie nach. Warten Sie! Wir wollen lieber erst das Zimmer absuchen."

Im Zimmer war niemand versteckt. Dann schob Hadley ärgerlich knurrend das Fenster hoch. Jungfräulicher Schnee, der bis zum Fensterrahmen reichte, bedeckte die äußere Fensterbank.

Rampole beugte sich hinaus und blickte sich um. Im Westen hing ein heller Mond, und jede Einzelheit trat so scharf heraus wie auf einem Holzschnitt. Bis zum Boden hinunter waren es fünfzehn bis zwanzig Meter, und die Hauswand war völlig glatt. Direkt unter dem Fenster lag ein Hinterhof, der von einer niedrigen Mauer eingeschlossen war. Soweit man sehen konnte, lag der Schnee unberührt in diesem Hof sowie in allen andern Höfen und auf den Mauerkronen. Die einzigen Fenster auf dieser ganzen Seite des Hauses befanden sich im obersten Stockwerk. Das diesem Zimmer am nächsten liegende befand sich links, in der Halle, reichlich zehn Meter entfernt. Nach rechts wäre das nächste Fenster im Nachbarhaus gewesen, genauso weit entfernt. Und schließlich erhob sich über diesem

Fenster eine glatte Steinwand von etwa fünf Meter Höhe bis zum Dach, dessen geneigte Fläche weder einen Fingerhalt noch einen Befestigungspunkt für ein Seil bot.

Aber Hadley, der mit verrenktem Hals hinausguckte, deutete boshaft nach oben. „Trotz alledem, das ist es“, erklärte er. „Schaut es euch an! Angenommen, er hat zuerst ein Seil an einem Schornstein oder sonstwo befestigt und es vorm Fenster baumeln lassen, während er seinen Besuch abstattete. Dann bringt er Grimaud um, schwingt sich hinaus, klettert hinauf, löst das Seil vom Schornstein und flieht. Da muß er ja eine Menge Spuren zurückgelassen haben, verlaßt euch drauf. Also –“

„Ja“, unterbrach ihn Mills. „Aber ich muß Ihnen leider sagen, daß keine da sind. Wissen Sie“, fuhr er fort, „sobald ich merkte, daß der Mann hinter dem falschen Gesicht verschwunden war –“

„Hinter *was*?“ fragte Hadley.

„Dem falschen Gesicht. Verstehen Sie nicht, was ich meine?“

„Nein. Aber das werden wir hoffentlich nachher gleich klarstellen, Mr. Mills. Einstweilen sagen Sie mir lieber, was mit dem Dach los ist.“

„Es sind weder Fußspuren noch irgendwelche andere Spuren auf dem Dach“, antwortete Mills mit weit geöffneten Augen. „Ich wiederhole, meine Herren: als ich sah, daß der Mann mit dem falschen Gesicht offenbar verschwunden war, sah ich Schwierigkeiten für mich selbst voraus –“

„Inwiefern?“

„Weil ich persönlich diese Tür unter Beobachtung hatte und nicht anders konnte als feierlich beteuern, daß der Mann nicht herausgekommen war. Nun gut. Es ließ sich daraus die Schlußfolgerung ziehen, daß er (a) mittels eines Seiles oder (b) durch den Kaminabzug auf das Dach entkommen war. Das war eine simple mathematische Gewißheit.

Am Ende dieser Halle“, fuhr Mills fort, „liegt mein Arbeitszimmer. Von dort führt eine Tür auf den Dachboden und von dem eine Falltür auf das Dach. Indem ich diese Falltür hochklappte, konnte ich deutlich beide Seiten des Daches über diesem Zimmer sehen. Der Schnee zeigte auch nicht die geringsten Spuren.“

„Sie sind nicht aufs Dach hinausgegangen?" fragte Hadley.

„Nein. Ich hätte keinen Halt gefunden."

Dr. Fell wandte ihm sein strahlendes Gesicht zu. „Und was dann, mein Junge?" fragte er liebenswürdig. „Ich meine, was dachten Sie, als Ihre mathematische Gewißheit in Schall und Rauch aufging?"

Mills lächelte weiter. „Ach, das muß sich noch zeigen. Ich bin Mathematiker, Sir. Ich gestatte mir nie zu denken."

„Jetzt erzählen Sie uns mal genau, was heute abend hier passiert ist", drängte Hadley, während er sich an den Schreibtisch setzte und sein Notizbuch hervorholte. „Lassen Sie sich Zeit! Wir werden schrittweise vorgehen. Wie lange arbeiten Sie schon für Professor Grimaud?"

„Seit drei Jahren und acht Monaten."

„Worin besteht Ihre Arbeit?"

„In den üblichen Aufgaben eines Sekretärs. Dann habe ich ihm bei den Vorarbeiten für sein neues Buch *Herkunft und Geschichte der verschiedenen Aberglauben in Mitteleuropa unter besonderer Berücksichtigung* –"

„Danke, danke, das genügt. Wieviel Personen wohnen in diesem Haus?"

„Außer Dr. Grimaud und mir sind es vier. Rosette Grimaud, seine Tochter, und Madame Dumont, die den Haushalt führt. Dann ein älterer Freund von Dr. Grimaud namens Drayman. Ein Hausmädchen, dessen Nachnamen ich nicht weiß, aber die mit Vornamen Annie heißt."

„Wie viele von denen waren heute abend hier, als das geschah?"

Mills streckte einen Fuß vor und studierte seine Schuhkappe. „Das kann ich nicht mit Sicherheit sagen. Ich werde Ihnen erzählen, was ich weiß." Er schaukelte vor und zurück. „Nach beendetem Abendessen, um 7.30 Uhr, kam Dr. Grimaud hier herauf, um zu arbeiten. Das ist Samstag abends seine Gewohnheit. Er sagte mir, er wünsche bis elf Uhr nicht gestört zu werden. Das ist ebenfalls unverletzliche Gewohnheit. Er erwähnte jedoch, daß er etwa um halb zehn vielleicht einen Besucher haben werde."

„Hat er auch erwähnt, wer dieser Besucher sein könnte?"

„Nein, das hat er nicht gesagt."

Hadley beugte sich vor. „Jetzt machen Sie aber 'nen Punkt, Mr. Mills! Haben Sie nichts von einer Drohung gegen ihn gehört? Haben Sie nicht gehört, was Mittwoch abend passiert ist?"

„Ich – äh – ja, gewiß. Ich war sogar selbst dabei in der Warwick Tavern. Ich nehme an, Mangan hat Ihnen das erzählt."

Beunruhigt, aber mit überraschender Lebendigkeit schilderte er die Begebenheit in großen Zügen. Inzwischen war Dr. Fell weggestampft und führte eine Untersuchung durch, die er in dieser Nacht noch mehrmals unternahm. Sein Hauptinteresse schien dem Kamin zu gelten, dann prüfte er sorgfältig die Blutflecken, die auf das Oberteil und die rechte Lehne des verschobenen Sofas gespritzt waren. Auf der Steinplatte vor dem Kamin, in dem ein kleines Kohlenfeuer unter einem wirren Haufen von verkohltem Papier beinah erstickt war, befanden sich weitere Blutflecken.

Dr. Fell murmelte vor sich hin. Er reckte sich, um das Wappen zu studieren. Für Rampole, der von Heraldik nichts verstand, war es ein geteilter Schild in Rot, Blau und Silber: ein schwarzer Adler und eine Mondsichel im oberen Feld und im unteren keilförmig angeordnete Figuren, die wie Türme auf einem Schachbrett aussahen. Dr. Fell schwieg dann, bis er die Bücher auf den Borden links vom Kamin zu inspizieren begann, indem er sie herausriß und einen kurzen Blick auf die Titelseiten warf. Auf einmal fing er an, den anderen aufgeregt zuzuwinken.

„Hören Sie, Hadley, das ist sehr merkwürdig und aufschlußreich. *Yorick és Eliza levelei,* zwei Bände. *Shakspere Minden Munkái,* neun Bände. Und hier ist ein Name – ha! Wissen Sie etwas über diese Bücher, Mr. Mills? Das sind die einzigen Bände, die nicht abgestaubt worden sind."

Mills war aus seiner Erzählung herausgerissen. „Ich – ich weiß nicht. Ich glaube, die gehören zu einem Stoß, den Dr. Grimaud für den Dachboden bestimmt hat ... Wo war ich stehengeblieben, Mr. Hadley? Ach ja! Also als Dr. Grimaud mir mitteilte, er werde heute abend vielleicht einen Besucher haben, hatte ich keinen Grund anzunehmen, daß es der Mann aus der Warwick Tavern sein könnte. Gesagt hat er das nicht."

„Was hat er genau gesagt?"

„Ich – wissen Sie, nach dem Essen arbeitete ich unten in der großen Bibliothek. Er beauftragte mich, um halb zehn in mein Arbeitszimmer hinaufzukommen, bei offener Tür da drinzusitzen und – dieses Zimmer ‚im Auge zu behalten', für den Fall, daß –"

„Für den Fall, daß was?"

Mills räusperte sich. „Er machte keine weiteren Angaben. Und so führte ich einfach meinen Auftrag genauso aus. Ich kam um Punkt halb zehn herauf –"

„Wo befanden sich da die anderen?"

„Soviel ich weiß, waren Miß Rosette Grimaud und Mangan im Salon und spielten Karten. Drayman hatte mir erzählt, daß er ausgehe. Ich habe ihn nicht gesehen."

„Und Madame Dumont?"

„Ich begegnete ihr, als ich hier heraufkam. Sie trat gerade aus Dr. Grimauds Arbeitszimmer mit seinem Kaffee, den er immer nach dem Abendessen trinkt, vielmehr mit dem leeren Kaffeegeschirr ... Ich ging in mein Arbeitszimmer, ließ die Tür offen und schob das Schreibmaschinentischchen so hin, daß ich mit dem Gesicht zur Halle saß, während ich arbeitete. Genau um" – er schloß seine Augen und öffnete sie wieder –, „genau um fünfzehn Minuten vor zehn hörte ich die Haustürglocke klingeln. Die elektrische Klingel befindet sich im ersten Stock, und ich hörte sie deutlich.

Zwei Minuten später kam Madame Dumont wieder die Treppe herauf. Sie wollte gerade bei Dr. Grimaud anklopfen, als ich zu meinem Schreck den – äh – den großen Mann gleich nach ihr die Treppe heraufkommen sah. Sie drehte sich um und sah ihn. Sie stieß ein paar Worte aus, die ich nicht genau wiederholen kann, aber dem Sinn nach fragte sie ihn, warum er nicht unten gewartet habe. Sie schien sehr aufgeregt zu sein. Der – äh – große Mann gab keine Antwort. Er schritt auf die Tür zu, legte ohne Hast den hochgeschlagenen Kragen seines Mantels um, setzte seine Mütze ab und steckte sie in die Tasche. Ich glaube, daß er lachte und daß Madame Dumont etwas ausrief, an die Wand zurückwich und sich beeilte, die Tür aufzumachen. Dr. Grimaud erschien sichtlich verärgert auf der Schwelle; seine genauen Worte lauteten: ‚Was zum Teufel soll der ganze Lärm bedeuten?' Dann stand er stocksteif da und blickte zu dem großen Mann hinauf. Und er sagte wörtlich: ‚Wer in Gottes Namen sind *Sie*?'"

Mills' Singsangstimme stieß die Worte schneller heraus, und sein Lächeln war etwas gespenstisch geworden.

„Nur die Ruhe, Mr. Mills. Haben Sie diesen großen Mann genau gesehen?"

„Ziemlich genau. Als er vom Treppenhaus durch den Bogen kam, warf er einen Blick in meine Richtung. Er trug eine Kindermaske, so eine aus Papiermaché. Ich habe in vager Erinnerung, daß sie lang und rosa war und einen weitaufgerissenen Mund hatte. Und soweit ich beobachten konnte, hat er sie nicht abgesetzt. Ich habe wohl recht, wenn ich behaupte –"

„Sie haben ja meistens recht, nicht wahr?" sagte eine kalte Stimme von der Tür her. „Es war eine Kindermaske. Und leider hat er sie nicht abgesetzt."

III Das Unmögliche

SIE STAND in der Tür und blickte von einem zum andern. Auf Rampole machte sie mit ihren glänzenden schwarzen Augen den Eindruck einer außergewöhnlichen Frau. Sie war klein, hatte eine kräftige Figur, ein breites Gesicht und hohe Backenknochen. Ihr dunkelbraunes Haar war schlicht frisiert, und sie trug ein sehr einfaches, schwarzes Kleid, wirkte aber keineswegs unelegant. Ihre dunklen Augen richteten sich auf Hadley.

„Ich bin Ernestine Dumont", sagte sie. „Ich bin gekommen, um Ihnen zu helfen, den Mann zu finden, der Charles angeschossen hat." Sie sprach fast akzentfrei, aber mit einem kaum merklichen Zusammenziehen der einzelnen Worte. „Als ich alles erfuhr, konnte ich nicht heraufkommen – zuerst. Dann wollte ich ihn ins Krankenhaus begleiten, aber der Doktor ließ mich nicht. Er sagte, die Polizei werde mit mir sprechen wollen."

Hadley stand auf und schob ihr einen Stuhl hin. „Bitte nehmen Sie Platz, Madame. Wir wollen gleich Ihre Aussage hören. Ich muß Sie jedoch bitten, sich erst mit anzuhören, was Mr. Mills zu sagen hat, für den Fall, daß Sie es bestätigen müßten ..."

Sie zitterte in der Kälte, die vom offenen Fenster eindrang, und Dr. Fell ging mit wuchtigen Schritten hin, um es zu schließen. Dann blickte sie zum Kamin, wo das Feuer unter der Masse des verkohlten Papiers beinahe erstickt war. Inzwischen waren ihr Hadleys Worte klargeworden, und sie nickte.

„Ja, natürlich. Er ist ein netter, armer, dummer Junge, und er meint es gut."

Mills ließ sich keinen Ärger anmerken, wenn er überhaupt welchen verspürte. Er verschränkte seine Arme. „Wenn es der Pythia Freude macht, das zu glauben", sang er unerschütterlich, „habe ich nichts dagegen. Aber – äh – wo war ich stehengeblieben?"

„Sie erzählten uns gerade, was Dr. Grimaud sagte, als er den Besucher sah, nämlich: ‚Wer in Gottes Namen sind *Sie*?' Und was war dann?"

„Ach ja! Er trug seinen Kneifer nicht, sondern hatte ihn an einer Schnur herunterhängen. Ohne den sieht er nicht gut, und ich hatte den Eindruck, daß er die Maske für ein richtiges Gesicht hielt. Aber ehe er seinen Kneifer aufsetzen konnte, machte der Fremde eine blitzschnelle Bewegung und schoß durch die Tür hinein. Als er drinnen war –" Mills stockte unsicher.

„Mir kommt es so vor, als ob Madame Dumont, obwohl sie an die Wand zurückgewichen war, die Tür hinter ihm zumachte. Ich erinnere mich, daß sie ihre Hand auf dem Türknauf hatte."

Ernestine Dumont fuhr wütend auf. „Was wollen Sie damit zu verstehen geben, kleiner Junge?" fragte sie. „Dieser Mann stieß die Tür mit dem Fuß hinter sich zu. Dann drehte er den Schlüssel im Schloß um."

„Einen Augenblick, Madame ... Ist das wahr, Mr. Mills?"

„Ich möchte absolut klarstellen", sang Mills, „daß ich lediglich versuche, *jede* Tatsache und sogar jeden Eindruck wiederzugeben. Ich habe nichts weiter damit gemeint. Ich akzeptiere die Richtigstellung. Er hat tatsächlich, wie die Pythia sagt, den Schlüssel im Schloß umgedreht. Sie fing an, Dr. Grimaud beim Vornamen zu rufen und an dem Türknauf zu rütteln. Ich hörte Stimmen im Zimmer, und dann rief Dr. Grimaud ziemlich ärgerlich zu der Pythia: ‚Geh weg, Dummkopf. Damit werde ich schon fertig.'"

„Aha. Schien er Angst zu haben oder so etwas Ähnliches?"

Der Sekretär überlegte. „Im Gegenteil, ich würde sagen, seine Worte klangen gewissermaßen erleichtert."

„Und Sie, Madame, Sie gehorchten ihm und gingen weg –"

„Ja."

„Selbst wenn es, wie ich annehme, ungewöhnlich ist, daß in diesem Haus Witzbolde mit Kindermasken Besuche abstatten?" fragte Hadley in verbindlichem Ton. „Ich nehme an, Sie waren über die Drohung gegen Ihren Brotherrn unterrichtet?"

Das Wort „Brotherr" war ihr in die falsche Kehle gekommen. „Ich habe Charles Grimaud über zwanzig Jahre lang gehorcht", sagte sie sehr ruhig. „Und ich habe nie eine Situation gekannt, mit der er *nicht* fertiggeworden wäre. Gehorcht! Natürlich habe ich das. Ich habe immer gehorcht."

Hadley wandte sich wieder an den Sekretär. „Erinnern Sie sich, Mr. Mills, um wieviel Uhr dieser große Mann das Zimmer betrat?"

„Es war zehn Minuten vor zehn. Da steht eine Uhr auf meinem Schreibtisch."

„Und wann haben Sie den Schuß gehört?"

„Genau zehn Minuten nach zehn."

„Wollen Sie damit sagen, daß Sie die Tür die ganze Zeit beobachtet haben?"

„O ja, ganz bestimmt." Er räusperte sich. „Ich war als erster an der Tür, nachdem der Schuß gefallen war. Sie war noch von innen verschlossen, wie Sie, meine Herren, gesehen haben. Sie sind ja selbst sehr bald danach gekommen." Als er Hadleys kaltem Blick begegnete, traten Schweißtropfen auf seine Stirn. „Ich bin mir natürlich bewußt, daß das, was ich erzähle, absolut unglaublich erscheint." Ganz plötzlich wurde seine Stimme höher. „Trotzdem, meine Herren, *schwöre* ich Ihnen –"

„Ist schon recht, Stuart", sagte die Frau. „Ich kann das bestätigen."

Hadley blieb bei aller Verbindlichkeit hart. „Ich glaube, das wäre sehr angebracht. Eine letzte Frage, Mr. Mills. Können Sie das Äußere dieses Besuchers genau beschreiben?"

„Ich kann angeben, daß er einen langen schwarzen Mantel und eine bräunliche, spitze Mütze trug. Seine Hose hatte eine dunkle Farbe. Sein Haar, als er die Mütze abnahm –" Mills zögerte. „Ich möchte nicht als Phantast gelten, aber sein Haar sah dunkel, wie angemalt und so *glänzend* aus, als ob es aus Papiermaché wäre. Ich glaube, er trug Handschuhe, obwohl er seine Hände in der Tasche hatte. Er war groß, acht bis zehn Zentimeter größer als Dr. Grimaud und von mittlerem – äh – anatomischem Bau."

„Sah er wie dieser Pierre Fley aus?"

„Hmm – ja – in gewisser Weise schon, allerdings würde ich sagen, dieser Mann war größer und nicht so hager."

Während dieses Verhörs war der Doktor mit ärgerlichen Stößen seines Spazierstocks auf den Teppich gewichtigen Schritts umhergewandert. Er beugte sich nieder, um etwas anzublinzeln, besah sich das Gemälde, die Bücher, den Jadebüffel auf dem Schreibtisch – doch dabei behielt er dauernd Madame Dumont im Auge. Sie schien seine Aufmerksamkeit zu fesseln. Es lag etwas Furchterregendes in den kleinen scharfen Augen, die, sobald er mit dem Betrachten eines Gegenstandes fertig war, zu ihr zurückschweiften. Und die Frau hatte es gemerkt. Sie bemühte sich, ihn nicht zu beachten, aber ihr Blick glitt immer wieder zu ihm hinüber.

„Da wären noch mehr Fragen, Mr. Mills", sagte Hadley, „besonders über diesen Zwischenfall in der Warwick Tavern und dieses Bild. Aber das hat noch Zeit. Würden Sie jetzt Miß Grimaud und Mr. Mangan heraufbitten? Auch Mr. Drayman, wenn er schon zurück ist? ... Danke. Einen Moment noch! Äh – irgendwelche Fragen, Fell?"

Dr. Fell schüttelte den Kopf mit großer Liebenswürdigkeit. Rampole sah, wie die weißen Knöchel der Frau sich anspannten.

„*Muß* denn Ihr Freund immer so herumwandern?" brach sie plötzlich los. „Das macht mich noch wahnsinnig."

Hadley sah sie prüfend an. „Ich verstehe, Madame. Leider ist das seine Art."

„Wer sind Sie überhaupt? Sie dringen in mein Haus ein –"

„Lassen Sie mich erklären. Ich bin der Chef der Kriminalpolizei. Das ist Mr. Rampole. Und der andere Herr, von dem Sie vielleicht schon gehört haben, ist Dr. Gideon Fell."

Sie nickte. „Schön und gut. Aber müssen Sie deswegen Ihre guten Manieren vergessen? Müssen Sie mit Ihrem offenen Fenster das Zimmer eiskalt werden lassen? Darf ich nicht wenigstens ein Feuer machen, um uns zu wärmen?"

„Ich bin dagegen", sagte Dr. Fell. „Das heißt, bevor wir nicht gesehen haben, was für Papiere dort schon verbrannt worden sind."

Ernestine Dumont sagte überdrüssig: „Ach, warum müssen Sie so töricht sein? Warum sitzen Sie noch hier? Sie wissen ganz genau, wer der Täter ist. Es war dieser Kerl, der Fley. Warum verhaften Sie den nicht?"

„Kennen Sie Fley?" fragte Hadley barsch.

„Nein, nein, ich habe ihn nie gesehen! Ich meine, bis heute abend. Aber ich weiß, was Charles mir erzählt hat."

„Und zwar was?"

„Ach, *zut!* Dieser Fley ist ein Irrer. Charles hat ihn nie gekannt, aber der Mann hat irgendeine Wahnidee, daß Charles sich über okkulte Dinge lustig gemacht hat. Na, und Charles hat mir erzählt, daß er heute nacht um halb zehn vielleicht herkommen werde. Wenn er käme, sollte ich ihn hereinlassen. Aber als ich um halb zehn Charles' Kaffeegeschirr herunterholte, lachte Charles und meinte, wenn der Mann jetzt noch nicht da sei, komme er wohl überhaupt nicht. Er sagte noch: ‚Leute, die eine Wut im Leibe haben, sind immer pünktlich.'" Sie setzte sich zurück und reckte ihre Schultern. „Er hat sich geirrt. Um drei Viertel zehn läutete es an der Haustür. Ich machte auf. Ein Mann stand draußen. Er hielt mir eine Karte hin und sagte: ‚Wollen Sie die bitte Professor Grimaud geben und ihn fragen, ob ich ihn sprechen kann?'"

Hadley lehnte sich an den Rand des Sofas und sah sie prüfend an. „Und die Maske, Madame? Kam Ihnen die nicht merkwürdig vor?"

„Ich habe die Maske nicht gesehen! Haben Sie nicht bemerkt, daß in der unteren Halle nur ein Licht ist? Na also! Hinter ihm war eine Straßenlaterne, und alles, was ich von ihm sehen konnte, war seine Silhouette. Er sprach so höflich, verstehen Sie, und reichte mir seine Visitenkarte, so daß ich eine Sekunde lang nicht begriff ..." Sie brach in Tränen aus. „Ich bin geradeheraus! Ich bin ehrlich! Wenn jemand einem ein Leid zufügt, gut. Man lauert ihm auf und bringt ihn um. Aber man setzt sich nicht eine bemalte Maske auf wie der alte Drayman für die

Kinder in der Guy-Fawkes-Nacht. Man gibt nicht Visitenkarten ab und geht hinauf, ermordet einen Mann und verschwindet dann aus dem Fenster!“ Ihre zynisch-sichere Haltung zerbrach und ging in Hysterie über. „Oh, mein Gott, Charles! Mein armer Charles!“

Hadley wartete ganz ruhig. Sie hatte sich in einem Augenblick wieder gefaßt, der Gefühlsausbruch hatte sie erleichtert. Dann sagte Hadley: „Also zu diesem Zeitpunkt, wenn wir recht verstanden haben, befanden sich Miß Grimaud und Mr. Mangan im Salon in der Nähe des Eingangs, nicht wahr?“

Sie blickte ihn an. „Ja – ja, ich nehme an, sie waren dort. Ich habe sie nicht bemerkt.“

„Erinnern Sie sich, ob die Tür zum Salon auf oder zu war?“

„Sie war wohl zu, sonst hätte ich mehr Licht in der Halle gesehen.“

„Bitte fahren Sie fort.“

„Nun, als mir der Mann seine Visitenkarte gab, wollte ich hinaufgehen und Charles herunterholen. Drum sagte ich ihm, er solle unten warten, ich würde fragen, ob Dr. Grimaud ihn empfangen wolle. Und ich schlug ihm die Tür vor der Nase zu, so daß das Schloß einschnappte. Dann ging ich zur Lampe und sah mir die Karte an. Und die war leer.“

„Leer?“

„Es stand nichts darauf geschrieben oder gedruckt. Ich ging hinauf, um sie Charles zu zeigen. Aber Mills hat Ihnen ja erzählt, was passierte. Ich wollte gerade an die Tür klopfen, als ich jemand hinter mir heraufkommen hörte. Ich blickte mich um, und da war er. Aber ich bin bereit zu schwören, jeden heiligen Eid zu schwören, daß ich die Haustür unten verschlossen hatte. Nun, Angst hatte ich nicht! Nein! Ich fragte ihn, was er sich dabei denke, hier heraufzukommen. Und, verstehen Sie, ich konnte immer noch nicht die Maske sehen, weil er mit dem Rücken zu dem hellen Licht auf der Treppe stand. Aber er sagte auf französisch: ‚Madame, Sie können mich nicht einfach draußen stehen lassen‘ und klappte seinen Kragen hinunter und steckte seine Mütze in die Tasche. Ich öffnete die Tür, denn ich dachte mir, er würde es nicht wagen, Charles gegenüberzutreten. In dem Augenblick machte auch Charles die Tür von innen auf. Da sah ich die Maske, die eine rosa Farbe wie Fleisch hatte.

Ehe ich es verhindern konnte, sprang der Kerl mit einem mächtigen Satz hinein, stieß die Tür mit dem Fuß zu und drehte den Schlüssel um.

Ich ging weg, wie Charles mir befohlen hatte. Ich stieg die Treppe ein Stückchen hinunter, wo ich die Tür zu seinem Zimmer noch sehen konnte, und verließ meinen Posten ebensowenig wie der arme Stuart. Es war – entsetzlich. Ich war da, als der Schuß fiel. Ich war da, als Stuart hinrannte und mit den Fäusten auf die Tür schlug. Ich war sogar noch da, als Sie und Ihre Leute die Treppe heraufkamen. Aber dann konnte ich es nicht länger aushalten. Ich fühlte eine Ohnmacht kommen und konnte gerade noch mein Zimmer erreichen, wo ich – mich übergab. Aber Stuart hat recht; niemand hat das Zimmer verlassen. So wahr uns Gott helfe, wir sagen beide die Wahrheit. Auf welche Weise auch dies Schreckgespenst aus dem Zimmer herausgekommen sein mag – durch die Tür nicht ... Wollen Sie mir jetzt bitte erlauben, daß ich zu Charles gehe?“

Dr. Fell antwortete. Er stand jetzt mit dem Rücken zum Kamin, eine mächtige Gestalt in seinem schwarzen Cape unter den Rapieren und dem Wappenschild. Sein Kneifer saß ihm schief auf der Nase.

„Madame, wir werden Sie nicht mehr sehr lange aufhalten. Ich zweifele Ihre Erzählung nicht im geringsten an, sowenig wie die von Mills. Ehe wir zur Sache kommen, will ich Ihnen beweisen, daß ich Ihnen glaube. Madame, erinnern Sie sich, um welche Zeit es heute abend zu schneien aufhörte?“

Sie sah ihn mit wachsamen, abwehrenden Augen an. „Ich glaube, es war ungefähr halb zehn. Ja! Als ich hinaufging, um Charles' Kaffeegeschirr abzuräumen, sah ich hinaus und merkte, daß es aufgehört hatte. Ist das wichtig?“

„Sehr sogar, Madame. Und Sie haben recht. Es hörte um halb zehn auf. Stimmt's, Hadley?“

Der Superintendent sah Dr. Fell mißtrauisch an. „Zugegeben, daß es um halb zehn war, was folgt daraus?“

„Es hat nicht nur vierzig Minuten, ehe der Besucher aus diesem Zimmer entkam, zu schneien aufgehört“, setzte der Doktor mit nachdenklicher Miene auseinander, „sondern auch schon eine Viertelstunde, ehe er überhaupt eintraf. Das stimmt doch, Madame? Er klingelte um drei Viertel zehn an der Haustür, nicht wahr? Gut ... Erinnern Sie sich noch, Hadley, als *wir* hier ankamen? Haben Sie da nicht bemerkt, ehe Sie und Rampole und der junge Mangan hineinstürzten, *daß nicht eine einzige Fußspur auf den Stufen zur Haustür zu sehen war noch auf dem Weg, der zur Vortreppe führt?*"

„Bei Gott! Das stimmt! Der ganze Bürgersteig war unberührt. Das –" Hadley drehte sich langsam zu Madame Dumont um. „Und das, sagen Sie, ist Ihr Beweismaterial dafür, daß Sie Madames Aussage Glauben schenken? Fell, sind Sie auch verrückt geworden?"

Dr. Fell lachte vergnügt in sich hinein. „Na, hören Sie, mein Lieber, warum fallen Sie aus allen Wolken? Anscheinend ist er doch hier hinausgesegelt, ohne eine Fußspur zu hinterlassen. Warum bringt es Sie dann aus der Fassung, wenn Sie hören, daß er auch so hereingesegelt ist?"

„Das weiß ich auch nicht", gab der andere zu. „Aber hol's der Teufel, ich bin platt! Nach meiner Erfahrung sind Reinkommen und Rauskommen zwei ganz verschiedene Dinge."

„Bitte hören Sie mich an", sagte Madame Dumont. „Ich schwöre, daß ich die reine Wahrheit sage, so wahr mir Gott helfe!"

„Und ich glaube Ihnen", erklärte Dr. Fell. „Sie dürfen sich nicht von Hadley ins Bockshorn jagen lassen. Er wird Ihnen auch glauben, ehe ich mit ihm fertig bin. Aber auf folgendes will ich hinaus: Ich habe Ihnen gezeigt, Madame, daß ich Ihrer Aussage Glauben schenke, nicht wahr? Nun gut. Aber mir schwant, daß ich das, was Sie mir jetzt gleich erzählen werden, sehr stark bezweifeln werde."

„Bitte fahren Sie fort", sagte die Frau teilnahmslos.

„Danke. Also, Madame, wie lange sind Sie schon bei Grimaud als Haushälterin? Nein, ich will es anders formulieren. Wie lange sind Sie schon mit ihm zusammen?"

„Seit über fünfundzwanzig Jahren", antwortete sie. „Ich war mehr als seine Haushälterin – früher einmal."

Sie hatte auf ihre gefalteten Hände hinuntergeschaut, jetzt hob sie ihren Kopf. In ihren Augen lag ein wilder, fester Entschluß. „Ich erzähle Ihnen das", fuhr sie ruhig fort, „in der Hoffnung, daß Sie mir versprechen, darüber zu schweigen. Sie werden es in Ihrer Ausländerkartei in der Bow Street finden, und Sie könnten unnötige Schwierigkeiten verursachen, die mit dieser Angelegenheit nichts zu tun haben. Es geht nicht um meine Person, verstehen Sie? Rosette Grimaud ist meine Tochter. Sie ist hier geboren, und es mußte registriert werden. Aber sie weiß es nicht, niemand weiß es. Bitte, bitte, kann ich mich darauf verlassen, daß Sie es für sich behalten?"

„Wir werden bestimmt nichts ausplaudern", sagte Dr. Fell. „Was die junge Dame betrifft, möchte ich wetten, daß sie es längst weiß. Kinder merken das bald. Und sie bemüht sich, ihr Wissen vor *Ihnen* geheimzuhalten. Hmm. Lassen wir das." Er lächelte strahlend. „Was ich Sie fragen wollte: Wo haben Sie Grimaud kennengelernt?"

Sie atmete heftig. „In Paris."

„Sind Sie Pariserin?"

„Was? Nein, nein, keine gebürtige! Ich stamme aus der Provinz. Aber ich habe dort gearbeitet, als ich ihm begegnete. Ich war eine *costumière* – eine von den Frauen, die Kostüme für die Oper und das Ballett schneidern. Wir arbeiteten in der Opéra. Sie können das in den Akten feststellen. Ich war nie verheiratet, und mein Mädchenname war auch Ernestine Dumont."

„Und Grimaud?" fragte Dr. Fell in strengem Ton. „Woher stammt der?"

„Aus Südfrankreich, glaube ich", sagte sie. „Aber er hat in Paris studiert. Von seiner Familie sind alle tot. Er hat ihr Geld geerbt."

Es hing eine Spannung in der Luft, die durch diese Routinefragen eigentlich nicht gerechtfertigt zu sein schien. Die nächsten drei Fragen von Dr. Fell waren so außergewöhnlich, daß Hadley verwundert von seinem Notizbuch aufblickte und Ernestine Dumont beunruhigt hin und her rutschte.

„Was ist Ihr Glaubensbekenntnis, Madame?"

„Ich bin unitarisch. Warum?"

„Hm. Hat Grimaud je die Vereinigten Staaten besucht?"

„Nein, nie."

„Sagen Ihnen die Worte ‚sieben Türme' etwas, Madame?"

„Nein!" rief sie und wurde kreidebleich.

Dr. Fell blinzelte sie an. Er trat wuchtig vom Kamin vor und deutete mit seinem Spazierstock auf das große Gemälde, wobei er mit der Stockspitze die Linie der weißen Berge im Hintergrund verfolgte.

„Ich will Sie nicht fragen, ob Sie wissen, was das darstellt“, fuhr er fort, „aber ich will Sie fragen, ob Grimaud Ihnen gesagt hat, warum er es gekauft hat. Was für eine Art von Zauber sollte es eigentlich enthalten? Welche Kraft besaß es, um die Kugel oder den bösen Blick abzuwehren? Welchen besonderen Einflu –“ Er stockte, als wäre ihm etwas Überraschendes eingefallen. Dann ergriff er den Rahmen, hob das Bild mit einer Hand vom Boden auf und drehte es neugierig um. „Ach, du liebe Güte!“ sagte Dr. Fell in explosiver Zerstreutheit. „Donnerwetter!“

„Was ist?“ fragte Hadley. „Sehen Sie etwas?“

„Nein, ich sehe nichts“, erwiderte Dr. Fell. „Das ist es ja gerade. Nun, Madame?“

„Ich glaube, Sie sind der seltsamste Mensch, dem ich je begegnet bin“, antwortete die Frau mit bebender Stimme. „Nein. Ich weiß nicht, was das Ding soll. Charles wollte es mir nicht sagen. Aber es sieht aus wie ein Bild von einem Land, das es gar nicht gibt.“

Dr. Fell nickte ernst. „Ich fürchte, Sie haben recht, Madame. Ich glaube nicht, daß es existiert. Und wenn drei Leute dort begraben waren, dürfte es schwer sein, sie zu finden – meinen Sie nicht auch?“

„Wollen Sie endlich aufhören, solch unsinniges Zeug zu reden?“ rief Hadley. Aber dann merkte er verblüfft, daß dieses unsinnige Zeug auf Ernestine Dumont wie ein Schlag ins Gesicht gewirkt hatte.

„Jetzt gehe ich“, sagte sie und stand auf. „Sie sind ja verrückt. Sie sitzen hier und phantasieren, während Pierre Fley entkommt. Warum verfolgen Sie ihn nicht?“

„Weil – verstehen Sie, Madame – Grimaud selbst gesagt hat, daß Pierre Fley nicht der Täter ist.“ Während sie ihn noch anstarrte, ließ er das Bild mit einem Plumps gegen das Sofa zurückfallen.

Rampole betrachtete noch das Bild, als man Schritte auf der Treppe hörte. Es war herzerfrischend, das prosaische, scharfgeschnittene Gesicht des Sergeanten Betts zu sehen, der mit zwei freundlichen Kriminalbeamten in Zivil die Photoapparate und das Fingerabdruckgerät trug. Ein uniformierter Polizist stand hinter Mills, Boyd Mangan und dem Mädchen, das im Salon gewesen war. Das Mädchen drängte sich durch die Gruppe ins Zimmer.

„Boyd hat mir gesagt, Sie wollten mich sprechen", sagte sie mit unsicherer Stimme. „Aber ich bestand darauf, meinen Vater zu begleiten. Geh lieber schnell hinüber, Tante Ernestine. Sie sagen, es geht bald zu Ende mit ihm."

Sie versuchte, sachlich und bestimmt zu sein, selbst in der Art, wie sie ihre Handschuhe auszog. Aber es gelang ihr nicht. Rampole stellte fest, daß ihr Haar honigblond, kurzgeschnitten und nach vorn gebürstet war. Ihr Gesicht hatte ausgeprägte Formen mit einem breiten Mund, braunen Augen und hohen Backenknochen – es war nicht schön, aber beunruhigend und lebendig. Sie blickte sich schnell im Kreise um. Sie stand dicht vor einem hysterischen Anfall.

„Wollen Sie sich bitte beeilen und mir sagen, was Sie von mir wünschen?" rief sie. „Sind Sie sich nicht bewußt, daß er im *Sterben* liegt? Tante Ernestine . . ."

„Wenn die Herren mit mir fertig sind", sagte die Frau mit stumpfer Miene, „werde ich gehen." Sie war plötzlich fügsam geworden. Aber es war eine schwerfällige Fügsamkeit, die eine halbe Herausforderung barg – als ob es Grenzen gäbe. Irgendeine Spannung knisterte zwischen den beiden Frauen.

Hadley zog das Schweigen in die Länge, als ob er in Scotland Yard zwei verdächtige Personen einander gegenüberstellte. Dann sagte er in knappem Ton: „Mr. Mangan, wollen Sie Miß Grimaud in das Arbeitszimmer von Mr. Mills bringen? Danke sehr. Wir werden so bald wie möglich bei Ihnen sein . . . Betts!"

„Sir?"

„Haben Sie Seile und eine Taschenlampe mitgebracht . . .? Gut. Gehen Sie bitte aufs Dach und suchen Sie nach Fußabdrükken oder irgendeiner anderen Spur. Dann gehen Sie hinunter in den Hof und beide Nachbarhöfe und sehen Sie zu, ob Sie dort irgendwelche Spuren entdecken können. Mr. Mills wird Ihnen zeigen, wie Sie aufs Dach kommen . . . Preston! Ist Sergeant Preston hier?"

Ein junger Mann mit einer scharfgeschnittenen Nase eilte aus der Halle herein.

„Untersuchen Sie dieses Zimmer, ob es irgendeinen verborgenen Eingang hat, verstanden? Und sehen Sie nach, ob jemand den Kaminabzug hinaufklettern könnte ... Ihr andern macht weiter mit den Fingerabdrücken und Photos. Aber bringt das verbrannte Papier im Kamin nicht durcheinander ... Schutzmann! Wo zum Teufel ist der Schutzmann?"

„Hier, Sir."

„Hat Bow Street die Adresse eines gewissen Pierre Fley durchtelephoniert? ... Gut. Gehen Sie hin und bringen Sie ihn her. Wenn er nicht da ist, warten Sie auf ihn. Hat man einen Mann zum Theater geschickt, wo er arbeitet? ... Gut. Los jetzt, jedermann an die Arbeit."

Er schritt vor sich her murmelnd in die Halle hinaus. Dr. Fell, der hinter ihm her stampfte, war zum erstenmal von einem teuflischen Eifer erfüllt. Er stieß den Superintendenten mit dem Finger an.

„Hören Sie mal, Hadley", drängte er, „gehen Sie doch runter und stellen Sie Ihre Verhöre an, ja? Ich glaube, ich kann mich viel nützlicher machen, wenn ich hier oben bleibe und Ihren Heinis bei ihren Aufnahmen helfe."

„Nein", erwiderte Hadley ärgerlich. „Ich will jetzt mal mit Ihnen unter vier Augen und ganz offen reden. Was bedeutet dieser ganze Hokuspokus mit sieben Türmen und Leuten, die in Ländern begraben sind, die es nie gegeben hat? Ich hab bei Ihnen schon allerhand Geheimniskrämerei erlebt, aber so schlimm war's noch nie."

Er drehte sich gereizt um, als Stuart Mills ihn am Ärmel zupfte. „Äh – ehe ich dem Sergeant den Weg aufs Dach zeige", sagte Mills, „möchte ich Ihnen sagen, daß Mr. Drayman im Haus ist, falls Sie ihn sprechen wollen."

„Drayman? O ja! Wann ist er zurückgekommen?"

Mills runzelte die Stirn. „Soweit ich schließen kann, war er überhaupt nicht fort. Vor kurzer Zeit schaute ich in sein Zimmer hinein und entdeckte, daß er schlief. Er wird schwer aufzuwecken sein, denn ich glaube, er hat ein Schlafmittel eingenommen. Mr. Drayman nimmt sehr gern Schlafmittel."

„Der verrückteste Haushalt, von dem ich je gehört habe!" sagte Hadley nach einer Pause zu niemandem im speziellen. „Sonst noch was?"

„Jawohl. Unten ist ein Freund von Dr. Grimaud. Er ist eben erst gekommen. Er gehört zu der Runde in der Warwick Tavern und heißt Pettis – Mr. Anthony Pettis."

„Pettis, ja?" wiederholte Dr. Fell und rieb sein Kinn. „Bin neugierig, ob das derselbe Pettis ist, der Gespenstergeschichten sammelt und solch ausgezeichnete Einleitungen dazu schreibt."

„Passen Sie auf", sagte Hadley. „Ich kann den Mann jetzt nicht sprechen. Lassen Sie sich bitte seine Adresse geben. Ich werde ihn morgen vormittag aufsuchen." Er wandte sich an Dr. Fell. „Jetzt erzählen Sie mal von den sieben Türmen und dem Land, das es nie gegeben hat."

Fell wartete, bis Mills Sergeant Betts durch die Halle weggeführt hatte. Dann winkte er Hadley und Rampole zum Treppenhaus hinüber.

„Ich werde nach und nach auf die sieben Türme zu sprechen kommen", sagte er. „Ein paar unzusammenhängende Worte – weil sie vom Opfer kamen – können vielleicht die wichtigste Spur überhaupt bedeuten. Ich meine die Worte, die Grimaud gemurmelt hat, kurz ehe er ohnmächtig wurde. Erinnern Sie sich, Hadley, Sie fragten ihn, ob Fley auf ihn geschossen habe. Er schüttelte den Kopf. Dann fragten Sie ihn, wer es denn gewesen sei. Was war seine Antwort? Ich möchte Sie beide einzeln fragen, was Sie glauben, gehört zu haben."

Er blickte Rampole an. Der Amerikaner zögerte. „Das erste, was er sagte, klang mir wie *hofer* –"

„Unsinn", unterbrach Hadley. „Ich hab's doch sofort notiert. Zuerst sagte er *baß* oder *bars.* Aber ihr könnt mich totschlagen, wenn ich da einen Sinn –"

„Immer langsam. Ihr Kauderwelsch ist noch ein bißchen ärger als meins", sagte Dr. Fell. „Weiter, Ted."

„Dann hörte ich die Worte *kein Selbstmord* und *er konnte kein Seil gebrauchen.* Als nächstes sprach er von *Dach* und *Schnee* und *Fuchs.* Das letzte, was ich verstand, klang wie *zu hell.*"

Hadley lächelte nachsichtig. „Das haben Sie alles durcheinandergebracht. Immerhin muß ich zugeben, daß meine Notizen auch nicht viel mehr Sinn ergeben. Nach dem Wort *Bars* sagte er *Salz* und *Werk.* Mit dem Seil haben Sie recht, wenn ich auch nichts von Selbstmord gehört habe. *Dach* und *Schnee* stimmen ebenfalls, danach kam *zu hell,* dann *hat Revolver.* Schließlich kam etwas mit *Fuchs,* und das letzte klang wie: *Gebt nicht die Schuld dem armen* –“

Dr. Fell stöhnte. „Das ist ja entsetzlich, Herrschaften! Ich wollte erklären, was er gesagt hat. Aber ich fühle mich geschlagen durch die niederschmetternde Aufnahmefähigkeit Ihrer diversen Ohren. Meine Güte!“

„Na und, was ist Ihre Version?“ erkundigte sich Hadley.

Dr. Fell stampfte auf und ab. „Ich habe nur die ersten paar Worte gehört. Die sind einigermaßen sinnvoll – *wenn* ich recht habe. Aber das übrige ist ein Alptraum.“

Hadley klopfte auf sein Notizbuch. „Der Ordnung halber werde ich jetzt alles hinschreiben, Rampole, was Sie gehört haben, um es zu vergleichen.“

„Hm, ja“, brummte Dr. Fell. „Aber nun wollen wir mal ein bißchen weiter zurückgehen ... Erstens, was ist in dem Zimmer passiert, nachdem Grimaud angeschossen wurde?“

„Woher zum Teufel soll ich das wissen?“ rief Hadley aufgebracht. „Wenn keine Geheimtür da ist –“

„Nein, nein, ich meine nicht, wie das rätselhafte Verschwinden bewerkstelligt wurde. Das ist für Sie zur fixen Idee geworden, Hadley. So sehr, daß Sie sich keine Zeit lassen zu der Frage, was außerdem noch passiert ist. Nehmen wir doch erst mal die deutlich sichtbaren Dinge; für die wir eine Erklärung finden können. Hmm. Also was ist offensichtlich in dem Zimmer passiert, nachdem der Mann angeschossen wurde? Erstens, alle Spuren konzentrieren sich um den Kamin herum –“

„Meinen Sie, der Täter ist in den Kamin hochgeklettert?“

„Ganz entschieden nicht“, sagte Dr. Fell gereizt. „Der Rauchfang ist zwar breit, aber kaum tief genug, um eine Faust durchzustecken. Bezähmen Sie Ihre Phantasie und gebrauchen Sie Ihren Verstand. Erstens wurde ein Sofa, das vor dem Kamin stand, von seinem Platz verrückt. Es war ziemlich viel Blut auf der Lehne, als ob Grimaud daran Halt gesucht oder sich dagegen gelehnt hätte. Der Kaminvorleger war weggezogen und wies auch Blutspuren auf. Und ein Sessel am Kamin war beiseite geschoben. Schließlich habe ich Blut auf der Kaminplatte und innen im Kamin gefunden. Das führte uns zu einem Haufen verbrannten Papiers, der beinahe das Feuer erstickt hätte.

Jetzt betrachten Sie mal das Benehmen der treuen Madame Dumont. Kaum hatte sie das Zimmer betreten, war sie furchtbar besorgt um den Kamin. Sie sah dauernd dorthin und wurde beinah hysterisch, als sie merkte, daß ich das auch tat. Sie beging sogar den groben Schnitzer, uns zu fragen, ob sie ein Feuer anmachen dürfe. Jemand hatte versucht, Briefe oder Urkunden dort zu verbrennen. Sie wollte sicherstellen, daß auch alles vernichtet war."

„Sie wußte demnach darüber Bescheid?" sagte Hadley bedeutungsvoll. „Aber trotzdem haben Sie gesagt, Sie glaubten ihr ihre Geschichte?"

„Ja. Ich glaube ihr ihre Aussage über den Besucher und das Verbrechen. Was ich nicht glaube, ist die Auskunft, die sie uns über ihre eigene Person und Grimaud gegeben hat ... Jetzt stellen Sie sich wieder vor, was geschehen ist! Der Eindringling hat Grimaud angeschossen. Und doch ruft Grimaud nicht um Hilfe, obwohl er noch bei Bewußtsein ist. Ja, er öffnet nicht einmal die Tür, als Mills auf ihr herumhämmert. Aber etwas tut er. Und zwar strengt er sich dabei so sehr an, daß er die Wunde in seiner Lunge weit aufreißt – wie Sie ja vom Arzt gehört haben.

Und ich will Ihnen auch verraten, was er getan hat. Er wußte, daß es mit ihm zu Ende ging und daß die Polizei bald da sein würde. Er hatte eine Menge Dinge in seinem Besitz, die unbedingt vernichtet werden mußten. Es war ihm bedeutend wichtiger, die zu beseitigen, als den Mann, der auf ihn geschossen hatte, zu erwischen. Er schleppte sich hin und her, um diese Beweisstücke im Kamin zu verbrennen. Daher das verschobene Sofa und die Blutflecken ... Verstehen Sie jetzt?"

In der hellen, kalten Halle herrschte Schweigen.

„Und diese Dumont?" fragte Hadley.

„Die wußte natürlich Bescheid. Es war ihr gemeinsames Geheimnis. Außerdem liebt sie ihn."

„Wenn das stimmt, muß es etwas verdammt Wichtiges gewesen sein, das er vernichtet hat", meinte Hadley. „Was für ein Geheimnis konnten sie wohl gehabt haben?"

Dr. Fell preßte seine Hände gegen die Schläfen und zerzauste seinen dichten Haarschopf. „Ich bin vielleicht imstande, Ihnen ein bißchen davon zu verraten, obwohl gewisse Punkte mir unlösbare Rätsel aufgeben", sagte er. „Sie müssen wissen, daß weder Grimaud noch die Dumont Franzosen sind, sondern beide Magyaren. Um genau zu sein: Grimaud kam ursprünglich aus Ungarn. Sein richtiger Name ist Károly oder Charles Grimaud Horváth. Wahrscheinlich hatte er eine französische Mutter. Er stammte aus Siebenbürgen, das früher zum Königreich Ungarn gehörte, aber nach dem Ersten Weltkrieg von Rumänien annektiert wurde. In den späten neunziger Jahren oder Anfang des Jahrhunderts wurden Károly Grimaud Horváth und seine beiden Brüder ins Gefängnis gesteckt. Habe ich schon erwähnt, daß er zwei Brüder hatte? Einen haben wir nicht gesehen, aber der andere nennt sich Pierre Fley.

Ich weiß nicht, was für ein Verbrechen die drei Brüder Horváth begangen hatten, aber sie wurden in das Gefängnis Siebenturmen eingeliefert, um in den Salzbergwerken in der Nähe von Tradj in den Karpaten zu arbeiten. Charles ist wahrscheinlich entflohen. Nun kann aber das todbringende Geheimnis in seinem Leben nichts damit zu schaffen haben, daß er im Gefängnis gesessen hat noch daß er entflohen ist. Viel wahrscheinlicher ist, daß Charles irgendeine schwarze Teufelei gegen die andern Brüder begangen hat. Etwas Entsetzliches, das diese Särge und lebendig Begrabene betrifft, wofür er jetzt noch gehängt werden könnte, wenn es ans Tageslicht käme ... Das ist alles, was ich im Augenblick vermuten kann."

IV Die sieben Türme

In der Pause, die auf diese Erzählung folgte, blickte Hadley den Doktor boshaft an. „Machen Sie Witze?" fragte er.

„Nicht über eine Angelegenheit wie diese ... Diese drei Särge!" murmelte Dr. Fell. „Ich wünschte, ich könnte Licht sehen, nur einen Schimmer ..."

„Sie scheinen ganz schön was geschafft zu haben. Haben Sie mir Informationen vorenthalten, oder woher wissen Sie das alles? Moment mal!" Er blickte in sein Notizbuch. „*Hover. Baß. Salz. Werk.* Mit andern Worten, Sie wollen uns erzählen, daß Grimaud in Wirklichkeit *Horváth* und *Salzbergwerk* gesagt hat?"

„Das hat er auch, Hadley. Ich habe es gehört. Sie fragten ihn nach einem Namen, nicht wahr? Und er antwortete, Horváth."

„Was nach *Ihrer* Behauptung sein eigener Name ist."

„Ja. Schauen Sie", sagte Dr. Fell. „Es ist folgendermaßen. Wir hören durch Ted Rampole von einem merkwürdigen Kauz, der Grimaud bedroht und von lebendig begrabenen Leuten spricht. Grimaud nimmt das ernst. Er muß den Mann früher gekannt haben und weiß, wovon er spricht, da er aus irgendeinem Grund ein Gemälde kauft, auf dem drei Gräber abgebildet sind. Als Sie Grimaud fragen, wer auf ihn geschossen habe, antwortet er mit dem Namen Horváth und sagt etwas von Salzbergwerken. Ob Sie das nun von einem französischen Professor seltsam finden oder nicht, so ist es doch jedenfalls recht seltsam, über seinem Kaminsims ein Schild mit folgendem Wappen zu finden: auf zweimal geteiltem Schild Halbadler, hervorragend, schwarz, im Schildhaupt Mondsichel, silbern . . ."

„Ich glaube, wir können auf die Heraldik verzichten", sagte Hadley. „Was stellt es dar?"

„Es ist das Wappen von Siebenbürgen. Existiert natürlich seit dem Ersten Weltkrieg nicht mehr und war in England oder Frankreich auch vorher kaum bekannt. Erst ein magyarischer Name, dann ein magyarisches Wappen. Als nächstes diese Bücher, die ich Ihnen gezeigt habe. Englische Bücher ins Ungarische übersetzt. Ich will nicht behaupten, daß ich sie lesen könnte, aber wenigstens konnte ich doch die Titel erkennen: Shakespeares *Gesammelte Werke* und Sternes *Briefe von Yorick an Eliza.* Das war so überraschend, daß ich alle Bände durchsah."

„Wieso überraschend?" fragte Rampole.

„Angenommen, ein gelehrter Franzose möchte ein Buch von einem englischen Verfasser lesen. Gut, dann liest er es im Original oder in französischer Übersetzung. Aber er wird sich höchst selten bereit finden, zum vollen Genuß der Lektüre durch eine ungarische Übersetzung zu gelangen. Nein. Wem immer diese Bücher gehören mochten, dessen Muttersprache war ungarisch. Ich nahm sie mir alle vor in der Hoffnung, auf einen Namen zu stoßen. Als ich auf einem Vorsatzblatt die ausgeblichene Inschrift *Károly Grimaud Horváth, 1898* fand, war mein Verdacht bestätigt.

Wenn sein richtiger Name Horváth war, warum hatte er ihn so lange geheimgehalten? Denken Sie an die Worte *lebendig begraben* und *Salzbergwerk,* dann bekommen Sie eine Ahnung. Aber als Sie ihn fragten, wer auf ihn geschossen habe, sagte er Horváth. Er meinte nicht sich selbst, sondern jemand anderen namens Horváth. Während ich darüber nachdachte, erzählte Ihnen unser wackerer Mills von diesem Mann namens Fley in dem Stammlokal. Mills sagte, Fley sei ihm sehr bekannt vorgekommen, obwohl er ihn vorher nie gesehen habe. War es vielleicht eine Ähnlichkeit mit Grimaud, die ihn darauf brachte? Bruder, Bruder, Bruder! Wie Sie wissen, waren drei Särge da, aber Fley erwähnte nur zwei Brüder. Es klang aber nach einem dritten ...

Dann tritt die slawisch aussehende Madame Dumont auf. Wenn ich feststellen konnte, daß Grimaud aus Siebenbürgen stammte, würde das unsere Nachforschungen vereinfachen, wenn wir seine Vorgeschichte ermitteln wollten. Aber das mußte sehr fein angepackt werden. Ist Ihnen der kleine geschnitzte Büffel auf Grimauds Schreibtisch aufgefallen? Woran hat der Sie erinnert?"

„An den Wilden Westen", brummte Hadley. „An Buffalo Bill, Indianer. Haben Sie sie deshalb gefragt, ob Grimaud jemals in Amerika war?"

Dr. Fell nickte. „Verstehen Sie, wenn er die Figur in einem amerikanischen Andenkenladen gekauft hätte ... Hm. Hadley, ich bin in Ungarn gewesen. Noch in meinen jüngeren Jahren, als ich gerade *Dracula* gelesen hatte. In Siebenbürgen verwendete man Büffel anstelle von Ochsen als Zugtiere. In Ungarn wimmelte es von den verschiedensten Religionen, aber Siebenbürgen war unitarisch. Ich fragte Madame Ernestine, und das traf auf sie zu. Dann warf ich meine Bombe. Wenn Grimaud in harmloser Verbindung mit den Salzbergwerken gestanden hätte, wäre das egal gewesen. Aber ich nannte das einzige Gefängnis in Siebenbürgen, wo Sträflinge zur Arbeit in den Salzbergwerken herangezogen wurden, nämlich Siebenturmen, ohne dabei zu erwähnen, daß es ein Gefängnis war. Sie brach fast zusammen. Jetzt verstehen Sie vielleicht meine Bemerkung über die sieben Türme und das Land, das es jetzt nicht mehr gibt."

„Ja", meinte Hadley, „das kommt mir soweit ganz vernünftig vor. Ihr Schuß ins Blaue mit dem Gefängnis hat getroffen. Aber die ganze Begründung Ihrer Theorie, daß drei Brüder vorhanden sind, ist reine Vermutung."

„O ja, zugegeben. Aber was folgt daraus?"

„Nur, daß das der springende Punkt ist. Angenommen, Grimaud meinte gar nicht, daß ein gewisser Horváth ihn angeschossen hatte, sondern sprach irgendwie von sich selbst. Dann könnte jeder x-beliebige der Mörder sein. Aber wenn drei Brüder vorhanden sind, und er hat das gemeint, dann ist die Sache einfach. Entweder hat Pierre Fley ihn erschossen oder Fleys Bruder. Fley können wir jederzeit festnehmen, und was den Bruder betrifft –"

„Sind Sie sicher, daß Sie den Bruder erkennen würden", sagte Dr. Fell nachdenklich, „wenn Sie ihm begegneten? Ich habe an Grimaud gedacht. Er sprach perfekt Englisch und konnte auch ohne weiteres als Franzose gelten. Wie steht's dann mit diesem dritten Bruder? Angenommen, er ist hier mitten unter uns in irgendeiner Verkleidung, und keiner weiß, wer er in Wirklichkeit ist?"

„Möglich. Aber wir wissen nichts über den Bruder."

„Das ist es ja, was mir Kopfzerbrechen macht, Hadley", sagte Dr. Fell. „Wir haben theoretisch zwei Brüder, die französische Namen angenommen haben: Charles und Pierre. Nennen wir den dritten einfachheitshalber Henri. Das einzige, was wir von ihm wissen, ist, daß Pierre ihn anscheinend als Drohung benutzt. Die lautet: ‚Ich habe einen Bruder, der viel mehr kann als ich ... der nach deinem Leben trachtet.' Und so weiter. Aber aus diesem Nebel kommt keine Gestalt heraus – weder Mensch noch Gespenst. Mann, das beunruhigt mich. Ich glaube, dieses häßliche Wesen steckt hinter der ganzen Geschichte, beherrscht sie, gebraucht den armen, halb irren Pierre für seine eigenen Zwecke und ist wahrscheinlich ebenso gefährlich für Pierre wie für Charles. Ich kann das Gefühl nicht loswerden, daß er irgendwo ganz in der Nähe lauert und daß –" Dr. Fell blickte sich forschend um, als ob er erwartete, daß sich in der leeren Halle etwas bewegte oder zu sprechen anfinge.

Hadley kaute an den Enden seines Schnurrbarts. „Bleiben wir bei den Tatsachen", sagte er. „Ich werde noch heute nacht an die rumänische Polizei telegraphieren. Aber es sind vielleicht nur noch wenige Akten von damals in Siebenbürgen vorhanden. Die Sowjets sind doch gleich nach dem Krieg dort durchmarschiert, nicht wahr? Hmm. Jedenfalls wollen wir uns jetzt mal lieber Mangan und Grimauds Tochter vorknöpfen. Ich bin nicht völlig befriedigt von *deren* Verhalten . . ."

„Nanu? Warum?"

„Ich meine, vorausgesetzt, daß die Dumont die Wahrheit sagt", schränkte Hadley ein. „War Mangan heute nacht nicht auf Grimauds Verlangen hier für den Fall, daß der Besucher erscheinen sollte? Ja. Dann scheint er ein recht zahmer Wachhund gewesen zu sein. Er sitzt bei geschlossener Tür in dem Zimmer, das dem Eingang am nächsten liegt, und schlägt erst Krach, als er einen Schuß hört und merkt, daß er eingeschlossen ist. Ist das logisch?"

„Nichts ist logisch", sagte Dr. Fell. „nicht einmal – aber das hat Zeit."

Sie schritten die lange Halle hinunter, und Hadley befleißigte sich seiner taktvollsten und sanftmütigsten Manier, als er die Tür öffnete. Es war ein etwas kleineres Zimmer als das andere, an den Wänden standen wohlgeordnete Bücherregale und Aktenschränke. Unter eine Hängelampe mit grünem Schirm war Mills' Schreibmaschinentischchen so hingeschoben, daß es zur Tür hinsah. An einer Seite der Maschine lagen ordentlich geschriebene Manuskriptseiten in einem Drahtkorb, auf der anderen standen ein Glas Milch, eine kleine Schüssel mit Dörrpflaumen und ein Exemplar von Williamsons *Differential- und Integralrechnung.*

Rosette Grimaud saß vor einem halberloschenen Feuer. Hadley stellte sich und die andern beiden vor. „Miß Grimaud, ich möchte Sie natürlich jetzt nicht belästigen –"

„Bitte sagen Sie nichts, ich meine – *darüber*", sagte sie. „Verstehen Sie, ich hab ihn ja lieb, aber doch nicht so lieb, daß es mir furchtbar weh tut, außer jemand fängt davon zu sprechen an." Sie preßte ihre Hände gegen die Schläfen. Sie besaß die starke Persönlichkeit ihrer Mutter, verkörpert in blonder, slawischer Schönheit. Sie war nervös, gepflegt und rätselhaft. Hinter ihr stand Mangan und blickte düster und hilflos drein.

„Eins noch", fuhr sie fort und schlug mit der Faust auf den Arm des Sessels. „Eine Frage, ehe Sie Ihr Verhör anfangen. Ist es wahr, was wir gehört haben, daß ein Mann hineinkam – und wieder raus – und meinen Vater umgebracht hat – ohne – ohne –“

„Ach was!“ schnaubte Dr. Fell verächtlich. „Selbstverständlich ist das nicht wahr, Miß Grimaud. Wir wissen ganz genau, wie der Kerl den Trick ausgeführt hat. Außerdem gibt es hier kein Verhör, und Ihr Vater hat eine gute Aussicht durchzukommen. Sagen Sie mal, Miß Grimaud, habe ich Sie nicht schon einmal irgendwo gesehen?“ Er kniff die Augen zusammen. „Warten Sie . . . Ich hab's! Sie sind an der London University, nicht wahr? Natürlich. Und Sie sind in einem Debattierklub oder so was Ähnlichem? Mir scheint, ich hab mal den Vorsitz gehabt, als Ihre Gruppe über Frauenrechte in der Welt debattierte.“

„Das war Rosette“, bestätigte Mangan trübsinnig. „Sie ist eine enragierte Frauenrechtlerin.“

„He-he-he“, sagte Dr. Fell. „Jetzt erinnere ich mich wieder. Sie mag Frauenrechtlerin sein, junger Mann, aber sie hat erstaunliche Rückfälle. Tatsächlich, ich erinnere mich, Sie waren doch *für* Frauenrechte, nicht wahr, Miß Grimaud? Ja, ja. Dann sprach ein mageres Frauenzimmer auf Ihrer Seite zwanzig Minuten lang darüber, was Frauen für den idealen Daseinszustand brauchten, und Sie schienen immer aufgebrachter zu werden. Und als Sie an die Reihe kamen, standen Sie auf und proklamierten, was Frauen für den idealen Daseinszustand brauchten, sei weniger Gerede und mehr Beischlaf.“

„Großer Gott!“ sagte Mangan und zuckte zusammen.

„Deswegen brauchen Sie nicht –“, sagte Rosette erregt.

„Die Wirkung dieses schrecklichen Wortes spottete jeder Beschreibung“, fuhr Dr. Fell unerschütterlich fort. „Ich bin neugierig, ob Sie und Mr. Mangan diese Themen oft diskutieren. Das müssen sehr aufschlußreiche Gespräche sein. Was wurde zum Beispiel heute abend besprochen?“

Beide begannen gleichzeitig wild durcheinanderzureden. „Ja.“ Er nickte. „Sie verstehen jetzt, nicht wahr, daß man keine Angst zu haben braucht, wenn man zur Polizei spricht? Es wird besser sein, wissen Sie. Also wollen wir jetzt an die Sache rangehen und sie unter uns vernünftig ins reine bringen, ja?“

„Einverstanden“, sagte Rosette. „Hat jemand eine Zigarette?“

Mangan fummelte in der Tasche nach Zigaretten. Dann deutete Dr. Fell mit dem Zeigefinger auf die beiden.

„Jetzt möchte ich eins wissen“, sagte er. „Wart ihr beiden Kinder so ineinander vertieft, daß ihr heute abend nichts gemerkt habt, bis der Tumult losging? Soviel ich verstehe, Mangan, hat Professor Grimaud Sie heute abend hergebeten, um vor eventuellen Schwierigkeiten auf dem Quivive zu sein. Haben Sie es an der Haustür nicht läuten hören?“

Mangans Miene umwölkte sich. „Ich gestehe, das war meine Schuld. Aber in dem Augenblick habe ich mir gar nichts dabei gedacht. Natürlich hab ich's läuten hören. Wir haben ja sogar beide mit dem Mann gesprochen –“

„*Was* haben Sie?“ unterbrach Hadley und machte ein paar Schritte vorwärts.

„Gewiß. Glauben Sie denn, ich hätte ihn sonst an mir vorbeilaufen und nach oben gehen lassen? Aber er sagte, er sei der alte Pettis – Anthony Pettis, wissen Sie.“

„Pettis?“ fragte Dr. Fell.

„Jetzt wissen wir natürlich, daß es nicht Pettis war“, erklärte Mangan. „Pettis kann nicht größer sein als eins sechzig. Außerdem, wenn ich jetzt daran zurückdenke, war es nicht mal eine genaue Nachahmung seiner Stimme. Aber er benutzte bestimmte Ausdrücke, die Pettis immer gebraucht . . .“

Dr. Fell runzelte die Stirn. „Es kam Ihnen jedoch gar nicht merkwürdig vor, daß selbst ein Sammler von Geistergeschichten maskiert herumlief wie in der Nacht vom 5. November? Spielt er gerne Streiche?“

Rosette Grimaud sah überrascht aus und drehte sich zu Mangan um. „Streiche?“ wiederholte Mangan und fuhr sich nervös übers Haar. „O Gott, nein! Pettis ist so korrekt und pedantisch, wie nur einer sein kann. Aber verstehen Sie, wir haben ja sein Gesicht nicht gesehen. Wir hatten nach dem Abendessen im Salon gesessen –“

„Halt“, unterbrach Hadley. „War die Tür zur Halle offen?“

„Nein. Warum auch, zum Teufel?“ verteidigte sich Mangan. „Ich wußte doch, daß wir die Glocke hören konnten, wenn es läutete. Außerdem – also ganz ehrlich, ich erwartete gar nicht, daß etwas passieren würde. Der Professor tat beim Essen so, als wäre das Ganze nur ein dummer Streich.“

„Hatten Sie denselben Eindruck, Miß Grimaud?“ fragte Hadley.

„Ja, in gewisser Weise ... Aber es ist immer schwer zu sagen, ob mein Vater sich über etwas ärgert oder amüsiert oder jeweils nur so tut, als ob das der Fall wäre. Er liebt dramatische Wirkungen. Aber in den letzten drei Tagen hat er sich so seltsam benommen, daß ich, als Boyd mir von dem Mann in der Warwick Tavern erzählte –“

„Wie äußerte sich sein seltsames Benehmen?“

„Nun ja, er murmelte zum Beispiel vor sich hin. Oder fing plötzlich wegen Kleinigkeiten zu brüllen an, was er selten tut. Aber hauptsächlich waren es diese Briefe. Er bekam sie schließlich mit jeder Post und hat alle verbrannt.“ Sie zögerte. „Es wäre mir sonst gar nicht aufgefallen. Aber mein Vater gehört zu den Leuten, die nie einen Brief in Gegenwart eines anderen bekommen können, ohne daß man sofort erfährt, um was es sich handelt oder von wem er ist. Entweder explodiert er: ‚Verdammter Schwindler!‘, oder er sagt ganz freundlich: ‚Sieh mal an, hier ist ein Brief von dem alten Soundso!‘ Ich weiß nicht, ob Sie mich verstehen ...“

„Wir verstehen sehr gut. Bitte fahren Sie fort.“

„Aber als er diese Briefe bekam, sagte er kein Wort. Als er gestern morgen beim Frühstück einen flüchtig gelesen hatte, stand er auf, ging zum Kamin und warf ihn ins Feuer. In dem Augenblick fragte ihn Tante Ernestine, ob er noch etwas Speck haben wolle. Er drehte sich heftig um und schrie: ‚Scher dich zum Teufel!‘ Es kam so unerwartet, daß er schon aus dem Zimmer gestürmt war, ehe wir uns noch gefaßt hatten. Das war an dem Tag, als er mit dem Bild zurückkam. Er war wieder guter Laune, knallte vergnügt die Türen und half dem Taxichauffeur und einem andern Mann das Bild hinaufschleppen.“

„Hat er diesen Mann aus der Warwick Tavern erwähnt?“

„Ganz nebenbei, als ich ihn fragte. Er sagte, es sei einer von den Scharlatanen, die ihn oft bedrohten, weil er sich über – die Geschichte der Magie lustig mache. Aber ich fühlte, daß es nicht das allein war.“ Sie hielt ein und sah ihn unverwandt an. „Ich hatte das Gefühl, daß dies ernst war. Ich habe mir oft überlegt, ob irgend etwas in der Vergangenheit meines Vaters war, aus dem sich eines Tages so etwas für ihn ergeben könnte.“

Es war eine direkte Herausforderung. Während des Schweigens, das darauf folgte, lehnte sie sich zurück und betrachtete ihn mit einem schwachen Lächeln. Trotzdem zitterte sie.

Hadley schien leicht überrascht zu sein. „So etwas für ihn ergeben? Ich verstehe nicht recht. Hatten Sie irgendeinen Grund, das zu denken?"

„Oh, keinen Grund! Nur solche Vorstellungen. Wahrscheinlich beeinflußt von dem Steckenpferd meines Vaters."

„Dann wollen wir mal fortfahren mit dem, was Mr. Mangan erzählt hat", sagte Hadley. „Hat Professor Grimaud Ihnen gesagt, um welche Zeit er einen gefährlichen Besucher erwartete?"

„Äh – ja", antwortete Mangan. Er hatte ein Taschentuch herausgeholt und trocknete sich die Stirn. „Das war noch ein Grund, weshalb mir nicht aufging, wer er sein könnte. Er kam zu früh. Der Professor hatte zehn Uhr gesagt, und dieser Kerl kam um drei Viertel."

„Aha. Bitte weiter, Mr. Mangan."

„Wir hatten das Radio angestellt, und die Musik war laut. Trotzdem hörte ich es klingeln. Ich sah auf die Uhr auf dem Kaminsims, und die zeigte drei Viertel zehn. Ich stand gerade auf, als ich hörte, daß die Haustür geöffnet wurde. Dann hörte ich Mrs. Dumont sagen: ‚Warten Sie, ich werde fragen' oder so was Ähnliches, und dann wurde die Haustür zugeschlagen. Ich rief: ‚Hallo! Wer ist da?' Aber das Radio machte solchen Krach, daß ich natürlich hinging und es abstellte. Und gleich darauf hörten wir Pettis – wir beide dachten, es wäre Pettis – laut rufen: ‚Hallo, Kinder! Ich bin's, Pettis. Warum denn so förmlich, wenn ich zum Chef will? Ich geh einfach rauf und platze bei ihm rein.'"

„Das waren genau seine Worte?"

„Er nannte Dr. Grimaud immer den Chef. Kein anderer wagte das ... ‚In Ordnung', antworteten wir und kümmerten uns nicht weiter darum. Aber als es dann auf zehn Uhr zu ging, wurde ich wachsam und unruhig ..."

Hadley krakelte auf dem Rand seines Notizbuchs.

„Also der Mann, der sich als Pettis bezeichnete", überlegte er, „sprach zu Ihnen durch die Tür, ohne Sie zu sehen? Woher wußte er, daß Sie beide dort waren?"

Mangan zog die Stirne kraus.

„Ich nehme an, er hatte uns durchs Fenster gesehen, als er die Vordertreppe hinaufstieg."

Der Superintendent kritzelte immer noch gedankenlos Figuren hin. „Weiter", sagte er. „Sie warteten, daß es zehn wurde –"

„Und nichts geschah", fuhr Mangan beharrlich fort. „Aber komischerweise wurde ich mit jeder Minute nach zehn nervöser, statt erleichtert zu sein. Eigentlich erwartete ich nicht, daß etwas Unangenehmes geschehen könnte. Aber ich hielt mir immer wieder diese dunkle Halle vor Augen und diese seltsame Rüstung mit der Maske ..." Er trat von einem Fuß auf den andern. „Jedenfalls um fast zehn Minuten nach zehn konnte ich es nicht länger aushalten. Ich sagte zu Rosette: ‚Komm, laß uns etwas trinken – oder irgendwas tun.' Ich ging hin und wollte die Tür aufmachen, und da war sie von außen verschlossen ... Da wußte ich, daß etwas nicht stimmte. Als ich gerade anfing, an der Tür zu rütteln, hörten wir den Schuß, und Rosette schrie auf. ‚Das war gar nicht Pettis', sagte sie. ‚Er ist hereingekommen.'"

„Können Sie die Zeit genau festlegen?"

„Ja. Es war gerade zehn Minuten nach zehn. Ich versuchte, die Tür aufzubrechen, aber es gelang mir nicht. Dann kam mir der Gedanke, zum Fenster rauszuspringen und zur Haustür reinzukommen, und da lief ich Ihnen in die Arme."

Hadley klopfte mit seinem Bleistift auf sein Notizbuch.

„War die Haustür gewöhnlich unverschlossen, Mr. Mangan?"

„Ich weiß nicht! Aber das war das einzige, was mir einfiel. Auf alle Fälle *war* sie unverschlossen."

„Ja. Haben Sie dem noch etwas hinzuzufügen, Miß Grimaud?"

Sie senkte ihre Augenlider. „Eigentlich nicht. Boyd hat Ihnen alles so geschildert, wie es geschehen ist. Aber Sie wollen ja immer alles Außergewöhnliche wissen, nicht wahr? Auch wenn es anscheinend nichts mit der Sache zu tun hat? Also kurz ehe es an der Tür klingelte, ging ich zu einem Tisch zwischen den Fenstern rüber, um Zigaretten zu holen, und da hörte ich von irgendwo draußen auf der Straße oder auf dem Bürgersteig ein Geräusch wie – einen Bums, als ob ein schwerer Gegenstand aus großer Höhe heruntergefallen wäre. Ich schob nur das Rouleau zur Seite und warf einen kurzen Blick hinaus, aber ich kann beschwören, daß die Straße leer war –" Sie stockte und sperrte den Mund auf. „Oh, mein Gott!"

„Jawohl, Miß Grimaud", sagte Hadley. „Die Rouleaus waren alle heruntergelassen, wie Sie sagen. Mir fiel das besonders auf, weil Mr. Mangan sich in eins verhedderte, als er hinaussprang. Deswegen habe ich mich gewundert, wie der Besucher Sie durchs Fenster hätte sehen können."

Es war mäuschenstill bis auf schwache Geräusche vom Dach her. Rampole blickte erst auf Dr. Fell, dann auf Hadley und das Mädchen.

„Er glaubt, wir lügen, Boyd", sagte Rosette Grimaud kühl.

Hadley lächelte. „Ich glaube nichts Derartiges, Miß Grimaud, und ich will Ihnen auch sagen, weshalb. Fell! Hören Sie mir jetzt bitte zu", fuhr der Superintendent grimmig fort. „Ich glaube den beiden, was sie erzählt haben. Und wenn ich erkläre, warum, erkläre ich gleichzeitig die unmögliche Situation – nicht die ganze, aber wenigstens genug, um den Kreis der Verdächtigen einzuschränken und eine Erklärung dafür zu geben, daß keine Fußspuren im Schnee vorhanden waren."

„Ach, *das*!" sagte Dr. Fell verächtlich. „Wissen Sie, im ersten Augenblick hatte ich gehofft, Sie hätten wirklich etwas. Aber der Teil ist sonnenklar."

Hadley beherrschte sich mit großer Mühe. „Der Mann, den wir suchen", fuhr er fort, „hat weder auf dem Bürgersteig noch auf den Stufen Fußspuren hinterlassen – nachdem es zu schneien aufgehört hatte. Er ist die ganze Zeit im Haus gewesen. Er war entweder (a) ein Hausbewohner oder (b) jemand, der früher am Abend einen Schlüssel zur Haustür benutzt und sich hier verborgen hatte. Zur rechten Zeit hat er seine Maskerade angelegt, ist auf der gefegten Schwelle vor die Haustür gegangen und hat geklingelt. Das würde erklären, woher er trotz heruntergelassener Rouleaus wußte, daß Miß Grimaud und Mr. Mangan sich in dem Vorderzimmer befanden – er hatte sie hineingehen sehen. Es erklärt auch, wieso er einfach hereinkommen konnte, nachdem ihm die Tür vor der Nase zugeschlagen und ihm gesagt worden war, draußen zu warten – er hatte ja einen Schlüssel."

Dr. Fell schüttelte langsam den Kopf. Hadley fuhr hartnäckig fort. „Also bitte! Ich habe Ihnen beiden gezeigt, daß ich

Ihnen alles glaube, weil ich Ihre Hilfe brauche bei dem wichtigsten Punkt, der sich daraus ergibt ... Der Mann, den wir suchen, ist kein entfernter Bekannter. Er kennt dies Haus wie seine Westentasche – die Zimmer und die Gewohnheiten der Hausbewohner. Er kennt Ihre Redensarten und Spitznamen. Deshalb möchte ich alles über jeden wissen, der häufig genug herkommt, jeden, der Dr. Grimaud genügend nahesteht, um der Beschreibung zu entsprechen."

Rosette wand sich unbehaglich. „Sie glauben, daß so jemand ... Ach, das ist unmöglich! Natürlich, Sie haben noch nicht alle kennengelernt. Sie haben noch nicht mit Annie gesprochen – mit Mr. Drayman auch nicht, wie mir gerade einfällt. Und außer den Hausbewohnern hat mein Vater sehr wenig Freunde. Es gibt nur zwei, die die Bedingungen erfüllen, und es ist unmöglich, daß einer von ihnen der Mann sein könnte, den Sie suchen. Die könnten es schon allein nach ihren körperlichen Eigenschaften nicht sein. Einer ist Anthony Pettis, und der ist nicht größer als ich. Der andere ist Jerome Burnaby, der Maler, der das seltsame Bild gemalt hat. Er hat einen Körperschaden, einen geringfügigen zwar, aber unmöglich zu verbergen. Tante Ernestine oder Stuart hätten ihn sofort erkannt."

„Trotz alledem, was können Sie mir über sie sagen?"

„Beide stehen im mittleren Alter, sind wohlhabend und beschäftigen sich mit ihren Liebhabereien. Pettis ist kahlköpfig, pedantisch und gescheit." Sie blickte Mangan an. „Und Jerome Burnaby – na ja, Jerome ist als Künstler ziemlich bekannt, obgleich er lieber ein berühmter Kriminologe wäre. Verbrechen ist sein Lieblingsthema. Er ist groß, etwas derb und auf seine Art attraktiv. Er ist ein gutes Stück älter als ich, aber er hat mich sehr gern, und Boyd ist schrecklich eifersüchtig auf ihn."

„Ich mag den Kerl nicht", sagte Mangan ruhig. „Aber in einer Beziehung hat Rosette recht. So etwas würde er nie tun."

Hadley kritzelte. „Was für einen Körperschaden hat er?"

„Einen Klumpfuß. Sie begreifen, daß er den nicht verbergen könnte."

„Danke sehr. Im Augenblick ist das alles", sagte Hadley und schloß sein Notizbuch. „Gehen Sie jetzt ruhig ins Krankenhaus. Es sei denn ... äh ... haben Sie noch Fragen, Fell?"

Der Doktor trat mit wuchtigen Schritten vor. Er blickte von

seiner Höhe mit schiefem Kopf auf das Mädchen hinunter. „Nur eine letzte Frage“, sagte er und setzte seinen Kneifer gerade. „Also! Miß Grimaud, warum sind Sie so sicher, daß der Schuldige dieser Mr. Drayman ist?“

V Das Geschoß

EINE ANTWORT erhielt er nicht auf diese Frage, aber immerhin ging ihm ein Licht auf.

„Sie *Teufel*!“ schrie Rosette Grimaud und stürzte an ihm vorbei in die Halle hinaus, Mangan hinter ihr her. Die Tür krachte ins Schloß.

Dr. Fell blieb zurück und blinzelte die Tür an. „Sie ist die Tochter ihres Vaters, Hadley“, sagte er keuchend. „Unter seelischem Druck hält sie nur bis zu einem gewissen Punkt aus; wie Schießpulver, das in eine Patronenhülse gestopft ist. Dann braucht nur irgendeine Kleinigkeit den Abzug zu erschüttern, und bums! Ich bin neugierig, wieviel sie weiß.“

„Mir scheint“, sagte Hadley bitter, „daß Sie immer wie ein Kunstschütze einen Schuß ins Blaue abfeuern und damit jemandem die Zigarette aus dem Mund schießen. Was hatte denn das mit diesem Drayman überhaupt zu bedeuten?“

Dr. Fell verschränkte die Arme. „Zunächst einmal“, sagte er, „war mir eine seltsame Bemerkung von Madame Dumont im Gedächtnis geblieben, die sie gemacht hatte, als sie beinah hysterisch wurde. Sie sagte, wenn man jemanden umbringen will, ‚setzt man sich nicht eine bemalte Maske auf wie der alte Drayman für die Kinder in der Guy-Fawkes-Nacht‘. Ich merkte mir die Anspielung auf dieses Guy-Fawkes-Schreckgespenst, weil mir nicht klar war, was sie bedeutete. Dann gebrauchte ich in meinem Gespräch mit Rosette bei einer Frage, die Pettis betraf, ganz unabsichtlich die Worte ‚maskiert wie in der Nacht vom 5. November‘. Haben Sie ihr Gesicht beobachtet, Hadley? Meine Worte hatten sie auf etwas gebracht. Anfänglich sagte sie nichts, aber sie dachte nach.

Dann zog sie Drayman hinein. ‚Sie haben noch nicht mit Annie gesprochen – mit Mr. Drayman auch nicht, wie mir gerade einfällt.‘ Die wichtige Nachricht war im Postskript ...“

Dr. Fell ging um den Schreibmaschinentisch. „Wir müssen ihn aufjagen. Wer ist dieser Drayman, dieser alte Freund, der Schlafmittel einnimmt und Guy-Fawkes-Masken trägt? Was ist seine Stellung im Haushalt, was tut er hier überhaupt?"

„Sie meinen – Erpressung?"

„Nein, aber –" Er brach ab, als ein kalter Luftstrom seinen Mantel blähte.

Eine Tür an der anderen Seite des Zimmers, die anscheinend zu einer Treppe zum Boden und zum Dach führte, ging auf, und Stuart Mills platzte herein. Seine Lippen waren bläulich, und er hatte einen großen Wollschal um den Hals geschlungen, aber er sah warm aus vor Befriedigung. „Ich habe Ihrem Detektiv von der Falltür aus zugesehen, meine Herren", berichtete er zähneklappernd. „Er hat ein paar Lawinen angetreten, aber ..."

„Und was hat Betts da oben entdeckt?" fragte Hadley.

Betts, der gerade eintrat, antwortete selbst. Er sah aus, als ob er einen Kopfsprung von einer Sprungschanze gemacht hätte, als er sich stampfend und klopfend vom Schnee befreite.

„Sir", meldete er, „Sie können sich darauf verlassen, daß nicht einmal ein Vogel sich auf dem Dach niedergelassen hat. Ich habe jeden Fußbreit untersucht." Er zog seine Handschuhe aus. „Ich hab mich an beiden Schornsteinen angeseilt und konnte mich so runterlassen und die Dachrinnen entlangkriechen. Es ist nicht die geringste Spur da, nichts an den Dachrinnen, nichts um die Schornsteine herum, nirgendwo etwas. Wenn jemand heut nacht auf das Dach gekommen ist, muß er leichter als Luft gewesen sein. Jetzt werd ich mir den Hinterhof vornehmen."

„Aber –" rief Hadley.

„Ganz recht", fiel ihm Dr. Fell ins Wort. „Hören Sie, wir wollen lieber mal nachsehen, was Ihre Spürhunde im andern Zimmer machen."

Sergeant Preston, der etwas ärgerlich aussah, öffnete die Tür zur Halle, als ob man ihn gerufen hätte. Er blickte Hadley an und meldete: „Hat lang gedauert, Sir, weil wir die ganzen Bücherregale abrücken mußten. Aber es ist keine Geheimtür vorhanden. Der Kamin ist solide gebaut, und der Rauchfang ist breit, aber nur sieben bis acht Zentimeter tief."

„Fingerabdrücke?“

„Massenhaft, nur – Sie haben das Fenster selbst rauf- und runtergeschoben, nicht wahr, Sir? Ich habe Ihre Abdrücke wiedererkannt. Und sonst ist nichts da, weder auf dem Glas noch auf dem Holz, nicht einmal ein verschmierter Abdruck. Wenn jemand dort rausgekommen ist, muß er einen Anlauf genommen und einen Kopfsprung aus dem Fenster gemacht haben, ohne etwas zu berühren.“

„Das genügt, danke“, sagte Hadley. „Warten Sie unten. Und Sie, Betts, ab in den Hinterhof.“ Er drehte sich schnell um. „Mr. Mills, was wissen Sie über diesen Drayman?“

Die singende Stimme des Sekretärs nahm einen vorsichtigen Ton an. „Es stimmt schon, Sir, er fordert die Neugier heraus. Aber ich weiß nur sehr wenig. Soweit ich unterrichtet bin, ist er schon seit etlichen Jahren hier. Er war gezwungen, seine wissenschaftliche Arbeit aufzugeben, weil er fast blind geworden war. Trotz ärztlicher Behandlung ist er immer noch fast blind. Er hatte sich an Dr. Grimaud um Hilfe gewandt.“

„Hatte er irgendeinen Anspruch gegen Dr. Grimaud?“

Der Sekretär zog die Stirn kraus. „Das kann ich nicht sagen. Ich habe mal gehört, daß Dr. Grimaud ihn noch aus seiner Studentenzeit in Paris kannte. Und einmal, als Dr. Grimaud, sagen wir mal, ein wenig über den Durst getrunken hatte, hörte ich, wie er erklärte, daß Mr. Drayman ihm einmal das Leben gerettet habe.“

„Und warum interessiert er sich so für die Guy-Fawkes-Nacht?“ fragte Dr. Fell mit einem forschenden Blick.

„Guy-Faw – Ach!“ Mills lachte meckernd. „Aha! Ich konnte nicht folgen. Verstehen Sie, er ist sehr kinderlieb. Er hat selbst zwei Kinder gehabt, die vor einigen Jahren, glaube ich, bei einem Hauseinsturz umkamen. Danach hat seine Frau auch nicht mehr lange gelebt. Dann begann er, sein Augenlicht zu verlieren ... Er hilft Kindern gern bei ihren Spielen, und am liebsten scheint er das am 5. November zu tun. Er spart das ganze Jahr darauf, Lampions und das ganze übrige Zubehör fürs Fest zu kaufen, und bastelt eine Guy-Figur für den Umzug und –“

Es klopfte energisch an der Tür, und Sergeant Preston erschien. „Ein Mann vom Krankenhaus hat das eben für Sie abgegeben, Sir“, meldete er und gab dem Superintendenten einen Briefumschlag und einen kleinen Karton.

Hadley öffnete den Brief, überflog den Inhalt und fluchte. „Er ist tot“, sagte er kurz angebunden, „und kein Wort ... Hier, lesen Sie das!“

Rampole blickte über Dr. Fells Schulter, als dieser las.

An Superintendent Hadley

Grimaud ist um 11.30 Uhr gestorben. Ich schicke Ihnen das Geschoß, 9 mm. Er war kurz vor dem Ende bei Bewußtsein. Er sprach ein paar Sätze, die von zwei meiner Krankenschwestern und mir bezeugt werden können, aber vielleicht hat er phantasiert. Ich kannte ihn ganz gut, hatte aber nicht die geringste Ahnung, daß er einen Bruder hatte. Seine Worte lauteten genau:

„Mein Bruder war der Täter. Ich hatte nie geglaubt, daß er schießen würde. Weiß der Himmel, wie er aus dem Zimmer herauskam. Eben war er noch dort, in der nächsten Sekunde nicht mehr. Nehmen Sie schnell Bleistift und Papier! Ich will Ihnen sagen, wer mein Bruder ist, damit Sie nicht glauben, ich phantasiere.“

Die Anstrengung des Sprechens verursachte den letzten Blutsturz, und er starb, ohne ein weiteres Wort zu sagen.

Dr. med. E. H. Peterson

Alle blickten einander an. Nach einer Pause wiederholte der Superintendent mit bedrückter Stimme die Worte des Toten. „‚Weiß der Himmel, wie er aus dem Zimmer herauskam.‘“

Dr. Fell wanderte ziellos umher, seufzte und ließ sich in dem größten Sessel nieder.

„Verdammt“, sagte Hadley halblaut. „‚Mein Bruder war der Täter.‘ Welcher Bruder denn? Und warum meldet sich der Schutzmann nicht? Wo ist der Mann, der Bruder Pierre am Theater festnehmen sollte? Ist die ganze verflixte Blase schlafen gegangen und –“

„Wir dürfen uns diese Sache nicht auf die Nerven gehen lassen“, legte sich Fell ins Mittel, als Hadley wild herumzustampfen und zu schimpfen begann. Er wandte sich an Mills. „Gehen Sie doch mal hin, junger Mann, wecken Sie Mr. Drayman auf und bringen Sie ihn hierher.“

Als Mills fort war, setzte sich Hadley hin und starrte zu Boden. „Haben Sie irgendeinen konkreten Vorschlag, Fell?" fragte er.

„Ja. Nachher werde ich mit Ihrer Erlaubnis den Gross-Test anwenden."

„Was anwenden?"

„Den Grossschen Test. Wissen Sie nicht mehr? Wir haben doch heute abend davon gesprochen. Ich werde alles verbrannte und verkohlte Papier aus dem Kamin aufsammeln und versuchen, ob der Gross-Test nicht irgendwelche Schrift zutage fördert. Vielleicht wird hier und da eine Zeile mir einen Hinweis darauf geben, was für Grimaud wichtiger war, als sein Leben zu retten."

„Und wie wollen Sie das fertigbringen?"

„Sie werden schon sehen . . . Ja, Sergeant, was gibt's?"

Sergeant Betts war diesmal nicht ganz so gründlich mit Schnee bedeckt wie vorhin. „Ich hab den ganzen Hinterhof abgesucht, Sir, und die beiden anliegenden auch und alle Mauerkronen", meldete er, „aber keinen einzigen Fußabdruck noch sonst eine Spur gefunden. Aber ich glaube, wir haben einen guten Fang gemacht, Preston und ich. Als ich durchs Haus zurückkam, da kommt ein ziemlich großer alter Kerl die Treppe heruntergerannt, immer mit der Hand am Geländer. Er stürzt auf die Garderobe zu und fummelt darin herum, als ob er sich nicht auskennt, bis er seinen Mantel und Hut anhat, und dann läuft er zur Tür. Er sagt, er heißt Drayman . . ."

„Ich habe gehört, daß er schlecht sieht", sagte Dr. Fell. „Lassen Sie ihn herein."

Der Mann, der eintrat, war auf seine Art eindrucksvoll. Sein langes, ruhiges Gesicht hatte eingefallene Schläfen. Er hatte graues Haar, das ziemlich weit hinten auf dem Schädel ansetzte und den Eindruck einer sehr hohen Stirn vermittelte. Seine leuchtendblauen Augen blickten sanft und verwundert drein. Trotz seiner gebeugten Haltung war er immer noch groß. Sein Gesicht verriet keinen Sinn für Humor, aber sehr viel beinahe unterwürfige Gutmütigkeit. Er trug einen dunklen Mantel, der bis zum Kinn zugeknöpft war, und drückte einen Hut an seine Brust.

„Entschuldigen Sie, meine Herren", sagte er mit tiefer

Stimme. „Ich weiß, ich hätte erst zu Ihnen kommen sollen, ehe ich hinüberging. Aber als Mr. Mangan mich aufweckte und mir erzählte, was geschehen war, drängte es mich, Grimaud zu besuchen . . ."

Rampole hatte den Eindruck, daß Drayman noch vom Schlaf oder von Schlafmitteln ganz benommen und verwirrt war. Er setzte sich erst hin, als Hadley ihn dazu aufforderte.

„Dr. Grimaud ist tot", sagte Hadley.

Drayman schloß seine Augen und öffnete sie wieder. „Gott schenke ihm Frieden", sagte er sehr leise. „Charles Grimaud war ein guter Freund."

Hadley betrachtete ihn prüfend. „Dann werden Sie begreifen, daß Sie uns nur helfen können, den Mörder Ihres Freundes zu ergreifen, wenn Sie uns alles, aber auch alles sagen, was Sie wissen, nicht wahr?"

„Ich – Ja, natürlich."

„Wir möchten etwas über seine Vergangenheit wissen, Mr. Drayman. Sie kannten ihn gut. Wo haben Sie ihn kennengelernt?"

Draymans langes Gesicht sah verwirrt aus. „In Paris. Er doktorierte 1905 an der Sorbonne, im selben Jahr, in dem ich . . . im selben Jahr, in dem ich ihn kennenlernte." Er beschattete seine Augen mit der Hand. „Grimaud war sehr begabt. Er wurde im Jahr darauf außerordentlicher Professor in Dijon. Aber durch den Tod eines Verwandten oder so etwas Ähnliches erbte er ein ansehnliches Vermögen. Er – er gab seine Professur auf und ging nach England. Wenigstens soviel ich weiß. Ich habe ihn erst nach Jahren wiedergesehen."

„Sind Sie ihm schon mal vor 1905 begegnet?"

„Nein."

Hadley beugte sich vor. „Wo haben Sie ihm das Leben gerettet?"

„Sein Leben gerettet? Das verstehe ich nicht."

„Sie haben ihm das Leben gerettet", erklärte Hadley. „Und zwar in der Nähe des Gefängnisses Siebenturmen in den Karpaten, aus dem er entflohen war. *Haben Sie das nicht getan?"*

Der andere saß kerzengerade da, die Hände fest zusammengepreßt. „Habe ich das?" fragte er.

„Es hat keinen Sinn zu leugnen. Wir wissen alles – sogar

die Daten, nachdem Sie sie uns jetzt gegeben haben. Károly Horváth muß mindestens vier Jahre gebraucht haben, um in Paris seinen Doktor zu machen. Wir können seine Verurteilung und Flucht auf einen Zeitraum von drei Jahren begrenzen. Mit dieser Information", sagte Hadley, „kann ich nach Bukarest telegraphieren und innerhalb von zwölf Stunden die genauen Einzelheiten bekommen. Es ist besser, Sie sagen uns die Wahrheit, verstehen Sie? Ich möchte alles erfahren, was Sie über Károly Horváth – und seine beiden Brüder – wissen. Einer dieser beiden Brüder hat ihn umgebracht. Schließlich möchte ich Sie daran erinnern, daß das Vorenthalten einer Information dieser Art ein schwerwiegendes Vergehen ist. Nun?"

Drayman hielt noch eine Weile seine Hand vor die Augen. Dann blickte er auf und starrte ins Leere. „Sir, ich bin durchaus bereit, Ihnen jede gewünschte Auskunft zu geben, wenn das Charles Grimaud nützt. Aber ich sehe nicht ein, welchen Sinn es hat, alte Skandalgeschichten wieder aufzurühren."

„Nicht einmal, um den Bruder zu finden, der ihn umgebracht hat?"

Drayman machte eine kleine Handbewegung und runzelte die Stirn. „Hören Sie, ich kann Ihnen ganz ehrlich sagen, geben Sie diesen Gedanken auf. Er hatte tatsächlich zwei Brüder. Und sie waren alle drei aus politischen Gründen im Gefängnis. Ich glaube, die Hälfte aller jungen Heißsporne jener Zeit war das ... Vergessen Sie die zwei Brüder. Die sind beide seit vielen Jahren tot."

Es war so still im Zimmer, daß Rampole das keuchende Atmen von Dr. Fell hörte.

„Woher wissen Sie das?" fragte Hadley.

„Grimaud hat es mir erzählt", antwortete Drayman. „Außerdem stand es damals groß in allen Zeitungen von Budapest bis Brassó. Sie sind an der Pest gestorben."

„Wenn Sie das natürlich beweisen könnten ..." sagte Hadley verbindlich.

„Ich kann Ihnen nur erzählen, was ich selbst gesehen habe." Er überlegte – etwas beunruhigt, dachte Rampole. „Es war eine schreckliche Sache. Wir haben später nie mehr davon gesprochen. Das war eine stillschweigende Übereinkunft. Aber ich habe es nicht vergessen – nicht die kleinste Einzelheit."

Er schwieg und klopfte mit den Fingern auf die Schläfen. Dann fuhr er fort. „Es war im August oder September 1900 ... oder war es 1901? Jedenfalls könnte ich im Stil eines französischen Romans anfangen. Ich könnte so anfangen: ‚Gegen Abend eines kühlen Septembertages des Jahres 19– hätte man einen einsamen Reiter eine Straße' – und was für eine miserable Straße! – ‚durch ein wildes Tal am Fuße der Karpaten entlangeilen sehen können.' Ich war der Reiter. Es sah nach Regen aus, und ich bemühte mich, Tradj noch vor Einbruch der Dunkelheit zu erreichen." Er lächelte. „Diese kalten Wälder und Schluchten waren von einer fast märchenhaften Wildheit und Düsternis. Und ich selbst stand in dem romantischen Byron-Alter. Ich hatte sogar eine Pistole bei mir. So ritt ich also durch den düstersten Teil des Landes auf einer gewundenen Straße einher, ein Gewitter zog auf, und ich hatte allen Grund, das Gruseln zu bekommen. In der ganzen Gegend war die Pest ausgebrochen, und in dem letzten Dorf, durch das ich gekommen war, hatte man mir erzählt, daß sie besonders stark in den vor mir liegenden Salzbergwerken wütete. Aber ich hatte gehofft, in Tradj einen englischen Freund zu treffen, der auch als Tourist unterwegs war. Ich wollte auch das Gefängnis sehen, das nach den sieben weißen Hügeln genannt wurde, die wie ein kleiner Gebirgszug hinter ihm lagen. Deshalb war ich weitergeritten.

Ich wußte, daß ich mich dem Gefängnis näherte, denn ich konnte schon vor mir die weißen Hügel sehen. Aber als gerade die Dunkelheit einbrach, kam ich in einer Mulde an drei Gräbern vorbei. Sie waren erst ganz frisch aufgeschüttet, aber weit und breit war kein Lebewesen zu sehen."

Hadley unterbrach ihn. „Eine Örtlichkeit genau wie auf dem Bild, das Dr. Grimaud von Mr. Burnaby gekauft hat."

„Das – das weiß ich nicht", sagte Drayman bestürzt. „Ist das wirklich so?"

„Haben Sie das Bild nicht gesehen?"

„Nur flüchtig. In großen Zügen – Bäume, eine gewöhnliche Landschaft –"

„Und drei Grabsteine ...?"

„Dann weiß ich nicht, woher Burnaby seine Anregung hatte", sagte Drayman stumpf. „Weiß Gott, von *mir* hat er das nicht.

Es waren ja gar keine Grabsteine auf diesen Gräbern, nur einfache Kreuze aus Holz.

Aber zurück zu meiner Erzählung. Ich saß auf meinem Pferd und betrachtete diese Gräber. Sie sahen recht wild aus in der grünlich-schwarzen Landschaft mit den weißen Hügeln im Hintergrund. Und ehe ich mich's versah, bäumte sich mein Pferd auf und hätte mich beinahe abgeworfen. Ich drehte mich um, und als ich zurückblickte, sah ich, wovor das Pferd gescheut hatte. Der Hügel des einen Grabes hob sich. Es folgte ein krachendes Geräusch, etwas begann sich zu drehen und zu winden, und etwas Dunkles schob sich tastend aus dem Erdhaufen empor. Es war nur eine Hand, die die Finger bewegte – aber ich glaube, ich habe nie etwas Entsetzlicheres gesehen. Mittlerweile", fuhr Drayman fort, „dachte ich schon an Vampire und die übrigen höllischen Legenden. Offen gestanden, der Anblick machte mich närrisch vor Angst. Ich bemühte mich, mit einer Hand das Pferd zu zügeln, während ich mit der anderen meinen Revolver hervorholte. Als ich wieder zurückblickte, war das Ding aus dem Grab geklettert und kam auf mich zu.

Auf die Weise, meine Herren, lernte ich einen meiner besten Freunde kennen. Der Mann bückte sich und ergriff einen Spaten, den einer, der das Grab geschaufelt hatte, liegengelassen haben mußte. Er kam näher. Ich rief auf englisch: ‚Was wollen Sie?' Der Mann blieb stehen. Nach einer Sekunde antwortete er mit ausländischem Akzent auf englisch: ‚Hilfe, Mylord. Haben Sie keine Angst' oder so etwas Ähnliches. Der Mann war nicht groß, aber sehr kräftig von Statur. Sein Gesicht war dunkel und geschwollen. Die Haut hatte kleine, schuppige Flecken, die ihr in dem Zwielicht einen rötlichen Schimmer gaben. Und während er noch dastand, brach der Regen los.

Er stand im Regen, rief mir zu und sagte etwa folgendes: ‚Hören Sie, Mylord, ich bin nicht an der Pest gestorben wie diese beiden armen Teufel', wobei er auf die Gräber deutete. ‚Ich bin überhaupt nicht angesteckt gewesen. Sehen Sie, der Regen wäscht alles ab. Es ist mein eigenes Blut von Nadelstichen, die ich mir selbst beigebracht habe.' Dann beteuerte er, daß er kein Verbrecher sei, sondern ein politischer Gefangener, der aus dem Gefängnis entflohen sei.

Ihm helfen? Natürlich tat ich das. Ich war begeistert von der

Idee. Er erklärte mir, er sei einer von drei Brüdern, Studenten an der Universität von Klausenburg, die bei einem Aufstand für die Unabhängigkeit Siebenbürgens verhaftet worden seien. Die drei waren in derselben Zelle gewesen, und zwei von ihnen waren an der Pest gestorben. Mit der Hilfe des Gefängnisarztes, der auch ein Sträfling war, hatte er dieselben Symptome vorgetäuscht – und sich totgestellt. Es war unwahrscheinlich, daß ihm jemand nahe kommen würde, um die Richtigkeit des ärztlichen Befundes nachzuprüfen, denn das ganze Gefängnis war wahnsinnig vor Angst. Sie würden die Leichen in sicherer Entfernung vom Gefängnis begraben. Vor allem würden sie mit dem Zunageln der Sargdeckel kurzen Prozeß machen. Der Arzt hatte ihm ein Brecheisen hineingeschmuggelt, das mein auferstandener Freund mir zeigte. Wenn er einen kühlen Kopf bewahrte und nicht zuviel Luft verbrauchte, konnte ein kräftiger Mann den Deckel mit seinem Kopf genügend anheben, um das Brecheisen in den Spalt zu schieben und den Sarg aufzustemmen. Danach konnte er sich durch die lockere Erde hinausgraben.

Seine Mutter, sagte er, sei Französin gewesen, und er beherrschte die Sprache perfekt. Wir beschlossen, daß er am besten nach Frankreich fliehen sollte, wo er unter neuem Namen ein neues Leben beginnen könnte. Er hatte etwas Geld verborgen, und da war ein Mädchen in seiner Heimatstadt –"

„Ich glaube, wir wissen, wer das Mädchen war", sagte Hadley. „Einstweilen können wir Madame Dumont aus dem Spiel lassen. Was geschah dann?"

„Er konnte ihr vertrauen, das Geld zu holen und ihm nach Paris zu folgen", fuhr Drayman fort. „Es war nicht anzunehmen, daß er steckbrieflich verfolgt würde – und so war es denn auch. Obwohl Grimaud so verängstigt war, daß er darauf bestand, Hals über Kopf aus dieser Gegend zu verschwinden, ohne sich auch nur zu rasieren oder einen Anzug von mir anzuziehen, erregten wir keinen Verdacht. Damals gab es noch keinen Paßzwang für Ausländer, und bei der Ausreise aus Ungarn gab er sich als den englischen Freund aus, den ich in Tradj hatte treffen wollen. Als er erst in Frankreich war ... das übrige kennen Sie ja. So, meine Herren!" Drayman tat einen zittrigen Atemzug, raffte sich zusammen und blickte ihnen ins Gesicht.

„Nur eine Frage, Mr. Drayman“, unterbrach Dr. Fell. „Dies Gefängnis da ... war das gut oder schlecht geführt?“

Die Frage kam so ruhig und doch so überraschend, daß Hadley zu ihm herumfuhr.

Drayman war verwundert. „Ich weiß nicht, Sir. Aber eins weiß ich, daß es von mehreren Beamten aufs Korn genommen wurde. Sie waren sehr aufgebracht gegen die Gefängnisbehörden, daß sie die Seuche zum Ausbruch hatten kommen lassen. Übrigens wurden die Namen der Toten veröffentlicht. Ich habe sie gesehen. Und ich frage Sie noch einmal, was hat es für einen Sinn, alte Skandale aufzuwärmen? Für Grimaud ist es keine besondere Schande, aber –“

„Das ist ja gerade die Sache“, brummte Dr. Fell und linste ihn neugierig an. „Es ist ganz und gar keine Schande. Ist es denn etwas, was einen Menschen zwingt, alle Spuren seiner Vergangenheit zu begraben?“

„Aber es könnte für Ernestine Dumont eine Schande werden“, sagte Drayman mit erhobener Stimme. „Und wie steht's mit Grimauds Tochter? Dies ganze Herumstochern in der trüben Vergangenheit beruht auf der reinen Vermutung, daß einer oder beide seiner Brüder vielleicht noch am Leben sind. Sie sind tot, und die Toten steigen nicht aus ihren Gräbern. Darf ich fragen, woher Sie die phantastische Idee haben, daß einer von Grimauds Brüdern ihn umgebracht hat?“

„Von Grimaud selbst“, antwortete Hadley. „Er hat gesagt, daß sein Bruder der Mörder sei.“ Sekundenlang dachte Rampole, daß Drayman nicht verstanden hatte. Dann erhob er sich wankend von seinem Stuhl und fingerte an den Knöpfen seines Mantels herum, als ob er nicht genug Luft bekäme.

„Aber das ist Phantasterei, sage ich Ihnen! Wollen Sie damit sagen, daß dieser Scharlatan, der ihn bedroht hat, einer seiner Brüder war? Das verstehe ich nicht.“ Drayman zuckte die Achseln. „Wollten Sie mich sonst noch etwas fragen?“

„Wie haben Sie den Abend zugebracht?“

„Ich habe geschlafen. Ich – verstehen Sie, ich leide unter Schmerzen. Hinter den Augäpfeln. Sie waren so heftig beim Abendessen, daß ich eine Schlaftablette einnahm und mich hinlegte, statt ins Konzert zu gehen, wie ich vorhatte. Leider erinnere ich mich nach halb acht an gar nichts mehr.“

Hadley blickte Draymans offenen Mantel prüfend an – ganz ruhig, aber mit einem gefährlichen Ausdruck, wie ein Mann, der im nächsten Augenblick auf jemand losstürzen will.

„Aha. Haben Sie sich ausgezogen, als Sie zu Bett gingen, Mr. Drayman?"

„Wie bitte? Ausgezogen? Nein. Ich hab nur meine Schuhe ausgezogen. Warum?"

„Haben Sie Ihr Zimmer zu irgendeiner Zeit verlassen?"

„Nein."

„Wie kommt dann das Blut auf Ihre Jacke? ... Ja, da. Ziehen Sie Ihren Mantel aus."

Drayman stand unsicher da und zog seinen Mantel aus. Dann fuhr er langsam mit seiner Hand über seine Brust. Er trug einen hellgrauen Anzug, von dem sich der Fleck deutlich abhob. Er lief von der linken Seite der Jacke quer über die Brust bis zur rechten Tasche hinunter. Seine Finger fanden ihn und hielten dort.

„Ich weiß nicht, was das ist", murmelte er. „Aber es kann kein Blut sein!"

„Das werden wir feststellen müssen", sagte Hadley. „Bitte ziehen Sie die Jacke aus. Ich muß Sie leider bitten, sie bei uns zu lassen." Er sah zu, wie Drayman die Jacke mit zittrigen Händen auszog und ihm übergab.

„Betts! Preston!" rief Hadley. „Betts, bringen Sie diese Jacke zum Pathologen. Er soll diesen Fleck analysieren. Preston, Sie begleiten Mr. Drayman und sehen sich in seinem Zimmer um ... Mr. Drayman, ich muß Sie bitten, morgen vormittag nach Scotland Yard zu kommen. Das wäre alles."

Drayman stolperte hinaus und schleifte den Mantel hinter sich her.

Es war still in dem düsteren Zimmer. Hadley schüttelte den Kopf. „Ich bin am Ende meiner Weisheit, Fell", gab er zu. „Ich weiß bald nicht mehr den eigenen Namen."

„Wenn ich das Papier im Kamin aufgesammelt habe", grunzte Dr. Fell, „geh ich nach Hause, um nachzudenken. Denn was ich jetzt glaube –"

„Ja?"

„Ist einfach entsetzlich." Mit einem plötzlichen Energieausbruch erhob sich Dr. Fell aus seinem Sessel und drückte seinen breitrandigen Hut tief ins Gesicht. „Sie müssen telegraphieren, ob die Geschichte wahr ist. Ha! Ja. Aber es ist die Geschichte von den drei Särgen, die ich nicht akzeptiere – obwohl Drayman vielleicht daran glaubt. Weiß der Himmel! Wenn nicht unsere ganze Theorie in Rauch aufgeht, müssen wir annehmen, daß die beiden Brüder Horváth nicht tot sind. He?"

„Wobei die Frage ist . . ."

„Was mit ihnen passiert ist. Ja. Was nach meiner Meinung vielleicht passiert ist, beruht auf der Annahme, daß Drayman glaubt, die Wahrheit zu sagen. Erster Punkt! Ich glaube auch nicht eine Sekunde lang, daß diese Brüder aus politischen Gründen ins Kittchen kamen. Grimaud, der ‚etwas Geld verborgen hatte', entflieht aus dem Gefängnis. Fünf Jahre lang lebt er ganz unauffällig, und dann ‚erbt' er plötzlich ein beträchtliches Vermögen unter einem ganz anderen Namen. Er verdrückt sich aus Frankreich, um sich ohne Aufsehen daran zu erfreuen. Zweiter, erhärtender Punkt! Wo steckt das gefährliche Geheimnis in Grimauds Leben, wenn das alles wahr ist? Die meisten Leute würden diese Monte-Christo-Flucht nur als romantisch betrachten."

„Sie meinen –"

„Ich meine", sagte Dr. Fell ruhig, „Grimaud lebte noch, als sein Sarg zugenagelt wurde. Angenommen, die andern beiden waren auch lebendig. Angenommen, alle drei Todesfälle waren genauso ein Schwindel wie der von Grimaud. Angenommen, es befanden sich zwei lebende Menschen in den andern Särgen. Aber sie konnten nicht heraus . . . weil Grimaud das Werkzeug hatte. Als er raus war, wäre es leicht für ihn gewesen, die andern zu befreien, wie es verabredet war. Aber er beschloß, sie in ihrem Grab zu lassen, weil dann niemand da war, mit dem er das Geld teilen mußte, das alle drei gestohlen hatten. Ein großartiges Verbrechen, verstehen Sie? Großartig."

Hadley murmelte etwas, als er mit finsterer Miene aufstand.

„Oh, ich weiß, es ist eine dunkle Angelegenheit!" brummte Dr. Fell. „Aber es ist die einzige Lösung, die diesen Fall erklären kann und warum ein Mann sich verfolgt fühlen würde, wenn diese Brüder je aus ihren Gräbern stiegen. Warum hatte es Grimaud so eilig, Drayman von dort wegzubringen, ohne sich erst seiner Sträflingskleidung zu entledigen? Nun, diese

Gräber waren nicht tief. Wenn die Brüder mit der Zeit herausfanden, daß sie langsam erstickten ... und sie noch niemand befreit hatte ... konnten sie vielleicht anfangen zu schreien und auf ihre Sargdeckel loszuhämmern."

Hadley holte ein Taschentuch heraus und wischte sich den Schweiß vom Gesicht.

„Würde jemand so gemein ...", sagte er ungläubig. „Nein, Fell. Das ist alles Einbildung. Außerdem wären sie in dem Fall nicht aus ihren Gräbern herausgekommen. Sie wären tot."

„Wären sie das?" meinte Fell. „Vergessen Sie nicht den Spaten, den irgendein armer Teufel zurückgelassen hatte, als sie die Särge begraben hatten. Gefängnisse dulden solche Nachlässigkeit nicht. Sie würden jemand hinschicken, um den Spaten zu holen. Mann, ich sehe jede Einzelheit, wenn ich es auch nicht beweisen kann! Da kommen ein paar Wärter zurück und suchen den Spaten. Sie sehen oder hören das, wovor Grimaud Angst hatte, Drayman könnte es bemerken. Sie graben die Särge wieder aus, und die beiden Brüder werden herausgerollt, ohnmächtig und blutig, aber lebendig."

„Und Grimaud wird nicht verfolgt? Mensch, die hätten doch ganz Ungarn kreuz und quer nach dem entsprungenen Sträfling durchgekämmt und –"

„Ja, ja. Das habe ich auch geglaubt und deshalb danach gefragt. Die Gefängnisbehörden hätten genau das getan ... wenn sie nicht selbst unter so scharfer Kritik gestanden hätten, daß es um Kopf und Kragen ging. Was glauben Sie, was ihre Kritiker gesagt hätten, wenn bekanntgeworden wäre, daß sie durch ihre Nachlässigkeit so eine Sache hätten passieren lassen? Viel besser, die beiden Brüder in Einzelhaft zu stecken und den dritten totzuschweigen."

„Das ist alles Theorie", sagte Hadley nach einer Pause. „Aber wenn es wahr ist, könnte ich fast an böse Geister glauben. Weiß Gott, Grimaud hat seinen verdienten Lohn bekommen. Und wir müssen trotzdem weiter versuchen, seinen Mörder zu finden."

„Sie sprechen von bösen Geistern", erwiderte Dr. Fell. „Und ich sage Ihnen, daß ich mir in gewisser Weise nicht vorstellen kann, daß es einen noch schlimmeren bösen Geist gibt als Grimaud. Und das ist X, der hohle Mann, das ist Bruder Henri."

Er fuchtelte mit seinem Stock. „Warum? Warum gibt Pierre Fley zu, daß er ihn fürchtet? Wenn Grimaud sich vor seinem Feind fürchtet, so ist das begreiflich. Aber warum fürchtet sich Fley vor seinem Bruder und Bundesgenossen gegen den gemeinsamen Feind?"

Hadley knöpfte seinen Mantel zu. „*Sie* können nach Hause gehen, wenn Sie mögen", sagte er. „Wir sind hier fertig. Aber ich bin hinter Fley her. Wer auch immer der andere Bruder ist – Fley weiß das. Und er wird uns zu dem Mörder führen. Fertig?"

Sie erfuhren es erst am nächsten Morgen. Aber Fley war tatsächlich schon tot, mit derselben Waffe erschossen, die Grimaud getötet hatte. Und der Mörder war vor den Augen von Zeugen unsichtbar geblieben und hatte wieder keine Fußabdrücke im Schnee hinterlassen.

VI Mord durch Zauberei

Als Dr. Fell am nächsten Morgen um neun Uhr an die Tür hämmerte, waren seine beiden Gäste noch todmüde. Rampole hatte die Nacht zuvor nur wenig Schlaf bekommen. Als er und der Doktor um halb zwei nach Hause gekommen waren, hatte Dorothy unbedingt alle Einzelheiten hören wollen, und ihr Mann war durchaus nicht abgeneigt, sie zu berichten. Sie verproviantierten sich mit Zigaretten und Bier und zogen sich in ihr Zimmer zurück, wo sie sich noch stundenlang unterhielten.

Rampole rappelte sich aus dem Bett auf, als Dr. Fell klopfte, zog sich hastig an und stolperte nach unten. In der Bibliothek brannte ein loderndes Feuer, und im Erker war der Frühstückstisch gedeckt. Es war ein trüber Tag, und der bleierne Himmel versprach mehr Schnee. Dr. Fell saß fertig angezogen am Frühstückstisch und starrte in die Zeitung.

„Bruder Henri ...", brummte er und schlug auf die Zeitung. „O ja. Er ist schon wieder am Werk. Hadley hat eben telephoniert und wird gleich hier sein. Wenn wir gestern nacht gemeint haben, wir hätten ein schweres Problem am Hals, dann sehen Sie sich das hier mal an! Das hat die Ermordung von Grimaud glatt von der ersten Seite verdrängt. Glücklicherweise haben sie den Zusammenhang zwischen beiden nicht gemerkt, oder Hadley hat sie bewogen, nichts darüber zu bringen. Hier!"

Während Kaffee eingegossen wurde, sah Rampole die Schlagzeilen: ZAUBERER DURCH ZAUBEREI ERMORDET! lautete die eine, DAS RÄTSEL DER CAGLIOSTRO STREET eine andere.

„Cagliostro Street?" fragte der Amerikaner. „Wo in Dreiteufelsnamen ist die Cagliostro Street?"

„Normalerweise hätten Sie nie davon gehört", brummte Dr. Fell. „Es ist eine von den Gassen, die sich hinter anderen Straßen verstecken, und zu Fuß nicht mehr als drei Minuten von Grimauds Haus entfernt – eine kleine Sackgasse an der anderen Seite vom Russell Square. Es sind ein paar Geschäfte drin, die sich von der Lamb's Conduit Street dahin verirrt haben, und das übrige sind Pensionen. Nachdem Bruder Henri Grimaud umgelegt hatte, ging er dort hinüber, wartete 'ne Weile und vollendete sein Werk!"

Rampole überflog den Zeitungsbericht.

Die Leiche des Mannes, der gestern nacht in der Cagliostro Street, W. C. 1, ermordet aufgefunden wurde, ist als die eines französischen Zauberers und Illusionisten namens Pierre Fley identifiziert worden. Obwohl er schon seit einigen Monaten in einem Varieté am Commercial Road, E. C., aufgetreten war, hatte er sich erst vor zwei Wochen in einem Haus der Cagliostro Street eingemietet. Gestern nacht etwa um halb elf wurde er unter Begleitumständen, die anzuzeigen schienen, daß hier ein Zauberer durch Zauberei ermordet wurde, erschossen aufgefunden. Drei Zeugen sagen aus, daß sie nichts gesehen haben noch daß eine Spur hinterlassen wurde, obwohl sie alle deutlich eine Stimme sagen hörten: „Die zweite Kugel ist für dich."

Cagliostro Street ist zweihundert Meter lang und endet an einer blinden Ziegelmauer. Die Beleuchtung besteht aus einigen Straßenlaternen. Am Anfang der Straße befinden sich einige Läden, die um diese Zeit geschlossen waren. Die Bürgersteige vor ihnen waren gefegt. Aber nach etwa zwanzig Metern lag unberührter Schnee auf Bürgersteig und Straße.

Mr. Jesse Short und Mr. R. G. Blackwin, beide aus Birmingham, waren auf dem Weg, einen Freund zu besuchen, der fast am Ende der Straße wohnt. Sie gingen auf dem rechten Bürgersteig mit dem Rücken zum Anfang der Straße. Als Mr. Blackwin sich umdrehte, um sich der Hausnummern zu vergewissern, bemerkte er einen Mann, der ihnen in einiger Entfernung folgte. Dieser Mann, der groß war und einen Schlapphut trug, ging langsam und ziemlich nervös in der Mitte der Straße, wobei er sich dauernd umsah. Zur selben Zeit erreichte der Polizeibeamte Henry Withers, der seine Runde in der Lamb's Conduit Street machte, den Eingang zur Cagliostro Street. Und innerhalb der nächsten drei bis vier Sekunden ereignete sich das Drama.

Mr. Short und Mr. Blackwin hörten einen Schrei hinter sich. Dann hörten sie, wie jemand deutlich sagte: „Die zweite Kugel ist für dich." Jemand lachte, und ein dumpfer Pistolenschuß folgte. Als sie sich hastig herumdrehten, stolperte der Mann hinter ihnen, schrie noch einmal auf und stürzte vornüber auf die Straße.

Sie konnten deutlich sehen, daß die Straße von einem Ende bis zum andern völlig leer war. Überdies war der Mann in der Mitte gegangen, und beide versicherten, daß außer seinen eigenen Fußspuren keine anderen im Schnee vorhanden waren. Das wurde von dem Polizeibeamten Withers bestätigt, der vom Anfang der Straße herbeigelaufen kam. In dem Licht, das aus dem Schaufenster eines Juweliergeschäfts auf die Straße fiel, konnten sie den Mann mit dem Gesicht nach unten und ausgebreiteten Armen liegen sehen. Sein Blut spritzte aus einer Schußwunde unterhalb des linken Schulterblatts. Die Waffe – ein 9-mm-Coltrevolver mit einem langen Lauf, ein Modell, das seit dreißig Jahren nicht mehr hergestellt wird – lag etwa zehn Schritte hinter dem Opfer.

Die Zeugen sahen, daß der Mann noch atmete, und trugen ihn in die Praxis von Dr. M. R. Jenkins dicht am Ende der Straße, während der Polizeibeamte sich vergewisserte, daß keine Fußspuren da waren. Das Opfer starb nicht lange danach, ohne das Bewußtsein wiedererlangt zu haben.

Dann kam die größte Überraschung. Der Mantel des Mannes war rund um die Einschußöffnung verbrannt und schwarz angesengt, ein Beweis, daß jemand die Waffe gegen seinen Rücken gepreßt oder nur wenige Zentimeter entfernt abge-

feuert haben mußte. Nach Dr. Jenkins' Aussage war Selbstmord völlig ausgeschlossen, was später von der Polizei bestätigt wurde. Niemand, erklärte der Arzt, sei imstande, eine Handfeuerwaffe, gleich welcher Art, so zu halten, daß er sich in diesem speziellen Winkel durch den Rücken schießen könne, noch dazu mit dem langläufigen Revolver, der benutzt worden war. Es war Mord, aber ein unglaublicher Mord. Wäre der Mann aus einiger Entfernung, von einem Fenster oder einer Tür aus, erschossen worden, hätte die Abwesenheit eines Mörders und sogar von Fußspuren nichts zu bedeuten. Aber er war von jemandem, der neben ihm stand, zu ihm sprach und spurlos verschwand, erschossen worden.

Bei dem Ermordeten wurden weder Papiere noch sonstige Hinweise auf seine Identität gefunden. Nach einiger Verzögerung wurde er in die Leichenhalle gebracht . . .

„Aber was war mit dem Beamten, den Hadley hingeschickt hatte, um Fley festzunehmen?" fragte Rampole.

„Der ganze Zauber war schon vorüber, als er dort ankam. Er lief dem Polizisten in den Weg, sagt Hadley, als Withers noch Nachforschungen von Tür zu Tür anstellte. Dann reimte er sich die Sache zusammen. Inzwischen hatte der Mann, den Hadley ebenfalls auf der Suche nach Fley zu dem Varieté geschickt hatte, durchtelephoniert, daß Fley nicht dort sei. Fley hatte dem Varietédirektor gesagt, er habe nicht die Absicht, an diesem Abend aufzutreten, und war weggegangen . . . Um die Leiche zu identifizieren, holten sie Fleys Hauswirt aus der Cagliostro Street und jemanden vom Varieté, einen Iren mit einem italienischen Namen." Dr. Fell räusperte sich geräuschvoll. „Tja. Es war Fley, und nun ist er tot. So was!"

„Und diese Geschichte in der Zeitung ist wirklich wahr?" rief Rampole.

Die Antwort kam von Hadley, der angriffslustig hereinstampfte. „Sie ist wahr, jawoll!" sagte er. „Ich hab die Zeitungen sich austoben lassen, damit wir einen Appell ans Publikum veröffentlichen können, daß sich alle Personen melden möchten, die Pierre Fley oder seinen verdammten Bruder Henri gekannt haben. Fell, der Spitzname, den Sie ihm gegeben haben, will mir nicht aus dem Kopf! Jedenfalls werden wir bald wissen, wie er in Wirklichkeit heißt. Ich habe nach Bukarest telegraphiert."

„Um Himmels willen, immer mit der Ruhe!" mahnte Dr. Fell. „Sicher sind Sie doch die ganze Nacht aufgewesen, nicht wahr? Setzen Sie sich hin und stärken Sie sich erst mal."

Hadley erklärte, nichts essen zu wollen. Aber nachdem er zwei Portionen Eier mit Speck und mehrere Tassen Kaffee vertilgt hatte, war seine gereizte Stimmung wieder verflogen. „Also los!" sagte er und holte Zeitungsausschnitte und Papiere aus seiner Aktenmappe. „Fangen wir damit an, daß wir diesen Zeitungsbericht Punkt für Punkt durchgehen. Erstens, wegen dieser Herren Blackwin und Short haben wir nach Birmingham telegraphiert und festgestellt, daß es wohlsituierte, ordentliche Leute sind, verläßliche Zeugen in so einer Sache. Der Polizeibeamte Withers ist absolut zuverlässig. Ich habe mir auch die Straße kurz angesehen. An Beleuchtung ist sie nicht gerade mit Piccadilly Circus zu vergleichen, aber andrerseits auch nicht so dunkel, daß jemand, der seine fünf Sinne beieinander hat, sich irren könnte über das, was er gesehen hat. Was die Fußspuren betrifft – wenn Withers schwört, daß keine da waren, glaube ich ihm das.

Jetzt kommen wir zur Waffe. Fley ist mit einer Kugel aus einem 9-mm-Colt erschossen worden und Grimaud ebenfalls. In der Trommel waren zwei abgeschossene Patronenhülsen. Der Revolver ist so alt, daß wir nicht die geringste Aussicht haben, etwas über seine Herkunft in Erfahrung zu bringen."

Dr. Fell grunzte. „Na ja. Haben Sie herausgekriegt, wo Fley gestern abend war?"

„Ja", sagte Hadley. „Mein Mann hat mit dem Varietédirektor und einem Akrobaten namens O'Rourke gesprochen, der mit Fley näher bekannt war und später auch seine Leiche identifiziert hat. Sonnabend ist natürlich die große Nacht da unten in Limehouse. Fleys erste Nummer am Abend sollte um Viertel nach acht anfangen. Etwa fünf Minuten vorher verdrückte sich O'Rourke – der sein Handgelenk gebrochen hatte und nicht auftreten konnte – in den Keller, um 'ne Zigarette zu rauchen. Sie haben den Heizkessel da unten."

Hadley entfaltete einen eng beschriebenen Bogen. „Hier ist O'Rourkes Aussage, wie Somers sie mitgeschrieben hat."

Kaum war ich unten, hörte ich ein Geräusch, als ob jemand Kleinholz macht. Dann dacht ich mir, mich laust der Affe. Die Heizungstür ist offen, und da steht der olle Spinner mit einem Beil und haut die paar Requisiten, die er hat, kaputt und schmeißt sie ins Feuer. „Menschenskind, Spinner, was machen Sie denn da?" sag ich. Und er sagt in seiner verdrehten Art: „Ich vernichte meine Ausrüstung, Signor Pagliacci. Meine Arbeit ist beendet. Ich brauche sie nicht mehr", und wuppdich! ins Feuer rein fliegen seine Vexierseile und die hohlen Bambusstangen für seinen Zauberkasten. „Mann, Spinner", sag ich, „nu machen Sie mal halblang. In ein paar Minuten müssen Sie auftreten und sind noch nicht mal umgezogen." „Hab ich's Ihnen nicht erzählt?" sagt er. „Ich geh meinen Bruder besuchen. Er will was tun, was eine alte Affäre für uns beide in Ordnung bringt."

Na, und dann geht er zur Treppe und dreht sich noch mal um. Sein Gesicht hat so 'n merkwürdig unheimlichen Ausdruck. „Wenn mir irgendwas zustoßen sollte, nachdem er die Sache geregelt hat", sagt er, „können Sie meinen Bruder in derselben Straße finden, in der ich jetzt wohne. Er wohnt eigentlich woanders, aber er hat sich da ein Zimmer gemietet." Dann nimmt er mordshöflich seinen Hut ab und sagt: „Gute Nacht, Signor. Ich kehre wieder in mein Grab zurück." Und damit steigt dieser arme Irre die Treppe hoch, ohne noch 'n Wort zu sagen.

Hadley faltete den Bogen wieder zusammen und steckte ihn in seine Aktenmappe.

„Ja, er war ein guter Komödiant", sagte Dr. Fell. „Na, und weiter?"

„Mir fiel die Frage ein", fuhr Hadley fort, „wohin war Fley unterwegs, als er erschossen wurde? Nicht zu seinem eigenen Zimmer. Er wohnte am Anfang der Straße und war schon an seinem Haus vorbei. Als es ihn erwischte, hatte er etwas über die Hälfte der Straße zurückgelegt. Ich habe Somers hingeschickt, damit er sich jedes Haus in der zweiten Straßenhälfte vorknöpft und nach jedem neuen, verdächtigen oder sonstwie auffälligen Mieter erkundigt."

Dr. Fell, der sich tief in den großen Sessel hineingekuschelt hatte, stemmte sich wieder hoch. „Das ist *falsch!* Ich sage Ihnen, es ist alles falsch!" brüllte er. „Es geht hier nicht um einen Hokuspokus innerhalb von vier Wänden. Da ist eine Straße. Da ist ein Mann, der im Schnee herumläuft. Ein Schrei, Worte, peng! Zeugen drehen sich um, und der Mörder ist verschwunden. Wohin? Ist der Revolver durch die Luft geflogen wie ein geschleudertes Messer, hat er sich an Fleys Rücken entladen und ist wieder abgeprallt?"

„Unsinn!"

„Ich weiß, daß es Unsinn ist", bestätigte Dr. Fell. „Aber trotzdem frage ich." Er setzte seinen Kneifer ab und preßte eine Hand auf seine Augen. „Wie wirkt sich übrigens diese neue Entwicklung auf die Leute am Russell Square aus? Ich meine, können wir jetzt einige von denen ausschalten? Selbst wenn sie uns angelogen haben, so haben sie doch nicht mitten in der Cagliostro Street mit Revolvern um sich geworfen."

„Wir könnten schon ein oder zwei eliminieren – wenn die Sache in der Cagliostro Street etwas später oder sogar ein bißchen früher passiert wäre. Das war aber nicht der Fall. Fley wurde um 10.25 Uhr erschossen – ungefähr fünfzehn Minuten nach Grimaud. Bruder Henri wollte es nicht darauf ankommen lassen – er handelte schnell. Wissen Sie, Fell, ich lerne ganz neue Verbrechertricks kennen. Wenn man zwei ausgeklügelte Morde begehen will, darf man nach dem ersten nicht erst 'ne Weile warten, bis der dramatische Moment für den zweiten gekommen ist. Das erstemal zuschlagen – und dann sofort danach wieder, solange die Zuschauer von dem ersten noch so benommen sind, daß sich keiner, einschließlich der Polizei, genau daran erinnern kann, wer zu einer bestimmten Zeit wo war. Können wir's denn?"

„Na, na", knurrte Dr. Fell, um zu verbergen, daß er es nicht konnte. „Es dürfte leicht sein, einen Zeitplan aufzustellen. Wann kamen wir an Grimauds Haus?"

Hadley machte auf einem Zettel Notizen. „Gerade, als Mangan aus dem Fenster sprang. Sagen wir mal zwei Minuten nach dem Schuß oder 10.12 Uhr. Wir rannten nach oben, fanden die Tür verschlossen, holten die Zange und machten die Tür auf. Weitere drei Minuten. Dann telephonierte Mangan, und der Krankenwagen kam sehr schnell – wahrscheinlich in fünf Minuten. Das ist 10.20 Uhr. Und wie steht's mit den nächsten fünf Minuten, mit der Zeit kurz vor dem zweiten Mord? Rosette Grimaud, allein, begleitete ihren Vater in der Ambulanz. Mangan, auch allein, war unten und erledigte einige Telephongespräche für mich. Während dieser ganzen Zeit und noch eine ganze Weile danach hat niemand Drayman gesehen. Nun zu Mills und der Dumont. Hm. Doch, ja. Die sind auch unverdächtig. Mills sprach mit uns bis mindestens halb elf, und Madame Dumont kam kurz nach ihm herauf. Beide blieben eine ganze Weile bei uns. Die fallen also aus."

Dr. Fell lachte in sich hinein. „Tatsächlich wissen wir genauso viel wie vorher", meinte er nachdenklich. „Die einzigen Leute, die dadurch unverdächtig werden, sind die, von deren Unschuld wir ohnehin überzeugt waren und die die Wahrheit gesagt hatten. Ist übrigens bei der Durchsuchung von Draymans Zimmer etwas herausgekommen, Hadley? Und was war mit dem Blut?"

„Oh, das war wirklich menschliches Blut, aber in Draymans Zimmer war nichts, was darüber Aufschluß gegeben hätte – noch über irgend etwas anderes. Da waren allerdings einige Masken aus Papiermaché. Sehr kunstvolle Dinger mit Bärten und Glotzaugen, keine einzige in simplem Rosa –"

Er wurde von einem Dienstmädchen unterbrochen. „Ein Herr ist unten", sagte sie zu Dr. Fell, „der entweder Sie oder den Herrn Superintendenten sprechen möchte. Ein Mr. Anthony Pettis, Sir."

Mit viel Knurren, Räuspern und Verstreuen von Asche aus seiner Pfeife erhob sich Dr. Fell, um den Besucher freundlich zu begrüßen. Mr. Pettis verbeugte sich vor beiden.

„Sie müssen entschuldigen, meine Herren, daß ich hier eindringe", sagte er. „Aber ich habe gehört, daß Sie mich sprechen wollen. Da dachte ich, am besten suche ich Sie auf. Man hat mir diese Adresse in Scotland Yard gegeben."

Dr. Fell half bereits seinem Gast aus dem Mantel und bot ihm einen Sessel an. Mr. Pettis dankte lächelnd. Er war ein kleiner, adretter, förmlicher Mann mit klugen, vorstehenden Augen, glänzendem, kahlem Schädel und einer dröhnenden Stimme. Wenn er sprach, hatte er die Angewohnheit, auf seinem Sitz ganz nach vorn zu rutschen und die Hände zu falten.

„Das ist eine schreckliche Sache mit Grimaud“, sagte er und zögerte. „Ich möchte natürlich helfen, wo ich nur kann.“

Dr. Fell machte ihn mit den andern bekannt. „Ich wollte Sie schon lange gern kennenlernen. Wir haben ja ein paar Sachen über dieselben Themen geschrieben. Darf ich Ihnen etwas anbieten? Whisky? Brandy-Soda?“

„Es ist ein bißchen zu früh dafür“, sagte Pettis. „Aber wenn Sie darauf bestehen – danke, ja! Ich kenne Ihr Buch über das Übernatürliche in der englischen Literatur, aber ich stimme mit Ihnen nicht überein, daß ein Geist in einer Geschichte immer bösartig sein muß ...“

„Selbstverständlich muß er immer bösartig sein!“ rief Dr. Fell laut. „Je bösartiger, desto besser, Sir. Ich behaupte –“

„Beruhigen Sie sich doch, ja?“ mahnte Hadley. „Mr. Pettis möchte uns etwas sagen.“ Als er sah, daß Dr. Fells Erregung in verlegenes Grinsen übergegangen war, fuhr er geschmeidig fort. „Zuerst, Mr. Pettis, muß ich Sie bitten, mir zu sagen, wo Sie gestern abend gewesen sind. Speziell in der Zeit zwischen, sagen wir mal halb zehn und halb elf.“

Pettis stellte sein Glas hin. „Wollen Sie damit sagen, Mr. Hadley, daß ich unter Verdacht stehe?“

„Grimauds Besucher hat Ihren Namen gebraucht. Wußten Sie das nicht?“

„Meinen Namen?“ rief Pettis. „Wie meinen Sie das?“ Er starrte Hadley an, als dieser erklärte.

„Also wenn Sie das widerlegen wollen, indem Sie uns sagen, wo Sie gestern abend waren ...“ Hadley holte sein Notizbuch heraus.

„Ich war im Theater“, sagte Pettis beunruhigt. „In His Majesty's Theatre. Ich hoffe, das läßt sich beweisen, obwohl ich allein war.“

„Und nach dem Theater? Um welche Zeit war es aus?“

„Gegen elf. Ich wollte noch nicht nach Hause gehen. Ich dachte, ich geh mal bei Grimaud vorbei und trink noch einen Schluck mit ihm. Da hat Mills mir erzählt, was passiert war. Ich wollte Sie sprechen oder wer sonst die Untersuchung leitete. Ich habe eine ganze Weile gewartet, und dann wurde mir gesagt, daß Superintendent Hadley mich am nächsten Vormittag sprechen möchte. Dann ging ich ins Krankenhaus, um zu erfahren, wie es Grimaud ging. Als ich hinkam, war er gerade gestorben. Mr. Hadley, ich weiß, das ist eine entsetzliche Sache, aber ich schwöre Ihnen –"

„Einen Augenblick! Ehe wir weitermachen, erst folgendes: Soviel ich weiß, hat derjenige, der sich für Sie ausgegeben hat, alle Ihre Eigenheiten wie Anrede und so weiter genau nachgeahmt, nicht wahr? Gut! Wer könnte nach Ihrer Meinung dazu imstande gewesen sein?"

„Oder das gewollt haben", erwiderte Pettis ärgerlich. Er legte seine Fingerspitzen zusammen und starrte aus dem großen Fenster hinaus. „Glauben Sie nicht, daß ich Ihrer Frage ausweichen will, Mr. Hadley", fuhr er fort. „Offen gestanden, mir fällt niemand ein. Aber dies Rätsel beunruhigt mich, abgesehen davon, daß es in gewisser Weise für mich gefährlich ist. Zum Beispiel nehmen wir mal rein theoretisch an, ich sei der Mörder."

Er blickte Hadley, der sich aufgerichtet hatte, spöttisch an.

„Warten Sie! Ich bin nicht der Mörder, aber nehmen wir's mal an. Ich gehe in einer seltsamen Verkleidung los, um Grimaud umzubringen. Ist es dann wahrscheinlich, daß ich den jungen Leuten meinen wirklichen Namen ausposaunen würde? Das wäre die erste Auslegung. Aber ein sehr raffinierter Detektiv würde antworten: ‚Ja, ein schlauer Mörder würde vielleicht genau das tun. Es wäre die wirkungsvollste Art, alle Leute, die den ersten, voreiligen Schluß gezogen haben, aus dem Konzept zu bringen. Er hat seine Stimme nur ganz wenig verändert, gerade so weit, daß sich die Leute später daran erinnern würden. Er sprach wie Pettis, weil er wollte, daß die Leute dachten, er sei *nicht* Pettis.' Haben Sie daran gedacht?"

„O ja", sagte Dr. Fell. „Das war mein erster Gedanke."

Pettis nickte. „Dann wird Ihnen auch die Antwort darauf eingefallen sein, die mich in beiden Fällen entlastet. Wenn ich so etwas unternehmen wollte, wäre es nicht meine Stimme, die ich leicht verstellen müßte. Wenn die Hörer sie gleich anfangs als echt akzeptierten, würden ihnen später vielleicht nicht die von mir erwünschten Zweifel kommen. Vielmehr hätte ich in meiner Ausdrucksweise einen Fehler machen müssen. Ich hätte etwas sagen müssen, das offensichtlich nicht zu mir paßte, woran sie sich später erinnert hätten. Und das hat der Besucher nicht getan. Seine Imitation war zu gründlich, und damit bin ich wohl entlastet. Ob Sie die simple Auslegung nehmen oder die raffinierte, ich kann mich in beiden Fällen nicht schuldig bekennen."

Hadley lachte, und sein Blick wanderte von Pettis zu Dr. Fell hinüber. „Gleich und gleich gesellt sich gern", sagte er. „Mir gefällt dies talmudische Denken. Aber lassen Sie sich aus meiner praktischen Erfahrung sagen, Mr. Pettis, daß ein Verbrecher, der so etwas versuchte, sich hübsch in die Nesseln setzen würde. Die Polizei würde der simplen Auslegung folgen – und ihn aufhängen."

„So wie Sie mich hängen würden", sagte Pettis, „wenn Sie zusätzliches Beweismaterial finden könnten?"

„Genau."

„Nun – äh –, das ist wenigstens ehrlich", meinte Pettis. „Soll ich – äh – fortfahren?"

„Ja, sicher", sagte der Superintendent verbindlich. „Sogar ein kluger Mann kann uns neue Ideen bescheren."

Ob das eine beabsichtigte Stichelei war oder nicht, sie hatte eine unerwartete Wirkung. Pettis lächelte.

„Ja, das glaube ich auch", stimmte er zu. „Sogar Ideen, die Sie selbst hätten haben sollen. Nur ein Beispiel. Sie – oder jemand anders – wurden heute morgen in allen Zeitungen über Grimauds Ermordung ziemlich ausführlich zitiert. Sie wiesen darauf hin, daß der Mörder sorgfältig einkalkuliert hatte, für sein spurloses Verschwinden jungfräulichen Schnee zur Verfügung zu haben. Er konnte sicher sein, daß es gestern abend schneien würde, alles entsprechend einrichten und es wagen, so lange zu warten, bis der Schnee aufhörte, um seinen Plan durchzuführen. Stimmt das?"

„So was Ähnliches habe ich gesagt, allerdings. Na und?"

„Dann hätten Sie nach meiner Meinung daran denken sollen", sagte Pettis, „daß der gestrige Wetterbericht voraussagte, es werde nicht schneien."

„Bravo!" rief Dr. Fell und zwinkerte Pettis zu. „Daran hab ich überhaupt nicht gedacht. Hadley, das ändert die Lage vollkommen! Das –"

„Ja", sagte Hadley. „Es scheint die Lage zu ändern. Verdammt noch mal! Noch mehr Einfälle, Pettis?"

„Ich fürchte, das ist alles... Dafür, daß jemand meine Stimme nachgeahmt hat, fällt mir nur ein Grund ein. Ich bin der einzige aus unserem Kreis, der Sonnabend abends nie etwas Bestimmtes vorhat und deshalb vielleicht kein Alibi erbringen könnte ... Jeder mit etwas schauspielerischer Begabung hätte es fertiggebracht. Allerdings, wer wußte so genau, wie ich diese Personen anredete?“

„Wie steht es mit Ihrer Stammtischrunde in der Warwick Tavern? Da sind doch noch andere dabei außer den Personen, von denen wir schon gehört haben, nicht wahr?“

„O ja. Da sind noch zwei, die unregelmäßig kommen. Aber von denen kommt nach meinem Dafürhalten keiner in Betracht. Da ist der alte Mornington, der am Museum angestellt ist. Der hat einen brüchigen Tenor, der nie mit meiner Stimme verwechselt werden könnte. Dann Swayle, aber ich glaube, der hat gestern abend im Rundfunk gesprochen, über das Leben der Ameisen oder so etwas Ähnliches ...“

„Wann hat er gesprochen?“

„Um drei Viertel zehn, glaube ich. Außerdem hat keiner von beiden je Grimauds Haus betreten. Burnaby und ich waren seine einzigen nahen Freunde. Aber ich war es nicht, und Burnaby hat Karten gespielt.“

„Ich nehme an, Mr. Burnaby hat wirklich Karten gespielt?“

„Darauf gehe ich jede Wette ein. Ein Mann müßte schon besonders dumm sein, um an dem einzigen Abend, wo seine Abwesenheit von einer gewissen Gruppe bestimmt bemerkt würde, einen Mord zu begehen.“

Das beeindruckte den Superintendenten mehr als alles, was Pettis bisher gesagt hatte. „Wissen Sie, daß das Bild, das Dr. Grimaud gekauft hat, um sich zu verteidigen, von Burnaby stammt?“ fragte er mit grimmiger Miene.

„Um sich zu verteidigen? Wie denn? Gegen wen?“

„Das wissen wir nicht. Ich hatte gehofft, Sie könnten das erklären.“ Hadley blickte ihn forschend an. „Wissen Sie, wie Burnaby dazu kam, das Bild zu malen, und wann das geschah?“

„Ich glaube, das war vor ein paar Jahren. Ich weiß noch, daß ich ihn fragte, was es darstellen sollte. Er antwortete: ‚Eine Phantasievorstellung von etwas, das ich nie gesehen habe.‘ Das Ding hatte in seinem Atelier so lange herumgestanden und Staub gesammelt, daß ich überrascht war, als Grimaud am Freitag hereingestürmt kam und es haben wollte.“

Hadley beugte sich interessiert vor. „Sie waren dabei?"

„Im Atelier? Ja. Ich war aus irgendeinem Grund vorbeigekommen – ich weiß nicht mehr, weshalb. Grimaud kam hereingestampft und sagte in dem Maschinengewehr-Stakkato, das er an sich hatte: ‚Burnaby, wo ist Ihr Bild von den Salzbergen? Ich möchte es haben. Was verlangen Sie dafür?' Burnaby antwortete: ‚Das Ding können Sie umsonst haben, Mann, wenn Sie wollen. Nehmen Sie's mit.' Grimaud sagte: ‚Nein, ich habe Verwendung dafür und bestehe darauf, es zu kaufen.' Als dann Burnaby irgendeinen lächerlichen Preis wie zehn Shilling nannte, schrieb Grimaud ganz feierlich einen Scheck für zehn Shilling aus. Er nahm das Bild mit hinunter, und ich besorgte ihm ein Taxi, damit er's nach Hause transportieren konnte."

„War es verpackt?" fragte Dr. Fell eifrig.

Pettis betrachtete ihn neugierig. „Ich möchte wissen, warum Sie das fragen", sagte er. „Ich wollte gerade erwähnen, welche Umstände Grimaud darum machte, es zu verpacken. Er bestand darauf, hinunterzugehen und meterweise braunes Packpapier in irgendeinem Laden zu besorgen."

„Sie wissen nicht, ob Grimaud direkt nach Hause fuhr?"

„Nein. Vielleicht hat er es vorher noch rahmen lassen."

Dr. Fell setzte sich zufrieden grunzend zurück, ohne das Thema weiter zu verfolgen. Hadley beharrte noch eine Weile auf seinem Verhör, aber es kam nichts Wichtiges dabei heraus, soweit Rampole sehen konnte. Schließlich erhob Pettis sich zum Gehen, als Big Ben gerade zehn Uhr schlug. „Übrigens, wie wär's, meine Herren", sagte er, „wenn Sie mir alle an diesem traurigen Sonntag zum Lunch Gesellschaft leisteten? Ich wohne im Imperial, gleich gegenüber am Russell Square. Sie sind ja sowieso in der Gegend beschäftigt. Außerdem, wenn Dr. Fell Lust hat, sich über Gespenstergeschichten zu unterhalten –"

Er lächelte. Der Doktor nahm dankend an, ehe Hadley die Einladung ablehnen konnte, und Pettis ging. Dann sahen alle einander an.

„Na?" brummte Hadley. „Scheint mir in Ordnung zu sein. Selbstverständlich werden wir alles nachprüfen. Die Sache ist die, warum sollte überhaupt einer von denen in der einzigen Nacht, wo seine Abwesenheit auffallen mußte, ein Verbrechen begehen?"

„Und wo der Wetterbericht keinen Schnee vorausgesagt hatte", ergänzte Dr. Fell. „Hadley, damit stürzt alles zusammen! Ich verstehe nicht ... Cagliostro Street! Gehen wir zur Cagliostro Street. Überall besser als in dieser Dunkelheit hier."

Prustend stampfte er in die Halle, um seinen Umhängemantel und Schlapphut zu holen.

VII Die geheime Wohnung

Auf der Westseite der Lamb's Conduit Street, kurz bevor sie in die Guilford Street einmündet, liegt der Eingang zur Cagliostro Street zwischen einer Papierhandlung und einem Metzgerladen versteckt. Sie sieht so sehr wie ein Durchgang aus, daß man sie leicht verfehlen kann, wenn man nicht auf das Straßenschild aufpaßt. Wenn man an diesen beiden Gebäuden vorbei ist, erweitert sie sich plötzlich zu unerwarteter Breite und führt zweihundert Meter weit schnurgerade auf eine glatte Backsteinmauer zu, an der sie endet.

An diesem grauen Wintersonntag war die Straße so verlassen, daß es schon ans Gespenstische grenzte. Rampole hatte ein unheimliches Gefühl, als er mit Hadley und Dr. Fell am Eingang zur Straße stand und hineinstarrte. Nur wenige Läden hatten sich von der Lamb's Conduit Street auf beiden Seiten in den Anfang der Cagliostro Street hineinverirrt. Alle hatten sie ihre Rolläden heruntergelassen oder ihre Schaufenster mit Stahlgittern gesichert. Anschließend folgten zwei Reihen von schmucklosen, dreistöckigen Häusern aus dunkelroten Ziegeln, deren Fensterrahmen weiß oder gelb gestrichen waren. Der Schnee war trotz des kalten Windes, der durch die Einfahrt hineinwehte, zu Flecken von grauem Matsch zusammengeschmolzen.

„Sieht heiter aus", grunzte Dr. Fell und stapfte voran. „Ehe wir jetzt Aufmerksamkeit erregen, zeigen Sie mir mal, wo sich Fley befand, als er getroffen wurde. Und wo hat er übrigens gewohnt?"

Hadley deutete auf ein Tabakgeschäft. „Da oben über dem Laden, gleich am Anfang der Straße. Wir gehen nachher rauf. Jetzt kommen Sie mal mit bis ungefähr zur Hälfte der

Straße ...“ Er ging voraus und zählte seine Schritte. „Die gefegten Bürgersteige und die Fahrbahn mit den bereits vorhandenen Fußspuren hörten etwa hier auf, sagen wir mal nach fünfzig Metern mehr oder weniger ... *hier.*“ Er blieb stehen und drehte sich um. „Halbe Straßenlänge, Mitte der Fahrbahn. Sie sehen ja selbst, wie breit die Straße ist. Dort, wo er ging, war er zehn Meter von den Häusern auf *beiden* Seiten entfernt. Wenn er auf dem Bürgersteig gegangen wäre, hätte man irgendeine wilde Theorie aufstellen können, daß jemand sich mit einem an einer Stange befestigten Revolver hinausgelehnt hätte –“

„Unsinn!“

„Natürlich Unsinn“, sagte Hadley heftig. „Aber wenn es nicht so ein ähnlicher Hokuspokus war, was war es denn? Jetzt bleiben Sie hier stehen und sehen Sie in meine Richtung.“ Er schritt wieder die Entfernung bis zu einem weiteren Punkt ab und ging dann auf den rechten Bürgersteig hinüber. „Hier waren Blackwin und Short, als sie den Schrei hörten. Fell, gehen Sie da auf der Mitte des Damms weiter. Ich bin vor Ihnen. Ich dreh mich schnell um. Wie weit bin ich jetzt von Ihnen entfernt?“

Rampole, der sich abseits von den beiden gehalten hatte, sah Dr. Fell massig und allein in der Mitte eines leeren Rechtecks stehen.

„Die beiden Männer waren ja nicht viel mehr als zehn Meter voraus!“ sagte der Doktor und schob seinen Schlapphut zurück. „Hadley, er war mitten in einer Schneewüste. Und doch drehen sie sich blitzschnell um, als sie den Schuß hören ... hm ... hmf ...“

„Genau. Als nächstes die Beleuchtung. Übernehmen Sie die Rolle von Fley. Zu Ihrer Rechten – etwas voraus und gleich nach der Haustür von Nummer 18 – sehen Sie eine Straßenlaterne. Ein Stück dahinter, ebenfalls rechts von Ihnen, sehen Sie das Schaufenster von dem Juwelier, ja? In dem Schaufenster war Licht. Können Sie mir jetzt erklären, wie sich zwei Leute, die hier standen, darüber irren könnten, ob sie jemand in der Nähe von Fley sahen?“

Dr. Fells Stimme wurde so laut, daß sie ein Echo hervorrief. Sein Umhang flatterte, und seine Augen tanzten. „Juwelier“, wiederholte er. „Juwelier! Und innen beleuchtet . . .“ Er ging hinüber und glotzte wie eine Eule ins Schaufenster. In der Auslage waren Tabletts mit billigen Schmucksachen und Uhren, und in der Mitte stand eine große deutsche Uhr mit einer runden Haube und einem Sonnenzifferblatt, in dem sich zwei Augen hin und her bewegten. Sie begann gerade mit hellem, klimperndem Laut elf Uhr zu schlagen. Dr. Fell starrte auf die rollenden Augen, die den unangenehmen Eindruck machten, als ob sie mit der Freude eines Schwachsinnigen die Stelle betrachteten, wo ein Mensch ermordet worden war.

„Aber das liegt doch auf der rechten Straßenseite“, sagte er eigensinnig, als ob er ein Streitgespräch weiterführte. „Und die Kugel traf Fley von links in den Rücken. Unter der Voraussetzung . . . Ich weiß nicht! Selbst wenn wir annehmen, daß der Mörder auf dem Schnee gehen konnte, ohne eine Spur zu hinterlassen, können wir wenigstens bestimmen, woher er kam?“

„Er kam von hier“, sagte eine Stimme.

Der auffrischende Wind schien die Worte um ihre Ohren zu wirbeln, und sekundenlang hatte Rampole in dem böigen Halblicht eine irre Vision von fliegenden Gegenständen, von Worten, die ein Unsichtbarer sprach. Als er sich umdrehte, sah er die Erklärung, die ihn in die nüchterne Wirklichkeit zurückversetzte. Ein stämmiger junger Mann mit rotem Gesicht und einer Melone, die er in die Stirn gezogen hatte, kam die Stufen vom Hauseingang zu Nummer 18 herunter. Er grinste, als er vor Hadley salutierte.

„Ich bin Somers, Sir. Erinnern Sie sich? Ich sollte herauskriegen, wo der Tote, dieser Franzmann, hinwollte, als er umgebracht wurde. Und welche Hauswirtin an so 'n komischen Vogel vermietet hatte, der vielleicht der Mann sein könnte, den wir suchen . . . Also über den komischen Vogel hab ich was rausgekriegt. Der kam von *hier.*“

Hadleys Blick wanderte zum Hauseingang hinauf, wo zögernd eine andere Gestalt stand. Somers folgte dem Blick.

„Das ist Mr. O'Rourke, Sir“, sagte er. „Der vom Varieté, wissen Sie, der den Franzmann gestern nacht identifiziert hat. Er hat mir heut morgen so 'n bißchen geholfen.“

Die Gestalt löste sich aus dem Halbdunkel und stieg die Treppe hinunter. Trotz seines dicken Mantels sah der Mann mager aus, mager und doch kräftig. Seine dunkle Gesichtsfarbe hatte etwas Italienisches, ein Eindruck, der durch den üppigen schwarzen Schnurrbart mit seinen gewachsten Spitzen noch verstärkt wurde. Darunter hing eine große Pfeife mit gebogenem Stiel aus einem Mundwinkel. „O'Rourke ist mein Name, jawohl", sagte er. „Ich hoffe, Sie nehmen's mir nicht übel, daß ich mich so einmische, meine Herren. Ich hab den ollen Spinner gekannt, wissen Sie ..." Seine Miene verdüsterte sich. „Wenn ich 'n bißchen mehr Grips gehabt hätte, hätt ich ihn gestern abend nicht allein lassen sollen –"

„Jawohl. Bitte kommen Sie mit, Sir", sagte Somers zu Hadley. „Ich muß Ihnen was Wichtiges zeigen. Die Wirtin wird Ihnen alles über den Mieter erzählen. Aber erst möchte ich, daß Sie seine Zimmer sehen."

„Was ist denn dort?"

„Na ja, Sir, erstens mal Blut", antwortete Somers. „Und dann auch so 'n sonderbarer Strick ..." Er setzte eine zufriedene Miene auf, als er Hadleys interessiertes Gesicht sah. „Dieser Strick und auch noch andere Sachen werden Sie interessieren. Nach seiner Ausrüstung zu urteilen, ist der Bursche ein Einbrecher. Miß Hake – das ist die Wirtin – sagt, er hat die Zimmer schon seit einiger Zeit, aber benutzt hat er sie nur ein- oder zweimal seit –"

„Na, denn mal los", sagte Hadley.

Somers führte sie in eine dunkle Halle und dann drei Treppen hinauf. Das Haus war schmal und hatte in jedem Stockwerk eine möblierte Wohnung. Die Tür zum obersten Stock – dicht neben einer Leiter, die zum Dach führte – stand offen. Somers ging voran in einen halbdunklen Gang mit drei Türen.

„Erst hier rein, Sir", sagte er. „Das ist das Badezimmer. Ich hab einen Shilling in den Zählerautomat gesteckt, damit wir Licht haben."

Er knipste einen Schalter an. Das Badezimmer war eine schmuddelige, umgebaute Rumpelkammer mit einer Tapete aus imitierten Kacheln an der Wand, schäbigem Wachstuch auf dem Boden, einem kopflastigen Heißwasserspeicher und einem welligen Spiegel, der über einem Waschtisch mit Schüssel und Kanne hing. „Hat sich bemüht, hier sauberzumachen, sehen Sie,

Sir?“ fuhr Somers fort. „Aber man sieht noch die rötlichen Spuren in der Wanne. Dort hat er sich die Hände gewaschen. Und hier drüben hinter dem Wäschekorb“ – mit dramatischem Schwung beförderte er den Wäschekorb zur Seite und brachte einen feuchten Waschlappen mit hellroten Flecken zum Vorschein – „der Lappen, mit dem er seine Kleider gereinigt hat.“

„Ausgezeichnet“, lobte Hadley leise. „Und jetzt die andern Zimmer.“

Die Persönlichkeit des Unbekannten durchdrang diese Räume wie das fahle Gelb des elektrischen Lichts. Vor den Fenstern im Vorderzimmer waren schwere Vorhänge zugezogen. Auf dem breiten Tisch lagen unter einer Lampe ein Satz kleiner, stählerner Werkzeuge mit runden Köpfen und gebogenen Enden („Nachschlüssel, was?“ stellte Hadley fest), eine Sammlung von einzelnen Schlössern und ein Bündel Notizen. Ferner standen ein Mikroskop da und ein Kästchen mit Objektträgern, ein Labortisch mit Chemikalien und etikettierten Reagenzgläsern in einem Gestell. Eine Wand war voller Bücher, und in einer Ecke befand sich ein kleines eisernes Safe.

„Wenn er ein Einbrecher ist“, sagte der Superintendent, „dann ist er der modernste und wissenschaftlichste, den ich kenne. Ich habe nicht gewußt, daß dieser Trick in England bekannt ist. Erkennen Sie ihn wieder, Fell?“

„Da ist ein großes Loch glatt aus der eisernen Decke des Safes herausgeschnitten, Sir“, sagte Somers. „Wenn er einen Schweißbrenner dazu benutzt hat, ist das die sauberste Arbeit, die ich je gesehen habe.“

„Die Methode ist viel einfacher“, sagte Hadley. „Das ist das sogenannte Aluminothermieverfahren. Ich bin nicht sehr firm in Chemie, aber ich glaube, es handelt sich um pulverisiertes Aluminium und Eisenoxyd. Man mischt die beiden auf einem Safe, fügt – was war's noch gleich? –, ach ja, Magnesiumpulver hinzu und zündet das Zeug an. Es explodiert nicht, sondern erzeugt große Hitze von mehreren tausend Grad und schmilzt glatt ein Loch durch das Metall . . . Sehen Sie die Metallröhre auf dem Tisch? Ein Detektaskop, auch Fischaugenlinse genannt. Man kann damit durch ein kleines Loch in der Wand alles sehen, was im andern Raum vor sich geht. Was halten Sie davon, Fell?“

„Ja, ja", sagte der Doktor mit abwesendem Blick. „Aber wo ist das Seil? Das Seil interessiert mich."

„Im andern Zimmer, Sir. Nach hinten raus", sagte Somers. „Das ist in ganz großem Stil eingerichtet, wie so 'n orientalischer . . . Sie wissen schon."

Wahrscheinlich meinte er Harem. Die grell-bunten Diwane, Wandbehänge, Troddeln und Quasten und andere Kinkerlitzchen gaben dem Raum eine pseudotürkische Überladenheit. Hadley riß die Vorhänge auf. In dem fahlen Winterlicht verblaßte die falsche Pracht. Man sah hinaus auf die Rückseite der Häuser in der Guilford Street und auf eine Gasse, die sich zu den hinteren Gebäuden des Kinderkrankenhauses hinschlängelte. Hadley hielt sich jedoch nicht lange mit der Aussicht auf, sondern stürzte sich auf das Seil, das zusammengerollt auf einem Diwan lag.

Es war dünn, aber sehr stark, in Abständen von dreißig Zentimetern geknotet, und hatte an einem Ende eine seltsame Vorrichtung, die wie eine schwarze Gummischale aussah und etwas größer als eine Kaffeetasse war.

„Meine Güte!" sagte Dr. Fell. „Hören Sie mal, das ist doch –"

Hadley nickte. „Gehört hab ich schon davon, aber noch nie so 'n Ding gesehen. Schauen Sie! Es ist ein Saugnapf."

„Meinen Sie", fragte Rampole, „ein Einbrecher könnte das Ding an eine Wand drücken, und es würde ihn am Seil tragen?"

Hadley zögerte. „Angeblich soll es so funktionieren. Allerdings –"

O'Rourke, der das Seil kritisch beäugt hatte, räusperte sich, um sich bemerkbar zu machen. „Entschuldigen die Herren", sagte er, „ich will mich ja nicht einmischen, aber ich halte das für faulen Zauber."

Hadley fuhr herum. „Wieso?"

„Wetten, daß das Ding dem Spinner Fley gehört hat?" sagte O'Rourke. „Lassen Sie mich mal 'n Moment sehen."

Er nahm das Seil und ließ es leicht durch seine Finger gleiten, bis er zur Mitte kam. Dann nickte er befriedigt. Er zwirbelte es zwischen seinen Fingern und spreizte plötzlich mit der Geste eines Zauberkünstlers seine Arme. In jeder Hand hielt er eine Hälfte des Seils.

„Aha. Sehen Sie? Das Seil ist präpariert. Es hat in dem einen Ende 'ne Schraube befestigt und in dem anderen ein Gewinde, und es läßt sich zusammendrehen wie 'ne Schraube mit der Mutter. Man kann die Verbindungsstelle nicht sehen. Man kann's noch so genau untersuchen und Zerreißproben machen – es geht nicht auseinander. Kapieren Sie den Trick? Leute aus dem Publikum fesseln den Zauberer von Kopf bis Fuß in seinem Kasten. Die Verbindungsstelle im Seil läuft über seine Hände. Die Beobachter außerhalb des geschlossenen Kastens können die Enden des Seils festhalten, um sicher zu sein, daß er nicht versucht, sich zu befreien. Verstanden? Aber er schraubt das Ding mit seinen Zähnen auf, hält das Seil mit seinen Knien stramm, und nun geht in dem Kasten der Teufel los. Wunder! Verblüffung! Die größte Sensation der Welt!" O'Rourke blickte sich freundlich im Kreise um. „Jawohl. Das war eins von Spinners Seilen."

„Daran zweifele ich nicht", sagte Hadley. „Aber was soll der Saugnapf?"

„Haben Sie schon mal von dem indischen Seiltrick gehört? Fakir schmeißt Seil in die Luft, Junge klettert rauf – Hokus, pokus, fidibus! Junge verschwindet. Spinner hat versucht, eine Lösung für den Trick auszuklamüsern. Ich könnt' mir denken, der Saugnapf sollte das Seil irgendwo festhalten, wenn's raufgeworfen wurde."

„Und da sollte jemand hinaufklettern?" sagte Hadley mit ungläubiger Stimme. „Hinaufklettern und verschwinden?"

„Na ja, 'n Kind – aber das Ding kann nicht das Gewicht eines Erwachsenen tragen. Hören Sie, Herrschaften! Ich würd's ja gerne für Sie ausprobieren und mich aus dem Fenster daran rausschwingen, aber ich will mir nicht das Genick brechen, und außerdem hat mein Handgelenk einen Knacks."

„Ich glaube, wir haben schon genug Beweismaterial", sagte Hadley. „Sie sagen, dieser Bursche ist ausgerissen, Somers? Haben Sie eine Beschreibung von ihm?"

Somers nickte. „Dürfte nicht schwer sein, ihn hopszunehmen, Sir. Er läuft unter dem Namen Jerome Burnaby. Sieht ziemlich auffallend aus – und hat einen Klumpfuß."

Der nächste Laut war Dr. Fells gewaltiges Gelächter, das den Staub von den Wänden aufwirbelte. Er ließ sich auf einen rotgelben Diwan fallen und schlug prustend mit seinem Stock auf den Boden.

„Gelackmeiert!" rief er. „Gelackmeiert, Sportskameraden! He-he-he. Aus der Traum vom Geist und vom Beweismaterial. Ach, du lieber Himmel!"

„Was heißt hier gelackmeiert?" fragte Hadley indigniert. „Überzeugt Sie das hier nicht, daß Burnaby schuldig ist?"

„Es überzeugt mich vollkommen, daß er unschuldig ist", sagte Dr. Fell. „Mir schwante schon, daß wir so was Ähnliches finden würden, als wir das andere Zimmer sahen. Es war ein bißchen zu schön, um wahr zu sein."

„Würden Sie mir das bitte erklären . . .?"

„Aber gerne", erwiderte der Doktor liebenswürdig. „Hadley, haben Sie je einen Einbrecher oder sonst einen schweren Jungen gekannt, der sein Versteck mit soviel atmosphärischem Effekt eingerichtet hat? Mit Nachschlüsseln auf dem Tisch, dem geheimnisvollen Mikroskop, den unheimlichen Chemikalien und so weiter? Der richtige Verbrecher sorgt dafür, daß seine Behausung ehrbarer aussieht als die vom Kirchenältesten. Diese Aufmachung hier erinnert mich nicht mal an einen, der Verbrecher spielt. Aber wenn Sie einen Augenblick nachdenken, werden Sie darauf kommen, an was Sie hier aus hundert Filmen und Geschichten erinnert werden. Es ist so, als ob jemand Detektiv spielt."

Hadley rieb sich das Kinn und blickte suchend umher.

„Haben Sie als kleiner Junge nie Meisterdetektiv gespielt", fuhr Dr. Fell fort, „und sich einen geheimen Schlupfwinkel in einer geheimen Straße gewünscht, wo Sie Ihre lebensgefährlichen Studien betreiben konnten? Hat nicht jemand erwähnt, daß Burnaby ein begeisterter Amateurdetektiv ist? Vielleicht schreibt er ein Buch. Jedenfalls hat er auf ausgefallene Weise genau das getan, was viele andere ausgewachsene Kinder auch tun möchten. Er hat sich ein zweites Ich geschaffen."

„Halten Sie mal", sagte Hadley. „Ja, ich gebe zu, die Wohnung sieht nicht sehr überzeugend aus. Ich gebe zu, es ist wie ein schlechter Film. Aber vergessen Sie nicht, dies Seil hat Fley gehört. Und was ist mit dem Blut?"

Dr. Fell nickte. „Hm, ja. Verstehen Sie mich nicht falsch. Ich sage ja nicht, daß diese Zimmer etwa keine Rolle in der ganzen Sache spielen. Ich warne Sie nur davor, zu fest an Burnabys verbrecherisches Doppelleben zu glauben."

„Das werden wir bald herauskriegen", brummte Hadley. „Somers! Gehen Sie hinüber in die andere Wohnung von Mr. Jerome Burnaby. Bloomsbury Square Nummer 13 A. Bringen Sie ihn her, aber stellen Sie und beantworten Sie ihm keine Fragen. Und wenn Sie unten sind, schicken Sie uns die Wirtin herauf."

Er stakste durch das Zimmer und versetzte den Möbeln Fußtritte, während Somers hinauseilte. O'Rourke, der sich hingesetzt hatte, gestikulierte mit seiner Pfeife.

„Was nun, Herrschaften?" sagte er. „Ich seh gern die Spürhunde bei der Arbeit. Ist da noch was, was Sie *mich* fragen wollen?"

Hadley blätterte die Papiere in seiner Mappe durch. „Das ist doch Ihre Aussage hier, nicht?" Er überflog das Protokoll. „Sind Sie sicher, daß er gesagt hat, sein Bruder habe sich in dieser Straße eingemietet?"

„Jawohl, Sir. Er hat gesagt, er hätte ihn hier herumlungern sehen."

Hadley blickte jäh auf. „Das ist nicht dasselbe. Was hat er wirklich gesagt?"

O'Rourke hielt das für Haarspalterei. „Na ja, er hat gesagt: ‚Er hat ein Zimmer da. Ich hab ihn herumlungern sehen.' Oder so was Ähnliches."

„Das ist nicht sehr genau, nicht wahr? Denken Sie noch mal nach!"

„Ach, hol's der Teufel, ich *denke* ja nach!" protestierte O'Rourke. „Da quatscht einer einem die Hucke voll mit so 'nem Zeug, und hinterher fragen sie einen danach, und wenn man's nicht Wort für Wort wiederholen kann, glauben sie, man lügt. Bedaure, Kam'rad, aber besser krieg ich's nicht zusammen."

Hadley überlegte und entschloß sich zu einem neuen Kurs. „Ich nehme an, Sie haben die Zeitungen gelesen?" sagte er.

„Ja." O'Rourke kniff die Augen zusammen. „Warum fragen Sie mich das?"

„Irgendeine Art Täuschungsmanöver oder Bühnentrick muß

benutzt worden sein, um diese beiden Männer umzubringen. Sie sagen doch, Sie haben Zauberkünstler gekannt. Fällt Ihnen irgendein Trick ein, der erklären könnte, wie es gemacht wurde?"

O'Rourke lachte. „Passen Sie auf, ich will offen mit Ihnen reden. Als ich Ihnen anbot, mich an diesem Strick aus dem Fenster zu schwingen, hab ich gefürchtet, Sie wären auf schlechte Gedanken gekommen. Ich meine, über mich." Er lachte in sich hinein. „Schlagen Sie sich das aus dem Kopf! Das müßte schon ein Wundertäter sein, um so 'n Trick wie den mit dem Seil auszuführen, selbst wenn er 'n Seil hätte und laufen könnte, ohne Spuren zu hinterlassen. Aber was die andere Sache betrifft ... tja!" Stirnrunzelnd strich sich O'Rourke mit dem Mundstück seiner Pfeife die Schnurrbartenden hoch. „Hier, ich werde Ihnen ein Beispiel von einem großartigen Trick geben, wie einer spurlos verschwinden kann. Den kann man sogar im Freien ausführen. Der Illusionist kommt herausgeritten auf einem prächtigen Schimmel in einer prächtigen blauen Uniform. Dann kommt mit dem üblichen Trara die Schar seiner Gehilfen in weißen Uniformen herausgelaufen. Sie gehen einmal im Kreis um den Reiter herum, und dann entfalten zwei Gehilfen einen riesengroßen Fächer, der – nur für einen Augenblick, verstehen Sie? – den Reiter verbirgt. Der Fächer kommt gleich wieder runter und wird ins Publikum geworfen, um zu zeigen, daß kein Schwindel dran ist. Aber der Mann auf dem Pferd ist verschwunden – glatt verschwunden mitten aus einem riesengroßen Feld. Was sagt man dazu?"

„Und wie schafft man das?" fragte Dr. Fell.

„Ganz einfach! Der Mann ist gar nicht vom Feld verschwunden. Aber Sie sehen ihn nicht. Sie sehen ihn deshalb nicht, weil die prächtige blaue Uniform aus Papier gemacht ist und über einer richtigen weißen Uniform getragen wird. Sobald der Fächer ihn verbirgt, reißt er sich die blaue ab und stopft sie unter die weiße. Er springt vom Pferd und mischt sich unter die weißuniformierten Gehilfen. Der Witz dabei ist, kein Mensch gibt sich die Mühe, die Gehilfen vorher zu zählen, und ab gehen sie mit dem Gaul, ohne daß jemand etwas merkt. Darauf beruhen die meisten Tricks. Sie gucken auf etwas, was Sie nicht sehen, oder Sie schwören, Sie haben etwas gesehen, was gar nicht da ist. Und dazu kommt noch eins: Die meisten Tricks funktionieren nur, wenn der Zauberkünstler einen Komplicen hat. Einen Gehilfen oder mehrere Gehilfen wie diese Burschen in der weißen Uniform."

Es war still in dem muffigen, kitschig-bunten Raum. Der Wind rüttelte an den Fenstern. Aus der Ferne kam das Geläut von Kirchenglocken und das Hupen einer vorbeifahrenden Autodroschke, das wieder erstarb. Hadley wedelte mit seinem Notizbuch. „Wir kommen vom Thema ab", sagte er. „Das ist alles recht raffiniert, gewiß. Aber was hat das mit diesem Problem zu tun?"

„Gar nichts", gab O'Rourke zu. „Ich hab's ja nur erzählt – weil Sie gefragt haben. Ich möchte Sie nicht entmutigen –"

Dr. Fell fiel ihm ins Wort. „Klarmachen zum Gefecht, Hadley. Wir bekommen Besuch. Schauen Sie aus dem Fenster. Aber lassen Sie sich nicht sehen."

Unter ihnen, wo die kleine Gasse sich durch die Häuser wand, kämpften zwei Gestalten gegen den Wind an. Rampole erkannte Rosette Grimaud. Ihr Begleiter war ein großer Mann mit einem Stock, dessen rechter Stiefel eine ungewöhnlich plumpe Form hatte.

„Licht aus in den andern Zimmern", befahl Hadley hastig. Er wandte sich an O'Rourke. „Tun Sie mir einen Gefallen. Gehen Sie hinunter und verhindern Sie, daß die Wirtin heraufkommt. Machen Sie die Tür hinter sich zu!"

Er war schon draußen im Gang und schaltete das Licht aus. Dann zog er die Vorhänge so dicht zu, daß nur ein kleiner Schimmer ins Zimmer fiel. „Wir wollen hier ganz still sitzen bleiben", sagte er. „Wenn sie was auf dem Herzen haben, platzen sie vielleicht damit heraus, sobald sie in der Wohnung sind. Was halten Sie übrigens von O'Rourke?"

„Nach meiner Meinung", erklärte Dr. Fell mit Nachdruck, „ist O'Rourke der aufschlußreichste Zeuge, den wir bisher in diesem Alptraum gehört haben. Er ist in der Tat beinah so aufschlußreich wie die Kirchenglocken."

Hadley wandte sich um. „Kirchenglocken? Was für Kirchenglocken?"

„Alle Kirchenglocken", sagte Dr. Fell. „Ich sage Ihnen, daß mir in meiner heidnischen Blindheit der Gedanke an diese

Glocken Licht und Trost gebracht hat. Er kann mich vielleicht davor bewahren, einen furchtbaren Irrtum zu begehen ... Licht, Hadley! Endlich Licht, und jetzt wird mir manches herrlich klar."

„Sind Sie sicher, daß Sie wirklich klar im Kopf sind? So sagen Sie mir doch um Himmels willen, was Sie meinen! Haben Ihnen die Kirchenglocken verraten, wie das spurlose Verschwinden gedeichselt wurde?"

„Nein", sagte Dr. Fell. „Sie haben mir den Namen des Mörders verraten."

Eine fast greifbare Stille herrschte im Raum, als ob Atem bis zum Bersten angehalten würde. Unten fiel eine Tür ins Schloß. Sie hörten schwach durch das stille Haus Schritte die Treppe heraufkommen. Endlich klapperte ein Schlüssel im Schloß der Wohnungstür, die sich öffnete und wieder schloß. Dann klickte es, als das Licht im Gang angeknipst wurde.

„Also du hast den Schlüssel verloren, den ich dir gegeben hatte", sagte eine barsche Männerstimme. „Und du behauptest, du wärst gestern abend überhaupt nicht hergekommen?"

„Weder gestern abend", sagte Rosette Grimauds Stimme, „noch zu irgendeiner anderen Zeit." Sie lachte. „Ich hatte nie die Absicht herzukommen. Hast du dir die Wartezeit angenehm vertrieben?"

Die Stimme des Mannes wurde lauter. „Du kleine Hexe", sagte er. „Jetzt will ich *dir* mal was erzählen. Ich war auch nicht hier. Wenn du glaubst, du brauchst nur mit der Peitsche zu knallen, damit jemand durch den Reifen springt – schön, dann kannst du selbst mal durch den Reifen springen. Ich war nicht hier."

„Das ist gelogen, Jerome", erklärte Rosette ruhig.

„Glaubst du, ja? Warum?"

Zwei Gestalten erschienen gegen das Licht der halb geöffneten Tür. Hadley griff nach der Schnur und zog die Vorhänge auf. „Wir möchten auch gern die Antwort darauf hören, Mr. Burnaby", sagte er.

Sie waren nicht auf das trübe Tageslicht gefaßt, das ihnen plötzlich ins Gesicht schien. Rosette Grimaud schrie auf, Jerome Burnaby stand heftig atmend, aber bewegungslos da. Er hatte ein kräftiges, faltiges Gesicht und Augen, die vor lauter Wut scheinbar die Farbe verloren hatten. Er legte Hut und Mantel ab und warf beide mit einer großtuerischen Geste auf einen Diwan. „Nun?“ sagte er. „Ist das ein Raubüberfall oder was?“

Das Mädchen legte seinen Pelzmantel ab. „Jerome“, sagte sie, „die sind von der Polizei.“

Burnaby fuhr in seinem ironischen Ton fort. „Oh! Von der Polizei? Welche Ehre. Kleiner Einbruch, was?“

„Sie sind der Mieter dieser Wohnung“, sagte Hadley mit gleicher Verbindlichkeit, „nicht der Eigentümer. Bei verdächtigem Benehmen ...“

„Verdammt noch mal“, fiel ihm Burnaby ins Wort und hob seinen Stock halb hoch, „was wollen Sie hier?“

„Vor allem, ehe wir’s vergessen, hat Miß Grimaud gesagt, daß Sie gestern abend in dieser Wohnung waren. Stimmt das?“

„Ich war nicht hier.“

„Sie waren nicht hier ... Ist das richtig, Miß Grimaud?“

Sie antwortete offensichtlich ärgerlich, aber entschlossen, ihre Gefühle nicht zu zeigen. „Da Sie uns belauscht haben, hat es keinen Zweck, das zu leugnen. Aber ich begreife nicht, warum Sie das interessiert. Es kann doch nichts mit – dem Tod meines Vaters zu tun haben. Was man auch Jerome sonst vorwerfen kann, ein Mörder ist er nicht. Aber da Sie aus irgendeinem Grund daran interessiert sind, bin ich bereit, die ganze Sache jetzt ein für allemal aufzuklären. Ich sehe voraus, daß irgendeine Version davon Boyd zu Ohren kommen wird. Dann soll es schon lieber die richtige sein ... Ich will damit anfangen, daß ich Ihre Frage beantworte: Ja, Jerome war gestern nacht in dieser Wohnung.“

„Woher wissen Sie das, Miß Grimaud? Waren Sie auch hier?“

„Nein. Aber ich habe um halb elf Licht in diesem Zimmer gesehen.“

Burnaby rieb sich sein Kinn und blickte sie fassungslos an. Rampole hätte schwören können, daß der Mann ehrlich überrascht war. „Aber hör mal, Rosette“, bemerkte er, „weißt du bestimmt, was du da sagst?“

„Ja. Ganz sicher.“

Hadley mischte sich ein. „Um halb elf? Wie konnten Sie das Licht sehen, wo Sie doch in Ihrem Haus mit uns zusammen waren?“

„Nein, das stimmt nicht – wenn Sie sich erinnern. Nicht um die Zeit. Ich war im Krankenhaus, wo mein Vater im Sterben lag. Die Rückseite des Krankenhauses liegt gegenüber der Rückseite von diesem Haus, und ich war gerade in der Nähe eines Fensters. Ich merkte, daß Licht in diesem Zimmer und, glaube ich, auch im Badezimmer war . . ."

„Woher kennen Sie die Zimmer, wenn Sie vorher noch nie hier gewesen sind?" fragte Hadley in strengem Ton.

„Ich habe meine Augen schön aufgesperrt, als wir eben herkamen", antwortete sie. „Gestern nacht wußte ich nicht, was für Zimmer es waren. Ich wußte nur, daß er diese Wohnung hatte."

Burnaby hatte sie neugierig betrachtet. „Bist du sicher, daß du dich nicht mit den Zimmern geirrt hast, Rosette?"

„Ganz sicher, mein Lieber. Dies ist das Haus auf der linken Seite der Gasse, und du hast den obersten Stock."

„Und du behauptest, du hättest mich gesehen?"

„Nein, ich habe nur Licht gesehen. Aber du und ich sind die einzigen, die von dieser Wohnung wissen. Und da du mich hierher eingeladen und gesagt hattest, du würdest hier sein . . ."

„Bei Gott!" sagte Burnaby. „Es interessiert mich direkt, wie weit du gehst." Er ließ sich schwer in einen Sessel fallen und blickte sie weiter forschend aus seinen farblosen Augen an. „Bitte, fahr nur fort!"

Rosette fuhr herum, aber ihr Entschluß schien ins Wanken zu geraten. „Ich – ich habe gesagt, wir wollten der Sache auf den Grund gehen", wandte sie sich an Hadley, „aber jetzt weiß ich nicht mehr, ob ich noch will. Wenn ich nur klarsehen könnte, ob er wirklich sympathisch ist und nur ein netter, ein bißchen ungehobelter, alter – alter –"

„Sag um Gottes willen nicht Familienfreund", fuhr Burnaby sie an. „Ich meinerseits wünschte, ich könnte über dich Klarheit haben – ob du selbst glaubst, die Wahrheit zu sagen, oder ob du eine verlogene kleine Furie bist."

Sie fuhr unerschüttert fort: „Oder ob er eine Art höflicher Erpresser ist. Oh, nicht auf Geld aus!" Sie flammte wieder auf. „Furie? Ja, wenn du so willst. Ich gebe es zu. Das war ich – aber warum? Weil du alles vergiftet hast mit den vielen Andeutungen, die du gemacht hast . . ."

„Andeutungen, worüber?“ unterbrach Hadley.

„Ach, über die Vergangenheit meines Vaters.“ Sie preßte ihre Hände zusammen. „Über meine Geburt. Aber das bekümmert mich nicht. Es ist diese Anspielung auf eine schreckliche Sache, die meinen Vater betrifft – ich weiß nicht! Dann bat mich Jerome, gestern abend hierherzukommen – warum, warum nur? Ich dachte bei mir: Ist es deswegen, weil es der Abend ist, an dem Boyd mich immer besucht, und es Jeromes Eitelkeit unerhört schmeicheln würde, gerade den Abend zu wählen? Aber – bitte verstehen Sie mich! – ich wollte nicht glauben, daß Jerome eine kleine Erpressung vorhatte. Ich mag ihn, und das macht das Ganze so schrecklich.“

„Dann wollen wir das mal klarstellen“, meinte Hadley. „Haben Sie solche Andeutungen gemacht, Mr. Burnaby?“ Ein langes Schweigen folgte. Burnaby betrachtete seine Hände. Etwas in der Haltung seines gebeugten Kopfes und in seinem schweren Atmen, als ob er versuchte, sich zu einem Entschluß durchzuringen, hinderte Hadley daran, ihn zu drängen, bis Burnaby von selbst den Kopf hob.

„Ich hatte nie gedacht –“, begann er und stockte. „Andeutungen? Ja, genaugenommen, glaub ich, habe ich wohl welche gemacht. Aber nicht mit Absicht. Ich hatte nie gedacht –“ Er starrte auf Rosette. „Vielleicht meinst du, nur was du denkst, ist eine heikle Frage ...“ Er zuckte verzweifelt die Achseln. „Für mich war es eine interessante deduktive Übung, weiter nichts. Ich habe es nicht einmal als Neugierde oder Schnüffelei betrachtet. Rosette, wenn das der einzige Grund war, daß du dich mit mir abgabst – daß du dachtest, ich sei ein Erpresser, und mich gefürchtet hast –, dann bedaure ich das.“ Er blickte sich langsam im Zimmer um. „Sehen Sie sich diese Wohnung an, meine Herren. Besonders das Vorderzimmer ... Dann haben Sie die Antwort. Der Große Detektiv. Der Traum des armen Esels mit dem verkrüppelten Fuß.“

Hadley zögerte einen Augenblick. „Und hat der Große Detektiv etwas über Dr. Grimauds Vergangenheit herausgefunden?“

„Nein ... Und wenn ich das getan hätte, glauben Sie, ich wäre bereit, es Ihnen zu verraten?“

„Wir werden sehen, ob wir Sie nicht dazu überreden können.

Wissen Sie, daß Blutflecken in Ihrem Badezimmer sind, wo nach Aussage von Miß Grimaud gestern abend Licht brannte? Wissen Sie, daß Pierre Fley kurz vor halb elf vor Ihrer Haustür ermordet wurde?"

Rosette Grimaud stieß einen kleinen Schrei aus, und Burnaby hob seinen Kopf mit einem Ruck.

„Fley ermordet? Blutflecken! Nein! Wo?"

„Fley hatte ein Zimmer in dieser Straße. Wir glauben, er war auf dem Weg hierher, als er starb. Jedenfalls wurde er hier draußen auf der Straße von demselben Mann erschossen, der Dr. Grimaud umgebracht hat. Können Sie beweisen, wer Sie sind, Mr. Burnaby? Können Sie zum Beispiel beweisen, daß Sie in Wirklichkeit nicht der Bruder von Dr. Grimaud und Fley sind?"

Burnaby starrte ihn an. Er richtete sich unsicher in seinem Sessel auf. „Gott im Himmel, Mann! Sind Sie wahnsinnig? Bruder ...! Nein, ich bin nicht sein Bruder. Glauben Sie, wenn ich sein Bruder wäre, hätte ich Interesse an ..." Er biß sich auf die Lippen und blickte Rosette an. „Natürlich kann ich das beweisen. Irgendwo habe ich eine Geburtsurkunde. Ich – ich kann Zeugen beibringen, die mich mein ganzes Leben lang gekannt haben!"

Hadley hielt das aufgerollte Seil in die Höhe. „Was bedeutet dieses Seil? Gehört das auch zu Ihrer Detektivspielerei?"

„Das? Das sehe ich heute zum erstenmal."

Rampole warf einen Blick auf Rosette Grimaud. Ihre Miene war beherrscht, aber ihre Augen standen voller Tränen.

„Und können Sie beweisen, daß Sie gestern abend nicht in dieser Wohnung waren?" forschte Hadley weiter.

Burnabys Gesicht hellte sich auf. „Ja, zum Glück kann ich das", sagte er erleichtert. „Ich war ungefähr von acht bis elf in meinem Club. Fragen Sie die drei Leute, mit denen ich die ganze Zeit gepokert habe. Ich war nicht hier. Ich habe keine Blutflecken hinterlassen. Ich habe weder Fley noch Grimaud noch sonst jemanden umgebracht." Er streckte sein großes Kinn vor. „Nun, was sagen Sie dazu?"

Hadley hatte sich zu Rosette gewandt. „Behaupten Sie immer noch, daß Sie Licht gesehen haben?"

„Ja! ... Aber, Jerome, ich habe wirklich nie gemeint –"

„Auch jetzt noch, nachdem heute morgen, als ein Mann von uns hierherkam, der elektrische Zählerautomat außer Betrieb war und das Licht nicht anging?"

„Ich – ja, ich bleibe dabei! Aber was ich sagen wollte –"

„Angenommen, Mr. Burnaby sagt die Wahrheit über gestern abend. Sie behaupten, er habe Sie hierher eingeladen. Ist es wahrscheinlich, daß er Sie hergebeten hat, wenn er vorhatte, in seinen Club zu gehen?"

Burnaby lehnte sich vor und legte seine Hand auf Hadleys Arm. „Halt! Wollen wir das mal klarstellen, Inspektor. Das habe ich getan. Es war eine Gemeinheit, aber – ich hab's getan. Hören Sie, *muß* ich das erklären?"

„Nicht so hastig!" Dr. Fell holte ein großes rotes Taschentuch hervor und putzte sich mit lautem Trompetenschall die Nase, um sich Aufmerksamkeit zu verschaffen. Dann blinzelte er alle an. „Hadley, lassen Sie mich einige beruhigende Worte einfügen. Mr. Burnaby hat das getan, wie er es selbst ausgedrückt hat, um die junge Dame durch einen Reifen springen zu lassen. Und daß das Licht heute früh nicht anging, ist nicht annähernd so bedeutungsvoll, wie es scheint. Es ist ein Zählerautomat, das wissen Sie ja. Jemand war hier und hat das Licht brennen lassen. Und als der Automat für einen Shilling Strom aufgebraucht hatte, ging die Beleuchtung aus. Zum Donnerwetter, Hadley, wir haben genügend Beweise, daß gestern nacht wirklich jemand hier war. Die Frage ist nur, wer?" Er blickte die andern an. „Hm. Sie beide sagen, daß niemand anders etwas von dieser Wohnung wußte. Aber – immer angenommen, daß Ihre Erzählung stimmt, Mr. Burnaby – jemand anders muß davon gewußt haben."

„Ich kann Ihnen nur versichern, daß ich zu niemandem davon gesprochen habe", beteuerte Burnaby. „Höchstens, daß jemand mich hat hierher kommen sehen . . . höchstens –"

„Du willst wohl sagen, daß ich jemandem davon erzählt habe?" brauste Rosette auf. „Aber das hab ich nicht."

„Aber hatten Sie nicht einen Schlüssel zu der Wohnung?" fragte Dr. Fell.

„Den hatte ich. Aber ich habe ihn verloren."

„Wann?"

„Ach, wie soll ich das wissen?" Sie ging im Zimmer auf und

ab. „Ich hatte ihn in meiner Handtasche und hab erst heute morgen gemerkt, daß er weg war. Aber etwas möchte ich jetzt unbedingt wissen." Sie hielt ein und blickte Burnaby an. „Wenn es nur eine dumme, kleine Schwäche für Detektivarbeit war und du wirklich nichts weiter damit beabsichtigt hast, dann heraus mit der Sprache! Was weißt du über meinen Vater? Sag's mir! Mir macht's nichts aus. Und die hier sind von der Polizei, die kriegen es sowieso heraus. Also los, spiel mir nichts vor!"

„Das ist ein guter Rat, Mr. Burnaby. Sie haben auch ein Bild gemalt, worüber ich Sie noch ausfragen wollte. Was haben Sie über Dr. Grimaud gewußt?"

Burnabys hellgraue Augen funkelten spöttisch. „Also gut, Rosette!" sagte er. „Ich werde dir in ein paar Worten sagen, was ich dir schon längst erzählt hätte, wenn ich gewußt hätte, daß es dich bedrückt. Dein Vater war einmal als Sträfling in den ungarischen Salzbergwerken und ist entflohen. Gar nicht so schlimm, nicht wahr?"

„Im Gefängnis? Weswegen?"

„Wegen des Versuchs, eine Revolution anzuzetteln, wurde mir gesagt. Nach meiner Schätzung wegen Diebstahls. Du siehst, ich bin ganz offen."

Hadley unterbrach schnell. „Woher haben Sie das erfahren?"

Burnaby nahm eine abwehrende Haltung ein. „Das will ich Ihnen sagen und wenn nur, um zu beweisen, daß ich kein Schnüffler bin. Sie erwähnten eben das Bild. Das war der reine Zufall – obgleich ich die größte Mühe hatte, Grimaud davon zu überzeugen. Schuld an allem war ein verdammter Lichtbildervortrag."

„Was?"

„Ein Lichtbildervortrag. Ich bin eines Abends da reingeraten, weil ich einen Regenschauer abwarten wollte. Das war vor etwa anderthalb Jahren in einem Gemeindesaal da oben in Nord-London." Burnaby drehte mit schiefem Gesicht seine Daumen. „Jemand hielt einen Vortrag über Ungarn: Lichtbilder und gespenstische Atmosphäre, um den Gemeindemitgliedern angenehmes Gruseln zu bereiten. Aber, weiß der Himmel, meine Phantasie fing Feuer!" Seine Augen glänzten. „Da war ein Lichtbild – etwa so, wie ich's gemalt habe –, drei einsame Gräber auf ungeweihtem Grund. Das regte mich an, und ich ging nach Hause und arbeitete wie besessen daran. Der Vortragende hatte zu verstehen gegeben, daß dort Vampire begraben seien, verstehen Sie? Nun, ich erzählte allen, es sei ein Phantasiebild von einer Landschaft, die ich nie gesehen hätte. Aber als Grimaud es sah, jagte es ihm einen gewaltigen Schreck ein. Ich betrachtete das als ein Kompliment. Und dann", sagte Burnaby, „platzte ich in meiner dämlichen Ahnungslosigkeit mit der Bemerkung heraus: ‚Sehen Sie, wie die Erde des einen Grabhügels aufplatzt? Der will gerade heraussteigen.' In meiner Vorstellung spukten natürlich immer noch die Vampire herum. Aber das wußte er ja nicht. Einen Augenblick lang dachte ich, gleich stürzt er mit dem Palettenmesser auf mich los."

Es war eine glaubhafte Geschichte, die Burnaby erzählte. Grimaud hatte ihn damals über das Bild ausgefragt, ihn immer wieder ins Verhör genommen und beobachtet, bis sogar jemand mit weniger Phantasie Verdacht geschöpft hätte. Das beunruhigende Gefühl, beobachtet zu werden, hatte ihn veranlaßt, schon aus Notwehr dem Geheimnis auf den Grund zu gehen. Einige handschriftliche Eintragungen in Büchern aus Grimauds Bibliothek, das Wappenschild über dem Kamin, hie und da eine zufällige Bemerkung ... Dann hatte Grimaud ihn etwa drei Monate vor dem Mord beiseite genommen und unter dem Siegel der Verschwiegenheit die Wahrheit erzählt – genau dieselbe Geschichte, die Drayman am Abend vorher berichtet hatte: von der Pest, den beiden toten Brüdern und von der Flucht.

„Das ist *alles*?" rief Rosette. „Nichts weiter?"

„Das ist alles, meine Liebe", antwortete Burnaby und verschränkte seine Arme. „Aber ich wollte es nicht der Polizei erzählen."

„Angenommen, daß das alles wahr ist, Mr. Burnaby", sagte Hadley, „waren Sie an dem Abend, als Fley hereinkam, in der Warwick Tavern?"

„Ja."

„Wo Sie schon soviel wußten, haben Sie da nicht Fley mit Grimauds Vergangenheit in Verbindung gebracht?"

Burnaby zögerte. „Offen gestanden, ja. Ich habe an dem Abend Grimaud nach Hause begleitet. Wir saßen in seinem Arbeitszimmer, und er trank einen besonders großen Whisky.

Ich vermutete, daß er mir etwas erzählen wollte. Er starrte in Gedanken versunken in den Kamin –“

„Übrigens“, unterbrach Dr. Fell so unerwartet, daß Rampole zusammenfuhr, „wo bewahrte er seine persönlichen Papiere auf? Wissen Sie das?“

Der Maler blickte ihn scharf an. „Ich glaube, in einer verschlossenen Schublade seines großen Schreibtisches.“

„Erzählen Sie weiter.“

„Eine Weile herrschte ein beklommenes Schweigen, und dann, na ja, dann faßte ich mir ein Herz und fragte ihn: ‚Wer war das?‘ Grimaud rutschte in seinem Sessel hin und her und antwortete schließlich: ‚Ich weiß nicht. Es ist schon so lange her. Vielleicht war es der Arzt.‘ “

„Welcher Arzt? Ach so, meinen Sie den, der ihn im Gefängnis für tot erklärt hat?“ fragte Hadley.

„Ja. Hören Sie, muß ich das weiter erzählen? ... Na schön! ‚Nur eine kleine Erpressung‘, sagte er. ‚Ja, aber was kann er Ihnen schon anhaben?‘ fragte ich in dem Versuch, ihn auszuholen. Ich dachte, es müsse mehr dahinterstecken als nur ein politisches Vergehen, sonst würde es nach so langer Zeit keine Bedeutung mehr haben. ‚Ach, *der* wird nichts unternehmen‘, antwortete er. ‚Der hat nie den Mut dazu gehabt.‘ Dann sagte Grimaud mit seiner schroffen Geradheit zu mir: ‚Du möchtest doch Rosette heiraten, nicht wahr?‘ Ich gab es zu. ‚Gut‘, sagte er, ‚das sollst du haben.‘ Ich lachte und sagte etwas in dem Sinn, daß Rosette wohl andere Pläne habe. ‚Unsinn!‘ erwiderte er. ‚Das junge Ding! Das mach ich schon.‘“

Rosette starrte Burnaby aus wütend funkelnden Augen an. „Du hattest also alles schon abgesprochen, ja?“ fragte sie.

„O Gott, fahr doch nicht gleich aus der Haut! Ich bin gefragt worden, wie es war.“ Er wandte sich wieder zu den andern. „So, meine Herren, das ist alles, was ich Ihnen erzählen kann. Als er am Freitag zu mir kam, um das Bild zu holen, stand ich vor einem Rätsel. Aber ich überließ es ihm.“

Hadley, der in seinem Notizbuch geschrieben hatte, fuhr schweigend damit fort. Dann blickte er zu Rosette auf. „Ich möchte wissen“, sagte er, „warum Sie sich heute vormittag entschlossen hatten, mit Mr. Burnaby hierherzukommen, nachdem Sie es ihm vorher immer abgeschlagen hatten.“

„Um mich mit ihm auseinanderzusetzen. Und – und dann war es so widerlich zu Hause, verstehen Sie, als wir den Mantel mit dem Blut gefunden hatten –“

„Als Sie was gefunden hatten?“ fragte Hadley.

„Diesen Mantel, der innen voller Blut war. Hab ich – habe ich das nicht erwähnt? Richtig, Sie haben mir ja auch gar keine Gelegenheit dazu gegeben! Kaum waren wir hier drinnen, sprangen Sie auf uns los ... Der Mantel hing in der Garderobe in der Halle unten. Jerome hat ihn gefunden.“

„Wem gehört er?“

„Das ist ja das Seltsame! Ich habe ihn noch nie gesehen. Er ist ganz neu. In unserm Haus hätte er keinem gepaßt. Für meinen Vater war er zu groß – und er hat so ein auffallendes Tweedmuster von der Sorte, von der mein Vater sowieso das Schaudern gekriegt hätte. Stuart Mills wäre darin verschwunden, und für den alten Drayman ist er wieder nicht groß genug.“

„Jetzt verstehe ich!“ rief Dr. Fell und blies seine Backen auf.

„Was verstehen Sie?“ fragte Hadley gereizt.

„Ich verstehe, woher Drayman gestern abend die Blutflecken hatte.“

„Meinen Sie, er hat den Mantel getragen?“

„Nein, nein! Wissen Sie noch, was Ihr Sergeant sagte? Daß Drayman, der ja halb blind ist, herunterkam und in der Garderobe herumsuchte, bis er endlich seinen Mantel hatte. Hadley, er ist dicht an den Mantel herangekommen, als das Blut noch frisch war. Kein Wunder, daß er nachher nicht begreifen konnte, wie es dahin gekommen war. Wird dadurch nicht vieles klarer?“

„Nein, hol mich der Teufel, wenn etwas klarer ist! Wir gehen jetzt gleich rüber.“

Dr. Fell schüttelte den Kopf. „Gehen Sie nur, Hadley. Aber lassen Sie Rampole bei mir. Da ist etwas, was ich mir jetzt ansehen muß. Etwas, was diesem Fall eine ganz andere Richtung geben kann.“

„Was denn?“

„Pierre Fleys Zimmer“, sagte Dr. Fell und eilte mit flatterndem Cape hinaus.

VIII Der Chamäleonmantel

Aber was erwarten Sie, dort zu finden?" protestierte Hadley, der Dr. Fell auf dem Fuß folgte. „Somers hat das Zimmer ja schon durchgekämmt!"

„Ich erwarte gar nicht, etwas zu finden", brummte der Doktor, dessen Stimmung anscheinend auf den Nullpunkt herabgesunken war. „Ich kann nur sagen, ich hoffe Spuren von Bruder Henri zu entdecken. Sozusagen seine Schutzmarke. Sein... Ach, dieser verdammte Bruder Henri!"

Ehe sie das Haus verließen, hielt der Doktor durch ein eingehendes Verhör von Miß Hake, der Wirtin des Malers, alle noch eine Zeitlang auf. Dr. Fell gab zu, daß die Fragen nicht viel zutage förderten. Miß Hake war eine verblühte, freundliche alte Jungfer, die dauernd abschweifte und nur wenig Auskunft geben konnte. Gestern abend war sie von acht bis elf im Kino gewesen und hinterher noch bis kurz vor Mitternacht bei einer Freundin am Gray's Inn Road. Sie hatte sogar erst heute morgen von dem Mord gehört. Und ihre andern Mieter, ein Tierarzt und ein amerikanischer Student mit seiner Frau, waren alle drei in der vorigen Nacht ausgewesen.

Somers, der jetzt von seinem vergeblichen Auftrag aus Burnabys anderer Wohnung zurückgekehrt war, wurde losgeschickt, um diese Aussagen zu überprüfen. Hadley machte sich mit Rosette und Burnaby auf den Weg nach Grimauds Haus, und Dr. Fell mit Rampole im Schlepptau ging zu Pierre Fleys möbliertem Zimmer, um sich mit dem Wirt zu befassen.

Das Tabakgeschäft in Nummer 2 war düster mit seinem schwarzen Anstrich. Nach wiederholtem Ziehen an einer rasselnden Glocke erschien endlich Mr. James Dolberman, ein kleiner alter Mann mit verkniffenen Lippen und dicken Knöcheln in einem blankgetragenen, schwarzen Musselinjackett. Seine Ansicht über die ganze Angelegenheit war, daß sie ihn nichts anging.

Er starrte an ihnen vorbei und rang sich ein paar widerwillige Antworten ab. Ja, er habe einen Mieter, einen Mann namens Fley. Er habe ein Wohnschlafzimmer im obersten Stock.

Er wohne seit zwei Wochen hier. Nein, er, der Wirt, wisse nicht über ihn Bescheid. Er bekomme ihn kaum zu Gesicht. Er habe keine anderen Mieter.

Wisse er, daß Fley tot sei? Ja; es sei schon ein Polizist dagewesen und habe dumme Fragen gestellt. Habe er gestern nacht einen Schuß gehört? Nein, er sei im Untergeschoß gewesen und habe Radio gehört, davon wisse er nichts.

Habe Fley Besucher gehabt? Nein. Gebe es in dieser Gegend irgendwelche verdächtig aussehende Fremde, irgendwelche Leute, die etwas mit Fley zu tun hätten?

Diese Frage hatte ein unerwartetes Ergebnis: der Wirt wurde beinahe redselig. Ja, da sei etwas, worum sich die Polizei kümmern sollte, statt das Geld der Steuerzahler zu verschwenden! Er habe jemand um dies Haus herumlungern sehen, der es beobachtet und einmal sogar mit Fley gesprochen habe. Nein, Personalbeschreibung könne er keine geben – das sei Sache der Polizei.

„Aber ist da gar nichts, was Sie beschreiben könnten?" fragte Dr. Fell. „Wie er angezogen war oder so etwas? Ja?"

„*Vielleicht* hat er so 'nen ausgefallenen Mantel angehabt", räumte der Wirt ein. „Aus hellgelbem Tweed. Sie möchten hinaufgehen? Hier ist der Schlüssel."

Dr. Fell keuchte, als er und Rampole eine enge Treppe durch das Haus, das trotz seines kümmerlichen Äußeren erstaunlich solide gebaut war, hinaufstampften. Im obersten Stock fiel durch ein schmutziges Oberlicht ein schwacher Schimmer auf den Treppenabsatz. Es war nur eine Tür vorhanden. Sie führte in eine niedrige Höhle von Zimmer, dessen Fenster offensichtlich seit geraumer Zeit nicht geöffnet worden war. Nach einigem Suchen in der Dunkelheit fand Dr. Fell eine Glühstrumpflampe. Ihr flackerndes Licht zeigte ein aufgeräumtes, aber sehr schmutziges Zimmer mit einem Tapetenmuster aus blauen Kohlköpfen und einem weißlackierten eisernen Bett. Auf dem Schreibtisch lag ein zusammengefalteter Zettel unter einem Tintenfaß. Nur ein Zeichen war vom seltsamen und verschrobenen Hirn Pierre Fleys geblieben: es war, als ob sie Fley persönlich in seinem schäbigen Frack und Zylinder am Schreibtisch stehen und eine Vorstellung geben sahen. Über dem Spiegel hing eingerahmt ein altmodischer Bibelspruch in vergoldeter, schwarzer und roter Zierschrift. Die verschnörkelte Inschrift lautete: *Die Rache ist mein. Ich will vergelten, sagt der Herr.*

Laut schnaufend in der Stille, stapfte Dr. Fell zum Schreibtisch und nahm den gefalteten Zettel auf. Rampole sah, daß die Botschaft beinahe den Stil einer Proklamation hatte.

Mr. James Dolberman, Wohlgeboren

Ich hinterlasse Ihnen hiermit meine wenigen Habseligkeiten so, wie sie sind, anstelle einer Wochenmiete. Ich werde sie nicht mehr benötigen. Ich kehre in mein Grab zurück.

Pierre Fley

„Was soll nur dies dauernde ‚Ich kehre in mein Grab zurück'?" fragte Rampole. „Was soll das bedeuten?"

Dr. Fell antwortete nicht. Seine Stimmung sank tiefer und tiefer, während er den schäbigen Teppich betrachtete. „Keine einzige Spur", stöhnte er. „Kein Autobusbillett noch sonstwas. Seine Habseligkeiten? Nein, ich will seine Habseligkeiten nicht sehen. Ich nehme an, Somers hat sie sich angesehen. Kommen Sie, wir gehen hinüber zu Hadley."

Sie gingen in trüber Stimmung unter dem bewölkten Himmel zum Russell Square. Als sie die Stufen hinaufstiegen, sah Hadley sie durch das Salonfenster und öffnete ihnen die Haustür. „Dieser Mantel –" Hadley war in einem Zustand zorniger Erregung. „Kommen Sie herein und hören Sie zu, Fell. Vielleicht können Sie es sich zusammenreimen. Wir haben hier etwas vor uns, was Sie wahrscheinlich ‚Das Geheimnis des Chamäleonmantels' nennen würden."

Im Salon war die Spannung fast mit Händen zu greifen. Das Zimmer war mit gewichtigem, altmodischem Luxus eingerichtet, mit Bronzegruppen als Beleuchtungskörper und steif gestärkten Spitzengardinen. Burnaby rekelte sich auf einem Sofa. Rosette wanderte mit schnellen, ärgerlichen Schritten umher. In einer Ecke stand Ernestine Dumont, die Arme in die Hüfte gestemmt. Schließlich war auch noch Boyd Mangan anwesend, der mit dem Rücken zum Kamin dastand.

„Ich weiß, dieser verdammte Mantel paßt mir!" sagte Mangan wütend, anscheinend schon zum soundsovielten Male. „Aber es ist nicht mein Mantel. Erstens trage ich immer einen Regenmantel –"

Hadley gelang es, sich Aufmerksamkeit zu verschaffen. Das Eintreten von Dr. Fell und Rampole schien beruhigend auf Mangan zu wirken. „Hör mal, Ted, was sagst du dazu?" Er nahm Rampole beim Arm und zog ihn vor den Kamin. „Als ich gestern zum Abendessen herkam, hängte ich meinen Mantel – meinen Regenmantel – in dem Wandschrank in der Halle auf. Ich knipste das Licht an, weil ich Bücher bei mir hatte, die ich auf das Bord legen wollte. Und ich sah einen Mantel, einen Extramantel, an einem Haken in der Ecke hängen. Er hatte ungefähr dieselbe Größe wie der gelbe Tweedmantel, genau dieselbe Größe würde ich sagen, nur war er schwarz."

„Ein Extramantel", wiederholte Dr. Fell. Er blickte Mangan neugierig an. „Warum sagen Sie Extramantel, junger Mann? Wenn man eine Reihe von Mänteln in einem fremden Haus sieht, kommt man da je auf den Gedanken, einen als extra zu bezeichnen, hm?"

„Ich kenne die Mäntel, die die Hausbewohner hier tragen", erwiderte Mangan. „Außerdem ist mir dieser besonders aufgefallen, weil ich dachte, er müsse Burnaby gehören, und ich war neugierig, ob er hier war . . ."

„Mangan ist ein guter Beobachter, Dr. Fell", sagte Burnaby mit nachsichtiger Miene. „Besonders, wenn es um mich geht."

„Haben Sie was dagegen?" fragte Mangan. Er wandte sich ärgerlich an Dr. Fell zurück. „Jedenfalls fiel mir der Mantel auf. Als dann Burnaby heute morgen hierherkam und den Mantel mit dem Blut auf dem Futter fand . . . kurz und gut, der gelbe hing dort, wo der schwarze gewesen war. Die einzige Erklärung ist natürlich, daß zwei Mäntel vorhanden waren. Aber was ist das für eine verrückte Sache? Ich kann schwören, daß der Mantel von gestern abend keinem hier im Haus gehört hat. Und Sie können ja selbst feststellen, daß es mit dem Tweedmantel genauso ist. Hat der Mörder einen davon, beide oder gar keinen von beiden getragen? Außerdem sah der schwarze Mantel so merkwürdig aus –"

„Merkwürdig?" unterbrach Dr. Fell. „Inwiefern merkwürdig?"

Ernestine Dumont trat aus ihrer Ecke hervor. Sie sah heute vormittag noch verwelkter aus. Ihre Augenlider waren geschwollen, aber ihre schwarzen Augen glitzerten immer noch.

„Unsinn!“ sagte sie verächtlich. „Warum sollen wir uns weiter mit diesem dummen Zeug abgeben?“ Mit einem Blick zu Mangan fuhr sie fort: „Nein, nein, ich glaube, Sie bemühen sich, die Wahrheit zu sagen, verstehen Sie? Aber ich glaube, Sie haben es ein bißchen durcheinandergebracht ... Der gelbe Mantel war gestern abend hier, jawohl. Schon früh, vor dem Essen. Er hing an dem Haken, wo er sagt, er habe den schwarzen gesehen. Ich habe es doch selbst gesehen.“

„Aber –!“ rief Mangan.

„Nur keine Aufregung!“ dröhnte Dr. Fells Baß beruhigend. „Wollen mal sehen, ob wir das nicht klarstellen können. Wenn Sie den Mantel dort gesehen haben, Madame, kam Ihnen das nicht ungewöhnlich vor?“

„Nein, ganz und gar nicht.“ Sie machte eine Kopfbewegung zu Mangan hin. „Ich hab ihn nicht gesehen, als er kam. Ich hab angenommen, es wäre seiner.“

„Wer hat Sie hereingelassen?“ fragte Dr. Fell Mangan.

„Annie. Aber ich hab meine Sachen selbst aufgehängt. Ich kann beschwören –“

„Wollen wir mal lieber Annie herkommen lassen, wenn sie zu Hause ist, Hadley“, sagte Dr. Fell. „Dies Problem des Chamäleonmantels fasziniert mich.“

„Ich habe schon mit Annie gesprochen“, sagte Hadley, während Rosette Grimaud an ihm vorbeiging und klingelte. „Sie gibt klare Antworten. Sie hatte gestern abend Ausgang. Aber hiernach habe ich sie nicht gefragt.“

Alle waren still, als Annie auf das Klingeln kam. Sie war ein ernsthaftes Mädchen mit einer langen Nase. Sie sah tüchtig und nach harter Arbeit aus. Sie blieb an der Tür stehen, ihr Häubchen saß korrekt auf dem Kopf, und sie sah Hadley aus verständigen braunen Augen an. Sie war etwas verwirrt, aber nicht nervös.

„Etwas habe ich vergessen, Sie gestern nacht zu fragen“, sagte der Superintendent. „Sie haben doch gestern Mr. Mangan aufgemacht, nicht wahr?“

„Jawohl, Sir.“

„Um wieviel Uhr war das ungefähr?“

„Das könnt ich nicht genau sagen, Sir.“ Sie schien verwirrt zu sein. „War vielleicht eine halbe Stunde vorm Abendessen.“

„Haben Sie gesehen, wie er Hut und Mantel aufgehängt hat?"

„Jawohl, Sir! Er gibt sie mir nie, sonst würde ich –"

„Aber haben Sie vielleicht einen Blick in den Garderobenschrank geworfen?"

„Ach so ... Jawohl, Sir, hab ich! Ich bin ein paar Minuten später auf dem Weg zur Küche nochmals durch die Halle gekommen. Und da sah ich, daß er das Licht in der Garderobe hat brennen lassen, und ich hab's ausgedreht ..."

Hadley beugte sich vor. „Jetzt passen Sie genau auf! Sie wissen über den gelben Tweedmantel Bescheid, der heute morgen in dem Wandschrank gefunden wurde? Gut! Erinnern Sie sich noch, an welchem Haken er gehangen hat?"

„Jawohl, Sir. Ich war heute morgen in der Halle, als Mr. Burnaby den Mantel fand."

„Jetzt ist die Frage, Annie, welche Farbe der Mantel hatte. Als Sie gestern abend in den Wandschrank guckten, war er da gelb oder schwarz?"

Sie starrte ihn entgeistert an. „Gelb oder schwarz, Sir? *Sir, um die Zeit hing überhaupt kein Mantel an dem Haken."*

Ein lautes Gewirr von Stimmen in den verschiedensten Tonlagen setzte ein: Mangan war wütend, Rosette beinah hysterisch vor Hohn, Burnaby amüsiert. Nur Ernestine Dumont verharrte in resigniertem Schweigen. Eine volle Minute lang betrachtete Hadley prüfend Annies gefaßte, ernste Miene. Dann erklärte Dr. Fell mit einem leisen Lachen: „Na, nehmt's nicht so tragisch. Wenigstens hat er nicht noch 'ne andere Farbe angenommen. Und ich muß betonen, es ist eine Tatsache, die uns eine Menge verrät. Hmm. Ja. Kommen Sie, Hadley. Mittagessen ist's, was wir brauchen. Mittagessen!"

Der Kaffee stand auf dem Tisch, die Zigarren waren angezündet. Hadley, Pettis, Rampole und Dr. Fell saßen rund um das warme Licht einer rotbeschirmten Tischlampe in dem großen, halbdunklen Speisesaal von Pettis' Hotel. Dr. Fell gestikulierte mit weit ausladenden Bewegungen seiner Zigarre und hielt seinen Tischgenossen einen liebenswürdigen Vortrag über den Kriminalroman, als Mangan im Speisesaal erschien.

Er war blaß. Er eilte zu ihnen und stand atemlos an ihrem

Tisch. „Hoffentlich nichts Neues?“ fragte Hadley und schob seinen Stuhl zurück.

„Nein“, sagte Mangan. „Aber kommen Sie lieber gleich wieder mit. Drayman hat einen Schlaganfall gehabt oder sowas Ähnliches. Er ist nicht tot, aber in schlechtem Zustand. Er hat versucht, Sie zu erreichen, als ihn der Schlag traf ... Er redet dauernd wirres Zeug, daß jemand in seinem Zimmer war, und über Feuerwerk und Schornsteine.“

Sie kehrten schnell zum Russell Square zurück. Da waren wieder drei Leute – erschöpfte Leute mit überbeanspruchten Nerven – im Salon zusammen und warteten. Stuart Mills, der mit dem Rücken zum Kamin stand, räusperte sich ununterbrochen. Rosette sah völlig verstört aus, Ernestine Dumont saß still da. Burnaby war fort.

„Sie können nicht zu ihm“, sagte Madame Dumont. „Der Arzt ist jetzt bei ihm. Wahrscheinlich ist er wahnsinnig geworden.“

„Erzählen Sie uns mal genau, was mit Mr. Drayman passiert ist“, sagte Hadley. „Steht es sehr schlecht um ihn?“

Madame Dumont zuckte die Achseln. „Er ist zusammengebrochen. Jetzt ist er bewußtlos. Wir haben keine Ahnung, was die Ursache ist. Vielleicht sein Herz?“

Mills räusperte sich schon wieder. „Sollten Sie den Verdacht haben, Sir, daß hier etwas – äh – nicht ganz geheuer ist, so schlagen Sie sich das aus dem Kopf“, sagte er. „Seltsamerweise waren heute nachmittag wieder dieselben Leute zusammen wie gestern abend. Die Pythia und ich“ – er verbeugte sich zu Ernestine Dumont – „waren oben in meinem Arbeitszimmer. Soviel ich weiß, waren Miß Grimaud und unser Freund Mangan hier unten –“

Rosette machte eine ungeduldige Kopfbewegung. „Sie sollten es am besten von Anfang an hören. Hat Boyd Ihnen erzählt, daß Drayman zuerst hier herunterkam?“

„Nein, ich habe ihnen noch gar nichts erzählt“, antwortete Mangan. Er drehte sich um. „Das war etwa vor einer halben Stunde. Rosette und ich waren allein hier. Ich hatte mich mit Burnaby gestritten – wie üblich. Alle hatten sich über diesen Mantel verzankt, und wir hatten uns alle getrennt. Burnaby war weggegangen. Dann kam auf einmal Drayman herein und fragte mich, wie er Sie erreichen könnte. Er benahm sich so, als ob er vielleicht etwas entdeckt hätte. Deshalb fragten wir ihn: ‚Was ist denn?‘ Er brabbelte ein bißchen und sagte dann: ‚Ich habe entdeckt, daß etwas aus meinem Zimmer weggekommen ist, und dadurch ist mir etwas über gestern nacht wieder eingefallen, was ich vergessen hatte.‘ Es handelte sich um irgendeine Halluzination, daß jemand in sein Zimmer gekommen war, nachdem er sich mit einem Schlafmittel hingelegt hatte.“

„Vor dem – Verbrechen?“

„Ja. Und als wir ihn fragten, wer es gewesen sei, klopfte er sich nur auf die Stirn und antwortete: ‚Ich kann es wirklich nicht sagen.‘ Wir wurden beide ärgerlich ...“ Mangan schien verlegen zu sein. „Verdammt noch mal, wenn ich das doch bloß nicht gesagt hätte –“

„Was denn?“ fragte Hadley.

„Ach, ich sagte: ‚Na, wenn Sie schon so viel entdeckt haben, warum gehen Sie dann nicht rauf an den Schauplatz des grauslichen Mordes und sehen zu, ob Sie nicht noch mehr entdecken können?‘ Er nahm mich ernst und sagte: ‚Ja, ich glaube, das werde ich tun. Am besten überzeuge ich mich selbst.‘ Und damit ging er raus! Vielleicht zwanzig Minuten später hörten wir ihn die Treppe herunterstolpern. Dann hörten wir einen erstickten Laut und einen Fall. Ich machte die Tür auf, und da lag er zusammengekrümmt mit blaurotem Gesicht in der Halle. Wir haben natürlich sofort einen Arzt kommen lassen. Er hat nichts weiter gesagt, außer daß er von Schornsteinen und Feuerwerk phantasiert hat.“

Mills hüpfte einen kleinen Schritt vorwärts. „Wenn Sie gestatten, daß ich weitererzähle“, sagte er. „Mit Erlaubnis der Pythia.“

„Ach was!“ rief die Frau. Ihre Augen funkelten vor Wut. „Die Pythia dies, die Pythia das. Mein Gott! Was wissen Sie schon von Menschlichkeit oder Mitleid oder ... Drayman ist vielleicht ein bißchen verrückt. Er nimmt vielleicht zuviel Mittel ein. Aber er ist ein guter Mensch, und wenn er stirbt, werde ich für seine Seele beten.“

„Soll ich – äh – fortfahren?“ fragte Mills gelassen.

„Ja, Sie sollen fortfahren“, äffte sie ihn nach und schwieg.

„Die Pythia und ich waren in meinem Arbeitszimmer im

obersten Stock – gegenüber von Professor Grimauds Arbeitszimmer, wie Sie wissen. Ich ordnete gerade einige Papiere, da merkte ich, daß Mr. Drayman heraufkam und in das Arbeitszimmer ging. Er machte die Tür zu und kam nach einiger Zeit in einem Zustand heraus, den ich nur mit Atemlosigkeit und Taumel beschreiben kann. Ich empfing den Eindruck, daß er sich schwerer körperlicher Betätigung hingegeben hatte. Und – äh – ich möchte noch etwas hinzufügen. Als er nach dem Schlaganfall aufgehoben wurde, beobachtete ich, daß seine Hände und Ärmel mit Ruß bedeckt waren."

„Der Rauchfang", murmelte Pettis, und Hadley drehte sich zu Dr. Fell um. Rampole stellte mit Überraschung fest, daß der Doktor sich nicht mehr im Zimmer befand. Eine Person seines Leibesumfangs kann in der Regel selten mit Erfolg versuchen, auf geheimnisvolle Weise zu verschwinden. Aber er war fort, und Rampole glaubte zu wissen, wohin.

„Folgen Sie ihm nach", sagte Hadley zu Rampole. „Sorgen Sie dafür, daß er nicht eine von seinen verdammten Mystifikationen ausführt. Also, Mr. Mills –"

Rampole ging hinaus in die düstere Halle. Das Haus war so still, als er die Treppe hinaufstieg, daß das plötzliche schrille Läuten des Telephons in der unteren Halle ihn zusammenfahren ließ. Im obersten Stockwerk brannte kein Licht. Auch hier war es so still, daß er Annies Stimme hören konnte, die ganz unten den Telephonanruf entgegennahm.

Das Arbeitszimmer war halb dunkel. Dr. Fell stand unbewegt in seinem schwarzen Cape vor dem Fenster und starrte, auf seinen Stock gestützt, in den Sonnenuntergang hinaus. Das Knarren der Tür schreckte ihn nicht aus seiner Ruhe auf. „Haben Sie etwas gefunden?" fragte Rampole.

„Ja, ich glaube, ich habe jetzt die Lösung", antwortete Dr. Fell nachdenklich, „und heute abend werde ich es wahrscheinlich auch beweisen können. Hmm. Tja. Wissen Sie, ich stehe hier und überlege mir, was ich jetzt tun soll. Es ist das alte Problem, junger Freund, und wird für mich von Jahr zu Jahr schwieriger ... Was ist Gerechtigkeit? Das habe ich mich am Ende fast aller meiner Fälle gefragt. Ich sehe Gesichter auftauchen und kranke Seelen und schlechte Träume ... Einerlei. Wollen wir hinuntergehen?"

„Aber was ist mit dem Kamin?“ beharrte Rampole. Er betrachtete ihn prüfend. Etwas Ruß lag auf der Feuerstelle verstreut. „Ist da doch ein Geheimgang?“

„O nein. Da ist niemand hinaufgeklettert.“

„Aber“, sagte Rampole verzweifelt, „wenn dieser Bruder Henri –“

„Ja“, sagte eine tiefe Stimme von der Tür her, „Bruder Henri.“

Es war Hadley. Er stand in der Tür, ein zusammengeknülltes Stück Papier in seiner Hand. An der dumpfen Tonlosigkeit seiner Stimme erkannte Rampole, wie verzweifelt er war. Hadley schloß leise die Tür hinter sich und fuhr fort. „Ich weiß, es war unsere eigene Schuld, weil wir uns von einer Theorie hypnotisieren ließen. Die ist mit uns durchgegangen – und jetzt müssen wir den ganzen Fall wieder von vorne anpacken. Der Teufel hol diesen verdammten, unmöglichen . . .!“ Er starrte auf das Stück Papier. „Scotland Yard hat eben angerufen. Sie haben Nachricht von Bukarest.“

Dr. Fell nickte. „Sie wollen sagen, daß Bruder Henri –“

„Es gibt keinen Bruder Henri“, sagte Hadley. *„Der dritte von den drei Brüdern Horváth ist schon seit über dreißig Jahren tot.“*

In dem kalten, stillen, dämmerigen Zimmer ging Hadley zu dem großen Schreibtisch und breitete das zerknitterte Papier aus, damit die andern es lesen konnten.

„Ein Irrtum ist ausgeschlossen“, fuhr er fort. „Anscheinend ist der Fall dort wohlbekannt. Das vollständige Telegramm, das sie geschickt haben, war sehr lang, aber ich habe von dem, was man mir telephonisch durchgesagt hat, die wesentlichen Punkte notiert. Sehen Sie sich's an.“

Gewünschte Information bereitet keine Schwierigkeit. Zwei Mann, jetzt in meinem persönlichen Dienst, waren 1900 als Gefängnisaufseher in Siebenturmen und bestätigen Bericht. Tatbestand Károly Grimaud Horváth, Pierre Fley Horváth und Nicholas Revéi Horváth waren Söhne von Professor Károly Horváth (an der Universität Klausenburg) und seiner Frau Cécile Fley Horváth (Französin). Wegen Raubüberfall auf Kunar Bank in Brassó im November 1898 wurden die drei Brüder im Januar 1899 zu zwanzig Jahren Zuchthaus verurteilt. Bankwächter starb an erlittenen Verletzungen, Beute nie gefunden, ist allem Anschein nach versteckt worden. Alle drei machten mit Beihilfe des Gefängnisarztes während der Pestpanik im August 1900 kühnen Fluchtversuch, indem sie sich auf Grund gefälschter Totenscheine als Pestopfer außerhalb des Gefängnisfriedhofs begraben ließen. Gefängniswärter J. Lahner und R. Görgei kehrten eine Stunde später zu Gräbern zurück, um vergessenen Spaten zu holen, und bemerkten aufgewühlte Erde am Grab von Károly Horváth. Untersuchung zeigte geöffneten und leeren Sarg. Als Wärter die andern beiden Gräber öffneten, fanden sie Pierre Horváth blutig und bewußtlos, aber noch lebend vor. Nicholas Horváth war bereits erstickt. Nicholas nach einwandfreier Leichenbeschau wieder begraben, Pierre ins Gefängnis zurückgeliefert. Skandal vertuscht, Flüchtling nicht verfolgt und Vorgang erst nach Kriegsende aufgedeckt. Pierre Fley Horváth seitdem unzurechnungsfähig. Entlassen Januar 1919 nach Verbüßung voller Strafe. Versichere, daß nicht der geringste Zweifel über Tod des dritten Bruders besteht.

Alexander Cuza, Polizeidirektor, Bukarest

„O ja“, sagte Hadley, als sie zu Ende gelesen hatten. „Das bestätigt unsere Rekonstruktion des Falles haargenau, bis auf die Kleinigkeit, daß wir ein Gespenst als Mörder verfolgt haben. Bruder Henri – oder, um genau zu sein, Bruder Nicholas – hat sein Grab nie verlassen. Er liegt noch dort. Und der ganze Fall –“

Dr. Fell pochte mit seinen Knöcheln auf das Papier. „Es ist meine Schuld, Hadley“, gab er zu. „Ich war wie hypnotisiert von Bruder Henri.“

„Nun, es bringt uns nicht weiter, einfach unsern Irrtum einzugestehen. Wie zum Teufel können wir jetzt all diese verrückten Bemerkungen von Fley erklären? Private Vendetta! Rache! Wo das jetzt ausgeschaltet ist, was bleibt noch übrig?“

Dr. Fell deutete ziemlich boshaft mit seinem Stock. „Sehen Sie nicht, was noch übrig ist?“ brüllte er. „Sehen Sie nicht den verbindenden Faden? Es mag eine Unzahl von Motiven geben, von offenkundigen oder verborgenen, warum jemand Grimaud umbringen wollte. Mills, Dumont oder Burnaby oder – ja, irgend jemand *könnte* Grimaud ermordet haben. Ebenso könnte irgend jemand Fley umgebracht haben, aber nicht, darauf muß ich hinweisen, jemand aus derselben Gruppe oder demselben Kreis von Menschen. Warum sollte Fley von einem Angehörigen von Grimauds Bekanntenkreis erschossen worden sein, wo doch anzunehmen ist, daß keiner von denen ihn vorher jemals gesehen hat? Wenn diese Morde das Werk eines einzelnen sind, wo ist da das Verbindungsglied? Ein geachteter Professor in Bloomsbury und ein vagabundierender Artist mit einem Strafregister. Wo ist der menschliche Beweggrund, der diese beiden im Geist des Mörders miteinander verbindet, wenn es nicht ein Verbindungsglied ist, das in die Vergangenheit zurückreicht?"

„Ich kann mir eine Person denken, die mit beiden von der Vergangenheit her in Verbindung steht", bedeutete Hadley.

„Wen? Meinen Sie die Dumont?"

„Ja."

„Nein, mein Lieber. Die Dumont als mutmaßliche Täterin ist unmöglich. Überhaupt als Doppelmörderin kommt sie *absolut* nicht in Frage. Warum? Weil sie zum Zeitpunkt von Fleys Tod, wie er von drei verläßlichen Zeugen beschworen ist, hier in diesem Zimmer mit uns gesprochen hat."

Hadley musterte Dr. Fell mißtrauisch. „Diese Stimmung bei Ihnen kenne ich. Ich kenne sie nur zu gut", versicherte er. „Das ist der Anfang einer weiteren Mystifikation. Was versuchen Sie denn, mir jetzt wieder zu zeigen?"

„Erstens", sagte Dr. Fell, „daß Mills die Wahrheit gesagt hat. Und zweitens, daß ich den wahren Mörder kenne."

„Wer ist es? Jemand, den wir gesehen und mit dem wir gesprochen haben?"

„O ja, durchaus."

„Und haben wir eine Aussicht, ihn . . .?"

Dr. Fell starrte mit einem abwesenden, verbissenen, beinah mitleidigen Ausdruck im Gesicht auf den Schreibtisch. „Ja, Gott helfe uns allen", sagte er, „ich nehme an, das müssen Sie. Inzwischen gehe ich nach Hause."

„Nach Hause?"

„Um den Gross-Test anzuwenden", sagte Dr. Fell.

Er wandte sich um, ging aber nicht sofort. Während das Licht der untergehenden Sonne draußen eine purpurrote Farbe annahm und staubfarbene Schatten das Zimmer verdunkelten, blieb er noch eine ganze Weile und blickte unverwandt auf das zerschnittene Bild, auf dessen wilde Farben der letzte Sonnenglanz fiel. Die drei Särge waren endlich gefüllt.

IX Der hohle Mann

In dieser Nacht verzog sich Dr. Fell in das kleine Käfterchen neben seiner Bibliothek, das dafür bestimmt war, was er seine wissenschaftlichen Experimente und Mrs. Fell „diese grauenhafte Panscherei" nannte. Der unermüdliche Hadley war schon losgegangen, um Alibis nachzuprüfen, und Mrs. Fell war in der Kirche.

Rampole und Dorothy saßen sich am Kamin der Bibliothek gegenüber und sahen sich an. „Seit gestern abend", bemerkte er, „habe ich dauernd von dieser Gross-Methode zum Entziffern verbrannter Buchstaben reden hören. Aber niemand scheint zu wissen, was es ist."

„Ich weiß, was es ist", erklärte sie ihm triumphierend. „Ich hab's nachgeschlagen, während ihr heute nachmittag herumgesaust seid. Gross sagt, daß die Schrift auf verkohlten Papierfetzen sich ganz deutlich abhebt, meistens weiß oder grau gegen einen schwarzen Hintergrund, aber manchmal auch umgekehrt. Ist dir das je aufgefallen?"

„Nicht daß ich wüßte. Stimmt das?"

Sie runzelte die Stirn. „Es funktioniert bei Pappkartons, die einen Aufdruck haben, Seifenflockenschachteln und so was Ähnlichem. Aber bei normaler Handschrift ... Jedenfalls muß man eine Menge Pauspapier mit Reißnägeln auf ein Brett heften. Nun nimmt man nacheinander die verkohlten Papierfetzen auf, bestreicht eine Stelle auf dem Pauspapier mit Klebstoff, drückt das verkohlte Papier darauf fest –"

„Wenn es so verkrumpelt ist? Dann fällt's doch auseinander!"

„Aha! Das ist der Trick, sagt Gross. Man muß die Bruchstücke erst aufweichen. Dazu macht man sich einen Rahmen, der fünf bis sieben Zentimeter hoch ist, legt alle Stückchen hinein und spannt ein feuchtes Tuch darüber. Dadurch ist das verkohlte Papier von feuchter Luft umgeben und glättet sich wieder. Wenn alles glatt ist, schneidet man das Pauspapier rund um jedes Bruchstück aus. Dann setzt man die Stückchen auf einer Glasscheibe zusammen. Wie bei einem Puzzlespiel. Schließlich legt man noch eine Glasscheibe über die erste und befestigt sie aufeinander an den Ecken. Nun kann man gegen das Licht durch beide hindurchsehen. Klingt sehr einfach. Aber ich wette mit dir um jeden Betrag, daß es nicht funktioniert!“

„Wichtig ist, ob man genügend Wörter aus einem Brief herausbekommt, daß sie einen Sinn ergeben“, meinte Rampole. „Aber was erwartet Dr. Fell, dabei zu finden?“

Das war das Thema, über das sie bis tief in die Nacht hinein diskutierten, während draußen der Wind vorbeiwirbelte und sie hinter der geschlossenen Tür Dr. Fell in seinem Käfterchen rumoren hören konnten.

RAMPOLE SCHLIEF am nächsten Morgen bis nach zehn Uhr. Als er zum Frühstück hinunterkam, war das Hausmädchen sehr ungnädig, als sie ihm die Eier mit Speck servierte. „Der Doktor ist eben erst raufgegangen, um sich zu waschen, Sir“, berichtete sie ihm. „Er war die ganze Nacht auf mit seinem Wissenschaftskram. Ich weiß ja nicht, was Mrs. Fell dazu sagen wird, wirklich nicht. Superintendent Hadley ist gerade gekommen. Er ist in der Bibliothek.“

Rampole fand Hadley, wie er ungeduldig mit seinen Hacken gegen den Kaminvorsatz schlug. „Was Neues?“ fragte er.

„Ja, und ganz wichtig dazu“, sagte Hadley. „Sowohl Pettis wie Burnaby haben unumstößliche Alibis. Ich habe gestern abend Burnabys drei Pokerfreunde gesehen. Burnaby hat Samstag abend von acht bis beinah halb zwölf mit ihnen gepokert. Und heute morgen war Betts in dem Theater, in dem Pettis an dem Abend gewesen sein will. Also er war in der Vorstellung. Einer der Barkeeper im Foyer kennt ihn vom Sehen. Anscheinend war der zweite Akt um fünf nach zehn zu Ende. Ein paar Minuten später, während der Pause, wie der Mann bereit zu beschwören ist, hat er Pettis einen Whisky-Soda serviert.“

Er hielt ein, als sie von der Halle her den bekannten wuchtigen Schritt hörten. Dr. Fell stieß die Tür auf.

„Nun?“ tippte Hadley an. „Haben Sie aus dem verbrannten Papier herausgefunden, was Sie wollten?“

Dr. Fell suchte umständlich, fand seine schwarze Pfeife und setzte sie in Brand, ehe er antwortete. Dann lachte er mit einem sauren Gesicht vor sich hin.

„Ja, ich habe herausgefunden, was ich wissen wollte. Hadley, ich habe Sie Samstag nacht unabsichtlich zweimal mit meinen Theorien auf die falsche Fährte gelockt. Immerhin habe ich nicht den einzigen Bock geschossen. Zufall und Umstände haben einen noch größeren Bock geschossen und sich zusammengetan, um ein erschreckendes Rätsel aus etwas zu machen, was in Wirklichkeit nur ein ganz alltäglicher, häßlicher Mordfall ist. O ja, der Mörder war schon schlau, das geb ich zu. Trotzdem – ja, ich hab herausgefunden, was ich wissen wollte.“

„Na und? Was stand auf den verkohlten Papierfetzen?“

„Nichts“, sagte Dr. Fell. Es lag etwas Unheimliches in der düsteren Art, mit der er das Wort aussprach.

„Meinen Sie etwa“, rief Hadley aus, „Ihr Experiment hat nicht funktioniert?“

„Nein, ich meine, das Experiment hat wohl funktioniert. Ich meine, daß *nichts* auf den Papierfetzen stand“, äußerte Dr. Fell dröhnend. „Nicht eine einzige Zeile, nicht eine einzige handgeschriebene Silbe. Außer – na ja. Da waren ein paar Stücke dicker Pappe mit ein oder zwei gedruckten Buchstaben.“

„Aber warum verbrennt man Briefe, wenn man nicht –“

„Weil es keine Briefe waren. Das war unser Irrtum. Merken Sie jetzt noch nicht, was es war? ... Gut, Hadley, wir wollen lieber den ganzen Wirrwarr wieder in Ordnung bringen. Wollen Sie den unsichtbaren Mörder kennenlernen? Wollen Sie den verdammten Grabplünderer und hohlen Mann kennenlernen? Gut. Haben Sie Ihren Wagen da? Dann kommen Sie. *Ich möchte sehen, ob ich nicht aus irgend jemand in Grimauds Haus ein Geständnis herausholen kann.*“

Rampole sah das Ende drohend herannahen und fürchtete sich davor, ohne zu ahnen, was es wohl sein mochte. In Hadleys Wagen schwiegen sie. Und der Schweigsamste von allen war Dr. Fell. Im Haus am Russell Square waren alle Rouleaus heruntergelassen. Dr. Fell drückte auf die Klingel. Nach einer langen Pause öffnete Annie.

„Wir möchten gern Madame Dumont sprechen", sagte Dr. Fell.

„Sie ist da drinnen mit der – da drinnen", antwortete das Mädchen und deutete zum Salon hin. „Ich werde Sie –" Sie schluckte.

Dr. Fell schüttelte den Kopf. Er ging überraschend leise hin und öffnete behutsam die Tür zum Salon.

Die dichten Spitzenvorhänge dämpften das wenige Licht, das durchsickerte. Das Zimmer sah größer aus, und seine Möbel waren im Schatten verloren bis auf ein Möbelstück aus schimmerndem schwarzen Metall, das mit Seide ausgeschlagen war. Es war ein offener Sarg. Dünne Kerzen brannten ringsum. Es kam Rampole so vor, als ob diese Kerzen oder vielleicht der schwache Geruch nach Blumen und Weihrauch, der in der Luft hing, die Szene aus dem nüchternen London an einen stürmischen, felsigen Ort mitten in den ungarischen Bergen versetzten – wo das goldene Kreuz zum Schutz gegen Teufel aufragte und Knoblauchkränze die lauernden Vampire abwehrten.

Aber das war es nicht, was ihnen zuerst ins Auge fiel. Ernestine Dumont kniete neben dem Sarg und klammerte sich mit einer Hand an seinen Rand. Ihre Augen waren eingesunken und verschmiert. Ihre Brust hob sich in krampfhaftem Schluchzen. Doch um ihre Schultern hatte sie einen bunten Schal aus schwerem, rotem Brokat mit langen Fransen und Perlenstickerei geschlungen, der im Kerzenlicht mit seinem unruhigen Glitzern zu brennen schien. Es war noch ein letzter Hauch von Barbarentum.

Und dann wurde sie ihrer gewahr. Beide Hände ergriffen plötzlich den Rand des Sarges, als ob sie den Toten beschützen wollte.

„Es wird Ihnen wohltun, Madame, ein Geständnis abzulegen", sagte Dr. Fell sehr sanft. „Glauben Sie mir, es wird Ihnen wohltun."

Sekundenlang dachte Rampole, sie hätte aufgehört zu atmen. Sie gab einen Laut von sich, beinahe als ob sie hustete. „Geständnis?" sagte sie, als sie sich umdrehte, um sie anzusehen. „Also das glauben Sie, Sie Narren? Nun, mir ist es gleich. Geständnis! Einen Mord gestehen?"

„Nein", sagte Dr. Fell. Seine Stimme hatte bei dieser einzigen

Silbe einen düsteren Klang. Jetzt starrte sie ihn furchtsam an, als er näher auf sie zutrat. „Nein", sagte Dr. Fell. „Sie sind nicht die Mörderin. Ich will Ihnen sagen, was Sie sind." Er ragte hoch über sie empor, ein schwarzer Schatten gegen das Kerzenlicht, aber er sprach immer noch in beruhigendem Ton.

„Gestern, müssen Sie wissen, hat uns ein Mann namens O'Rourke verschiedene Dinge erzählt. Darunter war die Tatsache, daß gewisse Zaubertricks nur mit der Unterstützung eines Gehilfen bewerkstelligt werden können. Das hier war keine Ausnahme. Sie waren die Gehilfin des Illusionisten und Mörders."

„Der hohle Mann", sagte Ernestine Dumont und begann hysterisch zu lachen.

„Der hohle Mann", sagte Dr. Fell und wandte sich zu Hadley um, „im wahrsten Sinn des Wortes. Der hohle Mann, dessen Namengebung ein grausiger, ironischer Scherz war, auch wenn wir es nicht wußten, denn es war die lautere Wahrheit. Wollen Sie den Mörder sehen, den Sie durch diesen ganzen Fall hindurch verfolgt haben? Der Mörder liegt *hier*", sagte Dr. Fell, „aber Gott bewahre uns davor, daß wir ihn jetzt verurteilen sollten."

Und mit einer langsamen Geste deutete er auf das weiße, tote, schmallippige Gesicht von Dr. Charles Grimaud.

Dr. Fell sah die Frau unverwandt an, die an die Seite des Sarges zurückgewichen war, als ob sie ihn verteidigen wollte.

„Madame", fuhr er fort, „der Mann, den Sie geliebt haben, ist tot. Er ist jetzt außer Reichweite des Gesetzes, und was er auch immer begangen hat, er hat dafür bezahlt. Unser augenblickliches Problem, Ihres und meines, besteht darin, diese Sache zu vertuschen, damit die Lebenden nicht darunter zu leiden haben. Aber verstehen Sie, Sie sind darein verwickelt, selbst wenn Sie an dem Mord selbst nicht beteiligt waren. Glauben Sie mir, Madame, wenn ich die ganze Sache erklären könnte, ohne Sie überhaupt hineinzuziehen, so würde ich das tun. Ich weiß, daß Sie gelitten haben. Aber Sie werden selbst einsehen, daß solch eine Lösung unmöglich ist."

Etwas in seiner Stimme schien sie so besänftigend zu berühren wie Schlaf nach Tränen. Ihre Hysterie war verschwunden.

„Wissen Sie denn Bescheid?" fragte sie ihn, fast drängend. „Machen Sie mir nichts vor! Wissen Sie wirklich Bescheid?"

„Ja, ich weiß wirklich Bescheid."

„Gehen Sie nach oben. Gehen Sie in *sein* Zimmer", sagte sie, „und ich werde nachkommen. Ich kann Ihnen nicht jetzt gleich gegenübertreten. Ich muß nachdenken und . . . Aber bitte, reden Sie mit niemandem, bis ich komme. Ich werde nicht weglaufen."

Dr. Fells heftige Handbewegung brachte Hadley zum Schweigen, als sie hinausgingen. Ohne ein Wort zu reden, stiegen sie durch das düstere Treppenhaus zum obersten Stock hinauf. Wieder einmal kamen sie in das Arbeitszimmer, wo es so dunkel war, daß Hadley die Lampe mit dem Mosaikschirm auf dem Schreibtisch einschaltete. Nachdem er sich überzeugt hatte, daß die Tür zu war, drehte sich Hadley um. „Wollen Sie mir etwa erzählen, daß Grimaud Fley umgebracht hat?" fragte er.

„Ja."

„Während er bewußtlos und sterbend vor den Augen von Zeugen im Krankenhaus lag, ging er in die Cagliostro Street und –"

„Dort nicht", sagte Dr. Fell ruhig. „Verstehen Sie, Fley wurde vor Grimaud erschossen. Und was das Schlimmste ist, Grimaud hat versucht, uns die Wahrheit zu sagen, als er wußte, daß er im Sterben lag. Setzen Sie sich hin, und ich will sehen, ob ich es erklären kann. Wenn Sie erst mal drei wesentliche Punkte erfaßt haben, erklärt die Sache sich von selbst."

Er ließ sich keuchend in den Sessel hinter dem Schreibtisch nieder. Dann fuhr er fort. „Also die drei wesentlichen Punkte sind folgende: Erstens, es gibt keinen Bruder Henri, es sind nur zwei Brüder da. Zweitens, diese beiden Brüder haben die Wahrheit gesagt. Drittens, eine Zeitfrage hat den Fall in die falsche Bahn gelenkt.

Erinnern Sie sich jetzt an gestern vormittag! Ich hatte schon Anlaß zu glauben, daß mit dieser Sache in der Cagliostro Street etwas nicht stimmte. Wir hatten von drei Zeugen, deren Aussagen genau übereinstimmten, gehört, daß der Schuß dort genau um 10.25 Uhr fiel. Ich wunderte mich schon im stillen, wieso sich ihre Aussagen mit solch überraschender Genauigkeit deckten. Bei einem gewöhnlichen Straßenunfall stimmen die Zeugen im allgemeinen über die Zeitfrage nicht mit solcher Exaktheit überein. Da mußte ein Grund für ihre Genauigkeit vorhanden gewesen sein.

Selbstverständlich war ein Grund da. In einiger Entfernung hinter der Stelle, wo der Mann zu Boden fiel, befand sich ein beleuchtetes Schaufenster – das einzige erleuchtete Fenster weit und breit –, und zwar von einem Juwelierladen. Dahin lief der Polizist auf der Suche nach dem Mörder zuerst. Dadurch wurde die Aufmerksamkeit der beiden anderen Zeugen erklärlicherweise dorthin gelenkt. Und in diesem Schaufenster fiel ihnen eine riesige Uhr von ungewöhnlichem Aussehen ins Auge. Es war unausbleiblich, daß der Polizist sich nach dieser Uhr vergewisserte, wie spät es genau war, und das war ebenso natürlich für die anderen. Daher ihre Übereinstimmung.

Aber etwas machte mir ein wenig Kopfzerbrechen. Nachdem der Schuß auf Grimaud gefallen war, beorderte Hadley seine Leute in dieses Haus hier und schickte sofort einen von ihnen los, um Fley als Verdächtigen festzunehmen. Also diese Leute trafen hier etwa um welche Zeit ein?"

„Ungefähr um zehn vor elf", sagte Rampole.

„Und ein Mann ging sofort los, um Fley zu holen", sagte Dr. Fell. „Wann muß dieser Mann in der Cagliostro Street angelangt sein? Fünfzehn bis zwanzig Minuten, nachdem Fley angeblich erschossen wurde. Aber was war im Verlauf dieser kurzen Zeit alles geschehen? Eine unglaubliche Anzahl von Dingen! Fley ist zu dem Haus des Arztes geschafft worden, er ist gestorben, eine Untersuchung wurde vorgenommen, ein Versuch gemacht, Fley zu identifizieren. Und dann, ‚nach einiger Verzögerung', wie eine Zeitung schrieb, wurde der Leichenwagen angefordert und Fley ins Leichenschauhaus geschafft. Das alles! Denn als Hadleys Mann in die Cagliostro Street kam, um Fley zu holen, fand er, daß die ganze Sache schon erledigt war – und daß sogar der Polizist wieder zurück war und von Haus zu Haus Nachforschungen anstellte. Bedauerlicherweise war ich so schwer von Begriff, daß ich die Bedeutung davon nicht einmal gestern erfaßte, als ich die Uhr in dem Schaufenster des Juweliers sah.

Versetzen Sie sich noch einmal zurück. Als wir gestern bei mir zu Hause frühstückten, kam Pettis dazu, und wir unterhielten uns mit ihm bis wann?"

„Bis zehn Uhr“, antwortete Hadley. „Ja! Ich erinnere mich. Big Ben schlug gerade zehn, als Pettis aufstand, um zu gehen.“

„Ganz recht. Er verließ uns, und dann zogen wir unsere Mäntel an, setzten unsere Hüte auf und fuhren *direkt* zur Cagliostro Street. Jetzt setzen Sie mal eine beliebige, aber plausible Zeitspanne ein für unser Fertigmachen zum Ausgehen, fürs Hinuntergehen zum Wagen und für die kurze Autofahrt auf fast leeren Straßen – eine Fahrt, die uns beim dichten Sonnabendverkehr nur zehn Minuten gekostet hatte. Der ganze Vorgang dürfte insgesamt kaum zwanzig Minuten gedauert haben. Aber als Sie mir in der Cagliostro Street den Juwelierladen zeigten, schlug die komische Uhr gerade *elf*.

Selbst da, in Gedanken versunken und abwesend, wie ich war, fiel es mir nicht ein, genauer auf die Uhr zu sehen und stutzig zu werden, genausowenig, wie die drei Zeugen von gestern nacht in ihrer Aufregung auf die Idee kamen. Gleich danach, wie Sie sich entsinnen werden, holten Somers und O'Rourke uns in Burnabys Wohnung hinauf. Wir nahmen eine lange Durchsuchung vor, und dann hatte ich eine Unterhaltung mit O'Rourke. Und während O'Rourke sprach, hörte ich Kirchenglocken läuten.

Nun, um welche Zeit fangen Kirchenglocken zu läuten an? Nicht nach elf, dann hat der Gottesdienst schon angefangen. Gewöhnlich vor elf als Aufforderung für die Kirchgänger. Aber wenn ich mich an die deutsche Uhr im Schaufenster hielt, mußte es schon lange nach elf sein. Da wachte mein träger Geist endlich auf. Ich dachte an Big Ben und unsere Fahrt zur Cagliostro Street. Die Kombination von Big Ben und diesen Kirchenglokken gegen – hem! – eine lumpige, ausländische Uhr! *Mit anderen Worten, die Uhr in dem Juwelierfenster ging über vierzig Minuten vor. Infolgedessen konnte in der vorigen Nacht der Schuß in der Cagliostro Street nicht um fünfundzwanzig Minuten nach zehn gefallen sein. In Wirklichkeit muß das kurz vor drei Viertel zehn passiert sein. Sagen wir etwa zwanzig Minuten vor zehn – einige Minuten, ehe der Mann in der Maske um drei Viertel zehn hier an der Haustür läutete.“*

„Aber ich verstehe immer noch nicht“, protestierte Hadley. „Wenn Grimaud, wie Sie sagen, Fley kurz vor drei Viertel zehn in der Cagliostro Street erschoß –“

„Das habe ich nicht gesagt“, erklärte Dr. Fell.

„Was?“

„Sie werden es verstehen, wenn Sie meiner geduldigen Erläuterung von Anfang an folgen. Am Mittwoch abend voriger Woche – als Fley zum erstenmal aus der Vergangenheit, anscheinend aus seinem Grab, erschien, um seinem Bruder in der Warwick Tavern gegenüberzutreten – entschloß sich Grimaud, ihn umzubringen. In dem ganzen Fall, verstehen Sie, war Grimaud die einzige Person, die ein Motiv hatte, Fley umzubringen. Und, bei Gott, Hadley, was für ein Motiv! Er war reich, er war angesehen, die Vergangenheit war begraben. Und dann auf einmal geht die Tür auf, und herein kommt dieser grinsende Fremde, der sein Bruder Pierre ist. Grimaud hatte bei seiner Flucht aus dem Zuchthaus schon einen seiner Brüder ermordet, indem er ihn lebendig begraben zurückließ. Er hätte den andern auch ermordet, wenn nichts dazwischengekommen wäre. Er konnte immer noch ausgeliefert und aufgehängt werden – und jetzt hatte Pierre Fley seine Spur gefunden.

Jetzt erinnern Sie sich mal genau an das, was Fley sagte, als er seinen Bruder in der Taverne stellte. Analysieren Sie, *warum* er gewisse Dinge sagte. Wenn es ihn nur nach einer persönlichen Rache verlangte, warum ist er Grimaud ausgerechnet in Gegenwart seiner Freunde entgegengetreten und hat jene ganz bestimmten Andeutungen fallenlassen? Er gebrauchte seinen *toten* Bruder als eine Drohung, und das war das einzige Mal, wo er von diesem *toten* Bruder sprach. Warum sagte er: ‚Ich habe einen Bruder, der viel mehr kann als ich‘? Weil der tote Bruder Grimaud an den Galgen bringen konnte! Warum sagte er: ‚*Ich* trachte nicht nach Ihrem Leben, aber er‘? Warum sagte er: ‚Bald wird Sie jemand aufsuchen. Möchten Sie lieber, daß ich das bin – oder soll ich meinen Bruder schicken?‘ Und warum gab er Grimaud seine Karte, auf der seine eigene Adresse geschrieben stand? Daß er ihm seine Karte gab, ist zusammen mit seinen Worten und seinem späteren Tun bezeichnend. Was Fley wirklich meinte, geschickt versteckt, so daß er Grimaud vor Zeugen eine Höllenangst einjagen konnte, war folgendes: Du, mein Bruder, bist von den Früchten eines Banküberfalls, den wir beide in unserer Jugend begangen haben, dick und reich geworden. Ich bin arm – und ich hasse meine

Arbeit. Willst du jetzt zu mir kommen, damit wir diese Angelegenheit erledigen können, oder soll ich dir die Polizei auf den Hals hetzen?“

„Erpressung“, sagte Hadley leise.

„Ja. Beachten Sie, wie Fley den Sinn seiner Worte in seiner letzten Drohung an Grimaud verkleidete. ‚Ich bin *auch* in Gefahr, wenn ich mit meinem Bruder verkehre, aber ich bin bereit, das zu riskieren.‘ Und in diesem Fall, wie auch später immer, hat er in Wirklichkeit Grimaud gemeint. Du, mein Bruder, könntest vielleicht auch mich umbringen, wie du den andern umgebracht hast, aber das will ich riskieren. Wollen wir das also freundschaftlich regeln, oder soll mein anderer, toter Bruder kommen, um dich aufzuhängen?

Denken Sie an sein späteres Benehmen, an dem Abend, an dem er ermordet wurde. Wissen Sie noch, mit welcher Freude er seine Zauberrequisiten verbrannte? Und die Worte, die er zu O'Rourke sagte: ‚Meine Arbeit ist beendet, ich brauche sie nicht mehr ... Hab ich's Ihnen nicht erzählt? Ich geh meinen Bruder besuchen. Er will was tun, was eine alte Affäre für uns beide in Ordnung bringt.‘

Was natürlich bedeutete, daß Grimaud auf seine Bedingungen eingegangen war. Fley meinte, daß er sein altes Leben endgültig aufgebe und in sein Grab als ein Toter mit viel Geld zurückkehre. Er wußte natürlich, daß sein Bruder mit allen Wassern gewaschen war. Für den Fall, daß Grimaud es mit der Bezahlung ernst meinte, konnte er nicht gut eine ausdrückliche Warnung bei O'Rourke zurücklassen. Aber er ließ doch eine Andeutung fallen:

> Wenn mir irgendwas zustoßen sollte ... können Sie meinen Bruder in derselben Straße finden, in der ich jetzt wohne. Er wohnt eigentlich woanders, aber er hat sich da ein Zimmer gemietet.

Diese letzten Worte werde ich gleich erklären. Aber kehren wir zurück zu Grimaud. Er hatte nie die Absicht gehabt, mit Fley zu einer Einigung zu kommen. Der verschlagene Verstand von Grimaud war entschlossen, keinen Unsinn von seinem unbequemen Bruder zu dulden. Fley mußte sterben – aber das war nicht so einfach.

Wenn Fley privat zu ihm gekommen wäre, so daß niemand Fleys Namen mit seinem hätte in Zusammenhang bringen können, wäre es leicht gewesen. Aber dazu war Fley zu schlau gewesen. Er hatte seinen eigenen Namen und seine Adresse vor einer Schar von Grimauds Freunden ausposaunt. Peinlich! Wenn nun Fley ermordet aufgefunden wird, sagt sicher irgend jemand: ‚Donnerwetter! Ist das nicht der Bursche, der . . .' Und dann kommen vielleicht bald gefährliche Vernehmungen, denn der Himmel mag wissen, was Fley vielleicht noch *anderen* Leuten über Grimaud erzählt hat. Das einzige, was er schwerlich jemand anderem anvertraut hat, ist seine letzte, tödliche Macht über Grimaud, und das ist die Sache, derentwegen er zum Schweigen gebracht werden muß. Auf welche Weise auch immer Fley stirbt, wahrscheinlich wird es Nachforschungen geben, in die Grimaud hineingezogen wird. Die einzige Möglichkeit ist, ganz offen so zu tun, als ob Fley ihm nach dem Leben trachtet, sich selbst Drohbriefe zu schicken – aber nicht zu auffällig –, den Haushalt zu beunruhigen und schließlich allen zu erzählen, daß Fley gedroht habe, ihn in der gleichen Nacht aufzusuchen, in der er selbst Fley aufzusuchen beabsichtigt.

Den Eindruck, den er hervorrufen wollte, war folgender: Man soll sehen, wie der mordgierige Fley ihn Sonnabend nacht besucht. Dafür müssen Zeugen da sein. Die beiden müssen allein zusammen sein, wenn Fley in sein Arbeitszimmer kommt. Man hört einen Streit, das Geräusch eines Zweikampfs, einen Schuß und einen Fall. Wenn die Tür geöffnet wird, muß man Grimaud allein finden – mit einer gefährlich aussehenden, aber harmlosen Wunde von einem Streifschuß an seiner Seite. Es ist keine Waffe da. Aus dem Fenster hängt ein Seil, das Fley gehört und mit dessen Hilfe er wahrscheinlich entkommen ist. Vergessen Sie nicht, der Wetterbericht hatte *keinen* Schnee für diese Nacht vorausgesagt, so daß es unmöglich gewesen wäre, Fußspuren festzustellen. Grimaud erklärt: ‚Er hat geglaubt, er habe mich getötet. Ich habe mich totgestellt, und er ist entkommen. Nein, hetzt nicht die Polizei auf den armen Teufel. Ich bin nicht ernstlich verletzt.' Und am nächsten Morgen wird Fley tot in seinem eigenen Zimmer aufgefunden. Es ist Selbstmord. Er hat sich seine eigene Pistole auf die Brust gesetzt und abgedrückt. Die Waffe liegt neben ihm. Ein paar Zeilen von ihm liegen auf dem Tisch. In seiner Verzweiflung über den Gedanken, Grimaud umgebracht zu haben, hat er sich selbst erschossen ... Das, meine Herren, war die Illusion, die Grimaud hervorrufen wollte."

„Aber wie hat er es ausgeführt?" wollte Hadley wissen. „Und so ist es ja auch nicht abgelaufen!"

„Nein. Verstehen Sie, der Plan mißlang. Und der letzte Teil des Täuschungsmanövers, wo Fley ihn in seinem Arbeitszimmer aufsuchen sollte, obwohl er in Wirklichkeit schon tot in seinem Zimmer in der Cagliostro Street gelegen hätte – darauf komme ich noch an geeigneter Stelle zurück. Grimaud hatte bereits mit der Hilfe von Madame Dumont einige Vorbereitungen getroffen.

Er hatte Fley gesagt, er solle ihn Sonnabend nacht um neun Uhr in dessen Zimmer im obersten Stock über dem Tabakladen erwarten, damit er ihm das Geld auszahlen könne. Sie erinnern sich, daß Fley in bester Laune sein Engagement brach und etwa um Viertel nach acht das Varieté in Limehouse verließ.

Grimaud hatte den Sonnabendabend gewählt, weil er da nach unverletzlichem Brauch den ganzen Abend allein in seinem Arbeitszimmer zu verbringen pflegte, ohne daß jemand ihn stören durfte. Außerdem mußte er den Kellereingang frei haben, und Sonnabend abends hatte Annie, die im Souterrain wohnte, ihren Ausgang. Sie werden sich erinnern, daß ihn niemand gesehen hat, nachdem er um halb acht in sein Arbeitszimmer hinaufgegangen war, bis er um 9.50 Uhr seine Tür aufmachte, um den Besucher hereinzulassen. Madame Dumont behauptete, sie habe um 9.30 Uhr im Arbeitszimmer mit ihm gesprochen, als sie das Kaffeegeschirr abräumte. Ich werde Ihnen gleich erzählen, warum ich diese Behauptung bezweifle – Tatsache ist, daß er überhaupt nicht im Arbeitszimmer war, sondern in der Cagliostro Street.

Madame Dumont war gesagt worden, sie solle um 9.30 Uhr hinter der Arbeitszimmertür auf der Lauer liegen und unter irgendeinem Vorwand herauskommen. Warum? Weil Grimaud Mills befohlen hatte, um 9.30 Uhr heraufzukommen und von seinem Zimmer aus die Arbeitszimmertür im Auge zu behalten. Mills sollte das Opfer von Grimauds Täuschung sein. Aber sollte Mills, wenn er oben in die Nähe der Arbeitszimmertür kam, aus irgendeinem Grund durchaus mit Grimaud sprechen oder ihn sehen wollen, dann war die Dumont da, um ihn abzuwimmeln. Die Dumont sollte dann oben im Treppenhaus warten und Mills von der Tür fernhalten, falls er neugierig würde.

Mills war zum Opfer des Täuschungsmanövers ausersehen. Warum? Weil er – obwohl er so gewissenhaft war, daß er seine Befehle bis aufs I-Tüpfelchen ausführen würde – solche Angst vor dem vermeintlichen Fley haben würde, daß er sich nicht einmischen würde, wenn der hohle Mann die Treppen heraufmarschiert kam. Nicht genug damit, daß er den Mann mit der Maske auf keinen Fall angreifen durfte, ehe dieser im Arbeitszimmer war – was zum Beispiel Mangan oder sogar Drayman vielleicht getan hätte –, er durfte nicht einmal aus seinem Zimmer herauskommen. Ihm war aufgetragen worden, in seinem Zimmer zu bleiben, und das würde er auch tun. Schließlich und endlich war er gewählt worden, weil er sehr klein war, ein Umstand, den ich später erläutern werde.

Also ihm war befohlen, seinen Wachtposten oben um 9.30 Uhr zu beziehen. Und zwar deswegen, weil der hohle Mann kurz danach in Erscheinung treten sollte, obwohl er sich in Wirklichkeit verspätet hat. Beachten Sie eine Unstimmigkeit. Grimaud hatte Mills 9.30 Uhr angegeben – aber dem jungen Mangan zehn Uhr! Der Grund liegt auf der Hand. Es mußte jemand unten sein, um bezeugen zu können, daß wirklich ein Besucher durch die Haustür hereingekommen war, und um spätere Aussagen der Dumont zu bestätigen. Aber Mangan könnte vielleicht Neugierde für diesen Besucher zeigen oder ihn gar zur Rede stellen ... wenn ihm nicht vorher im Scherz von Grimaud gesagt würde, daß der Besucher wahrscheinlich überhaupt nicht komme, oder wenn doch, dann sicher kaum vor zehn Uhr. All das war notwendig, um ihn abzulenken und zu veranlassen, so lange zu zögern, bis der hohle Mann an der gefährlichen Tür vorbei und schon auf dem Weg hinauf war. Und schlimmstenfalls konnten Mangan und Rosette eingeschlossen werden.

Was die andern alle betraf: Annie war ausgegangen, Drayman hatte eine Konzertkarte bekommen, Burnaby spielte zweifellos Karten, und Pettis war im Theater. Das Feld war frei.

Grimaud schlich sich aus dem Haus – wahrscheinlich etwa

zehn Minuten vor neun –, indem er die Kellertür zur Straße hinauf benutzte. Die Schwierigkeiten hatten schon begonnen. Es hatte schon eine Zeitlang stark geschneit, höchst regelwidrig. Aber Grimaud betrachtete das nicht als ein ernsthaftes Hindernis. Er glaubte, er könne bis halb zehn die Angelegenheit erledigen und wieder zurück sein. Dann, hoffte er, würde es immer noch stark genug schneien, um alle Fußstapfen, die er machen würde, zu verdecken. So würde es dann auch nicht auffallen, wenn *keine* Fußspuren da waren, die der angebliche Besucher hätte hinterlassen müssen, nachdem er sich am Seil aus dem Fenster heruntergelassen hatte. Ohnehin war die Ausführung seines Plans jetzt schon zu weit fortgeschritten, als daß er noch hätte zurücktreten können.

Als er das Haus verließ, hatte er einen alten Coltrevolver bei sich, dessen Herkunft nicht mehr festgestellt werden konnte und der nur mit zwei Patronen geladen war. Was für einen Hut er trug, weiß ich nicht, aber sein Mantel war aus hellgelbem, auffallendem Tweed, der ihm einige Nummern zu groß war. Er hatte ihn gekauft, weil bekannt war, daß er so ein Monstrum nie getragen hätte, und weil ihn darin niemand erkennen würde, falls er gesehen werden sollte. Er –“

Hadley unterbrach ihn. „Moment mal! Was ist mit dem Mantel, der die Farbe wechselte?“

„Da muß ich Sie wieder bitten, sich etwas zu gedulden, bis wir zu seinem letzten Täuschungsmanöver kommen, denn das ist ein Teil davon. Also Grimauds Absicht war, Fley zu besuchen. Dort wollte er ganz freundschaftlich eine Weile mit ihm reden. Schließlich würde er so etwas sagen wie: ‚Du mußt aus dieser Bruchbude raus, lieber Bruder! Du wirst jetzt ein viel besseres Leben führen. Also laß doch diesen ganzen unnötigen Kram hier und komm zu mir in mein Haus. Schenk doch den verdammten Plunder deinem Wirt anstelle einer Kündigung!‘ So was Ähnliches wird er ihm gesagt haben, verstehen Sie, um Fley zu veranlassen, eins seiner zweideutigen Briefchen an den Wirt zu schreiben. ‚Ich geh für immer fort. Ich kehre in mein Grab zurück.‘ *Irgend etwas, was sich als Abschiedsbrief eines Selbstmörders auslegen ließ, wenn Fley mit einem Revolver in der Hand tot aufgefunden wurde.*“

Dr. Fell beugte sich vor. „Und dann wollte Grimaud seinen

Colt herausziehen, ihn Fley auf die Brust setzen und abdrükken.

Es war im obersten Stockwerk eines sonst leeren Hauses. Wie Sie gesehen haben, sind die Mauern erstaunlich stark und solide gebaut. Der Hauswirt wohnt ganz unten im Keller. Ein Schuß, besonders ein gedämpfter, war nicht zu hören. Es konnte schon eine Weile dauern, bis die Leiche entdeckt wurde, jedenfalls bestimmt nicht vor dem nächsten Morgen. Und inzwischen, nachdem er Fley ermordet hatte, wollte Grimaud sich mit demselben Revolver eine leichte Wunde beibringen. Wie wir von der kleinen Episode der drei Särge vor vielen Jahren wissen, besaß er die Konstitution eines Ochsen und teuflische Nerven. Dann würde er die Waffe neben Fley liegen lassen. Über seine eigene Wunde, die er sich *unter* dem Mantel beibringen mußte, würde er sich ganz kühl ein Taschentuch oder etwas Watte legen und diesen Notverband mit Heftpflaster provisorisch befestigen, bis die Zeit gekommen war, die Wunde wieder aufzureißen. Dann wollte er nach Hause gehen, um dort den Verkleidungstrick mit anderem Mantel und Maske durchzuführen, durch den bewiesen werden sollte, daß Fley zu ihm gekommen war. Danach würde keine Jury mehr bezweifeln, daß Fley auf ihn geschossen hatte, dann in die Cagliostro Street zurückgegangen war und mit demselben Revolver Selbstmord begangen hatte.

Das war, wie gesagt, was Grimaud beabsichtigt hatte. Es wäre ein klug erdachter Mord gewesen. Ich glaube nicht, daß wir Fleys Selbstmord je angezweifelt hätten.

Jetzt bestand nur noch eine Schwierigkeit bei der Ausführung dieses Plans. Wenn jemand gesehen hätte, daß eine fremde Person in Fleys Haus hineinging, dann wäre der Teufel los gewesen. Dann wäre der Selbstmord vielleicht angezweifelt worden. Es gab nur einen Eingang von der Straße her – die Tür neben dem Tabakladen. Und er trug einen auffälligen Mantel, in dem er die Lage schon vorher erkundet hatte. Dolberman, der Ladeninhaber, hatte ihn herumlungern sehen. Die Lösung dieses Problems bot Burnabys geheime Wohnung.

Sie begreifen doch wohl, daß Grimaud derjenige war, der am ehesten über Burnabys Wohnung in der Cagliostro Street Bescheid wissen konnte, nicht wahr? Burnaby hat uns selbst erzählt, daß Grimaud ihn nicht nur ausgefragt, sondern auch sogar *beobachtet* hatte, als er ihn verdächtigte, einen Hintergedanken beim Malen dieses Bildes gehabt zu haben. Er wußte von der Wohnung. Er wußte durch sein Spionieren, daß Rosette einen Wohnungsschlüssel hatte. Und deshalb stahl er ihn, als es an der Zeit war.

Das Haus, in dem Burnabys Wohnung liegt, steht auf derselben Straßenseite wie das, in dem Fley wohnt. Nun sind das alles Reihenhäuser mit flachen Dächern, so daß man nur über niedrige Mauern steigen muß, wenn man einen Dachspaziergang von einem Ende der Straße zum andern machen will. Beide Männer, wie Sie wissen, wohnten im obersten Stock. Erinnern Sie sich noch, was wir gleich neben Burnabys Wohnungstür sahen?“

Hadley nickte. „Eine Leiter zu einer Falltür im Dach.“

„Genau. Und auf dem Treppenabsatz vor Fleys Zimmer ist eine niedrige Dachluke, die ebenfalls nach außen führt. Grimaud brauchte nur hintenherum zur Cagliostro Street zu gehen, ohne sich auf der Straße sehen zu lassen, indem er das Gäßchen benutzte, das wir aus Burnabys Fenster sahen. Dann ging er über die Dächer zu Fleys Haus, stieg durch die Dachluke hinunter und konnte in das Zimmer hinein und wieder hinaus, ohne daß eine Menschenseele ihn sah. Außerdem wußte er ja, daß Burnaby in der Nacht anderswo Karten spielte.

Er mußte schon vor Fley zu dessen Zimmer gekommen sein. Denn es hätte keinen Sinn gehabt, Fleys Verdacht zu erregen, indem er vom Dach her kam. Aber dann ging alles schief. Wir wissen, daß Fley schon einigermaßen mißtrauisch war. Der Grund dafür mag vielleicht gewesen sein, daß Grimaud Fley gebeten hatte, einen seiner langen Zauberstricke mitzubringen . . . Grimaud wollte dieses Seil als späteres Beweismaterial gegen Fley haben. Vielleicht war es auch dadurch begründet, daß Fley wußte, daß Grimaud öfters in der Cagliostro Street gewesen war, woraus Fley auch schloß, daß sein Bruder ein Zimmer in der Straße genommen hatte.

Die Brüder trafen sich um neun Uhr in dem Zimmer mit dem Gaslicht. Worüber sie sprachen, wissen wir nicht. Aber offenbar beschwichtigte Grimaud Fleys Verdacht, sie wurden immer freundlicher miteinander, und Grimaud überredete ihn, spaßeshalber die paar Zeilen an den Hauswirt zu schreiben. Dann –"

„Ich streite das alles nicht ab", sagte Hadley ruhig, „aber woher wissen Sie das?"

„Grimaud hat es uns erzählt", antwortete Dr. Fell, und Hadley starrte ihn an.

„O ja. Als ich erst einmal hinter den schrecklichen Irrtum mit der Zeit gekommen war, ging mir ein Licht auf. Sie werden gleich sehen. Aber fahren wir fort.

Fley hatte seine Zeilen geschrieben. Er hatte zum Weggehen Hut und Mantel angelegt, weil Grimaud wünschte, daß es so aussehen sollte, als ob Fley gleich Selbstmord begangen hätte, nachdem er von *draußen* hereingekommen war, mit andern Worten: nach seiner Rückkehr von dem angeblichen Besuch bei Grimaud. Sie waren beide fertig zum Weggehen. Und da sprang Grimaud los.

Ob nun Fley im Unterbewußtsein auf der Hut war oder ob er zur Tür lief, weil er dem kräftigen Grimaud nicht gewachsen war, das wissen wir nicht. Jedenfalls beging Grimaud, der den Revolver auf Fleys Mantel gepreßt hatte, während der sich mit einem plötzlichen Ruck umdrehte, einen groben Fehler: er schoß. Und er jagte die Kugel in die falsche Stelle. Statt sein Opfer durchs Herz zu schießen, traf er ihn unter dem linken Schulterblatt. Es war eine tödliche Wunde, aber keine, die sofort zum Tode führt.

Natürlich fiel Fley zu Boden. Es war das Klügste, was er tun konnte, sonst hätte ihn Grimaud vielleicht gleich fertiggemacht. Aber Grimaud mußte einen Augenblick lang seine Nerven verloren haben. Das konnte seinen ganzen Plan über den Haufen geworfen haben. *Konnte* ein Mann sich selbst in den Rücken schießen? Wenn nicht, sei Gott dem Mörder gnädig. Und noch schlimmer – Fley hatte geschrien, ehe die Kugel ihn traf, und Grimaud glaubte, schon Verfolger zu hören.

Er war jedoch vernünftig genug, selbst in diesem teuflischen Augenblick, nicht den Kopf zu verlieren. Er drückte den Revolver in die Hand von Fley, der bewegungslos mit dem Gesicht nach unten auf dem Boden lag. Er nahm das Seil auf. Irgendwie mußte der Plan weitergehen. Aber er konnte es nicht riskieren, daß Leute, die möglicherweise lauschten, einen zweiten Schuß hörten. Er raste aus dem Zimmer und aufs Dach hinauf. Überall bildete er sich ein, Verfolger zu hören. Vielleicht tauchte eine grausige Erinnerung an drei Gräber am Fuß der ungarischen Berge in ihm auf. Er rannte zur Falltür in Burnabys Haus und hinunter in dessen dunkle Wohnung.

Und was war inzwischen geschehen? Pierre Fley ist tödlich verletzt. Aber er hat immer noch die eiserne Konstitution, die ihn einst befähigt hatte, lebendig begraben zu sein und zu überleben. Der Mörder ist fort. Und Fley will *nicht* aufgeben. Er muß Hilfe suchen. Er braucht ...

Einen Arzt, Hadley. Sie haben gestern gefragt, warum Fley zum andern Ende der Straße ging, zum Ende einer Sackgasse. Weil dort ein Arzt wohnte: der Arzt, in dessen Praxisräume er später gebracht wurde. Er steht auf, immer noch in Hut und Mantel. Den Revolver, den ihm Grimaud in die Hand gedrückt hat, steckt er in seine Tasche. Er geht hinunter, so stetig, wie er kann, auf eine stille Straße, wo niemand durch den Schuß alarmiert worden ist. Er geht weiter ...

Haben Sie sich gefragt, warum er auf der Mitte des Fahrdamms geht und sich scharf umsieht? Weil er weiß, daß der Mörder irgendwo lauert, und er einen neuen Angriff erwartet ...

Aber was ist mit Grimaud passiert? Obwohl er keine Verfolger gehört hat, ist er halb wahnsinnig vor Ungewißheit. Aber halt mal! Wenn etwas entdeckt worden ist, kann er das feststellen, indem er sich einen Moment auf der Straße umsieht. Er kann zur Haustür hinuntergehen und hinausspähen, nicht wahr? Dabei ist keine Gefahr, da das Haus, in dem Burnaby wohnt, in dieser Nacht menschenleer ist.

Er geht hinunter. Nachdem er seinen Mantel aufgemacht und sich darunter das Seil um den Leib gewickelt hat, öffnet er leise die Tür. Und da, im vollen Schein der Straßenlaterne, die gleich neben der Tür steht, sieht er den Mann in der Mitte der Straße langsam auf sich zukommen, denselben Mann, den er vor knapp zehn Minuten als tot liegen ließ.

Und zum letztenmal stehen sich die Brüder von Angesicht zu Angesicht gegenüber.

Grimauds Hemd bietet unter der Straßenlaterne ein gutes Ziel. Und Fley, wahnsinnig vor Schmerzen, zögert nicht. Er schreit. *Er* schreit die Worte: ‚Die zweite Kugel ist für *dich!*' – im selben Augenblick, in dem er den gleichen Revolver aus der Tasche reißt und schießt.

Diese letzte Anstrengung ist zuviel für ihn. Der Blutverlust hat ihm den Rest gegeben, und er weiß es. Er schreit noch einmal auf, der leere Revolver fällt ihm bei dem Versuch, ihn Grimaud ins Gesicht zu schleudern, aus der Hand, und dann stürzt er vornüber aufs Gesicht. Das, meine Freunde, ist der Schuß, den die drei Zeugen in der Cagliostro Street gehört haben. Es war der Schuß, der Grimaud in die Brust traf, ehe er noch Zeit hatte, die Tür zu schließen."

X Die Lösung des Knotens

UND DANN?" drängte Hadley, als Dr. Fell einhielt und den Kopf senkte.

„Die drei Zeugen sahen Grimaud natürlich nicht", fuhr Dr. Fell fort, „weil er keinen Augenblick vor der Haustür war; er war immer mindestens sieben Meter von dem Mann entfernt gewesen, der *scheinbar* mitten in einer unberührten Schneelandschaft ermordet wurde. Natürlich hatte Fley die Wunde schon vorher gehabt, und die Blutungen waren nur vom letzten Todeskampf verursacht. Natürlich waren alle Schlußfolgerungen aus dem Einschußwinkel ergebnislos. Natürlich wies der Revolver keine Fingerabdrücke auf, da er im Schnee gelandet und im wahrsten Sinne des Wortes reingewaschen war."

„Weiß Gott!" erklärte Hadley. „Das entspricht allen vorhandenen Tatsachen, und doch habe ich nie daran gedacht ... Aber fahren Sie mit Grimaud fort!"

„Grimaud steht hinter der Haustür. Er weiß, daß er in die Brust getroffen ist, aber er nimmt das nicht sehr ernst. Schließlich hat er jetzt ja nur das, was er sich selbst beibringen wollte – eine Wunde. Aber sein Plan ist verteufelt schiefgegangen! Woher sollte er übrigens auch wissen, daß die Uhr im Schaufenster des Juweliers vorgeht? Er weiß nicht einmal, daß Fley tot ist. Nur eins weiß er mit Sicherheit, daß man jetzt Fley nicht mehr als Selbstmörder in seinem Zimmer auffinden wird. Er nimmt an, daß sein Bruder – schwer verwundet, aber immer noch fähig zu sprechen – da draußen auf der Straße ist und ein Polizist gerade zu ihm hinläuft. Grimaud ist verloren.

Hier unten kann er nicht bleiben. Er muß sich seine Wunde ansehen und dafür sorgen, daß er keine Blutspur hinterläßt. Wo? Er geht hinauf in Burnabys Wohnung und macht dort das Licht an. Da ist noch das Seil, das er sich umgeschlungen hat. *Das* kann er jetzt nicht mehr gebrauchen. Er kann nicht mehr behaupten, daß Fley bei ihm in der Wohnung war, wenn der jetzt vielleicht gerade mit der Polizei spricht. Er wickelt sich das Seil ab und läßt es dort liegen.

Als nächstes ein Blick auf die Wunde. Der helle Tweedmantel ist innen voller Blut, und seine andern Kleidungsstücke sind ebenfalls blutig. Aber die Wunde hat nicht viel zu bedeuten. Er hat ja sein Taschentuch und Heftpflaster und kann sich damit verbinden. Károly Horváth, den nichts umbringen kann, fühlt sich so leistungsfähig und frisch wie immer. Aber er flickt sich notdürftig zusammen – daher das Blut in Burnabys Badezimmer – und bemüht sich, seine fünf Sinne zu sammeln. Wie spät ist es? Ach, du lieber Gott! Schon kurz vor drei Viertel zehn. Nun aber schnell nach Hause, ehe sie ihn erwischen ...

Und er läßt das Licht brennen. Als für einen Shilling Strom verbraucht war, ging es später in der Nacht wieder aus. Jedenfalls brannte es später noch in zwei Räumen, als Rosette es sah.

Ich glaube, während er nach Hause eilt, kann er wieder klarer denken. Steckt er wirklich in der Schlinge? Es scheint unvermeidlich zu sein. Aber ist nicht irgendein Ausweg da, hat er wirklich nicht die geringste Aussicht? Eine Möglichkeit ist noch vorhanden, so schwach, daß sie beinah vergeblich erscheint. Aber es ist die einzige. Nämlich: seinen ursprünglichen Plan durchzuführen und so zu tun, als ob Fley bei ihm gewesen sei und ihm die Wunde *in seinem eigenen Haus* beigebracht habe. Fley hat den Revolver noch. Grimaud und seine Zeugen werden aussagen, daß er sein Haus den ganzen Abend nicht verlassen hat! Andrerseits können sie beschwören, daß Fley ihn aufgesucht hat – und dann soll die verdammte Polizei mal versuchen, ihm etwas nachzuweisen! Grimaud hat zwar das Seil weggeworfen, das Fley angeblich benutzt hat. Aber alles hängt jetzt ganz und gar vom Zufall ab, ein letzter, tollkühner Versuch, der einzige Ausweg in der Not ...

Fley hat ihn etwa um zwanzig vor zehn angeschossen. Er kommt um drei Viertel zehn oder etwas danach hierher zurück. Wie er ins Haus hineinkommt, ohne eine Fußspur im Schnee zu hinterlassen? Kleinigkeit für einen Mann mit einer Bärennatur und einer nur leichten Verwundung! Übrigens glaube ich, daß er wirklich nur leicht verwundet war und daß er jetzt noch am Leben wäre, um es am Galgen enden zu können, wenn er gewisse Dinge unterlassen hätte. Sie werden gleich sehen. Er wird über die Treppe, die zum Keller hinunterführt, und durch die Kellertür ins Haus zurückkehren, wie es vorgesehen war. Wie? Gewiß, auf den Stufen zur Kellertür liegt Schnee. Aber der Eingang zur Kellertreppe liegt dicht neben dem nächsten Haus, nicht wahr? Und am Fuß der Treppe ist die Kellertür durch einen Vorsprung gegen den Schnee geschützt: den Vorsprung der überhängenden Treppe zum Haupteingang. Genau vor der Kellertür liegt also kein Schnee. Wenn er dahin gelangen kann, ohne eine Spur zu hinterlassen –

Das kann er. Er kann sich aus der anderen Richtung nähern, als ob er ins Nachbarhaus ginge, und dann einfach über die Kellertreppe hinweg auf den schneefreien Fleck vor der Tür hinunterspringen ... Wenn ich mich recht entsinne, hatte Rosette Grimaud, kurz bevor es an der Haustür klingelte, einen dumpfen Aufprall gehört."

„Aber hat er nicht an der Haustür geklingelt?"

„O ja, aber von innen. Nachdem er durch die Kellertür ins Haus gelangt und hinaufgestiegen war, wo ihn Ernestine Dumont erwartete. Von da an konnten sie ihr Täuschungsmanöver durchführen."

„Ja", sagte Hadley. „Jetzt kommen wir zu diesem Täuschungsmanöver. Wie führten sie das aus, und woher wissen Sie, wie es gemacht wurde?"

Dr. Fell lehnte sich zurück und legte die Fingerspitzen zusammen. „Woher ich das weiß? Nun, ich glaube, mein erster Anhaltspunkt war das Gewicht dieses Bildes da." Er deutete auf das große, verstümmelte Gemälde, das an der Wand lehnte. „Ja. Aber das hat mir noch nicht viel geholfen, bis mir wieder etwas anderes einfiel ..."

„Das Gewicht des Bildes? Ja, das Bild", brummte Hadley. „Welche Rolle spielt das überhaupt in dieser verflixten Geschichte? Es wiegt nicht viel. Sie haben es selbst mit einer Hand hochgehoben."

Dr. Fell rutschte aufgeregt in seinem Sessel vor. „Genau. Sie haben ins Schwarze getroffen. Ich hab's mit einer Hand aufgehoben ... Wozu brauchte es da zwei starke Männer, den Taxichauffeur und noch einen, um es hinaufzutragen? So war's doch, wissen Sie? Darauf wurden wir zweimal hingewiesen. Als Grimaud es aus Burnabys Atelier holte, trug er es leicht allein hinunter. Doch als er mit demselben Bild am Spätnachmittag hierher zurückkam, mußten es zwei Leute hinaufschleppen. Wo war es soviel schwerer geworden? Und warum hatte Grimaud darauf bestanden, daß das Bild eingepackt wurde?

Der Schluß lag nahe, daß er das Bild als Tarnung für etwas benutzte, das die Männer, ohne es zu wissen, in derselben Verpackung mitschleppten. Etwas sehr Großes ... zwei Meter zehn mal ein Meter dreißig ... hmm ..."

„Aber da konnte doch nichts sein", protestierte Hadley, „sonst hätten wir es in diesem Zimmer gefunden, nicht wahr? Auf alle Fälle hätte das Ding völlig flach sein müssen, sonst wäre es in der Verpackung des Bildes aufgefallen. Welcher Gegenstand ist schon so groß und doch dünn genug, um in der Verpackung eines Bildes nicht aufzufallen, und den man nach Wunsch wegzaubern kann?"

„Ein Spiegel", sagte Dr. Fell und fuhr fort. „Und der kann, wie Sie es ausdrückten, weggezaubert werden, indem man ihn ganz einfach in dem nicht sehr tiefen, aber sehr breiten Rauchfang dieses Kamins hochschiebt und da drinnen auf dem Sims abstellt, wo der Rauchfang einen Knick macht. Dazu braucht man keine Zauberei, sondern nur verdammt starke Arme. Jetzt sehen Sie sich mal im Zimmer um. Was sehen Sie an der Wand direkt gegenüber der Tür?"

„Nichts", sagte Hadley. „Ich meine, da ist nur die leere Täfelung, wo die Bücherborde weggeräumt sind."

„Wenn Sie also von der Halle aus hineinsehen, würden Sie nur ein Stück schwarzen Teppich, keinerlei Möbel und im Hintergrund eine Fläche leerer Eichentäfelung sehen, ja?

Jetzt machen Sie mal die Tür auf, Ted, und sehen Sie in die Halle hinaus", sagte Dr. Fell. „Was ist mit den Wänden und dem Teppich da draußen?"

Rampole blickte flüchtig hin, obwohl er schon Bescheid wußte. „Es sind genau dieselben", sagte er. „Am Boden liegt ein durchgehender Teppich, der bis zur Schwelle reicht wie hier, und die Täfelung ist auch dieselbe."

„Richtig! Übrigens, Hadley", fuhr Dr. Fell fort, „Sie können den Spiegel hinter dem Bücherbord da drüben herausziehen. Dort steht er seit gestern nachmittag, als Drayman ihn im Kamin gefunden hat. Er hat ihn heruntergeholt und dabei einen Schlaganfall erlitten. Wir wollen mal ein kleines Experiment machen. Nehmen Sie bitte mal den Spiegel, Hadley, und stellen sie ihn kurz vor der Tür so auf – die Tür geht nach innen auf und nach rechts, von der Halle aus gesehen –, daß der Rand der Tür bei ihrer weitesten Öffnung sich nur einige Zentimeter vom Spiegel entfernt befindet."

Hadley schob und zog den Gegenstand, den er hinter dem Bücherbord fand, heraus. Er war höher und breiter als die Tür. Sein Sockel ruhte flach auf dem Teppich, und er wurde durch eine schwere, ausschwenkbare Stütze an der rechten Seite, von vorne gesehen, aufrecht gehalten. Hadley betrachtete ihn neugierig. „Soll ich ihn innen vor der Tür aufstellen?"

„Ja. Die Tür wird nur ein kleines Stück weit aufgehen. Sie werden eine Öffnung sehen, die höchstens etwa einen halben Meter breit ist ... Versuchen Sie's"

„Ich weiß, aber wenn man das tut ... na ja, jemand, der in dem Zimmer am andern Ende der Halle sitzt, wo Mills war, würde sein eigenes Spiegelbild direkt in der Mitte des Spiegels sehen."

„Ganz und gar nicht. Nicht bei dem Winkel – einem kleinen Winkel –, in dem ich den Spiegel jetzt neigen werde. Sie werden's schon sehen. Gehen Sie beide da rüber, wo Mills war, während ich den Spiegel einstelle. Sehen Sie erst hin, wenn ich rufe."

Hadley, der vor sich hin murmelte, aber doch höchst interessiert war, stapfte hinter Rampole her. Sie drehten sich erst um, als sie den Doktor rufen hörten.

Die dämmrige Halle mit ihrem schwarzen Teppich endete vor einer geschlossenen Tür. Dr. Fell stand davor, etwas rechts davon und dicht an der Wand. Er streckte seine Hand zu dem Türknauf hin.

„Jetzt geht's los."

Er knurrte, öffnete schnell die Tür, zögerte und schloß sie wieder. „Nun? Was haben Sie gesehen?"

„Ich sah das Innere des Zimmers", erwiderte Hadley. „Oder wenigstens glaubte ich das. Ich sah den Teppich und die Rückwand. Das Zimmer schien sehr groß zu sein."

„Das haben Sie nicht gesehen", sagte Dr. Fell. „Tatsächlich sahen Sie die Widerspiegelung der getäfelten Wand gleich rechts neben der Tür, hinter der Sie stehen, und den Teppich, der dort endet. Deswegen schien das Zimmer so groß zu sein: Sie sahen die doppelte Länge des Spiegelbildes. Verstehen Sie, dieser Spiegel ist größer als die Tür. Und Sie sahen kein Spiegelbild von der Tür selbst, weil sie nach rechts innen aufgeht. Wenn Sie genauer hinsahen, haben Sie vielleicht eine Art Schatten am oberen Türrahmen sehen können. Das ist da, wo das oberste Stück des Spiegels, das ja höher als die Tür ist, unweigerlich einige Zentimeter des *inneren* oberen Türrahmens reflektiert. Aber Ihre Aufmerksamkeit wäre auf irgendwelche sichtbaren Gestalten konzentriert ... Haben Sie übrigens mich gesehen?"

„Nein. Sie standen zu weit rechts. Sie hatten Ihren Arm quer über die Tür zum Knauf hingestreckt und standen abseits."

„Ja. Genau, wo die Dumont gestanden hat. Jetzt probieren Sie noch ein letztes Experiment aus, ehe ich erkläre, wie der ganze Mechanismus funktionierte. Ted, setzen Sie sich auf den Stuhl hinter dem Schreibtisch – wo Mills gesessen hat. Sie sind zwar viel größer als er, aber es wird die Idee veranschaulichen. Ich werde bei offener Tür draußen stehen und mich in dem Spiegel betrachten. Sagen Sie mir, was Sie sehen."

Bei teilweise geöffneter Tür stand in dem gespenstischen Licht ein Dr. Fell jenseits der Tür und blickte auf einen anderen Dr. Fell, der auf der Schwelle stand, mit sich selbst konfrontiert, steif und bewegungslos und mit einem überraschten Blick. Die Wirkung war unheimlich.

„Sehen Sie, ich berühre die Tür nicht", dröhnte eine Stimme. Rampole hätte geschworen, daß der Dr. Fell im Arbeitszimmer gesprochen hatte, so stark war die Illusion der Lippenbewegungen. Und der Spiegel warf den Klang der Stimme zurück wie ein Resonanzboden. „Jemand ist so freundlich, die Tür für mich zu öffnen und zu schließen – jemand, der rechts von mir steht.

Ich fasse die Tür nicht an, sonst müßte ja mein Spiegelbild das ebenfalls tun. Schnell, was bemerken Sie jetzt?"

„Nanu – einer von Ihnen beiden ist viel größer", sagte Rampole.

„Welcher?"

„Sie selbst: die Gestalt in der Halle."

„Genau. Erstens, weil Sie es aus der Entfernung sehen, aber, was ausschlaggebend ist, weil Sie sitzen. Einem Mann, der so klein ist wie Mills, müßte ich wie ein Riese erscheinen. He? Hmm. Ha. Ja. Wenn ich jetzt eine schnelle Bewegung mache, um in die Tür hineinzuschlüpfen, und meine Helferin rechts von mir gleichzeitig eine flinke, verwirrende Bewegung macht und die Tür zuschlägt, dann scheint in dem allgemeinen Durcheinander die Gestalt im Zimmer –"

„Auf Sie loszuspringen, um Sie draußen zu halten."

„Ja. Nun kommen Sie her und lesen Sie das Protokoll, wenn Hadley es bei sich hat."

Als sie wieder im Arbeitszimmer waren, sank Dr. Fell mit einem Seufzer in einen Sessel. „Ich muß Sie um Entschuldigung bitten, meine Herren. Auf Grund der sorgfältigen, methodischen und exakten Zeugenaussage von Mr. Mills hätte ich die Wahrheit schon längst erkennen sollen. Wollen mal sehen, ob ich aus dem Gedächtnis seine genauen Worte wiederholen kann. Bitte vergleichen Sie, Hadley. Hmm." Er klopfte mit den Knöcheln an seinen Kopf und zog die Stirne kraus. „Etwa so:

> Sie [Dumont] wollte gerade an die Tür klopfen, als ich zu meiner Überraschung den großen Mann gleich nach ihr die Treppe heraufkommen sah. Sie drehte sich um und erblickte ihn. Sie rief einige Worte aus ... Der große Mann antwortete nicht. Er ging zur Tür, klappte ohne Hast seinen hochgestellten Mantelkragen herunter und setzte seine Mütze ab, die er in seine Manteltasche steckte ...

Begreifen Sie, meine Herren? Er mußte das tun, denn im Spiegelbild durften keine Mütze und kein hochgeklappter Kragen erscheinen, wenn die Gestalt im Innern so aussehen sollte, als ob sie einen Morgenrock trug. Aber ich frage mich, aus welchem Grund er hierbei so methodisch vorging, da er doch anscheinend die Maske nicht abgelegt hatte –"

„Ja. Was ist mit der Maske? Mills sagt, er habe nicht –“

„Mills hat nicht gesehen, daß er sie abnahm. Ich zeige Ihnen später, warum, erst wollen wir mit Mills fortfahren:

> Madame Dumont schrie etwas, wich gegen die Wand zurück und machte schnell die Tür auf. Dr. Grimaud erschien auf der Schwelle –

Erschien! Das ist das richtige Wort dafür! Unser methodischer Zeuge ist peinlich genau. Aber die Dumont? Hier war der erste Fehler. Eine Frau in Todesängsten, die ein Schreckgespenst vor sich sieht, während sie vor der Tür eines Zimmers steht, in dem ein Mann ist, der sie beschützen wird, *weicht nicht zurück*. Sie rennt vor zur Tür, um Schutz zu suchen. Aber weiter mit Mills' Aussage. Er sagt, Grimaud trug seinen Kneifer nicht. Nun, der hätte auch hinter der Maske nicht gepaßt. Aber die natürliche Bewegung des Mannes im Zimmer, dachte ich, wäre dann gewesen, seinen Kneifer aufzusetzen. Laut Mills stand er die ganze Zeit *stocksteif* da, die Hände in der Tasche wie der Fremde auch. Jetzt zu dem unlogischen Teil. Mills sagt: ‚Ich habe den Eindruck, daß Madame Dumont, obwohl sie an die Wand zurückgewichen war, die Tür hinter ihm zumachte. Ich erinnere mich, daß sie ihre Hand auf dem Türknauf hatte.‘ Auch keine natürliche Handlungsweise für sie! Sie stritt das zwar ab – aber Mills hatte recht.

Hier stellte sich jetzt mein Dilemma ein: Wenn Grimaud allein in dem Zimmer war, wenn er nur mit Hilfe seines eigenen Spiegelbildes hineingekommen war, was war aus seinen Requisiten geworden? Aus dem langen, schwarzen Mantel, aus der braunen Sportmütze, ja sogar aus der Maske? Sie waren nicht im Zimmer. Da fiel mir wieder ein, daß Ernestine Dumont Kostümschneiderin für Oper und Ballett gewesen war. Und ich dachte an die Geschichte, die O'Rourke uns erzählt hatte, und da wußte ich –“

„Was?“

„Daß Grimaud alles verbrannt hatte“, sagte Dr. Fell. „Er hatte diese Requisiten verbrennen können, weil sie aus Papier waren wie die Uniform des verschwindenden Reiters, wie O'Rourke es beschrieb. Er konnte es nicht riskieren, richtige Kleidungsstücke im Kaminfeuer zu verbrennen, das hätte zu lange gedauert und war zu gefährlich. Er mußte schnell handeln. Die Papierrequisiten brauchten nur zerrissen und angezündet zu werden. Und ein Bündel losen, unbenutzten – völlig leeren! – Schreibpapiers mußte oben drauf verbrannt werden, um die Tatsache zu verbergen, daß das andere farbiges Papier gewesen war. Gefährliche Briefe! Ach, du liebe Güte, ich könnte aus der Haut fahren, daß ich an so etwas gedacht hatte!" Er schüttelte die Faust. „Wo keine Blutspur, nicht einmal ein Tröpfchen Blut zu seiner Schreibtischschublade hinführte, in der er seine wichtigen Papiere aufbewahrte! Und es gab noch einen Grund, Papier zu verbrennen ... Die Überreste des Schusses mußten verborgen werden."

„Des Schusses?"

„Vergessen Sie nicht, daß angeblich eine Schußwaffe in dem Zimmer abgefeuert wurde. Was die Zeugen wirklich hörten, war natürlich ein starker Knallfrosch, den er sich aus dem Arsenal von Feuerwerkskörpern stibitzt hatte, das Drayman, wie Sie wissen, für die Guy-Fawkes-Nacht hamstert. Drayman hatte entdeckt, daß ein Frosch fehlte. Ich glaube, dadurch kam er hinter den ganzen Plan, und deshalb murmelte er auch immer wieder etwas von Feuerwerk. Nun, die Fetzen von einem explodierten Knallfrosch fliegen weit. Sie bestehen aus starker Pappe, die schwer verbrennbar ist, mußten aber im Kaminfeuer vernichtet oder unter dem Haufen Papierasche versteckt werden. Ich habe einige davon gefunden. Natürlich hätten wir gleich merken müssen, daß kein Revolver abgefeuert worden war. Moderne Munition – solche, die, wie Sie mir sagten, für diesen Colt benutzt wird – hat rauchloses Pulver. Man kann es riechen, aber nicht sehen. Aber hier im Zimmer hing ein *Dunstschleier,* der von dem Feuerwerkskörper stammte.

Also wiederholen wir noch mal! Grimauds Kostümierung bestand erstens aus einem schwarzen Mantel aus schwerem Krepppapier – der genauso schwarz und lang wie ein Morgenrock war und vorne glänzende Revers zeigte, wenn man den Kragen herunterklappte, um dem eigenen Spiegelbild gegenüberzustehen. Ferner war da eine Papiermütze, an der die Maske befestigt war, so daß man beim Abnehmen der Mütze beide einfach zusammenfalten und in die Tasche stecken konnte. Der richtige Morgenrock befand sich übrigens schon im Zimmer, als Grimaud noch abwesend war. Und der schwarze Papiermantel war unvorsichtigerweise schon am frühen Abend unten im Wandschrank der Garderobe aufgehängt worden.

Unglücklicherweise hatte Mangan ihn bemerkt. Die wachsame Dumont wußte das, und sobald Mangan weg war, beförderte sie den Mantel aus dem Wandschrank heraus an einen sichereren Ort. Einen gelben Tweedmantel hatte sie natürlich überhaupt nie dort hängen sehen. Den hatte Grimaud hier oben bei sich in Bereitschaft für seinen Ausflug. Aber er war gestern nachmittag im Wandschrank entdeckt worden, und darum mußte sie vorgeben, daß er dauernd dort gehangen habe. Daher der Chamäleonmantel.

Sie können jetzt rekonstruieren, was geschah, als Grimaud mit einer Schußwunde in der Samstagnacht nach Hause kam. Gleich bei Beginn des Täuschungsmanövers befanden er und seine Helferin sich in einer gefährlichen Klemme. Wie Sie wissen, hatte Grimaud sich verspätet. Er hatte damit gerechnet, bis halb zehn zurück zu sein, und schaffte es erst um drei Viertel zehn. Je mehr er sich verzögerte, um so näher rückte die Zeit heran, wo Mangan den von Grimaud angekündigten Besucher erwartete, auf den er aufpassen sollte. Es stand auf des Messers Schneide, und ich kann mir denken, daß der sonst so kaltblütige Grimaud drauf und dran war, wahnsinnig zu werden. Er kam durch den Kellereingang hinauf in die Halle, wo seine Gehilfin wartete. Der Tweedmantel mit dem blutigen Futter wurde vorläufig in den Wandschrank gehängt, um später beseitigt zu werden. Dazu kam es aber nicht mehr, weil Grimaud inzwischen starb. Die Dumont öffnete die Haustür einen Spaltbreit, klingelte von draußen und kam dann offiziell, um ‚aufzumachen', während Grimaud seine Maskerade anlegte.

Aber sie hatten sich zu lange aufgehalten. Mangan rief aus dem Salon, und nun machte Grimaud, der die Fassung verlor, einen Schnitzer, um die sofortige Entlarvung zu verhindern. Er sagte, er sei Pettis, und schloß die beiden ein. Merken Sie, daß Pettis der einzige ist, der dieselbe Baßstimme hat wie Grimaud? Ja, es war ein spontaner Irrtum, aber Grimaud hatte nur den einzigen Wunsch, sich wie ein Slalomläufer durch seine Tore, durch alle Gefahren einer Entdeckung durchzuschlängeln und *irgendwie* diesen beiden für den Augenblick zu entwischen.

Die Täuschung an der Tür seines Arbeitszimmers war gelungen. Er befand sich allein in seinem Zimmer. Seine Jacke, die wohl auch blutig war, hatte ihm die Dumont abgenommen, er trug den Papiermantel über seinem offenen Hemd und dem Notverband. Jetzt mußte er nur noch die Tür zuschließen, seinen Morgenrock anziehen, die Maskerade und den Notverband verbrennen und den Spiegel im Kamin verstauen . . .

Das, ich sage es noch einmal, war das Ende. Die Wunde hatte wieder zu bluten angefangen. Kein gewöhnlicher Mensch wäre mit der Verwundung den Anstrengungen, die er bereits durchgemacht hatte, gewachsen gewesen. Fleys Geschoß hatte ihn nicht getötet. Er selbst zerriß seine Lunge wie einen verrotteten Gummischwamm, als er versuchte – und es ihm mit übermenschlichen Kräften auch gelang –, den Spiegel in sein Versteck hinaufzuwuchten. Danach fing er an aus dem Mund zu bluten. Er taumelte gegen das Sofa, verschob den Sessel und wankte zum Kamin, um mit letzter Kraft den Knallfrosch anzuzünden. Nach all dem Hasten, Hakenschlagen und Pläneschmieden wurde die Welt vor seinen Augen langsam schwarz. Er versuchte zu schreien, aber es gelang ihm nicht, denn das Blut quoll ihm in der Kehle hoch. Und in diesem Augenblick erkannte Charles Grimaud plötzlich, was er nie für möglich gehalten hätte, wie die letzte und niederschmetterndste Spiegelillusion in seinem bitteren Leben zerbrach . . ."

„Nämlich?"

„Er erkannte, daß er im Sterben lag", sagte Dr. Fell. „Und, seltsamer als alle seine Träume, er war froh darüber."

Das schwere, bleierne Tageslicht wurde wieder durch ein Schneegestöber verdunkelt. Dr. Fells Stimme klang geisterhaft in dem frostigen Zimmer. Dann sahen sie, daß die Tür aufging. Eine Frau mit dem Ausdruck der Verdammnis im Gesicht stand im Türrahmen. Das Gesicht einer Verdammten und ein schwarzes Kleid, aber um ihre Schultern lag immer noch der rote Brokatschal aus Liebe zu dem Toten.

„Verstehen Sie, er beichtete", fuhr Dr. Fell in demselben gedämpften, monotonen Tonfall fort. „Er versuchte, uns die Wahrheit zu sagen, wie er Fley und Fley ihn getötet hatte. Wir jedoch wollten ihn nicht verstehen, und ich begriff seine Worte so lange nicht, bis ich durch die Uhr in der Cagliostro Street erfuhr, was dort geschehen sein mußte. Menschenskinder, seht ihr es nicht? Nehmen Sie zuerst seine Worte, kurz ehe er starb:

> Mein Bruder war der Täter. Ich hatte nie geglaubt, daß er schießen würde. Weiß der Himmel, wie er aus dem Zimmer herauskam ..."

„Meinte er Fleys Zimmer in der Cagliostro Street, wo er Fley in der Annahme, er sei tot, hatte liegen lassen?" fragte Hadley.

„Ja. Und der furchtbare Schock, ihm plötzlich wieder zu begegnen, als Grimaud die Haustür neben der Straßenlaterne aufmachte. Verstehen Sie jetzt?

> Eben war er noch dort, in der nächsten Sekunde nicht mehr ... Ich will Ihnen sagen, wer mein Bruder ist, damit Sie nicht glauben, ich phantasiere.

Denn er dachte natürlich, daß niemand etwas von Fley wüßte. Jetzt betrachten Sie mal unter diesem Gesichtspunkt die wirren, halberstickten Worte, mit denen er uns das ganze Rätsel erklären wollte.

Erst versuchte er, uns etwas von den Horváths und den Salzbergwerken zu erzählen. Aber er ging über auf den Mord an Fley und auf das, was Fley ihm getan hatte. ‚*Kein Selbstmord.*' Nachdem er Fley auf der Straße gesehen hatte, konnte er ihm keinen Selbstmord mehr anhängen, wie er vorgehabt hatte. ‚*Er konnte das Seil nicht benutzen.*' Auch das Täuschungsmanöver mit dem Seil, das Grimaud als nutzlos weggeworfen hatte, ist damit hinfällig geworden. ‚*Dach.*' Grimaud hat nicht dieses Dach hier gemeint, sondern die andern Dächer, über die er gestiegen ist, als er aus Fleys Zimmer floh. Der Schnee hatte seine Pläne aufgehalten und zunichte gemacht. ‚*Zuviel Licht.*' Das ist der springende Punkt, Hadley. Als er auf die Straße hinausblickte, war zuviel Licht von der Straßenlaterne da. Fley sah ihn und schoß. ‚*Hat Revolver.*' Da hatte Fley natürlich den Revolver. ‚*Fuchs.*' Da hat er in Wirklichkeit ‚*Fawkes*' gesagt. Die Maske, die Guy-Fawkes-Scharade, die er durchzuführen versucht hatte. Aber schließlich: ‚*Gebt nicht die Schuld dem armen* –' Nicht Drayman, den meinte er nicht. Sondern es sollte eine Entschuldigung sein für die einzige Sache, glaube ich, deren er sich schämte. Für den einzigen Betrug, den er ungezwungenermaßen nie begangen hätte. ‚Gebt nicht die Schuld dem armen Pettis, den ich gar nicht in die Sache hineinziehen wollte.'"

Lange Zeit sprach niemand.

„Ja", pflichtete Hadley schwerfällig bei. „Ja. Alles klar bis auf eins. Wer hat das Bild zerschnitten, und wo ist das Messer geblieben?"

„Ich glaube, das Zerschneiden des Bildes war nur eine besondere, pittoreske Note, um die Illusion zu verstärken. Grimaud hat es selbst getan – oder das glaube ich wenigstens. Was das Messer betrifft, da habe ich offen gestanden keine Ahnung. Grimaud hatte es wahrscheinlich hier in diesem Zimmer und hat es auf den Rauchfangsims neben den Spiegel gelegt, damit der unsichtbare Mann doppelt bewaffnet erscheinen sollte. Aber dort ist es jetzt nicht mehr. Vielleicht hat es Drayman gestern gefunden und weggenommen –"

„In diesem einen Punkte irren Sie sich", sagte eine Stimme.

Ernestine Dumont stand immer noch im Türrahmen, die Hände über dem Schal auf ihrer Brust gefaltet. Aber sie lächelte.

„Ich habe alles gehört, was Sie gesagt haben", fuhr sie fort. „Vielleicht könnten Sie mich an den Galgen bringen, vielleicht auch nicht. Das ist nicht wichtig. Ich weiß, daß es sich nach so vielen Jahren nicht mehr lohnt, ohne Charles weiterzuleben. Ich habe das Messer genommen, lieber Freund. Ich hatte noch eine Verwendung dafür."

Sie lächelte immer noch, und ihre Augen leuchteten vor Stolz. Rampole sah, was ihre Hände verbargen. Er sah sie plötzlich schwanken, kam aber zu spät, um sie aufzufangen, als sie vornüber stürzte. Dr. Fell erhob sich schwerfällig aus seinem Sessel und starrte auf sie hinunter. Sein Gesicht war ebenso weiß wie ihres.

„Ich habe wieder ein Verbrechen begangen, Hadley", sagte er. „Ich habe wieder die Wahrheit erraten."

ERLE STANLEY GARDNER

Perry Mason und die heisere Schwalbe

Originaltitel:
THE CASE OF THE CRYING SWALLOW

Kurzfassung nach der Übersetzung von Ingrid von Blücher

Ullstein Buch Nr. 1472

Major Winnett hört nachts erst eine Schwalbe rufen, dann schreit seine Frau auf. Bald darauf ist sie verschwunden und mit ihr der kostbare Familienschmuck. Perry Mason steht vor einem Rätsel – die Spur endet schließlich auf einem Campingplatz.

Der unübertreffliche „Meister des Krimis“, wie man Erle Stanley Gardner genannt hat, ist einer der meistgedruckten, meistübersetzten Autoren Amerikas. Seine Bücher gibt es in 71 Sprachen, und die Gesamtauflage aller Ausgaben soll bei 65 Millionen liegen. Für viele seiner Anhänger ist der Name seines Detektivs, Perry Mason, der Name für den amerikanischen Detektiv schlechthin geworden.

1

Perry Mason saß, bequem in seinen Schreibtischsessel zurückgelehnt, über einem neu herausgegebenen Urteil des Obersten Bundesgerichts, als seine Sekretärin Della Street aus dem Vorzimmer hereinkam. Er bemerkte sie gar nicht. Auch nicht, als sie zehn Hundertdollarscheine auf die Schreibtischunterlage blätterte.

Vollkommen in seine Lektüre versunken, las Mason weiter.

„Hier, bitte, die Visitenkarte eines neuen Klienten", äußerte Della daraufhin vernehmbar.

Mason richtete sich auf und musterte verblüfft die fächerförmig ausgebreiteten Scheine.

„Er hat sich als Mr. Cash* vorgestellt", sagte Della. „Dann gab er mir die Scheine und meinte, ich möchte diese als seine Visitenkarte betrachten."

Mason mußte unwillkürlich lächeln. Schien Humor zu haben, sein zukünftiger Klient. „Wie sieht er denn aus, Ihr Mr. Cash?" erkundigte sich der Anwalt.

„Kommt mir ein bißchen vor wie ein Tiger im Käfig. Erinnert mich direkt an Sie. Läuft dauernd auf und ab. Wahrscheinlich, um seine Nervosität abzureagieren."

Mason nahm die Anspielung schweigend hin. Dann fragte er noch einmal, wie der Mann aussähe.

„Also, ich würde sagen, ausgesprochen distinguiert", meinte Della. „Er hinkt, aber kaum merklich, ist tiefbraun gebrannt und – und ich muß ihn schon einmal irgendwo gesehen haben. Ja, jetzt weiß ich's! Sein Photo war in der Zeitung. Major Claude L. Winnett, Polospieler, Jachtbesitzer, Millionär und Playboy. Bis zum Kriegsausbruch hat er sich voll und ganz dem süßen Nichtstun hingegeben. Dann wurde er Pilot und machte von sich reden, als er eine ganze Staffel Bomber runterholte. Er kam

* Bargeld

in Gefangenschaft, entfloh, wurde wegen seiner Verwundung entlassen ..."

Mason nickte. „Ja, ich erinnere mich, von dem Burschen gelesen zu haben. Ist er nicht mittlerweile verheiratet?"

„Ja, seit vier oder fünf Wochen. Damals habe ich auch das erste Mal sein Photo in einer Illustrierten gesehen."

„Holen Sie das Wundertier rein", unterbrach Mason Dellas Redestrom. „Aber geben Sie ihm vorher schon zu verstehen, daß Sie ihn erkannt haben. Damit sparen wir uns wahrscheinlich Zeit und Mühe."

Major Winnett, hochgewachsen, schlank, drahtig, sonnengebräunt und im Moment sichtbar nervös, folgte Della in das Allerheiligste. Die Erregung und Unruhe waren auffälliger als sein leichtes Hinken. Auch die kontrollierte, angenehme Stimme und seine beherrschten Bewegungen vermochten den Anwalt nicht zu täuschen.

„Mr. Mason, ich hatte eigentlich beabsichtigt, anonym zu bleiben. Wollte Sie bitten, einen Dritten zu vertreten", eröffnete Winnett, kaum daß er die Schwelle überschritten hatte. „Aber jetzt, nachdem Ihre Sekretärin mich ohnehin erkannt hat, ist es wohl besser, ich lege meine Karten offen auf den Tisch. Meine Frau ist verschwunden. Sie benötigt Ihre Hilfe! Sie muß sich in Schwierigkeiten hineingeritten haben."

„Erzählen Sie", forderte Mason seinen Besucher auf.

Major Winnett zog ein zusammengefaltetes Blatt Papier aus der Tasche und reichte es dem Anwalt.

Dieser faltete es auseinander und las:

Claude, Liebling! Ich befinde mich in einer äußerst mißlichen Lage, in die ich Dich unter keinen Umständen hineinziehen möchte. Ich hatte gehofft, einen Ausweg gefunden zu haben, aber er hat sich als Irrtum erwiesen. Bitte, mach Dir keine Sorgen um mich. Ich bin selbst schuld an allem und werde nicht zulassen, daß Du für etwas leiden mußt, was Dich im Grunde genommen gar nichts angeht – nur, weil Du mich kennen- und liebengelernt hast. Adieu, mein Liebling,

Deine Marcia

„Was soll das heißen, sie ist selbst an allem schuld und würde Sie nicht für etwas leiden lassen, bloß weil Sie sie lieben?" fragte Mason.

Major Winnett fühlte sich nicht allzu wohl in seiner Haut. „Nun, meine Heirat war nicht gerade das, was meine Mutter sich für mich erträumt hatte, aber ich habe mir nicht hineinreden lassen."

„Ist denn darüber diskutiert worden?"

„Nicht ausdrücklich."

„Aber Ihre Frau wußte von der Antipathie Ihrer Mutter?"

„Frauen spüren derartige Dinge, ohne daß man sie auszusprechen braucht, Mr. Mason. Sie müssen Marcia finden und ihr helfen." Eine Weile herrschte Stille, nur unterbrochen vom gedämpft heraufdringenden Brausen des Verkehrs und dem schwer gehenden Atem Winnetts.

„Seit wann ist Ihre Frau verschwunden?" fragte Mason.

„Seit heute nacht. Als ich gegen Mitternacht ins Schlafzimmer kam, fand ich den Zettel auf dem Toilettentisch. Ich hatte angenommen, Marcia sei früher schlafen gegangen, weil sie müde war."

„Besteht irgendein Anlaß zu der Annahme, Ihre Frau könnte – nun, drücken wir es so aus – Einflüssen Dritter, Außenstehender, ausgeliefert sein?"

„Mit Sicherheit nicht – falls Sie an Erpressung denken."

„Dann nennen Sie mir einen plausiblen Grund, warum Ihre Frau mit ihren Nöten nicht zu Ihnen kommen konnte."

„Ich wüßte keinen, es sei denn wegen meiner Mutter."

„Wieso – wegen Ihrer Mutter?"

„Meine Mutter ist nicht immer ganz einfach. Als mein Vater vor zwölf Jahren starb, hat Mama voll und ganz seinen Platz eingenommen. Sie hat altmodische Ideen über ihre gesellschaftliche Stellung, die Vorrechte des überlieferten, Generationen alten Wohlstandes und über aus Tradition erwachsende Verpflichtungen. Sie würde es sicher lieber gesehen haben, wenn ich ein junges Mädchen aus meinen Kreisen geheiratet hätte."

„Wen, zum Beispiel?"

„Nun, Daphne Rexford, vielleicht."

„Und wäre dies möglicherweise ein Motiv für das Verschwinden Ihrer Frau?"

„Nein, nein! Jedenfalls nicht unmittelbar. Inzwischen hat meine Mutter Marcia als Familienmitglied anerkannt. Was für Vorstellungen Mama auch gehabt haben mag, jetzt ist Marcia eine von uns – eine Winnett."

„Wie darf ich dann Ihre Worte ‚jedenfalls nicht unmittelbar' interpretieren?"

„Marcia würde mich niemals einem Gerede aussetzen, schon weil sie die Einstellung meiner Mutter kennt. Sie müssen das verstehen, Mr. Mason, wir leben praktisch in einer abgeschlossenen Welt. Unser Besitz ist von Hecken eingefaßt und gegen Neugierige abgeschirmt. Elektrische Zäune, verschlossene Tore und Schilder: ‚Privatbesitz – Zutritt strengstens verboten!' sorgen dafür, daß wir unbehelligt bleiben. Je mehr die heutige Zeit ein zurückgezogenes Leben erschwert – wenn nicht gar ganz unmöglich macht –, desto mehr versteift sich Mama darauf."

„Ist bei Ihnen in den letzten Tagen irgend etwas Ungewöhnliches vorgefallen?"

„Allerdings, ja. Dienstag nacht wurde bei uns eingebrochen."

„Und ist etwas gestohlen worden?"

„Ja, der gesamte Schmuck meiner Frau. Er dürfte ungefähr fünfundzwanzig- bis dreißigtausend Dollar wert sein. Wenn auch der wirkliche Preis bei einem Hehler natürlich niemals zu erzielen sein wird. Die Stücke waren mit fünfzehntausend Dollar versichert."

„Waren?" hakte Mason sofort ein.

„Ja, meine Frau hat die Versicherung mit sofortiger Wirkung gekündigt."

Winnett sah den Anwalt geradezu hilfesuchend an.

„Die Versicherung ab sofort gekündigt", meinte dieser, „und bald darauf wird bei Ihnen eingebrochen?"

„Ja."

„Und Sie sehen keinerlei Zusammenhang zwischen diesen beiden Ereignissen?"

„Nein. Ich bin sogar überzeugt, daß es keinen gibt!" Wieder kam die Beteuerung etwas zu schnell. „Meine Frau hat die unverhältnismäßig hohen Prämien bezahlt, solange sie in einer Wohnung lebte und häufig in Hotels übernachtete, weil sie den Schmuck nicht in einem Banksafe aufheben, sondern tragen wollte. Als sie mich heiratete und nach ‚Vista del Mar' hinauszog, hielt sie diese Ausgabe für überflüssig."

„Erzählen Sie mir mehr über den Einbruch und warum Sie ihn der Polizei nicht gemeldet haben."

„Wie kommen Sie darauf, daß wir ihn der Polizei nicht gemeldet haben?"

„Das war Ihnen an der Nasenspitze abzulesen."

„Wir haben es nur meiner Mutter zuliebe unterlassen... Weil sie – nun, ich habe Ihnen ja eben Mamas Ansichten erklärt."

„Berichten Sie mir mehr über den Einbruch", verlangte Mason.

Major Winnett sprach bedachtsam, man merkte, wie er seine Worte sorgfältig wählte.

„Ich habe einen gesunden Schlaf, Mr. Mason. Meine Frau hingegen schläft unruhig und leicht. Dienstag nacht weckte mich ihr Schreien."

„Um welche Zeit war das?"

„Grob geschätzt, gegen Viertel vor eins."

„Wie lange waren Sie schon zu Bett gegangen?"

„Wir haben uns um etwa elf zurückgezogen."

„Und Sie haben geschlafen, bis Ihre Frau schrie?"

„Nun, meine Erinnerungen sind etwas verschwommen. Aber ich glaube, daß ich es zunächst für das heisere Zwitschern einer Schwalbe hielt."

Mason zog fragend die Augenbrauen hoch.

„Ihnen werden vermutlich die berühmten Schwalben der Botschaft von San Juan Capistrano ein Begriff sein?" erkundigte sich Winnett.

Mason nickte.

„Die Schwalben brüten nicht nur auf dem Gelände der Botschaft, sondern auch bei uns. Sie sind ein ständiges Ärgernis. Schwalben bauen ihre Nester aus Lehm und bringen sie unter überhängenden Dachkanten an. Unser Gärtner schlägt das Zeug herunter, sowie die Vögel mit dem Bau anfangen. Aber gelegentlich entgeht doch mal ein Nest seiner Aufmerksamkeit, und wenn es fertig ist, unternehmen wir nichts mehr, weil wir die brütenden Vögel nicht stören wollen. Die Tiere fangen fast unmittelbar nach dem Nestbau mit dem Brüten an."

„Fahren Sie fort“, ermunterte ihn Mason.

„Nun, eins der Nester befindet sich an einer ausgesprochen ungünstigen Stelle. Unser Schlafzimmer liegt im ersten Stock und hat einen großen Balkon. Das Schwalbennest liegt genau so, daß ein Mann, wenn er vor unserem Zimmer über das Balkongeländer klettert, die Vögel aufstören muß.“

„Es ist also ein Mann über das Geländer geklettert?“

„Eindeutig. Wir haben eine an die Hauswand gelehnte Leiter gefunden. Der Einbrecher muß über diese Leiter gekommen sein. Dabei geriet er in die Nähe des Nestes und hat die Schwalben aufgeschreckt. Und Schwalben haben eine ganz besondere Art zu protestieren; es klingt fast wie ein heiserer Schrei.“

„Und dieses Zwitschern haben Sie gehört?“

„Ja. Ich weiß allerdings nicht, ob in wachem Zustand oder noch im Unterbewußtsein.“

„Und dann sind Sie wieder eingeschlafen?“

„Offenbar. Ich dämmerte sofort wieder ein und wurde von dem Aufschrei meiner Frau geweckt.“

„Ihre Frau hat den Einbrecher gesehen?“

„Marcia wurde durch irgendein Geräusch im Zimmer wach. Sie sah den Mann vor dem Toilettentisch stehen.“

„Und was geschah weiter?“

„Der Mann hörte, daß Marcia sich bewegte – ich vermute es jedenfalls –, und hetzte mit einem Satz auf den Balkon hinaus. Meine Frau schrie, und davon wurde ich wach. Aber ich brauchte einen Augenblick, um zu mir zu kommen und zu erfassen, was los war. Inzwischen war der Mann verschwunden.“

„Und Sie glauben, daß die Schwalben so laut gerufen haben, weil der Mann sie aufgestört hat?“

„Ja, weil er zu nah an das Nest herangekommen ist, als er auf den Balkon stieg; möglicherweise hat er es sogar berührt.“

„Wann hat Ihre Frau die Versicherung gekündigt?“

„Montag nachmittag.“

Mason spielte mit seinem Bleistift. „Wie verlief der Montagvormittag?“

„Wir haben gemeinsam gefrühstückt; alle vier.“

„Vier?“

„Ja, Helen Custer, Mamas Pflegerin.“

„Ist Ihre Mutter denn krank?“

„Sie hat ein schwaches Herz. Der Arzt hält es für geraten, eine Schwester im Haus zu haben."

„Wie lange ist Miß Custer schon bei Ihnen?"

„Seit drei Jahren. Sie gehört inzwischen praktisch zur Familie."

„Gut. Also, Sie frühstückten. Und dann?"

„Dann habe ich Briefe geschrieben. Mama wird irgend etwas im Haus erledigt haben. Ich habe mich nicht weiter darum gekümmert. Marcia ist ausgeritten."

„Wohin?"

„Du meine Güte! Wie soll ich das wissen? Irgendeinen der Reitwege entlang."

„Hat es Sonntag nacht nicht geregnet?" versuchte Mason sich zu erinnern.

Major Winnett sah ihn verwundert an. „Was, um alles auf der Welt, hat das mit dem Verschwinden meiner Frau zu tun?"

„Schon gut. Was geschah dann?"

„Nichts. Marcia kam gegen elf zurück."

„Und wann hat sie Ihnen gesagt, daß sie die Versicherung kündigen wollte?"

„Kurz vor dem Mittagessen. Sie hat zunächst mit der Versicherungsgesellschaft telephoniert und dann die Kündigung schriftlich bestätigt."

„Jetzt ist es halb elf", meinte Mason. „Ich werde mich mit Paul Drake von der Detektei Drake in Verbindung setzen. Wir werden zu Ihnen hinausfahren und dort mit unseren Recherchen beginnen. Ich denke, daß wir um elf starten können. Ist Ihre Mutter über das Verschwinden Ihrer Frau unterrichtet?"

Major Winnett räusperte sich.

„Ich habe gesagt, daß Marcia zu Freunden gereist wäre."

„Und wie gedenken Sie unseren Besuch zu erklären?"

„Zu wievielt werden Sie denn sein?"

„Meine Sekretärin, Miß Street, Paul Drake, ich und möglicherweise noch ein Mitarbeiter von Drake."

„Momentan bearbeite ich ein Minenprojekt. Ich werde Mama sagen, daß Sie mich dabei beraten. Ihrem Detektiv wird es ja wohl nicht schwerfallen, sich als Bergwerksexperte auszugeben?"

„Nicht im entferntesten."

„Gedenken Sie, bei uns zu übernachten?“

Mason nickte. „Das wäre wohl am besten. Und suchen Sie mir doch bitte einige Photos von Ihrer Frau heraus. Außerdem brauche ich eine genaue Beschreibung.“

Major Winnett zog einen Briefumschlag aus der Tasche. „Ich habe bereits ein paar Aufnahmen mitgebracht. Alles Schnappschüsse. Marcia ist fünfundzwanzig Jahre alt, hat rotes Haar, graublaue Augen, ist etwas über einssechzig groß, schlank und zierlich. Ich habe aus dem, was in den Schränken hängt, zu rekonstruieren versucht, was sie anhaben könnte; vermutlich ein graues Tweedkostüm. Das sie auch hier auf diesem Photo trägt.“

Mason sah sich die Aufnahmen genau an, dann schob er sie wieder in den Umschlag und steckte diesen ein.

„Gut“, meinte er abschließend. „Wir kommen dann. Am besten fahren Sie schon voraus und treffen die nötigen Vorbereitungen.“

2

Die Ortschaft Silver Strand Beach lag in einer geschützten Bucht auf der Leeseite. Der Besitz der Winnetts nahm fast die gesamte Halbinsel ein und prägte weitgehend ihr Bild mit den elektrischen Zäunen und „Privat“-Schildern; er erstreckte sich gut und gerne über zwei und eine halbe Meile. Das im spanischen Stil erbaute Haus thronte auf einem Kamm hoch über dem Meer und bot einen herrlichen Ausblick nach allen Seiten.

Mason bog um die letzte Kurve der kiesbestreuten Auffahrt und hielt vor dem eindrucksvollen Gebäude.

„Ich glaube, daß man die Annullierung der Versicherungspolice als ersten Hinweis auf das, was Winnetts Frau vorhatte, betrachten kann, Paul“, sagte er. „Darüber hinaus vermute ich, daß irgendein Zusammenhang mit ihrem Ausritt am Montagvormittag bestehen muß.“

Pauls stets schwermütige Miene ließ nicht erkennen, was er von Masons Theorien hielt.

„Irgendwelche Ansatzpunkte, Perry?“ erkundigte sich der Detektiv.

„Ja, es hat Sonntag nacht geregnet. Seitdem haben wir schönes Wetter. Wenn es dir gelänge herauszufinden, welchen Weg Marcia Winnett entlanggeritten ist, könnte das immerhin ein Anfang sein."

„Du großer Gott! Ich soll mich doch nicht etwa auf ein Pferd schwingen?"

„Aber natürlich. Sag dem Stallburschen, du hättest Lust auszureiten. Laß dir von ihm ein paar Reitwege zeigen."

„Vom Pferd aus kann ich überhaupt nichts herausfinden, Perry!" wandte Paul Drake ein.

„Sowie du außer Sichtweite des Hauses bist, kannst du das Pferd ja führen", schlug Mason freundlich vor.

„Und was geschieht mit mir?" wollte Della wissen.

„Sie versuchen, sich mit der Pflegerin anzufreunden", sagte Mason. „Ansonsten sehen Sie sich unauffällig, aber möglichst gründlich um."

Mason klingelte, und Major Winnett öffnete ihnen persönlich, zeigte ihnen ihre Zimmer und stellte sie seiner Mutter und der Krankenschwester vor.

Nachdem Drake sich in Richtung der Ställe davongemacht hatte, übernahm Major Winnett es, den Anwalt herumzuführen. Sowie sie oben auf dem Gang des obersten Stockes allein waren, erkundigte er sich flüsternd: „Möchten Sie etwas Bestimmtes sehen, Mr. Mason?"

„Ach, ich würde gern ganz allgemein einen Eindruck vom Haus bekommen", entgegnete dieser vorsichtig. „Vielleicht fangen wir am besten mit dem Schlafzimmer an, da wir schon mal hier sind."

Das Schlafzimmer lag nach Süden. Glastüren führten auf den Balkon hinaus, von welchem sich ein überwältigender Blick auf den im Sonnenschein flimmernden Ozean bot.

„Ist dies das berühmte Schwalbennest?" erkundigte sich der Anwalt, auf ein kürbisförmiges Gebilde aus Lehm deutend, das unmittelbar über ihren Köpfen unter dem Dach klebte.

„Ja. Jemand, der über eine Leiter . . ."

„Befand sich die Leiter denn bereits griffbereit an Ort und Stelle?" unterbrach Mason seinen Gastgeber.

„Ja. Ein Handwerker hatte am Tag die Schlafzimmerscheibe abgedichtet. Er hat die Leiter einfach über Nacht stehenlassen, weil die Stelle am Fensterrahmen am kommenden Tag noch überstrichen werden mußte. Verdammt leichtsinnig von dem Burschen!"

„Nun, ganz abgesehen davon, daß es nicht umsonst heißt: ‚Gelegenheit macht Diebe', hat Ihr Dieb einen Riesendusel gehabt. Man sollte doch annehmen, er hätte sich wenigstens seine eigene Leiter mitgebracht."

„Ja, das stimmt allerdings."

„Was eigentlich darauf hindeutet, daß der Bursche mit dem Haus und seinen Verhältnissen vertraut gewesen sein muß. Wie steht es denn mit Ihrem Personal?"

„Man soll ja bekanntlich für niemanden die Hand ins Feuer legen", meinte Winnett. „Speziell heutzutage. Aber ich bin im Grunde fest davon überzeugt, daß sie alle zuverlässige Leute sind. Zudem zahlt Mama ausgesprochen gut. Und die meisten sind schon lange bei uns."

„Ihnen gehört praktisch die ganze Halbinsel?"

„Die ganze nicht, aber drei Viertel. Ganz unten, am äußersten Zipfel, liegt ein Landstreifen, der als öffentlicher Campingplatz dient."

„Können die Feriengäste dorthin gelangen, ohne durch Ihren Besitz zu fahren?"

„Ja. Unsere Grenze verläuft dahinten am Gehölz entlang. Dort steht eine Gruppe prachtvoller Eichen, die nur allzu einladend für ein Picknick sind."

„Das bedeutet, jeder, der sich nachts in unmittelbarer Nähe des Hauses herumtreibt, muß ein unbefugter Eindringling sein?"

„Eindeutig."

„Dann sollte man doch annehmen, daß jemand, der dieses Risiko auf sich nimmt, genau weiß, warum er das tut."

„Zugegeben."

„Also", fuhr Mason fort, „muß Ihr Einbrecher entweder gewußt haben, daß sich die Leiter dort befand, oder aber er ist anderswo ins Haus und dann vom Gang her in Ihr Zimmer eingedrungen."

„Aber wie konnte denn jemand ahnen, daß die Leiter dort stehen würde?"

„Da man von hier aus den Campingplatz und die Stelle,

welche die Leute – wie Sie sagen – für ihr Picknick bevorzugen, sehen kann, ist es umgekehrt ebenso möglich, von dort aus das Haus zu sehen."

„Ja, unser Haus beherrscht praktisch die ganze Gegend."

„Warum soll dann nicht ein Mann, der bei Einbruch der Dämmerung die Leiter noch an der Hauswand stehen sieht, auf die Idee kommen, daß es sich lohnen könnte, bei Ihnen einzusteigen?"

„Wenn Sie es so sehen, schon. Aber ich vermag keinerlei Zusammenhang zwischen dem Verschwinden meiner Frau und dem Diebstahl zu erkennen."

Den Abschluß ihres Rundganges bildete der Aufstieg über eine schmale Treppe zu dem Raum, den der Major als den „Aussichtsturm" bezeichnet hatte. Es war praktisch eine Art Glockenturm, schätzungsweise fünfzehn Quadratmeter groß, mit Panoramascheiben an allen vier Seiten. In der Mitte war auf einem Stativ ein starkes Fernglas angebracht, und zwar so, daß man es nach allen Richtungen drehen und einstellen konnte.

„Sehen Sie, man kann das Glas nach allen Seiten drehen", erläuterte der Major. „Ich werde es jetzt mal auf den Ort einstellen und ..."

„Halt! Bitte nicht!" Mason hielt ihn in letzter Sekunde zurück, als er nach dem Glas greifen wollte. „Es kommt mir ganz so vor, als wäre es auf den Waldrand eingestellt. Wenn Sie nichts dagegen haben, würde ich gern mal einen Blick hindurchwerfen."

„Aber natürlich. Bitte!"

Mason sah durch das Fernrohr mit achtzehnfacher Vergrößerung. Mit dem rechten Auge vermochte er nur verschwommenes Grün ohne feste Konturen wahrzunehmen. Mit dem linken hingegen sah er ganz deutlich die nah beieinanderstehenden, jahrhundertealten Eichen, wo die Straße über ein Stück flaches Hochland führte, bevor sie in einer kleinen Schlucht verschwand, um ganz hinten, unmittelbar vor dem Campingplatz am äußersten Zipfel der Landzunge, wieder sichtbar zu werden.

„Bei diesem Modell muß man die Schärfe für jedes Auge getrennt einstellen", erklärte der Major.

„Einen Augenblick, Major", sagte Mason. „Ich möchte das rechte Okular erst etwas näher in Augenschein nehmen."

„Irgend jemand muß damit herumgespielt haben. Das Ding ist vollkommen unscharf", knurrte Winnett verärgert.

„Das linke Okular steht auf Null, vermutlich die Einstellung für ein normales Auge", meinte Mason. „Das rechte hingegen steht auf minus fünf. Die Zahlen am Rand sind wahrscheinlich angegeben, damit sich jeder die für ihn richtige Einstellung merken kann."

„Anzunehmen. Die Zahlen bezeichnen die Dioptrien."

„Die Einstellung von minus fünf verzerrt das Bild so sehr, daß man nur einen verschwommenen Schatten . . ."

„Das kann keine Einstellung sein!" Diesmal war es der Major, der Mason unterbrach. „Jemand muß versehentlich an dem Okular gedreht haben."

„Aha", machte der Anwalt nur und drehte das Okular seinerseits auf Null. „So, jetzt ist es besser", sagte er. Er kippte das Glas so, daß man die eigentlich für Mahlzeiten im Freien vorgesehene Stelle mit ihren Tischen, Stühlen und Barbecue-Rosten erkennen konnte. Dahinter schimmerte das blaue Meer durch die Baumstämme.

Mason wendete das Fernglas noch einmal so, daß er die Eichengruppe und die offen daliegende Straße sehen konnte. „Und Sie sagen, daß die Leute dort gern ihr Picknick halten?"

„Ja, nur zu gern."

„Nun, gerade von dort aus muß das Haus mit einem Fernglas deutlich zu sehen sein."

„Aber das Glas befindet sich doch hier oben!"

„Es ist wohl kaum das einzige auf der Welt."

Der Major runzelte nachdenklich die Stirn. Mason schwenkte das Glas und genoß den Anblick, Paul Drake, ein Pferd am Zügel führend, den Reitweg entlanggehen zu sehen.

3

MASON WARTETE in seinem Zimmer, bis er Major Winnett das Haus verlassen sah. Dann öffnete er vorsichtig die Tür, spähte in den Gang hinaus, überquerte diesen, verschwand in Winnetts Schlafzimmer und eilte auf den Balkon, wo er sofort auf das Geländer stieg.

Die Öffnung des Schwalbennestes war zu eng; er bekam seine Hand nicht hindurch. Aber nachdem er behutsam etwas von dem getrockneten Lehm abgebröckelt hatte, gelang es ihm wenigstens, mit Daumen und Zeigefinger hineinzufassen.

Drinnen im Nest rührte es sich erschreckt. Masons Finger berührten etwas Spitzes.

Die Schwalbeneltern zeterten lärmend, als sie zurückkamen und Mason mit ihrem Gelege beschäftigt vorfanden. Rastlos umkreisten sie seinen Kopf. Aber er ließ sich nicht stören und arbeitete zielstrebig weiter. Mit der gleichen Achtsamkeit erweiterte er die Öffnung noch ein Stückchen, so daß er mit der ganzen Hand hineinlangen konnte. Drinnen tastete er sich weiter vor, unter die Leiber der Vögel. Ihre noch nackten Körper, kaum mit dem ersten Flaum bedeckt, fühlten sich warm und zerbrechlich an. Doch darunter spürte er deutlich den einzigen harten Gegenstand im ganzen Nest.

Als es ihm gelungen war, das Ding ohne größeren Schaden am Nest herauszuholen, sprühten im Sonnenlicht unzählige geschliffene Edelsteine auf, daß es fast den Augen weh tat. Eine Anstecknadel – übersät mit Brillanten.

Mason ließ das Schmuckstück in die Tasche gleiten und entzog sich endgültig den Angriffen der erbosten Schwalbeneltern.

Wieder im Schlafzimmer angelangt, durchsuchte er rasch, aber gründlich all jene Plätze, die zum Verstecken kleinerer Schmuckstücke geeignet gewesen wären. Hinten im Schrank stand ein ledernes Futteral, das eine teure, doppelläufige Flinte enthielt. Beide Läufe waren sorgfältig mit ölgetränkten Lappen umwickelt, die eine Mündung war mit einem Stoffrest verstopft. Mason holte diesen mit einem Taschenmesser heraus; dann stülpte er die Flinte um, und wie ein Goldregen rieselten Schmuckstücke in seine aufgehaltene Hand: Ringe, Ohrringe, Broschen und ein Kollier aus Brillanten und Smaragden.

Der Anwalt tat den Schmuck zurück, stopfte den Lappen wieder in die Mündung der Waffe hinein, steckte diese in ihr Lederfutteral und stellte es zurück.

Bevor er das Zimmer verließ, lauschte er ein paar Sekunden an der Tür, dann trat er mit schöner Unverfrorenheit auf den Gang hinaus. Er war kaum ein paar Schritte weit gekommen, als. Mrs. Victoria Winnett zielstrebig auf ihn zukam.

„Suchen Sie etwas, Mr. Mason?" fragte sie gelassen und betont freundlich. „Kann ich Ihnen irgendwie behilflich sein?"

Der Anwalt lächelte sie mit entwaffnendem Charme an.

„Nein, tausend Dank. Ich versuche nur, mich etwas mit dem Haus vertraut zu machen", meinte er leichthin.

Victoria Winnett stellte die Verkörperung einer verflossenen Epoche dar. Unter ihren Augen lagen leicht bläuliche Schatten, und die zarte Haut begann sich in unzähligen Fältchen zu kräuseln; neben Nase und Mund zogen sich scharfe Falten hinab, aber das graumelierte Haar war sorgfältig frisiert, das Gesicht dezent und geschickt geschminkt. Man sah dieser Frau an, welchen Wert sie auf ihre äußere Erscheinung legte.

„Ich dachte, mein Sohn hätte es übernommen, Ihnen das Haus zu zeigen", sagte Mrs. Winnett im Ton leichter Verwunderung. Sie ging jetzt neben Mason her.

„O ja, das hat er auch schon getan", erklärte Mason munter.

„Sie sind doch Perry Mason, der Anwalt, nicht wahr?" erkundigte sich Mrs. Winnett.

„Ja – wieso?"

„Nach allem, was ich in den Zeitungen über Sie gelesen habe, hätte ich angenommen, Sie wären auf Mordfälle spezialisiert", fragte die Hausfrau weiter.

„O nein, nicht ausschließlich. Nur beschäftigen Mordprozesse die Presse am meisten und machen die fettesten Schlagzeilen."

„Ich verstehe", antwortete die alte Dame in einem Ton, der unschwer erkennen ließ, daß sie keineswegs verstand oder verstehen wollte.

„Ein wunderschöner Besitz", lobte der Anwalt, das Thema wechselnd. „Und dieser Aussichtsturm oben im Dachgeschoß; wirklich, höchst interessant."

„Das war eine Spielerei meines verstorbenen Gatten. Er liebte es, Stunden dort oben zu verbringen. Sagen Sie, haben nicht eben die Schwalben unter dem Dach sehr aufgeregt gezwitschert, Mr. Mason?"

„Ja, mir war auch so."

Sie sah ihn scharf von der Seite an. „Diese Vögel sind entsetzlich laut und lebendig, vor allem am frühen Morgen. Ich hoffe, sie werden Sie nicht stören, Mr. Mason."

Sie standen oben am Treppenabsatz. Da Mrs. Winnett keinerlei Anstalten machte hinunterzugehen, war Mason auch festgenagelt, obwohl er sich alle Mühe gab, das Gespräch zu beenden.

„Mein Freund Drake ist in den Stall hinübergegangen. Wenn Sie nichts dagegen haben, werde ich mal nachsehen, was er dort so lange macht."

Er bedachte Mrs. Winnett noch einmal mit seinem charmantesten Lächeln und eilte die Stufen hinab. Sie blieb wie angewurzelt stehen, verwirrt, so abrupt in ihrer Befragung unterbrochen worden zu sein.

4

DRAUSSEN IM Patio gelang es Della Street, ihrem Chef unmerklich ein Zeichen zu geben; dann schlenderte sie zum Wagen hinüber und setzte sich hinein.

Mason folgte ihr.

„Ich kann Ihnen etwas von der Schwester erzählen, das Sie interessieren dürfte. Falls Sie etwas auf intuitive Gefühle einer Frau geben, Chef – sie ist unsterblich in den Major verliebt. Sie weiß, daß es hoffnungslos ist, himmelt ihn aber trotzdem aus der Ferne an. Außerdem scheint sie in irgendeiner Form dem Wetten oder Spielen verfallen zu sein."

„Pferderennen?"

„Kann ich nicht sagen. Ich war jedenfalls kurz nach Ihnen oben im Ausguck. Im Schreibtischschubfach liegt ein Notizblock. Zunächst sah er vollkommen unbeschrieben aus. Als ich ihn jedoch schräg hielt, so daß die Sonne darauf fiel, konnte man erkennen, daß auf dem obersten, jetzt abgerissenen Zettel mit einem harten Bleistift etwas geschrieben worden sein mußte. Die Abdrücke haben sich deutlich durchgezeichnet."

„Tüchtiges Mädchen. Und was stand auf dem Zettel?"

„Ganz offensichtlich Zahlen, Zahlenkombinationen irgendwelcher Wetten. Hören Sie: In der ersten Zeile steht: *folgende Zahlen.* Darunter: *Vados,* darunter ein Abstand und dann 5″5936; darunter 6″8102; darunter wiederum 7″9835; darunter 8″5280; darunter 9″2640 und darunter 10″1320."

„Weiter nichts?" fragte Mason.

„Doch, ein Strich, und unter diesem, gleichsam als Summe, 49″37817. Für mich sieht es aus wie Zahlen einer Lotterie. Wie ich hörte, war Mrs. Winnett erst kürzlich oben im Ausguck. Und da ich mir sie beim besten Willen nicht als besessene Spielerin vorstellen kann, muß es wohl die Schwester gewesen sein, die sich diese Notizen gemacht hat."

„Fällt Ihnen an den letzten drei Zahlen nichts auf, Della?" fragte der Anwalt gedankenverloren. „5280 ... 2640 ... 1320 – überlegen Sie mal. Eine echte Sequenz."

„Und?"

„Eine Meile hat bekanntlicherweise 5280 Fuß. Die nächste Zahl der Sequenz lautet 2640, also eine halbe Meile. Und die letzte Zahl war 1320 – eine Viertelmeile."

„Oh, ich verstehe, worauf Sie hinauswollen. Dann bedeuten die doppelten Markierungen Zoll, stimmt's?"

„Die Abkürzung für Zoll, ja. Was für einen Eindruck haben Sie von dieser Schwester, Della? Ich habe sie ja nur ganz flüchtig gesehen."

„Sie ist sehr blaß, hat das Haar ganz glatt zurückgekämmt und trägt obendrein noch eine Brille. Dabei sind ihre Augen wunderschön. Und wie sie aufleuchten, wenn der Name des Majors fällt! Ich bin überzeugt, daß die Schwester ausgesprochen gut aussehen könnte, wenn sie nur wollte. Aber dann würde Mrs. Winnett sie höchstwahrscheinlich feuern. Darum versucht sie, die graue Maus zu spielen – nur um in der Nähe ihres geliebten Majors bleiben zu können. Hoffnungslose, unerwiderte Gefühle gehen ja leider oft am tiefsten."

„Hm, so steht es also", brummte Mason. „Oh, da kommt ja Paul!"

Drake kam mit eigenartig steifen Schritten auf sie zu.

„Na, was herausgefunden, Paul?" erkundigte sich der Anwalt.

„Ja, schon. Aber ich kann mir keinen Reim darauf machen."

„Was denn, Paul?"

„Zunächst einmal ist es ein Kinderspiel, die Spuren zu verfolgen. Sie ist den unteren Reitweg entlanggeritten. Nach einer Viertelmeile gibt es nur noch die Hufabdrücke eines Pferdes; einmal hin und einmal zurück. Sie führen zu einer Straße und einem verschlossenen Tor. Ich besaß ja keinen Schlüssel, aber man konnte die Abdrücke der Hufe jenseits des Tores deutlich erkennen, dann allerdings münden sie auf eine asphaltierte Straße und verlieren sich. Na ja, ich habe meinen Gaul angebunden und mich durch den Zaun gequetscht."

„Sonstige Spuren unten bei den Bäumen, Paul?"

„Von einem Wagen, der dort angehalten haben muß. Aber ich komme mit den Abdrücken nicht klar. Halt mich nicht für verrückt, aber ich habe drei Reifen auf einer Seite festgestellt."

Mason runzelte die Stirn und starrte Paul Drake an. „Drei Räder auf einer Seite?"

„Drei auf einer Seite, ja", beharrte der Detektiv verbissen.

Mason schien geradezu begeistert. „Paul, hast du auch einen runden Abdruck finden können? Von acht bis zehn Zoll Durchmesser?"

„Zum Teufel, wie kannst du das wissen?" Pauls sonst so undurchsichtige Miene spiegelte maßlose Verblüffung wider.

„Der Abdruck stammt von einem Eimer, Paul. Und die drei Reifenabdrücke passen genau ins Bild!"

„Wovon redest du eigentlich? Ich verstehe kein Wort!"

„Ein Wohnwagenanhänger", erklärte Mason. „Ein Auto mit einem Wohnwagenanhänger hat unter den Bäumen gehalten. Das Schmutzwasser vom Wasch- und Spülbecken wird durch ein Rohr nach draußen geleitet. Wenn man anhält, stellt man einen Eimer unter den Abfluß, um es aufzufangen."

„Wenn du es so siehst, könnte es allerdings hinkommen", meinte Paul zustimmend. „Darauf hätte ich allerdings auch kommen können."

„Aus deinen Feststellungen zu schließen, hat Marcia Winnett anscheinend Montag vormittag mit jemandem, der mit einem Wohnwagenanhänger gekommen ist, eine Verabredung gehabt", folgerte Mason bereits weiter. „Und diese Begegnung muß von entscheidendem Einfluß auf ihre nächsten Schritte gewesen sein."

Drake nickte. „Aber Montag, Perry; die Spur ist inzwischen eiskalt."

„Immerhin ist es die einzige, die wir haben", machte Mason geltend.

5

MASON INSPIZIERTE die Reifenspuren. „Einwandfrei ein Auto mit Wohnwagenanhänger, Paul", sagte er. Er zeigte dem Detektiv, was so eindeutig darauf hinwies.

„Dann muß der Anhänger rückwärts zwischen die Bäume gelenkt worden sein", bemerkte Drake.

Mason schlenderte am Zaun entlang. „Komm, sehen wir mal, ob irgendwo Abfälle fortgeworfen worden sind. Falls der Anhänger über Nacht dort gestanden hat, müßten Konservendosen zu finden sein, oder Kartoffelschalen, oder weiß der Himmel was."

Mason, Della Street und Drake schwärmten aus und suchten die nähere Umgebung sorgfältig ab.

„Hier, Perry!" rief Drake aus. „Leere Dosen und Abfälle."

Mason eilte zu Drake hinüber. An dieser Stelle hatte das Tauwasser des Bächleins im Frühjahr eine der Baumwurzeln unterspült. Er hockte sich vorsichtig hin und zerrte mit einem Stock die unappetitlichen Überreste hervor. Drei flachgedrückte Konservendosen, Zwiebel- und Kartoffelschalen, Pergamentpapier mit der Aufschrift einer Brotfabrik, ein leeres Marmeladeglas und eine zusammengeknüllte Tüte.

Während er den Müll auseinanderzerrte, gab Mason seine Überlegungen laut zum besten. „Zunächst einmal muß es sich bei dem Wohnwagenbesitzer um einen Mann handeln. Gebackene Bohnen in Tomatensauce, eine zusätzliche Chilisauce, Kartoffeln, Brot, Zwiebeln – aber keine Tomatenschalen, keine Salatblätter, Mohrrüben oder sonst frisches Gemüse. Eine Frau, speziell eine, die auf Diät hält, würde auch Gemüse- und Obstabfälle hinterlassen haben. Außerdem sind es kleine Dosen, für nur eine Person gedacht und – hallo! ... Was haben wir denn da?"

Während er seine Erläuterungen vom Stapel ließ, hatte Mason die Tüte glattgestrichen. Jetzt fischte er einen schmalen, langen, mit Zahlen bedruckten Zettel heraus.

„Der Kassenzettel eines Selbstbedienungsladens", meinte Della Street.

„Ja. Der Mann hat für fünfzehn Dollar und vierundneunzig Cent eingekauft“, las Mason ab. „Da haben wir ja auch einen Tages- und sogar einen Zeitstempel! Samstag früh, um fünf nach acht. Tja, Paul, jetzt bist du wohl wieder an der Reihe.“

„Und was soll ich tun?“

„Nimm dir ein Zimmer im Silver Strand Beach Hotel als eine Art Zentrale. Setz ein paar von deinen Leuten auf den Job an. Laß sie Lebensmittel einkaufen. Vergleiche die Kassenzettel, bis du den passenden findest. Wenn du ihn hast, geh selbst hin und versuche alles, was du kannst, über einen sonnengebräunten Mann, der Samstag früh um fünf nach acht eingekauft hat, herauszufinden. Möglicherweise ist der Einkauf so kurz nach Ladenöffnung an der Kasse aufgefallen.“

„Okay“, sagte Drake. „Sonst noch etwas?“

„Eine Menge“, sagte Mason. „Della, wo haben Sie den Zettel mit den Zahlen aus dem Turm?“

„Was für einen Zettel, Perry?“ fragte Drake erstaunt.

Der Anwalt klärte ihn kurz auf.

Drake stellte ebenfalls zunächst seine Vermutung mit Meilen und Zoll auf. Aber Mason ließ ihn gar nicht zu Ende kommen.

„Und wenn es sich nicht um Zollangaben handelt?“ meinte er. „Wenn es nun Wiederholungszeichen sind?“

„Dann müßten die Zahlen mit einer Lotterie oder so was zusammenhängen“, sagte Drake.

„Summier sie mal“, forderte Mason ihn auf.

„Steht ja schon drunter“, erwiderte Drake. „49″37817.“

Mason reichte ihm einen Kugelschreiber.

Della Street spähte von der Seite her auf das Blatt. „Chef“, rief sie aus. „Die Summe stimmt nicht.“

„Das hatte ich erwartet“, versetzte dieser gelassen. „Ich wußte nur nicht, um wieviel. Rechnen wir's noch mal nach.“

„Es macht – einen Moment, Paul!“ Della vermochte ihre Erregung nicht zu dämpfen. „Ich hab's gleich: 45″33113! Aber auf dem Zettel steht doch 49″37817 als Endsumme.“

„Ziehen Sie's zur Abwechslung mal voneinander ab“, schlug Mason vor.

Della notierte eifrig. „Ich bekomme 4″4704 heraus“, erklärte sie schließlich.

Mason nickte. „Wenn es uns gelingen sollte, diesen Fall zu

lösen“, sagte er, „dann wird sich herausstellen, daß die entscheidende Zahl jene ist, die fehlt. Merk dir die Zahlen gut, Paul. Wir werden noch darüber stolpern, verlaß dich drauf!“

6

PERRY MASON eilte die steile Treppe zum Beobachtungsturm hinauf, immer zwei Stufen auf einmal nehmend.

Der Raum war leer, aber das Fernglas so gedreht, daß man die Baumgruppe, unter welcher der Wohnwagen geparkt haben mußte, beobachten konnte. Mason beugte sich über das Glas. Das linke Okular ergab ein klares Bild, durch das rechte sah man nur verschwommenes Grün. Er überzeugte sich, daß das rechte Okular wieder auf minus fünf stand, dann erst stellte er die Schärfe ein, bis sie für ihn paßte. Plötzlich hörte er hinter sich eine Bewegung. Er richtete sich auf und wandte sich um.

Mrs. Victoria Winnett stand in der offenen Tür, in ihrer Begleitung ein schlankes junges Mädchen mit kastanienbraunem Haar, das Reitkleidung trug. Ihr Gesicht drückte blankes Erstaunen aus. Mrs. Winnetts Miene verriet überhaupt nichts.

„Ich bin überrascht, Sie hier zu finden“, bemerkte die alte Dame. Dann fügte sie mit einer Geste zu dem jungen Mädchen an ihrer Seite hinzu: „Miß Rexford, darf ich Mr. Perry Mason, den Anwalt, vorstellen?“

Daphne Rexford bedachte Mason mit einem Lächeln. Aber dieses umspielte nur ihren Mund. Den Ausdruck ihrer Augen hätte man eher als Angst, wenn nicht gar als Panik auslegen können.

Mason überging die Vorstellung und wandte sich an die Dame des Hauses. „Der Blick, den Sie von hier aus genießen, Mrs. Winnett, ist wirklich überwältigend“, äußerte er.

„Ja, mein verstorbener Gatte liebte ihn auch sehr. Er verbrachte viel freie Zeit hier oben. Auch Daphne kommt gern herauf.“

„Oft?“ erkundigte sich Mason beiläufig.

„Ja. Ich beobachte die Vögel von hier aus.“

„Aha, ich verstehe.“

„Mr. Mason bearbeitet mit Claude ein Minenprojekt“, erläuterte Mrs. Winnett, für Masons Geschmack etwas zu eilig. „Er hat einen Bergwerksingenieur mitgebracht. Und seine Sekretärin. Du wirst sie ohnehin alle kennenlernen, falls du bis zum Abendessen bleibst."

„Oh, tausend Dank! Aber – aber ich glaube, es paßt heute abend leider schlecht. Außerdem wird Claude ja zu tun haben. Wo steckt denn Marcia?"

„Sie ist zu Freunden gefahren", gab Mrs. Winnett trocken Auskunft. „Ich bitte dich, Kind, komm heute abend!"

„Nun, ja ... Ich ... Ich ... sollte ..."

Daphne Rexford brach unschlüssig ab. Mason kam ihr zu Hilfe. „Tja, ich muß mich beeilen und sehen, daß ich meinen Klienten irgendwo aufspüre", erklärte er. „Schließlich bin ich nicht zum Vergnügen hier."

„Das hat auch niemand angenommen." Der Doppelsinn von Mrs. Winnetts Worten war nicht zu überhören. „Komm, Daphne, zieh mir einen Stuhl heran. Was wolltest du mir doch gerade über die Schwalben berichten?"

Mason zog die Tür leise hinter sich zu und stieg die Treppe hinunter.

Major Winnett saß im Salon. Als er Mason über den Patio kommen hörte, blickte er vom Buch, in dem er gelesen hatte, auf. „Na, wie steht's?" erkundigte er sich.

„Wir machen Fortschritte."

Major Winnetts Lippen schlossen sich zu einer schmalen Linie.

„Fortschritte!" platzte er heraus. „Ist das alles? Können Sie mir noch gar nichts Definitives sagen?"

„Damit sollte man immer vorsichtig sein."

Mason steckte die Hand in die Hosentasche und ließ plötzlich die im Schwalbennest gefundene Brillantnadel vor Winnetts Augen auffunkeln. „Ist Ihnen das bekannt?" fragte er.

Major Winnett erstarrte sekundenlang. „Es sieht ganz so aus ... Mr. Mason, die Nadel sieht ganz so aus wie eine, die meine Frau besaß."

„Und die ebenfalls gestohlen wurde?"

„Soweit ich weiß – ja."

„Danke." Mason steckte die Nadel wieder ein.

„Darf man erfahren, wo Sie sie gefunden haben?" fragte der Major erregt.

„Später“, vertröstete ihn Mason.

In diesem Augenblick klingelte das Telephon. Der Major ging nach nebenan in die Bibliothek und hob ab.

„Hallo?“ sagte er, dann wandte er sich nach dem Anwalt um. „Für Sie!“

Mason nahm ihm den Hörer ab.

„Wir sind auf etwas gestoßen, Perry“, hörte er Drake sagen.

„So?“

„Ja, wir haben festgestellt, aus welchem Laden der Kassenzettel stammt. Das junge Mädchen, das den Mann bedient hat, kann sich noch genau erinnern. Wir verfügen jetzt über eine ziemlich gute Beschreibung. Damit war es nicht schwer, seine Spur bis ins Camp zu verfolgen. Er hat sich dort unter dem Namen Harry Drummond eingetragen.“

„Ist er noch da?“

„Nein. Er ist gestern früh abgefahren. Ich habe meine Leute losgehetzt; sie suchen alle umliegenden Camps nach ihm ab. Es dürfte nicht lange dauern, bis wir ihn aufgetrieben haben, vor allem, da wir jetzt seine Zulassungsnummer kennen. Übrigens, Perry, etwas ganz Eigenartiges. Eine Frau ist ebenfalls hinter ihm her.“

„Du willst sagen . . .?“

„Nein, nein, nicht die, um die's geht! Eine andere. Eine Brünette, gertenschlank, jung, eher groß. Sie hat sich heute früh nach dem Mann erkundigt. Ihre Beschreibung war ziemlich detailliert und genau.“

„Hast du dich im Hotel häuslich niedergelassen?“

„Ja. Ich hab ein halbes Dutzend Leute rausbeordert.“

„Gut, ich fahre dann zu dir“, sagte Mason.

„Okay, bis gleich.“

Mason hörte das Klicken, als Drake auflegte, aber er wartete noch einen Augenblick. Den stummen Hörer in der Hand, stand der Anwalt da und starrte mit gerunzelter Stirn auf den Teppich hinunter.

Und dann kam, worauf er gewartet hatte, ein zweites scharfes Klicken. Der Apparat auf dem Schreibtisch gab ein feines Klingen von sich.

Jetzt erst legte auch Mason auf. Er wandte sich zu Major Winnett um.

„Ich nehme an, daß Sie mehrere Hausanschlüsse haben?“ erkundigte er sich höflich.

„Ja, vier“, antwortete Winnett. „Nein, fünf. Oben, im Turm ist ja auch noch einer. Den hätte ich fast vergessen.“

7

Paul Drake telephonierte gerade, als Mason sein provisorisches Hauptquartier betrat. Im angrenzenden Zimmer telephonierte Della Street nach einer Liste, die sie vor sich liegen hatte, eine Reihe von Nummern ab.

„Immer reinspaziert, Perry“, forderte Drake den Anwalt auf, sowie er sein Gespräch beendet hatte. „Gerade habe ich versucht, dich nochmals zu erreichen. Wir machen rapide Fortschritte.“

„Schieß los.“

„Der Gesuchte ist achtunddreißig Jahre alt, tief gebräunt, trägt Cowboystiefel, rennt mit einem Riesenhut herum, in Lederjacke und verblichener Kordhose; er ist eher untersetzt und hat einen sinnlichen, aber energischen Mund. Die Zulassungsnummer seines Wagens ist E 4 4705, und zwar fährt er einen Buick, an den ein beachtlicher Wohnwagenanhänger gekoppelt ist – grün lackiert mit silbrigem Aluminiumdach. Bis Samstag früh hat Drummond sich im Wohnwagen-Camp Silver Strand aufgehalten. Samstag ist er weitergezogen, aber Montag spätabends wieder erschienen, um Mittwoch früh endgültig zu verduften.“

„Wie hast du das herausgefunden?“ fragte Mason.

„Beinarbeit, mein Lieber! Wir haben den Laden aufgespürt, der die passende Registrierkasse besitzt, was nicht besonders schwierig war, weil er nämlich hier am Ort der einzige ist. Die Kassiererin erinnerte sich noch genau an den Mann; vor allem an die Cowboystiefel. Na ja, anschließend haben wir uns dann die Camps vorgenommen und mit der Personenbeschreibung gleich beim ersten Erfolg gehabt.“

„Und was geschieht im Moment?“

„Ich habe ein paar Mitarbeiter per Auto losgeschickt, jeden Camping- und Parkplatz nach dem Buick mit Anhänger abzuklappern; jedenfalls in dieser Gegend. Wir erweitern unseren Umkreis spiralenförmig. Irgendwann muß dabei ja was rauskommen."

Mason zog sein Notizbuch aus der Tasche.

„Die Nummer war 4 E 4705?"

„Ja."

„Dann hat sich unser mysteriöser Beobachter im Turm in seiner Berechnung vertan. Erinnerst du dich, wir haben nach der Nummer 4″4704 Ausschau gehalten. Die erste Zahl muß 4 E 4705 geheißen haben, und die Wiederholungszeichen standen unter dem E. Dann müßte die richtige Gesamtsumme lauten ..."

Ein Klopfen an der Tür unterbrach ihn. Ein eigenartiges Klopfen, kurz, abgehackt, schnell aufeinanderfolgend. Irgendwie klang es hysterisch.

Mason wechselte einen raschen Blick mit Drake. Der Detektiv erhob sich, ging zur Tür und öffnete.

Die Frau auf der Schwelle mußte sieben- oder achtundzwanzig Jahre alt sein, eine hochgewachsene Brünette mit flammenden dunklen Augen, hochliegenden Wangenknochen und einer katzenhaft geschmeidigen Gestalt. Sie lächelte Paul Drake an. „Sind Sie Mr. Drake?" fragte sie.

Drake nickte.

„Darf ich eintreten?"

Drake trat wortlos beiseite.

Die unerwartete Besucherin kam herein, nickte Perry Mason kurz zu und sagte: „Ich bin Mrs. Drummond."

Drake wollte Mason einen Blick zuwerfen, beherrschte sich jedoch in letzter Sekunde, und es gelang ihm, seine Stimme völlig gleichmütig klingen zu lassen. „Das ist Mr. Mason. Kann ich Ihnen mit irgend etwas dienen, Mrs. Drummond?"

„Sie suchen meinen Mann", eröffnete sie ihm.

Drake hob lediglich fragend die Brauen.

„Im Silver Strand Camp", fuhr sie nervös fort. „Ich suche ihn nämlich auch. Da hatte ich mir gedacht, daß wir vielleicht unsere Informationen austauschen könnten."

Mason hielt es für an der Zeit, sich zuvorkommend einzuschalten. „Ihr Gatte? Und Sie suchen ihn, Mrs. Drummond?" bemerkte er.

„Ja“, entgegnete sie, während sie den Anwalt mit ihren großen, dunklen Augen prüfend musterte.

„Wann haben Sie ihn denn das letztemal gesehen?“ fragte Mason.

„Vor zwei Monaten.“

„Wenn Sie an unseren Informationen teilhaben wollen, hielte ich es doch für angebracht, daß Sie uns zunächst einmal berichten, woher Sie wissen, daß wir ihn suchen.“

„Ich war heute früh im Silver Beach Camp“, erwiderte sie. „Der Aufseher versprach mir, mich sofort zu benachrichtigen, wenn mein Mann zurückkehren sollte. Als Ihre Detektive dann dort aufkreuzten und einen Haufen Fragen stellten, notierte er sich die Zulassungsnummer des Wagens und stellte fest, daß dieser der Detektei Drake gehört und ...“ Sie lachte nervös auf. „Da beschloß ich, selbst ein bißchen Detektiv zu spielen. Suchen Sie ihn aus dem gleichen Grund wie ich?“

Mason lächelte sie bedeutungsvoll an. „Womit sich die Frage erhebt, warum Sie ihn suchen.“

Mrs. Drummond warf indigniert den Kopf zurück. „Ich habe bei Gott nichts zu verbergen“, erklärte sie. „Harry und ich haben vor etwas über einem Jahr geheiratet. Aber es klappte nicht ... Nun, vor zwei Monaten beschlossen wir, uns zu trennen. Ich reichte die Scheidungsklage ein.“

„Und sind Sie inzwischen geschieden?“

„Nein, noch nicht. Wir hatten uns über die finanzielle Regelung geeinigt. Als mein Anwalt ihm die Papiere schickte, hat er sie mit einer beleidigenden Anmerkung zurückgeschickt und erklärt, er dächte gar nicht daran, mir auch nur einen Cent zu zahlen. Und daß ich noch mein blaues Wunder erleben würde, wenn ich bockbeinig würde. Ich könnte ihm niemals etwas anhaben.“

„Und jetzt wollen Sie herausfinden, was er damit gemeint hat?“ fragte Mason.

„Genau! So, und jetzt erzählen Sie mir doch mal, warum Sie ihn suchen? Hat er etwas ausgefressen?“

„Ist er der Typ dafür?“ fragte Mason zurück.

„Nun, er hat sich schon früher was zuschulden kommen lassen.“

„Inwiefern?“

„Ach – irgendeinen Schwindel mit einem geplatzten Minengeschäft."

Drake warf Mason einen Blick zu.

„Wo sind Sie abgestiegen?"

„Hier, im Hotel. Aber glauben Sie bloß nicht, daß man mich hier über Mr. Drake ins Bild gesetzt hat", fügte sie eilig hinzu. „Ich habe es über ... Nun, auf andere Art erfahren."

„Sie haben vorhin den Ausdruck ‚Informationen austauschen' gebraucht", bemerkte Mason.

Mrs. Drummond lachte.

„Nun, das habe ich so gemeint: wenn Sie Harry finden sollten, könnten Sie es mich ja wissen lassen. Und sollte ich ihn aufspüren, würde ich Ihnen Bescheid geben. Es dürfte doch gar nicht so schwierig sein, ihm auf die Schliche zu kommen, bei seinem auffallenden Anhänger. Aber ich möchte ihn unbedingt erwischen, bevor er über die Grenze entkommt. Wenn ich seiner noch hier habhaft werde, dann – nun, dann kann ich ihm gewisse Papiere aushändigen."

„Haben Sie einen Wagen?"

Mrs. Drummond nickte und fügte hinzu: „Praktisch das einzige, was ich aus meiner Ehe gerettet habe. Ich hab Harry überredet, mir ein Auto zu kaufen. Das ist unter anderem ein Grund, weswegen ich ihn so dringend sprechen möchte. Der Wagen läuft nämlich noch auf seinen Namen. Er wollte ihn mir überlassen. Aber in seinem Brief an meinen Anwalt schrieb er, daß er mir sogar den Wagen wegnehmen könnte, falls ich daran denken sollte, mich ihm zu widersetzen. Hat einer der beiden Herren vielleicht eine Vorstellung, wie das gemeint gewesen sein kann?"

Mason schüttelte den Kopf. Drake ebenfalls.

„Vielleicht gelingt es uns, etwas in Erfahrung zu bringen", bemerkte Mason ungewiß. „Selbst wenn Ihre Annahme, wir suchten Ihren Gatten, zutreffen sollte, vertreten wir in jedem Fall einen Klienten. Und mit diesem müßten wir uns erst absprechen."

„Hat er was ausgefressen?" beharrte sie. „Sitzt er wieder in der Tinte? Bedeutet es, daß er all sein Geld den Anwälten hinwerfen muß, damit sie ihn rauspauken, wie schon einmal?"

„Dazu kann ich mich leider nicht äußern", bedauerte Mason.

„Was heißt hier können! Sie wollen nicht! Also, ich wohne auf Zimmer sechs-dreizehn. Weshalb schlagen Sie Ihrem Klienten nicht vor, sich mit mir in Verbindung zu setzen?"

„Sind Sie den ganzen Abend über erreichbar?" fragte Drake.

„Nun ..." Mrs. Drummond zögerte. „Ich werde dasein, zwischendurch aber auch wieder fortgehen. Ich – ich will Ihnen sagen, wie wir es am besten machen. Ich werde mit dem Hotel in Verbindung bleiben. Falls eine Nachricht für mich hinterlassen worden sein sollte, kann ich sie mir ja holen."

Sie bedachte alle mit einem Lächeln und bewegte sich zur Tür. Mason, der die Tür aufhielt, wurde mit einem weiteren Lächeln belohnt; dann verschwand sie mit hastigen, nervösen Schritten den Gang hinunter.

Mason schloß die Tür und hob, als er Paul Drake ansah, fragend eine Braue.

„Der Bursche ist mit allen Wassern gewaschen", meinte der Detektiv. „Das bedeutet, wir müssen uns beeilen, Perry."

„Du glaubst, er verwischt absichtlich seine Spuren?"

Drake nickte. „Dieser Drummond hat irgend etwas auf dem Kerbholz, wofür er unter keinen Umständen geradestehen will. Und sie soll seine Spuren verwischen." Das Telephon unterbrach ihn. Drake nahm ab.

„Hier Drake!" meldete er sich. „Okay, geben Sie's durch ... Wann? ... Und wo? ... Okay, bleiben Sie auf Posten ... Wir kommen sofort!" Drake legte auf.

„Das wär's wohl", sagte er. „Wir haben ihn!"

„Wo steckt er?"

„Unten, am Fuß des Hügels, in einem Camp in einem Eukalyptushain, keine drei Meilen von hier."

„Sonst was?" wollte Mason wissen.

„Bisher nicht. Einer meiner Leute hat ihn eben erst aufgespürt. Ist gestern abend angekommen."

„Also", meinte Mason, „fahren wir! Sie bleiben hier, Della, und halten die Stellung. Wir rufen an – in etwa einer halben Stunde."

Sie fuhren in Masons Wagen zum Camp hinunter. Drakes Detektiv lungerte wie zufällig in der offenen Tür eines anscheinend nicht besetzten Bungalows herum. Er machte seinem Chef ein Zeichen und deutete auf die Nachbartür.

Nachdem er sich lediglich als „P. Drake" eingetragen und die freie Bungalowhälfte gemietet hatte, ließen Paul Drake und Perry Mason sich dort häuslich nieder. Kurz darauf kam der Mann zu ihnen.

„Kennst du Pete Brady schon?" stellte Drake zwanglos vor.

Mason streckte die Hand aus und sagte: „Nur flüchtig, wir sind uns gelegentlich begegnet."

„Erfreut, Sie kennenzulernen." Brady verbeugte sich vor dem Anwalt. Dann wandte er sich an seinen Chef.

„Ich glaube, der Bursche, dem das Camp gehört, wird allmählich mißtrauisch", sagte er. „Wahrscheinlich ist ihm meine Fragerei aufgefallen."

„Und was haben Sie herausgefunden?"

„Daß der gesuchte Anhänger da drüben steht. Vom Eigentümer habe ich bisher noch nichts gesehen. Aber die Zulassungsnummer des Wagens, an den das Ding gekoppelt ist, stimmt: 4 E 4705."

„Schauen wir uns die Sache mal an", meinte Mason.

„Nicht zu auffällig!" warnte der Detektiv.

„Wie wär's, wenn wir vorgäben, einen Wohnwagen kaufen zu wollen?" schlug Drake vor. „Warten Sie am besten solange hier. Wie heißt der Bursche, dem der Campingplatz gehört?"

„Elmo, Sidney Elmo."

„Hat er Sie zu uns rüberkommen sehen?"

„Nein. Ich habe gewartet, bis er an der Zapfsäule benötigt wurde."

„In Ordnung. Bin sofort zurück. Mal hören, was Elmo sagt, wenn wir ihm mit der Story kommen. Jedenfalls habe ich dann die Möglichkeit, mich hier in aller Ruhe umzusehen, ohne daß jemand etwas dabei findet."

Drake war tatsächlich schnell zurück. Als er eintrat, erhob sich Mason, und sie schlenderten gemeinsam die Reihe der schlecht gehaltenen Bungalows entlang. Die dünne Spätnachmittagssonne fiel bereits schräg und warf lange Schatten. Der Boden war noch naß vom Regen am Montag, die Äste feucht vom Dunst des nahen Ozeans.

„Und jetzt?" fragte Drake. „Gehen wir einfach hin, klopfen an und erkundigen uns höflich, ob es sich bei dem zum Verkauf stehenden Anhänger um seinen handelt?"

„Geben wir doch erst mal vor, es bei einem der anderen zu probieren. Wenn wir schön laut sprechen, bekommt er's sicher mit."

Sie gingen zu einem kleineren Fabrikat, anscheinend Eigenbau, das ziemlich nah bei dem großen grünen Anhänger stand. Drinnen brannte bereits Licht, und sie konnten eine dickliche Frau über den Herd gebeugt stehen sehen. Draußen benutzte ein Mann das schwindende Tageslicht, um etwas an der Stoßstange des Anhängers zu richten. Dem Nummernschild nach mußten sie aus Oklahoma stammen.

„Wir suchen einen Wohnwagenanhänger, und wir haben gehört, daß hier im Camp einer zum Verkauf stehen soll", sagte Mason.

Der Mann sah auf; sein großer schmallippiger Mund verzog sich zu einem breiten Grinsen. „Was für ein Modell denn?"

„Es hieß nur, daß er tadellos im Schuß sei."

„Bin eigentlich nicht sonderlich scharf darauf zu verkaufen. Aber anhören kann man sich ein Angebot ja mal."

„Nein, nein – wir suchen einen bestimmten Anhänger, dessen Besitzer unbedingt verkaufen will", erklärte Mason. „Ob es vielleicht der Grüne da drüben ist? Wissen Sie zufällig, wem der gehört?"

„Weiß nur, daß er gestern abend erst angekommen ist."

„Dann werden Sie noch nicht allzuviel mit den Leuten gesprochen haben?"

„Hab sie noch nicht mal gesehen. Sind den ganzen Tag über nicht zum Vorschein gekommen."

„Du, vielleicht ist er's doch, Paul", sagte Perry. „Schauen wir mal rüber."

Mason klopfte an die Tür des Anhängers. Als er keine Antwort erhielt, versuchte er es noch einmal, dann griff er nach der Klinke.

Die Tür ließ sich ohne weiteres öffnen.

Es war noch hell genug, daß man die am Boden ausgestreckte Gestalt erkennen konnte. Unter dem Körper hatte sich eine dunkle Lache ausgebreitet, die in dünnen Rinnsalen auslief.

„Oh!" entschlüpfte es Drake.

Mason kletterte in den Anhänger. Sorgfältig wich er der roten Lache aus, ging zu dem Toten hinüber und blickte schweigend auf ihn hinunter. Schließlich bückte er sich und bewegte behutsam den Fuß im Cowboystiefel.

„Muß bereits geraume Zeit tot sein, Paul", konstatierte er. „Die Leichenstarre hat eingesetzt."

„Komm, verziehen wir uns!" drängte Drake. „Halten wir uns aus der Sache heraus und verständigen wir die Polizei."

„Gleich", wehrte Mason ab. „Ich ..." Er beugte sich vor, und plötzlich fiel ein Lichtstreifen auf sein Gesicht.

„Was ist denn das?" fragte Drake.

Mason trat etwas zur Seite, so daß der Lichtstrahl jetzt seine Augen traf.

„Das", erklärte er, „ist ein Loch in der Außenwand des Anhängers. Und zwar in direkter Linie zum Fenster des Wohnwagens aus Oklahoma. Der Lichtschein von drüben dringt durch das Loch hier ein. Könnte gut und gern ein Geschoßdurchschlag sein."

„Okay, Perry, gut beobachtet. Aber jetzt komm! Wir wollen die Polizei benachrichtigen."

„Erst will ich mir den Anhänger aus Oklahoma und seine Insassen ein bißchen näher ansehen."

Als Mason den Anhänger verließ, tat er es mit aller Vorsicht. Nachdem er die Tür hinter sich geschlossen hatte, wischte er die Klinke gründlich mit dem Taschentuch ab.

„Das bezeichnet man als Unterschlagen von Beweismaterial", protestierte Paul Drake. „Du wischst die anderen Fingerabdrücke mit ab."

„Woher willst du denn wissen, daß welche da waren?"

„Ist doch anzunehmen."

„Aber du kannst es nicht beweisen", machte Mason geltend. „Aller Wahrscheinlichkeit nach hat der Mörder die Klinke genauso abgewischt wie ich."

Mason ging zu dem Wohnwagen aus Oklahoma zurück. Der Mann war immer noch mit seiner Stoßstange beschäftigt, stand aber so, daß er den grünen Anhänger im Auge behalten konnte.

„Na, war er's?" erkundigte er sich, als Mason herangekommen war.

„Ich weiß nicht. Scheint niemand da zu sein."

„Hab aber keinen Menschen weggehen seh'n. Außerdem, wo soll man hier denn schon groß hin, zu Fuß?"

„Haben Sie zufällig bemerkt, ob sie da drüben Besuch bekommen haben?" fragte Mason möglichst beiläufig.

„Heute nicht. Gestern abend war allerdings noch 'ne junge Frau da."

„Um welche Zeit etwa?"

„Kann ich nicht sagen. Wir waren schon zu Bett gegangen. Bin von den Scheinwerfern aufgewacht, als sie vorbeifuhr. Hab mich aufgesetzt und aus dem Fenster gesehen, was denn da los war."

„Haben Sie die junge Frau auch aussteigen sehen? Können Sie sie mir beschreiben?"

„Tja – rothaarig, oder mehr rotbraun, das war sie. 'n Tweedkostüm hatte sie an – appetitlicher Anblick."

„Und sie ist drüben reingegangen?"

„Vermutlich. Jedenfalls hat sie die Scheinwerfer ausgeschaltet. Da hab ich mich wieder aufs Ohr gelegt. Aber als sie abfuhr, bin ich wieder aufgewacht. Hat 'ne ganze Serie Fehlzündungen gehabt."

Mason warf Drake einen vielsagenden Blick zu. „Ich würde die Leute aus dem grünen Wohnwagen gerne sprechen."

„Soweit ich weiß, ist da nur einer, ein Mann. Hatte mächtig Mühe mit dem Anhänger gestern, als er ankam. Mußte mehrfach wieder vorsetzen, um korrekt rückwärts einzurangieren. Na ja, wir – meine Frau und ich – sind gestern ziemlich früh schlafen gegangen, und kurz darauf hat mich der zweite Wagen geweckt. Das heißt, eigentlich waren's, wie gesagt, die Scheinwerfer. Na, und als ich aus dem Fenster gucke, seh ich die junge Frau."

„Können Sie sich noch erinnern, was für einen Wagen sie fuhr?"

„Einen Mietwagen."

„Wie wollen Sie denn das wissen?"

„Von der Plakette an der Windschutzscheibe."

„Ihre Frau ist nicht aufgewacht?"

„Nein."

„Wie lange halten Sie sich schon in diesem Camp auf?" fragte Mason weiter.

„Was geht Sie das denn an?"

„Nichts, genaugenommen."

„Eben!“ meinte der Mann, plötzlich feindselig. „Sie stellen überhaupt ’n Haufen Fragen, find ich.“

„Ich bitte vielmals um Entschuldigung.“

Der Mann zögerte einen Moment; dann wandte er sich wieder seiner Stoßstange zu, den beiden Besuchern abweisend den Rücken kehrend.

Mason nickte Paul Drake zu. Schweigend gingen sie davon.

„Okay, Paul“, sagte Mason nach ein paar Schritten leise. „Ruf Della an. Sie soll Leute zu jedem Autoverleih im Umkreis von fünfzig Meilen schicken. Ich bin gespannt, wo die Frau den Wagen gemietet hat. Wenn wir das herausgefunden haben, übernehme ich den Rest.“

„Perry, das gefällt mir alles gar nicht“, protestierte Drake.

„Mir auch nicht. Aber die junge Frau, die gestern abend den Mann im grünen Wohnwagen besucht hat, war Marcia Winnett.“

„Und ihr Wagen hat eine Serie Fehlzündungen gehabt“, bemerkte Drake trocken.

Mason hielt seinem Blick stand.

„Eben – ihr Wagen hatte eine Serie Fehlzündungen, Paul. Und falls es sich jemals als notwendig erweisen sollte, bitte erinnere dich daran, daß der einzige Zeuge, der sie gehört hat, von ‚Fehlzündungen‘ sprach.“

Drake nickte düster. „Bloß, daß du damit nicht weit kommen wirst, Perry.“

„Zumindest gibt es uns Rückendeckung, Paul. Man benachrichtigt doch nicht gleich die Polizei, weil in der Nacht jemand Fehlzündungen gehört hat.“

„Wenn man einen Toten findet, dann schon.“

„Wer weiß denn, daß wir einen Toten gefunden haben?“

„Ich, zum Beispiel.“

Mason lachte. „Zum Hotel zurück, Paul“, sagte er. „Versuch, den Autoverleih aufzustöbern. Und, als zusätzliche Rückendeckung sozusagen, forsche nach, wo Mrs. Drummond die letzte Nacht gesteckt hat.“

8

DIE LETZTERE Aufgabe stellte sich für Drake als leicht heraus. Mrs. Drummond hatte den ganzen vergangenen Abend damit verbracht, die umliegenden Camps nach ihrem Mann abzugrasen. Und nicht genug damit; sie hatte obendrein einen Polizisten, der mit seinem Dienst fertig war, gebeten, sie zu begleiten.

Das Problem, den Mietwagen und die dazugehörige junge Frau im Tweedkostüm aufzuspüren, erwies sich schon als bedeutend komplizierter.

Trotz aller Tüchtigkeit und Rührigkeit war es bereits nahezu acht Uhr geworden, bis Drakes Leute es geschafft hatten. Der Geschäftsführer eines Leihwagenunternehmens in einer der kleineren Küstenstädte, etwa fünfundzwanzig Meilen von Silver Strand Beach entfernt, hatte einer jungen Frau, auf welche die Beschreibung Marcia Winnetts zutraf, einen Wagen vermietet.

Drake bedeckte die Muschel vorübergehend mit der Hand und fragte Mason: „Soll mein Mann die Spur weiterverfolgen, oder willst du jetzt übernehmen, Perry?"

„Ich glaube, jetzt bin ich an der Reihe, Paul", antwortete der Anwalt. „Am besten gibst du deinem Mann gegenüber vor, es wäre doch nicht die richtige Spur."

„Okay", erklärte Drake. Ins Telephon sagte er: „Beschreiben Sie sie noch einmal, Sam. Hm, scheint mir doch nicht die Richtige zu sein. Machen Sie weiter. Klappern Sie die anderen Unternehmen noch ab und erstatten Sie mir dann Bericht."

Drake legte auf.

„Soll ich mitkommen, Perry?" fragte er.

„Nein, danke. Das schaffen Della und ich schon allein. Sammle du deine Leute langsam wieder ein. Stell's so hin, als hätte sich das Ganze als Irrtum erwiesen. Und paß mir auf Mrs. Drummond auf. Es würde mir verdammt schlecht passen, wenn sie mir ausgerechnet jetzt in die Quere käme."

Drake nickte.

„Geht klar. Darum brauchst du dir keine Kopfschmerzen zu machen", versicherte er. „Aber paß auf, daß du dir nicht die Finger verbrennst, Perry."

„Tu ich", versprach dieser wenig überzeugend. „Los, kommen Sie, Della."

Der Geschäftsführer des Leihwagenunternehmens, das den Wagen an Marcia Winnett vermietet hatte, erwies sich als wenig zugänglich. Und dann stellten sich seine mageren Auskünfte auch noch als praktisch wertlos heraus.

Er kannte die Kundin nicht, hatte sie am Vortag das erstemal gesehen. Sie hatte sich als Edith Bascom eingetragen und erklärt, ihre Mutter sei gestorben, deshalb brauche sie einen Wagen – um den Nachlaß zu regeln. Sie war in einem Hotel am Ort gemeldet.

„Pflegen Sie die Angaben, die man Ihnen macht, zu überprüfen?" erkundigte sich Mason. „Oder lassen Sie's auf sich beruhen und vermieten Sie Ihre Wagen ins Blaue hinein?"

„Kommt drauf an."

„So – und wie haben Sie es in diesem Fall gehalten?"

„Das Geschäft geht gut. Es stehen nur wenige Wagen zur Verfügung. Darum habe ich's überprüft."

„Wie?"

Der Mann nahm eine Zeitung vom Vortag vom Schreibtisch und deutete auf die aufgeschlagene Seite mit den Todesanzeigen. Mason entdeckte die schwarz umrandete Bekanntmachung des Todes von Mrs. Shirley Bascom und las weiter, daß die Beerdigung im engsten Familienkreis stattfinden sollte.

„Na ja, damit wäre es ja wohl erwiesen", meinte Mason.

„Wieso interessieren Sie sich denn so dafür?"

„Ich bin Anwalt."

„Ach so! Nun, die Dame war in Ordnung. War natürlich heftig erregt über den Tod ihrer Mutter, aber ein nettes Ding. Sie wohnt im Palace Hotel, zweite Querstraße links."

Es war für einen Mann von Masons Erfahrungen nicht schwer, Edith Bascoms Zimmernummer herauszubekommen. Kurz darauf standen er und Della vor der Tür und klopften.

Keine Antwort. Mason drehte am Knauf. Die Tür war abgeschlossen.

Mason blickte sich rasch um, dann bückte er sich und hielt Della auffordernd die ineinander verhakten Finger hin. „Klettern Sie rauf, Della, und versuchen Sie, einen Blick durch das Oberlicht zu werfen."

Della tat wie befohlen.

Mason merkte, wie sich ihr Körper plötzlich versteifte. Dann sprang sie hastig wieder herunter.

„Chef", sagte sie atemlos, „sie liegt auf dem Bett. Und sie liegt – sie liegt so eigenartig still da."

„Brennt Licht?"

„Nein. Aber das Rouleau ist hochgelassen, und es scheint genug Licht von der Straße herein."

„Hm", überlegte Mason laut, „Della, überzeugen Sie sich doch lieber noch einmal. Ich meine, ob sie atmet oder nicht. Und ... Halt, nicht mehr nötig! Da kommt ein Zimmermädchen."

Das Hausmädchen warf nur einen flüchtigen Blick auf den Geldschein, den Perry Mason ihm in die Hand gedrückt hatte.

„Meine Frau und ich haben den Zimmerschlüssel unten vergessen", erklärte er leichthin. „Ob Sie wohl so freundlich sein könnten, uns hereinzulassen? Dann brauchen wir nicht noch einmal hinunterzufahren."

„Na ja – eigentlich ist's ja verboten", meinte das junge Ding ziemlich gleichgültig. „Aber es wird mir schon keiner den Kopf abreißen." Damit zog sie ihren Spezialschlüssel aus der Schürzentasche und öffnete.

Mason drückte die Tür auf, trat beiseite, um Della vorbeizulassen, und folgte ihr dann in das im Halbdunkel daliegende Zimmer. Sowie er drinnen stand, zog er die Tür hinter sich zu.

Della Street eilte zu der auf dem Bett ausgestreckten Frau und faßte nach ihrem Handgelenk, um den Puls zu fühlen.

„Sie lebt", rief sie.

„Dann machen Sie Licht", befahl Mason. „Aber zuerst die Vorhänge zuziehen."

Della ließ das Rouleau herunter und schaltete das Licht ein.

Masons Blick glitt von der Flasche mit Schlaftabletten auf dem Nachttisch zur Zeitung auf dem Fußboden.

„Die wird sie gestern geschluckt haben", erklärte Della atemlos. „Wir müssen einen Arzt holen ..."

„Heute nachmittag", unterbrach Mason sie knapp. „Das ist eine Abendausgabe, die am Nachmittag herauskommt."

Er ließ die Zeitung achtlos auf den Boden zurückfallen und versuchte, die Schlafende wachzurütteln.

„Handtücher, Della!“ befahl er dann. „Mit kaltem Wasser.“

Della hielt Handtücher unter das laufende kalte Wasser und wrang sie dann gründlich aus. Mason schlug Marcia Winnett damit, bis deren Augenlider zu flattern begannen.

„Was – ist – denn?“ brachte sie mühsam hervor.

„Laufen Sie zum nächsten Drugstore, Della“, sagte Mason. „Holen Sie ein Brechmittel. Und bestellen Sie auf dem Weg gleich schwarzen Kaffee beim Etagenservice.“

„Keinen Arzt?“

„Nicht, wenn es sich vermeiden läßt. Wir wollen hoffen, daß sie die Tabletten noch nicht so lange im Magen hat, daß die volle Wirkung eingesetzt hat. Nein, besorgen Sie erst einmal ein Brechmittel.“

Marcia Winnett bemühte sich, etwas zu sagen, aber sie vermochte die Worte nicht zu artikulieren. Kraftlos sank sie gegen Masons Schulter.

Mason knöpfte ihr die Bluse auf. Della Street stürzte davon.

Eine halbe Stunde später stützten Mason und Della Street die schwankende Marcia Winnett, als diese vom Bad zum Bett zurückwankte. Ihre Augen waren noch stumpf und ausdruckslos, aber sie konnte wenigstens sprechen. Der Kaffee begann zu wirken.

„Hören Sie mir gut zu“, sagte Mason langsam und eindringlich. „Versuchen Sie, sich zu konzentrieren. Ich bin Rechtsanwalt, man hat mich beauftragt, Ihre Interessen wahrzunehmen.“

„Wer?“

„Ihr Mann.“

„Nein, nein! Er soll nicht . . . Er kann doch nicht . . .“

„Ich bin Ihr Anwalt!“ erklärte Mason betont. „Ihr Mann hat mich gebeten, Ihnen zu helfen. Ich bin nicht verpflichtet, das, was Sie mir jetzt sagen, weiterzugeben.“

Marcia Winnett seufzte tief. „Lassen Sie, es hat doch keinen Zweck. Alles ist so sinnlos!“

Mason schüttelte sie, damit sie ihm nicht wieder einschlief. „Sie sind Montag vormittag ausgeritten und haben sich mit einem Mann in einem Wohnwagen getroffen. Er stellte Forderungen. Sie brauchten Geld, und zwar sofort. Aber Sie wagten nicht, Ihren Mann darum zu bitten.“

Mason wartete auf eine Antwort, doch Marcia blieb stumm. Mit ungeheurer Anstrengung öffnete sie einmal kurz die Lider, dann fielen sie ihr wieder zu.

„Sie kehrten ins Haus zurück", fuhr Mason eindringlich fort. „Dort kündigten Sie mit sofortiger Wirkung ihre Schmuckversicherung, weil Sie zu anständig sind, die Versicherungsgesellschaft zu betrügen. Sie ließen die Stelle am Fensterrahmen des Schlafzimmers ausbessern – wegen der Leiter. In der Nacht standen Sie auf, schlichen auf den Balkon hinaus und versteckten Ihren Schmuck im Schwalbennest. Dann schrien Sie los."

Ihr Gesicht glich einer Maske.

Aber Mason ließ nicht locker. „Sie warteten bis Dienstag, bevor Sie den Schmuckdiebstahl in Szene setzten. Sie wußten, es würde zu auffällig sein, wenn es Montag nacht, unmittelbar nachdem Sie die Versicherung gekündigt hatten, passierte. Mittwoch früh ergab sich eine Chance, den größten Teil des Schmukkes aus dem Schwalbennest zu bergen. Aber ein Stück ist Ihrer Aufmerksamkeit entgangen. So, und dann – was geschah dann? Jetzt müssen Sie fortfahren."

Sie sprach tatsächlich weiter, aber in einem Ton, als ginge sie das alles überhaupt nichts an.

„Ich wollte ihn töten. Ich weiß nicht, ob ich es getan habe oder nicht."

„Haben Sie ihn erschossen?"

„Ich kann mich an nichts erinnern, was danach geschah – nachdem ich das Haus verlassen hatte."

Mason warf Della einen Blick zu.

„Wenn ich Ihnen helfen soll, muß ich wissen, womit der Mann Sie erpreßt hat!" drängte er.

„Er heißt Harry Drummond. Und er war mein erster Mann."

„Sie sind geschieden?"

„Das glaubte ich! Ich konnte damals aus bestimmten Gründen nicht selbst nach Nevada fahren. Darum gab ich ihm das Geld dafür. Er zog für einige Zeit nach Nevada und schickte mir von Zeit zu Zeit Berichte, wie die Dinge standen. Zweimal verlangte er noch mehr Geld. Dann schrieb er mir, die Scheidung sei rechtsgültig. Das war gelogen. Es hat nie eine Scheidung gegeben."

„Und wann haben Sie das alles erfahren?"

„Montag vormittag. Oh, er war gerissen, er hatte die Verbindung zu mir nie ganz abbrechen lassen. Er wußte, daß ich diesen bestimmten Reitweg entlangkommen würde. Deshalb hatte er ja seinen Wohnwagen dort geparkt."

„Sie hatten keine Ahnung, wen Sie in dem Anhänger vorfinden würden?"

„Nein. Nicht, bis Harry die Tür öffnete und sagte: ‚Guten Tag, Marcia. Hatte ich's mir doch gedacht, daß du aufkreuzen würdest.'"

„Und was wollte er von Ihnen?"

„Geld."

„Er hat Sie bedroht. Womit?"

„Mit der einzigen Waffe, die für Claude vernichtend ist, der ich ihn niemals aussetzen durfte – einem Skandal."

„Also versprachen Sie, das Geld zu beschaffen?"

„Ich versprach ihm, meinen Schmuck zu bringen. Er brauchte Geld – unverzüglich. Er erklärte, er habe Schulden, und man setze ihm die Daumenschrauben an."

„Für wann verabredeten Sie sich?"

„Für Mittwoch vormittag."

„Darum arrangierten Sie Dienstag nacht den angeblichen Einbruch, nachdem Sie Montag die Versicherung fristlos gekündigt hatten. Und nahmen den Schmuck. Und dann?"

„Ich weiß überhaupt nichts mehr – gar nichts. Von dem Moment an, als Harry den Schmuck entgegengenommen hat. Er machte noch eine schmutzige Bemerkung, und ich wurde furchtbar wütend; und dann – dann weiß ich gar nichts mehr."

„Hatten Sie einen Revolver bei sich, als Sie Mittwoch zum Wohnwagen hinunterritten?"

„Ja."

„Wem gehörte er?"

„Das weiß ich nicht. Ich nahm an, Mrs. Winnett, weil der Griff mit Perlmutt eingelegt war. Ich dachte mir, ich würde womöglich etwas zu meinem Schutz brauchen. Es war natürlich eine verrückte Idee. Aber ich nahm ihn jedenfalls mit."

„Und wo befindet sich der Revolver jetzt?"

„Keine Ahnung. Ich sage Ihnen doch, ich kann mich an nichts erinnern, was geschah, nachdem ich ihm den Schmuck übergeben und er diese schmutzige Bemerkung gemacht hatte."

„Hat er noch weitere Forderungen gestellt? Hat er von Ihnen verlangt, daß Sie sich gestern abend auf einem abgelegenen Campingplatz mit ihm trafen?“

„Ich weiß es nicht. Ich kann mich an nichts erinnern.“

„Haben Sie ihn dort aufgesucht?“

„Ich kann mich an nichts erinnern.“

„Haben Sie sich bei einem Autoverleih, zwei Blocks von hier entfernt, einen Wagen gemietet?“ bohrte Mason unnachgiebig weiter.

Sie furchte in angestrengtem Nachdenken die Stirn.

„Ich glaube ... Ich meine, mich an irgend so etwas zu erinnern, ganz schwach ... Aber ich ...“ Sie schüttelte hilflos den Kopf. „Nein, es ist alles so nebelhaft, so verschwommen ... Ich kann mich nicht erinnern.“

Langsam verlor Mason die Geduld.

„Lassen Sie doch endlich diese albernen Ausflüchte. Warum machen Sie sich selbst etwas vor? Ich will Ihnen helfen, so begreifen Sie das doch endlich. Aber wie soll ich das, wenn Sie mich im dunkeln tappen lassen?“

„Ich weiß doch wirklich nichts. Ich kann mich an nichts erinnern.“

Mason nickte in Richtung der Schlaftabletten.

„Und Sie glaubten, dieser Ausweg wäre der einzig mögliche?“

„Ich weiß es nicht. Vielleicht konnte ich bloß nicht einschlafen und habe aus Versehen eine Überdosis genommen. Ich kann mich an nichts erinnern.“

Mason wandte sich an Della Street. „Nehmen Sie meinen Wagen und fahren Sie mit ihr nach Los Angeles. Sehen Sie zu, daß sie reichlich Geld bei sich hat. Bringen Sie sie in eine Privatklinik. Geben Sie unter keinen Umständen Ihren Namen und Ihre Adresse an. Tun Sie so, als ob Sie's mächtig eilig hätten. Erzählen Sie der ersten Schwester, der Sie begegnen, daß diese Frau Sie auf der Straße angesprochen und gebeten hätte, herauszufinden, wer sie wäre. Daß Sie glaubten, Ihre Begleiterin sei überfallen worden; andererseits habe sie jedoch eine beträchtliche Summe Geld bei sich. Und daß Ihrer Ansicht nach ein Krankenhaus der einzig richtige Platz für die Dame wäre. Dann drücken Sie sie der Schwester in die Arme und machen, daß Sie wegkommen!“

Della nickte.

Mason wandte sich wieder Marcia Winnett zu.

„Haben Sie gehört, was ich gesagt habe?"

„Ja ... Ich ... Sie dürfen meinetwegen kein Risiko auf sich nehmen. Ich weiß, daß ich ihn getötet haben muß. Ich kann es mir nicht anders vorstellen, als daß es Notwehr war. Aber ich kann mich an nichts erinnern."

„Ich weiß", sagte Mason milde. „Machen Sie sich deshalb jetzt keine Sorgen. Bedenken Sie lieber, daß Sie jetzt Witwe sind. Und versuchen Sie gar nicht mehr, sich zu erinnern. Bleiben Sie dabei, daß Sie Ihr Gedächtnis verloren haben. Und noch eins: Wenn Sie mich das nächstemal sehen, tun Sie bitte so, als wäre ich ein Fremder für Sie. Ich versuche, Ihnen zu helfen. So, Della, los geht's! Lassen Sie das Fenster während der Fahrt offen, sie braucht frische Luft!"

„Und wie kommen Sie zurück?" fragte Della.

„Ich lasse mich von einem von Drakes Leuten abholen. Bringen Sie sie in eine Klinik, aber lassen Sie sich nicht erwischen!"

9

Der Kies in der Auffahrt spritzte, der Wagen rutschte ein Stück und stellte sich quer, so jäh trat Mason auf die Bremse. Aber der Anwalt achtete nicht darauf, sondern zog den Zündschlüssel ab und hastete die Eingangsstufen hinauf. Die Tür stand offen; Mason stieß sie auf und stürmte weiter bis in den großen Wohnraum der Winnetts.

Mrs. Victoria Winnett und Daphne Rexford saßen bei gefüllten Likörgläsern und unterhielten sich gedämpft.

Mrs. Winnett blickte auf. Sie lächelte Mason ziemlich kühl an, als sie bemerkte: „Wirklich, ich muß schon sagen, Mr. Mason, Sie erscheinen reichlich spät zum Essen." Der Anwalt nickte lediglich und konzentrierte sich auf Daphne Rexford.

Mrs. Winnett streckte die Hand nach der Klingel aus. „Ich werde Ihnen noch etwas richten lassen, aber Sie werden verstehen, wenn ..."

„Lassen Sie das Essen sein", lehnte Mason ungeduldig ab. „Ich habe mit Ihnen zu reden."

Daphne Rexford erhob sich eilig.

„Entschuldigen Sie bitte. Ich habe noch einen Anruf zu erledigen ...“

„Setz dich, mein Kind! Was auch vorgefallen sein mag, ich sehe nicht ein, wieso ich diesem Menschen gestatten soll, hier wie ein Wirbelwind hereinzutoben und unser gemütliches Tête-à-tête zu stören ...“

Mason begegnete Daphne Rexfords Blick und schüttelte kaum merklich den Kopf; mit einem etwas kläglich ausfallenden Lächeln verließ sie das Zimmer.

Mason zog sich einen Sessel heran und ließ sich nieder. „Wo steckt der Major eigentlich?“

„Claude hat vor vielleicht zwanzig Minuten einen Anruf bekommen und mußte noch einmal fort.“

„Sie mögen Daphne Rexford sehr gern, nicht wahr?“

„Allerdings – wieso?“

„Ist Miß Rexford am Montag oben im Aussichtsturm gewesen?“

„Hören Sie, Mr. Mason, ich stehe doch nicht im Zeugenstand!“

„Dort werden Sie aber bald stehen.“

„Ich fürchte, Sie haben getrunken.“

„Wenn Sie meinen, die Angelegenheit als Scherz abtun zu können, bitte“, erklärte Mason. „Allerdings muß ich Sie in Ihrem Interesse darauf aufmerksam machen, daß jede Sekunde zählt. Die Kriminalpolizei wird vermutlich in Kürze hier auftauchen.“

„Die Kriminalpolizei?“

„Ja, die Kriminalpolizei. Beamte, Polizisten, Pressephotographen. Sie alle werden hier herumspazieren, ohne den Hut abzunehmen, werden die Asche auf den Teppich streuen, Blitzlichtaufnahmen machen; ‚Führendes Mitglied der Gesellschaft beteuert seine Unschuld!‘.“

Mit dem letzten Satz erzielte Mason das gewünschte Resultat. Die alte Dame zuckte sichtbar zusammen.

„Was wollen Sie wissen?“

„Alles, was Sie wissen.“

Sie zog scharf den Atem ein.

„Es muß anscheinend irgend etwas zwischen Marcia und

Claude vorgefallen sein. Ich vermute, daß Marcia ihn verlassen hat. Ich hoffe es sogar."

„Warum?"

„Weil ich immer der Ansicht war, daß die beiden nicht zueinander passen . . ."

„Ist hier am Montag etwas Ungewöhnliches vorgefallen?"

„Am Montag? Nein."

„War Daphne Rexford am Montag oben im Aussichtsturm?"

„Ich denke schon."

„Ist sie nicht zu Ihnen gekommen und hat Ihnen etwas über das, was sie entweder Montag oder Mittwoch beobachtete, mitgeteilt?"

„Mr. Mason, das geht entschieden zu weit!"

„Sie haben etwas über Marcia herausgefunden", fuhr Mason unbeirrt fort. „Sie glaubten, Ihre Schwiegertochter habe den Namen der Familie in den Schmutz gezogen. Sie schluckten es, weil Sie jede unliebsame Aufmerksamkeit vermeiden wollten. Aber dieser Versuch ist nicht nur mißlungen, er hat sich im Gegenteil als katastrophal erwiesen. Ich versuche jetzt festzustellen, wie groß die Katastrophe wirklich ist."

„Sie haben nicht den Funken eines Beweises für Ihre ungeheuerlichen Behauptungen, Mr. Mason."

„Das liegt lediglich daran, daß mir nicht die Hilfsmittel der Polizei zur Verfügung stehen. Die Kripo wird unschwer den Beweis erbringen können."

„Das wird sie nicht!" widersprach Mrs. Winnett in schneidendem Ton. „Ich habe Ihnen absolut alles, was ich weiß, mitgeteilt."

Mason schob seinen Sessel zurück, erhob sich und strebte der zum Patio führenden Tür zu. Doch plötzlich blieb er stehen, machte kehrt, schlich auf Zehenspitzen zur anderen Tür und riß diese mit einem Ruck auf.

Daphne Rexford war vollkommen überrumpelt. Verzweifelt, aber vergeblich, suchte sie sich den Anschein zu geben, als wäre sie gerade eben erst an der Tür angelangt. „Himmel!" rief sie lachend aus. „Das hätte ja fast einen Zusammenstoß gegeben, Mr. Mason." Gleichzeitig wollte sie sich an ihm vorbeidrängen.

Aber der Anwalt verstellte ihr den Weg. „Sie haben gelauscht!"

„Wie können Sie so etwas behaupten?"

„Kommen Sie, gehen wir hinein", forderte Mason das junge Mädchen auf. „Klären wir die Angelegenheit lieber gleich. Wir wollen ... Nein, wenn ich es mir überlege, ist es wohl doch besser, wir unterhalten uns unter vier Augen. Gehen wir dort hinüber."

Mason ergriff ihren Arm. Daphne zuckte zurück und versuchte, sich zu befreien.

Mrs. Winnett sagte: „Da mein Sohn abwesend ist, Mr. Mason, muß ich Sie bitten, das Haus zu verlassen ..."

Mason fiel ihr unbeeindruckt ins Wort. „Noch vor Mitternacht wird die Kriminalpolizei sich hier breitgemacht haben", erklärte er Daphne Rexford. „Wollen Sie lieber mit mir reden oder mit einem Beamten?"

Sich halb umwendend, warf sie Mrs. Winnett einen Blick zu und meinte: „Du liebe Güte, Victoria, lassen wir ihm seinen Willen. Ich bin gleich wieder da."

„Gehen wir hier hinein", sagte der Anwalt und öffnete die Tür zur Bibliothek.

Daphne Rexford folgte ihm. „Weswegen wollte die Polizei denn kommen?" fragte sie. „Was will sie?"

„Einen Mörder finden."

„Wer – ist denn ermordet worden?"

„Dazu kommen wir noch. Bleiben wir erst mal bei Ihnen", sagte Mason. „Sie sind diejenige, die rechts einen ziemlich ausgeprägten Augenfehler hat. Mrs. Winnetts Versuche, Sie zu decken, sind sinnlos geworden."

„Ich fürchte, ich verstehe nicht ganz, was Sie meinen."

„Immer wenn Sie oben durch das Fernglas geschaut haben", erläuterte Mason, „ist die Schärfe des rechten Okulars verstellt."

„Und wenn schon. Was beweist das?"

„Daß Sie es waren, die Marcia Winnett am Montag beobachtete. Was sahen Sie?"

„Nichts. Ich ..."

„Sie sind ziemlich häufig hier, finden Sie nicht?"

„Victoria und ich sind seit Jahren befreundet. Natürlich ist sie wesentlich älter als ich, aber ich mag sie gern. Mir imponiert es, wie sie für ihre Ideale eintritt und ..."

„Und Sie genießen es, sich so häufig wie nur möglich in der Nähe Major Winnetts aufzuhalten, stimmt's?"

„Was für ein Unsinn", protestierte das Mädchen ärgerlich.

„Nun, lassen wir das für den Augenblick. Um noch einmal auf Montag zurückzukommen – was haben Sie gesehen?"

„Nichts. Ich ..."

„Aber Sie waren oben im Aussichtsturm?"

„Ja. Ich gehe oft dort hinauf. Wie ich Ihnen schon sagte, beobachte ich Vögel. Außerdem schreibe ich Gedichte. Dort oben habe ich mitunter Inspirationen. Und ..."

„Und Sie können Major Winnetts Frau beobachten. Wohin sie geht oder reitet, was sie tut."

„Mr. Mason, das ist unfair und unwahr."

„Schön. Aber Sie haben sie Montag gesehen. Was haben Sie nun eigentlich entdeckt?"

„Ich ... Nichts."

„Sie sahen Marcia Winnett in den gelben Wohnwagen einsteigen, der unten am Waldrand parkte", erklärte Mason. „Sie sahen ..."

„Er war ja gar nicht gelb, er war grün!"

Mason grinste sie zufrieden an.

„Nicht, was Sie denken", fauchte Daphne. „Glauben Sie bloß nicht, Sie hätten mich aufs Glatteis gelockt. Ich bemerkte rein zufällig, daß Marcia den Weg hinunterritt. Und außerdem fiel mir der parkende Wagen mit dem Anhänger auf."

„Sahen Sie sie in den Anhänger einsteigen?"

„Ich sah, wie sie ihr Pferd festband und auf den Anhänger zuging."

„Wie lange hat sie sich drinnen aufgehalten?"

„Keine Ahnung."

„Warum haben Sie sie beobachtet?"

„Ich habe sie nicht beobachtet. Ich habe Vögel beobachtet."

„Sie hatten Papier und etwas zum Schreiben bei sich?"

„Ja, natürlich. Ich sagte Ihnen doch, daß ich dort oben Gedichte schreibe. Dachten Sie, ich schriebe die auf die Wände, Mr. Mason?"

„Sie haben die Zulassungsnummer des Wagens festgestellt und notiert."

„Nein!"

„Wann haben Sie zum letztenmal da oben Gedichte geschrieben?"

„Warum – wieso? Heute." Das Telephon läutete schrill.

Mason wartete, bis der Butler sich meldete. Dann hörte er, wie Mrs. Winnett sich erhob, zum Apparat ging und den Hörer abnahm.

„Hallo, Claude, Liebling ... Ja, Lieber ... Ja, er ist hier ... Claude, ich fürchte, hier liegt ein Mißverständnis vor. Mr. Masons Verhalten läßt sich ganz und gar nicht mit irgendwelchen Minengeschäften in Einklang bringen. Er stellt neugierige Fragen, was Marcia ..."

Mason ging nach nebenan. Sanft und ohne Eile schob er die alte Dame beiseite und ergriff den Hörer. „Okay, Major", sagte er in die Muschel, „die Angelegenheit scheint geklärt. Sie kommen am besten sofort her."

Major Winnetts Stimme war heiser vor Zorn. „Was wollen Sie damit sagen, Mr. Mason? Ich fürchte, Sie und ich ..."

Mason ließ ihn nicht ausreden. „Ihre Mutter versucht, jemanden zu decken. Daphne Rexford versucht ebenfalls, jemanden zu decken. Ich kann mir nur eine einzige Person denken, für die beide Damen genug empfinden, und zwar Sie! Wenn Sie sich sehr beeilen, könnte es uns gelingen, die Polizei um Nasenlänge zu schlagen."

„Was soll das heißen?"

„Das wissen Sie verdammt gut!" Mason legte auf.

10

MAJOR WINNETT hinkte auffälliger als sonst, als er die Wohnhalle betrat.

„Ich weiß zwar nicht, was hier vorgeht, Mr. Mason", erklärte er hitzig, „aber ich betrachte hiermit unsere Geschäftsbeziehung als beendet."

„Setzen Sie sich", befahl Mason.

„Ich bin bereit, Sie in die Stadt zurückzubringen, und warte, während Sie packen."

„Soweit ich den Fall zu rekonstruieren vermag, haben Sie den am Waldrand parkenden Wohnwagen bemerkt", führte

Mason unbeirrt aus. „Sie wurden mißtrauisch, gingen in den Aussichtsturm hinauf und sahen Marcia im Inneren des Wohnwagens verschwinden; später beobachteten Sie, wie Wagen und Anhänger weiterfuhren. Sie notierten sich die Zulassungsnummer und stellten fest, wer Eigentümer des Wagens war. Als Sie es wußten, paßten Sie mit Argusaugen auf, was sich abspielen würde.

Sie äußerten sich nicht dazu, als Ihre Frau die Schmuckversicherung mit sofortiger Wirkung kündigte. Sie enthielten sich auch jeder Bemerkung, als ausgerechnet in der nächsten Nacht eingebrochen wurde. Andererseits unterließen Sie es vorsichtshalber, die Polizei hinzuzuziehen. Sie befürchteten ganz zu Recht, daß es dann nicht lange gedauert hätte, bis die erfahrenen Beamten dahinterkamen, daß das Ding hier im Haus gedreht worden war. Ihrer Frau gegenüber gaben Sie vor, es geschähe Ihrer Mutter zuliebe. Aber Sie nahmen den Schmuck an sich und versteckten ihn im Flintenlauf. Danach belauerten Sie Ihre Frau. Wieso haben Sie den Schmuck übrigens wieder?"

„Mason", sagte Winnett schneidend, „falls Sie nicht auf der Stelle gehen, lasse ich Sie von den Dienstboten hinauswerfen!"

Mason machte lediglich eine unwillige Handbewegung, als schöbe er damit alle überflüssigen Proteste des Majors beiseite. „Da müßten Sie zunächst noch ein paar dazu engagieren", sagte er. „Als der Wagen mit dem grünen Anhänger am Mittwoch wieder auftauchte und Ihre Frau zum zweitenmal hinunterritt, beschlossen Sie, der Sache auf den Grund zu gehen. Unten angekommen, sahen Sie sich plötzlich in einen Streit verwickelt, in dessen Verlauf Sie Harry Drummond töteten. Sie schlossen den Anhänger ab, kehrten ins Haus zurück und warteten bis zum Einbruch der Dunkelheit. Dann schafften Sie den Wohnwagen mit seiner grausigen Beweislast fort; Sie fuhren ihn zu einem anderen Camp ..."

„Mason, ich warne Sie! Halten Sie Ihre Zunge im Zaum, oder ich befördere Sie eigenhändig an die Luft!"

„– stellten den Anhänger dort ab", fuhr Mason fort, als habe es nie eine Unterbrechung gegeben, „und machten, daß Sie nach Hause kamen. Nach ein paar Schritten fiel Ihnen jedoch ein, daß es eine zusätzliche Finesse wäre, wenn zur angeblichen Mordzeit Schüsse fielen. Sie kehrten um, schlichen sich auf den dunklen Campingplatz zurück und feuerten draußen, neben dem Anhänger, zweimal in den Himmel. Sie hatten nicht bemerkt, daß Ihre Frau Ihnen gefolgt war. Marcia hörte die Schüsse und mußte annehmen, Sie hätten Drummond aus Eifersucht umgebracht. Marcia liebte Sie zu sehr, um tatenlos mit anzusehen, wie Sie beschuldigt wurden. Sie beschloß zu verschwinden."

Major Winnett schnippte mit den Fingern. „Ein Haufen unausgegorener Theorien!"

„Aber Ihnen unterliefen ein paar schwerwiegende Fehler", erläuterte Mason weiter. „Zunächst einmal trafen Sie Drummond nicht gleich mit dem ersten Schuß; der durchschlug die Wand des Anhängers und hinterließ in der doppelten Verschalung ein Loch. Daraus kann man den Schußwinkel einwandfrei rekonstruieren. Des weiteren nahmen Sie sich nicht die Mühe, darauf zu achten, wohin – so, wie Sie den Anhänger geparkt hatten – ein Geschoß, das in diese Richtung austrat, treffen mußte. Ein fundamentaler Fehler, Major! Es hätte nämlich geradewegs das Fenster des nächststehenden Anhängers durchschlagen müssen.

Die Polizei wird wahrscheinlich zunächst annehmen, der Schuß könnte aus diesem Anhänger abgegeben worden sein. Aber bei sorgfältiger Untersuchung wird sie feststellen, daß das Geschoß in umgekehrter Richtung ein- und wieder ausgetreten ist. Und damit wird sie wissen, daß der Mord niemals dort im Camp begangen worden sein kann."

Major Winnett saß schweigend da, die Augen mit eiskalter Konzentration auf Mason gerichtet. Der hitzige Zorn schien verflogen; Winnett folgte Masons Ausführungen jetzt überaus nüchtern und genau.

„Sie wußten, daß die Polizei über den Toten stolpern mußte. Den Toten, der Marcias erster Ehemann war. Sie wußten, daß nun die Suche nach ihr einsetzen würde, und konnten sich unschwer die Reaktion ausrechnen, sowie sich herausstellte, daß sie verschwunden war. Deshalb kamen Sie zu mir."

Major Winnett mußte sich räuspern, bevor er sprach. „Sie sagen, Marcia sei mir gefolgt", sagte er. „Stützt sich diese Behauptung auf Beweise?"

„Die Schlußfolgerung drängt sich logischerweise auf, wenn man ..."

„Sehen Sie! Genau da irren Sie sich! Kommen Sie in mein Zimmer. Ich möchte mit Ihnen reden."

„Dann müssen Sie sich beeilen", äußerte Mason gelassen. „Die Polizei hat den Toten inzwischen entdeckt. Sowie er identifiziert ist, werden die Beamten hier aufkreuzen, um Ihre Frau zu vernehmen."

„Gut. Also kommen Sie!" drängte Winnett. „Mama, du und Daphne, ihr habt kein Wort von diesem Gespräch gehört. Ich erkläre es euch später."

Damit ging Major Winnett in sein Zimmer voraus, wo er geradewegs der im Bücherbord untergebrachten Bar zustrebte. Er ergriff eine Flasche schottischen Whisky. Mason lehnte dankend ab. Daraufhin schenkte Winnett sich selbst ein.

„Ich wußte nicht, daß Marcia den Mann am Montag im Wohnwagen aufgesucht hatte", begann er. „Aber ich wußte, daß sie Mittwoch hinuntergeritten war. Ich habe sie beobachtet."

„Warum?"

„Jemand hat mir gesagt, daß Marcia am Montag unten gewesen war."

„Wer?"

„Meine Mutter."

„Und was unternahmen Sie daraufhin?"

„Nachdem Marcia den Wohnwagen am Mittwoch verlassen hatte, ging ich hinunter, um nachzusehen, mit wem sie sich dort getroffen hatte."

„Und was fanden Sie?"

„Ich fand einen Toten. Marcias Schmuck lag ausgebreitet auf dem Tisch. Ich konnte mir leicht ausrechnen, was sich hier abgespielt haben mußte. Ich sah, daß ein Schuß den Mann genau ins Herz getroffen hatte. Das andere Geschoß mußte ihn offensichtlich verfehlt haben. Es war durch die Wand des Anhängers gegangen."

„Na schön", meinte Mason sarkastisch. „Das wäre also Ihre Geschichte. Fahren Sie nur fort. Was taten Sie daraufhin?"

„Ich nahm den Schmuck an mich und schloß den Wohnwagen ab. Dann ging ich nach Hause. Ich wartete, bis es dunkel geworden war, dann fuhr ich den Wagen mit dem Anhänger zu einem Camp, das ich kannte. Dort stellte ich ihn ab. Ich ging zu einer abseits liegenden Stelle, wo ich früher am Tag meinen eigenen Wagen geparkt hatte. Ich war fast zu Hause, als mir plötzlich die Idee kam, ich könnte die Polizei auf eine falsche Fährte locken, indem ich vortäuschte, der Mord habe sich erst in der Nacht ereignet. Ich kehrte um, fuhr zum Camp zurück, ging bis in die Nähe des Wohnwagens und feuerte zwei Schüsse ab. Dann fuhr ich endgültig nach Hause. Ich nahm an, Marcia sei schlafen gegangen. Als ich Stunden später hinaufging, entdeckte ich, daß sie nicht da war, und fand den Brief. Und deswegen habe ich mich an Sie gewandt. Ich brauchte Ihre Hilfe. Das ist die volle Wahrheit. Helfen Sie mir!"

„Sie notierten sich die Zulassungsnummer des Wagens", sagte Mason. „Später versuchten Sie, dies zu vertuschen, indem Sie andere Zahlen und Zeichen hinzufügten. Unten summierten Sie ..."

„Mr. Mason, ich schwöre Ihnen, daß ich das nicht getan habe!"

„Wer dann? Irgend jemand hat sich die Zulassungsnummer des Wagens notiert: 4 E 4705. Dann versuchte der Betreffende, dies zu tarnen, indem er eine ganze Serie aufschrieb – aber ihm unterlief bei der Addition ein Fehler. Ich ... Moment mal ..."

Der Anwalt stand regungslos, die Augen halb geschlossen.

„Vielleicht war es –", setzte Winnett an, aber eine unwillige Geste Masons brachte ihn sofort wieder zum Schweigen. Einen Augenblick herrschte Stille, dann griff der Anwalt nach dem Telephon und wählte die Nummer des Hotels, in dem Drake vorübergehend seine Zelte aufgeschlagen hatte.

„Hallo, Paul? ... Hier spricht Perry. Ich glaube, ich hab's! In der Addition steckt gar kein Fehler!"

„Ich verstehe nicht", entgegnete Paul Drake. „Die Endsumme müßte 49″37818 lauten, statt dessen steht dort 49″37817."

„Und diese Zahl stimmt", sagte Mason. „Die Nummer, die wir brauchen, ist 4 E 4704."

„Aber seine Zulassungsnummer ist doch 4 E 4705!"

„Was tut jemand, der zwei Wagen besitzt?" fragte Mason zurück. „Er läßt sie möglichst auf zwei aufeinanderfolgende Nummern zu. Stell fest, wer die Zulassungsnummer 4 E 4704 hat. Am besten beginnst du mit deiner Suche bei dir im Hotel, auf Zimmer sechs-dreizehn. Mach fix!"

Mason knallte den Hörer auf und nickte dem Major zu. „Eine letzte Chance“, erklärte er. „Eine allerletzte. Und lernen Sie aus allem wenigstens eines: das nächstemal, wenn Sie einen Anwalt konsultieren, versuchen Sie nicht, klüger zu sein als Gott und die Welt zusammen. Sagen Sie ihm von Anfang an die Wahrheit. Wo befindet sich das Zimmer Ihrer Mutter?“

„Im anderen Flügel, ganz am Ende des Flurs.“

„Und das der Schwester?“

„Daneben.“

„Gehen wir hinüber!“

Helen Custer, die ihr Klopfen prompt beantwortete, war merklich verwirrt über den Besuch. „Oh, guten Abend“, stammelte sie. „Ich ... Kann ich irgend etwas für Sie ...“ Mason trat ohne weitere Umstände ein. Major Winnett zögerte einen Augenblick, dann folgte er dem Anwalt. Dieser schloß die Tür.

„Die Polizei ist auf dem Weg hierher“, sagte Mason.

„Die Polizei? Warum denn?“

„Um Sie zu verhaften.“

„Mich? Weswegen?“

„Das liegt ganz bei Ihnen“, erklärte Mason.

„Was soll das heißen?“

„Sie können es sich aussuchen. Entweder auf Erpressung, oder auf Zurückhalten von Beweismaterial in einem Mordfall. Ich würde sagen, daß Erpressung noch das kleinere Übel ist.“

„Ich – ich ... Wieso, wovon reden Sie überhaupt?“

„Sie notierten sich die Nummer Cal 4 E 4704. Sie wollten sie unter allen Umständen festhalten, jedoch vermeiden, daß jemand auf die Idee kam, sie könne von Bedeutung sein. Darum setzten Sie ein paar irreführende Worte vorweg, bauten das ‚Cal‘ so ein, daß es nicht auffiel, fügten andere Zahlen hinzu und addierten dann das Ganze. So – und jetzt gebe ich Ihnen genau zwei Minuten, uns zu sagen, warum Sie die Nummer 4 E 4704 niederschrieben.“

Ihr Blick wanderte von Mason zu Major Winnett. „Wie kommen Sie darauf, ich könnte ...“

Mason schob den Ärmel hoch; demonstrativ sah er auf die Uhr. „Wenn die Polizei zu früh eintrifft, wird die Anklage auf Unterschlagen von Beweismaterial, wenn nicht gar auf Mitwisserschaft lauten. Wenn Sie Ihre vier Sinne zusammennehmen, könnte es sein, daß Sie mit einer Strafe wegen versuchter Erpressung davonkommen."

„Also schön!" platzte sie heraus. „Es war gestern früh. Ich suchte Mrs. Victoria Winnett und dachte, sie wäre vielleicht oben im Aussichtsturm. Darum ging ich hinauf. Es war aber niemand oben. Das Fernglas stand so, daß man den Waldrand im Blickfeld hatte. Ich sah zufällig hindurch und bemerkte den Wohnwagen. Neben dem Buick, der ihn zog, parkte ein Kabriolett. Ein Mann und eine Frau stritten sich heftig. Der Mann versuchte, die Frau zu schlagen. Daraufhin griff sie in ihre Bluse. Ich sah Mündungsfeuer aufblitzen, und dann noch einmal. Der Mann taumelte zurück, die Frau zog in aller Ruhe die Tür des Anhängers zu. Dann stieg sie in ihren Wagen und fuhr davon. Durch das Glas war ihre Zulassungsnummer deutlich zu erkennen: Cal 4 E 4704. Ich notierte sie auf einem Blatt Papier; weil ich die Nummer der Polizei durchgeben wollte. Und dann ... Ja, nun, dann dachte ich mir – ich ..."

„Was haben Sie mit dem Zettel angefangen?" fragte Mason.

„Nach einem Moment wurde mir klar, daß ich ... Nun ja, daß ich – ach, Sie wissen schon! Ich wollte nicht, daß die Nummer jedem gleich ins Auge fiel. Darum schrieb ich das andere dazu, genau wie Sie gesagt haben."

„Die erste Zahl schrieben Sie auf ein einzelnes Blatt Papier, das lose auf dem Tisch herumlag. Für den Rest legten Sie das Blatt auf den Block als Unterlage."

„Ja ... ja, vermutlich."

Mason deutete auf das Telephon auf dem Nachttisch.

„Rufen Sie augenblicklich die Mordkommission an", befahl er. „Melden Sie, was Sie gesehen haben. Sagen Sie, es hätte Ihnen schon die ganze Zeit über zu schaffen gemacht, daß Sie eigentlich hätten Anzeige erstatten müssen. Aber Mrs. Winnett hege eine derartige Abneigung gegen Publicity, daß Sie sich zunächst keinen Rat wußten. Heute abend hätten Sie sich dann ein Herz gefaßt und Mrs. Winnett um Rat gefragt. Diese hätte verlangt, daß Sie unverzüglich die Polizei verständigten. Aber Sie hätten nun wieder gezögert, weil Wagen und Anhänger verschwunden waren, als Sie noch einmal durch das Fernglas sahen, um sich zu vergewissern. Sie hätten daraufhin angenommen, der Mann müßte unverletzt davongefahren sein."

„Wenn ich das tue“, wehrte sich die Schwester, „dann ...“

„Dann besteht eine kleine Chance für Sie, den Hals aus der Schlinge zu ziehen“, machte Mason eindringlich klar. „Wenn Sie es unterlassen, hängen Sie sich selbst daran auf. Was taten Sie dann – in Wirklichkeit, meine ich?“

„Ich stellte fest, auf wen der Wagen zugelassen war. Auf eine Mrs. Harry Drummond. Ich machte Mrs. Drummond ausfindig und ... Nun, ich bin nicht geldgierig und auch nicht hartherzig, aber ich wollte immer schon einen Frisiersalon aufmachen und ... Nun ja, sie erklärte sich bereit, die Finanzierung zu übernehmen.“

Mason deutete abermals auf den Telephonapparat.

„Rufen Sie die Mordkommission an. Los, machen Sie schon! Und wir gehen, Major.“

Draußen, auf dem Flur, konnte Major Winnett nicht länger an sich halten. „Aber meine Frau, Mason, was wird mit ihr? Ich mache mir Sorgen um Marcia. Das ...“

„Das sollen Sie auch!“ fuhr Mason ihn an. „Sie muß am Mittwoch gesehen haben, wie Sie mit dem Wohnwagen davonfuhren. Sie folgte Ihnen und beobachtete, wie Sie ihn in dem Camp abstellten. Als Sie fortgegangen waren, betrat sie den Anhänger und fand dort Drummonds Leiche. Nun mußte Marcia annehmen, Sie hätten ihn umgebracht, um die Familienehre zu retten. Ich werde Ihnen erklären, was hinter allem steckt. Marcia gab Drummond seinerzeit Geld, damit er in Nevada ihre Scheidung anstrengte. Er berichtete ihr, alles wäre erledigt und die Scheidung rechtsgültig. Marcia heiratete wieder – Sie. Drummond beging allerdings den Fehler, ebenfalls wieder zu heiraten. Als der große Knall kam, drohte seine jetzige Frau, ihn wegen Bigamie zu verklagen, wenn er ihr nicht eine anständige Abfindung zahlte. Die einzige Art und Weise, wie er sich Geld beschaffen konnte, war, Marcia die Hölle heiß zu machen. Sie war zu stolz, Sie um Geld zu bitten, und zu anständig, die Versicherungsgesellschaft zu betrügen. Darum inszenierte sie diese verworrene Einbruchsgeschichte. Sie versteckte den Schmuck zunächst im Schwalbennest und lieferte ihn dann bei Drummond ab. Als die zweite Mrs. Drummond ihr Geld holen wollte, war alles, was ihr Mann zu bieten hatte, dieser Schmuck. Sie dachte, die Juwelen wären heiß, also Diebesgut. Beide begannen zu streiten, sie gerieten in Rage, und sie schoß ihn über den Haufen. Möglicherweise war es sogar Notwehr."

„Aber wie soll ich erklären, daß ich die Leiche fortgeschafft habe?" fragte Major Winnett. Mason sah ihn mitleidig an.

„Sie werden gar nichts erklären, verdammt noch mal!" sagte er. „Wofür haben Sie eigentlich einen Anwalt? Los, kommen Sie, wir nehmen meinen Wagen. Überlassen wir es der Krankenschwester, den Polizeiapparat in Bewegung zu setzen."

11

Es war fast Mitternacht, als Perry Mason und Paul Drake das Polizeipräsidium mit einer Personenbeschreibung und mehreren Photographien Marcia Winnetts betraten.

„Natürlich legt der Major größten Wert darauf, daß die Sache nicht publik wird", setzte Mason Sergeant Dorset auseinander. „Seine Frau hat vor mehreren Jahren bereits einmal einen Anfall von Gedächtnisverlust gehabt. Er befürchtet, daß dies möglicherweise wieder eingetreten sein könnte."

Sergeant Dorset blickte auf eine vor ihm liegende Notiz hinunter und runzelte die Stirn. „Wir hätten hier eine Frau, auf die Ihre Beschreibung zutreffen würde – ein Fall von Amnesie. Die Klinik hat uns telephonisch Meldung erstattet. Aber wie kommt es, daß Sie sich um die Sache kümmern, Mason?"

Dorset vertiefte sich in eine weitere Notiz auf seinem Schreibtisch. „Über den Fernschreiber ist von der Landpolizei eine Meldung eingegangen, daß ein Mann namens Drummond ermordet worden ist. Die Krankenschwester Mrs. Winnetts hat den Mord mit angesehen und die Polizei benachrichtigt. Sie hat sich sogar die Wagennummer des Mörders aufgeschrieben. Der Wagen gehört Mrs. Drummond."

„So, so", meinte Mason unbeteiligt. „Geben Sie mir doch bitte die Adresse der Patientin mit dem Gedächtnisverlust; ich würde sie mir gern ansehen. Der Major macht sich Sorgen."

„Und", fuhr Dorset fort, „als die Landpolizei Mrs. Drummond verhörte, schwor diese Stein und Bein, nicht nur in Notwehr gehandelt zu haben, sondern obendrein noch von der Krankenschwester erpreßt worden zu sein. Die Schwester behauptet, Mrs. Drummond lüge. Wegen des Geständnisses von Mrs. Drummond müßte sich die Schwester jedoch normalerweise auf eine Anklage wegen versuchter Erpressung gefaßt machen. Aber wenn ich die Kollegen richtig verstanden habe, sind sie derart froh, den Mordfall so mühelos geklärt zu haben, daß sie die näheren Begleitumstände nicht weiter interessieren."

Mason starrte Sergeant Dorset finster an. „Würden Sie die Güte haben, mir zu erklären, was das alles mit Major Winnetts Frau zu tun hat?"

„Wenn ich das wüßte, verdammt noch mal!" Ein erneuter Seufzer und ein mißtrauischer Seitenblick auf Mason. „Ich wette hundert zu eins, daß wir es nie erfahren werden."

„Was wollen Sie eigentlich?" äußerte Mason. „Der Mordfall betrifft doch nur die Landpolizei. Der Sheriff würde Ihnen ganz schön den Marsch blasen, wenn Sie sich da einzumischen versuchten."

Dorset nickte. „Genauso würde ich mir in dieser Amnesie-Affäre jede Einmischung der dortigen Kollegen verbitten. Das Krankenhaus liegt im Stadtbereich. Somit fällt die Sache ausschließlich in unser Ressort."

Er musterte Mason nicht ohne widerwillige Anerkennung.

„Ich verstehe zwar nicht", sagte Mason, „was der Mord mit unserer Sache zu tun haben soll; schon gar nicht, da der Sheriff ihn geklärt und ein Geständnis vorliegen hat. Aber eines kann ich Ihnen versichern: Falls aus den Unterlagen hervorgeht, daß Mrs. Winnett einen Nervenzusammenbruch erlitten hat und hier in eine Klinik eingeliefert worden ist, und falls sich Mrs. Winnetts Zustand womöglich inzwischen verschlechtert, während Sie uns hier mit überflüssigen Diskussionen hinhalten, dann werden Sie in Kürze inbrünstig wünschen, es nicht getan zu haben. Rücken Sie mit der Adresse heraus."

„Zum Donnerwetter! Sie bekommen Ihre Adresse ja schon", empörte sich Dorset. „Aber ich kann mir nicht helfen, ich werde das Gefühl nicht los, daß ich – wenn ich über alle Ihre Schritte während der letzten vierundzwanzig Stunden informiert wäre – vor einer Beförderung stehen könnte. Der Teufel soll es holen!"

Er nahm den Hörer ab und sagte: „Schicken Sie den Amnesiefall, Meldung von heute abend, Nummer vierundachtzig, auf mein Zimmer hinauf."

GEORGES SIMENON

Maigret und der Kopflose

Originaltitel:

MAIGRET ET LE CORPS SANS TÊTE

Kurzfassung nach der Übersetzung von Ernst Sander

Verlag Kiepenheuer und Witsch, Köln, Berlin

Kommissar Maigrets weltberühmter, weltverlorener Instinkt sagt ihm gleich, daß die seltsame, schlampige Wirtin, die von so traurig zerstörter Schönheit ist, mehr weiß, als sie sagen will – über die Leichenteile, die vor ihrer Bar aus der Seine gefischt wurden.

Maigrets Instinkt führt ihn auf der mühsamen Suche durch ein Paris, das alles andere als glanzvoll ist.

Einer der anrührendsten Kriminalromane in der langen Reihe aus der französischen Feder des unvergleichlichen Georges Simenon.

Erstes Kapitel

DER HIMMEL fing gerade erst an, blaß zu werden, als Jules, der ältere der beiden Brüder Naud, auf dem Deck des Lastkahns erschien, erst sein Kopf, dann die Schultern, dann ein großer, schlotteriger Körper. Er strich sich über das flachsfarbene Haar, das noch nicht gekämmt war, und blickte zu der Schleuse hin. Links lag der Quai de Jemmapes, rechts der Quai de Valmy. Er ließ ein paar Minuten hingehen, um sich eine Zigarette zu drehen und sie in der Kühle des frühen Morgens zu rauchen, noch ehe in der kleinen Bar an der Ecke Rue des Récollets eine Lampe angesteckt wurde.

Des trüben Wetters wegen wirkte das Gelb der Fassade noch schmutziger als gewöhnlich. Popaul, der Wirt, trat auf den Bürgersteig heraus und nahm die Läden ab.

Jules ging über den Landesteg und überquerte den Quai. Als sein Bruder Robert, der fast ebenso groß und hager war wie er, seinerseits aus einer Luke emportauchte, konnte er Jules mit auf die Theke gestützten Ellbogen in der jetzt erleuchteten Bar sitzen sehen; der Wirt goß ihm gerade einen Schuß Schnaps in den Kaffee.

Mit den gleichen Fingerbewegungen wie sein Bruder drehte auch Robert sich eine Zigarette. Als der ältere aus der Bar herauskam, verließ der jüngere den Lastkahn, so daß die beiden einander auf der Mitte der Straße begegneten.

„Ich lasse den Motor an", verkündete Jules.

An manchen Tagen wechselten sie kaum mehr als zehn Sätze wie diesen. Ihr Kahn hieß *Die Gebrüder.* Sie hatten Zwillingsschwestern geheiratet, und beide Familien wohnten an Bord.

In Popauls Bar, wo es nach Kaffee mit Rum roch, setzte Robert sich dorthin, wo sein älterer Bruder gesessen hatte.

„Schönes Wetter", meinte Popaul. Robert begnügte sich damit, durchs Fenster den Himmel anzuschauen, der sich rosig färbte. Auf den Schiefer- und Ziegeldächern wie auf gewissen

Steinen des Fahrdamms lagerte eine zarte Reifschicht vom Frost der letzten Nachtstunden her.

Das Heck des Lastkahns spuckte stoßweise schwarze Rauchwolken aus. Robert legte das Geld auf den Schanktisch, tippte mit der Fingerspitze an die Mütze und überquerte abermals den Quai. Der uniformierte Schleusenwärter war auf der Schleusenkammer erschienen und bereitete das Durchschleusen vor. Es war noch niemand zu sehen. Kinderstimmen drangen aus dem Innern des Kahns, wo die Frauen den Morgenkaffee kochten.

Jules erschien wieder auf Deck und beugte sich mit gerunzelten Brauen über das Heck. Sie hatten in Beauval Quadersteine geladen. Wie fast immer waren ein paar Tonnen zuviel an Bord genommen worden, und schon gestern, als sie aus dem Bassin de la Villette in den Saint-Martin-Kanal fuhren, hatten sie den Grundschlamm aufgerührt.

Für gewöhnlich herrschte im März kein Wassermangel. Doch in diesem Jahr hatte es seit zwei Monaten nicht geregnet, und man ging mit dem Kanalwasser sparsam um.

Die Schleusentore öffneten sich. Jules begab sich ans Steuerrad. Sein Bruder ging an Land, um die Festlegetrossen zu lösen. Die Schraube begann sich zu drehen, rührte dicken Schlamm auf, der an die Oberfläche stieg.

Robert stemmte sein ganzes Körpergewicht auf die Stange, um den Bug des Lastkahns vom Ufer abzuhalten. Es war, als drehe die Schraube sich im Leeren. Der Schleusenwärter, solche Zwischenfälle gewohnt, wartete geduldig und schlug sich in die Hände, um warm zu werden.

Es gab einen Ruck, dann ein scharrendes Geräusch. Robert drehte sich nach seinem Bruder um, der den Motor abstellte. Sie wußten beide nicht, was geschehen war. Die Schraube konnte den Grund nicht berührt haben, da das tiefer hinabreichende Steuer sie schützte. Irgend etwas mußte sich hineinverwickelt haben, vielleicht eine alte Trosse. Robert ging mit seiner Stange nach achtern, beugte sich vor und versuchte, in dem muddigen Wasser an die Schraube heranzukommen, während Jules einen kleineren Bootshaken holte. Schweigend machten sie sich daran, an der stillstehenden Schraube herumzufuhrwerken. Der Schleusenwärter pflanzte sich auf dem Quai auf und sah zu. Er stellte keine Fragen, er zog nur stumm an seiner Pfeife.

„Hast du es?“ fragte Robert plötzlich.

„Ich glaube.“

„Ein Kabel?“

„Weiß ich noch nicht.“

Jules Nauds Bootshaken hatte sich an irgend etwas verfangen, und nach einiger Zeit bekam er einen Gegenstand frei. Langsam zog er die Stange hoch, und als der Haken dicht an die Oberfläche kam, sah man ein sonderbares, mit Bindfaden verschnürtes Paket auftauchen; das Zeitungspapier war aufgeplatzt.

Es war ein menschlicher Arm, ganz, von der Schulter bis zur Hand, der im Wasser eine bleiche Farbe und die Konsistenz eines toten Fisches angenommen hatte.

Depoil, der Polizeiwachtmeister des 3. Bezirks in der Wache ganz am Ende des Quai de Jemmapes, war gerade mit seinem Nachtdienst fertig, als die lange Gestalt des Jules Naud erschien. „Ich liege mit dem Lastkahn *Die Gebrüder* oberhalb der Schleuse von Les Récollets. Wir haben einen Männerarm herausgeholt.“ Depoil versah seit fünfzehn Jahren seinen Dienst im X. Arrondissement. Er reagierte genauso wie alle Polizeibeamten.

„Einen Männerarm?“ wiederholte er ungläubig.

„Ja, einen Männerarm. Auf der Hand sind braune Haare, und ...“

In gewissen Zeitabständen wurden Leichen aus dem Saint-Martin-Kanal gezogen. Meist war die Leiche ganz; und wenn es Männer waren, so handelte es sich meist um einen alten Vagabunden, der ein bißchen zuviel getrunken hatte und in den Kanal gefallen war, oder um ein verdächtiges Subjekt, das von einer rivalisierenden Bande durch einen Messerstich kaltgemacht worden war. Zerstückelte Leichen waren keine Seltenheit; durchschnittlich wurden alljährlich zwei oder drei gefunden; aber soweit die Erinnerung des Wachtmeisters Depoil zurückreichte, hatte es sich dann unweigerlich um Frauen gehandelt. In neun von zehn Fällen war es eine Prostituierte niedrigster Klasse, eine von denen, die man nachts an zweideutigen Örtlichkeiten herumstreichen sieht.

„Wo haben Sie den Arm gelassen?“ fragte der Wachtmeister.

„Auf dem Quai. Können wir weiterfahren? Wir müssen unbedingt weiter zum Quai de l'Arsenal; da warten sie schon auf uns, daß wir ausladen."

Der Wachtmeister steckte sich eine Zigarette an und meldete das Geschehnis an die Kriminalpolizei. Er verlangte dann die Privatnummer des Kommissars des Viertels.

„Entschuldigen Sie, wenn ich Sie geweckt habe. Flußschiffer haben eben einen menschlichen Arm aus dem Kanal gefischt ... Nein! Einen Männerarm ... Das habe ich auch schon überlegt ... Wie? ... Er ist hier, ja ... Ich will ihn mal fragen ..." Er drehte sich zu Naud um, ohne den Hörer hinzulegen. „Sieht er aus, als habe er bereits längere Zeit im Wasser gelegen?"

Jules Naud kratzte sich am Kopf.

„Das kommt darauf an, was Sie lange nennen."

„Ist er sehr verwest?"

„Das kann man nicht sagen. Meiner Ansicht nach zwei oder drei Tage ..."

Der Wachtmeister wiederholte in den Apparat hinein: „Zwei oder drei Tage ..."

Dann hörte er sich die Instruktionen an, die der Kommissar ihm gab, und spielte dabei mit seinem Bleistift.

„Können wir durchschleusen?" fragte Jules, als der Beamte eingehängt hatte.

„Noch nicht. Noch weitere Leichenteile können sich an dem Lastkahn verfangen haben, und wenn ihr losfahrt, können sie verlorengehen."

„Ich kann doch nicht ewig da liegenbleiben! Hinter uns liegen schon vier stromabwärts fahrende Schiffe und werden ungeduldig."

Der Wachtmeister hatte eine andere Nummer verlangt und wartete auf Antwort. „Hallo! Viktor? Habe ich dich geweckt? Du bist schon beim Frühstück? Na, desto besser. Ich habe was zu tun für dich."

Viktor Cadet wohnte ganz in der Nähe, und es verging selten ein Monat, ohne daß man seiner bedurft hätte. Sicherlich war er derjenige, der die absonderlichsten Dinge, eingeschlossen menschliche Leichen, aus der Seine und den Pariser Kanälen herausgeholt hatte.

„Ich muß bloß noch meinem Gehilfen Bescheid sagen."

Es WAR sieben Uhr morgens. Am Boulevard Richard-Lenoir war Frau Maigret, schon frisch und angezogen und nach Seife duftend, gerade dabei, in der Küche das Frühstück herzurichten. Ihr Mann schlief noch. Am Quai des Orfèvres hatten Lucas und Janvier die Sechsuhrwache angetreten. Lucas erhielt die Meldung zuerst. „Komisch!" brummte er zu Janvier hin. „Da ist ein Arm aus dem Saint-Martin-Kanal gefischt worden, und es ist kein Frauenarm."

„Melden Sie es dem Chef?"

Lucas sah nach der Uhr, zögerte, schüttelte den Kopf. „Hat keine Eile. Den wollen wir in Ruhe seinen Kaffee trinken lassen."

Zehn Minuten vor acht hatte sich vor dem Lastkahn *Die Gebrüder* eine ansehnliche Menschenansammlung gestaut. Ein Schutzmann hielt die Neugierigen in gehöriger Entfernung von einem Gegenstand, mit einer Plane bedeckt, der auf dem Gehsteig lag. Viktor Cadets Boot, das weiter stromabwärts herankam, mußte durchgeschleust werden und legte danach am Kai an.

Cadet war ein Koloß. Im Gegensatz zu ihm war sein Gehilfe ein kleiner Alter. Seine Aufgabe war es, die Leiter zu befestigen, die Pumpe zu bedienen und schließlich den riesigen, kugeligen Taucherhelm auf Viktors Hals festzuschrauben.

Zwei Frauen und fünf Kinder, sämtlich mit fast weißblondem Haar, standen am Heck der *Gebrüder.* Eine der Frauen erwartete ein Baby, die andere trug eins auf dem Arm.

Die Sonne lag breit auf den Gebäuden am Quai de Valmy, so klar, so heiter. Freilich war die Tünche auf den Fassaden nicht mehr frisch, das Weiß oder Gelb war verwaschen; doch an diesem Märzmorgen wirkte sie so leicht und wohltuend wie ein Gemälde Utrillos.

Um Viertel nach acht erhielt Maigret, der gerade seine zweite Tasse Kaffee ausgetrunken hatte, ehe er sich die erste Pfeife ansteckte, Lucas' Telephonanruf.

„Ein Männerarm, sagst du?" Auch Maigret wunderte sich. „Weiter ist nichts gefunden worden?"

„Viktor, der Taucher, ist schon bei der Arbeit. Wir müssen die Schleuse so schnell wie möglich freigeben, sonst gibt es eine Verkehrsstockung."

„Wer hat sich bis jetzt mit der Sache befaßt?"

„Judel."

Das war ein Inspektor des X. Arrondissements, ein unauffälliger, aber gewissenhafter Mensch, auf den man sich, was die ersten Feststellungen betraf, vollauf verlassen konnte.

„Fahren Sie da vorbei, Chef?"

„Es ist kein großer Umweg."

„Soll einer von uns Sie dort treffen?"

„Wer ist im Büro?"

„Janvier, Lemaire ... Augenblick mal. Da kommt Lapointe."

Maigret zögerte. Vielleicht war die Sache bedeutungslos. In diesem Falle würde Judel sich auch weiterhin damit befassen. Anfangs kann man nie wissen! Doch da es um einen Männerarm ging, war alles möglich.

„Schick Lapointe."

Mit Lapointe hatte er seit geraumer Zeit nicht gemeinsam gearbeitet. Seine Jugend, seine Begeisterung gefielen Maigret ebenso wie seine Verlegenheit, wenn er glaubte, etwas falsch gemacht zu haben.

Es war der 23. März, und man witterte den Frühling in der Luft schon so sehr, daß Maigret beinahe ohne Mantel weggegangen wäre.

Er nahm ein Taxi – das Wetter war nicht dazu angetan, sich in die Métro einzusperren –, kam an der Schleuse Les Récollets an und fand Inspektor Judel dabei, wie er in das schwarze Kanalwasser starrte.

„Ist weiter nichts gefunden worden?"

„Noch nicht, Chef. Viktor ist dabei, um den Lastkahn herumzugehen."

Weitere zehn Minuten gingen hin. Lapointe war aus einem kleinen schwarzen Wagen der Kriminalpolizei gestiegen, als helle Luftblasen anzeigten, daß Viktor an die Oberfläche kommen werde. Sein Gehilfe machte sich in aller Hast daran, den Helm loszuschrauben. Der Taucher hielt Umschau, erkannte Maigret und winkte ihm freundlich mit der Hand.

„Nichts weiter gefunden?"

„In diesem Abschnitt nicht."

„Kann der Lastkahn weiterfahren?"

„Ich bin überzeugt, daß er nichts mitschleppen wird, abgesehen vom Grundschlamm."

Robert Naud, der zugehört hatte, rief seinem Bruder zu: „Laß den Motor an."

Maigret wandte sich an Judel. „Haben Sie ihre Aussage?"

„Ja, sie haben sie unterschrieben. Außerdem brauchen sie mindestens vier Tage zum Ausladen."

Es dauerte einige Zeit, bis das Schiff in Fahrt war. Sein voller Rumpf scharrte auf dem Grunde, aber schließlich gelangte es in die Schleuse, deren Tore geschlossen wurden. Die meisten Neugierigen begannen weiterzugehen.

„Wenn noch andere Stücke da sind", erklärte Viktor, „dann sind sie weiter stromaufwärts. Schenkel, ein Rumpf, ein Kopf, so was ist schwerer als ein Arm und wird weniger leicht von der Strömung weitergetragen."

An der Oberfläche des Kanals war nichts von Strömung wahrzunehmen, und die Abfälle, die darin schwammen, schienen nicht von der Stelle zu kommen.

„Selbstverständlich herrscht hier keine Strömung wie in einem Fluß. Dennoch läßt sich bei jeder Schleuse auf der ganzen Länge des Kanalbetts eine Wasserbewegung feststellen."

„So daß also Nachforschungen bis zu der andern Schleuse hin durchgeführt werden müßten?" sagte Maigret.

„Vater Staat bezahlt, und Sie geben die Anordnungen", stellte Viktor fest.

„Dauert das lange?"

„Das hängt davon ab, wo ich das übrige finde. Vorausgesetzt natürlich, daß es überhaupt im Kanal ist!"

Warum hätte man einen Teil der Leiche in den Kanal und einen anderen anderswohin werfen sollen, beispielsweise auf freies Feld? „Machen Sie weiter", sagte Maigret.

Viktor bedeutete seinem Gehilfen durch ein Zeichen, das Boot etwas weiter stromaufwärts festzumachen, und Maigret nahm Judel und Lapointe beiseite. Sie bildeten auf dem Kai eine kleine Gruppe, die die Neugierigen mit dem Respekt musterten, den man unbewußt allem zollt, was beamtet ist.

„Lassen Sie aufs Geratewohl alles freie Feld und alle Baustellen der Umgegend durchstöbern. Wieviel Beamte haben Sie zur Verfügung?"

„Heute morgen zwei“, sagte Judel. „Am Nachmittag drei.“

„Versuchen Sie herauszukriegen, ob während der letzten Tage hier in der Nähe eine Prügelei stattgefunden hat, ob vielleicht Schreie oder Hilferufe gehört worden sind.“

„Ja, Chef.“

Zusammen mit Lapointe ging Maigret auf die grellgelb getünchte Bar an der Ecke zu und stieß die Glastür von *Chez Popaul* auf. Ein paar Arbeiter in ihrer Arbeitskleidung standen an der Theke.

„Was wünschen die Herren?“ fragte der Wirt eilfertig.

„Haben Sie Telephon?“ Im selben Augenblick sah er es auch schon in unmittelbarer Nähe des Schanktischs. „Komm, Lapointe.“ Er hatte keine Lust, in aller Öffentlichkeit zu telephonieren. „Wir kommen wieder“, versprach er dem Wirt, um ihn nicht zu kränken.

Sie schlenderten den Gehsteig entlang; bald konnten sie am andern Kanalufer die ausgeblichene Trikolore und die blaue Laterne der Polizeiwache sehen und dahinter die dunkle Gebäudemasse des Saint-Louis-Hospitals. Längs des Quais waren einstöckige Baracken und aneinandergebaute Mietshäuser zu sehen, Werkstätten und große Betonbauten, in denen sich Büros befanden.

„Wir werden schon eine Kneipe mit Telephonzelle finden“, sagte Maigret.

Sie mußten etwa dreihundert Meter gehen, bis sie eine düstere Kneipe fanden, deren Tür der Kommissar öffnete. Man mußte zwei Steinstufen hinabsteigen. Der Fußboden bestand aus dunkelroten Fliesen. Es war niemand in dem Raum, nur eine dicke fuchsrote Katze dicht beim Ofen.

„Ist niemand da?“ rief Maigret.

Man hörte das übereifrige Ticken einer Kuckucksuhr. Die Luft roch nach Schnaps und Weißwein und auch ein wenig nach Kaffee. In einem Hinterzimmer rührte sich etwas. Eine Frauenstimme sagte mit einer gewissen Trägheit: „Ich komme gleich!“

Die Decke war niedrig, verräuchert, die Wände waren geschwärzt, das Zimmer lag im Halbdunkel, das nur ein paar Sonnenstrahlen durchdrangen. Auf einem an der Wand hängenden Schild stand zu lesen: „Speisen zu jeder Tageszeit“. Und auf einem anderen: „Essen kann mitgebracht werden“. In der einen Ecke war eine Telephonzelle. Als die Wirtin erschien, steckte sie Nadeln in ihr dunkelbraunes, fast schwarzes Haar. Sie war mager, von unbestimmbarem Alter, vierzig oder fünfundvierzig vielleicht, mit verdrossenem Gesicht. Ihre Filzpantoffeln schlappten auf den Fliesen.

„Was wünschen Sie?"

„Zwei Weißwein. Haben Sie eine Telephonmünze?"

Maigret ging in die Telephonzelle und rief das Büro des Staatsanwalts an, um mündlich Bericht zu erstatten. „Ein Taucher setzt die Nachforschungen fort. Er meint, daß der Rest, wenn überhaupt noch ein Rest da ist, sich weiter stromaufwärts finden werde. Ich möchte, daß Dr. Paul den Arm so bald wie möglich untersucht."

„Ich will sofort versuchen, ihn zu erreichen, und ich rufe Sie dann an."

Maigret nannte die Nummer des Apparates und begab sich an den Schanktisch, wo schon zwei gefüllte Gläser standen. „Auf Ihr Wohl!" sagte er, sich der Wirtin zuwendend.

Sie tat, als habe sie es nicht gehört. Sie musterte die beiden ohne Sympathie, wartete, daß sie wieder weggingen, damit sie sich wieder an ihre Beschäftigung machen konnte, dem Anschein nach an ihre Toilette. Sie mußte einmal hübsch gewesen sein.

„Ich erwarte einen Telephonanruf", murmelte Maigret, wie um sich zu entschuldigen.

Er genierte sich, in eine Welt eingedrungen zu sein, in der er nichts zu suchen hatte. „Ihr Wein ist gut."

Das stimmte. Dieser Wein besaß einen Erdduft, den der Kommissar zu identifizieren versuchte.

„Sancerre?" fragte er.

„Nein. Er kommt aus einem Dorf in der Gegend von Poitiers."

Daher also hatte er einen feuersteinartigen Nachgeschmack. „Haben Sie dortherum Verwandte?"

Sie gab keine Antwort. Maigret bewunderte ihre Fähigkeit, reglos dazustehen und sie stumm zu mustern, mit ausdruckslosem Gesicht. Die Katze rieb sich an ihren nackten Beinen.

„Und Ihr Mann?"

„Der ist gerade hingefahren, um welchen zu holen."

Es war nicht leicht, die Unterhaltung im Fluß zu halten. Gerade als Maigret einen Wink gegeben hatte, die Gläser nochmals zu füllen, kam ihm das Klingeln des Telephons zu Hilfe. „Ja, ich bin am Apparat. Haben Sie Paul erreicht? Hat er Zeit? In einer Stunde? Gut! Ich bin da."

Sein Gesicht verzog sich mißmutig, als er hörte, der Fall sei dem Untersuchungsrichter Coméliau zugewiesen worden, der so etwas wie Maigrets intimster Feind war, der bürokratischste Beamte und verbissenste Feilscher unter allen Richtern. Das bedeutete, daß Maigret tagtäglich fünf oder sechs Telephonanrufe von Coméliau erhalten würde und daß er ihm jeden Morgen in seinem Büro Rechenschaft ablegen mußte. „Na ja . . .", seufzte er. „Man tut, was man kann."

„Es ist wirklich nicht meine Schuld, Kommissar. Er war der einzige Richter, der zur Verfügung stand."

Maigret ging zurück zur Theke. Der Sonnenstrahl, der schräg in das Café fiel, hatte sein Glas erreicht. „Wir wollen gehen", brummte er und zog Geld aus der Tasche.

Und unterwegs: „Hast du den Wagen mit?"

„Ja. Er steht in der Nähe der Schleuse."

Der Wein hatte Lapointes Backen rosig gefärbt, und seine Augen leuchteten ein bißchen. Von dort aus, wo sie sich gerade befanden, gewahrten sie am Kanalufer eine Gruppe Neugieriger, die das Tun des Tauchers verfolgten. Als Maigret und der Inspektor bei ihnen anlangten, deutete Viktors Gehilfe auf ein im Boot liegendes Paket, das größer als das erste war. „Ein Bein mit Fuß", rief er. Das Packmaterial war weniger verschlissen als das des ersten Pakets.

Maigret hielt es für überflüssig, sich näher damit zu befassen. „Meinst du, daß es sich lohnt, einen Transportwagen herzubestellen?" fragte er Lapointe.

„Im Kofferraum ist genügend Platz."

Das behagte ihnen beiden nicht sonderlich, aber sie wollten den Gerichtsarzt, mit dem sie im Gerichtsmedizinischen Institut verabredet waren, nicht warten lassen.

„Was soll ich tun?" fragte Lapointe.

Maigret zog es vor, nichts zu sagen. Seinen Widerwillen überwindend, trug Lapointe die beiden Pakete eins nach dem andern in den Kofferraum des Autos.

Dr. Paul, im weißen Kittel, die Hände in Gummihandschuhen, rauchte Zigarette nach Zigarette. Er behauptete gern, der Tabak sei eins der sichersten Desinfektionsmittel. Er arbeitete eifrig und wohlgelaunt; während er sich über den Marmortisch beugte, sagte er zwischen zwei Rauchwolken:

„Selbstverständlich kann ich Ihnen jetzt nichts Endgültiges sagen. Erstens möchte ich nur zu gern den Rest der Leiche sehen, aus dem wir wohl mehr erfahren können als aus einem Bein und einem Arm. Ich führe eine Reihe von Analysen durch."

„Wie alt?"

„Soweit ich das auf Anhieb beurteilen kann, ein Mann zwischen fünfzig und sechzig. Sehen Sie sich mal die Hand an. Eine kräftige Hand, die sicherlich schwere Arbeit verrichtet hat."

„Eine Arbeiterhand?"

„Nein. Eher eine Bauernhand. Dabei möchte ich wetten, daß diese Hand seit Jahren kein schweres Werkzeug gehalten hat. Der Mann war nicht sehr gepflegt, wie Sie an den Finger- und Fußnägeln erkennen können."

„Seit wie lange ist er tot?"

„Das ist abermals nur eine Hypothese. Für den Augenblick wette ich: drei Tage, nicht mehr. Aber vielleicht seit vorgestern nacht."

„Also, dann Sonntag abend", sagte Maigret. Er und Lapointe rauchten ebenfalls; sie vermieden nach Möglichkeit, zu dem Marmortisch hinzusehen. Dr. Paul schien seine Arbeit Spaß zu machen; er handhabte seine Werkzeuge mit den Gesten eines Taschenspielers.

„Keine Tätowierungen oder Narben, vermute ich?"

„An den Teilen, die ich untersucht habe, nicht. Die Haut ist wie die eines Menschen, der selten an die frische Luft kommt."

„Wohl sehr behaart?"

„Ja. Ich kann Ihnen beinahe den Typ schildern, dem er angehört. Braun, nicht sehr groß, eher klein, aber stämmig, mit kräftig entwickelten Muskeln, dunkle, harte Haare auf Armen, Händen, Beinen und Brust. In Frankreich gibt's auf dem Lande viele solcher Leute, solide, eigenwillige, bockige Kerle. Ich bin gespannt darauf, seinen Kopf zu sehen."

Dr. Paul schickte sich gerade an, seine Zivilkleidung wieder anzuziehen, als Maigret ans Telephon gerufen wurde.

Es war Judel, drunten am Quai de Valmy. „Der Rumpf ist gefunden!“ verkündete er aufgeregt.

„Nicht der Kopf?“

„Noch nicht. Viktor behauptet, das sei schwieriger, des Gewichts wegen; er sei sicher tiefer in den Schlamm gesunken.“ Dr. Paul wartete mit dem Ausziehen seiner Handschuhe; er hielt die Hände weggespreizt.

„Habt ihr eine Möglichkeit, den Rumpf hierher ins Institut zu schicken?“ fragte Maigret Judel.

„Ließe sich machen.“

„Ich warte hier. Aber los ein bißchen.“

Sie warteten auf der Türschwelle, wo die Luft frischer und angenehmer war, und sahen das unaufhörliche Kommen und Gehen auf dem Pont d'Austerlitz. An diesem Morgen war etwas Junges, Aufheiterndes im Rhythmus von Paris.

Eine Viertelstunde später brachten zwei uniformierte Polizeibeamte den Rumpf. Dr. Paul rieb sich beinahe die Hände, als er auf den Marmortisch zuging wie ein Kunsttischler auf seine Hobelbank.

„Das hier beweist mir, daß es keine fachmännische Arbeit ist“, brummelte er. „Ich will damit sagen, daß der Mann nicht von einem Metzger zerlegt worden ist, noch weniger von einem Chirurgen! Für die Knochen ist eine gewöhnliche Metallsäge benutzt worden. Für das übrige hat man sich, wie es scheint, eines großen Vorschneidemessers bedient. Das muß gehörige Zeit gekostet haben.“ Er unterbrach sich: „Eins steht selbstverständlich fest: Der Tod ist nicht durch Ertrinken eingetreten.“

Das war beinahe komisch. Die Vorstellung, daß ein Mann, der zerstückelt in einem Kanal aufgefunden worden ist, vielleicht darin ertrunken sei –

„Ich befasse mich jetzt gleich mit den Eingeweiden und vor allem mit dem Mageninhalt. Bleiben Sie hier?“

Maigret schüttelte den Kopf. Er hatte genug gesehen.

„Augenblick mal, Maigret. Sehen Sie den helleren Strich da?“

Der Kommissar sagte „Ja“, aber er sah nicht hin.

„Der Strich ist eine Narbe von einer schon vor mehreren Jahren vorgenommenen Operation. Appendizitis. Ich rufe Sie an und teile Ihnen mit, was ich herausgefunden habe“, sagte Dr. Paul.

Draußen im Sonnenschein wischte sich Maigret sofort die Stirn ab. Lapointe hatte einen abscheulichen Geschmack im Munde.

„Ich lasse den Kofferraum des Autos desinfizieren, sobald wir am Quai sind“, verkündete er.

Ehe sie in den Wagen stiegen, gingen sie in eine Kneipe und tranken einen Kognak. Er war so stark, daß Lapointe die Hand vor den Mund hielt, große, ängstliche Augen machte und sich fragte, ob er nicht brechen müsse.

Schließlich fand er sein Gleichgewicht wieder und stotterte: „Entschuldigen Sie bitte.“

Als sie hinausgingen, sagte der Wirt zu einem seiner Gäste: „Wieder zwei, die einen Ertrunkenen identifiziert haben. Die reagieren immer so.“ Da sein Lokal dem Gerichtsmedizinischen Institut genau gegenüberlag, wußte er Bescheid.

Zweites Kapitel

ALS MAIGRET die Tür seines eigenen Büros am Quai des Orfèvres aufstieß, sah er auf der Schreibunterlage einen Zettel liegen. Es handelte sich um die Bitte des Richters Coméliau, ihn nach seinem Eintreffen sofort anzurufen.

„Hier Kommissar Maigret, Herr Richter.“

„Guten Tag, Maigret. Die Leiche ist wohl noch nicht identifiziert?“

„Damit ist kaum zu rechnen, solange der Kopf fehlt. Sofern nicht ein glücklicher Zufall ...“

„Gerade darüber hatte ich mich mit Ihnen unterhalten wollen. In einem gewöhnlichen Falle, wenn die Identität des Opfers feststeht, weiß man mehr oder weniger, woran man ist. Können Sie mir folgen? In diesem Falle nun aber haben wir nicht die mindeste Ahnung, mit wem wir es zu tun haben. Jede Art von Überraschung liegt im Bereich der Möglichkeit, und wir müssen die äußerste Vorsicht walten lassen.“

Coméliau trennte beim Sprechen die Silben; es war, als höre er sich selbst zu. Alles, was er tat und was er sagte, war von „äußerster“ Wichtigkeit.

Die meisten Untersuchungsrichter nehmen einen Fall erst in

die Hand, wenn die Polizei ihn entwirrt hat. Coméliau indessen legte Wert darauf, den Verlauf der Dinge vom Beginn der Untersuchung an selbst zu leiten, und vor allem daher rührte vielleicht seine Angst vor Komplikationen. Sein Schwager war ein aufgehender Stern am politischen Himmel, einer der paar Parlamentarier, denen man in fast allen Ministerien wiederbegegnet. Coméliau pflegte zu sagen: „Sie müssen bedenken, daß um seinetwillen meine Situation viel heikler ist als die eines beliebigen andern Beamten."

Maigret entledigte sich schließlich seiner, indem er ihm versprach, ihn jedesmal anzurufen, wenn sich auch nur der geringste neue Umstand ergebe. Dann griff er zum Telephon, um noch einen Anruf zu erledigen.

„Bist du am Apparat, Frau Maigret?" fragte er im Scherz seine Frau, als er sie am andern Ende der Leitung hatte. „Ich komme nicht zum Mittagessen nach Hause. Was hast du denn gekocht?" Hammelfleisch. Es tat ihm nicht weiter leid. Das war ein zu schweres Essen für einen Tag wie diesen.

Er rief Judel an. „Nichts Neues?"

„Viktor ist gerade dabei, in seiner Barkasse zu frühstücken. Jetzt ist die Leiche vollständig, bis auf den Kopf. Viktor fragt, ob er weitersuchen soll."

„Selbstverständlich."

„Meine Leute sind bei der Arbeit, aber sie haben noch nichts Genaueres herausbekommen. Eine Concierge jammert, ihr Mann sei verschwunden, aber er hat sich schon über einen Monat lang nicht zu Hause blicken lassen, und seine Personenbeschreibung ist ganz anders."

„Wahrscheinlich komme ich am Nachmittag mal vorbei."

Als er gerade zum Mittagessen in die Brasserie Dauphine gehen wollte, machte er die Tür zum Inspektorenbüro auf.

„Kommst du mit, Lapointe?"

Er setzte sich mit dem jungen Inspektor an den gewohnten Tisch in dem kleinen Restaurant an der Place Dauphine. Das Mittagessen verlief angenehm und friedlich; andere Inspektoren und Kommissare lösten einander am Schanktisch ab; vier oder fünf aßen im Restaurationsraum.

„Glauben Sie, daß der Kopf in dem Kanal gefunden wird?"

Maigret schüttelte den Kopf. Er hatte instinktiv geantwortet.

Er wäre außerstande gewesen, zu sagen, weshalb. Er hatte den Eindruck, daß der Taucher vergeblich im Schlamm des Saint-Martin-Kanals herumbuddelte.

„Was hätte man denn sonst mit dem Kopf anfangen sollen?" Er wußte es nicht. Vielleicht in einem Reisekoffer bei der Gepäckaufgabestelle deponieren. Oder auch an eine beliebige Adresse in der Provinz expedieren lassen, mittels eines der riesengroßen Schnelldienst-Lastwagen, die der Kommissar in einer der Nebenstraßen des Quai de Valmy hatte parken sehen. Zu einer bestimmten Zeit, am Morgen, hatte er mehr als zwanzig gezählt, die längs des Gehsteigs parkten, und alle hatten sie die Inschrift getragen: Transportgesellschaft Zenit – *Roulers & Langlois.*

Sie saßen noch da und tranken Kaffee, als Maigret ans Telephon gerufen wurde. Es war Judel.

„Einem meiner Leute, Blancpain, den ich in der Nähe des Tauchers eingesetzt hatte, ist vor etwa einer Stunde ein junger Mensch mit einem Lieferdreirad aufgefallen. Andere Neugierige sind eine Zeitlang auf dem Quai stehengeblieben; aber dieser, so sagt Blancpain, habe sich abseits gehalten und sei anscheinend stärker interessiert gewesen als die andern. Gewöhnlich hat doch ein Botenjunge mit Dreirad eine ganz bestimmte Runde zu machen und keine Zeit zu verlieren."

„Hat Blancpain ihn angeredet?"

„Das hat er tun wollen. Er hatte erst ein paar Schritte getan, als der junge Mensch auf sein Rad gesprungen und, so schnell er nur konnte, weggefahren ist. Blancpain hat vergeblich versucht, den Flüchtling im Verkehrsgewühl einzuholen."

Dies war augenscheinlich eine unsichere Sache. Es konnte ebensogut bedeutungslos sein.

„Hat Blancpain sein Signalement?"

„Ja. Es handelt sich um einen Jungen zwischen achtzehn und zwanzig Jahren, der den Eindruck macht, als stamme er vom Lande, denn sein Gesicht hat noch gesunde Farbe. Er ist blond, trägt das Haar ziemlich lang und eine Lederjacke über einem Pullover mit Rollkragen. Wir sind dabei, das Verzeichnis der Geschäftsleute des Viertels daraufhin durchzusehen, bei wem ein Botenjunge mit Dreirad beschäftigt sein kann."

„Was sagt Viktor?"

„Daß es ihm, solange er dafür bezahlt wird, gleich sei, ob er unter oder über Wasser ist; aber er ist überzeugt davon, daß er seine Zeit verschwendet."

„Nichts auf freiem Feld?"

„Bis jetzt nicht."

Maigret erhielt in seinem Büro, gegen halb drei, telephonisch Dr. Pauls amtliches Gutachten.

„Es sind nur Mutmaßungen, aber sie kommen der Wahrheit ziemlich nahe. Zunächst also die Personenbeschreibung, soweit sie sich ohne den Kopf machen läßt. Er ist nicht groß. Etwa ein Meter siebenundsechzig. Der Hals ist kurz, dick, und ich habe alle Ursache zu der Annahme, daß sein Gesicht breit ist, mit einem kräftigen Kinn. Haar dunkel, vielleicht ein paar weiße Haare in der Schläfengegend. Gewicht: vierundsiebzig Kilo. Gesamteindruck: ein untersetzter Mann, mehr stämmig als rundlich, mehr muskulös als fett, obwohl er zum Dickwerden neigte. Der Befund der Leber läßt auf einen soliden Trinker schließen, aber ich glaube nicht, daß man es mit einem ausgesprochenen Säufer zu tun hat. Eher mit einem von denen, die alle halbe Stunde ein Glas trinken, vor allem Weißwein. Ich habe übrigens im Magen Spuren von Weißwein gefunden."

„Auch Speisereste?"

„Ja. Wir haben Glück gehabt, da es sich um Schwerverdauliches handelt. Sein letztes Mittagessen oder Abendessen hat in der Hauptsache aus Schweinebraten und Bohnen bestanden."

„Lange vor seinem Tod?"

„Ich möchte sagen: zwei bis zweieinhalb Stunden. Ich habe abgeschabt, was sich unter seinen Finger- und Zehennägeln angesammelt hatte, und es ins Laboratorium geschickt. Moers wird Ihnen selber sagen, was er davon hält."

„Die Narben?"

„Die Blinddarmoperation ist vor fünf oder sechs Jahren durchgeführt worden, und zwar von einem guten Chirurgen."

„Alter?"

„Fünfzig bis fünfundfünfzig Jahre. Allgemeiner Gesundheitszustand befriedigend, bis auf die Leberschwellung, von der ich schon gesprochen habe. Und wenn Sie jetzt noch mehr wissen wollen, Maigret, dann schicken Sie mir den Kopf, und ich werde mein möglichstes tun."

„Der ist noch nicht gefunden worden."

„In diesem Falle wird er auch nicht gefunden."

Damit bestätigte er Maigrets Meinung. Es gibt nun einmal am Quai des Orfèvres eine gewisse Anzahl von Vermutungen, die man schließlich zu Axiomen erhoben hat. So zum Beispiel die Tatsache, daß fast ausnahmslos Prostituierte niedrigster Klasse zerstückelt werden. Auch die Tatsache, daß eine gewisse Zahl von Leichenteilen aufgefunden wird, aber weit seltener der Kopf. Man gibt sich nicht damit ab, nach einer Erklärung dafür zu suchen; aber jeder glaubt daran.

Langsam klomm Maigret zum Dachgeschoß des Justizpalastes empor, wo er Moers über Reagenzgläser gebeugt vorfand.

„Hast du schon etwas herausbekommen?" fragte er.

„Ich habe die Proben untersucht, die Paul uns geschickt hat."

Es arbeiteten auch noch andere Spezialisten in dem riesengroßen Saal.

„Ich habe den Eindruck", flüsterte Moers, der immer nur halblaut sprach wie in einer Kirche, „daß Ihr Mann nur selten ausgegangen ist."

„Warum?"

„Ich habe die Materialien untersucht, die von seinen Zehennägeln herstammen. So kann ich Ihnen sagen, daß die letzten Socken, die er getragen hat, aus marineblauer Wolle bestanden. Ich habe auch Spuren des Filzes gefunden, aus dem die Pantoffeln hergestellt werden. Daraus schließe ich, daß der Mann meistens in Pantoffeln herumgelaufen ist."

„Wenn das stimmt, müßte Paul es uns bestätigen können; denn wenn man jahrelang hauptsächlich Pantoffeln trägt, führt das zu Mißbildungen des Fußes, wenigstens wenn ich meiner Frau glauben soll ..." Er sprach den Satz nicht zu Ende, sondern rief Dr. Paul an.

„Hier Maigret. Eine Frage, Doktor, auf Grund einer Bemerkung von Moers. Haben Sie den Eindruck, daß unser Mann häufiger Pantoffeln als Schuhe getragen hat?"

„Machen Sie Moers in meinem Namen ein Kompliment! Ich habe vorhin versäumt, Ihnen etwas darüber zu sagen, aber ich hatte gemeint, die Sache sei zu unsicher und ich liefe Gefahr, Sie auf eine falsche Spur zu lenken. Als ich die Füße untersuchte, ist mir die Idee gekommen, ob wir es nicht vielleicht mit einem Kellner zu tun hätten. Bei denen und ... bei Polizeibeamten, vor allem bei Verkehrspolizisten, hat die Fußsohle die Neigung, sich zu senken."

„Sie haben mir gesagt, die Fingernägel seien ungepflegt gewesen."

„Stimmt. Ein Hotelkellner hätte höchstwahrscheinlich keine Trauerränder gehabt. Hat Moers nichts weiter herausbekommen?"

„Bis jetzt nicht. Danke, Doktor."

Maigret schlenderte noch fast eine Stunde lang im Laboratorium umher und sah dem einen und dem andern über die Schulter. „Vielleicht interessiert es Sie, daß sich unter den Nägeln mit Salpeter gemischte Erde gefunden hat?"

Moers wußte genausogut wie Maigret, wo ein solches Gemisch sich am häufigsten findet: in Kellern, und zumal in feuchten Kellern.

„Anders ausgedrückt: es gehörte zu seinen Lebensgewohnheiten, in den Keller zu gehen?"

„Das ist nur eine Hypothese. Ich habe unter seinen Fingernägeln winzige Splitter von rotem Siegellack gefunden."

„Wie der, mit dem Weinflaschen versiegelt werden?"

„Ja."

Maigret war beinahe enttäuscht, denn das ging allzu leicht. „Also ein Kneipwirt!" brummelte er. Und im gleichen Augenblick fragte er sich, ob der Fall nicht noch am selben Abend abgeschlossen sein werde. Vor ihm erstand das Bild der braunhaarigen, mageren Frau, die ihnen am Morgen den Wein eingegossen hatte. Er hatte im Verlauf des Tages ein paarmal an sie denken müssen, weil sie ungewöhnlich wirkte. Das zu erklären war schwierig. Die meisten Menschen, die uns ansehen, treten in einen Austausch mit uns, so gering er auch sein möge. Es stellt sich ein Kontakt her, auch wenn Mißtrauen besteht. Zu ihr aber hatte sich im Gegenteil keinerlei Verbindung hergestellt. Sie war ohne Zeichen der Verwunderung, ohne Angst an den Schanktisch herangetreten, ohne daß sich aus ihren Zügen anderes hätte herauslesen lassen als eine Müdigkeit, die niemals von ihr zu weichen schien. Es sei denn, daß es sich um Gleichgültigkeit handelte. Aber es handelte sich nicht um die Passivität einer unintelligenten Frau.

Er hatte sich vorgenommen, noch einmal zu ihr zu gehen, und sei es nur, um sich zu überzeugen, welche Art von Kundschaft das Lokal zu besuchen pflegte.

Um vier Uhr ging Maigret zu Lapointe, der gerade Büroarbeit erledigte. „Willst du mich zum Kanal fahren?"

„Hoffentlich ist inzwischen der Wagen desinfiziert worden."

Die Frauen trugen bereits helle Hüte, und in dieser Saison herrschte Rot vor, ein lebhaftes Mohnrot. Die orangenen oder gestreiften Markisen der Caféterrassen waren heruntergelassen worden; fast alle Tischchen waren besetzt, und die Menschen schritten heiterer einher als eine Woche zuvor.

Am Quai de Valmy stiegen sie in der Nähe einer Menschenansammlung aus, wo Viktor noch immer im Kanalschlamm wühlte. Judel war da.

„Nichts?"

„Nein. Wir haben uns mit dem Bindfaden befaßt. Auf den ersten Blick ist es gewöhnlicher, dicker Bindfaden, wie die meisten Geschäftsleute ihn benutzen. Ich habe jemanden losgeschickt, um die Eisen- und Kurzwarenhändler hier in der Gegend zu befragen. Und das Zeitungspapier – ich habe die Fetzen zum Trocknen hingelegt; die meisten sind von der letzten Woche."

„Von wann ist die letzte?"

„Vom Sonnabendmorgen."

„Kennst du die kleine Kneipe oberhalb der Rue Terrage, neben dem Laboratorium für pharmazeutische Produkte?"

„Chez Calas?"

„Ich habe nicht auf den Namen geachtet: kleiner, dunkler Raum, tiefer gelegen als der Gehsteig, in der Mitte ein großer Kohlenofen und ein schwarzes Ofenrohr, das fast durch den ganzen Raum reicht."

„Das ist es. Chez Omer Calas."

Die Inspektoren des Viertels kannten sich in dergleichen Örtlichkeiten besser aus als die vom Quai des Orfèvres.

„Was für eine Art von Lokal ist das?" fragte Maigret.

„Ruhig. Ich kann mich nicht erinnern, daß die Leute je mit uns zu tun gehabt haben."

„Seit wann haben sie das Lokal da?"

„Sie waren schon da, als ich in das Viertel versetzt worden

bin. Es liegt fast der Polizeiwache gegenüber, und ich bin dann und wann über die kleine Fußgängerbrücke gegangen und habe ein Glas Weißen getrunken. Ihr Weißwein ist nämlich gut."

„Bedient gewöhnlich der Wirt?"

„Ja, meist. Abgesehen von einem Teil des Nachmittags, wenn er zum Billardspielen in einem Restaurant in der Rue Lafayette ist. Er ist leidenschaftlicher Billardspieler."

„Steht seine Frau während seiner Abwesenheit am Schanktisch?"

„Ja. Sie haben weder Hausmädchen noch Kellner."

„Welcher Art ist die Kundschaft?"

„Das ist schwer zu sagen", meinte Judel und kratzte sich hinten am Hals. „Die kleinen Kneipen hier im Viertel haben alle mehr oder weniger die gleiche Art von Kundschaft. Und gleichzeitig hat jede ihre besondere Art. Chez Popaul zum Beispiel, bei der Schleuse, da geht es von morgens bis abends geräuschvoll zu. Da wird alles unvermischt getrunken, und die Luft ist blau von Rauch."

„Und bei Omer?"

„Zunächst muß gesagt werden, daß das Lokal ein bißchen abseits liegt. Und dann ist es düsterer, trauriger. Morgens kommen die Arbeiter von den Baustellen in der Nähe und trinken einen Schluck, und mittags kommen ein paar, die ihr Essen mitbringen und sich ein Schöppchen Wein geben lassen. Abends sitzen jedesmal Kartenspieler an einem Tisch, und am Schanktisch stehen einer oder zwei. Das sind so Lokale, bei denen man den Eindruck hat, man störe, wenn man nicht zu den Stammgästen gehört."

„Sind Omer und die Frau verheiratet?"

„Das habe ich mich bis jetzt nie gefragt. Aber das ist leicht festzustellen. Wir können gleich mal zum Revier gehen und im Register nachschlagen."

„Sie berichten mir das später. Omer Calas scheint verreist zu sein."

„Ah! Hat sie Ihnen das gesagt?"

„Ja. Ich möchte, daß Sie mir eine Liste der Kneipen hier in der Gegend anfertigen, deren Besitzer oder Kellner seit Sonntag abwesend sind."

„Glauben Sie, daß . . .?"

„Der Gedanke stammt von Moers. Vielleicht ist er gut."

„Soll ich Viktor morgen wiederkommen lassen?"

„Ich glaube, das hieße das Geld der Steuerzahler zum Fenster hinauswerfen. Wenn er heute nichts gefunden hat, dann gibt es da eben nichts zu finden. Er soll also abhauen."

„Ich gehe zu Calas", sagte Maigret. „Kommst du mit, Lapointe?"

Da die Decke niedrig war, war die Kneipe dunkler als die andern, und über der Theke brannte schon eine Lampe. Dieselbe Frau wie am Morgen, ebenso angezogen, bediente zwei Gäste. Sie zuckte kein bißchen zusammen, als sie Maigret und seinen Begleiter wiedererkannte.

„Was soll es sein?" begnügte sie sich, sie zu fragen, ohne sich auch nur die Mühe zu machen, ihnen zuzulächeln.

„Weißwein."

Es standen drei oder vier Flaschen ohne Kork in der Zinkwanne hinter dem Schanktisch. Dann und wann mußte man wohl in den Keller hinabsteigen, um sie am Faß wieder zu füllen. Unmittelbar neben der Theke war der Boden nicht mit Fliesen ausgelegt, und man sah eine etwa ein Quadratmeter große Klappe, die in den Keller führte. Maigret und Lapointe hatten sich nicht gesetzt. Aus der Unterhaltung der beiden Männer, die in ihrer Nähe standen, konnten sie entnehmen, daß es sich um Krankenwärter, die ihren Nachtdienst im Saint-Louis-Hospital antreten würden, handelte. Der eine wandte sich an die Wirtin: „Wann kommt Omer eigentlich wieder?"

„Sie wissen doch, daß er mir das nie sagt." Sie hatte das ohne die mindeste Verlegenheit gesagt, mit derselben Gleichgültigkeit, mit der sie am Morgen mit Maigret gesprochen hatte. Die rote Katze lag noch immer am Ofen.

„Es scheint, daß sie dabei sind, nach dem Kopf zu suchen!" sagte der, der die Frage gestellt hatte. Als er das sagte, musterte er Maigret und dessen Begleiter. Vielleicht hatte er den Eindruck, sie seien Polizeibeamte.

„Er ist noch nicht gefunden worden, wie?" sprach er weiter und wandte sich jetzt unmittelbar an Maigret.

„Nein, noch nicht."

Der andere musterte das Gesicht des Kommissars und sagte schließlich: „Sind Sie nicht der Kommissar Maigret?"

„Ja."

„Das ist mir gleich so vorgekommen. Ich habe Ihr Bild häufig in den Zeitungen gesehen."

Die Frau hatte noch immer nicht mit der Wimper gezuckt; sie schien nicht zugehört zu haben.

„Tolle Sache, daß diesmal ein Mann zerstückelt worden ist! Was schulde ich Ihnen, Frau Calas?"

Sie gingen und nickten Maigret und Lapointe flüchtig zu.

„Haben Sie viele Kunden unter dem Personal des Krankenhauses?"

Sie antwortete nur: „Einige."

„Ist Ihr Mann am Sonntagabend weggefahren?"

„Warum Sonntag?"

„Ich weiß nicht. Ich glaube, ich habe es sagen hören . . ."

„Er ist Freitag nachmittag weggefahren."

„Waren viele Gäste im Lokal, als er das Haus verließ?"

Sie schien nachzudenken. Sie wirkte dermaßen geistesabwesend – oder gleichgültig? – wie eine Schlafwandlerin. „Nachmittags sind nie viele Leute hier."

„Erinnern Sie sich an niemanden?"

„Vielleicht ist jemand hiergewesen. Ich weiß es nicht."

„Hat Ihr Mann Gepäck mitgenommen?"

„Natürlich. Einen Handkoffer."

„Was hat er angehabt?"

„Einen grauen Anzug. Ich glaube wenigstens. Ja, doch."

„Wissen Sie, wo er augenblicklich ist?"

„Nein."

„Wissen Sie nicht, wohin er gefahren ist?"

„Ich weiß, daß er wahrscheinlich den Zug nach Poitiers genommen hat und von da den Autobus nach einem Dorf in der Gegend."

„Steigt er im Gasthof ab?"

„Für gewöhnlich."

„Er schläft also nicht manchmal bei Freunden oder Verwandten? Oder bei den Winzern, die ihn mit Wein beliefern?"

„Ich habe ihn nicht danach gefragt."

„Aber wenn Sie ihn nun einmal dringend erreichen, ihn etwas Wichtiges fragen müssen, dann können Sie ihn also nicht benachrichtigen?"

„Er kommt immer bald wieder", sagte sie mit ihrer monotonen, klanglosen Stimme. „Noch mal dasselbe?" Die Gläser waren leer, und sie füllte sie wieder.

Drittes Kapitel

ALLES IN allem war dies eins von Maigrets enttäuschendsten Verhören. Übrigens war es gar kein Verhör im eigentlichen Sinne. Der Kommissar und Lapointe blieben lange an der Theke stehen und tranken ein Glas wie die Gäste. Denn nur als Gäste waren sie da. Maigret machte im Gespräch mit Frau Calas keinerlei Anspielung auf seine amtliche Tätigkeit. Er sprach mit ihr bruchstückweise, mit langen Pausen dazwischen, und wenn er sie nichts fragte, vermied sie es, sich mit ihm zu befassen.

Sie ließ die beiden eine ganze Weile allein in der Gaststube und verschwand durch eine Hintertür, die wohl in die Küche führte. Sie stellte etwas aufs Feuer. Währenddessen kam ein kleiner Alter herein, ging stracks auf einen Tisch in der Ecke zu. Er holte sich eine Schachtel mit Dominosteinen aus einem Wandfach und prasselte sie auf den Tisch. Ohne ihn zu begrüßen, kehrte Frau Calas zu ihren Flaschen zurück, goß einen hellroten Aperitif in ein Glas und stellte es dem Kunden hin.

Der Mann wartete. Ein paar Minuten vergingen, als ein zweiter kleiner Alter kam und sich ihm gegenübersetzte.

„Komme ich zu spät?"

„Nein. Ich war zu früh da."

Frau Calas schenkte ein Glas von einem andern Aperitif ein und trug es hinüber zum Tisch. Im Vorübergehen drehte sie an einem Schalter, und hinten in der Gaststube wurde eine zweite Lampe hell. All das vollzog sich stumm, wie eine Pantomime.

„Beunruhigt sie Sie nicht?" flüsterte Lapointe Maigret ins Ohr. Was der Kommissar empfand, war nicht Beunruhigung, sondern ein Interesse, wie er es seit langem keinem Menschen mehr entgegengebracht hatte.

Als er jung gewesen, hatte er sich da nicht einen idealen Beruf ausgemalt, wie es ihn leider im wirklichen Leben gar nicht gibt? Er hatte es nie jemandem anvertraut, die Worte nie laut ausgesprochen. Er hatte ein „Zusammenflicker von Schicksalen“ werden wollen.

Seltsamerweise war es ihm während seiner Laufbahn im Dienste der Polizei ziemlich häufig geschehen, daß er Menschen, die die Zufälle des Lebens auf die schiefe Ebene gebracht hatten, wieder auf ihren richtigen Platz hatte zurückführen können. Und noch seltsamer war es, daß sich im Lauf der letzten Jahre ein Berufszweig herausgebildet hatte, der irgendwie dem ähnelte, den er sich ausgemalt: der des Psychoanalytikers nämlich, der sich bemüht, dem Menschen seine wahre Persönlichkeit zu enthüllen.

Freilich, eins ihrer Geheimnisse hatte er bereits enthüllt, wenn man in diesem Fall überhaupt von einem Geheimnis reden konnte; denn sicherlich waren alle Gäste der Bar im Bilde. Zweimal noch war sie in den Hinterraum gegangen, und das zweitemal hatte er unmißverständlich das Quietschen eines Korkens in einem Flaschenhals gehört.

Sie trank. Wie die wahren Trinker wußte sie, wieviel sie vertragen konnte. Sie erhielt sich in einem gewissen Zustand, nämlich in dem jener schlafwandlerischen Unbeteiligtheit, der beim ersten Anblick so betroffen machte.

„Wie alt sind Sie eigentlich?“ fragte er sie, als sie an ihren Platz hinter dem Schanktisch zurückgekehrt war.

„Einundvierzig.“

Sie hatte ohne jede Koketterie oder Bitterkeit geantwortet. Sicherlich lebte sie schon seit langem nicht mehr für andere Menschen und legte keinen Wert mehr auf deren Meinung. Ihr Gesicht war welk, mit tiefen Schatten unter den Augen, die Mundwinkel zogen sich nach unten, und unter dem Kinn zeigten sich bereits schlaffe Falten. Wahrscheinlich war sie magerer geworden; das zu weite Kleid hing ihr lose am Körper.

„In Paris geboren?“

„Nein.“

Er war überzeugt davon, daß sie ahnte, was hinter seinen Fragen steckte; aber sie versuchte nicht, ihnen auszuweichen, noch antwortete sie ein Wort mehr als unbedingt nötig. Was Maigret zu schaffen machte, war der Umstand, daß sie sich versteckte, wenn sie trank. Weshalb ging sie in den hinteren Raum, da sie sich ja doch um die Meinung der Leute nicht kümmerte, und trank einen Schluck unmittelbar aus der Flasche? Hatte sie sich in dieser Hinsicht eine gewisse Selbstachtung bewahrt? Das schien unwahrscheinlich. War das die Antwort auf die Frage? Es existierte ein Ehemann. Mußte man annehmen, daß er sie am Trinken hinderte, wenigstens vor den Augen der Gäste?

„Fährt Ihr Mann häufig in die Gegend von Poitiers, um Wein zu kaufen?"

„Alljährlich. Oder auch zweimal. Es kommt drauf an."

„Worauf?"

„Wieviel Wein ausgeschenkt wird."

„Hat er am Freitag gesagt, daß er nach Poitiers wollte?"

„Er sagt mir nicht, was er vorhat."

Maigret wandte sich leise Lapointe zu.

„Ruf bitte mal die Gare Montparnasse an, und laß dir sagen, welche Züge nachmittags nach Poitiers fahren. Bitte den Bahnhofsvorsteher, daß er sich bei den Bahnbeamten erkundigt, vor allem bei denen, die Schalterdienst gehabt haben. Gib ihnen das Signalement des Mannes."

Die Telephonzelle befand sich neben dem Fenster. Lapointe ließ sich eine Münze geben und tat ein paar Schritte nach der Glastür hin. Es war inzwischen beinahe dunkel geworden, und draußen wogte bläulicher Dunst. Maigret, der der Straße den Rücken zukehrte, hörte hastige Schritte, fuhr herum und sah einen Schatten, der schleunigst enteilte, ein junges Gesicht, das im Halbdunkel blaß und verzerrt anmutete. Lapointe hatte die Tür aufgerissen und lief in Richtung La Villette davon.

Maigret ging ein paar Schritte hinaus und blieb mitten auf dem Gehsteig stehen. Er konnte in der Ferne kaum noch zwei Gestalten erkennen, aber noch eine Zeitlang hörte er das Geräusch von laufenden Schritten auf dem Pflaster. Er glaubte indessen, der junge Mensch, der davongelaufen war, ähnelte der Beschreibung des jungen Mannes mit dem Lieferdreirad, der, als der Taucher auf dem Kanalgrund arbeitete, schon einmal vor einem Polizisten das Weite gesucht hatte.

„Kennen Sie ihn?" fragte er Frau Calas.

„Wen?"

Es war umsonst, darauf zu pochen. Es war überdies möglich, daß sie im rechten Augenblick gar nicht hingesehen hatte. „Ist es hier immer so still?"

„Das kommt drauf an."

„Worauf?"

„Auf den Tag. Auf die Stunde."

Wie um ihr recht zu geben, ließ sich eine Sirene hören, die den Arbeitsschluß für die Belegschaft einer nahen Fabrik verkündete, und ein paar Minuten später war es, als ziehe auf dem Gehsteig eine Prozession vorüber, die Tür öffnete, schloß sich, öffnete sich noch an die zehnmal. Leute setzten sich an die Tische, und andere, genauso wie Maigret, blieben an der Theke stehen. Bei vielen fragte die Wirtin gar nicht erst, was sie haben wollten, sondern stellte ihnen von sich aus das gewohnte Getränk hin.

„Ist Omer nicht da?"

„Nein." Sie begnügte sich damit, die Frage unmittelbar zu beantworten, ohne überflüssige Einzelheiten.

Welcher Herkunft mochte sie sein? Maigret fühlte sich außerstande, darüber irgendeine Vermutung aufzustellen. Die Jahre hatten sie arg mitgenommen, einen Teil ihrer selbst entleert. Durch ihre Trunksucht lebte sie in einer abseitigen Welt. „Wohnen Sie hier schon lange?"

„In Paris?"

„Nein. In diesem Lokal."

„Vierundzwanzig Jahre."

„Hat Ihr Mann es schon geführt, ehe er Sie kennenlernte?"

„Nein."

„Wie alt ist er jetzt?"

„Siebenundvierzig."

Das Gemurmel der Gespräche war zu hören, und der Zigarettenrauch fing an, ein hoch über den Köpfen schwebendes Tuch zu bilden. Gäste gingen. Andere kamen herein. Die beiden Dominospieler blieben so unbeirrt, als wären sie allein auf der Welt.

„Haben Sie ein Photo Ihres Mannes?"

„Nein."

„Eins von Ihnen?"

„Auch nicht. Nur das auf meiner Kennkarte."

„Wohnen Sie in der Etage oben?"

Sie nickte. Das Haus hatte, wie er draußen festgestellt hatte, nur eine einzige Etage. Über dem Lokal und der Küche mußten zwei oder drei Zimmer sein, wahrscheinlich zwei Zimmer und eine Toilette oder ein Abstellraum.

„Wie kommt man hinauf?"

„Über die Treppe in der Küche."

Kurz darauf ging sie in die Küche und rührte mit einem Löffel in etwas, das kochte. Jäh und geräuschvoll wurde die Tür aufgerissen, und Maigret sah Lapointe, der mit geröteten Backen und glänzenden Augen, ganz außer Puste, einen jungen Menschen vor sich herschob. Lapointe war nie zuvor so stolz auf sich gewesen. „Er hat mich ein gehöriges Ende laufen lassen!" sagte er lächelnd. „Zwei- oder dreimal habe ich geglaubt, er werde mir entwischen. Glücklicherweise bin ich auf dem Gymnasium im Fünfhundertmeterlauf der Beste gewesen."

Auch der junge Mensch konnte kaum noch Luft schnappen. „Ich habe nichts getan!" behauptete er, zu Maigret gewandt.

„Dann hast du auch nichts zu befürchten."

Er sah Lapointe an. „Hast du seine Personalien festgestellt?"

„Zur Vorsicht habe ich seine Kennkarte in die Tasche gesteckt. Er fährt tatsächlich ein Lieferdreirad für die Firma Pincemail. Und er ist tatsächlich heute morgen am Quai gewesen und hat gemacht, daß er wegkam."

„Warum?" fragte Maigret den Jungen.

Der hatte die bockige, feindselige Miene jener Halbwüchsigen aufgesetzt, die als üble Subjekte gelten wollen. „Ich habe nichts zu sagen."

„Hast du unterwegs nichts aus ihm herausgebracht?" fragte er Lapointe.

„Er heißt Antoine Cristin, ist achtzehn und wohnt mit seiner Mutter zusammen in der Rue du Faubourg Saint-Martin."

Einige der Gäste beobachteten sie, wenn auch nicht mit übertriebener Neugierde. In diesem Viertel ist man es gewohnt, daß plötzlich die Polizei auftaucht.

„Was hast du draußen auf dem Gehsteig gemacht?"

„Nichts."

„Er klebte förmlich mit dem Gesicht an der Scheibe", erklärte Lapointe. „Sowie ich ihn sah, mußte ich an das denken, was Judel uns gesagt hat, und bin hinausgestürzt."

„Warum bist du weggelaufen, wenn du nichts ausgefressen hast?"

Der Junge zögerte und sagte dann mit zitternden Lippen: „Weil ich Polizisten nicht leiden kann.“

„Aber du beobachtest sie durchs Fenster?“

„Das ist nicht verboten.“

„Also, warum bist du hierhergekommen?“

Er wurde rot und biß sich auf die dicke Unterlippe.

„Antworte.“

„Ich kam gerade vorbei.“

„Kennst du Omer?“

„Ich kenne niemanden.“

„Die Wirtin auch nicht?“

Sie stand wiederum hinter der Theke und sah zu ihnen hin, ohne daß man in ihrem Gesicht die mindeste Furcht, die mindeste Besorgnis erkennen konnte. Wenn sie etwas zu verbergen hatte, so war sie stärker als jeder Schuldige, mit dem Maigret es je zu tun gehabt hatte. „Du kennst sie nicht?“

„Von Ansehen.“

„Bist du niemals hier hereingekommen und hast ein Glas getrunken?“

„Vielleicht.“

„Wo ist dein Dreirad?“

„Bei meinem Chef. Ich habe um fünf Arbeitsschluß.“

Maigret gab Lapointe einen Wink, den dieser verstand, weil er eins der wenigen unter den Kriminalbeamten gebräuchlichen Zeichen war. Er ging in die Telephonzelle und rief die fast gegenübergelegene Polizeiwache am andern Kanalufer an. Schließlich bekam er Judel an den Apparat.

„Der Junge ist hier, bei Calas. Der Chef läßt ihn in ein paar Minuten laufen, aber er möchte, daß sich einer von euch fertigmacht und ihn beschattet. Nichts Neues?“

„Nichts Besonderes. Schlägereien am Sonntagabend in vier oder fünf Lokalen; jemand, der glaubt, gehört zu haben, wie einer ins Wasser gefallen ist.“

Maigret tat uninteressiert; er blieb neben dem jungen Menschen stehen. „Was willst du trinken, Antoine? Wein? Bier?“

„Nichts.“

„Trinkst du niemals was?“

„Nicht mit der Polizei. Sie müssen mich ohnehin laufenlassen.“

„Du scheinst deiner Sache sehr sicher zu sein."

„Ich kenne die Gesetze."

Er war starkknochig und hatte das derbe, feste Fleisch eines Bauernburschen, den Paris noch nicht um seine Gesundheit gebracht hat. Wie oft hatte Maigret es erlebt, daß Jugendliche dieser Art dadurch ein schlimmes Ende nahmen, daß sie eines Abends jemanden um ein paar hundert Franc willen umbrachten.

„Hast du Geschwister?"

„Ich bin einziges Kind."

„Wohnt dein Vater bei euch?"

„Der ist tot."

„Geht deine Mutter auf Arbeit?"

„Sie ist Reinmachefrau."

Und Maigret sagte zu Lapointe: „Gib ihm seine Kennkarte wieder. Steht die richtige Adresse drauf?"

„Ja."

Der Junge war sich noch nicht sicher, ob das nicht vielleicht eine Falle war. „Kann ich gehen?"

„Wenn du willst."

Er sagte weder danke noch auf Wiedersehen, aber Maigret fing ein flüchtiges Augenzwinkern auf, das er der Wirtin zuwarf.

„Jetzt ruf mal die Gare Montparnasse an", sagte er zu Lapointe. Er bestellte zwei weitere Gläser Weißwein. „Sie kennen ihn wohl nicht?" fragte er die Frau.

„Wen?"

„Den jungen Mann, der gerade weggegangen ist."

Sie zögerte nicht mit der Antwort: „Doch!"

Das war so einfach, daß es Maigret entwaffnete. „Kommt er oft?"

„Ziemlich oft."

„Kommt er nach der Arbeit zu Ihnen?"

„Nein."

„Tagsüber?"

Sie nickte. Ihre unbeirrbare Ruhe brachte den Kommissar schließlich zur Verzweiflung.

„Wollen Sie damit sagen: wenn er mit seinem Dreirad zufällig über den Quai fährt? Mit andern Worten, wenn er hier im Viertel Lieferungen zu erledigen hat?"

„Ja."

„Um welche Zeit etwa?"

„Um halb vier oder vier."

„Fährt er immer dieselbe Strecke?"

„Ich glaube."

„Sind Sie eng befreundet?"

„Ja."

„Warum hat er das nicht zugegeben?"

„Sicherlich, um sich aufzuspielen."

„Kennen Sie seine Mutter?"

„Nein."

„Also ist er eines schönen Tages hereingekommen, und Sie haben Bekanntschaft geschlossen?"

„Ja."

„Geht Ihr Mann nicht gewöhnlich um halb vier in ein Restaurant und spielt Billard?"

„Sehr häufig."

„Glauben Sie, daß Antoine sich nur rein zufällig diesen Zeitpunkt für seine Besuche bei Ihnen aussucht?"

„Darüber habe ich nicht nachgedacht."

Maigret war sich der augenscheinlichen Ungeheuerlichkeit der Frage bewußt, die er jetzt stellen wollte; aber ihm war, als wittere er ringsum noch weit unwirklichere Dinge.

„Ist er in Sie verliebt?"

„Ich glaube, er hat mich ganz gern."

„Machen Sie ihm Geschenke?"

„Ich stecke ihm dann und wann einen Schein zu, den ich aus der Kasse nehme."

„Weiß Ihr Mann das?"

„Nein."

„Merkt er es denn nicht?"

„Das ist schon vorgekommen."

„Ist er wütend geworden?"

„Ja."

„Hat er keinen Verdacht auf Antoine gehabt?"

„Den Eindruck habe ich nicht."

Wenn man die beiden Stufen am Eingang hinabgestiegen war, gelangte man in eine Welt, wo völlig andere Wertbegriffe herrschten und wo sogar die Worte einen anderen Sinn hatten.

„Frau Calas, darf ich eine persönliche Frage an Sie richten?"

„Sie tun ja doch, wozu Sie Lust haben."

„Ist Antoine Ihr Liebhaber?"

Sie zuckte nicht mit der Wimper. Ihr Blick wich nicht von Maigret. „Gelegentlich", gab sie zu.

„Wo?"

Die Frage war wichtig. Wenn Omer Calas nicht da war, mußte seine Frau bereit sein, die hereinkommenden Gäste zu bedienen. Immer noch mit der gleichen Unbefangenheit wies sie mit den Augen auf die offene Küchentür.

„Da drinnen?"

„Ja."

„Sind Sie niemals überrascht worden?"

„Nicht von Omer."

„Von wem?"

„Einmal von einem Gast, der Schuhe mit Gummisohlen anhatte und der, weil niemand da war, in die Küche gekommen ist."

„Hat er nichts gesagt?"

„Er hat bloß gelacht."

„Hat er Omer nichts davon erzählt?"

„Nein."

„Ist er wiedergekommen?" Maigret hatte eine Intuition gehabt. Bis jetzt hatte er sich in Frau Calas nicht getäuscht. Seine kühnsten Hypothesen hatten sich als richtig erwiesen.

„Zwei- oder dreimal."

„Wenn Antoine da war?"

„Nein."

„Waren Sie allein?"

„Ja."

„Haben Sie mit ihm in die Küche gehen müssen?"

Er hatte den Eindruck, als zuckte in ihren Augen eine kaum wahrnehmbare Ironie auf. Hatte er sich getäuscht? Ihm war, als habe sie ihm in ihrer stummen Sprache gesagt: „Warum fragen Sie mich aus, da Sie es doch ohnehin durchschauen?"

Auch sie durchschaute ihn. Es war, als seien sie beide gleich stark. Genauer gesagt, beide besaßen die gleiche Lebenserfahrung.

„Sind da noch viele andere?" fragte er leiser und gleichsam vertraulich.

„Ein paar."

Dann stellte er, ohne sich zu rühren, ohne sich zu ihr hinüberzubeugen, eine letzte Frage: „Warum?"

Auf diese Frage konnte sie nur mit einer unbestimmten Geste antworten. Sie verfiel nicht in romantisches Getue, sie baute keinen Roman um sich auf. Er hatte gefragt: „Warum?" Wenn er es nicht von sich aus verstand, so gab es für sie nichts zu erklären.

Übrigens verstand er. Er suchte nur nach einer Bestätigung, und sie brauchte nicht zu sprechen, um sie ihm zu geben. Er wußte jetzt, wie weit sie heruntergekommen war. Aber er wußte noch nicht, von wo sie ausgegangen war, um so tief zu sinken. Ob sie wohl mit der gleichen Aufrichtigkeit Fragen nach ihrer Vergangenheit beantworten würde?

Er konnte es jetzt nicht versuchen, denn Lapointe trat wieder zu ihm. Er trank einen Schluck Wein und fing an: „Es gibt tatsächlich wochentags einen Zug nach Poitiers um vier Uhr achtundvierzig. Der Bahnhofsvorsteher hat schon zwei Beamte befragt, aber sie haben niemanden gesehen, der dem Signalement entspricht. Er fährt mit den Nachforschungen fort und berichtet Ihnen das Ergebnis im Polizeipräsidium. Seiner Meinung nach wäre es jedoch sicherer, nach Poitiers zu telephonieren. Dort steigen weniger Reisende aus als in Montparnasse einsteigen."

„Gib die Weisung an Lucas weiter. Er soll die nächstliegenden Dörfer anrufen. Irgendwo muß da eine Gendarmeriestation sein. Außerdem sind noch die Gasthöfe da."

Lapointe ließ sich von Frau Calas weitere Münzen geben, die sie ihm gleichgültig aushändigte. Sie stellte keine Fragen. Dabei war sie im Bilde über den im Saint-Martin-Kanal gemachten Fund und über die Nachforschungen, die den ganzen Tag über fast vor ihrem Fenster durchgeführt worden waren.

„Sind Sie seit vierundzwanzig Jahren mit Calas verheiratet?" fragte Maigret sie.

„Ich lebe seit vierundzwanzig Jahren mit ihm zusammen."

„Also sind Sie nicht verheiratet?"

„Doch. Wir sind auf dem Standesamt des X. Arrondissements getraut worden, aber erst vor sechzehn oder siebzehn Jahren. Ich müßte mal nachsehen."

„Haben Sie keine Kinder?"

„Eine Tochter."

„Wohnt sie hier bei Ihnen?"

„Nein."

„In Paris?"

„Ja."

„Wie alt ist sie?"

„Sie ist gerade vierundzwanzig geworden. Ich habe sie mit siebzehn bekommen."

„Ist sie Omers Tochter?"

„Ja."

„Ist sie verheiratet?"

„Nein."

„Wohnt sie allein?"

„Sie hat ein Zimmer auf der Ile Saint-Louis."

„Arbeitet sie?"

„Sie ist Operationsschwester bei einem der Chirurgen am Hôtel-Dieu, dem Professor Lavaud."

Zum erstenmal sagte sie mehr, als unbedingt notwendig war. Waren in ihr dennoch allgemein menschliche Gefühle lebendig geblieben, und war sie stolz auf ihre Tochter?

„Besucht sie Sie nie?"

„Manchmal."

„Wann ist sie zum letztenmal hiergewesen?"

„Vor etwa drei oder vier Wochen."

„Ist Ihr Mann dabeigewesen?"

„Ich glaube."

„Versteht sich Ihre Tochter gut mit ihm?"

„Sie geht uns soviel wie möglich aus dem Wege."

„Schämt sie sich?"

„Vielleicht."

„Wie alt war sie, als sie aus dem Hause ging?"

Jetzt war ihr eine leise Röte in die Wangen gestiegen, und ihre Stimme klang trockener: „Fünfzehn."

„Ist sie durchgebrannt?"

Sie nickte.

In der Gaststube waren nur noch die Dominospieler, die ihre Steine wieder in die Schachtel packten und mit einem Geldstück auf den Tisch klopften. Frau Calas verstand und schenkte ihnen ein.

„Ist das nicht Maigret?“ fragte der eine halblaut.

„Ja.“

„Was will er denn?“

„Das hat er mir nicht gesagt.“

Ebensowenig hatte sie ihn danach gefragt. Sie ging auf die Küche zu, trat wieder an den Schanktisch und sagte leise: „Wenn Sie fertig sind, ist es Zeit für mich zum Essen.“

„Wo essen Sie immer?“

„Da!“ sagte sie und deutete auf einen der hinten stehenden Tische.

„Es dauert nicht mehr lange. Hat Ihr Mann vor ein paar Jahren eine Blinddarmentzündung gehabt?“

„Vor fünf oder sechs Jahren. Er ist operiert worden.“

„Von wem?“

„Warten Sie. Doktor Gran ... Granvalet. Ja, so hieß er. Er ist tot.“

Am nächsten Tage mußten seine Assistenten und die Krankenschwestern befragt werden. Immer vorausgesetzt, daß Omer nicht gesund und munter in einem der Dörfer in der Umgebung von Poitiers ausfindig gemacht werden würde.

„Haben Sie Ihren Mann geliebt?“

„Ich weiß es nicht.“

„Wie lange ist er Ihr einziger Liebhaber gewesen?“

„Jahrelang.“ Dieses Wort hatte in ihrem Munde einen eigentümlichen Klang.

„Sind Sie noch sehr jung gewesen, als Sie sich kennenlernten?“

„Wir stammen aus demselben Dorf.“

„Woher?“

„Es ist ein ganz kleines Dorf. Es heißt Boissancourt.“

„Fahren Sie noch manchmal hin?“

„Nie. Ich war siebzehn, als ich weggegangen bin.“

„Waren Sie in andern Umständen?“

„Seit sechs Monaten.“

„Haben Ihre Eltern es gewußt?“

Immer mit derselben Einförmigkeit, die wirkte, als leide sie unter Sinnestäuschungen, ließ sie ein trockenes „Ja“ vernehmen.

„Haben Sie sie nicht wiedergesehen?“

„Nein.“

Lapointe, der mit seinen Instruktionen für Lucas fertig war, kam aus der Telephonzelle heraus und wischte sich die Stirn ab.

„Was bin ich Ihnen schuldig?“ fragte Maigret.

Sie stellte ihre erste Frage. „Wollen Sie gehen?“

Und nun war es an ihm, mit einem einsilbigen Wort zu antworten: „Ja.“

Viertes Kapitel

ALS MAIGRET am Morgen in sein Büro kam, fand er auf seinem Schreibtisch die Nachricht, Richter Coméliau habe mehrmals angerufen. Er ging gleich zu ihm.

Der Richter war mager, nervös, hatte einen kleinen braunen Schnurrbart, den er wahrscheinlich färbte, und trug das Gehaben eines Kavallerieoffiziers zur Schau. Sein erster Satz war: „Sagen Sie mir genauestens, wie weit Sie sind.“ Gehorsam hatte Maigret von Viktors Funden im Saint-Martin-Kanal berichtet sowie von dem unauffindbaren Kopf. Aber schon an dieser Stelle war er unterbrochen worden.

„Ich nehme an, daß der Taucher mit seiner Suche heute fortfährt.“

„Ich hatte geglaubt, das sei nicht nötig.“

„Dabei dürfte doch, wenn der Rumpf und die Gliedmaßen im Kanal gefunden worden sind, der Kopf nicht weit sein.“

Ebendas machte die Arbeit mit ihm so schwierig. Er war nicht der einzige Untersuchungsrichter dieses Schlages, aber ganz sicher der aggressivste. Dumm war er bestimmt nicht. Ein Anwalt, der mit ihm zusammen sein Examen gemacht hatte, versicherte, Coméliau sei einer der glänzendsten Studenten seines Jahrgangs gewesen. Man mußte schon annehmen, daß seine Intelligenz außerstande war, sich gewissen Wirklichkeiten anzupassen. Er entstammte großbürgerlichem Milieu, beurteilte alles nach strengen Grundsätzen und heiligen Tabus.

Geduldig erklärte der Kommissar: „Zunächst, Herr Richter, kennt Viktor den Kanal, wie Sie Ihr Büro kennen. Er ist mehr als zweihundertmal Meter für Meter den Kanalgrund abgegangen. Er ist ein gewissenhafter Kerl. Wenn er sagt, der Kopf sei nicht da . . .“

„Mein Klempner ist ebenfalls ein gewissenhafter Mann, der sein Handwerk versteht, der mir aber, wenn ich ihn kommen lasse, jedesmal versichert, es sei unmöglich, daß irgend etwas an der Wasserleitung defekt sei."

„Es kommt selten vor, daß, wenn eine Leiche zerstückelt worden ist, der Kopf an derselben Stelle gefunden wird. Das ist begreiflich. Ein Kopf ist leicht wiederzuerkennen. Da er weniger umfangreich ist als ein Rumpf, ist es nur logisch, daß derjenige, der sich seiner entledigen will, sich die Mühe macht, sich damit weiter zu begeben."

„Nehmen wir an, es sei so."

Ohne daß es auffiel, hatte Maigret in diesem Augenblick seinen Tabaksbeutel in die linke Hand genommen und wartete nur darauf, daß sein Gesprächspartner nicht Obacht gab, um sich seine Pfeife zu stopfen. Coméliau konnte Tabakrauch nicht ausstehen und war jedesmal starr, wenn einer die Vermessenheit besaß, in seinem Arbeitsraum zu rauchen.

Maigret erzählte von Frau Calas und schilderte das Lokal am Quai de Valmy.

„Was hat Sie dorthin geführt?"

„Ein Zufall, wie ich gestehen muß. Ich mußte telephonieren." Maigret erwähnte Calas' Reise nach Poitiers und die Beziehungen der Wirtin zu Antoine Cristin, dem Jungen mit dem Lieferdreirad, ohne die Blinddarm-Operationsnarbe zu vergessen.

„Offen gesagt, Maigret, es ist mir unbegreiflich, daß Sie die Frau und den Jungen nicht mitgenommen und einem der Verhöre unterzogen haben, die Ihnen für gewöhnlich so gut gelingen. Vermutlich glauben Sie doch kein Wort von dem, was sie Ihnen da vorgeredet hat."

„Nicht eigentlich."

„Zu behaupten, sie wisse nicht, wohin ihr Mann gefahren ist und wann er wiederkomme . . ."

Wie hätte jemand wie Coméliau, der nach wie vor in einer Luxuswohnung am linken Ufer, gegenüber dem Luxembourg, wohnte, in der er geboren war, sich auch eine Vorstellung von der Mentalität der beiden Calas machen können?

Maigret war fest entschlossen, seine Unschuldsmiene beizubehalten.

„Es ist möglich", gab er zu, „daß alles, was sie mir gesagt hat, nicht stimmt. Es ist auch möglich, daß es wahr ist. Wir haben aus dem Kanal die Stücke einer Leiche ohne Kopf gefischt. Es kann sich um einen beliebigen Mann zwischen fünfundvierzig und fünfzig handeln. Bis jetzt haben wir keine Möglichkeit, ihn zu identifizieren. Wie viele Männer dieses Alters sind während der letzten Tage verschwunden, und wie viele sind weggereist, ohne genau anzugeben, wohin! Sollte ich Frau Calas in mein Büro zitieren und als Verdächtige behandeln, nur weil sie heimlich trinkt und ein Verhältnis mit einem jungen Menschen hat, der ein Lieferdreirad fährt und wegläuft, wenn die Polizei kommt? Wie würden wir dastehen, wenn morgen oder jetzt gleich irgendwo ein Kopf gefunden wird, und es ist gar nicht der von Calas?"

„Lassen Sie ihr Haus überwachen?"

„Judel läßt einen seiner Leute auf dem Quai patrouillieren, und ich bin selber gestern noch mal dort herumgegangen."

„Und Sie haben nichts Neues entdeckt?"

„Nichts Bestimmtes. Ich habe, wie ich sie gerade auf der Straße traf, eine Anzahl Straßenmädchen ausgefragt. Ich habe vor allem herausbekommen wollen, ob niemand am Freitagabend ein verdächtiges Kommen und Gehen in der Nähe des Lokals bemerkt oder etwas gehört hat."

„Nichts?"

„Nicht viel. Eins der Mädchen hat mir allerdings einen Hinweis gegeben, den ich noch nicht habe nachprüfen können. Sie behauptet, Frau Calas habe noch einen anderen Liebhaber, einen rothaarigen Mann mittleren Alters, der dort im Viertel zu wohnen oder zu arbeiten scheint. Das Mädchen, das mir das gesagt hat, ist allerdings gehässig und voreingenommen, es behauptet, die Wirtin tue ihnen allen Abbruch. Wenn die Männer es nötig haben, wissen sie, wohin sie sich wenden können. Man braucht nur zu warten, bis der Wirt mal den Rücken gekehrt hat."

Bei der Erwähnung dieser Schändlichkeiten seufzte Coméliau schmerzlich auf. „Tun Sie, was Sie wollen, Maigret. Mir scheint die ganze Sache ziemlich klar zu sein. Und es handelt sich hier nicht um Leute, die mit Glacéhandschuhen angefaßt werden müßten."

„Ich gehe gleich wieder zu ihr. Ich gehe auch zu ihrer Tochter. Schließlich hoffe ich noch, Auskünfte über die Identität der Leiche durch die Krankenschwestern zu bekommen, die vor fünf Jahren dabei waren, als Calas operiert wurde."

Es gab in dem Zusammenhang einen merkwürdigen Umstand. Am Abend zuvor war Maigret für einen Augenblick in die kleine Kneipe gegangen. Er hatte Frau Calas gefragt, in welchem Krankenhaus ihrem Mann der Blinddarm herausgenommen worden sei. Calas war in einer Privatklinik, die von Nonnen geleitet wurde!

Maigret sah auf seine Uhr. Lapointe mußte um diese Zeit dort sein, und er würde schleunigst telephonisch Bericht erstatten.

„Keine Schlappheit, Maigret!" sagte Coméliau scharf, als der Kommissar zur Tür ging.

Es handelte sich nicht um Schlappheit. Es handelte sich ebensowenig um Mitleid. Coméliau konnte man das unmöglich klarmachen. Von einer Minute zur andern hatte Maigret sich in eine Welt versetzt gefühlt, die so anders war als die Alltagswelt, daß er sich in ihr nur auf Zehenspitzen vorwärtsbewegte. Hatten das kleine Lokal am Quai de Valmy und seine Inhaber etwas mit der Leiche zu tun, die in den Saint-Martin-Kanal geworfen worden war? Das konnte sein, aber es konnte auch sein, daß hier ein zufälliges Zusammentreffen waltete.

Er ging wieder in sein Büro und begann die mißmutige, mürrische Miene aufzusetzen, die er beinahe immer bei einem gewissen Stand der Untersuchung zeigte. Er hatte einiges herausbekommen und in seinem Kopf eingeordnet, ohne sich zu fragen, wohin es ihn führen werde, wie er die Enden verknüpfen sollte. Frau Calas war für ihn ein menschliches Problem. Für Coméliau war sie eine schamlose Trinkerin. Für ihn war sie etwas anderes, was, das wußte er vorerst noch nicht ganz genau, und solange er es nicht wußte, solange er die Wahrheit nicht „witterte", blieb er eine Beute seines Mißbehagens.

Lucas kam in sein Büro und legte ihm eingelaufene Post auf die Schreibunterlage.

„Nichts Neues?"

„Ja. Es gibt was Neues. Judel ist vollkommen aus dem Häuschen. Es betrifft den jungen Burschen, Antoine."

„Ist er wieder einmal verschwunden?"

„Das ist es ja gerade. Es scheint, daß Sie gestern abend angeordnet haben, ein Inspektor solle ihn beschatten. Der junge Mann ist direkt nach Hause gegangen, fast am Ende des Faubourg Saint-Martin. Er lebt mit seiner Mutter zusammen im siebten Stock des Hauses. Sie haben zwei Mansarden. Das Haus scheint eine der gräßlichen Mietskasernen zu sein, in denen fünfzig oder sechzig Parteien zusammengepfercht sind."

„Weiter."

„Nach Aussage der Concierge ist die Mutter des Jungen eine wackere, tapfere Frau. Ihr Mann ist in einem Sanatorium gestorben. Sie ist ebenfalls schwindsüchtig gewesen. Judels Inspektor hatte das Haus bis etwa um Mitternacht zu überwachen. Mit den letzten Hausbewohnern ist er dann hineingegangen und hat die Nacht auf der Treppe verbracht.

Heute morgen kurz vor acht ging eine magere Frau an ihm vorbei, und die Concierge hat ihm gesagt, das sei Antoines Mutter. Der Inspektor hatte keinen Grund, sie anzureden oder ihr zu folgen. Eine halbe Stunde später ist es ihm merkwürdig vorgekommen, daß der Junge nicht zur Arbeit ging. Er stieg zum siebten Stock hinauf, klopfte an die Tür und hörte nichts. Schließlich öffnete er das Türschloß mit seinem Dietrich. Es war niemand da, und die Dachluke stand offen. Augenscheinlich ist der Junge im Lauf der Nacht durch die Luke geklettert und dann über die Dächer weg, auf der Suche nach einer anderen offenstehenden Luke. Möglicherweise ist er durch ein Haus in der Rue Louis-Blanc entschlüpft."

Maigret konnte sich lebhaft Richter Coméliaus ironisches Lächeln vorstellen, wenn er das erfuhr. „Hat sich niemand im Gerichtsmedizinischen Institut gemeldet, um die Leiche zu identifizieren?"

„Nur die, die immer kommen."

Das war ungefähr ein Dutzend, vor allem Frauen eines gewissen Alters, die jedesmal herbeigestürzt kamen, wenn eine nicht identifizierbare Leiche gefunden worden war.

„Wenn Lapointe anruft, dann sag ihm, er solle hierherkommen und auf mich warten. Ich gehe nicht weit."

Maigret begab sich zu Fuß zur Ile Saint-Louis. Er ging um Notre-Dame herum, über die Eisenbrücke, und befand sich kurz darauf in der engen, belebten Rue Saint-Louis-en-l'Ile. Nachdem Maigret sich durch die Hausfrauen, die ihre Einkäufe machten, hindurchgeschlängelt hatte, fand er den Krämerladen, über dem nach Frau Calas' Aussage ihre Tochter ein Zimmer innehatte. Er betrat den Durchgang neben dem Laden und kam auf einen gepflasterten Hof im Schatten einer Linde.

„Suchen Sie jemanden?" rief ihm eine Frauenstimme aus einem Fenster des Erdgeschosses zu.

„Fräulein Calas."

„Im dritten Stock links. Vor halb sieben bekommt man sie kaum je zu sehen. Wenn es dringend ist, müssen Sie im Krankenhaus nach ihr fragen."

Zum Hôtel-Dieu war es nicht weit. Aber es war schwierig, in die Abteilung des Professors Lavaud zu gelangen. In den Korridoren war ein unaufhörliches Kommen und Gehen von Männern und Frauen in weißen Kitteln, von Krankenwärtern, die Bahren trugen, von unsicher gehenden Kranken.

„Bitte, ich möchte zu Fräulein Calas."

Er wurde zum hinteren Ende eines Flurs gewiesen und dann in verschiedene Richtungen geschickt, bis er endlich in einen Flur gelangte, wo es plötzlich ganz still war. An einem Tischchen saß ein junges Mädchen.

„Ich möchte Fräulein Calas sprechen."

„In persönlicher Angelegenheit?"

Maigret nannte seinen Namen, zeigte sogar seine Marke vor, so sehr spürte er, daß sein Prestige hier auf schwachen Füßen stand.

„Ich will sehen, ob sie sich freimachen kann."

Gute zehn Minuten lang wurde er allein gelassen und wagte nicht zu rauchen. Das junge Mädchen kam wieder, zusammen mit einer ziemlich großen Krankenschwester mit ruhigem, heiterem Gesicht.

Durch die helle, saubere Krankenhausatmosphäre, die weiße Tracht und die Schwesternhaube war der Kontrast zu dem Lokal am Quai de Valmy noch frappanter.

„Sie wollen mich sprechen?"

„Kommissar Maigret von der Kriminalpolizei."

Ohne sich beirren zu lassen, schaute Lucette Calas ihn verwundert an, wie jemand, dem etwas völlig unklar ist.

„Wollen Sie tatsächlich zu mir?“

„Wohnen Ihre Eltern am Quai de Valmy?“

Es ging blitzschnell vorüber, aber Maigret war sicher, gesehen zu haben, daß ihre Augen eine Sekunde einen harten Ausdruck annahmen.

„Ja. Aber ich ...“

„Ich möchte Ihnen lediglich einige Fragen stellen.“

„Der Professor braucht mich sicher gleich wieder. Um diese Zeit macht er seine Krankenvisiten ...“

„Es dauert nur wenige Minuten.“

Sie fügte sich, sah sich um und erblickte eine halboffene Tür. „Wir können dort hineingehen.“

Es waren zwei Stühle darin, ein Patentbett und chirurgische Instrumente.

„Ist es lange her, daß Sie Ihre Eltern besucht haben?“

Maigret stellte bei dem Wort „Eltern“ ein Zusammenzucken fest und dachte sich sein Teil.

„Ich gehe so selten wie möglich hin.“

„Warum?“

„Sind Sie bei ihnen gewesen?“

„Nur bei Ihrer Mutter.“

Sie fügte nichts hinzu, als bedürfe es keiner Erklärung.

„Sie sind also am letzten Sonntag nicht dort gewesen?“

„Da war ich nicht einmal in Paris, sondern mit Freunden auf dem Lande, es war mein freier Tag.“

„Sie wissen also nicht, ob Ihr Vater verreist ist?“

„Warum sagen Sie mir nicht den Grund für all diese Fragen? Sie kommen hierher und sprechen mit mir über Leute, die offiziell meine Eltern sind, aber denen ich mich seit langem entfremdet fühle. Warum?“ Sie steckte sich eine Zigarette an und sagte beiläufig: „Hier kann geraucht werden.“

Aber Maigret nutzte das nicht aus. „Würde es Sie überraschen, wenn einem von beiden etwas zugestoßen wäre?“

Sie sah ihm fest in die Augen und sagte: „Nein.“

„Was hätte zum Beispiel geschehen können?“

„Daß Calas meine Mutter verprügelt und sie dabei umgebracht hätte.“ Sie hatte nicht „mein Vater“, sondern „Calas“ gesagt.

„Schlägt er sie oft?“

„Wie es jetzt ist, weiß ich nicht. Früher geschah es beinahe jeden Tag."

„Hat Ihre Mutter nichts dagegen getan?"

„Sie hat sich damit abgefunden."

„Haßt sie ihn?"

„Ich weiß nur, daß sie jetzt seit vierundzwanzig Jahren mit ihm zusammen lebt und nicht versucht hat, von ihm loszukommen."

„Halten Sie sie für unglücklich?"

„Sehen Sie, Herr Kommissar, ich versuche, an all das überhaupt nicht zu denken. Als Kind hatte ich nur den einen Wunsch: wegzugehen. Und als ich dazu imstande war, habe ich es getan."

„Ich weiß. Da waren Sie fünfzehn."

„Wer hat Ihnen das gesagt?"

„Ihre Mutter."

„Dann hat er sie also nicht umgebracht." Sie schien nachzudenken; sie hob den Kopf.

„Er also?"

„Es ist nicht einmal gewiß, ob ihm ein Unglück zugestoßen ist. Ihre Mutter behauptet, er sei am Freitagnachmittag in die Gegend von Poitiers gefahren, wo er, wie es scheint, seinen Weißwein zu kaufen pflegte."

„Das stimmt. Diese Reisen haben schon zu meiner Zeit stattgefunden."

„Nun aber ist im Saint-Martin-Kanal eine Leiche gefunden worden, die die seine sein könnte."

„Hat niemand sie identifiziert?"

„Bis jetzt nicht. Wir haben den Kopf noch nicht gefunden."

Vielleicht weil sie in einem Krankenhaus tätig war, zuckte sie nicht einmal zusammen.

„Was, glauben Sie, ist ihm zugestoßen?" fragte sie.

„Ich weiß es nicht. Ich forsche nach. Es scheinen im Leben Ihrer Mutter eine ganze Anzahl von Männern eine Rolle zu spielen. Verzeihen Sie, daß ich das Ihnen gegenüber erwähne."

„Bilden Sie sich wirklich ein, das sei für mich neu?"

„Wann sind Sie zum letztenmal am Quai de Valmy gewesen?"

„Das muß gut einen Monat her sein."

„War Calas da?"

„Wenn ich hingehe, richte ich es so ein, daß er nicht da ist."

„Nachmittags?"

„Ja. Dann spielt er gewöhnlich in der Nähe der Gare de l'Est Billard."

„War kein Mann bei Ihrer Mutter?"

„An dem Tage nicht."

„Worüber haben Sie sich mit ihr unterhalten?"

„Das weiß ich nicht mehr. Über dieses und jenes."

„Sind Sie nicht vielleicht zu Ihrer Mutter gegangen, um sie um Geld zu bitten?"

„Sie sind auf falscher Fährte, Herr Kommissar. Dazu bin ich zu stolz. Es hat Zeiten gegeben, da es mir an Geld gemangelt hat, aber ich habe bei den beiden nie um Hilfe gebettelt. Um so weniger habe ich jetzt Grund dazu, wo ich gut verdiene."

„War unter den Männern, die Sie gelegentlich in dem Lokal gesehen haben, ein junger Mann, der ein Lieferdreirad fährt?"

Sie schüttelte den Kopf.

„Und ein Mann mittleren Alters mit rotem Haar?"

Diesmal dachte sie nach. „Hat er Pockennarben im Gesicht?" fragte sie.

„Das weiß ich nicht."

„Wenn ja, dann ist es Herr Dieudonné."

„Wer ist Herr Dieudonné?"

„Ein Freund meiner Mutter. Er ist schon seit Jahren Gast des Lokals."

„Ein Nachmittagsgast?"

„Jedenfalls habe ich ihn nachmittags dort gesehen. Vielleicht ist er nicht das, was Sie meinen. Er hat mir den Eindruck eines ruhigen Menschen gemacht, von dem man sich denken könnte, daß er abends in Pantoffeln am Ofen sitzt. Er sitzt übrigens tatsächlich immer am Ofen, meiner Mutter gegenüber. Man hätte sie für ein Ehepaar halten können."

„Haben Sie nicht die mindeste Ahnung, wo er wohnt?"

„Ich habe ihn beim Aufstehen sagen hören: ‚Es wird Zeit, daß ich zur Arbeit gehe.' Vermutlich arbeitet er dort im Viertel, aber was er treibt, weiß ich nicht. Er ist nicht angezogen wie ein Arbeiter. Ich habe ihn eher für einen Büroangestellten oder Buchhalter gehalten."

Sie hörten im Korridor eine Glocke schrillen. Das junge Mädchen stand mit einer automatischen Bewegung auf. „Das gilt mir“, sagte sie. „Bitte entschuldigen Sie mich.“

„Es ist möglich, daß ich Sie in der Rue Saint-Louis-en-l’Ile aufsuche.“

„Da bin ich nur abends. Kommen Sie nicht zu spät; ich gehe beizeiten schlafen.“

Er sah sie beim Durchschreiten des Korridors den Kopf schütteln wie jemand, der sich noch nicht an einen neuen Gedanken gewöhnt hat.

Als er bald danach wieder im Büro erschien, war Lapointe schon da und wartete auf ihn.

„Na, was ist mit den frommen Schwestern?“ fragte Maigret.

„Sie sind über die Maßen nett gewesen.“

„Und die Narben?“

Über das Ergebnis zeigte Lapointe sich weniger entzückt. „Zunächst ist der Arzt, der die Operation vorgenommen hat, vor drei Jahren gestorben, wie Frau Calas es uns gesagt hat. Die Nonne im Sekretariat hat die Krankengeschichte wiedergefunden. Die Narben sind darin nicht erwähnt, was ganz natürlich ist. Sie hat in ihrer Liebenswürdigkeit alle Schwestern befragt, die der Operation hätten beigewohnt haben können. Keine kann sich genau an Calas erinnern.“

So war man denn keinen Schritt weitergekommen: man sah sich einer Leiche ohne Kopf gegenüber, die mit Sicherheit zu identifizieren unmöglich war.

„Was machen wir nun?“ flüsterte Lapointe.

Hatte Richter Coméliau dennoch recht? War der Tote aus dem Saint-Martin-Kanal tatsächlich Omer Calas, dann boten sich Möglichkeiten, zu wertvollen Auskünften zu gelangen, wenn man seine Frau einem scharfen Verhör unterzog.

„Komm. Mit dem Wagen“, sagte Maigret.

„Wohin?“

„Zum Kanal.“

Maigret beauftragte die Inspektoren des X. Arrondissements, in der Umgebung nach einem Rothaarigen mit Pockennarben zu fahnden, der auf den Vornamen Dieudonné hörte.

„Fahr über die Gare de l’Est.“

Lapointe sah ihn verständnislos an.

„Vielleicht taugt der Einfall nichts; aber ich will mich doch lieber überzeugen. Seine Frau sagte, Calas sei am Freitagnachmittag abgereist und habe einen Handkoffer bei sich gehabt. Nehmen wir an, er sei am Sonnabend wiedergekommen. Wenn er der Ermordete und Zerstückelte ist, muß man sich dieses Koffers entledigt haben."

Lapointe folgte seiner Darlegung und nickte dabei.

Maigrets Hypothese gehörte zur Routine. Wenn Leute, die sich eines Mordes schuldig gemacht haben, kompromittierende Dinge loswerden wollen, dann begnügen sie sich in sechs von zehn Fällen damit, sie bei der Gepäckaufbewahrung eines Bahnhofs abzugeben. Und die Gare de l'Est liegt nur ein paar Schritte vom Quai de Valmy entfernt.

Lapointe gelang es nach einiger Mühe, den Wagen zu parken; er folgte Maigret in die Bahnhofshalle.

„Haben Sie am Sonntagnachmittag Dienst gemacht?" fragte er den Beamten am Schalter.

„Nur bis sechs."

„Sind unter den am Sonntag deponierten Stücken welche, die noch nicht abgeholt worden sind?"

Der Beamte ging zu den Gestellen hinüber, auf denen verschiedene Koffer und andere Gepäckstücke aufgereiht standen. „Zwei!" antwortete er.

„Gehören sie demselben?"

„Nein. Die Nummern folgen nicht aufeinander. Übrigens ist der Reisekorb mit der Leinwandhülle von einer dicken Frau abgegeben worden. Ich erinnere mich an sie."

„Und das zweite Stück?"

„Ist ein brauner Handkoffer." Er zeigte mit dem Finger auf einen billigen, abgenutzten Koffer.

„Ist kein Name und keine Adresse daran?"

„Nein."

„Wissen Sie noch, wer ihn abgegeben hat?"

„Ich kann mich irren, aber ich möchte darauf schwören, daß es ein junger Mann vom Lande war."

„Warum vom Lande? Weil er eine gesunde Gesichtsfarbe hatte?"

„Vielleicht."

„Was hat er denn angehabt?"

„Ich glaube, er trug eine Lederjacke und eine Mütze."

Maigret und Lapointe sahen einander an. Sie dachten beide an Antoine Cristin.

„Um welche Zeit ist das etwa gewesen?"

„So gegen fünf. Kurz nach fünf, denn der Straßburger Schnellzug war gerade eingelaufen."

„Wenn der Koffer zurückgefordert werden sollte, würden Sie dann bitte sofort die Polizeiwache am Quai de Jemmapes anrufen? Wir werden innerhalb weniger Minuten hier sein."

Es gab nur ein Mittel, den Koffer zu identifizieren: Frau Calas mußte geholt und er mußte ihr gezeigt werden.

Gleichgültig sah sie die beiden Männer in das Lokal kommen und trat hinter die Theke, um sie zu bedienen.

„Wir trinken jetzt nichts", sagte Maigret. „Wir sind hergekommen, um Sie abzuholen, weil Sie etwas identifizieren sollen, das sich ganz in der Nähe befindet. Mein Inspektor wird Sie begleiten."

„Muß ich das Haus abschließen?"

„Das lohnt sich nicht; Sie sind in ein paar Minuten wieder hier. Ich bleibe."

Sie setzte keinen Hut auf, sondern zog nur ihre Pantoffeln aus und ihre Schuhe an. „Wollen Sie die Bedienung der Gäste übernehmen?"

„Dazu werde ich kaum Gelegenheit haben."

Als das Auto mit Lapointe am Steuer und Frau Calas neben ihm abfuhr, blieb Maigret eine Zeitlang auf der Schwelle stehen, ein merkwürdiges Lächeln auf den Lippen. Es geschah zum erstenmal in seiner Laufbahn, daß er allein in einem kleinen Lokal blieb, als sei er dessen Besitzer. Diese Vorstellung amüsierte ihn dermaßen, daß er hinter die Theke trat.

Fünftes Kapitel

Maigret überkam die Versuchung, sich selbst mit etwas Trinkbarem zu bedienen; aber das war ein kindisches Verlangen. Die Hände in den Taschen, die Pfeife zwischen den Zähnen, ging er auf die Hintertür zu, durch die Frau Calas häufig verschwand. Ganz wie er es erwartet hatte, gewahrte er eine Küche, in der eine gewisse Unordnung herrschte, die indessen weniger unsauber war, als er geglaubt hatte. Gleich links neben der Tür stand auf einer Anrichte aus braungestrichenem Holz eine angebrochene Flasche Kognak. Also trank die Wirtin Schnaps, und da kein Glas zu sehen war, mußte sie die Gewohnheit haben, aus der Flasche zu trinken.

Ein Fenster ging auf den Hof und ebenso eine Glastür, die nicht verschlossen war. Er machte sie auf. In einem Winkel sah er Fässer, Strohhüllen von Flaschen und zerbeulte Eimer. Paris kam ihm so weit weg vor, daß es ihn nicht überrascht hätte, einen Misthaufen und Hühner zu erblicken.

Mechanisch blickte er zu den Fenstern des ersten Stocks auf, deren Scheiben seit langem nicht geputzt worden waren und hinter denen verschossene Gardinen hingen. Täuschte er sich? Ihm war, als habe sich hinter den Scheiben etwas bewegt.

Er ging wieder in die Küche, ohne Hast, und stieg dann die gewundene Treppe hinauf. Die Stufen knarrten. Alles, sogar der unbestimmte Schimmelgeruch, erinnerte an die Gasthäuser in kleinen Dörfern, wo er gelegentlich übernachtet hatte.

Auf dem Treppenabsatz befanden sich zwei Türen. Er stieß die eine auf und kam in einen Raum, der das Schlafzimmer der beiden Calas sein mußte. Die Fenster gingen auf den Quai hinaus. Das zweischläfrige Nußbaumbett war an diesem Morgen nicht gemacht worden, und die Laken waren ziemlich sauber. Im Schrank hingen Männeranzüge. Zwischen den Fenstern stand ein mit granatrotem Rips bespannter Sessel, daneben ein Radioapparat alten Modells. Mitten im Zimmer schließlich ein runder Tisch, auf dem eine Decke undefinierbarer Farbe lag, und daran zwei Mahagonistühle.

Er überlegte, was ihn beim Eintreten seltsam berührt habe, und er mußte mehrmals die Augen in dem Zimmer umherschweifen lassen, ehe sein Blick abermals an der Tischdecke haftenblieb. Eine anscheinend neue Tintenflasche stand darauf, ferner lagen ein Federhalter da und eine der Reklameschreibmappen, wie sie in Lokalen den Gästen zur Verfügung gestellt werden. Er schlug sie auf und fand darin nur drei Blätter weißes Papier. Im selben Augenblick glaubte er ein Knacken gehört zu haben. Er trat wieder auf den Treppenabsatz hinaus, machte die zweite Tür auf und gewahrte ein weiteres Zimmer. Es diente als Abstellraum und war vollgepfropft mit schadhaften Möbelstücken, alten Zeitschriften, allerlei Gläsern, den verschiedensten Dingen.

„Ist da jemand?" fragte er laut, so gut wie sicher, daß er nicht allein in dem Raum sei. Einen Augenblick lang blieb er regungslos stehen, dann streckte er vorsichtig die Hand nach einem Wandschrank aus, dessen Tür er jäh aufriß. „Keine Dummheiten diesmal!" befahl er.

Es überraschte ihn nicht allzusehr, als er Antoine entdeckte, der in dem Wandschrank kauerte, wie ein gefangenes Tier. „Ich habe mir schon gedacht, daß wir dich bald schnappen würden. Komm raus!"

„Verhaften Sie mich?" Entsetzt starrte der junge Mensch auf die Handschellen, die der Kommissar aus der Tasche gezogen hatte.

„Ich weiß noch nicht, aber ich lege keinen Wert darauf, daß du uns abermals durch die Lappen gehst. Hände her."

„Dazu haben Sie kein Recht. Ich habe nichts getan."

Er ahnte, daß der Junge die letzte Möglichkeit ausnutzen wollte, ihm zwischen den Beinen hindurchzuschlüpfen. Er warf sich vorwärts und drängte ihn mit seiner ganzen Körpermasse gegen die Wand, worauf jener ihn mit Fußtritten gegen die Schienbeine traktierte. Aber es gelang Maigret schließlich doch, ihm die Handschellen anzulegen. „Jetzt komm mit!"

Er ließ den Jungen vor sich hergehen. Sie durchschritten die Küche, und als sie in die Gaststube kamen, schien Antoine betroffen ob ihrer Leere und Stille. „Wo ist sie?"

„Die Wirtin? Keine Angst! Die kommt schon wieder."

„Haben Sie sie verhaftet?"

„Setz dich da in die Ecke und rühr dich nicht vom Fleck."

„Ich tue, was ich will!"

Er hatte Burschen dieses Alters in mehr oder weniger ähnlichen Situationen erlebt, so daß er jede seiner Reaktionen und Antworten schon im voraus kannte.

Es war ihm nicht unlieb, Richter Coméliaus wegen, daß er Antoine festgenommen hatte, aber er erwartete nicht, daß der Junge ihm Aufklärungen liefern würde.

Nach ein paar Minuten hielt das schwarze Auto vor der Tür. Als erster stieg Lapointe aus, öffnete die Tür für Frau Calas und nahm schließlich einen braunen Handkoffer aus dem Wagen. Auf den ersten Blick sah sie Antoine, runzelte die Brauen und drehte sich beunruhigt zu Maigret um.

„Haben Sie nicht gewußt, daß er bei Ihnen war?" fragte Maigret.

„Antworte nicht!" rief der junge Mensch ihr zu. „Er hat kein Recht, mich festzunehmen. Ich habe nichts getan."

Ohne Zögern wandte sich Maigret Lapointe zu. „Ist es der Koffer?"

„Anfangs schien sie ihrer Sache nicht ganz sicher zu sein, dann hat sie es bejaht, dann hat sie behauptet, sie könne es nicht wissen, ehe er nicht geöffnet sei."

„Hast du ihn aufgemacht?"

„Ich habe gemeint, das geschehe besser in Ihrem Dabeisein. Ich habe dem Beamten einen provisorischen Empfangsschein ausgestellt. Er verlangt, daß ihm so schnell wie möglich eine amtliche Beschlagnahmeverfügung geschickt werde."

„Die forderst du bei Coméliau an. Und rufe den Beamten an. Bitte ihn, er möge sich für eine Viertelstunde vertreten lassen. Das dürfte nicht unmöglich sein. Dann soll er in ein Taxi springen und herkommen. Ruf auch Moers an. Ich möchte, daß er ebenfalls herkommt, einer Untersuchung wegen. Er soll Photographen mitbringen."

„In Ordnung, Chef."

Frau Calas, die wie eine Besucherin mitten im Raum stehengeblieben war, fragte nun ihrerseits genau wie Antoine: „Verhaften Sie mich?"

„Warum?" entgegnete Maigret.

Sie sah ihn verwirrt an. „Ich kann mich frei bewegen?"

„Hier im Hause, ja."

Er wußte, was sie wollte, und tatsächlich ging sie in die Küche, wo sie in der Ecke verschwand, in der die Kognakflasche stand. Zur Tarnung ihres Tuns klapperte sie mit Geschirr, zog sich die Schuhe aus, an die sie nicht gewöhnt war und die sie drückten, und zog ihre Filzpantoffeln an. Als sie wieder hinter der Theke erschien, war sie ganz die alte.

„Kann ich Ihnen etwas geben?"

„Ja, einen Weißwein. Und auch einen für den Inspektor. Vielleicht hat Antoine Appetit auf ein Glas Bier."

Er tat, als habe er keine Eile. Man hätte sogar glauben können, er wisse nicht, was er eine Minute später tun werde. Nachdem er einen gehörigen Schluck Wein getrunken hatte, ging er zur Eingangstür und schloß sie ab. „Haben Sie den Kofferschlüssel?"

„Nein."

„Wissen Sie, wo er jetzt ist?"

„Wahrscheinlich in ‚seiner' Tasche."

In Calas' Tasche, denn er sollte ja mit seinem Koffer das Haus verlassen haben.

„Geben Sie mir eine Zange, irgendein Werkzeug."

Es dauerte eine Weile, bis sie eine Zange gefunden hatte. Er wartete mit dem Aufbrechen des primitiven Schlosses, bis Lapointe mit seinen Telephongesprächen fertig war.

Das Metall bog sich, zersprang dann, und Maigret klappte den Deckel auf. Frau Calas war hinter der Theke stehengeblieben. Sie sah zu ihnen herüber, schien aber nicht besonders interessiert zu sein. Der Koffer enthielt einen grauen Anzug aus ziemlich gutem Stoff, ein Paar fast neue Schuhe, Hemden, Sokken, Rasierzeug, Kamm und Zahnbürste sowie ein Stück in Papier gewickelte Seife. „Gehört das Ihrem Mann?"

„Er hat einen Anzug wie den da."

„Ist er nicht mehr oben?"

„Ich habe nicht nachgesehen."

Seit dem Vorabend antwortete sie auf alle Fragen mit sowenig Worten wie möglich, ohne daß das freilich aggressiv wirkte wie etwa das Verhalten Antoines.

„Fällt dir nichts auf?" fragte Maigret Lapointe, während er in dem Koffer herumwühlte.

„Daß alles völlig durcheinander hineingestopft ist?"

Zwei Männer in Maurerkitteln rüttelten an der Tür, preßten die Gesichter an die Scheibe, schienen etwas zu rufen und gingen wieder weg.

„Ja. Das ist meist so, wenn ein Mann seinen Koffer packt", sagte Maigret. „Aber eins ist merkwürdiger. Die Tatsache, daß eins der Hemden und ebenso ein Paar Socken getragen worden sind, beweist, daß er schon die Reise gemacht und den Koffer gepackt hatte, um heimzukehren."

„Ich verstehe."

Ein Taxi hielt vor dem Lokal. Maigret schloß die Tür auf. Während der Beamte von der Gepäckaufbewahrung ausstieg, sagte er: „Lassen Sie den Wagen warten. Ich halte Sie nur einen Augenblick auf."

Der Kommissar ließ ihn in das Lokal eintreten. Er schaute um sich, überlegte ein Weilchen, was man eigentlich von ihm wolle. Sein Blick blieb an Antoine haften, der noch immer auf der Ecke der kleinen Bank saß. Dann wandte er sich Maigret zu, machte den Mund auf und musterte abermals den jungen Mann. Während dieser ganzen Zeit starrte Antoine ihn mit mißtrauischer Miene an.

„Ich glaube beinahe, daß ...", begann der Mann und kratzte sich am Nacken. Er war ein anständiger Kerl, er rang mit seinem Gewissen. „Na ja! Wie ich ihn da sehe, möchte ich sagen, er ist es."

„Sie lügen!" schrie der junge Bursche mit wütender Stimme.

„Vielleicht wäre es besser, wenn ich ihn mal stehend sehen könnte."

„Steh auf."

„Nein!"

„Steh auf, Antoine", sagte Frau Calas.

„Jetzt", brummelte der Beamte nach einer Weile des Überlegens, „zögere ich schon weniger. Hat er keine Lederjacke?"

„Sieh oben nach, in dem Zimmer, das nach hinten hinausgeht", sagte Maigret zu Lapointe.

Sie warteten schweigend, bis Lapointe mit der Lederjacke erschien, die Antoine am Abend zuvor getragen hatte.

„Zieh sie über."

Der junge Bursche sah die Wirtin an, als wolle er sie um Rat fragen; dann fügte er sich mürrisch, als ihm die Handfesseln abgenommen waren. „Sehen Sie denn nicht, daß er sich gut mit der Polizei stellen möchte? Von denen ist einer wie der andere. Denen braucht man nur zu sagen ‚Polizei', und sofort fangen sie an zu zittern. – Also behaupten Sie jetzt immer noch, Sie hätten mich schon gesehen?"

„Ich glaube: ja."

„Sie lügen!"

Der Beamte wandte sich an Maigret, mit ruhiger Stimme, in der dennoch eine gewisse Erregung zitterte.

„Vermutlich ist meine Aussage wichtig. Ich möchte niemandem unrecht tun. Dieser Bursche ähnelt dem, der am Sonntag zum Bahnhof gekommen ist und den Koffer abgegeben hat. Ich habe ihn mir nicht so genau angesehen. Vielleicht, wenn ich ihn an derselben Stelle sähe, bei derselben Beleuchtung ...“

„Er wird Ihnen heute oder morgen im Bahnhof vorgeführt“, entschied Maigret. „Ich danke Ihnen.“

Er begleitete ihn zur Tür, die er hinter ihm abschloß. Es lag in der Haltung des Kommissars eine unerklärliche Schlaffheit, die Lapointe zu schaffen machte. Maigret handelte wie gewöhnlich und tat, was er zu tun hatte, aber ging er nicht mit einem Mangel an Überzeugung vor, wie seine Inspektoren ihn selten an ihm beobachtet hatten? Es war schwierig, das genau zu erklären. Es mutete an, als handele er ein wenig widerwillig. Die Indizien interessierten ihn kaum. Er schien Gedanken in seinem Kopf zu wälzen, die er niemandem mitteilte.

Das war zumal hier im Lokal spürbar und mehr noch, wenn er zu Frau Calas sprach oder sie heimlich beobachtete. Man hätte darauf schwören können, daß das Opfer nicht zählte, daß die zerstückelte Leiche in seinen Augen keinerlei Bedeutung hatte. Er hatte sich kaum mit Antoine befaßt, und es kostete ihn sichtlich Anstrengung, an gewisse berufliche Pflichten zu denken.

„Ruf Coméliau an und erzähl ihm in ein paar Worten, was geschehen ist. Es ist vielleicht besser, wenn er einen Haftbefehl auf den Namen des Jungen ausstellt.“

„Und sie?“ fragte der Inspektor und wies auf die Frau.

„Lieber nicht.“

„Und wenn er darauf besteht?“

„Er kann tun, was er will. Er ist der Vorgesetzte.“

Er ließ die Vorsichtsmaßnahme, leise zu sprechen, außer acht, und die beiden andern hörten zu.

„Sie sollten einen Happen essen“, riet er Frau Calas. „Es ist möglich, daß Sie binnen kurzem mitgenommen werden.“

„Für wie lange?“

„Für so lange, wie der Untersuchungsrichter Sie zu seiner Verfügung zu haben wünscht.“

„Muß ich im Gefängnis übernachten?“

„Zunächst wahrscheinlich im Untersuchungsgefängnis.“

„Und ich?“ fragte Antoine.

„Du auch. Aber nicht in derselben Zelle!“ fügte Maigret hinzu.

„Hast du Hunger?“ fragte Frau Calas den Jungen.

„Nein.“

Dennoch ging sie in die Küche, aber nur, um einen Schluck Schnaps zu trinken. Als sie wiederkam, erkundigte sie sich: „Wer hütet während der Zeit das Haus?“

„Niemand. Sie brauchen keine Angst zu haben. Es wird überwacht.“ Er konnte nicht umhin, sie immerfort auf die gleiche Weise anzusehen, als sehe er sich zum erstenmal jemandem gegenüber, den er nicht verstand. Er war geschickten Frauen begegnet, und manche hatten ihm lange die Stirn geboten. Doch jedesmal hatte er von Anfang an nichtsdestoweniger gefühlt, daß er das letzte Wort haben werde. Es war stets eine Frage der Zeit, der Geduld, des Willens gewesen.

Mit Frau Calas war alles ganz anders. Er konnte sie in keine Kategorie einordnen. Wenn man ihm gesagt hätte, sie habe ihren Mann kaltblütig ermordet und eigenhändig auf dem Küchentisch in Stücke geschnitten, so würde er nicht protestiert haben. Aber er würde auch nicht protestiert haben, wenn man ihm versichert hätte, sie habe vom Schicksal ihres Mannes nicht die mindeste Ahnung.

Da stand sie leibhaftig vor ihm, welk und mager in dem dunklen Kleid. Sie war etwas durchaus Wirkliches, mit dem Widerschein intensiven Innenlebens in den dunklen Augen; und dennoch hatte sie etwas Körperloses, etwas Ungreifbares an sich.

Ob sie wohl wußte, daß sie diesen Eindruck machte? Man hätte es aus der ruhigen, vielleicht ironischen Art schließen können, in der sie den Kommissar musterte.

Das war die Ursache des Mißbehagens, das Lapointe soeben verspürt hatte. Es handelte sich weniger um eine polizeiliche Nachforschung zwecks Entdeckung eines Schuldigen als um eine persönliche Angelegenheit zwischen Maigret und dieser Frau. Was nicht unmittelbar mit ihr zusammenhing, interessierte den Kommissar nur mittelmäßig. Den Beweis dafür erhielt Lapointe einen Augenblick später, als er aus der Telephonzelle herauskam.

„Was hat er gesagt?“ fragte Maigret; er meinte Coméliau.

„Er will einen Haftbefehl ausfertigen und Ihnen ins Büro schicken.“

„Will er Antoine sehen?“

„Er nimmt an, Sie würden ihn zuvor verhören wollen.“

„Und sie?“

„Er fertigt noch einen zweiten Haftbefehl aus. Sie könnten damit machen, was Sie wollen, aber seiner Meinung nach . . .“

„Ich verstehe.“

Coméliau erwartete also, daß Maigret in sein Büro zurückkehrte, nacheinander Antoine und Frau Calas vorführen ließ und die beiden verhörte.

Man hatte keinen stichhaltigen Beweis dafür, daß der Mann, dessen Überreste aus dem Saint-Martin-Kanal gefischt worden waren, Calas war. Aber wenigstens gab es jetzt, des Koffers wegen, gewichtige Verdachtsmomente, und es war häufig vorgekommen, daß ein Verhör, das mit weit weniger Trümpfen begonnen, nach ein paar Stunden mit lückenlosen Geständnissen geendet hatte. Das war nicht nur Richter Coméliaus Auffassung, sondern auch die Lapointes, der nur schlecht sein Erstaunen verbarg, als Maigret ihm befahl:

„Bring den Jungen zum Polizeipräsidium. Setz dich mit ihm in mein Büro und verhöre ihn. Vergiß nicht, ihm was zu essen heraufkommen zu lassen.“

„Wollen Sie hierbleiben?“

„Ich warte auf Moers und die Photographen.“

Bedrückt gab Lapointe dem jungen Burschen einen Wink aufzustehen. Bevor er hinausging, rief Antoine Maigret noch zu: „Ich sage Ihnen schon im voraus, daß Sie das teuer zu stehen kommt.“

Als er mit Frau Calas allein war, hatte Maigret sein Glas von der Theke genommen, es auf einen Tisch gestellt und sich gesetzt. Frau Calas verharrte hinter der Theke.

Die Fabriksirenen verkündeten die Mittagsstunde. Innerhalb von noch nicht zehn Minuten drückten sich mehr als dreißig Personen an die verschlossene Tür. Einige, die durch die Fensterscheibe Frau Calas sahen, gestikulierten, als versuchten sie, mit ihr zu sprechen.

Plötzlich brach Maigret das Schweigen. „Ich habe Ihre Tochter besucht“, sagte er. „Sie hat mir bestätigt, daß sie Sie vor etwa einem Monat besucht hat.“

Sie sah ihn stumm an.

„Sie machte mir den Eindruck eines ausgeglichenen Menschen, der sein Lebensschifflein klug gesteuert hat. Ich weiß nicht, wie ich auf den Gedanken gekommen bin, sie sei in ihren Chef verliebt und vielleicht sogar seine Geliebte.“

Sie rührte sich noch immer nicht. Ob sie das überhaupt interessierte? Ob sie für ihre Tochter noch irgend etwas fühlte?

„Sie muß es anfangs nicht leicht gehabt haben. Es ist hart für ein fünfzehnjähriges Mädchen, sich ganz allein in einer Stadt wie Paris durchzuschlagen.“

Sie sah ihn mit Augen an, die durch ihn hindurchzublicken schienen, und fragte mit müder Stimme: „Was erhoffen Sie sich?“

Ja, was hoffte er denn eigentlich? Hatte Coméliau im Grunde nicht recht? Müßte er in diesem Augenblick nicht dabeisein, Antoine zum Reden zu bringen? Und sie – würden nicht ein paar Tage in der Zelle des Untersuchungsgefängnisses ihre Haltung ändern?

„Ich überlege, warum Sie Calas geheiratet und aus welchem Grunde Sie ihn später nicht verlassen haben.“

Es war kein Lächeln, was ihre Lippen umspielte, sondern ein Ausdruck, den man für Spott hätte halten können – oder für Mitleid.

„Sie haben es in voller Absicht getan, nicht wahr?“ fuhr Maigret fort, ohne seinen Gedanken genauer auszudrücken.

Es gab Augenblicke, wie gerade jetzt, da es ihm schien, als bedürfe es nur einer kleinen Anstrengung, nicht nur um alles zu verstehen, sondern um die unsichtbare Mauer niederzureißen, die sich zwischen ihnen erhob. Jetzt galt es, das rechte Wort zu finden, und dann würde sie schlicht und menschlich vor ihm stehen.

„Ist der andere am Sonntag nachmittag hier gewesen?“

Er gelangte dennoch zu einem Ergebnis, denn sie begann zu zittern. „Welcher andere?“ fragte sie schließlich widerwillig.

„Ihr Liebhaber. Der wahre.“

Sie hatte gleichgültig tun wollen, keine Fragen stellen, aber dann mußte sie nachgeben.

„Wer denn?"

„Ein rothaariger Mann mittleren Alters mit Pockennarben und dem Vornamen Dieudonné."

Jetzt war sie wieder völlig verschlossen. Aus ihren Zügen war nichts zu lesen. Überdies hielt draußen ein Wagen, dem Moers und drei andere Männer mit ihren Apparaten entstiegen. Abermals ging Maigret hin und schloß die Tür auf.

Freilich, er hatte nichts erreicht. Allein er glaubte nicht, daß das Beisammensein mit ihr nur verlorene Zeit war.

„Was soll untersucht werden, Chef?"

„Alles. Zunächst die Küche, dann die beiden Zimmer und die Toilette im ersten Stock. Dann der Hof und schließlich der Keller."

„Glauben Sie, hier sei der Mann ermordet und zerstückelt worden?"

„Das könnte sein."

„Und der Koffer da?"

„Sieh ihn dir genau an und ebenso seinen Inhalt."

„Damit sind wir den ganzen Nachmittag beschäftigt. Bleiben Sie hier?"

„Ich glaube nicht, aber ich werde wohl bald wieder vorbeikommen."

Er ging in die Telephonzelle, rief Judel in der Polizeiwache gegenüber an und instruierte ihn, daß das Haus auch weiterhin überwacht werden müsse. Dann sagte er zu Frau Calas: „Sie täten besser, mit mir zu kommen."

„Soll ich was zum Anziehen und Toilettengegenstände mitnehmen?"

„Das wäre vielleicht ganz klug."

Sie ging in die Küche, blieb stehen und tat einen langen Zug aus der Flasche. Dann hörte man sie in dem Schlafzimmer im ersten Stock hin und her gehen.

„Haben Sie keine Angst, sie allein zu lassen, Chef?"

Maigret zuckte die Achseln. Wenn es Spuren zu verwischen, kompromittierende Dinge zu beseitigen gab, dann hätte man das schon längst besorgt haben können.

Indessen war er überrascht, daß sie so lange fortblieb. Man hörte immerfort ihre Schritte, das Geräusch eines aufgedrehten Wasserhahns, Schubfächer wurden aufgezogen und geschlossen.

Abermals blieb sie in der Küche stehen, und sicherlich sagte sie sich, es sei wohl der letzte Schnaps, den zu trinken ihr für lange Zeit vergönnt sei. Als sie endlich wieder erschien, sahen die drei Männer sie sämtlich mit dem gleichen Erstaunen an, in das sich bei Maigret eine Spur von Bewunderung mischte.

Innerhalb von noch nicht zwanzig Minuten hatte sie sich fast völlig verwandelt. Sie trug jetzt eine elegante schwarze Jacke. Nun sie frisiert war und einen Hut aufhatte, hätte man sagen können, auch ihre Gesichtszüge hätten sich gestrafft, ihr Schritt sei sicherer, ihre Haltung fest und gewissermaßen hochmütig geworden.

War sie der Wirkung, die sie hervorrief, gewärtig? War dabei eine gewisse Koketterie im Spiel? Sie lächelte nicht, die Verdutztheit der Männer schien sie nicht zu amüsieren. Sie vergewisserte sich, ob sie alles habe, zog dann die Handschuhe an und sagte leise: „Ich bin bereit."

Ihr Gesicht war gepudert, und die Lippen waren geschminkt. Sie strömte einen unerwarteten Geruch von Eau de Cologne und Kognak aus.

„Wollen Sie keinen Koffer mitnehmen?"

Sie verneinte es, gleichsam trotzig. Wäsche und Kleider zum Wechseln mitnehmen: hieß das nicht sich schuldig bekennen? Auf jeden Fall hätte es bedeutet, daß man Gründe haben könne, sie festzuhalten.

„Bis gleich!" rief Maigret Moers und dessen Mitarbeitern zu. Es war ein seltsames Gefühl für ihn, neben ihr im gleichen Schritt und im hellen Sonnenschein auf dem Bürgersteig zu gehen. „Ich möchte Sie gern etwas fragen", sagte er.

„Sie haben sich bis jetzt nicht gerade geniert."

„Wie lange ist es her, daß Sie sich so wie jetzt angezogen haben?"

Sie machte sich die Mühe nachzudenken. „Mindestens vier Jahre", sagte sie schließlich. „Aus welchem Grunde fragen Sie mich das?"

„Aus keinem."

Warum hätte er es ihr sagen sollen, da sie es doch genauso gut wußte wie er? Er hatte gerade noch Zeit, ein Taxi anzuhalten, das an ihnen vorüberfuhr. Er öffnete die Wagentür und ließ seiner Begleiterin den Vortritt.

BAR
CHEZ CALAS
BAR

Sechstes Kapitel

In Wahrheit wußte er noch nicht, was er mit ihr anfangen sollte. Hätte er es mit einem andern Untersuchungsrichter als Coméliau zu tun gehabt, so hätte er es bei weitem vorgezogen, Frau Calas am Quai de Valmy zu lassen, bis er sich eine genauere Vorstellung von ihrem Charakter und von der Rolle gebildet hatte, die sie hätte gespielt haben können. Bei Coméliau war das gefährlich. Nicht nur, daß dieser Beamte peinlich auf die Form bedacht war, in steter Sorge um die öffentliche Meinung und die Reaktion der Regierung; er war überdies Maigrets Methoden gegenüber stets mißtrauisch gewesen, weil sie ihm nicht orthodox genug waren.

Maigret wußte, daß der Richter ein Auge auf ihn hatte und nur zu geneigt war, ihm bei dem geringsten Irrtum oder der leisesten Unvorsichtigkeit die Verantwortung zuzuschieben.

Die Zeitungen in den Kiosken hatten bereits von der Haussuchung in dem kleinen Lokal berichtet. Und Maigret hatte den Namen Calas in großen Lettern auf der ersten Seite gesehen. Er malte sich aus, wie es sein würde, wenn er, zum Beispiel am nächsten Morgen, zu Coméliau ginge und die Morgenzeitungen hätten gemeldet: *Frau Calas verschwunden!*

Ohne den Kopf zu ihr hinzudrehen, beobachtete er sie aus dem Augenwinkel. Sie schien es nicht zu merken. Sie hielt sich auf ihrem Sitz sehr gerade, nicht ohne eine gewisse Würde, und aus der Art, wie sie die Stadt betrachtete, sprach Neugier. Seit mindestens vier Jahren, so hatte sie eben zugegeben, hatte sie sich nicht gut angezogen. Vielleicht war es noch länger her, daß sie nicht ins Stadtzentrum gekommen war und die Menge sich auf den Boulevards hatte drängen sehen. Als sie sich dem Quai des Orfèvres näherten, tat er zum erstenmal den Mund auf. „Sie haben mir wohl nichts über Ihren Mann zu sagen?"

Sie zuckte kaum merklich die Achseln und sagte: „Ich habe Calas nicht getötet."

Sie nannte ihn bei seinem Familiennamen, wie es gewisse Frauen von Bauern und Kleinhändlern zu tun pflegen. Das frappierte Maigret, als sei es bei ihr etwas Unnatürliches.

„Soll ich in den Hof fahren?“ fragte der Chauffeur.

„Bitte, ja.“

Am Fuße der großen Treppe standen drei Journalisten und Photographen. Sie hatten von dem Geschehenen Wind bekommen, und es war umsonst, die Gefangene vor ihnen zu verstecken.

„Einen Augenblick, Kommissar.“

Ob sie glaubte, Maigret habe diese Leute herbestellt? Sie ging starr aufgerichtet, während die Männer Aufnahmen machten und ihr ins Treppenhaus folgten. Sicherlich hatten sie den jungen Antoine ebenfalls photographiert.

Selbst oben, im Korridor, zögerte Maigret noch, bis er endlich die Tür des Inspektorenbüros öffnete. Er wandte sich an Janvier. „Willst du sie bitte für ein paar Minuten in ein leeres Büro bringen und dort mit ihr bleiben?“

Sie hatte es gehört. Es war immer noch ein stummer Vorwurf in dem Blick zu lesen, den sie dem Kommissar zuwarf. Vielleicht war es mehr Enttäuschung als Vorwurf.

Er ging hinaus und in sein eigenes Büro, wo Lapointe, der sich den Rock ausgezogen hatte, auf seinem Platz saß. Dem Fenster gegenüber saß Antoine kerzengerade auf einem Stuhl; er war sehr rot, als sei ihm zu warm. Zwischen den beiden stand ein Tablett, das man von der Brasserie Dauphine hatte heraufschicken lassen. Man sah darauf Reste von belegten Broten und zwei Gläser, in denen noch ein wenig Bier war.

Als Maigrets Blick sich erst auf das Tablett und dann auf ihn richtete, schien Antoine sich zu ärgern, daß er seinem Appetit nachgegeben habe, weil er sich wahrscheinlich vorgenommen hatte, „sie zu bestrafen“, indem er jede Nahrungsaufnahme verweigerte. Man war am Quai diese Haltung gewohnt, und der Kommissar konnte nicht umhin zu lächeln. „Klappt's?“ fragte er Lapointe. Lapointe gab ihm durch einen Blick zu verstehen, daß er zu keinem Ergebnis gelangt sei.

„Macht weiter, Kinder!“

Maigret ging in Coméliaus Büro.

„Haben Sie sie alle beide verhaftet?“

„Der junge Mann ist in meinem Büro. Lapointe verhört ihn gerade.“

„Hat er etwas gesagt?“

„Selbst wenn er etwas wüßte, würde er nichts sagen, ehe man ihm die Beweise unter die Nase gehalten hätte."

„Ist er intelligent?"

„Das eben nicht. Bei jemandem, der intelligent ist, erreicht man schließlich immer etwas, aber ein Dummkopf begnügt sich damit, zu leugnen, auch wenn alles sonnenklar ist."

„Und die Frau? Wollen Sie sie selber verhören?"

„Jetzt nicht. Dazu weiß ich noch nicht genug. Vielleicht morgen oder übermorgen."

„Und inzwischen?"

Maigret wirkte so gefügig, so brav und nachgiebig, daß Coméliau sich fragte, was er nun wohl wieder im Schilde führe.

„Ich bin gekommen, um zu hören, was Sie beschlossen haben."

„Sie können sie nicht bis in alle Ewigkeit in einem Büro sitzen lassen", sagte der Richter. „Würden Sie es nicht für das klügste halten, wenn man sie ins Untersuchungsgefängnis schickte?"

„Das müssen Sie entscheiden."

Mit zusammengezogenen Brauen dachte Coméliau nach. Er war wütend. Schließlich schleuderte er Maigret wie eine Herausforderung entgegen: „Schicken Sie sie mir herauf."

Warum lächelte der Kommissar, als er durch den langen Korridor ging? Malte er sich das Tête-à-tête zwischen Frau Calas und dem aufgebrachten Richter aus?

Er sah sie an diesem Nachmittag nicht wieder. Er begnügte sich damit, ins Inspektorenbüro zu gehen und zum diensthabenden Beamten zu sagen: „Richter Coméliau will Frau Calas sehen. Willst du bitte den Auftrag an Janvier weitergeben?"

Als ein Journalist sich auf der Treppe an ihn heranmachen wollte, entledigte er sich seiner mit der Bemerkung: „Gehen Sie doch zu Coméliau hinauf. Ich bin überzeugt, daß er Neuigkeiten für die Presse hat oder bald haben wird."

Er ging zur Brasserie Dauphine hinüber, trat an die Theke und trank einen Aperitif. Es war spät. Fast alle waren schon mit dem Mittagessen fertig. Er nahm den Telephonhörer ab und rief seine Frau an.

„Kommst du nicht nach Hause?" fragte sie.

„Nein."

„Aber du ißt doch hoffentlich zu Mittag?"

„Ich bin in der Brasserie Dauphine und will es gerade tun."

„Kommst du zum Abendessen heim?"

„Vielleicht."

Unter den Gerüchen, von denen die Luft in der Brasserie immer geschwängert war, herrschten zwei vor: um die Theke herum der nach Pernod und der nach Huhn-in-Wein, der stets von neuem aus der Küche hereindrang.

Die meisten Tische waren unbesetzt; es saßen ein paar Kollegen da bei Kaffee und Calvados. Er zögerte, blieb aber schließlich einfach stehen und bestellte sich ein belegtes Brot. Die Sonne schien genauso strahlend wie am Morgen, der Himmel war genauso klar, aber ein paar weiße Wolken zogen rasch dahin. Eine Brise hatte sich gerade erhoben, wirbelte in den Straßen Staub auf und klebte den Frauen die Röcke an den Körper.

Maigret aß zerstreut und schaute mit demselben Blick nach draußen, mit dem die Passagiere eines Dampfers das monotone und faszinierende Wogen des Meeres betrachten.

Ein paar Minuten später saß er in einem Taxi, das ihn zum Quai de Valmy brachte. Er ließ es an der Ecke der Rue des Récollets halten, gegenüber der Schleuse, vor der drei Lastkähne warteten. Riesige Lastwagen mit der Firmenbezeichnung *Roulers & Langlois* standen hintereinander längs des Gehsteigs. Maigret ging an ein paar kleinen Läden vorüber, wie sie sich in den von einfachen Leuten bewohnten Vierteln von Paris finden. Eine Auslage von Gemüse und Obst war bis zur Mitte des Gehsteigs vorgeschoben. Ein bißchen weiter kam ein Schlächterladen, in dem niemand war, und dann ein so dunkler Krämerladen, daß man nichts darin erkennen konnte.

Frau Calas mußte ihr Haus verlassen, wenn sie Einkäufe machen wollte. Es war nur zu wahrscheinlich, daß sie häufig in diese Läden kam, in Pantoffeln, um die Schultern das dicke schwarze Wolltuch, das er im Lokal an ihr bemerkt hatte.

Sicherlich hatte Judel sich mit diesen Leuten beschäftigt, denen die Polizei des Viertels viel vertrauter war als irgend jemand vom Quai des Orfèvres. Die Tür des Lokals war verschlossen. Er preßte die Stirn an die Scheibe und sah im Innern niemanden. Aber in der Küche sah man in der Sonne dann und wann eine Gestalt schattenhaft hin und her huschen. Er klopfte zwei-, dreimal, ehe Moers erschien und auf die Tür zustürzte.

„Bitte entschuldigen Sie. Wir machen einigen Lärm. Haben Sie lange warten müssen?“

„Kommt nicht drauf an. Bist du oft gestört worden?“

„Manche Gäste versuchen, die Tür aufzumachen, und gehen dann einfach weg. Andere klopfen an die Tür, fuchteln herum und verlangen, man solle ihnen aufmachen.“

„Mach nur weiter“, sagte er zu Moers. „Ich komme gleich wieder zu dir.“

Er schlängelte sich zwischen den Apparaten hindurch, die die Techniker in der Küche aufgestellt hatten, stieg zum ersten Stock hinauf und kam mit der Tintenflasche und der Schreibmappe wieder. Er setzte sich an einen der Tische und schrieb in großen Buchstaben:

VORÜBERGEHEND GESCHLOSSEN.

„Hast du nicht irgendwo Heftzwecken gesehen?“ fragte er.

Moers antwortete von der Küche her: „In dem Fach links unter der Theke.“

Er fand sie und befestigte seine Ankündigung am Fensterkreuz der Tür. Als er sich umwandte, fühlte er, wie etwas Lebendiges an seinem Bein vorüberstrich, und erkannte die rote Katze, die miauend zu ihm aufsah. An die hatte er nicht gedacht. Wenn das Haus eine Zeit leer bleiben mußte, konnte man die Katze nicht dalassen. Er ging in die Küche, fand einen gesprungenen Suppenteller und in einem Steingutkrug Milch.

„Ich überlege, wem ich das Tier anvertrauen soll.“

„Meinen Sie nicht, daß ein Nachbar sich darum kümmert? Ich habe ganz in der Nähe eine Schlachterei gesehen.“

„Was habt ihr bis jetzt herausbekommen?“ fragte er Moers.

Sie waren dabei, das Haus mit peinlichster Sorgfalt durchzukämmen; sie ließen keinen Winkel, kein Schubfach undurchstöbert. Moers machte den Anfang, untersuchte alles mit einem Vergrößerungsglas und bediente sich notfalls eines tragbaren Mikroskops, und die Photographen folgten ihm.

„Wir haben mit dem Hof angefangen, weil da die größte Unordnung herrschte. Hinter all dem Gerümpel und den Abfällen könnte man versucht sein, etwas zu verstecken.“

„Die Müllkästen werden doch wohl seit Sonntag schon geleert worden sein?"

„Ja, am Montagmorgen. Dennoch haben wir sie untersucht, auf Blutspuren hin zum Beispiel."

„Nichts?"

„Nichts", wiederholte Moers, aber er schien zu zögern. Das bedeutete, daß er eine Idee hatte, aber seiner Sache noch nicht sicher war.

„Was ist los?"

„Ich weiß nicht, Chef. Nur so ein Eindruck. Wir haben alle vier denselben. Wir sprachen gerade darüber, als Sie kamen."

„Raus mit der Sprache."

„Etwas ist nicht ganz geheuer. Wir befinden uns nicht in einem Haus, in dem man sich auf peinliche Sauberkeit gefaßt machen muß. Es genügt ein Blick in die Schubfächer, um festzustellen, daß hier eher eine gewisse Schlampigkeit herrscht, und das meiste ist mit Staub bedeckt."

Maigret, der Umschau hielt, glaubte Moers verstanden zu haben und zeigte Interesse. „Weiter."

„Neben dem Ausguß haben wir das nicht abgewaschene Geschirr von drei Tagen gefunden und Töpfe, die seit Sonntag nicht gereinigt worden sind. Man kann annehmen, daß das immer so gehalten worden ist, sofern nicht die Frau ihren Haushalt während der Abwesenheit des Mannes vernachlässigt haben sollte."

Moers hatte recht. Die Unordnung – und selbst eine gewisse Unsauberkeit – mußten hier das Übliche sein.

„Logischerweise hätten wir also überall Schmutz vorfinden müssen. Dagegen scheint sonst fast überall unlängst ein Großreinemachen veranstaltet worden zu sein, und Sambois hat im Hof zwei Flaschen Bleichmittel entdeckt, von denen wenigstens die eine, die leer ist, erst kürzlich gekauft worden ist, aus dem Zustand des Etiketts zu schließen."

„Wann ist deiner Meinung nach diese Reinigung durchgeführt worden?"

„Vor drei oder vier Tagen. Ich kann Ihnen keine genaueren Angaben liefern, bevor ich im Laboratorium einige Analysen gemacht habe."

„Fingerabdrücke?"

„Sie bestätigen unsre Theorie. Überall in den Schubfächern und in den Wandschränken haben wir Abdrücke gefunden."

„Bist du dir ganz sicher?"

„Sie entsprechen jedenfalls denen der aus dem Kanal gefischten Leiche." Endlich war ein Beweis erbracht, daß der zerstückelte Mann der Kneipwirt vom Quai de Valmy war.

„Haben sich diese Abdrücke auch oben gefunden?"

„Nicht auf den Möbeln, nur im Innern. Vor allem ist uns aufgefallen, daß sich auf den Möbeln auch nicht ein Staubkörnchen befindet und daß auch der Fußboden gründlich gereinigt worden ist. Die Bettücher sind nur drei oder vier Nächte benutzt worden."

„Hast du schmutzige Wäsche gefunden?"

„Daran habe ich gedacht. Nein."

„Wird die Wäsche hier im Haus gewaschen?"

„Ich habe keine Waschmaschine und kein Waschfaß gefunden."

„Also haben sie die Wäsche in eine Wäscherei gegeben. Ich will versuchen, herauszubekommen, welche Namen ..."

Maigret hatte vor, sich bei den Ladeninhabern in der Nachbarschaft zu erkundigen. Moers hielt ihn zurück und zog ein Schubfach des Küchenschranks auf. Er brachte einen Stapel Rechnungen zum Vorschein, unter denen sich auch welche der *Wäscherei des Récollets* befanden.

Maigret ging zur Telephonzelle, wählte die Nummer und fragte, ob in dieser Woche am Quai de Valmy Wäsche abgeholt worden sei. „Wir holen sie immer donnerstags ab", wurde ihm geantwortet. Also war der Bote zuletzt am vergangenen Donnerstag hier gewesen. Moers hatte recht, wenn er sich wunderte. Es konnten seit Donnerstag nicht zwei Menschen im Hause gewohnt haben, ohne Wäsche zu beschmutzen, die man irgendwo finden mußte, jedenfalls die Bettwäsche, da die im Schlafzimmer so gut wie sauber war.

Nachdenklich ging Maigret zu den anderen.

„Was ist mit den Fingerabdrücken los?"

„Bis jetzt haben wir in der Küche drei Arten gefunden. Die meisten sind Abdrücke von Frauenfingern. Ich nehme an, daß es die der Wirtin sind."

„Das ließe sich leicht nachprüfen."

„Dann die eines Mannes, den ich für ziemlich jung halte. Es sind nur wenig, und das sind die frischesten."

Wahrscheinlich Antoine, den Frau Calas wohl in der Küche abgefüttert hatte, als er im Lauf der Nacht gekommen war.

„Schließlich noch zwei eines andern Mannes, von denen einer teilweise verwischt ist."

„Und die Abdrücke von Calas?"

„Auch nur in den Schubfächern."

„Alles in allem sieht es also so aus, als sei unlängst, etwa am Sonntag, das Haus von oben bis unten gereinigt worden, ohne daß man sich mit dem Innern der Möbelstücke abgegeben hätte."

Sie dachten alle an die zerstückelte Leiche. Die Zerstückelung hatte Zeit beansprucht, denn jedes einzelne Stück war sorgfältig in Zeitungspapier gewickelt und verschnürt worden. In welchem Zustand mußte sich ein Raum befunden haben, in dem eine solche Arbeit vollführt worden war?

Maigret tat es jetzt weniger leid, Frau Calas den wütenden Angriffen des Richters Coméliau ausgeliefert zu haben.

Er ließ sie weiterarbeiten und ging eine Zeitlang im Lokal auf und ab, wobei die rote Katze ihm auf Schritt und Tritt folgte. Die Sonne beschien die auf dem Wandbrett aufgereihten Flaschen und warf zarte Reflexe auf eine Ecke des Schanktisches. Als er an dem großen Ofen vorüberkam, glaubte er, das Feuer sei erloschen. Er machte ihn auf, fand noch glühende Asche und schüttete mechanisch Kohlen auf.

Kurz danach trat er hinter die Theke, betrachtete zögernd die Flaschen und goß sich ein Glas ein. Das Kassenschubfach vor ihm stand halb offen. Rechts an der Wand, neben dem Fenster, hing ein Preisverzeichnis. Er nahm aus seiner Tasche, was der Calvados kostete, legte das Geld in die Kasse und zuckte zusammen, als er hinter dem Fenster eine Silhouette sich abheben sah. Es war Inspektor Judel, der sich bemühte hineinzuschauen. Maigret öffnete ihm.

„Ich dachte mir schon, daß ich Sie hier finden würde, Chef. Ich hatte den Quai angerufen, man wußte nicht, wo Sie sind." Judel blickte mit einer gewissen Überraschung um sich; seine Augen suchten sicherlich Frau Calas. „Haben Sie sie tatsächlich verhaftet?"

„Sie ist bei Richter Coméliau."

„Ich bin froh, daß ich Sie getroffen habe", sagte Judel, „weil ich nicht handeln wollte, ohne Ihre Meinung zu kennen. Ich glaube, wir haben den Rothaarigen aufgestöbert."

„Wo ist er?"

„Wenn meine Auskünfte stimmen, nur ein paar Schritte von hier. Er ist als Beifahrer bei der Transportgesellschaft *Zenit* angestellt ..."

„Ich weiß. *Roulers & Langlois.*"

„Ich hatte gemeint, Sie würden lieber selbst nachfragen."

Von der Küche her erklang Moers' Stimme. „Haben Sie einen Augenblick Zeit, Chef?"

Maigret ging hin. Das schwarze Umschlagtuch der Frau Calas lag auf dem Tisch ausgebreitet, und Moers stellte sein Mikroskop ein.

„Bemerken Sie die bräunlichen Striche, die wie kleine Baumzweige aussehen? In Wirklichkeit ist es Hanf. Es sind mit bloßem Auge kaum sichtbare Fäserchen, die sich von einem Stück Bindfaden losgelöst haben."

„Von derselben Art Bindfaden, mit dem ..." Maigret spielte auf den Bindfaden an, der dazu gedient hatte, die Überreste des zerstückelten Mannes zu umschnüren.

„Ich möchte beinahe darauf schwören. Es liegen zwar Bindfadenenden in einem Schubfach, aber wir haben kein einziges Stück Bindfaden dieser Art gefunden."

„Danke. Du wirst wohl noch hier sein, wenn ich wiederkomme."

„Was fangen Sie mit der Katze an?"

„Die nehme ich mit." Maigret nahm sie unter den Arm, als er das Haus verließ. Vor dem Krämerladen zögerte er, sagte sich dann aber, daß das Tier bei einem Schlächter besser aufgehoben sei.

„Ist das nicht Frau Calas' Katze?" fragte ihn die Schlächtersfrau, als er an den Ladentisch herantrat.

„Ja. Würde es Ihnen Mühe machen, wenn Sie sie für ein paar Tage bei sich behielten?"

„Aber wenn sie sich mit meinen beißt, dann ..."

„Ist Frau Calas Ihre Kundin?"

„Sie kommt jeden Morgen her. Ist es tatsächlich ihr Mann,

der ..." Anstatt etwas so Grausiges auszusprechen, wies sie lieber mit den Augen auf den Kanal.

„Es scheint so."

„Und was hat man mit ihr gemacht?" Als Maigret nach einer ausweichenden Antwort suchte, fuhr sie fort: „Ich weiß, daß durchaus nicht jeder meiner Ansicht ist und daß sich viel gegen sie sagen läßt; aber für mich ist sie ein unglückliches Geschöpf, das nicht dafür verantwortlich ist."

Ein paar Minuten später gingen Maigret und Judel über den Hof von *Roulers & Langlois,* rechts zum Glasverschlag, der in schwarzen Buchstaben die Bezeichnung „Büro" trug. Um den Hof herum liefen Rampen. Von dort aus wurden Ballen, Säcke und Kisten in die Lastwagen verladen. Die Lastträger rasten herum und machten einen betäubenden Lärm.

Maigret sah auf einer der Rampen einen rothaarigen Mann stehen, der ein kleines Verzeichnis in der einen, einen Bleistift in der andern Hand hielt. Er mußte die Fünfzig hinter sich haben und war von mittlerer Größe, hatte breite Schultern und trug einen grauen Kittel. Seine helle, gerötete Gesichtshaut war mit Pockennarben gesprenkelt – sie erinnerte an Apfelsinenschale. Männer, die Ballen schleppten, gingen an ihm vorbei, riefen Namen, Nummern, dann den Namen einer Stadt oder eines Dorfes, aber er schien nicht mehr auf sie zu hören. Seine blauen Augen starrten auf Maigret.

„Laß ihn nicht abhauen", schärfte Maigret Judel ein und ging in das Büro, wo ihn ein junges Mädchen fragte, was er wünsche.

„Ist einer der Chefs hier?"

Sie brauchte nicht zu antworten, denn ein Mann mit kurz geschorenem grauen Haar trat mit fragender Miene auf ihn zu.

„Sind Sie einer der Chefs?"

„Joseph Langlois. Mir scheint, als hätte ich Sie schon irgendwo gesehen."

Sicherlich hatte er Maigrets Photo in den Zeitungen gesehen. Der Kommissar stellte sich vor, und Langlois wartete mißtrauisch auf das, was nun kommen sollte. „Wie heißt der rothaarige Angestellte da auf der andern Hofseite?"

„Dieudonné Pape. Er arbeitet seit über fünfundzwanzig Jahren bei mir. Es sollte mich wundern, wenn ihm etwas vorzuwerfen wäre."

„Verheiratet?"

„Er ist seit Jahren Witwer."

„Lebt er allein?"

„Ich vermute es. Sein Privatleben geht mich nichts an."

„Haben Sie seine Adresse?"

„Er wohnt Rue des Ecluses-Saint-Martin, nur ein paar Schritte von hier. Wissen Sie die Nummer, Fräulein Berthe?"

„56."

„Ist er den ganzen Tag über beschäftigt?"

„Er arbeitet seine acht Stunden wie jeder andere auch, aber nicht unbedingt tagsüber. Der Packhof ist Tag und Nacht in Betrieb, deshalb müssen wir in drei Schichten arbeiten. Der Arbeitsplan wird allwöchentlich geändert."

„In welcher Schicht hat er letzte Woche gearbeitet?"

Langlois wandte sich an das junge Mädchen, das er mit Fräulein Berthe angeredet hatte. „Wollen Sie mal nachsehen?"

Sie blätterte in einem Register. „In der ersten."

Der Chef erläuterte: „Das heißt, daß er seinen Dienst um sechs Uhr morgens angetreten und um zwei Uhr nachmittags beendet hat."

„Ist er letzten Sonntag dagewesen?"

Abermals schlug das junge Mädchen nach. „Nein."

„Könnten Sie ihn nicht ablösen lassen?"

„Ist es wichtig?"

„Wahrscheinlich sehr wichtig."

„Was Sie auch im Kopf haben mögen – es ist schon besser, wenn ich Ihnen von vornherein erkläre, daß Sie auf falscher Fährte sind. Wenn ich nur Angestellte wie ihn hätte, brauchte ich mir keine Sorgen zu machen." Ohne Maigret zum Mitkommen aufzufordern, verließ Langlois das verglaste Büro und ging auf Dieudonné Pape zu.

Der verzog keine Miene, während sein Chef auf ihn einredete, sondern begnügte sich damit, starr zu dem Glaskäfig hinüberzusehen. Dann folgte er seinem Chef.

Maigret war stehengeblieben, wo er stand. Die beiden Männer kamen herein, und Langlois verkündete laut: „Dies ist Kriminalkommissar Maigret, der Sie sprechen möchte."

„Ich muß Sie lediglich um ein paar Auskünfte bitten, Herr Pape. Wenn Sie mitkommen möchten . . ."

Dieudonné Pape zeigte auf seinen Kittel.

„Kann ich mich umziehen?"

„Ich gehe mit Ihnen."

Maigret folgte ihm zu einer Art Flur, der in eine Garderobe umgewandelt worden war. Er machte den Eindruck eines ruhigen, gewissenhaften Mannes. Er zog seinen Mantel an, setzte die Mütze auf und ging der Straße zu, rechts von ihm Judel, links Maigret.

Er öffnete den Mund, als wolle er etwas sagen, hielt aber rechtzeitig inne.

Maigret führte sie in Calas' Lokal. Die Tür war noch immer verschlossen. Moers öffnete ihnen.

„Treten Sie näher, Pape. Sie kennen sich hier im Hause aus, nicht wahr?"

Pape war völlig durcheinander. Wenn er vorausgesehen hatte, daß die Polizei sich mit ihm befassen würde, so war er jedenfalls überrascht durch die Art, wie das geschah.

„Setzen Sie sich dahin, wo Sie immer sitzen. Sie haben doch gewiß Ihren Stammplatz?"

„Ich verstehe nicht."

„Sie gehen hier im Hause aus und ein, nicht wahr?"

„Ich bin Gast."

Er versuchte, sich darüber klarzuwerden, was die Leute mit ihren Apparaten in der Küche machten, und er mußte sich wohl auch fragen, wo Frau Calas sei.

Sein Kopf war der eines anständigen Menschen; in seinen blauen Augen waren gleichzeitig Sanftmut und Scheu, wie in den Augen gewisser Tiere, die sich immerfort zu fragen scheinen, warum die Menschen so hart zu ihnen sind. „Setzen Sie sich."

Er tat es, eingeschüchtert, weil es ihm befohlen wurde.

„Sind Sie am Sonntag hier gewesen?"

Er dachte nach, ehe er antwortete. „Ich bin nicht hier gewesen. Ich bin zu meiner Schwester gefahren, in Nogent-sur-Marne."

„Hat sie Telephon?"

„Nogent 317. Ihr Mann ist Bauunternehmer."

„Sind Sie bei Ihrer Schwester mit anderen Leuten zusammengekommen?"

„Mit ihrem Mann, ihren Kindern, und dann, nach fünf, mit Nachbarn, die um die Zeit gewöhnlich zum Kartenspielen zu ihr kommen."

Maigret gab Judel einen Wink; der Inspektor ging zur Telephonzelle.

„Wann sind Sie von Nogent weggefahren?"

„Mit dem Omnibus um acht."

„Sind Sie also auf dem Heimweg hier nicht vorbeigekommen?"

„Nein."

„Wann haben Sie Frau Calas zum letztenmal gesehen?"

„Am Sonnabend."

„In welcher Schicht haben Sie letzte Woche gearbeitet?"

„In der Morgenschicht."

„Dann sind Sie also nach zwei Uhr nachmittags hierhergekommen?"

„Ja."

„War Calas da?"

Er mußte abermals nachdenken. „Bei meinem Kommen nicht."

„Aber er ist heimgekommen?"

„Ich erinnere mich nicht."

„Sind Sie lange hier im Lokal gewesen?"

„Gut zwei Stunden. Ich weiß es nicht genau."

„Was haben Sie getan?"

„Ich habe ein Glas getrunken und dabei geplaudert."

„Mit den Gästen?"

„Vor allem mit Aline."

Als er den Namen sagte, wurde er rot und beeilte sich, zu erklären: „Ich betrachte sie als Freundin. Wir kennen einander schon mehr als zehn Jahre."

„Also kommen Sie seit mehr als zehn Jahren täglich hierher?"

„Fast jeden Tag."

„Vorzugsweise, wenn der Ehemann nicht da ist?"

Diesmal antwortete er nicht, sondern senkte sorgenvoll den Kopf.

„Sind Sie ihr Liebhaber?"

„Wer hat Ihnen das gesagt?"

„Das spielt keine Rolle. Stimmt es?“

Anstatt zu antworten, fragte er beunruhigt: „Was haben Sie mit ihr gemacht?“

Und Maigret antwortete freimütig: „In diesem Augenblick steht sie vor dem Untersuchungsrichter.“

„Warum?“

„Um auf gewisse Fragen im Zusammenhang mit dem Verschwinden ihres Mannes zu antworten. Haben Sie nicht die Zeitung gelesen?“

Da Dieudonné reglos sitzen blieb und mit verlorenem Blick nachdachte, rief Maigret: „Moers! Nimm ihm bitte mal die Fingerabdrücke ab!“

Er ließ es geschehen, mehr argwöhnisch als erschrocken, und als seine Finger auf das Papier gedrückt wurden, zitterten sie nicht.

„Vergleiche sie mit denen aus der Küche, von denen der eine verwischt ist.“

Als Moers wegging, sagte Dieudonné Pape ruhig und in vorwurfsvollem Ton: „Wenn Sie das tun, um herauszubekommen, ob ich in der Küche gewesen bin, so hätten Sie mich nur zu fragen brauchen. Ich gehe häufig hinein.“

„Sind Sie letzten Sonnabend drin gewesen?“

„Ich habe mir eine Tasse Kaffee gemacht.“

„Sie wissen also nichts von Omer Calas’ Verschwinden?“

Er machte nach wie vor den Eindruck, als denke er nach, wie jemand, der zaudert, eine lebenswichtige Entscheidung zu treffen.

„Sie wissen also nicht, daß er ermordet und daß seine zerstückelte Leiche in den Kanal geworfen worden ist?“

Die Sache war ziemlich eindrucksvoll. Weder Judel noch Maigret waren darauf gefaßt gewesen. Langsam hob der Mann den Blick dem Kommissar entgegen, dessen Züge er zu erforschen schien. Schließlich sagte er mit der immer gleichen sanften Stimme, in der ein Vorwurf mitschwang: „Ich habe nichts zu sagen.“

Maigret, genauso ernst wie sein Partner, drang weiter in ihn: „Haben Sie Calas getötet?“

Und Dieudonné Pape wiederholte kopfschüttelnd: „Ich habe nichts zu sagen.“

Siebentes Kapitel

Maigret war gerade dabei, seinen Nachtisch zu essen, als er sich der Art bewußt wurde, mit der seine Frau ihn beobachtete; ein leicht spöttisches und zugleich mütterliches Lächeln umspielte ihre Lippen. Zunächst tat er, als merke er es nicht; er tauchte die Nase in seinen Teller und aß noch ein paar Löffelvoll von der Creme, ehe er aufblickte.

„Warum lachst du denn über mich?" fragte er brummig.

„Ich lache nicht. Ich lächle."

„Was ist denn so komisch an mir?"

„Du bist gar nicht komisch, Jules."

Es geschah selten, daß sie ihn Jules nannte, immer nur, wenn sie gerührt und zärtlich war. „Was ist denn sonst mit mir los?"

„Hast du eigentlich gemerkt, daß du, seit du bei Tisch sitzt, kein einziges Wort gesagt hast?"

Nein, das hatte er nicht gemerkt.

„Kannst du mir sagen, was du gegessen hast?"

Mit anscheinend grimmiger Miene sagte er: „Hammelnieren."

„Und vorher?"

„Suppe."

„Was für welche?"

„Weiß ich nicht. Sicher Gemüsesuppe."

„Macht dir die Frau da soviel zu schaffen? Glaubst du nicht, daß sie ihn getötet hat?"

Er zuckte die Achseln wie jemand, der sich von einer fixen Idee frei machen will. „Ich weiß darüber nichts."

„Oder daß Dieudonné Pape es getan hat und sie seine Helfershelferin ist?"

Er hatte Lust, ihr zu antworten, das sei ohne jede Bedeutung. Das wichtige war, das Ganze zu verstehen, zu durchschauen. Nun aber war die Sache die, daß er nicht nur nicht verstand, sondern um so mehr im dunkeln tappte, je besser er die Beteiligten kennenlernte.

Wenn er vom Büro zum Abendessen nach Hause gegangen war, so nur, um auf andere Gedanken zu kommen, um aus seinem häuslichen Dasein neue Kraft zu schöpfen. Statt dessen aber, wie er der Neckerei seiner Frau entnahm, hatte er zu Abend gegessen, ohne den Mund aufzutun, ohne auch nur für Sekunden aufzuhören, an Frau Calas, an Pape und, nebenher, an den jungen Antoine zu denken.

Es kam selten vor, daß er sich der Lösung eines Problems so fern fühlte oder, genauer ausgedrückt, daß sich ihm ein Problem in dieser ungewöhnlichen Form darbot.

Es gibt nicht sehr viele verschiedene Arten von Verbrechen. Im allgemeinen kann man sie in drei oder vier große Kategorien einteilen. Die von berufsmäßigen Verbrechern begangenen stellen nur Fragen der Routine, gewissermaßen mathematische Aufgaben. Wenn zwei junge Kerle, die vom rechten Weg abgekommen sind, eine Ladeninhaberin oder einen Bankkassierer überfallen, so entfesselt das eine Menschenjagd, die sich ebenfalls nach bestimmten Regeln abspielt. Bei einem Verbrechen aus Leidenschaft weiß man sofort, woran man ist. Bei einem Verbrechen aus Eigennutz befindet sich die Polizei auf sicherem Boden, sobald sie das Tatmotiv herausbekommen hat.

Auf diesem Gebiet nun aber bewegte sich zufällig Richter Coméliau, vielleicht, weil er sich nicht eingestehen konnte, daß Menschen, die einer anderen Welt als der seinen angehörten – und am allerwenigsten Anwohner des Quai de Valmy –, ein kompliziertes Innenleben haben könnten. Da Dieudonné Pape der Liebhaber der Frau Calas war, hatten Dieudonné Pape und Frau Calas sich des Ehemanns entledigt, vermutete Coméliau, einmal, um frei zu sein, und zum andern, um sich seines Geldes zu bemächtigen.

„Sie sind doch schon länger als zehn Jahre ein Liebespaar", hatte Maigret entgegnet. „Warum sollten sie denn so lange gewartet haben?"

Der Richter tat den Einwand mit einer Handbewegung ab. Vielleicht hatten sie eine günstige Gelegenheit abgewartet.

„Und wenn wir herausbekommen, daß Calas, abgesehen von seiner Kneipe, die nicht viel wert ist, kein Geld besessen hat?"

„Dann bleibt immer noch die Kneipe. Dieudonné hat von seiner Arbeit genug gehabt und beschlossen, den Rest seiner Tage in Pantoffeln in der warmen Geborgenheit eines kleinen Lokals zu verbringen."

Das war der einzige Einwand, der Maigret ein bißchen irregemacht hatte. „Und Antoine Cristin?"

Cristin war ebenfalls ein Liebhaber der Frau Calas, und er war verdächtiger als Pape, Geld zu brauchen. „Die beiden anderen haben sich seiner bedient. Sie werden schon sehen: Wir bekommen heraus, daß er ihr Helfershelfer gewesen ist."

Das war aus der Geschichte auf ihrem Wege vom Quai de Valmy in das Büro eines Untersuchungsrichters geworden. Und bis die Wahrheit ans Licht kam, saßen alle drei hinter Schloß und Riegel.

Maigret war darum so mißgestimmt, weil er Coméliau nicht Widerstand geleistet, weil er sogleich nachgegeben hatte, aus Trägheit, aus Furcht vor Komplikationen. Vom Beginn seiner Laufbahn an hatte er von älteren Kollegen und dann durch eigene Erfahrungen gelernt, daß man niemals einen Verdächtigen auf Herz und Nieren prüfen darf, ehe man sich nicht eine vollkommen klare Vorstellung von dem Fall gebildet hat. Ein Verhör besteht nicht darin, daß man aufs Geratewohl Mutmaßungen nachgibt, jemandem immer wieder ins Gesicht sagt, er sei schuldig, in der Hoffnung, daß er, wenn man ihm ein paar Stunden lang gehörig auf den Kopf getrommelt hat, schon gestehen werde. Auch der bornierteste Angeklagte ist mit einem sechsten Sinn begabt und spürt sofort, ob die Polizei etwas ins Blaue hinein behauptet oder auf solider Grundlage vorgeht.

Maigret hatte von jeher vorgezogen zu warten. Bei schwierigen Fällen erachtete er es für richtiger, den Verdächtigen so lange wie irgend angängig auf freiem Fuß zu lassen, auch wenn das riskant war. Dabei war er stets gut gefahren. „Ein Verdächtiger, den man verhaftet", pflegte er gern zu sagen, „empfindet, entgegen dem, was man annehmen sollte, eine gewisse Erleichterung; denn er weiß fortan, auf welchem Terrain er sich befindet. Er braucht sich nicht mehr zu überlegen, ob man ihn verfolgt, ob man ihn belauert, ihn verdächtigt oder ob man ihm eine Falle stellen will. Er wird unter Anklage gestellt. Also verteidigt er sich. Er genießt fortan den Schutz des Gesetzes. Im Gefängnis wird er zu einem beinahe sakrosankten Wesen, und alles, was gegen ihn unternommen wird, vollzieht sich nach einer Anzahl genau festgelegter Regeln."

Das hatte Aline Calas vortrefflich bekundet. Sobald sie im

Zimmer des Richters war, hatte sie sozusagen die Zähne nicht mehr auseinanderbekommen. „Ich habe nichts zu sagen", begnügte sie sich, mit gleichmütiger Stimme zu erklären. Und als er sie mit Fragen bestürmte, hatte sie hinzugefügt: „Sie haben nicht das Recht, mich ohne Anwesenheit eines Anwalts zu vernehmen."

„Dann sagen Sie mir den Namen Ihres Anwalts."

„Ich habe keinen."

„Hier ist das Verzeichnis der Pariser Rechtsanwälte. Suchen Sie sich einen aus."

„Ich kenne keinen, und ich habe kein Geld."

Man war gezwungen, einen Offizialverteidiger zu ernennen, was die Formalitäten in die Länge zog und viel Zeit beanspruchte.

Am späten Nachmittag hatte Coméliau Antoine heraufkommen lassen, und der junge Bursche, der stundenlang Lapointes Fragen widerstanden hatte, war nicht geneigt, dem Richter mehr zu sagen.

„Ich habe Herrn Calas nicht umgebracht. Ich bin am Sonntag nicht am Quai de Valmy gewesen. Ich habe keinen Handkoffer bei der Gepäckaufbewahrung der Gare de l'Est abgegeben. Der Beamte lügt oder täuscht sich."

Währenddessen wartete seine Mutter, ein zur Kugel zusammengeknülltes Taschentuch in der Hand und mit geröteten Augen, im Korridor der Kriminalpolizei. Lapointe hatte mit ihr gesprochen. Auch Lucas hatte es versucht. Sie beteuerte, sie wolle warten, und sagte immer wieder, sie wolle Kommissar Maigret sprechen. Das war oft so bei einfachen Leuten, die sich stets einbilden, bei Subalternen erreichten sie nichts, und darauf bestehen, den Oberhäuptling zu sprechen, koste es, was es wolle.

Der Kommissar hatte sie nicht empfangen können, da er gerade die Bar am Quai de Valmy in Begleitung Judels und Dieudonné Papes verließ. Alle drei gingen über die kleine Kanalbrücke zum Quai de Jemmapes. Papes Wohnung in der Rue des Ecluses-Saint-Martin lag nur ein paar Schritte entfernt in einer ruhigen, fast provinziell wirkenden Gegend. Pape trug keine Handschellen. Maigret hatte gemeint, er sei nicht der Mann danach, einen Fluchtversuch zu unternehmen. Er war ruhig und würdig, von derselben Ruhe wie Frau Calas. Er schien weniger niedergeschlagen als traurig, von Resignation verschleiert.

Er sagte wenig. Wahrscheinlich hatte er nie viel gesprochen. Er beantwortete die Fragen nur mit den unerläßlichen Worten, und manchmal antwortete er überhaupt nicht, sondern ließ es damit genug sein, daß er den Kommissar aus seinen lavendelblauen Augen ansah.

Er wohnte in einem alten, fünf Stockwerke hohen Mietshaus von recht gemütlichem, kleinbürgerlichem Aussehen. Als sie an der Loge vorbeigingen, stand die Concierge auf, um sie durch das Fensterchen zu mustern. Sie stiegen zu Papes Wohnung im zweiten Stock hinauf. Sie bestand aus vier Räumen, einer Schlafkammer, einem Eßzimmer, einer Küche und einem Badezimmer. Alles war von bemerkenswerter Sauberkeit. „Haben Sie eine Reinmachefrau?" hatte Maigret erstaunt gefragt.

„Nein."

„Machen Sie alles selber sauber?"

Dieudonné Pape hatte nicht umhinkönnen, voller Genugtuung zu lächeln, stolz auf seine Wohnung.

„Kochen Sie sich auch Ihr Essen selber?"

„Immer."

Auf der Kommode im Eßzimmer war in vergoldetem Rahmen ein vergrößertes Photo von Frau Calas zu sehen. Dadurch glaubte man, in der gemütlichen Wohnung eines kleinbürgerlichen Ehepaares zu sein.

Da ihm einfiel, daß sich bei den Calas kein einziges Photo gefunden hatte, fragte Maigret: „Wie sind Sie denn dazu gekommen?"

„Ich habe sie mit meinem Apparat aufgenommen und das Photo vergrößern lassen."

Der Photoapparat lag in einem Schubfach der Kommode. In einer Ecke des Badezimmers stand ein kleiner Tisch mit Glasschalen und Flaschen, die Chemikalien zum Entwickeln der Filme enthielten.

„Photographieren Sie viel?"

„Ja. Vor allem Landschaften und Gebäude."

Das stimmte. Beim Durchstöbern der Schubfächer hatte Maigret zahlreiche Photos gefunden, die Ecken und Winkel von Paris zeigten, und weniger zahlreiche mit ländlichen Motiven.

Bei den meisten hatte Dieudonné Pape viel Zeit aufwenden müssen, um gewisse recht erstaunliche Lichteffekte zu erzielen.

„Welchen Anzug trugen Sie, als Sie zu Ihrer Schwester fuhren?“

„Den marineblauen.“

Er besaß drei Anzüge, den, den er anhatte, mitgerechnet.

„Die nimmst du mit“, hatte Maigret zu Judel gesagt. „Die Schuhe auch.“

Er hatte einen Kanarienvogel bemerkt, der in einem Bauer umherhüpfte; aber erst im Augenblick des Weggehens überlegte er, was aus dem Tierchen werden solle.

„Kennen Sie jemanden, der für den Vogel sorgen kann?“

„Ich nehme an, daß die Concierge das gern tun wird.“

Maigret hatte den Käfig mitgenommen und war vor der Pförtnerloge stehengeblieben; anzuklopfen brauchte er nicht.

„Wollen Sie ihn etwa mitnehmen?“ hatte die Concierge aufgebracht gerufen.

Aber sie meinte damit nicht den Kanarienvogel, sondern ihren Mieter. Sie hatte Judel wiedererkannt, der in der Nähe wohnte. Vielleicht hatte sie auch Maigret erkannt. Und sie hatte die Zeitungen gelesen.

„Einen Menschen wie ihn, den besten, der je gelebt hat, wie einen Verbrecher zu behandeln!“

Sie war klein, dunkel, vulgär. Ihre Stimme klang schrill. Sie war so wütend, daß man darauf hätte gefaßt sein müssen, sie verkratze einem das Gesicht.

„Würden Sie wohl den Kanarienvogel eine Zeitlang betreuen?“

Sie hatte ihm das Bauer buchstäblich aus der Hand gerissen. „Passen Sie bloß auf, was die Leute aus dem Viertel sagen werden! Und vor allem, Herr Dieudonné, wir kommen alle und besuchen Sie im Gefängnis.“ Als die drei Männer sich entfernten, blieb sie auf dem Gehsteig stehen, schluchzte und winkte Pape Abschiedsgrüße.

Im Taxi stopfte Maigret seine Pfeife und hielt sie Pape hin. „Rauchen Sie Pfeife?“

„Nein.“

„Zigaretten?“

„Ich rauche überhaupt nicht.“

„Dann trinken Sie wohl auch nicht?"

„Nein."

Maigret hatte Mühe, das mit allem übrigen in Übereinstimmung zu bringen. Frau Calas war Alkoholikerin. Nun kommt es aber nur selten vor, daß jemand, der notgedrungen trinkt, die Gegenwart eines Nüchternen erträgt. Maigret hatte Paare gekannt, die Frau Calas und Dieudonné Pape sehr ähnlich waren. In jedem der Fälle, deren er sich erinnerte, waren sowohl der Mann als auch die Frau dem Trunk ergeben gewesen.

Im Korridor der Kriminalpolizei hatte Maigret Antoines Mutter vorgefunden und mit in sein Büro genommen. Da hatte er Pape bereits Lucas anvertraut. „Ich schwöre Ihnen, Herr Kommissar, daß mein Sohn außerstande ist, so etwas zu tun. Er versucht, sich aufzuspielen, als sei er ein Hartgesottener, weil das heutzutage unter den Halbwüchsigen Mode ist."

„Ich glaube Ihnen, Frau Cristin."

„Aber wenn Sie mir glauben, warum geben Sie ihn mir dann nicht wieder? Ich verspreche Ihnen, daß ich ihn abends nicht ausgehen lasse und daß ich ihn daran hindern werde, zu Frauen zu gehen. Diese Frau ist fast so alt wie ich. Es ist eine Schande! Wenn ich nur mit ihm sprechen könnte! Sie können doch nicht eine Mutter daran hindern, ihren Sohn zu sehen?"

Es blieb ihm nichts übrig, als sie zu Coméliau zu schicken.

Moers erschien kurz vor sechs Uhr am Quai des Orfèvres.

„Hat Judel dir die Anzüge, die Schuhe und die Wäsche übergeben?" fragte Maigret.

„Ja. Ich habe alles im Laboratorium. Ich soll wohl nach Blutspuren suchen?"

„Das vor allem."

„Vermutlich eilt es?" Es eilte immer. Je länger man einen Fall hinschleppt, desto weniger frisch sind die Spuren.

Als Maigret nach dem Abendessen aufstand und sich dabei die Pfeife stopfte, ein Mensch, der nicht weiß, was er anfangen soll, und zögernd seinen Lehnstuhl betrachtete, wagte Frau Maigret den Vorschlag: „Wie wäre es denn, wenn du deinem Geist mal einen Abend lang Ruhe gönntest? Schlag dir deinen Fall einmal aus dem Kopf. Lies, oder wenn dir das lieber ist, laß uns ins Kino gehen, und wenn du dann morgen früh aufwachst, hast du ganz neue Ideen."

Sie goß ihm seinen Kaffee ein, er konnte sich nicht entschließen. Frau Maigret hütete sich sorglich, ihn zu drängen; sie ließ ihn seinen Kaffee in kleinen Schlucken trinken. Er ging mit großen Schritten im Eßzimmer auf und ab und blieb von Zeit zu Zeit stehen und starrte auf den Teppich. „Nein!" entschied er endlich.

„Gehst du fort?"

„Ja."

Ein Mann stand ein paar Schritte von der Tür der Calas entfernt, stürzte auf Maigret zu, als dieser stehenblieb, und leuchtete ihm mit einer Taschenlampe ins Gesicht.

„Oh! Verzeihung, Herr Kommissar. Ich hatte Sie in der Dunkelheit nicht erkannt." Es war einer von Judels Leuten.

„Nichts zu melden?"

„Nichts. Oder vielmehr doch. Vor ungefähr einer Stunde fuhr ein Taxi den Quai entlang. Als es auf fünfzig Meter heran war, ist es langsamer gefahren, aber es hat nicht angehalten."

„Hast du gesehen, wer drin saß?"

„Eine Frau. Als der Wagen an der Gaslaterne vorbeifuhr, habe ich feststellen können, daß sie jung war, einen grauen Mantel trug und keinen Hut aufhatte."

Ob das Lucette gewesen war, die Tochter der Frau Calas, die sich hatte vergewissern wollen, ob ihre Mutter nicht vielleicht schon wieder freigelassen war? Sie wußte aus den Zeitungen, daß sie im Quai des Orfèvres eingeliefert worden war. Hatte Lucette Calas vielleicht die Absicht gehabt, in das Haus zu gehen, falls es unbewacht war? Und was hatte sie in diesem Falle wegnehmen wollen?

Er zuckte die Achseln, nahm den Schlüssel aus der Tasche und drehte ihn im Schloß herum. Moers und seine Gehilfen hatten vor ihrem Fortgehen alles wieder in Ordnung gebracht, so daß sich in dem kleinen Lokal nichts geändert hatte, nur daß das Feuer schließlich doch erloschen war und die Luft sich abgekühlt hatte.

Als Maigret dann auf die Küche zuging, fuhr er zusammen, denn es hatte sich etwas geräuschlos neben ihm bewegt, und es bedurfte einiger Sekunden, bis er sich bewußt wurde, daß es die Katze war, die er zuvor bei der Schlächtersfrau gelassen hatte. Jetzt rieb sich das Tier an seinem Bein, und Maigret bückte sich, um es zu streicheln, wobei er vor sich hin brummte: „Wie bist du denn hier hereingekommen?“ Das gab ihm zu denken. Die Tür, die von der Küche zum Hof führte, war verriegelt. Auch das Fenster war geschlossen. Er ging die Treppe hinauf, knipste das Licht an und verstand, da er ein Fenster halb offen fand. Es gab im Hof des Nachbarhauses einen Schuppen mit einem Wellblechdach, von wo aus die Katze einen Sprung von über zwei Metern vollführt hatte.

Maigret ging wieder hinunter, und da in dem Steingutkrug noch ein bißchen Milch war, gab er sie dem Tier. „Und jetzt?“ sagte er laut, als wende er sich an das Tier.

Er hatte sich nie zuvor Rechenschaft gegeben, wie verlassen und trostlos eine Theke ohne den Wirt dahinter, ohne Gäste wirken könne. Dabei sah der Raum jeden Abend so aus, wenn Herr und Frau Calas, nachdem die letzten Gäste gegangen waren, die Läden vorgehängt und den Schlüssel im Schloß herumgedreht hatten. Dann waren nur er und seine Frau noch da, und sie brauchten bloß noch das Licht auszuknipsen, hinaufzugehen und sich schlafen zu legen. Frau Calas war dann wohl zumeist in einem Zustand stumpfsinniger Betäubung durch all den Kognak, den sie tagsüber getrunken hatte. Mußte sie sich vor ihrem Mann verstecken, wenn sie trinken wollte? Oder duldete er, befriedigt von den Erholungspausen, die er sich jeden Nachmittag gönnte, mit Nachsicht den leidenschaftlichen Hang seiner Frau zur Flasche? Maigret stellte plötzlich fest, daß es jemanden gab, von dem man so gut wie nichts wußte, und das war der Tote. Von Anfang an war er für alle Welt lediglich die zerstückelte Leiche gewesen. Er selbst hatte weder Calas' Gesicht gesehen noch seine Photographie.

So viel war bekannt: der Mann war bäuerlicher Herkunft, untersetzt und stämmig; er kaufte alljährlich Wein bei den Winzern in der Umgebung von Poitiers auf; er trug Anzüge aus recht gutem Wollstoff und spielte nachmittags in der Nähe der Gare de l'Est Billard. Und gab es außer Frau Calas in seinem Leben noch eine Frau? Konnte ihm unbekannt sein, was während seiner Abwesenheit in seinem Hause geschah?

Calas hatte doch Pape begegnen müssen, und wenn er auch nur mit dem geringsten Spürsinn begabt gewesen war, hatte er die Beziehungen ahnen müssen, die sich zwischen Dieudonné und seiner Frau angesponnen hatten. Alle beide machten den

Eindruck eines lange verheirateten Ehepaars, das ein ruhiges, tiefes Gefühl verbindet, auf der Grundlage von gutem, wechselseitigem Einverständnis, von Duldsamkeit und der ganz besonderen Zärtlichkeit, wie man sie nur bei Paaren eines gewissen Alters antrifft, die einander viel zu verzeihen haben.

Wenn er es wußte, hatte er sich dann damit abgefunden? Schloß er die Augen, oder machte er im Gegenteil seiner Frau Szenen?

Maigret verstand die Beziehungen zwischen Frau Calas und Pape. Er verstand auch Antoine und die andern, die nur vorübergehend kamen. Wen er nicht verstand, das waren Calas und seine Frau. Wieso und warum hatten die beiden sich zusammengetan, hatten dann geheiratet, hatten schließlich so lange Jahre miteinander gelebt, hatten sogar eine Tochter gehabt, an der sie so uninteressiert schienen, als habe sie nichts mit ihnen gemein? Kein Photo konnte zur Aufklärung dienen, keine Briefe, nichts von allem, was in einer Wohnung Rückschlüsse auf die Mentalität der Bewohner gestattet.

Er ging zu dem Tisch hinüber, an dem er Frau Calas hatte sitzen sehen, als sei das ihr gewöhnlicher Platz, und ließ sich dort nieder. Er klopfte seine Pfeife am Absatz aus, stopfte sich eine andere, steckte sie an. Er musterte den Schanktisch, die Gläser und die Flaschen. Woraus bestand alles in allem das Haus? Aus einer Küche, in der nicht gegessen wurde – denn das Paar verzehrte seine Mahlzeiten in der Gaststube, an dem Tisch ganz hinten –, und dann aus einem Zimmer, das nur zum Schlafen diente.

Als das Paar nach Paris gekommen war, hatte es sich da nicht sofort, oder doch beinahe sofort, am Quai de Valmy niedergelassen und war stets dort geblieben? Maigret hatte jetzt sogar den Eindruck, daß das ein neues Licht auf die Beziehungen zwischen Frau Calas und Dieudonné Pape warf, und er lächelte. Das alles blieb nach wie vor recht verschwommen, und er wäre außerstande gewesen, seinen Gedankengang in klaren Sätzen auszudrücken. Auch verlor er deswegen die Schlaffheit nicht, die sein Verhalten seit einigen Stunden beeinflußte. Er ging in die Telephonzelle und wählte die Nummer des Untersuchungsgefängnisses. „Hier Kommissar Maigret. Wie geht's der Frau Calas? Wie? Und was haben Sie daraufhin getan?"

Sie tat ihm leid. Zweimal hatte sie gerufen, zweimal hatte sie versucht, den Wärter zu bewegen, daß er ihr etwas Schnaps brachte. Sie hatte ihm versprochen, jeden beliebigen Preis dafür zu zahlen. Maigret war nicht darauf gekommen, daß sie unter der Entbehrung entsetzlich leiden müsse.

Er konnte dem Wärter nicht raten, ihr im Widerspruch zu den Vorschriften welchen zu geben. Vielleicht konnte er ihr selber morgen früh welchen in seinem Büro anbieten.

„Bitte sehen Sie mal die Papiere durch, die ihr abgenommen worden sind. Es muß ihre Kennkarte darunter sein. Ich weiß, daß sie aus der Nähe von Gien stammt, aber ich kann mich nicht besinnen, wie das Dorf heißt." Er mußte ziemlich lange warten.

„Wie? Boissancourt, über Saint-André. Danke, alter Junge. Gute Nacht! Seien Sie nicht zu hart mit ihr."

Er rief die Auskunft an und nannte seinen Namen. „Würden Sie so nett sein, Fräulein, im Teilnehmerverzeichnis für Boissancourt-par-Saint-André zu suchen, und mir mitteilen, ob der Name Calas vorkommt?"

Es ging sehr rasch, denn das diensttuende Fräulein war begeistert von der Vorstellung, mit dem berühmten Kommissar Maigret zusammenzuarbeiten. „Calas, Robert, Viehhändler. Telephonnummer 21."

„Noch ein weiterer Calas?"

„Calas, Julien, Krämer. Der hat Nummer 3."

„Würden Sie bitte den ersten Calas anrufen, der im Verzeichnis steht."

Er hörte, wie die Telephondamen auf der ganzen Leitung miteinander sprachen, und dann meldete sich eine Stimme:

„Hier Saint-André."

Darauf wurde die Nummer 21 angerufen, und der Wecker schrillte lange, ehe eine Frauenstimme vernehmlich wurde.

„Was ist denn los?"

„Hier Kommissar Maigret von der Pariser Kriminalpolizei. Sind Sie Frau Calas? Ist Ihr Mann zu Hause?"

Er lag mit Grippe zu Bett.

„Ist ein gewisser Omer Calas mit Ihnen verwandt?"

„Was ist denn aus ihm geworden? Hat er was ausgefressen?"

„Kennen Sie ihn?"

„Ich habe ihn nie gesehen, ich bin nicht von hier, und er war schon weg, als ich heiratete. Er ist der Vetter meines Mannes. Er hat noch einen Bruder hier im Dorf, Julien, den Krämer."

Sie mußte eingehängt haben, denn eine andere Stimme fragte: „Wünschen Sie jetzt die Verbindung mit dem zweiten Calas, Herr Kommissar?" Diesmal war ein Mann am Apparat.

„War Omer Calas Ihr Bruder?"

„Ich hatte einen Bruder, der Omer hieß. Es ist mehr als zwanzig Jahre, daß ich nichts von ihm gehört habe."

„Ein gewisser Omer Calas ist in Paris ermordet worden."

„Das habe ich vorhin im Radio gehört."

„Haben Sie auch seine Personenbeschreibung gehört? Paßt sie auf Ihren Bruder?"

„Nach so langer Zeit läßt sich darüber nichts sagen."

„Wußten Sie, daß er in Paris wohnte?"

„Nein."

„Daß er verheiratet war?" Schweigen.

„Kennen Sie seine Frau?"

„Hören Sie mal zu. Ich habe Ihnen nichts zu sagen. Als mein Bruder hier wegging, war ich fünfzehn. Ich habe ihn nie wiedergesehen. Ich habe nie Briefe von ihm bekommen. Wenn Sie Auskünfte wollen, wenden Sie sich an Herrn Canonge."

„Wer ist das?"

„Der Notar."

Als er endlich die Nummer des Notars Canonge hatte, rief dessen Frau: „Na, das ist aber mal ein Zufall! Daß Sie gerade anrufen. Wie haben Sie das nur wissen können? Wir haben eben die Nachricht im Radio gehört, und mein Mann hat hin und her überlegt, ob er Sie anrufen oder zu Ihnen fahren solle. Schließlich hat er beschlossen, nach Paris zu reisen, und ist mit dem Zug um acht Uhr zweiundzwanzig losgefahren. Er kommt kurz nach Mitternacht an der Gare d'Austerlitz an."

„Wie sieht Ihr Mann aus?"

„Er ist ein schöner Mann, groß und stark, mit grauem Haar. Er trägt einen braunen Mantel, einen braunen Anzug, und außer seiner Aktenmappe hat er einen Schweinslederkoffer mitgenommen. Ich bin mir immer noch nicht klar, wie Sie gerade auf ihn verfallen sind!"

Als Maigret den Hörer auflegte, mußte er wider Willen zufrieden lächeln.

Achtes Kapitel

Frau Canonge hatte nicht übertrieben. Ihr Ehegemahl war tatsächlich ein schöner Mann, der eher an einen Gutsherrn als an einen Provinznotar denken ließ. Maigret, der am Ende des Bahnsteigs stand, erkannte ihn sogleich, wie er gemessenen Schrittes unter den Reisenden einherschritt, die er an Körpergröße überragte, in der einen Hand den Schweinslederkoffer, in der anderen die Aktentasche. Er hatte silbergraues Haar und eine gesunde Gesichtsfarbe.

Etwa fünfzig Meter vor der Sperre hatten seine Augen Maigret unter den Wartenden erspäht, und er hatte die Brauen zusammengezogen wie jemand, der seiner Sache nicht ganz sicher ist. Auch er mußte das Photo des Kommissars oftmals in der Zeitung gesehen haben. Als er näher heran war, zögerte er noch immer, ihm zuzulächeln und mit ausgestreckter Hand auf ihn zuzugehen. Da trat Maigret zwei Schritte vor. „Herr Notar Canonge?"

„Ja. Sind Sie nicht Kommissar Maigret?" Er stellte den Koffer ab und drückte die ihm dargebotene Hand. „Sie wollen mir doch nicht etwa sagen, Sie seien rein zufällig hier?"

„Nein. Ich habe im Laufe des Abends bei Ihnen angerufen. Ihre Frau hat mir gesagt, Sie hätten diesen Zug genommen." Der Notar sah verwirrt aus. „Haben Sie meine Anzeige gelesen?"

„Nein."

„Seltsam! – Aber wir sollten erst mal hinausgehen. Kommen Sie mit ins Hotel d'Orsay?" Sie nahmen ein Taxi.

„Ich hatte mir vorgenommen, Sie morgen so früh wie möglich anzurufen. Sie haben Frau Calas festgenommen?"

„Richter Coméliau hat einen Haftbefehl ausgestellt."

„Eine tolle Geschichte!" Sie fuhren die Seinequais entlang, und ein paar Minuten später kamen sie am Hotel an, wo der Portier den Notar wie einen alten Gast begrüßte.

„Das Restaurant ist wohl schon geschlossen, Alfred?"

„Ja, Herr Canonge."

Der Notar erklärte Maigret: „Ich nehme an, daß es Sie nicht

gerade verlockt, in einem Hotelzimmer zu plaudern. Vielleicht trinken wir irgendwo einen Schluck?"

Sie mußten ziemlich lange den Boulevard Saint-Germain entlanggehen, bis sie ein Lokal fanden, das noch offen war.

Sie hatten Hut und Mantel abgelegt und Platz genommen, und während Maigret sich die Pfeife ansteckte, schnitt Canonge mit einem silbernen Taschenmesser die Spitze seiner Zigarre ab.

„In Saint-André sind Sie gewiß noch nie gewesen?"

„Nie."

„Es liegt abseits der großen Straße und bietet für Vergnügungsreisende nichts Anziehendes. Wenn ich recht verstanden habe, was das Radio heute nachmittag meldete, ist der zerstückelte Mann aus dem Saint-Martin-Kanal niemand anders als der Schweinehund Calas?"

„Haben Sie Calas gekannt?"

„Ich habe ihn gekannt, früher. Aber noch besser habe ich die gekannt, die seine Frau geworden ist. Jetzt muß ich überlegen, wo ich am besten anfange, denn die Geschichte ist komplizierter, als man glauben sollte. Hat Ihnen Aline Calas nicht von mir erzählt?"

„Nein."

„Glauben Sie, daß sie an der Ermordung ihres Mannes beteiligt ist?"

„Ich weiß es nicht. Der Untersuchungsrichter ist davon überzeugt."

„Was sagt sie zu ihrer Verteidigung?"

„Nichts."

„Hat sie gestanden?"

„Nein. Sie begnügt sich damit, zu schweigen."

„Ich glaube, Kommissar, sie ist die merkwürdigste Persönlichkeit, der ich in meinem Leben begegnet bin. Und dabei bekommen wir draußen auf dem Lande eine ganze Anzahl absonderlicher Gestalten zu sehen, das kann ich Ihnen versichern."

Er mußte es gewohnt sein, daß man ihm zuhörte, und er hörte sich selbst beim Sprechen zu.

„Das beste ist wohl, wenn ich ganz von vorn anfange. Wahrscheinlich haben Sie von Honoré de Boissancourt nie etwas gehört?" Der Kommissar schüttelte den Kopf.

„Das ist, oder vielmehr war noch vor einem Monat, für unsere Gegend ‚der reiche Mann'. Außer Schloß Boissancourt besaß er an die fünfzehn Pachthöfe von zusammen gut und gern zweitausend Hektar, dazu an die tausend Hektar Wald und zwei Fischteiche. Wenn Sie sich in der Provinz auskennen, können Sie sich das alles vorstellen."

„Ich stamme vom Lande." Nicht nur, daß Maigret vom Lande stammte; sein Vater war Verwalter eines Besitzes von der gleichen Art gewesen.

„Jetzt ist es von Nutzen, daß Sie erfahren, wer dieser Boissancourt eigentlich gewesen ist. Deswegen muß ich zu seinem Großvater zurückgehen, den mein Vater, der ebenfalls Notar in Saint-André gewesen ist, noch gekannt hat. Er hieß nicht Boissancourt, sondern Dupré. Christophe Dupré war der Sohn eines zum Schloß gehörenden Pächters und hat als Viehhändler angefangen, und er ist unverdrossen und gerissen genug gewesen, um schnell zu Vermögen zu kommen. Vermutlich kennen Sie diese Art von Menschen auch."

Maigret hatte, als er ihm zuhörte, ein wenig den Eindruck, er durchlebe nochmals seine Kindheit; denn auch in seiner ländlichen Heimat hatte es eine Art Dupré gegeben.

„Zu einem gewissen Zeitpunkt hat Dupré sich darauf verlegt, Getreide aufzukaufen und zu verkaufen, und seine Spekulationen sind ihm geglückt. Von dem Gewinn hat er Grund und Boden gekauft, zunächst einen Hof, dann zwei, dann drei, so daß bei seinem Tode Schloß Boissancourt mitsamt allem Drum und Dran in seine Hände übergegangen war. Christophe hatte einen Sohn, Alain, der nach dem Tode des Vaters angefangen hat, sich Dupré de Boissancourt zu nennen. Nach und nach hat er den Dupré fallenlassen, und schließlich, nach seiner Wahl in den Bezirksrat, hat er ein Dekret bekommen, das seinen neuen Namen legalisierte."

Auch das machte für Maigret viele Erinnerungen lebendig.

„Soviel über die beiden älteren Generationen. Alains Sohn, Honoré de Boissancourt, hatte seinerzeit ein Fräulein Emilie d'Espissac geheiratet, die aus einer alten, verarmten Familie stammte. Die alte Gräfin d'Espissac hat am Tage der Unterzeichnung des Ehekontrakts eine beträchtliche Summe ausbezahlt erhalten. Emilie war eine reizende Frau, die ihre Häßlichkeit voller Melancholie trug und sich ohne Widerrede von ihren

Eltern hatte opfern lassen. Sie ist durch einen Reitunfall ums Leben gekommen, als ihr Kind noch ganz klein war.“

„Was für eine Art Mensch war Honoré?“

„Ich komme noch darauf. Ich war sein Notar. Jahre hindurch habe ich im Schloß einmal in der Woche zu Abend gegessen und bin auf den dazu gehörenden Ländereien zur Jagd gegangen. Ich habe ihn also gut gekannt. Er hatte einen Klumpfuß, was vielleicht seinen düsteren, scheuen Charakter erklärt. Auch die Tatsache, daß seine Familiengeschichte allgemein bekannt war, daß die meisten Schlösser der Gegend ihm verschlossen blieben. Sein Leben lang hat er unter dem Eindruck gestanden, die Leute verachteten ihn und hätten sich verschworen, ihn zu begaunern, so daß er seine Zeit damit hinbrachte, sich zu verteidigen, noch ehe er angegriffen war. So reich, wie er war, überprüfte er tagelang die Rechnungen, nicht nur die der Pächter und Aufseher, sondern auch die der kleinen Lieferanten. Häufig ging er in die Küche hinunter, wenn die Dienerschaft beim Essen saß, um sich davon zu überzeugen, daß den Leuten kein kostspieliges Essen vorgesetzt wurde.“

„Ist Frau Calas seine Tochter?“

„Erraten!“ Er gab dem vorübergehenden Kellner einen Wink und fragte Maigret: „Trinken Sie einen Kognak mit mir? Zwei Kognak, Kellner!“

„All das“, fuhr er, zum Kommissar gewandt, einen Augenblick später fort, „haben Sie natürlich nicht ahnen können, als Sie die kleine Kneipe am Quai de Valmy aufsuchten.“

Das stimmte nicht ganz, und Maigret war durchaus nicht überrascht über das, was er erfuhr.

„Schon als Kind war Aline de Boissancourt anders als alle übrigen kleinen Mädchen; sie hatte etwas an sich, das verlegen machte. Sie hat niemals mit den andern gespielt, und ebensowenig ist sie je zur Schule gegangen, weil ihr Vater darauf hielt, daß sie eine Privatlehrerin bekam. Sie hat nicht nur eine gehabt, sondern mindestens ein Dutzend, denn das Kind brachte es fertig, ihnen das Leben unmöglich zu machen. Machte sie ihren Vater dafür verantwortlich, daß sie ein von den andern verschiedenes Dasein führte? Oder war es sehr viel komplizierter? Ich weiß es nicht. Jedenfalls hat es den Anschein, als habe sie alles darauf angelegt, Boissancourt zur Verzweiflung zu treiben. Mit zwölf Jahren ist sie bei dem Versuch überrascht worden, das Schloß in Brand zu stecken, und mußte streng überwacht werden. Dann trat Omer Calas auf den Plan. Er war ein Diener auf dem Schloß. Er war fünf oder sechs Jahre älter als Aline und damals das, was die Bauern einen hübschen Kerl nennen, strotzend gesund und unbedenklich, die Augen voller Unverschämtheit." Das Lokal war fast leer, und die Kellner warteten darauf, daß die letzten Gäste gingen.

„Nach Dr. Pétrelle hat Aline schon angefangen, sich für Omer zu interessieren, als sie höchstens dreizehn oder vierzehn war. Das kommt auch bei andern Mädchen dieses Alters vor, bleibt aber für gewöhnlich unausgesprochen und mehr oder weniger platonisch. Ist es bei ihr anders gewesen? Fest steht jedenfalls, daß der Arzt davon überzeugt war, es hätten schon seit geraumer Zeit zweideutige Beziehungen zwischen den beiden bestanden. Er schreibt sie zum überwiegenden Teil Alines Verlangen zu, ihren Vater herauszufordern und zu hintergehen. Eines Tages, sie war noch nicht siebzehn, ist sie heimlich zum Arzt gegangen, um sich untersuchen zu lassen, und er hat ihr bestätigt, sie sei in andern Umständen."

„Wie hat sie das aufgenommen?" fragte Maigret.

„Pétrelle hat mir erzählt, sie habe ihn starr und hart angesehen und zwischen den Zähnen hervorgestoßen: ‚Um so besser!' Sie müssen wissen, daß Calas inzwischen die Tochter des Schlächters geheiratet hatte, weil auch sie in andern Umständen war; sie hatte ihm ein paar Wochen zuvor ein Kind geschenkt. Er arbeitete nach wie vor als Diener im Schloß, und seine Frau wohnte bei ihren Eltern.

Eines Sonntags hat das Dorf erfahren, Aline de Boissancourt und Omer Calas seien verschwunden. Durch die Dienerschaft ist herausgekommen, daß am Abend zuvor eine dramatische Szene zwischen dem jungen Mädchen und ihrem Vater stattgefunden hatte. Meines Wissens hat er niemals auch nur das mindeste versucht, seine Tochter wiederzufinden. Und soviel ich weiß, hat auch sie ihm nie wieder geschrieben.

Calas' erste Frau war nun aber nervenkrank und hat sich drei Jahre lang hingeschleppt, bis man sie an einem Baum im Obstgarten erhängt aufgefunden hat."

Die Kellner hatten auf die meisten Tische schon die Stühle

gestellt, und einer von ihnen sah zu ihnen hin und hielt dabei eine dicke silberne Uhr in der Hand. „Ich glaube, wir täten besser, wenn wir sie ruhig schließen ließen", schlug Maigret vor.

Canonge bestand darauf, die Zeche zu bezahlen, und sie brachen auf. Die Nacht war kühl, der Himmel mit Sternen übersät. Sie gingen eine Weile schweigend. Dann regte der Notar an: „Vielleicht finden wir noch ein anderes Lokal, das offen hat, und trinken ein letztes Glas."

So gingen sie denn eilig, jeder seinen Gedanken nachhängend, ein gutes Stück den Boulevard Raspail hinab, bogen nach Montparnasse ein und entdeckten eine kleine, mit bläulichem Licht erleuchtete Kneipe, aus der Musik ertönte. Sie gingen hinein und setzten sich an die Bar.

„Dasselbe?" fragte Canonge und erzählte weiter: „Als Boissancourt vor einem Monat, gerade als er sich zu Tisch setzte, von einem Gehirnschlag zu Boden gestreckt worden war, habe ich Omers Bruder und seinen Vetter aufgesucht, um zu erfahren, ob sie jemals von Omer gehört hätten. Ich konnte natürlich nicht sicher sein, daß Aline und Omer überhaupt geheiratet hatten."

„Einen Augenblick bitte", unterbrach Maigret ihn. „Hat Boissancourt seine Tochter nicht enterbt?"

„Jedermann im Dorf war davon überzeugt, er habe es getan. Man zerbrach sich den Kopf darüber, wer den Besitz nun erben werde, denn in solch einem Dorf hängt jeder mehr oder weniger vom Schloß ab."

„Vermutlich wissen Sie es."

„Nein. Boissancourt hat während der letzten Jahre mehrere Testamente aufgesetzt, eins immer anders als das andere, aber er hat sie mir nie zur Aufbewahrung übergeben. Er hat sie wohl eins nach dem andern wieder zerrissen, denn es ist keins aufgefunden worden."

„So daß also Aline Calas seinen ganzen Besitz erbt?"

„Automatisch."

Er hatte seinen Kognak ausgetrunken und sah den Barmann auf eine ganz bestimmte Weise an. „Sie auch, Kommissar?"

Maigret sagte nicht nein. Er fühlte sich wohl, körperlich und geistig. Er hatte sogar die Empfindung, mit einem sechsten Sinn begabt zu sein, der ihm erlaubte, in die Haut der Gestalten zu schlüpfen, von denen ihm erzählt worden war. Wäre er ohne die Hilfe des Notars wohl imstande gewesen, diese Geschichte zu rekonstruieren? Hätte er nicht alles erraten, so hätte die Vorstellung, die er sich von Frau Calas gemacht, nichtsdestoweniger derjenigen entsprochen, die er sich jetzt machen konnte, nun er alles wußte.

„Sie hat angefangen zu trinken", flüsterte er aus dem plötzlich aufsteigenden Wunsch heraus, nun seinerseits zu sprechen.

„Ich weiß. Ich habe sie gesehen."

„Wann? Letzte Woche?"

Auch in diesem Punkt hatte er die Wahrheit geahnt. Aber Canonge ließ ihn nicht weiter zu Wort kommen.

„Lassen Sie mich in der richtigen Reihenfolge berichten, Kommissar. Vergessen Sie nicht, daß ich Notar bin und daß Notare peinlich genaue Leute sind." Darüber mußte er lachen.

„Drei Wochen hindurch hat also meine Anzeige zu keinem Ergebnis geführt, abgesehen von ein paar Briefen von Verrückten. Schließlich habe ich aber nicht durch die Anzeige Aline ausfindig gemacht, sondern durch den größten aller Zufälle. Vor einer Woche ist mir durch Eilzustellung aus Paris ein Jagdgewehr zurückgesandt worden, das ich zur Reparatur dort hingeschickt hatte. Ich war daheim, als es abgeliefert wurde, und es ergab sich, daß ich persönlich dem Fahrer des Lastwagens die Haustür öffnete."

„War es ein Lastwagen der Transportgesellschaft *Zenit*?"

„Das wissen Sie? Ja, so war es tatsächlich. Ich habe dem Überbringer ein Glas Wein angeboten, wie es auf dem Lande üblich ist. Der Krämerladen Calas' liegt meinem Haus genau gegenüber, auf dem Kirchplatz. Während er sein Glas trank, hat der Mann zum Fenster hinausgesehen und gemurmelt: ‚Ob das wohl Verwandte des Kneipwirts am Quai de Valmy sind?' Ich habe ihn gefragt, wie besagter Calas mit Vornamen hieße. Er erinnerte sich dunkel, den Namen auf dem Fenster des Lokals gelesen zu haben. Ich habe gefragt, ob er zufällig Omer hieße, und er hat mir bestätigt, daß das der Name sei. So bin ich denn aufs Geratewohl am andern Tage nach Paris gefahren und kurz nach drei Uhr nachmittags am Quai de Valmy angekommen. Ich habe in der ziemlich finstern Kneipe eine Frau vorgefunden, die ich nicht gleich wiedererkannt habe. Ich habe sie gefragt, ob sie Frau Calas sei, und sie hat es mir bestätigt.

‚Dann sind Sie also die geborene Aline de Boissancourt?' habe ich sie gefragt. Und sie hat mich angesehen, ohne zu widersprechen.

Ich habe weitergefragt: ‚Haben Sie gehört, daß Ihr Vater gestorben ist?' Sie hat den Kopf geschüttelt, ohne Überraschung oder eine Gefühlsregung zu verraten.

‚Ich war sein Notar und bin jetzt mit der Erbschaftsregelung beauftragt. Ihr Vater hat kein Testament hinterlassen, so daß das Schloß, die Ländereien und das Vermögen an Sie fallen.'

‚Wie haben Sie meine Adresse ausfindig gemacht?' fragte sie.

‚Durch einen Lastwagenfahrer, der bei mir vorbeikam.'

‚Kennt sie niemand sonst?'

‚Ich glaube nicht.'

Sie ist aufgestanden und in die Küche gegangen."

Offenbar, um einen Schluck aus der Kognakflasche zu nehmen!

„Als sie wiederkam, sah sie aus, als habe sie einen Entschluß gefaßt. ‚Ich will nichts von dem Geld', hat sie mit gleichgültiger Stimme erklärt. ‚Wahrscheinlich habe ich doch das Recht, auf die Erbschaft zu verzichten?'

‚Man hat stets das Recht, auf eine Erbschaft zu verzichten. Indessen . . .'

‚Indessen was?'

‚Indessen rate ich Ihnen, sich die Sache zu überlegen und keinen vorschnellen Entschluß zu fassen.'

‚Ich habe es mir überlegt. Ich lehne ab. Ich vermute, daß ich auch das Recht habe, zu verlangen, daß Sie nicht enthüllen, wo ich bin?'

Während sie sprach, warf sie dann und wann einen ängstlichen Blick nach draußen, als fürchte sie, es könne plötzlich jemand hereinkommen, vielleicht ihr Mann.

Ich habe auf sie eingeredet, wie es meine Pflicht war. ‚Es ist wohl das beste, ich spreche nochmals vor', habe ich ihr vorgeschlagen.

‚Nein. Kommen Sie nicht wieder. Um keinen Preis darf Omer Sie hier sehen.' Beinahe entsetzt hat sie noch gesagt: ‚Dann wäre alles aus!'

‚Meinen Sie nicht, daß Sie mit Ihrem Mann reden sollten?'

‚Mit dem schon gar nicht!'

Ich habe noch mit ihr hin und her geredet und ihr dann beim

Weggehen meine Karte dagelassen und ihr empfohlen, mich anzurufen oder mir zu schreiben, falls sie während der nächsten Wochen anderer Meinung werden sollte. Dann ist ein Gast gekommen, anscheinend ein guter Bekannter."

„Ein Rothaariger mit pockennarbigem Gesicht?"

„Ich glaube, ja."

„Was ist dann geschehen?"

„Nichts. Sie hat meine Karte in ihre Schürzentasche geschoben und mich zur Tür begleitet. Das war am letzten Donnerstag."

„Sie haben sie nicht wiedergesehen?"

„Nein. Aber ihren Mann habe ich gesehen. Am Sonnabendmorgen. Er ist nach Saint-André gekommen und hat zum erstenmal am Sonnabend bei mir vorgesprochen. Er hat im Dorfgasthof übernachtet, und dort hat er selbstverständlich von Boissancourts Tod gehört. Bestimmt ist ihm auch gesagt worden, seine Frau sei die Erbin des Vermögens. Sofort ist er unverschämt geworden und hat behauptet, in seiner Eigenschaft als Ehemann habe er das Recht, die Erbschaft im Namen seiner Frau anzutreten. Sie haben ohne Ehekontrakt geheiratet, das heißt: sie leben in Gütergemeinschaft."

„So daß keiner von beiden ohne Einverständnis des andern was unternehmen kann?"

„Ebendas habe ich ihm klargemacht."

„Hatten Sie den Eindruck, daß er deswegen bereits eine Auseinandersetzung mit seiner Frau gehabt hatte?"

„Nein. Anfangs wußte er nicht einmal, daß sie auf die Erbschaft verzichtet hatte. Er schien zu glauben, sie habe sie ohne sein Wissen angetreten. Ich will Ihnen nicht alle Einzelheiten des Gesprächs mit ihm erzählen, denn das würde zu lange dauern. Meiner Meinung nach hat er meine Karte gefunden, die seine Frau wohl hatte herumliegen lassen. Was hatte ein Notar aus Saint-André am Quai de Valmy zu suchen, sofern er sich nicht mit der Erbschaft Boissancourt befaßte?

Erst bei mir hat er nach und nach die Wahrheit herausbekommen. Er ist wütend weggegangen, hat gesagt, ich würde noch von ihm hören, und dann hat er die Tür zugeknallt. Er ist am selben Morgen mit dem Zug nach Paris zurückgefahren."

„Mit welchem Zug, Ihrer Meinung nach?"

„Wahrscheinlich mit dem, der ein paar Minuten nach drei an

der Gare d'Austerlitz ankommt." Das bedeutete, daß er gegen vier wieder daheim gewesen war, und schon etwas früher, wenn er ein Taxi genommen hatte.

„Als ich gelesen habe", fuhr der Notar fort, „daß im Saint-Martin-Kanal, ausgerechnet am Quai de Valmy, die Überreste eines zerstückelten Mannes gefunden worden seien, gestehe ich, daß ich gezittert habe und daß das zufällige Zusammentreffen mich bestürzt hat. Erst als ich heute nachmittag im Radio den Namen Calas hörte, habe ich beschlossen, zu Ihnen zu fahren. Was halten Sie von der Sache, Kommissar?"

„Es überrascht mich nicht", murmelte Maigret. Er hörte nicht mehr zu. Er dachte an Aline Calas, von der er sich nun endlich ein vollständiges Bild machen konnte. Sogar als kleines Mädchen konnte er sie sich vorstellen. Es hätte ihn Mühe gekostet, das in Worten darzulegen, vor allem einem Manne wie Coméliau gegenüber, und er war darauf gefaßt, daß der Richter sich am folgenden Tage ungläubig zeigen werde.

Coméliau würde entgegnen: „Sie hat ihn dennoch umgebracht, mit Beihilfe ihres Liebhabers."

Omer Calas war tot. Also hatte ihn jemand umgebracht und danach seine Leiche zerstückelt.

Maigret glaubte die schrille Stimme Coméliaus zu hören: „Gehört dazu nicht eine ganze Portion Kaltblütigkeit? Sie wollen doch nicht etwa behaupten, es handele sich um ein Verbrechen aus Leidenschaft? Nein, Maigret. Manchmal kann ich Ihnen folgen, aber diesmal ..."

Maigret hätte ihm nicht deutlich erklären können, daß alles, was das wilde Mädchen damals auf Schloß Boissancourt angestellt hatte, bereits ein Protest gewesen sei. Zunächst die versuchte Brandstiftung. Dann ihre sexuellen Beziehungen zu Calas. Schließlich das Durchbrennen mit ihm, wo andere in ihrer Lage eine Abtreibung vorgenommen hätten.

Er hatte schon versucht, unter Berufung auf andere, eingeschlossen Leute mit Fachkenntnissen, darauf hinzuweisen, daß Menschen, die rasch herunterkommen, zumal solche, die mit morbider Verbissenheit darauf aus sind, immer tiefer zu sinken und sich voller Lust zu besudeln, fast stets Idealisten sind.

Maigret glaubte, auch Omer zu verstehen, der den Traum so vieler Burschen vom Lande verwirklicht hatte: als Diener oder als Chauffeur genug Geld zu verdienen, um Besitzer einer kleinen Kneipe in Paris zu werden. Dort hatte Omer ein faules Leben geführt, war von der Theke in den Keller gegangen, war ein- oder zweimal im Jahre ins Poitou gefahren, um Wein aufzukaufen, und hatte seine Nachmittage in einem Restaurant in der Nähe der Gare de l'Est verbracht, um Billard zu spielen.

Rechnete er mit der Erbschaft Boissancourt? Das war unwahrscheinlich, denn wie alle Welt mußte er denken, der Schloßherr habe seine Tochter enterbt. Es hatte der Visitenkarte des Notars bedurft, um ihm Hoffnungen zu machen.

„Was ich einfach nicht zu verstehen vermag", sagte Canonge, „– und ich habe in meinem Leben mit sehr vielen Erben zu tun gehabt –, das ist, daß sie ein Vermögen ausschlug, das ihr sozusagen vom Himmel in den Schoß fiel."

Für Maigret war das etwas durchaus Normales. Was hätte sie von dem Geld gehabt, da es so weit mit ihr gekommen war? Sollte sie mit Omer in das Schloß Boissancourt ziehen? Oder sollten sie alle beide in Paris oder anderswo ein Leben zu führen beginnen, das ein Abklatsch von dem des Großbürgertums sein würde? Sie hatte es vorgezogen, in ihrem Winkel zu bleiben, in dem Winkel, den sie sich geschaffen hatte, beinahe wie ein Tier in seinem Erdloch.

Sie hätte dort ihre Tage hingebracht, die einer wie der andre waren, hätte dann und wann hinter der Küchentür einen Schluck Kognak getrunken, und nachmittags hätte Dieudonné Pape sie besucht. Auch er war ihr zu einer Gewohnheit geworden. Vielleicht war er auch mehr als das, denn er wußte, daß sie trank, und sie brauchte sich vor ihm nicht zu schämen; sie konnten schweigend am Ofen beisammensitzen.

„Meinen Sie, daß sie ihn umgebracht hat?"

„Ich glaube nicht."

„Ihr Liebhaber?"

„Kann sein." Die Musiker packten ihre Instrumente zusammen; auch hier wurde geschlossen. Sie befanden sich wieder auf der Straße. „Wohnen Sie weit von hier?"

„Am Boulevard Richard-Lenoire."

„Ich begleite Sie ein paar Schritte. Warum hat wohl ihr Liebhaber Omer umgebracht? Ob er gehofft hat, sie zu dem Entschluß zu bringen, die Erbschaft anzunehmen?"

„Was glauben Sie wohl, ist Omers erste Sorge gewesen, als er von Saint-André heimkam?"

„Ich weiß es nicht. Vermutlich war er fuchsteufelswild und hat seiner Frau befohlen, das Geld anzunehmen."

In Maigrets Erinnerung stieg ein Bild auf: eine Tintenflasche und eine Schreibmappe mit ein paar weißen Bogen Papier darin auf dem Tisch des Schlafzimmers. „Das müßte doch seinem Charakter entsprochen haben, nicht wahr?"

„Vollkommen."

„Nehmen Sie mal an, Omer habe sie zwingen wollen, ein Schriftstück dieses Inhalts zu unterzeichnen, und sie habe sich widersetzt."

„Er war ganz der Mann danach, ihr eine runterzuhauen. Ich kenne die Bauern unserer Gegend."

„Er hat sie in regelmäßigen Abständen verprügelt."

„Ich fange an, zu merken, worauf Sie hinauswollen."

„Es ist Sonnabend nachmittag. Er läßt Aline ins Schlafzimmer hinaufkommen, befiehlt, droht, schlägt."

„Und ihr Liebhaber kommt dazwischen?"

„Das ist die am meisten einleuchtende Erklärung. Dieudonné Pape kennt sich im Haus aus. Als er Lärm im ersten Stock hört, geht er nach oben und kommt Aline zu Hilfe."

„Und bringt den Mann um!" schloß der Notar.

„Er bringt ihn um, absichtlich oder durch einen unglücklichen Zufall, indem er ihm mit irgendeinem Instrument einen Schlag auf den Kopf versetzt."

„Und danach zerstückelt er ihn." Diese Vorstellung brachte Canonge, der inzwischen sehr munter geworden war, zum Lachen. „Zum Brüllen!" sagte er. „Und was mir zum Brüllen vorkommt, das ist der Gedanke, Omer in Stücke zu zerlegen. Sehen Sie, wenn Sie Omer gekannt hätten ..."

Anstatt ihn zu ernüchtern, steigerte die frische Luft die Wirkung des Alkohols. „Haben Sie etwas dagegen, mich ein wenig zurückzubegleiten?"

Sie drehten sich um, gingen ein kleines Stück und dann wieder zurück.

„Ein komischer Kerl", seufzte Maigret. „Er ist der friedlichste Mensch, dem ich je begegnet bin."

„Und deshalb hat er Omer zerstückelt?"

Wirklich, es hatte eines Menschen, wie er einer war, bedurft, eines einsamen, geduldigen, peinlich genauen Menschen, um mit so gutem Gelingen die Spuren des Mordes zu beseitigen. Selbst Moers und seine Leute hatten trotz ihrer Apparate in dem Haus am Quai de Valmy nichts gefunden, das den Beweis gestützt hätte, dort sei ein Verbrechen begangen worden. Pape hatte nur einen Fehler begangen: er hatte nicht vorausgesehen, daß Maigret sich über das Nichtvorhandensein von schmutziger Wäsche im Hause wundern und sich an die Wäscherei wenden würde.

Was mochte das Paar sich erhofft haben? Daß Wochen und Monate hingehen würden, ehe man im Kanal einen Teil der Überreste Calas' fand, und daß zu jenem Zeitpunkt jene Reste unmöglich noch zu identifizieren sein würden? Das wäre auch eingetroffen, wenn der Lastkahn der Brüder Naud nicht ein paar Tonnen Quadersteine zuviel transportiert und den Schlamm des Kanals aufgewühlt hätte.

Er hätte darauf geschworen, daß Aline und Pape, nachdem die Spuren des Verbrechens beseitigt waren, die Hoffnung auf ein neues Leben gehegt hatten, das von dem vorhergegangenen nicht sehr verschieden war. Noch eine Zeitlang hätte Pape wie bisher nachmittags eine Stunde oder zwei in dem kleinen Lokal verbracht, und dann wären seine Besuche nach und nach immer länger geworden, bis die Gäste und Nachbarn Omer Calas vergessen hätten, worauf Pape dann ganz und gar in das Haus übergesiedelt wäre. Ob wohl Aline sich weiter mit Antoine Cristin und anderen eingelassen hätte?

Das war möglich. Maigret wagte nicht, in diese Abgründe einzudringen. „Diesmal verabschiede ich mich von Ihnen!"

„Kann ich Sie morgen im Hotel anrufen? Ich werde Sie einiger Formalitäten wegen brauchen."

„Sie brauchen nicht anzurufen. Ich bin um neun bei Ihnen."

SELBSTVERSTÄNDLICH WAR der Notar um neun nicht da, und Maigret hatte vergessen, daß er versprochen hatte dazusein. Der Kommissar fühlte sich nicht allzugut aufgelegt und hatte mit einem gewissen Schuldgefühl die Augen aufgeschlagen, als seine Frau ihm seinen Kaffee auf den Nachttisch gestellt und ihn dann auf die Schulter getippt hatte.

Sie hatte dabei eigentümlich, mütterlicher als sonst, gelächelt. „Wie fühlst du dich?"

Er entsann sich nicht, beim Aufwachen je solche Kopfschmerzen gehabt zu haben, was bedeutete, daß er zuviel getrunken hatte. Es war ihm selten passiert, daß er bezecht nach Hause gekommen war, und am meisten ärgerte es ihn, daß er gar nicht das Bewußtsein gehabt hatte, er trinke.

„Weißt du noch, was du mir heute nacht alles über Aline Calas gesagt hast?"

Er zog es vor, sich nicht zu erinnern, denn er hatte den Eindruck, dabei immer sentimentaler geworden zu sein.

„Es war fast, als seist du in sie verliebt. Wenn ich eifersüchtig wäre . . ." Er wurde rot und beeilte sich, sie zu beruhigen.

„Ich scherze ja nur. Willst du all das Coméliau erzählen?"

Hatte er ihr denn auch etwas von Coméliau gesagt? Das war in der Tat alles, was ihm zu tun übrigblieb.

„NICHTS NEUES, Lapointe?"

„Nichts, Chef."

„Setz bitte eine Anzeige in die Nachmittagszeitungen: Der junge Mann, den am Sonntag ein Unbekannter gebeten hat, an der Gare de l'Est einen Handkoffer abzugeben, soll sich bei der Polizei melden."

„Also war es nicht Antoine?"

„Ich bin überzeugt davon. Pape hätte nicht jemand damit beauftragt, der in dem Lokal aus und ein ging."

„Der Beamte versicherte doch, daß . . ."

„Er hat einen jungen Burschen von ungefähr Antoines Alter gesehen, der eine Lederjacke anhatte. Es gibt einen Haufen junger Leute, auf die diese Beschreibung zutrifft."

„Haben Sie Beweise gegen Pape?"

„Er wird gestehen."

„Wollen Sie die beiden verhören?"

„Ich glaube, bei dem jetzigen Stand der Untersuchung wird Coméliau das selbst übernehmen."

Jetzt wurde die Sache leicht. Es handelte sich nicht mehr darum, aufs Geratewohl Fragen zu stellen, „Angeln zu gehen", wie man im Hause sagte. Maigret fragte sich übrigens, ob er so großen Wert darauf lege, Aline Calas und Dieudonné Pape in ihren letzten Verschanzungen zu attackieren. Beide würden sich bis zuletzt verteidigen, bis es ihnen nicht länger möglich sein würde zu schweigen.

Er blieb fast eine Stunde oben bei dem Richter. Von dort rief er Canonge an. Dieser schien durch das Läuten des Telephons jäh aufgestört worden zu sein. „Wer ist denn da?“ rief er, und das klang so komisch, daß Maigret lächelte.

„Hier Kommissar Maigret.“

„Wie spät ist es denn?“

„Halb elf. Richter Coméliau, der mit der Untersuchung beauftragt ist, möchte Sie gern so schnell wie möglich sehen.“

„Sagen Sie ihm bitte, ich käme sofort. Ich bringe die Akten Boissancourt mit.“ Maigret ging wieder in sein Büro hinunter.

„Will er sie verhören?“ fragte Lapointe.

„Ja.“

„Und mit der Frau anfangen?“

„Ich habe geraten, er solle mit Pape anfangen.“

„Wird der leichter klein beigeben?“

„Ja. Zumal er es war, wie ich vermute, der Calas den tödlichen Schlag versetzt hat.“

„Wollen Sie weggehen?“

„Ich muß im Krankenhaus eine Auskunft einholen.“

Lucette Calas war im Operationssaal. Er mußte das Ende einer Operation abwarten, die im Gange war.

„Sind Sie jetzt durch die Zeitungen im Bilde über den Tod Ihres Vaters und die Verhaftung Ihrer Mutter?“

„Etwas dieser Art mußte ja geschehen.“

„Als Sie sie das letztemal besuchten, hatten Sie da um Geld bitten wollen?“

„Nein.“

„Warum sind Sie dann hingegangen?“

„Um ihr zu sagen, daß ich Professor Lavaud heiraten würde, sobald er geschieden ist. Er hätte das Verlangen haben können, sie kennenzulernen, und da wäre es mir lieb gewesen, daß sie sich in einem vorzeigbaren Zustand befunden hätte.“

„Haben Sie gewußt, daß Boissancourt gestorben war?“

„Wer ist das?“ Ihr Erstaunen war echt.

„Ihr Großvater. Sofern sie nicht des Mordes überführt wird,

erbt Ihre Mutter ein Schloß, achtzehn Pachthöfe und ich weiß nicht wie viele Millionen."

„Sind Sie davon fest überzeugt?"

„Sie können sich bei Notar Canonge erkundigen, der im Hotel d'Orsay abgestiegen ist und mit der Erbschaftsregelung beauftragt ist."

„Ist er den ganzen Tag dort?"

„Ich glaube ja." Sie fragte ihn nicht, was aus ihrer Mutter werden würde, und er verließ sie achselzuckend.

Maigret aß nicht zu Mittag. Er hatte keinen Hunger. Er schloß sich den ganzen Nachmittag in seinem Büro ein und schien ein boshaftes Vergnügen dabei zu empfinden, die Verwaltungsgeschäfte zu erledigen, die ihm sonst ein Greuel waren. Wenn das Telephon klingelte, langte er schneller als sonst danach, aber erst einige Minuten nach fünf vernahm er Coméliaus Stimme am anderen Ende der Leitung. „Maigret?"

„Ja."

Der Richter hatte Mühe, ein Beben des Triumphes in seiner Stimme zu unterdrücken.

„Ich hatte völlig recht, sie festzunehmen."

„Alle drei?"

„Nein, den jungen Antoine habe ich eben wieder auf freien Fuß gesetzt."

„Haben die andern gestanden?"

„Ja."

„Alles?"

„Alles, was wir vermuteten. Ich hatte die gute Idee, mit dem Mann anzufangen, und als ich mit der Schilderung dessen fertig war, was sich vermutlich ereignet hatte, da hat er nicht geleugnet."

„Und die Frau?"

„Pape hat sein Geständnis in ihrer Gegenwart wiederholt, so daß es ihr unmöglich war zu leugnen."

„Hat sie nichts hinzugefügt?"

„Sie hat mich nur beim Hinausgehen aus meinem Arbeitszimmer gefragt, ob Sie für ihre Katze gesorgt hätten."

„Und was haben Sie ihr geantwortet?"

„Sie hätten anderes zu tun." Das hat Maigret dem Richter Cornéliau sein Leben lang übelgenommen.